LES MILLE ET UNE NUITS

III

LES MILLE ET UNE NUITS

Contes arabes

III

Traduction d'Antoine Galland

Notice, chronologies, bibliographie et dossier
par
Jean-Paul Sermain

Annexes
par
Aboubakr Chraïbi

GF Flammarion

ISBN : 978-2-0807-1202-8

NOTICE

Les Mille et Une Nuits *d'Antoine Galland*

Ce titre [1] s'applique pleinement à la dernière partie du travail de Galland qui occupe notre troisième tome. Galland a failli arrêter sa traduction des *Mille et Une Nuits* à la parution du tome VIII, en décembre 1709 – et d'une certaine façon c'est ce qu'il a fait. Pendant plusieurs années, il a eu la chance d'utiliser un manuscrit d'excellente qualité, parvenu de Syrie en France à la fin de 1701, et qui porte désormais le nom de son traducteur. Il fait encore aujourd'hui autorité car il est le premier comportant les deux éléments qui confèrent au recueil son identité. D'abord l'histoire qui sert ensuite de cadre à l'ensemble des contes : le royaume de Perse est menacé puisque le roi, bouleversé d'avoir vu sa femme infidèle, prend chaque jour une nouvelle épouse qu'il fait exécuter le lendemain ; Scheherazade, la fille du vizir, va au-devant du danger et se fait épouser ; elle s'arrange pour raconter des histoires à son mari au lever du jour ; maintenant ainsi sa curiosité éveillée, elle obtient de lui qu'il repousse sa condamnation à mort et, au bout de mille et une nuits, qu'il lui accorde une grâce définitive. Le second apport inestimable du manuscrit Galland est l'organisation des contes proposés par Scheherazade en cycles comportant à leur tour une histoire cadre où des histoires sont offertes en échange d'une vie.

Galland commence sa traduction en 1702. Le libraire Barbin publie les quatre premiers tomes en 1704 [2], deux autres en 1705, un en 1706. Galland est alors assez embarrassé car son manuscrit ne comporte que deux cent quatre-vingts nuits et s'arrête au début de l'histoire de Caramal-

1. Celui du livre de Georges May, qui entendait réhabiliter la contribution de Galland (PUF, 1986).
2. Rappelons qu'ils font la matière de notre tome I.

zaman (toutes les copies qui offrent la même version du recueil sont tronquées au même endroit). L'insertion d'autres contes est certes facilitée par le fait que ce manuscrit abandonne les regroupements cycliques dans son dernier tiers au profit d'une simple juxtaposition de trois histoires d'amour isolées : tout conte séparé peut prendre place à la suite, à condition d'être attribué à Scheherazade et découpé en nuits [1]. Galland doit procéder comme les rédacteurs arabes, et il se résigne à tirer de manuscrits complémentaires – aujourd'hui disparus – la fin de l'histoire de Caramalzaman et deux autres contes. Après la parution du tome VII en 1706, il met au net le conte de Ganem pour le tome VIII. Quand celui-ci paraît à la fin de 1709, Galland y découvre deux autres contes ajoutés à son insu par le libraire, l'*Histoire du prince Zeyn* et l'*Histoire de Codadad*, tirés d'un recueil anonyme turc, *Al-Faraj ba'd al-shidda*, que Pétis de la Croix est en train de traduire en préparation des *Mille et Un Jours* [2]. Pétis se dit innocent de la piraterie du libraire, et Galland dit qu'il le croit. Il rompt avec la « boutique Barbin ». Découragé, il est prêt à tout abandonner, mais, en novembre 1710, il se remet au travail et prend contact avec un nouveau libraire, Delaulne, avec qui il a déjà collaboré. Il a en effet décidé d'exploiter les contes que lui a racontés un maronite syrien, Hanna, dont il a fait connaissance en 1709 chez son ami Paul Lucas, lui aussi familier des voyages en Orient. Hanna est un homme cultivé qui connaît l'arabe, le turc et le français, et, au printemps de cette année, il raconte à Galland des « contes arabes fort beaux [3] ». Celui-ci note dans son journal, du 6 mai au 2 juin, des résumés de treize d'entre eux plus un fragment. D'où Hanna les tenait-il ? Sans doute pas d'un manuscrit des *Nuits* : on ne voit pas ce qui l'aurait empêché de le transmettre à Galland et ses récits ne se trouvent dans aucune autre version du recueil ni même dans des œuvres parallèles. Les contes fournis par Hanna sont plus proches

1. Notre tome II comporte la fin du dernier cycle de contes, les trois histoires d'amour qui figurent dans le manuscrit Galland et les trois contes que Galland doit à ses sources complémentaires.

2. Cette œuvre fut publiée en 1710-1712 avec un titre factice, *Les Mille et Un Jours*, et un récit cadre forgé à l'imitation des *Mille et Une Nuits*. Voir le dossier de l'édition due à P. Sebag, Paris, Phébus, 2003.

3. C'est ce que note Galland dans son journal le 25 mars 1709 (cité par M. Abdel-Halim, *Antoine Galland, sa vie et son œuvre*, Paris, Nizet, 1964, p. 273. Nos informations biographiques sont tirées de cette remarquable étude).

du folklore que ceux des *Nuits* et appartiennent pour la plupart à la tradition orale syrienne. Les spécialistes parlent de « versions orphelines » des contes des *Mille et Une Nuits.* Galland n'a d'ailleurs jamais prétendu qu'ils en provenaient : c'est lui, avec l'aide d'Hanna, qui les y a introduits et qui a amené les Arabes à se les approprier [1].

Si le rythme de publication se ralentit, si Galland à sa mort laisse le manuscrit des deux derniers tomes, c'est qu'il a toujours gardé l'espoir de trouver un manuscrit plus complet des *Nuits* (mais à l'époque il n'y en a guère), c'est surtout qu'il doit abandonner son rôle initial de traducteur pour celui de conteur, rôle qu'il n'avait pas prévu. Il a pu certes être rassuré par son expérience antérieure et par l'énorme succès rencontré jusque-là par les *Nuits.* L'impression de gaieté et de sagesse que produisent les derniers volumes peut même laisser supposer que Galland a pris beaucoup de plaisir dans leur écriture et a pu en faire une sorte de testament. Néanmoins, ce changement était difficile à assumer publiquement, au risque de détruire la confiance dans l'authenticité des contes arabes. Il s'est fait progressivement, en deux étapes. Galland commence par utiliser la version écrite qu'Hanna lui a donnée de certains contes. Dans le tome IX, il ajoute à l'*Histoire du dormeur éveillé*, prête depuis 1708, le début de l'*Histoire d'Aladdin*, dont la suite occupe le tome X avec *Les Aventures du calife Haroun-al-Raschid.* Les deux tomes paraissent en 1712. On ignore le degré d'élaboration de ce que lui fournit Hanna, même si Galland parle de « traduction » : s'agit-il d'un texte rédigé, d'une transcription assez pauvre de l'oral, voire d'un canevas ?

En tout cas, c'est bien à partir de simples canevas que Galland va achever sa rédaction des *Mille et Une Nuits.* En août 1711, il décide en effet d'exploiter les notes prises au printemps 1709 après avoir entendu Hanna : « Libre de mon travail de la version de l'Alcoran [...], je parcourus une partie des contes arabes que le maronite Hanna m'avait racontés et que j'avais mis par écrit sommairement pour voir auxquels je m'arrêterais pour en faire le volume onzième des *Mille et Une Nuits* [2]. » Galland compose de cette manière les cinq contes des deux derniers volumes

1. Cela vaut aussi pour l'histoire d'Ali Baba. MacDonald avait cru en 1910 en avoir trouvé une version arabe indépendante, mais on a dû conclure qu'il s'agit d'un faux forgé à partir de Galland.

2. Galland, entrée du *Journal* du 24 août 1711, citée par M. Abdel-Halim, *op. cit.*, p. 275.

parus en 1717, deux ans après sa mort (Ali Baba, Ali Cogia, le cheval enchanté, le prince Ahmed, les deux sœurs jalouses) [1]. Une fois les « sommaires » choisis, Galland doit les transformer en contes et les faire passer pour des traductions de l'arabe. Il s'est trouvé dans une situation voisine de celle des rédacteurs et compilateurs arabes des XVIIIe et XIXe siècles qui complétèrent l'œuvre avec toutes sortes de récits distrayants : petites anecdotes, fables animalières, histoires drôles, romans byzantins, épopées chevaleresques, vies de brigands et bons tours salaces. Il leur suffisait de butiner dans une vaste tradition et d'opérer des montages. Galland, lui, est contraint par l'exiguïté de son matériau à un travail plus minutieux d'écrivain.

Il ne modifie pas l'intrigue qu'il a enregistrée. Dans ce sens, il n'invente aucune histoire. Son travail consiste à donner vie à des scénarios. Il profite de sa familiarité antérieure avec les manuscrits des *Nuits*, il exploite ses lectures pour les explications culturelles nécessaires, il se sert de ses souvenirs pour imaginer les lieux, les espaces, les costumes, les objets, les gestes rituels et les coutumes. Il veille aux titres, aux fonctions, aux usages, à la géographie, à l'histoire même, mais l'essentiel n'est pas là. Il doit avant tout caractériser les personnages, préciser leurs motivations, les faire dialoguer, rendre clair l'enchaînement des épisodes, justifier les accidents par lesquels se développe l'action. Il a l'art du petit fait vrai qui vient redoubler l'enchantement en son ordre et qui capte l'imagination autant que l'exhibition du merveilleux ou de richesses hyperboliques. Par son origine et sa vie restée modeste, par ses expériences de voyageur désargenté, Galland a su garder le sens des choses et aimer la réalité des pauvres : il saisit par là l'une des veines principales des *Mille et Une Nuits* et l'exploite d'une manière personnelle dans les derniers tomes. Son goût du monde concret, son attention aux conditions de la vie matérielle l'aident à donner chair au récit et à solliciter la rêverie du lecteur ; c'est ce goût et cette attention qui ont contribué de façon décisive à la transformation du traducteur en écrivain. Dans notre dernier tome, composé uniquement des histoires écrites à partir des récits d'Hanna [2], on peut apprécier au mieux la création originale de Galland, et c'est elle que la postérité a finalement

1. Il est possible que l'histoire de Cogia Hassan, partagée entre les tomes X et XI, ait aussi été écrite de cette façon.

2. Les deux contes traduits du turc par Pétis de la Croix figurent en annexe de ce tome.

reconnue : Ali Baba et Aladdin sont devenus les contes les plus célèbres de l'œuvre (avec Sindbad, dont ils partagent certains traits, en particulier sa fantaisie et le succès que son énergie et son invention assurent au héros populaire).

La conclusion du recueil

Comment terminer *Les Mille et Une Nuits* quand on ne dispose d'aucun manuscrit complet ? Dans les premiers temps de son travail, comme l'a montré Claude Brémond, Galland a varié les interventions de Dinarzade, du calife, de son épouse. Mais la situation statique des trois personnages fait que s'épuise vite le registre des attitudes possibles. Les parodistes français du XVIIIe siècle donneront de l'ampleur à ce dialogue encadrant, mais c'est au détriment des contes eux-mêmes qu'ils entendent ridiculiser. Conscient de son caractère mécanique et répétitif, de son rôle limité à l'introduction de n'importe quelle histoire, Galland a progressivement réduit le récit cadre à presque rien : dans un premier temps, il a supprimé les interventions de Dinarzade (comme il le signale dans un « avertissement » préliminaire au tome III), puis, dans un deuxième temps, le découpage en nuits (il se justifie dans un avertissement au tome VII) ; il se contente ensuite, au début et à la fin de chaque conte (ou presque), de rappeler la situation de la conteuse face à son mari. Cet allègement, la liberté retrouvée à l'égard de contes qui, étrangers aux *Mille et Une Nuits*, en ignorent le découpage [1], lui permettent de personnaliser un peu la relation entre les deux époux : au début des *Aventures du calife Haroun-al-Raschid*, Scheherazade invoque l'expérience que peut avoir son mari d'une mélancolie survenue sans cause apparente ; à la fin de l'*Histoire d'Aladdin*, c'est Schariar qui exprime sa réaction, relève la « bonne morale » du conte et annonce ainsi sa proche guérison. Le dernier conte choisi par Galland, l'*Histoire des deux sœurs jalouses de leur cadette*, est également chargé de préparer la conclusion. L'héroïne est la victime de la méchanceté insensée des deux sœurs qui remplacent ses enfants par des animaux et un morceau de bois [2], elle

1. À l'inverse, il avait introduit le découpage en nuits pour les sept voyages de Sindbad, qui n'ont été intégrés aux *Nuits* eux aussi que tardivement.

2. Qu'elles appellent une « môle », c'est-à-dire une « masse de chair informe et inanimée, dont les femmes accouchent quelquefois au lieu d'un enfant » (*Dictionnaire de l'Académie*, 1762).

est rejetée par son mari, le sultan de Perse, et emprisonnée. Ses enfants sont recueillis par l'intendant des jardins qui leur assure une bonne éducation. Ils se forment aussi au cours d'épreuves qui leur procurent des objets magiques. Au terme du conte, ils font venir dans leur demeure celui qu'ils ignorent être leur père, le sultan de Perse. Il leur a été conseillé de servir à ce dernier un plat bizarre de concombres avec une farce de perles : devant ce mets improbable, le héros prend la mesure de sa folle crédulité et de sa cruauté, ce qui l'incite à offrir aux siens une « réparation » – juste avant que Schariar puisse faire la même chose avec son épouse et son peuple.

Les manuscrits égyptiens, les éditions arabes et leurs traductions laissent finalement Scheherazade triompher de son mari en lui présentant les trois enfants nés de leur union de trois ans. Galland a préféré attribuer la sortie définitive de la barbarie de Schariar, sa « douceur » retrouvée, aux seuls effets des contes et aux talents de la conteuse, louée pour son mérite et sa grande sagesse. On ne peut exclure l'hypothèse d'une intervention du libraire devant mettre un terme aux deux tomes manuscrits trouvés dans les papiers de Galland à sa mort. M. Abdel-Halim remarque pourtant que cette conclusion correspond dans les termes mêmes à ce que Galland avait anticipé, dès son premier contact avec le manuscrit, dans une lettre d'août 1702 à Cuper : « De nuit en nuit, la nouvelle sultane le mène jusqu'à mille et une et l'oblige, en la laissant vivre, de se défaire de la prévention où il était généralement contre toutes les femmes [1]. » C'est dans la logique du titre qui fait de la mille et unième nuit la fin de l'aventure (même si ce chiffre est plutôt à comprendre comme une figure de l'infini). Chauvin signale une troisième conclusion des *Nuits* qui figure dans l'édition de Habicht, parue à partir de 1825 en Allemagne : « La fille du vizir termine en racontant au roi sa propre histoire, c'est-à-dire le cadre. Frappé de l'injustice de sa conduite, il se repent et épouse la conteuse. Son frère, qu'il a fait venir et qui, lui aussi pendant trois ans avait fait mourir une femme tous les jours, épouse la sœur de la reine [2]. » Borges prétend lire ce prodigieux jeu de

1. M. Abdel-Halim, *Antoine Galland…*, *op. cit.*, p. 287.

2. Victor Chauvin, *Bibliographie des ouvrages arabes ou relatifs aux Arabes publiés dans l'Europe chrétienne de 1810 à 1885*, Liège, t. V, 1901, p. 190. Cette conclusion annule aussi l'opposition initiale des deux frères au profit d'une autre.

miroir au milieu même des *Mille et Une Nuits*, substituant à une logique psychologique son rêve d'un effet d'art baroque.

Héros populaire et mélange des genres

Galland est à l'origine de l'identification quasi universelle des *Mille et Une Nuits* à deux contes qui leur sont originairement étrangers, l'*Histoire d'Aladdin ou la Lampe merveilleuse* et *Ali Baba et les quarante voleurs exterminés par une esclave*. Ces deux contes proposent une vision nouvelle du héros populaire et une forme de comique sans condescendance qui expliquent une part du succès des *Mille et Une Nuits* et leur intégration ultérieure dans la littérature pour enfants. Certes, plusieurs contes des *Mille et Une Nuits* inconnus de Galland prennent pour héros des hommes du peuple, des voyous qui deviennent officiers de police comme Dalila la Rouée et sa bande (« the Crafty Dalila » chère au public anglais), des pêcheurs (Abdallah de la terre, Abdallah de la mer) ou des artisans – un teinturier et un barbier (Abu Kir et Abu Sir chez Mardrus), le cordonnier Maruf dont le destin conclut les contes de Scheherazade dans les éditions arabes des *Nuits* et dans les traductions de Burton et de Miquel-Bencheikh. Mais ce que Galland a traduit jusqu'alors présente un visage assez différent. Les personnages d'origine modeste y sont cantonnés dans les marges ou limités à leur aspect ridicule. Le pêcheur confronté au génie est oublié au profit du prince des îles noires. Le portefaix sert à lancer la soirée des dames de Bagdad mais ne racontera pas d'histoire. Le bossu qui amène une dizaine d'histoires comiques annonce le lien récurrent entre difformité physique et aventures grotesques, encore renforcé chez le barbier et ses frères : ils excitent le rire par des malheurs qui semblent convenir à leur laideur, à leur sottise et à leur position sociale. Le concierge qui accueille Noureddin et la belle Persienne, le pêcheur qui fournit les poissons sont secondaires. Le dormeur éveillé constitue une exception : il prend sa revanche sur les bons tours du calife et parvient à lever la « différence » qui commande leurs rapports. L'inspiration comique des autres histoires est proche des traditions françaises. Celles-ci tournent en dérision les réalités et les personnes « basses », ridiculisent, dans le sillage de *Don Quichotte*, la fausse élégance du roman héroïque ou, à l'instigation du roman picaresque, enveloppent l'ensemble de la société dans une réprobation morale et religieuse. L'apport inestimable de Galland n'aura pas été seulement de s'affranchir de ces conventions et de ménager une double ouverture morale et poétique, mais d'avoir associé à ce changement les lettres arabes et l'Orient.

Ali Baba et Aladdin, sans être ridicules, appartiennent à des milieux très modestes et ils deviennent riches ou puissants par un mérite lié à leur condition, par des talents formés dans la pauvreté. C'est le cas aussi dans l'histoire de Cogia Hassan Alhabbal qui précède celle d'Ali Baba. Moins connue, elle a dû éveiller l'intérêt du siècle des Lumières par sa facture et son sujet. Elle renoue avec la première inspiration des *Nuits* parce qu'elle est dédoublée grâce à une sorte d'emboîtement. À un premier niveau, deux amis, Saad et Saadi, se posent une question de morale sociale : les pauvres méritent-ils de l'être ? peuvent-ils échapper à leur pauvreté ? Saad soutient l'opinion que le pauvre ne change de condition que « par un hasard, une fortune plus grande et plus surprenante » (t. III, p. 152) ; Saadi pense que sa pauvreté vient du fait qu'il ne peut « parvenir à amasser une somme d'argent assez grosse pour se tirer de la misère en employant [son] industrie à la faire valoir ». Ils débattent, en d'autres termes, de l'accumulation primitive du capital dégageant la plus-value du travail des autres… Pour régler leur querelle, les deux amis tentent une expérience : ils vont remettre une grosse somme à un cordier. L'aventure de ce dernier se situe ainsi à un second niveau et est censée répondre à un débat [1]. Elle se déroule en trois temps. Le cordier cache la somme reçue dans son turban qui lui est volé par un oiseau de proie ; Saad et Saadi craignent d'être escroqués mais redonnent une somme identique ; elle est de nouveau perdue car, ignorant sa valeur, l'épouse l'a dissimulée dans un vase qu'elle a cédé à un marchand de passage. L'incrédulité des deux philosophes grandit et ils gratifient en dernier recours le cordier d'un déchet, d'un morceau de plomb trouvé sur la route : à la fortune de jouer son rôle. Il se trouve qu'un voisin pêcheur a besoin de plomb pour son filet, et promet en échange sa première pêche : c'est un poisson très gros

1. Il n'y a pas de dénivellement énonciatif puisque l'ensemble est raconté par Cogia Hassan Alhabbal au calife présenté dans une histoire cadre : le héros joue ici le rôle de narrateur omniscient de sa propre histoire. Un tel conte préfigure le conte philosophique de Voltaire.

qui contient un énorme diamant. Le cordier en tire assez d'argent pour monter une entreprise, faire travailler les cordiers pauvres de Bagdad et devenir très riche. Les deux amis philosophes qui le rencontrent concluent à la force plus grande du hasard dans le destin social. Le lecteur peut remarquer que le gain miraculeux permet une exploitation capitaliste d'envergure... Le débat entre Saad et Saadi engagé au premier niveau de l'histoire n'est toutefois pas achevé : les deux amis n'accordent pas crédit à ce que leur raconte le cordier. Trois nouveaux hasards, qui lui donnent l'occasion de retrouver son turban et son pot puis de rencontrer le calife propriétaire du diamant, suscitent enfin la confiance des deux amateurs de philosophie sans vraiment résoudre leur dispute. Au premier problème (moral) s'est ajouté un autre, poétique : comment susciter la foi en de telles aventures ? Le lecteur qui suit les aventures du cordier en partage le point de vue, mais il ne croit à son histoire que grâce à Galland et à son souci d'étayer les éléments extraordinaires sur ce que Diderot appellera les « petits faits vrais », sur une série de situations dont le développement obéit à la logique sociale et psychologique des personnages les plus modestes. Le cordier et sa famille sont saisis dans la réalité de leur condition, et cette condition est évoquée à travers des épisodes formant des scènes de genre. Celles-ci sont exceptionnelles dans la littérature des XVIIe et XVIIIe siècles parce qu'elles ne sont pas marquées du sceau du mépris social ou de la leçon religieuse ou morale, comme dans le roman comique ou picaresque (on les trouve aussi dans les histoires d'Ali Baba et d'Aladdin). Galland explique les deux malheurs successifs du cordier (la perte des deux cadeaux) par sa pauvreté (il n'a nulle part où entreposer l'argent, son turban est crasseux, l'épouse se débarrasse d'un vase qui n'a pas servi depuis longtemps). Quand la famille découvre le diamant, elle le prend pour un morceau de verre lumineux : voilà un beau jouet pour les enfants ! Ceux-ci s'amusent avec et font tant de bruit qu'ils attirent l'attention et la cupidité des joailliers voisins (car la cloison de séparation est très mince), et ce sont eux encore qui, attachés à leur jouet, empêchent la mère de le céder pour rien à la fourbe voisine. Le sort du morceau de plomb résulte aussi d'un enchaînement de circonstances banales : le pêcheur désemparé insiste pour que sa femme aille jusqu'à la maison éloignée du cordier, celui-ci commence par refuser le cadeau, le poisson est si gros qu'on ne sait comment l'accommoder, et le diamant apparaît quand on enlève les viscères. C'est encore à la suite de jeux d'enfants que le turban où a été caché l'argent initial est retrouvé : les fils du cordier sont montés sur un arbre pour dénicher des oiseaux, mais dans le jardin de la maison de plaisance dont dispose désormais leur père richissime...

Ce qui particularise l'*Histoire d'Aladdin* est de faire converger le dénuement social avec la disponibilité de l'adolescent, invitant à une identification du lecteur, et en particulier des enfants pour qui tout est encore possible. Aladdin est au départ un propre à rien, un jeune homme quelconque attardé dans l'enfance : cultivant ses seules mauvaises inclinations, il refuse de grandir, de prendre des responsabilités, d'acquérir un métier et joue avec des garnements plus jeunes que lui. C'est un « vagabond » abandonné à son « libertinage », sans règles. Flatté par les promesses du magicien, il ne s'en sort que par hasard : parce que la lampe a été enveloppée dans ses vêtements, il ne la tend pas au magicien qui s'irrite, referme la caverne et s'en va comme pris de folie. Quand Aladdin demande au génie de quoi manger, il ne saisit pas la valeur des plats offerts, pas plus qu'il n'a compris ce qu'étaient les fruits en pierre rapportés du monde souterrain, et, pendant plusieurs années, il n'imagine pas un autre usage de ses pouvoirs que de se procurer de la nourriture. Cette période d'attente lui permet de se transformer. Lui qui, par sa fainéantise, avait contraint sa mère à vendre les outils du foyer et à travailler comme ouvrière, profite désormais du temps pour s'éduquer, mais à son mode nonchalant : il traîne dans les boutiques, écoute ce qui se dit, se mêle bientôt aux conversations et acquiert progressivement la politesse qui sera conforme à sa nouvelle situation. Celle-ci ne naît pas directement de l'argent donné par le génie de la lampe. Aladdin a été ébloui par la fille du sultan (épiée au bain, comme en écho de ses goûts libertins), et c'est l'éveil d'un amour absolu au contact de la beauté qui l'incite finalement à exiger des fortunes. Au milieu des richesses nouvelles, la lampe magique, dans son aspect ordinaire, rappelle l'origine modeste du héros, comme un témoin muet du passé. Quand l'épouse ignorante veut l'échanger contre une neuve, le fil du devenir se rompt, tous les trésors disparaissent et Aladdin se retrouve au point de départ. Il répond à ce nouveau défi en retrouvant son énergie et son astuce d'homme du peuple. Dans ce conte exemplaire, le pauvre est aussi l'enfant, et il apprend à grandir en découvrant en lui les moyens de s'enrichir et d'accéder au monde enchanté de la fortune, de la beauté et de l'amour.

Le conteur Galland est attentif aux scènes de la vie quotidienne, en particulier aux jeux d'enfants qu'aime l'art de Chardin et de Boucher ; une troisième occurrence au sein des derniers tomes figure dans l'*Histoire d'Ali Cogia* : le calife voit par hasard des enfants mimer le règlement d'une affaire criminelle en suspens et, devant tant d'intelligence, les invite à intervenir au cours du procès réel. Galland a le sens des détails (ainsi Aladdin et le paysan échangent leur vêtement « derrière un buisson »), il peint les petits sous une lumière flatteuse, les traite en héros et les intègre au merveilleux. Le manuscrit syrien léguait une méfiance à l'égard d'un usage argumentatif de la fable servant d'exemple ; Galland va dans le même sens mais en investissant le conte d'une autre valeur morale : il montre que le charme des choses, la délicatesse des sentiments et l'intelligence ne sont en rien l'apanage du rang, et que la misère est une excellente école d'entraide et d'astuce. Le conte était censé être proche d'une origine des civilisations, Galland se sert de son étrangeté pour donner voix aux humiliés et, en brisant les barrières du mépris social, les faire accéder à une humanité universelle. Hommes des Lumières et mages romantiques n'oublieront pas tous ce message humaniste.

La variété du merveilleux

Le merveilleux occupe une place importante dans cette dernière partie de l'œuvre de Galland. Il touche moins les contes courts, deux en sont même totalement dépourvus, l'*Histoire de Cogia Hassan Alhabbal* et l' *Histoire d'Ali Cogia*. Le plus marquant est que, dans les autres contes, beaucoup plus amples, toute l'intrigue est centrée sur la composante surnaturelle. Les deux dernières histoires, celle du prince Ahmed et celle des deux sœurs jalouses, présentent des séries de phénomènes merveilleux qui les rapprochent des contes français de la fin du XVIIe siècle et de leurs modèles folkloriques. Dans la première, les fils sont invités à rapporter une rareté pour être départagés dans une rivalité amoureuse et reviennent avec trois objets magiques qui aident miraculeusement à sauver la belle en compétition. Quand le prince se marie ensuite à une fée, il doit effectuer trois tâches presque impossibles que son père, devenu jaloux, lui impose dans l'espoir de provoquer sa mort, mais il s'en sort, aidé, de façon un peu bizarre, par le personnage monstrueux qui devait causer sa perte. Dans l'*Histoire des sœurs*, les enfants de la reine lui sont enlevés à leur naissance. Ils ignorent leur identité et partent aussi en quête d'objets merveilleux (l'oiseau qui parle, l'eau jaune, l'arbre qui chante), sans savoir qu'ils les aideront à retrouver leurs parents. Le merveilleux est ici consubstantiel au développement de l'intrigue et dévoile progressivement ses caractères et ses effets. Les histoires les plus appréciées des lecteurs sont celles où le merveilleux se concentre dans un objet qui résume le conte et l'impose à la mémoire : la porte du trésor qui s'ouvre avec une formule magique dans l'*Histoire d'Ali Baba*, la lampe d'Aladdin et le cheval enchanté qui permet de voler (les versions arabes, suivies par Mardrus et Burton sous le titre « cheval d'ébène », en donnent une version différente). La réussite de Galland est de présenter ces objets dans leur usage familier et de préserver leur aspect le plus prosaïque (à l'inverse de la citrouille de Cendrillon transformée en carrosse), tirant ainsi de leur puissance magique comme un mystérieux halo poétique. Le magicien accorde de la valeur à la lampe sans que le héros sache pourquoi tant elle paraît ordinaire. Dans le palais enchanté d'Aladdin, elle semble déplacée à cause de sa médiocrité, de son usure, et le mauvais génie compte sur cette apparence quelconque pour inciter la femme d'Aladdin à l'échanger contre une toute neuve et toute brillante. Galland raconte les circonstances fort banales dans lesquelles Ali Baba surprend les voleurs et les entend prononcer la formule magique qui ouvre la porte de leur entrepôt. Le cheval d'ébène n'est qu'une machine et une grande partie des aventures vient de ce que la cheville qui sert à le diriger passe inaperçue : c'est en tâtonnant que le héros la découvre. Ces objets ne se contentent pas de produire des effets merveilleux, ils amènent les personnages à réagir et à manifester leur caractère ou leur qualité. Ainsi le cheval d'ébène est d'abord un objet de passion : son inventeur compte sur lui pour assouvir son ambition, puis s'en sert pour se venger, le père du héros désire si fort le posséder qu'il est prêt à donner sa fille en mariage à celui qui le lui propose, le héros le chevauche porté par un esprit d'aventure qui trouve dans l'amour sa récompense. La caverne des voleurs oppose les deux frères : Ali Baba s'en approche avec prudence et tente de cacher sa bonne fortune, son frère, malheureusement conseillé par sa femme, se laisse fasciner par l'appât du gain et en oublie la formule décisive. Les objets magiques éveillent en quelque sorte les talents cachés des héros et ne semblent apporter leurs bienfaits qu'en récompense de leurs vertus. Aladdin, on l'a vu, ne songe à devenir riche qu'après avoir perdu sa grossièreté de gamin des rues : il lui faut d'abord se cultiver en fréquentant la bonne société puis entendre l'appel sublime de l'amour. Dans l'histoire d'Ali Baba, l'initiative revient vite à Morgiane, la servante, dont les « inventions » ne doivent rien à la magie. C'est elle qui a l'idée de faire recoudre par un savetier le corps dépecé du frère d'Ali Baba. C'est elle qui déchiffre l'inscription laissée par les voleurs et brouille leur message ; elle qui surprend par hasard les menées du capitaine des voleurs. Son maître, voulant aller au bain le lendemain, lui a demandé de préparer un bouillon et, comme la lampe n'a plus d'huile, elle veut en prendre un peu dans les outres entreposées par le capitaine des voleurs qui s'est déguisé. Elle découvre qu'elles renferment trente-neuf voleurs et déjoue le complot.

Galland intègre le merveilleux à la vie quotidienne, qui en tire un nouveau lustre ; il en fait un révélateur des capacités de ses héros et peut ainsi lui donner une grande résonance psychologique et morale. Cela apparaît nettement dans deux des contes brefs. Dans celui de l'aveugle Baba-Abdalla, le héros est aliéné par la cupidité. Au voyageur qui lui a fait trouver un trésor il enlève progressivement toute sa part. Il veut même lui soutirer la boîte de pommade qu'il l'a vu prendre dans la grotte. Le voyageur l'avertit que cette pommade va le rendre aveugle. Baba-Abdalla la veut à tout prix. L'événement magique est alors la sanction d'un aveuglement volontaire : le héros nie l'évidence. Dans l'*Histoire de Sidi Nouman*, le héros maltraite une cavale, en fait sa femme, qui refuse quasiment de manger (elle prend les grains de riz un à un avec un cure-dent). Il découvre que, la nuit, elle s'allie à une goule, déterre les cadavres et mange leur chair. Ce qu'on décrirait aujourd'hui comme une anorexie est présenté dans le conte comme une volonté d'ingérer la mort. On comprend que la métamorphose d'Aladdin a plus de raisons de rester dans les mémoires : il vaut mieux s'identifier au propre-à-rien qui sait prendre une revanche sur la vie en tirant parti de la fortune qui lui échoit. Le conte de Cogia Hassan Alhabbal a donné la clef de ces ultimes histoires de Galland : la question de la part de l'industrie et de la fortune dans le bonheur de chacun ne peut être réglée. Il n'est pas de grâce si l'homme ne s'en montre digne. C'est dans cette énigmatique liaison que le vieux Galland, proche de la mort, place la morale des *Mille et Une Nuits*.

HISTOIRE D'ALADDIN

OU

LA LAMPE MERVEILLEUSE

La sultane Scheherazade, en achevant l'histoire d'Abou Hassan, avait promis au sultan Schahriar de lui en raconter une autre le lendemain, qui ne le divertirait pas moins. Dinarzade, sa sœur, ne manqua pas de la faire souvenir avant le jour de tenir sa parole, et que le sultan lui avait témoigné qu'il était prêt à l'entendre. Aussitôt Scheherazade, sans se faire attendre, lui raconta l'histoire qui suit, en ces termes :

Sire, dans la capitale d'un royaume de la Chine, très riche et d'une vaste étendue, dont le nom ne me vient pas présentement à la mémoire, il y avait un tailleur nommé Mustafa, sans autre distinction que celle que sa profession lui donnait. Mustafa le tailleur était fort pauvre, et son travail lui produisait à peine de quoi le faire subsister lui et sa femme, et un fils que Dieu leur avait donné.

Le fils, qui se nommait Aladdin, avait été élevé d'une manière très négligée, et qui lui avait fait contracter des inclinations vicieuses. Il était méchant, opiniâtre, désobéissant à son père et à sa mère. Sitôt qu'il fut un peu grand, ses parents ne le purent retenir à la maison; il sortait dès le matin, et il passait les journées à jouer dans les rues et dans les places publiques avec de petits vagabonds qui étaient même au-dessous de son âge.

Dès qu'il fut en âge d'apprendre un métier, son père, qui n'était pas en état de lui en faire apprendre un autre que le sien, le prit en sa boutique, et commença à lui montrer de quelle manière il devait manier l'aiguille; mais ni par douceur, ni par crainte d'aucun châtiment, il ne fut pas possible au père de fixer l'esprit volage de son fils : il ne put le contraindre à se contenir et à demeurer assidu et attaché au travail, comme il le souhaitait. Sitôt que Mustafa avait le dos tourné, Aladdin s'échappait, et il ne revenait plus de tout le jour. Le père le châtiait; mais Aladdin était incorrigible, et, à son grand regret, Mustafa fut obligé de l'abandonner à son libertinage. Cela lui fit beaucoup de peine; et le chagrin de ne pouvoir faire rentrer ce fils dans son devoir lui causa une maladie si opiniâtre qu'il en mourut au bout de quelques mois.

La mère d'Aladdin, qui vit que son fils ne prenait pas le chemin d'apprendre le métier de son père, ferma la boutique et fit de l'argent de tous les ustensiles de son métier, pour l'aider à subsister, elle et son fils, avec le peu qu'elle pourrait gagner à filer du coton.

Aladdin, qui n'était plus retenu par la crainte d'un père, et qui se souciait si peu de sa mère qu'il avait même la hardiesse de la menacer à la moindre remontrance qu'elle lui faisait, s'abandonna alors à un plein libertinage. Il fréquentait de plus en plus les enfants de son âge, et ne cessait de jouer avec eux avec plus de passion qu'auparavant. Il continua ce train de vie jusqu'à l'âge de quinze ans, sans aucune ouverture d'esprit pour quoi que ce soit et sans faire réflexion à ce qu'il pourrait devenir un jour. Il était dans cette situation, lorsqu'un jour qu'il jouait au milieu d'une place avec une troupe de vagabonds, selon sa coutume, un étranger qui passait par cette place s'arrêta à le regarder.

Cet étranger était un magicien insigne que les auteurs qui ont écrit cette histoire nous font connaître sous le nom de Magicien Africain : c'est ainsi que nous l'appellerons, d'autant plus volontiers qu'il était véritablement d'Afrique, et qu'il n'était arrivé que depuis deux jours.

Soit que le magicien africain, qui se connaissait en physionomie, eût remarqué dans le visage d'Aladdin tout ce qui était absolument nécessaire pour l'exécution de ce qui avait fait le sujet de son voyage, ou autrement, il s'informa adroitement de sa famille, de ce qu'il était et de son inclination. Quand il fut instruit de tout ce qu'il souhaitait, il s'approcha du jeune homme, et, en le tirant à part à quelques pas de ses camarades : « Mon fils, lui demanda-t-il, votre père ne s'appelle-t-il pas Mustafa le tailleur ? — Oui, Monsieur, répondit Aladdin; mais il y a longtemps qu'il est mort. »

A ces paroles, le magicien africain se jeta au cou d'Aladdin, l'embrassa et le baisa par plusieurs fois les larmes aux yeux, accompagnées de soupirs. Aladdin, qui remarqua ses larmes, lui demanda quel sujet il avait de pleurer. « Ah! mon fils! s'écria le magicien africain, comment pourrais-je m'en empêcher ? Je suis votre oncle, et votre père était mon bon frère. Il y a plusieurs années que je suis en voyage, et, dans le moment que j'arrive ici avec l'espérance de le revoir et de lui donner de la joie de mon retour, vous m'apprenez qu'il est mort. Je vous assure que c'est une douleur bien sensible pour moi de me voir privé de la consolation à laquelle je m'attendais. Mais ce qui soulage un peu mon affliction, c'est que, autant que je puis m'en souvenir, je reconnais ses traits sur votre visage, et je vois que je ne me suis pas trompé en m'adressant à vous. » Il demanda à Aladdin, en mettant la main à la bourse, où demeurait sa mère. Aussitôt Aladdin satisfit à sa demande, et le magicien africain lui donna en même temps une poignée de menue monnaie, en lui disant : « Mon fils, allez trouver votre mère, faites-lui bien mes compliments, et dites-lui que j'irai la voir demain, si le temps me le permet, pour me donner la consolation de voir le lieu où mon bon frère a vécu si longtemps et où il a fini ses jours. »

Dès que le magicien africain eut laissé le neveu qu'il venait de se faire lui-même, Aladdin courut chez sa mère, bien joyeux de l'argent que son oncle venait de lui donner. « Ma mère, lui dit-il en arrivant, je vous prie de me dire si j'ai un oncle. — Non, mon fils, lui répondit la mère, vous n'avez point d'oncle du côté de feu votre père ni du mien. — Je viens cependant, reprit Aladdin, de voir un homme qui se dit mon oncle du côté de mon père, puisqu'il était son frère, à ce qu'il m'a assuré; il s'est même mis à pleurer et à m'embrasser quand je lui ai dit que mon père était mort. Et, pour marque que je dis la vérité, ajouta-t-il en lui montrant la monnaie qu'il avait reçue, voilà ce qu'il m'a donné. Il m'a aussi chargé de vous saluer de sa part et de vous dire que demain, s'il en a le temps, il viendra vous saluer, pour voir en même temps la maison où mon père a vécu et où il est mort. — Mon fils, repartit la mère, il est vrai que votre père avait un frère; mais il y a longtemps qu'il est mort, et je ne lui ai jamais entendu dire qu'il en eût un autre. » Ils n'en dirent pas davantage touchant le magicien africain.

Le lendemain, le magicien africain aborda Aladdin une seconde fois, comme il jouait dans un autre endroit de la ville avec d'autres enfants. Il l'embrassa comme il avait fait le jour précédent, et, en lui mettant deux pièces d'or dans la main, il lui dit : « Mon fils, portez cela à votre mère, et dites-lui que j'irai la voir ce soir, et qu'elle achète de quoi souper, afin que nous mangions ensemble; mais auparavant enseignez-moi où je trouverai la maison. » Il le lui enseigna, et le magicien africain le laissa aller.

Aladdin porta les deux pièces d'or à sa mère; et, dès qu'il lui eut dit quelle était l'intention de son oncle, elle sortit pour les aller employer, et revint avec de bonnes provisions; et, comme elle était dépourvue d'une bonne partie de la vaisselle dont elle avait besoin, elle alla en emprunter chez ses voisins. Elle employa toute la journée à préparer le souper; et sur le soir, dès que tout fut prêt, elle dit à Aladdin : « Mon fils, votre oncle ne sait peut-être pas où est notre maison; allez au-devant de lui, et l'amenez si vous le voyez. »

Quoique Aladdin eût enseigné la maison au magicien africain, il était prêt néanmoins de sortir quand on frappa à la porte. Aladdin ouvrit, et il reconnut le magicien africain, qui entra chargé de bouteilles de vin et de plusieurs sortes de fruits qu'il apportait pour le souper.

Après que le magicien africain eut mis ce qu'il apportait entre les mains d'Aladdin, il salua sa mère, et il la pria de lui montrer la place où son frère Mustafa avait coutume de s'asseoir sur le sofa. Elle la lui montra; et aussitôt il se prosterna, et il baisa cette place plusieurs fois les larmes aux yeux, en s'écriant : « Mon pauvre frère, que je suis malheureux de n'être pas arrivé assez à temps pour vous embrasser encore une fois avant votre mort! » Quoique la mère d'Aladdin l'en priât, jamais il ne voulut s'asseoir à la même place. « Non, dit-il, je m'en garderai bien; mais souffrez que je me mette ici vis-à-vis, afin que, si je suis privé de la satisfaction de l'y voir en personne, comme père d'une famille qui m'est si chère, je puisse au moins l'y regarder comme s'il était présent. » La mère d'Aladdin ne le pressa pas davantage, et elle le laissa dans la liberté de prendre la place qu'il voulut.

Quand le magicien africain se fut assis à la place qu'il lui avait plu de choisir, il commença de s'entretenir avec la mère d'Aladdin. « Ma bonne sœur, lui disait-il, ne vous étonnez point de ne m'avoir pas vu tout le temps que vous avez été mariée avec mon frère Mustafa d'heureuse mémoire; il y a quarante ans que je suis sorti de ce pays, qui est le mien aussi bien que celui de feu mon frère. Depuis ce temps-là, après avoir voyagé dans les Indes, dans la Perse, dans l'Arabie, dans la Syrie, en Égypte, et séjourné dans les belles villes de ces pays-là, je passai en Afrique, où j'ai fait un plus long séjour. A la fin, comme il est naturel à l'homme, quelque éloigné qu'il soit du pays de sa naissance, de n'en perdre jamais la mémoire, non plus que de ses parents et de ceux avec qui il a été élevé, il m'a pris un désir si efficace de revoir le mien et de venir embrasser mon cher frère, pendant que je me sentais encore assez de force et de courage pour entreprendre un si long voyage, que je n'ai pas différé à faire mes préparatifs et à me mettre en chemin. Je ne vous dis rien de la longueur du temps que j'y ai mis, de tous les obstacles que j'ai rencontrés et de toutes les fatigues que j'ai souffertes pour arriver jusqu'ici; je vous dirai seulement que rien ne m'a mortifié et affligé davantage, dans tous mes voyages, que quand j'ai appris la mort d'un frère que j'avais toujours aimé, et que j'aimais d'une amitié véritablement fraternelle. J'ai remarqué de ses traits dans le visage de mon neveu votre fils, et c'est ce qui me l'a fait distinguer par-dessus tous les autres enfants avec qui il était. Il a pu vous dire de quelle manière j'ai reçu la triste nouvelle qu'il n'était plus au monde; mais il faut louer Dieu de toutes choses. Je me console de le retrouver dans un fils qui en conserve les traits les plus remarquables. »

Le magicien africain, qui s'aperçut que la mère d'Aladdin s'attendrissait sur le souvenir de son mari, en renouvelant sa douleur, changea de discours, et, en se tournant du côté d'Aladdin, il lui demanda son nom. « Je m'appelle Aladdin, lui dit-il. — Hé bien, Aladdin, reprit le magicien, à quoi vous occupez-vous ? Savez-vous quelque métier ? »

A cette demande, Aladdin baissa les yeux et fut déconcerté; mais sa mère, en prenant la parole : « Aladdin, dit-elle, est un fainéant. Son père a fait tout son possible, pendant qu'il vivait, pour lui apprendre son métier, et il n'a pu en venir à bout; et depuis qu'il est mort, nonobstant tout ce que j'ai pu lui dire et ce que je lui répète chaque jour, il ne fait autre métier que de faire le vagabond et passer tout son temps à jouer avec les enfants, comme vous l'avez vu, sans considérer qu'il n'est plus enfant; et, si vous ne lui en faites la honte et qu'il n'en profite pas, je désespère que jamais il puisse rien valoir. Il sait que son père n'a laissé aucun bien, et il voit lui-même qu'à filer du coton pendant tout le jour comme je fais j'ai bien de la peine à gagner de quoi nous avoir du pain. Pour moi, je suis résolue de lui fermer la porte un de ces jours, et de l'envoyer en chercher ailleurs. »

Après que la mère d'Aladdin eut achevé ces paroles en fondant en larmes, le magicien africain dit à Aladdin : « Cela n'est pas bien, mon neveu, il faut songer à vous aider vous-même et à gagner votre vie. Il y a des métiers de plusieurs sortes; voyez s'il n'y en a pas quelqu'un pour lequel vous ayez inclination plutôt que pour un autre. Peut-être que celui de votre père vous déplaît, et que vous vous accommoderiez mieux d'un autre : ne me dissimulez point ici vos sentiments, je ne cherche qu'à vous aider. » Comme il vit qu'Aladdin ne répondait rien : « Si vous avez de la répugnance pour apprendre un métier, continua-t-il, et que vous vouliez être honnête homme, je vous lèverai une boutique garnie de riches étoffes et de toiles fines; vous vous mettrez en état de les vendre, et, de l'argent que vous en ferez, vous en achèterez d'autres marchandises, et de cette manière vous vivrez honorablement. Consultez-vous vous-même, et dites-moi franchement ce que vous en pensez; vous me trouverez toujours prêt de tenir ma promesse. »

Cette offre flatta fort Aladdin, à qui le travail manuel déplaisait d'autant plus qu'il avait assez de connaissances pour s'être aperçu que les boutiques de ces sortes de marchandises étaient propres et fréquentées, et que les marchands étaient bien habillés et fort considérés. Il marqua au magicien africain, qu'il regardait comme son oncle, que son penchant était plutôt de ce côté-là que d'aucun autre, et qu'il lui serait obligé toute sa vie du bien qu'il voulait lui faire. « Puisque cette profession vous agrée, reprit le magicien africain, je vous mènerai demain avec moi, et je vous ferai habiller proprement et richement, conformément à l'état d'un des plus gros marchands de cette ville; et après-demain nous songerons à vous lever une boutique de la manière que je l'entends. »

La mère d'Aladdin, qui n'avait pas cru jusqu'alors que le magicien africain fût frère de son mari, n'en douta nullement après tout le bien qu'il promettait de faire à son fils. Elle le remercia de ses bonnes intentions, et, après avoir exhorté Aladdin à se rendre digne de tous les biens que son oncle lui faisait espérer, elle servit le souper. La conversation roula sur le même sujet pendant tout le repas, et jusqu'à ce que le magicien, qui vit que la nuit était avancée, prît congé de la mère et du fils et se retirât.

Le lendemain matin, le magicien africain ne manqua pas de revenir chez la veuve de Mustafa le tailleur, comme il l'avait promis. Il prit Aladdin avec lui, et il le mena chez un gros marchand qui ne vendait que des habits tout faits, de toutes sortes de belles étoffes, pour les différents âges et conditions. Il s'en fit montrer de convenables à la grandeur d'Aladdin, et, après avoir mis à part tous ceux qui lui plaisaient davantage et rejeté les autres qui n'étaient pas de la beauté qu'il entendait, il dit à Aladdin : « Mon neveu, choisissez dans tous ces habits celui que vous aimez le mieux. » Aladdin, charmé des libéralités de son nouvel oncle, en choisit un, et le magicien l'acheta, avec tout ce qui devait l'accompagner, et paya le tout sans marchander.

Lorsque Aladdin se vit ainsi habillé magnifiquement depuis les pieds jusqu'à la tête, il fit à son oncle tous les remerciements imaginables, et le magicien lui promit encore de ne le point abandonner et de l'avoir toujours avec lui. En effet, il le mena dans les lieux les plus fréquentés de la ville, particulièrement dans ceux où étaient les boutiques des riches marchands; et, quand il fut dans la rue où étaient les boutiques des plus riches étoffes et des toiles fines, il dit à Aladdin : « Comme vous serez bientôt marchand comme ceux que vous voyez, il est bon que vous les fréquentiez, et qu'ils vous connaissent. » Il lui fit voir aussi les mosquées les plus belles et les plus grandes, et le conduisit dans les khans où logeaient les marchands étrangers, et dans tous les endroits du palais du sultan où il était libre d'entrer. Enfin, après avoir parcouru ensemble tous les beaux endroits de la ville, ils arrivèrent dans le khan où le magicien avait pris un appartement. Il s'y trouva quelques marchands avec lesquels il avait commencé de faire connaissance depuis son arrivée, et qu'il avait assemblés exprès pour les bien régaler, et leur donner en même temps la connaissance de son prétendu neveu.

Le régal ne finit que sur le soir. Aladdin voulut prendre congé de son oncle pour s'en retourner; mais le magicien africain ne voulut pas le laisser aller seul, et le reconduisit lui-même chez sa mère. Dès qu'elle eut aperçu son fils si bien habillé, elle fut transportée de joie ; et elle ne cessait de donner mille bénédictions au magicien, qui avait fait une si grande dépense pour son enfant. « Généreux parent, lui dit-elle, je ne sais comment vous remercier de votre libéralité. Je sais que mon fils ne mérite pas le bien que vous lui faites, et qu'il en serait indigne s'il n'en était reconnaissant et s'il négligeait de répondre à la bonne intention que vous avez de lui donner un établissement si distingué. En mon particulier, ajouta-t-elle, je vous en remercie encore de toute mon âme, et je vous souhaite une vie assez longue pour être témoin de la reconnaissance de mon fils, qui ne peut mieux vous la témoigner qu'en se gouvernant selon vos bons conseils.

— Aladdin, reprit le magicien africain, est un bon enfant ; il m'écoute assez, et je crois que nous en ferons quelque chose de bon. Je suis fâché d'une chose, de ne pouvoir exécuter demain ce que je lui ai promis. C'est jour de vendredi, les boutiques seront fermées, et il n'y aura pas lieu de songer à en louer une et à la garnir pendant que les marchands ne penseront qu'à se divertir. Ainsi nous remettrons l'affaire à samedi ; mais je viendrai demain le prendre, et je le mènerai promener dans les jardins où le beau monde a coutume de se trouver. Il n'a peut-être encore rien vu des divertissements qu'on y prend. Il n'a été jusqu'à présent qu'avec des enfants, il faut qu'il voie des hommes. » Le magicien africain prit enfin congé de la mère et du fils, et se retira. Aladdin cependant, qui était déjà dans une grande joie de se voir si bien habillé, se fit encore un plaisir par avance de la promenade des jardins des environs de la ville. En effet, jamais il n'était sorti hors des portes, et jamais il n'avait vu les environs, qui étaient d'une grande beauté et très agréables.

Aladdin se leva et s'habilla le lendemain de grand matin, pour être prêt à partir quand son oncle viendrait le prendre. Après avoir attendu longtemps, à ce qu'il lui semblait, l'impatience lui fit ouvrir la porte et se tenir sur le pas pour voir s'il ne le verrait point. Dès qu'il l'aperçut, il en avertit sa mère, et, en prenant congé d'elle, il ferma la porte et courut à lui pour le joindre.

Le magicien africain fit beaucoup de caresses à Aladdin quand il le vit. « Allons, mon cher enfant, lui dit-il d'un air riant, je veux vous faire voir aujourd'hui de belles choses. » Il le mena par une porte qui conduisait à des grandes et belles maisons, ou plutôt à des palais magnifiques qui avaient chacun de très beaux jardins dont les entrées étaient libres. A chaque palais qu'ils rencontraient, il demandait à Aladdin s'il le trouvait beau ; et Aladdin, en le prévenant, quand un autre se présentait : « Mon oncle, disait-il, en voici un plus beau que ceux que nous venons de voir. » Cependant ils avançaient toujours plus avant dans la campagne, et le rusé magicien, qui avait envie d'aller plus loin pour exécuter le dessein qu'il avait dans la tête, prit occasion d'entrer dans un de ces jardins. Il s'assit près d'un grand bassin qui recevait une très belle eau par un mufle de lion de bronze, et feignit qu'il était las afin de faire reposer Aladdin. « Mon neveu, lui dit-il, vous devez être fatigué aussi bien que moi ; reposons-nous ici pour reprendre des forces : nous aurons plus de courage à poursuivre notre promenade. »

Quand ils furent assis, le magicien africain tira d'un linge attaché à sa ceinture des gâteaux et plusieurs sortes de fruits dont il avait fait provision, et il l'étendit sur le bord du bassin. Il partagea un gâteau entre lui et Aladdin, et, à l'égard des fruits, il lui laissa la liberté de choisir ceux qui seraient le plus à son goût. Pendant ce petit repas, il entretint son prétendu neveu de plusieurs enseignements qui tendaient à l'exhorter de se détacher de la fréquentation des enfants, et de s'approcher plutôt des hommes sages et prudents, de les écouter et de profiter de leurs entretiens. « Bientôt, lui disait-il, vous serez un homme comme eux, et vous ne pouvez vous accoutumer de trop bonne heure à dire de bonnes choses à leur exemple. » Quand ils eurent achevé ce petit repas, ils se levèrent, et ils poursuivirent leur chemin au travers des jardins, qui n'étaient séparés les uns des autres que par de petits fossés qui en marquaient les limites, mais qui n'en empêchaient pas la communication. La bonne foi faisait que les citoyens de cette capitale n'apportaient pas plus de précaution pour s'empêcher les uns les autres de se nuire. Insensiblement le magicien africain mena Aladdin assez loin au-delà des jardins, et le fit traverser des campagnes qui le conduisirent jusques assez près des montagnes.

Aladdin, qui de sa vie n'avait fait tant de chemin, se sentit fort fatigué d'une si longue marche. « Mon oncle, dit-il au magicien africain, où allons-nous ? Nous avons laissé les jardins bien loin derrière nous, et je ne vois plus que des montagnes. Si nous avançons plus loin, je ne sais si j'aurai assez de force pour retourner jusqu'à la ville. — Prenez courage, mon neveu, lui dit le faux oncle, je veux vous faire voir un autre jardin qui surpasse tous ceux que vous venez de voir; il n'est pas loin d'ici, il n'y a qu'un pas; et, quand nous y serons arrivés, vous me direz vous-même si vous ne seriez pas fâché de ne l'avoir pas vu après vous en être approché de si près. » Aladdin se laissa persuader, et le magicien le mena encore fort loin, en l'entretenant de différentes histoires amusantes, pour lui rendre le chemin moins ennuyeux et la fatigue plus supportable.

Ils arrivèrent enfin entre deux montagnes d'une hauteur médiocre et à peu près égales, séparées par un vallon de très peu de largeur. C'était là cet endroit remarquable où le magicien africain avait voulu amener Aladdin pour l'exécution d'un grand dessein qui l'avait fait venir de l'extrémité de l'Afrique jusqu'à la Chine. « Nous n'allons pas plus loin, dit-il à Aladdin : je veux vous faire voir ici des choses extraordinaires et inconnues à tous les mortels; et, quand vous les aurez vues, vous me remercierez d'avoir été témoin de tant de merveilles que personne au monde n'aura vues que vous. Pendant que je vais battre le fusil, amassez, de toutes les broussailles que vous voyez, celles qui seront les plus sèches, afin d'allumer du feu. »

Il y avait une si grande quantité de ces broussailles qu'Aladdin en eut bientôt fait un amas plus que suffisant dans le temps que le magicien allumait l'allumette. Il y mit le feu; et, dans le moment que les broussailles s'enflammèrent, le magicien africain y jeta d'un parfum qu'il avait tout prêt. Il s'éleva une fumée fort épaisse, qu'il détourna de côté et d'autre en prononçant des paroles magiques auxquelles Aladdin ne comprit rien.

Dans le même moment, la terre trembla un peu et s'ouvrit en cet endroit devant le magicien et Aladdin, et fit voir à découvert une pierre d'environ un pied et demi en carré, et d'environ un pied de profondeur, posée horizontalement, avec un anneau de bronze scellé dans le milieu pour s'en servir à la lever. Aladdin, effrayé de tout ce qui se passait à ses yeux, eut peur et voulut prendre la fuite. Mais il était nécessaire à ce mystère, et le magicien le retint et le gronda fort, en lui donnant un soufflet si fortement appliqué qu'il le jeta par terre et que peu s'en fallut qu'il ne lui enfonçât les dents de devant dans la bouche, comme il y parut par le sang qui en sortit. Le pauvre Aladdin, tout tremblant et les larmes aux yeux : « Mon oncle, s'écria-t-il en pleurant, qu'ai-je donc fait pour avoir mérité que vous me frappiez si rudement ? — J'ai mes raisons pour le faire, lui répondit le magicien. Je suis votre oncle, qui vous tient présentement lieu de père, et vous ne devez pas me répliquer. Mais, mon enfant, ajouta-t-il en se radoucissant, ne craignez rien : je ne demande autre chose de vous que vous m'obéissiez exactement, si vous voulez bien profiter et vous rendre digne des grands avantages que je veux vous faire. » Ces belles promesses du magicien calmèrent un peu la crainte et le ressentiment d'Aladdin; et, lorsque le magicien le vit entièrement rassuré : « Vous avez vu, continua-t-il, ce que j'ai fait par la vertu de mon parfum et des paroles que j'ai prononcées. Apprenez donc présentement que sous cette pierre que vous voyez il y a un trésor caché qui vous est destiné, et qui doit vous rendre un jour plus riche que les plus grands rois du monde. Cela est si vrai qu'il n'y a personne au monde que vous à qui il soit permis de toucher cette pierre et de la lever pour y entrer; il m'est même défendu d'y toucher et de mettre le pied dans le trésor quand il sera ouvert. Pour cela, il faut que vous exécutiez de point en point ce que je vous dirai, sans y manquer : la chose est de grande conséquence et pour vous et pour moi. »

Aladdin, toujours dans l'étonnement de ce qu'il voyait et de tout ce qu'il venait d'entendre dire au magicien de ce trésor qui devait le rendre heureux à jamais, oublia tout ce qui s'était passé. « Hé bien, mon oncle, dit-il au magicien en se levant, de quoi s'agit-il ? Commandez, je suis tout prêt à obéir. — Je suis ravi, mon enfant, lui dit le magicien africain en l'embrassant, que vous ayez pris ce parti; venez, approchez-vous, prenez cet anneau et levez la pierre. — Mais, mon oncle, reprit Aladdin, je ne suis pas assez fort pour la lever; il faut donc que vous m'aidiez. — Non, reprit le magicien africain, vous n'avez pas besoin de mon aide, et nous ne ferions rien, vous et moi, si je vous aidais : il faut que vous la leviez vous seul. Prononcez seulement le nom de votre père et de votre grand-père, en tenant l'anneau, et levez : vous verrez qu'elle viendra à vous sans peine. » Aladdin fit comme le magicien lui avait dit : il leva la pierre avec facilité, et il la posa à côté.

Quand la pierre fut ôtée, un caveau de trois à quatre pieds de profondeur se fit voir avec une petite porte et des degrés pour descendre plus bas. « Mon fils, dit alors le magicien africain à Aladdin, observez exactement tout ce que je vais vous dire. Descendez dans ce caveau; quand vous serez au bas des degrés que vous voyez, vous trouverez une porte ouverte qui vous conduira dans un grand lieu voûté et partagé en trois grandes salles l'une après l'autre. Dans chacune, vous verrez à droite et à gauche quatre vases de bronze grands comme des cuves, pleins d'or et d'argent; mais gardez-vous bien d'y toucher. Avant d'entrer dans la première salle, levez votre robe et serrez-la bien autour de vous. Quand vous y serez entré, passez à la seconde sans vous arrêter, et de là à la troisième, aussi sans vous arrêter. Sur toutes choses, gardez-vous bien d'approcher des murs et d'y toucher même avec votre robe : car si vous y touchiez, vous mourriez sur-le-champ; c'est pour cela que je vous ai dit de la tenir serrée autour de vous. Au bout de la troisième salle, il y a une porte qui vous donnera entrée dans un jardin planté de beaux arbres tous chargés de fruits; marchez tout droit, et traversez ce jardin par un chemin qui vous mènera à un escalier de cinquante marches pour monter sur une terrasse. Quand vous serez sur la terrasse, vous verrez devant vous une niche, et dans la niche une lampe allumée; prenez la lampe, éteignez-la, et, quand vous aurez jeté le lumignon et versé la liqueur, mettez-la dans votre sein et apportez-la-moi. Ne craignez pas de gâter votre habit : la liqueur n'est pas de l'huile, et la lampe sera sèche dès qu'il n'y en aura plus. Si les fruits du jardin vous font envie, vous pouvez en cueillir autant que vous voudrez : cela ne vous est pas défendu. »

En achevant ces paroles, le magicien africain tira un anneau qu'il avait au doigt, et il le mit à l'un des doigts d'Aladdin en lui disant que c'était un préservatif contre tout ce qui pourrait lui arriver de mal, en observant bien tout ce qu'il venait de lui prescrire. « Allez, mon enfant, lui dit-il après cette instruction, descendez hardiment; nous allons être riches l'un et l'autre pour toute notre vie. »

Aladdin sauta légèrement dans le caveau, et il descendit jusqu'au bas des degrés : il trouva les trois salles dont le magicien africain lui avait fait la description.

Il passa au travers avec d'autant plus de précaution qu'il appréhendait de mourir s'il manquait à observer soigneusement ce qui lui avait été prescrit. Il traversa le jardin sans s'arrêter, monta sur la terrasse, prit la lampe allumée dans la niche, jeta le lumignon et la liqueur, et, en la voyant sans humidité comme le magicien le lui avait dit, il la mit dans son sein; il descendit de la terrasse, et il s'arrêta dans le jardin à en considérer les fruits qu'il n'avait vus qu'en passant. Les arbres de ce jardin étaient tous chargés de fruits extraordinaires. Chaque arbre en portait de différentes couleurs : il y en avait de blancs, de luisants et transparents comme le cristal; de rouges, les uns plus chargés, les autres moins; de verts, de bleus, de violets, de tirant sur le jaune, et de plusieurs autres sortes de couleurs. Les blancs étaient des perles; les luisants et transparents, des diamants; les rouges les plus foncés, des rubis; les autres moins foncés, des rubis balais; les verts, des émeraudes; les bleus, des turquoises, les violets, des améthystes; ceux qui tiraient sur le jaune, des saphirs; et ainsi des autres; et ces fruits étaient tous d'une grosseur et d'une perfection à quoi on n'avait encore rien vu de pareil dans le monde. Aladdin, qui n'en connaissait ni le mérite ni la valeur, ne fut pas touché de la vue de ces fruits, qui n'étaient pas de son goût comme l'eussent été des figues, des raisins, et les autres fruits excellents qui sont communs dans la Chine. Aussi n'était-il pas encore dans un âge à en connaître le prix; il s'imagina que tous ces fruits n'étaient que du verre coloré, et qu'ils ne valaient pas davantage. La diversité de tant de belles couleurs, néanmoins, la beauté et la grosseur extraordinaires de chaque fruit, lui donnèrent envie d'en cueillir de toutes les sortes. En effet, il en prit plusieurs de chaque couleur, et il en emplit ses deux poches et deux bourses toutes neuves que le magicien lui avait achetées avec l'habit dont il lui avait fait présent, afin qu'il n'eût rien que de neuf; et, comme les deux bourses ne pouvaient tenir dans ses poches, qui étaient déjà pleines, il les attacha de chaque côté à sa ceinture; il en enveloppa même dans les plis de sa ceinture, qui était d'une étoffe de soie ample et à plusieurs tours, et il les accommoda de manière qu'ils ne pouvaient pas tomber; il n'oublia pas aussi d'en fourrer dans son sein, entre la robe et la chemise autour de lui.

Aladdin, ainsi chargé de tant de richesses sans le

savoir, reprit en diligence le chemin des trois salles, pour ne pas faire attendre trop longtemps le magicien africain, et, après avoir passé à travers avec la même précaution qu'auparavant, il remonta par où il était descendu et se présenta à l'entrée du caveau, où le magicien africain l'attendait avec impatience. Aussitôt qu'Aladdin l'aperçut : « Mon oncle, lui dit-il, je vous prie de me donner la main pour m'aider à monter. » Le magicien africain lui dit : « Mon fils, donnez-moi la lampe auparavant; elle pourrait vous embarrasser. — Pardonnez-moi, mon oncle, reprit Aladdin, elle ne m'embarrasse pas; je vous la donnerai dès que je serai monté. » Le magicien africain s'opiniâtra à vouloir qu'Aladdin lui mît la lampe entre les mains avant de le tirer du caveau, et Aladdin, qui avait embarrassé cette lampe avec tous ces fruits dont il s'était garni de tous côtés, refusa absolument de la donner qu'il ne fût hors du caveau. Alors le magicien africain, au désespoir de la résistance de ce jeune homme, entra dans une furie épouvantable : il jeta un peu de son parfum sur le feu qu'il avait eu soin d'entretenir, et à peine eut-il prononcé deux paroles magiques que la pierre qui servait à fermer l'entrée du caveau se remit d'elle-même à sa place, avec la terre par-dessus, au même état qu'elle était à l'arrivée du magicien africain et d'Aladdin.

Il est certain que le magicien africain n'était pas frère de Mustafa le tailleur, comme il s'en était vanté, ni par conséquent l'oncle d'Aladdin. Il était véritablement d'Afrique, et il y était né; et, comme l'Afrique est un pays où l'on est plus entêté de la magie que partout ailleurs, il s'y était appliqué dès sa jeunesse, et, après quarante années ou environ d'enchantements, d'opérations de géomancie, de suffumigations et de lecture de livres de magie, il était enfin parvenu à découvrir qu'il y avait dans le monde une lampe merveilleuse dont la possession le rendrait plus puissant qu'aucun monarque de l'univers, s'il pouvait en devenir le possesseur. Par une dernière opération de géomancie, il avait connu que cette lampe était dans un lieu souterrain au milieu de la Chine, à l'endroit et avec toutes les circonstances que nous venons de voir. Bien persuadé de la vérité de cette découverte, il était parti de l'extrémité de l'Afrique, comme nous l'avons dit, et, après un voyage long et pénible, il était arrivé à la ville qui était si voisine du trésor; mais, quoique la lampe fût certainement dans le lieu dont il avait connaissance, il ne lui était pas permis néanmoins de l'enlever lui-même, ni d'entrer en personne dans le lieu souterrain où elle était. Il fallait qu'un autre y descendît, l'allât prendre et la lui mît entre les mains. C'est pourquoi il s'était adressé à Aladdin, qui lui avait paru un jeune enfant sans conséquence et très propre à lui rendre ce service qu'il attendait de lui, bien résolu, dès qu'il aurait la lampe dans ses mains, de faire la dernière suffumigation que nous avons dite, et de prononcer les deux paroles magiques qui devaient faire l'effet que nous avons vu, et sacrifier le pauvre Aladdin à son avarice et à sa méchanceté, afin de n'en avoir pas de témoin. Le soufflet donné à Aladdin et l'autorité qu'il avait prise sur lui n'avaient pour but que de l'accoutumer à le craindre et à lui obéir exactement, afin que, lorsqu'il lui demanderait cette fameuse lampe magique, il la lui donnât aussitôt; mais il lui arriva tout le contraire de ce qu'il s'était proposé. Enfin il n'usa de sa méchanceté avec tant de précipitation, pour perdre le pauvre Aladdin, que parce qu'il craignit que, s'il contestait plus longtemps avec lui, quelqu'un ne vînt à les entendre et ne rendît public ce qu'il voulait tenir très caché.

Quand le magicien africain vit ses grandes et belles espérances échouées à n'y revenir jamais, il n'eut pas d'autre parti à prendre que celui de retourner en Afrique; c'est ce qu'il fit dès le même jour. Il prit sa route par des détours, pour ne pas rentrer dans la ville d'où il était sorti avec Aladdin. Il avait à craindre en effet d'être observé par plusieurs personnes qui pouvaient l'avoir vu se promener avec cet enfant, et revenir sans lui.

Selon toutes les apparences, on ne devait plus entendre parler d'Aladdin; mais celui-là même qui avait cru le perdre pour jamais n'avait pas fait attention qu'il lui avait mis au doigt un anneau qui pouvait servir à le sauver. En effet, ce fut cet anneau qui fut cause du salut d'Aladdin qui n'en savait nullement la vertu; et il est étonnant que cette perte, jointe à celle de la lampe, n'ait pas jeté ce magicien dans le dernier désespoir. Mais les magiciens sont si accoutumés aux disgrâces et aux événements contraires à leurs souhaits qu'ils ne cessent, tant qu'ils vivent, de se repaître de fumée, de chimères et de visions.

Aladdin, qui ne s'attendait pas à la méchanceté de son faux oncle après les caresses et le bien qu'il lui avait faits, fut dans un étonnement qu'il est plus aisé d'imaginer que de représenter par des paroles. Quand il se vit enterré tout vif, il appela mille fois son oncle en criant qu'il était prêt de lui donner la lampe; mais ses cris étaient inutiles, et il n'y avait plus moyen d'être entendu. Ainsi il demeura dans les ténèbres et dans l'obscurité. Enfin, après avoir donné quelque relâche à ses larmes, il descendit jusqu'au bas de l'escalier du caveau pour aller chercher la lumière dans le jardin où il avait déjà passé; mais le mur, qui s'était ouvert par enchantement, s'était refermé et rejoint par un autre enchantement. Il tâtonne devant lui à droite et à gauche par plusieurs fois, et il ne trouve plus de porte; il redouble ses cris et ses pleurs, et il s'asseoit sur les degrés du caveau, sans espoir de revoir jamais la lumière, et avec la triste certitude, au contraire, de passer des ténèbres où il était dans celles d'une mort prochaine.

Aladdin demeura deux jours en cet état, sans manger et sans boire; le troisième jour enfin, en regardant la mort inévitable, il éleva les mains en les joignant, et, avec une résignation entière à la volonté de Dieu, il s'écria : « Il n'y a de force et de puissance qu'en Dieu le haut, le grand! »

Dans cette action de mains jointes, il frotta sans y penser l'anneau que le magicien africain lui avait mis au doigt et dont il ne connaissait pas encore la vertu. Aussitôt un génie d'une figure énorme et d'un regard épouvantable s'éleva devant lui comme de dessous la terre, jusqu'à ce qu'il atteignît de la tête à la voûte, et dit à Aladdin ces paroles : *Que veux-tu ? Me voici prêt à t'obéir comme ton esclave, et l'esclave de tous ceux qui ont l'anneau au doigt, moi et les autres esclaves de l'anneau.*

En tout autre temps et en toute autre occasion, Aladdin, qui n'était pas accoutumé à de pareilles visions, eût pu être saisi de frayeur et perdre la parole à la vue d'une figure si extraordinaire; mais, occupé uniquement du danger présent où il était, il répondit sans hésiter : « Qui que tu sois, fais-moi sortir de ce lieu, si tu en as le pouvoir. » A peine eut-il prononcé ces paroles que la terre s'ouvrit et qu'il se trouva hors du caveau, et à l'endroit justement où le magicien l'avait amené.

On ne trouvera pas étrange qu'Aladdin, qui était demeuré si longtemps dans les ténèbres les plus épaisses, ait eu d'abord de la peine à soutenir le grand jour; il y accoutuma ses yeux peu à peu, et, en regardant autour de lui, il fut fort surpris de ne pas voir d'ouverture sur la terre. Il ne put comprendre de quelle manière il se trouvait si subitement hors de ses entrailles; il n'y eut que la place où les broussailles avaient été allumées qui lui fit reconnaître à peu près où était le caveau. Ensuite, en se tournant du côté de la ville, il l'aperçut au milieu des jardins qui l'environnaient; il reconnut le chemin par où le magicien africain l'avait amené, et il le reprit en rendant grâces à Dieu de se revoir une autre fois au monde, après avoir désespéré d'y revenir jamais. Il arriva jusqu'à la ville, et se traîna chez lui avec bien de la peine. En entrant chez sa mère, la joie de la revoir, jointe à la faiblesse dans laquelle il était de n'avoir pas mangé depuis près de trois jours, lui causèrent un évanouissement qui dura quelque temps. Sa mère, qui l'avait déjà pleuré comme perdu ou comme mort, en le voyant en cet état, n'oublia aucun de ses soins pour le faire revenir. Il revint enfin de son évanouissement, et les premières paroles qu'il prononça furent celles-ci : « Ma mère, avant toute chose, je vous prie de me donner à manger; il y a trois jours que je n'ai pris quoi que ce soit. » Sa mère lui apporta ce qu'elle avait, et, en le mettant devant lui : « Mon fils, lui dit-elle, ne vous pressez pas, cela est dangereux; mangez peu à peu et à votre aise, et ménagez-vous dans le grand besoin que vous en avez. Je ne veux pas même que vous me parliez : vous aurez assez de temps pour me raconter ce qui vous est arrivé quand vous serez rétabli. Je suis toute consolée de vous revoir, après l'affliction où je me suis trouvée depuis vendredi et toutes les peines que je me suis données pour apprendre ce que vous étiez devenu, dès que j'eus vu qu'il était nuit et que vous n'étiez pas revenu à la maison. »

Aladdin suivit le conseil de sa mère : il mangea tranquillement et peu à peu, et il but à proportion. Quand il eut achevé : Ma mère, dit-il, j'aurais de grandes plaintes à vous faire sur ce que vous m'avez abandonné avec tant de facilité à la discrétion d'un homme qui avait dessein de me perdre, et qui tient, à l'heure que je vous parle, ma mort si certaine qu'il ne doute pas ou que je ne sois plus en vie, ou que je ne doive la perdre au premier jour; mais vous avez cru qu'il était mon oncle, et je l'ai cru comme vous. Eh! pouvions-nous avoir d'autre pensée d'un homme qui m'accablait de caresses et de biens, et qui me faisait tant d'autres promesses avantageuses ? Sachez, ma mère, que ce n'est qu'un traître, un méchant, un fourbe. Il ne m'a fait tant de bien et tant de promesses qu'afin d'arriver au but qu'il s'était proposé de me perdre, comme je l'ai dit, sans que ni vous ni moi nous puissions en deviner la cause. De mon côté, je puis assurer que je ne lui ai donné aucun sujet qui méritât le moindre mauvais traitement. Vous le comprendrez vous-même par le récit fidèle que vous allez entendre de tout ce qui s'est passé depuis que je me suis séparé de vous jusqu'à l'exécution de son pernicieux dessein. »

Aladdin commença à raconter à sa mère tout ce qui lui était arrivé avec le magicien depuis le vendredi qu'il était venu le prendre pour le mener avec lui voir les palais et les jardins qui étaient hors de la ville; ce qui lui arriva dans le chemin, jusqu'à l'endroit des deux montagnes où se devait opérer le grand prodige du magicien; comment, avec un parfum jeté dans du feu et quelques paroles magiques, la terre s'était ouverte en un instant et avait fait voir l'entrée d'un caveau qui conduisait à un trésor inestimable. Il n'oublia pas le soufflet qu'il avait reçu du magicien, et de quelle manière, après s'être un peu radouci, il l'avait engagé par de grandes promesses, et en lui mettant son anneau au doigt, à descendre dans le caveau. Il n'omit aucune circonstance de tout ce qu'il avait vu en passant et en repassant dans les trois salles, dans le jardin, et sur la terrasse où il avait pris la lampe merveilleuse, qu'il montra à sa mère en la retirant de son sein, aussi bien que les fruits transparents et de différentes couleurs qu'il avait cueillis dans le jardin en s'en retournant, dont il joignit deux bourses pleines qu'il donna à sa mère, et dont elle fit peu de cas. Ces fruits étaient cependant des pierres précieuses. L'éclat, brillant comme le soleil, qu'ils rendaient à la faveur d'une lampe qui éclairait la chambre, devait faire juger de leur grand prix; mais la mère d'Aladdin n'avait pas sur cela plus de connaissance que son fils. Elle avait été élevée dans une condition très médiocre, et son mari n'avait pas eu assez de biens pour lui donner de ces sortes de pierreries. D'ailleurs, elle n'en avait jamais vu à aucune de ses parentes ni de ses voisines : ainsi il ne faut pas s'étonner si elle ne les regarda que comme des choses de peu de valeur et bonnes tout au plus à récréer la vue par la variété de leurs couleurs; ce qui fit qu'Aladdin les mit derrière un des coussins du sofa sur lequel il était assis. Il acheva le récit de son aventure en lui disant que, comme il fut revenu et qu'il se fut présenté à l'entrée du caveau, prêt à en sortir, sur le refus qu'il avait fait au magicien de lui donner la lampe qu'il voulait avoir, l'entrée du caveau s'était refermée en un instant par la force du parfum que le magicien avait jeté sur le feu, qu'il n'avait pas laissé éteindre, et des paroles qu'il avait prononcées. Mais il n'en put dire davantage sans verser des larmes, en lui représentant l'état malheureux où il s'était trouvé lorsqu'il s'était vu enterré tout vivant dans le fatal caveau jusqu'au moment qu'il en était sorti, et que, pour ainsi dire, il était revenu au monde par l'attouchement de son anneau, dont il ne connaissait pas encore la vertu. Quand il eut fini ce récit : « Il n'est pas nécessaire de vous en dire davantage, dit-il à sa mère; le reste vous est connu. Voilà enfin quelle a été mon aventure, et quel est le danger que j'ai couru depuis que vous ne m'avez vu. »

La mère d'Aladdin eut la patience d'entendre ce récit merveilleux et surprenant, et en même temps si affligeant pour une mère qui aimait son fils si tendrement malgré ses défauts, sans l'interrompre. Dans les endroits néanmoins les plus touchants, et qui faisaient connaître davantage la perfidie du magicien africain, elle ne put s'empêcher de faire paraître combien elle le détestait, par les marques de son indignation; mais, dès qu'Aladdin eut achevé, elle se déchaîna en mille injures contre cet imposteur : elle l'appela traître, perfide, barbare, assassin, trompeur, magicien, ennemi et destructeur du genre humain. « Oui, mon fils, ajouta-t-elle, c'est un magicien, et les magiciens sont des pestes publiques : ils ont commerce avec les démons par leurs enchantements et par leurs sorcelleries. Béni soit Dieu, qui n'a pas voulu que sa méchanceté insigne eût son effet entier contre vous! Vous devez bien le remercier de la grâce qu'il vous a faite! La mort vous était inévitable, si vous ne vous fussiez souvenu de lui et que vous n'eussiez imploré son secours. » Elle dit encore beaucoup de choses, en détestant toujours la trahison que le magicien avait faite à son fils; mais, en parlant, elle s'aperçut qu'Aladdin, qui n'avait pas dormi depuis trois jours, avait besoin de repos. Elle le fit coucher, et, peu de temps après, elle se coucha aussi.

Aladdin, qui n'avait pris aucun repos dans le lieu souterrain où il avait été enseveli à dessein qu'il y perdît la vie, dormit toute la nuit d'un profond sommeil, et ne se réveilla le lendemain que fort tard. Il se leva; et la première chose qu'il dit à sa mère, ce fut qu'il avait besoin de manger, et qu'elle ne pouvait lui faire un plus grand plaisir que de lui donner à déjeuner. « Hélas! mon fils, lui repondit sa mère, je n'ai pas seulement un morceau de pain à vous donner; vous mangeâtes hier au soir le peu de provisions qu'il y avait dans la maison; mais donnez-vous un peu de patience, je ne serai pas longtemps à vous en apporter. J'ai un peu de fil de coton de mon travail; je vais le vendre, afin de vous acheter du pain et quelque chose pour notre dîner. — Ma mère, reprit Aladdin, réservez votre fil de coton pour une autre fois, et donnez-moi la lampe que j'apportai hier; j'irai la vendre, et l'argent que j'en aurai servira à nous avoir de quoi déjeuner et dîner, et peut-être de quoi souper. »

La mère d'Aladdin prit la lampe où elle l'avait mise. « La voilà, dit-elle à son fils, mais elle est bien sale; pour peu qu'elle soit nettoyée, je crois qu'elle en vaudra quelque chose davantage. » Elle prit de l'eau et un peu de sable fin pour la nettoyer; mais à peine eut-elle commencé à frotter cette lampe qu'en un instant, en présence de son fils, un génie hideux et d'une grandeur gigantesque s'éleva et parut devant elle, et lui dit d'une voix tonnante : *Que veux-tu ? Me voici prêt à t'obéir comme ton esclave, et de tous ceux qui ont la lampe à la main, moi avec les autres esclaves de la lampe.*

La mère d'Aladdin n'était pas en état de répondre : sa vue n'avait pu soutenir la figure hideuse et épouvantable du génie; et sa frayeur avait été si grande dès les premières paroles qu'il avait prononcées qu'elle était tombée évanouie.

Aladdin, qui avait déjà eu une apparition à peu près semblable dans le caveau, sans perdre de temps ni le jugement, se saisit promptement de la lampe, et, en suppléant au défaut de sa mère, il répondit pour elle d'un ton ferme. « J'ai faim, dit-il au génie, apporte-moi de quoi manger. » Le génie disparut, et un instant après il revint chargé d'un grand bassin d'argent qu'il portait sur sa tête, avec douze plats couverts de même métal, pleins d'excellents mets arrangés dessus, avec six grands pains blancs comme neige sur les plats, deux bouteilles de vin exquis, et deux tasses d'argent à la main. Il posa le tout sur le sofa, et aussitôt il disparut.

Cela se fit en si peu de temps que la mère d'Aladdin

n'était pas encore revenue de son évanouissement quand le génie disparut pour la seconde fois. Aladdin, qui avait déjà commencé de lui jeter de l'eau sur le visage, sans effet, se mit en devoir de recommencer pour la faire revenir; mais, soit que les esprits qui s'étaient dissipés se fussent enfin réunis, ou que l'odeur des mets que le génie venait d'apporter y eût contribué pour quelque chose, elle revint dans le moment. « Ma mère, lui dit Aladdin, cela n'est rien; levez-vous et venez manger : voici de quoi vous remettre le cœur, et en même temps de quoi satisfaire au grand besoin que j'ai de manger. Ne laissons pas refroidir de si bons mets, et mangeons. »

La mère d'Aladdin fut extrêmement surprise quand elle vit le grand bassin, les douze plats, les six pains, les deux bouteilles et les deux tasses, et qu'elle sentit l'odeur délicieuse qui s'exhalait de tous ces plats. « Mon fils, demanda-t-elle à Aladdin, d'où nous vient cette abondance, et à qui sommes-nous redevables d'une si grande libéralité ? Le sultan aurait-il eu connaissance de notre pauvreté et aurait-il eu compassion de nous ? — Ma mère, reprit Aladdin, mettons-nous à table et mangeons, vous en avez besoin aussi bien que moi. Je vous le dirai quand nous aurons déjeuné. » Ils se mirent à table, et ils mangèrent avec d'autant plus d'appétit que la mère et le fils ne s'étaient jamais trouvés à une table si bien fournie.

Pendant le repas, la mère d'Aladdin ne pouvait se lasser de regarder et d'admirer le bassin et les plats, quoiqu'elle ne sût pas trop distinctement s'ils étaient d'argent ou d'une autre matière, tant elle était peu accoutumée à en voir de pareils; et, à proprement parler, sans avoir égard à leur valeur, qui lui était inconnue, il n'y avait que la nouveauté qui la tenait en admiration, et son fils Aladdin n'en avait pas plus de connaissance qu'elle.

Aladdin et sa mère, qui ne croyaient faire qu'un simple déjeuner, se trouvèrent encore à table à l'heure du dîner : des mets si excellents les avaient mis en appétit; et, pendant qu'ils étaient chauds, ils crurent qu'ils ne feraient pas mal de joindre les deux repas ensemble et de n'en pas faire à deux fois. Le double repas fini, il leur resta non seulement de quoi souper, mais même assez de quoi en faire deux autres repas aussi forts le lendemain.

Quand la mère d'Aladdin eut desservi et mis à part les viandes auxquelles ils n'avaient pas touché, elle vint s'asseoir sur le sofa auprès de son fils. « Aladdin, lui dit-elle, j'attends que vous satisfassiez à l'impatience où je suis d'entendre le récit que vous m'avez promis. » Aladdin lui raconta exactement tout ce qui s'était passé entre le génie et lui pendant son évanouissement, jusqu'à ce qu'elle fût revenue à elle.

La mère d'Aladdin était dans un grand étonnement du discours de son fils et de l'apparition du génie. « Mais, mon fils, reprit-elle, que voulez-vous dire avec vos génies ? Jamais, depuis que je suis au monde, je n'ai entendu dire que personne de ma connaissance en eût vu. Par quelle aventure ce vilain génie est-il venu se présenter à moi ? Pourquoi s'est-il adressé à moi et non pas à vous, à qui il a déjà apparu dans le caveau du trésor ?

— Ma mère, repartit Aladdin, le génie qui vient de vous apparaître n'est pas le même qui m'est apparu : ils se ressemblent en quelque manière par leur grandeur de géant; mais ils sont entièrement différents par leur mine et par leur habillement : aussi sont-ils à différents maîtres. Si vous vous en souvenez, celui que j'ai vu s'est dit esclave de l'anneau que j'ai au doigt, et celui que vous venez de voir s'est dit esclave de la lampe que vous aviez à la main. Mais je ne crois pas que vous l'ayez entendu : il me semble en effet que vous vous êtes évanouie dès qu'il a commencé à parler.

— Quoi! s'écria la mère d'Aladdin, c'est donc votre lampe qui est cause que ce maudit génie s'est adressé à moi plutôt qu'à vous ? Ah! mon fils! ôtez-la de devant mes yeux et la mettez où il vous plaira, je ne veux plus y toucher. Je consens plutôt qu'elle soit jetée ou vendue que de courir le risque de mourir de frayeur en la touchant. Si vous me croyez, vous vous déferez aussi de l'anneau. Il ne faut pas avoir commerce avec des génies : ce sont des démons, et notre prophète l'a dit.

— Ma mère, avec votre permission, reprit Aladdin, je me garderai bien présentement de vendre, comme j'étais près de le faire tantôt, une lampe qui va nous être si utile, à vous et à moi. Ne voyez-vous pas ce qu'elle vient de nous procurer ? Il faut qu'elle continue de nous fournir de quoi nous nourrir et nous entretenir. Vous devez juger comme moi que ce n'était pas sans raison que mon faux et méchant oncle s'était donné tant de mouvement et avait entrepris un si long et pénible voyage, puisque c'était pour parvenir à la possession de cette lampe merveilleuse, qu'il avait préférée à tout l'or et l'argent qu'il savait être dans les salles, et que j'ai vu moi-même, comme il m'en avait averti. Il savait trop bien le mérite et la valeur de cette lampe pour ne demander autre chose d'un trésor si riche. Puisque le hasard nous en a fait découvrir la vertu, faisons-en un usage qui nous soit profitable, mais d'une manière qui soit sans éclat, et qui ne nous attire pas l'envie et la jalousie de nos voisins. Je veux bien l'ôter de devant vos yeux, et la mettre dans un lieu où je la trouverai quand il en sera besoin, puisque les génies vous font tant de frayeur. Pour ce qui est de l'anneau, je ne saurais aussi me résoudre à le jeter : sans cet anneau, vous ne m'eussiez jamais revu; et, si je vivais à l'heure qu'il est, ce ne serait peut-être que pour peu de moments. Vous me permettrez donc de le garder et de le porter toujours au doigt bien précieusement. Qui sait s'il ne m'arrivera pas quelque autre danger, que nous ne pouvons prévoir ni vous ni moi, dont il pourra me délivrer ? » Comme le raisonnement d'Aladdin paraissait assez juste, sa mère n'eut rien à y répliquer. « Mon fils, lui dit-elle, vous pouvez faire comme vous l'entendrez; pour moi, je ne voudrais pas avoir affaire avec des génies. Je vous déclare que je m'en lave les mains, et que je ne vous en parlerai pas davantage. »

Le lendemain au soir, après le souper, il ne resta rien de la bonne provision que le génie avait apportée. Le jour suivant, Aladdin, qui ne voulait pas attendre que la faim le pressât, prit un des plats d'argent sous sa robe, et sortit du matin pour l'aller vendre. Il s'adressa à un juif qu'il rencontra dans son chemin; il le tira à l'écart, et, en lui montrant le plat, il lui demanda s'il voulait l'acheter.

Le juif rusé et adroit prend le plat, l'examine; et il n'eut pas plus tôt connu qu'il était de bon argent qu'il demanda à Aladdin combien il l'estimait. Aladdin, qui n'en connaissait pas la valeur, et qui n'avait jamais fait commerce de cette marchandise, se contenta de lui dire qu'il savait bien lui-même ce que ce plat pouvait valoir, et qu'il s'en rapportait à sa bonne foi. Le juif se trouva embarrassé de l'ingénuité d'Aladdin. Dans l'incertitude où il était de savoir si Aladdin en connaissait la matière et la valeur, il tira de sa bourse une pièce d'or qui ne faisait au plus que la soixante-deuxième partie de la valeur du plat, et il la lui présenta. Aladdin prit la pièce avec un grand empressement, et, dès qu'il l'eut dans la main, il se retira si promptement que le juif, non content du gain exorbitant qu'il faisait par cet achat, fut bien fâché de n'avoir pas pénétré qu'Aladdin ignorait le prix de ce qu'il lui avait vendu, et qu'il aurait pu lui en donner beaucoup moins. Il fut sur le point de courir après le jeune homme pour tâcher de retirer quelque chose de sa pièce d'or; mais Aladdin courait, et il était déjà si loin qu'il aurait eu de la peine à le joindre.

Aladdin, s'en retournant chez sa mère, s'arrêta à la boutique d'un boulanger chez qui il fit la provision de pain pour sa mère et pour lui, et qu'il paya sur sa pièce d'or, que le boulanger lui changea. En arrivant il donna le reste à sa mère, qui alla au marché acheter les autres provisions nécessaires pour vivre eux deux pendant quelques jours.

Ils continuèrent ainsi à vivre de ménage, c'est-à-dire qu'Aladdin vendit tous les plats au juif l'un après l'autre jusqu'au douzième, de la même manière qu'il avait fait le premier, à mesure que l'argent venait à manquer dans la maison. Le juif, qui avait donné une pièce d'or du premier, n'osa lui offrir moins des autres, de crainte de perdre une si bonne aubaine : il les paya tous sur le même pied. Quand l'argent du dernier plat fut dépensé, Aladdin eut recours au bassin, qui pesait lui seul dix fois autant que chaque plat. Il voulut le porter à son marchand ordinaire, mais son grand poids l'en empêcha. Il fut donc obligé d'aller chercher le juif, qu'il amena chez sa mère; et le juif, après avoir examiné le poids du bassin, lui compta sur-le-champ dix pièces d'or, dont Aladdin se contenta.

Tant que les dix pièces d'or durèrent, elles furent employées à la dépense journalière de la maison. Aladdin cependant, accoutumé à une vie oisive, s'était abstenu de jouer avec les jeunes gens de son âge depuis son aventure avec le magicien africain. Il passait les journées à se promener, ou à s'entretenir avec des gens avec lesquels il avait fait connaissance. Quelquefois il s'arrêtait dans les boutiques des gros marchands, où il prêtait l'oreille aux entretiens des gens de distinction qui s'y arrêtaient, ou qui s'y trouvaient comme à une espèce de rendez-vous; et ces entretiens peu à peu lui donnèrent quelque teinture de la connaissance du monde.

Quand il ne resta plus rien des dix pièces d'or, Aladdin eut recours à la lampe : il la prit à la main, chercha le même endroit que sa mère avait touché; et, comme il l'eut reconnu à l'impression que le sable y avait laissée, il la frotta comme elle avait fait; et aussitôt le même génie qui s'était déjà fait voir se présenta devant lui; mais, comme Aladdin avait frotté la lampe plus légèrement que sa mère, il lui parla aussi d'un ton plus radouci : *Que veux-tu ?* lui dit-il dans les mêmes termes qu'auparavant; *me voici prêt à t'obéir comme ton esclave, et de tous ceux qui ont la lampe à la main, moi et les autres esclaves de la lampe comme moi.* »

Aladdin lui dit : « J'ai faim, apporte-moi de quoi manger. » Le génie disparut, et peu de moments après il reparut chargé d'un service de table pareil à celui qu'il avait apporté la première fois; il le posa sur le sofa, et dans le moment il disparut.

La mère d'Aladdin, avertie du dessein de son fils, était sortie exprès pour quelque affaire, afin de ne se pas trouver dans la maison dans le temps de l'apparition du génie. Elle rentra peu de temps après, vit la table et le buffet très bien garnis, et demeura presque aussi surprise de l'effet prodigieux de la lampe qu'elle l'avait été la première fois. Aladdin et sa mère se mirent à table; et après le repas il leur resta encore de quoi vivre largement les deux jours suivants.

Dès qu'Aladdin vit qu'il n'y avait plus dans la maison ni pain ni autres provisions, ni argent pour en avoir, il prit un plat d'argent, et alla chercher le juif qu'il connaissait, pour le lui vendre. En y allant, il passa devant la boutique d'un orfèvre respectable par sa vieillesse, honnête homme, et d'une grande probité. L'orfèvre, qui l'aperçut, l'appela et le fit entrer. « Mon fils, lui dit-il, je vous ai déjà vu passer plusieurs fois, chargé comme vous l'êtes à présent, vous joindre à un tel juif, et repasser peu de temps après sans être chargé. Je me suis imaginé que vous lui vendez ce que vous portez. Mais vous ne savez peut-être pas que ce juif est un trompeur, et même plus trompeur que les autres juifs, et que personne de ceux qui le connaissent ne veut avoir affaire à lui. Au reste, ce que je vous dis ici n'est que pour vous faire plaisir; si vous voulez me montrer ce que vous portez présentement, et qu'il soit à vendre, je vous en donnerai fidèlement son juste prix, si cela me convient, sinon je vous adresserai à d'autres marchands qui ne vous tromperont pas. »

L'espérance de faire plus d'argent du plat fit qu'Aladdin le tira de dessous sa robe, et le montra à l'orfèvre.

Le vieillard, qui connut d'abord que le plat était d'argent fin, lui demanda s'il en avait vendu de semblables au juif, et combien il les lui avait payés. Aladdin lui dit naïvement qu'il en avait vendu douze, et qu'il n'avait reçu du juif qu'une pièce d'or de chacun. « Ah! le voleur! s'écria l'orfèvre. Mon fils, ajouta-t-il, ce qui est fait est fait, il n'y faut plus penser; mais, en vous faisant voir ce que vaut votre plat, qui est du meilleur argent dont nous nous servions dans nos boutiques, vous connaîtrez combien le juif vous a trompé. »

L'orfèvre prit la balance; il pesa le plat; et, après avoir expliqué à Aladdin ce que c'était qu'un marc d'argent, combien il valait, et ses subdivisions, il lui fit remarquer que, suivant le poids du plat, il valait soixante-douze pièces d'or, qu'il lui compta sur-le-champ en espèces. « Voilà, dit-il, la juste valeur de votre plat. Si vous en doutez, vous pouvez vous adresser à celui de nos orfèvres qu'il vous plaira; et, s'il vous dit qu'il vaut davantage, je vous promets de vous en payer le double. Nous ne gagnons que la façon de l'argenterie que nous achetons; et c'est ce que les juifs les plus équitables ne font pas. »

Aladdin remercia bien fort l'orfèvre du bon conseil qu'il venait de lui donner, et dont il tirait déjà un si grand avantage. Dans la suite, il ne s'adressa plus qu'à lui pour vendre les autres plats, aussi bien que le bassin, dont la juste valeur lui fut toujours payée à proportion de son poids. Quoique Aladdin et sa mère eussent une source intarrissable d'argent en leur lampe, pour s'en procurer tant qu'ils voudraient dès qu'il viendrait à leur manquer, ils continuèrent néanmoins de vivre toujours avec la même frugalité qu'auparavant, à la réserve de ce qu'Aladdin en mettait à part pour s'entretenir honnêtement et pour se pourvoir des commodités nécessaires dans leur petit ménage. Sa mère, de son côté, ne prenait la dépense de ses habits que sur ce que lui valait le coton qu'elle filait. Avec une conduite si sobre, il est aisé de juger combien de temps l'argent des douze plats et du bassin, selon le prix qu'Aladdin les avait vendus à l'orfèvre, devait leur avoir duré. Ils vécurent de la sorte pendant quelques années, avec le secours du bon usage qu'Aladdin faisait de la lampe de temps en temps.

Dans cet intervalle, Aladdin, qui ne manquait pas de se trouver avec beaucoup d'assiduité au rendez-vous des personnes de distinction, dans les boutiques des plus gros marchands de draps d'or et d'argent, d'étoffes de soie, de toiles les plus fines, et de joailleries, et qui se mêlait quelquefois dans leurs conversations, acheva de se former et prit insensiblement toutes les manières du beau monde. Ce fut particulièrement chez les joailliers qu'il fut détrompé de la pensée qu'il avait que les fruits transparents qu'il avait cueillis dans le jardin où il était allé prendre la lampe n'étaient que du verre coloré, et qu'il apprit que c'étaient des pierres de grand prix. A force de voir vendre et acheter de toutes sortes de ces pierreries dans leurs boutiques, il en appprit la connaissance et le prix; et, comme il n'en voyait pas de pareilles aux siennes, ni en beauté ni en grosseur, il comprit qu'au lieu de morceaux de verre qu'il avait regardés comme des bagatelles, il possédait un trésor inestimable. Il eut la prudence de n'en parler à personne, pas même à sa mère; et il n'y a pas de doute que son silence ne lui ait valu la haute fortune où nous verrons dans la suite qu'il s'éleva.

Un jour, en se promenant dans un quartier de la ville, Aladdin entendit publier à haute voix un ordre du sultan, de fermer les boutiques et les portes des maisons, et de se renfermer chacun chez soi jusqu'à ce que la princesse Badroulboudour, fille du sultan, fût passée pour aller au bain, et qu'elle en fût revenue.

Ce cri public fit naître à Aladdin la curiosité de voir la princesse à découvert; mais il ne le pouvait qu'en se mettant dans quelque maison de connaissance, et au travers d'une jalousie; ce qui ne le contentait pas, parce que la princesse, selon la coutume, devait avoir un voile sur le visage en allant au bain. Pour se satisfaire, il s'avisa d'un moyen qui lui réussit : il alla se placer derrière la porte du bain, qui était disposée de manière qu'il ne pouvait manquer de la voir venir en face.

Aladdin n'attendit pas longtemps : la princesse parut, et il la vit venir au travers d'une fente assez grande pour voir sans être vu. Elle était accompagnée d'une grande foule de ses femmes et d'eunuques qui marchaient sur les côtés et à sa suite. Quand elle fut à trois ou quatre pas de la porte du bain, elle ôta le voile qui lui couvrait le visage, et qui la gênait beaucoup; et de la sorte elle donna lieu à Aladdin de la voir d'autant plus à son aise qu'elle venait droit à lui.

Jusqu'à ce moment, Aladdin n'avait pas vu d'autres femmes le visage découvert que sa mère, qui était âgée et qui n'avait jamais eu d'assez beaux traits pour lui faire juger que les autres femmes fussent plus belles.

Il pouvait bien avoir entendu dire qu'il y en avait d'une beauté surprenante; mais, quelques paroles qu'on emploie pour relever le mérite d'une beauté, jamais elles ne font l'impression que la beauté fait elle-même.

Lorsque Aladdin eut vu la princesse Badroulboudour, il perdit la pensée qu'il avait que toutes les femmes dussent ressembler à peu près à sa mère; ses sentiments se trouvèrent bien différents, et son cœur ne put refuser toutes ses inclinations à l'objet qui venait de le charmer. En effet, la princesse était la plus belle brune que l'on pût voir au monde : elle avait les yeux grands, à fleur de tête, vifs et brillants, le regard doux et modeste, le nez d'une juste proportion et sans défaut, la bouche petite, les lèvres vermeilles et toutes charmantes par leur agreable symétrie; en un mot, tous les traits de son visage étaient d'une régularité accomplie. On ne doit donc pas s'étonner si Aladdin fut ébloui et presque hors de lui-même à la vue de l'assemblage de tant de merveilles qui lui étaient inconnues. Avec toutes ces perfections, la princesse avait encore une riche taille, un port et un air majestueux qui, à la voir seulement, lui attiraient le respect qui lui était dû.

Quand la princesse fut entrée dans le bain, Aladdin demeura quelque temps interdit et comme en extase, en retraçant et en s'imprimant profondément l'idée d'un objet dont il était charmé et pénétré jusqu'au fond du cœur. Il rentra enfin en lui-même; et, en considérant que la princesse était passée et qu'il garderait inutilement son poste pour la revoir à la sortie du bain, puisqu'elle devait lui tourner le dos et être voilée, il prit le parti de l'abandonner et de se retirer chez lui.

Aladdin, en rentrant chez lui, ne put si bien cacher son trouble et son inquiétude que sa mère ne s'en aperçût. Elle fut surprise de le voir ainsi triste et rêveur contre son ordinaire; elle lui demanda s'il lui était arrivé quelque chose, ou s'il se trouvait indisposé. Mais Aladdin ne lui fit aucune réponse, et il s'assit négligemment sur le sofa, où il demeura dans la même situation, toujours occupé à se retracer l'image charmante de la princesse Badroulboudour. Sa mère, qui préparait le souper, ne le pressa pas davantage. Quand il fut prêt, elle le servit près de lui sur le sofa, et se mit à table; mais, comme elle s'aperçut que son fils n'y faisait aucune attention, elle l'avertit de manger, et ce ne fut qu'avec bien de la peine qu'il changea de situation. Il mangea beaucoup moins qu'à l'ordinaire, les yeux toujours baissés, et avec un silence si profond qu'il ne fut pas possible à sa mère de tirer de lui la moindre parole sur toutes les demandes qu'elle lui fit pour tâcher d'apprendre le sujet d'un changement si extraordinaire.

Après le souper, elle voulut recommencer à lui demander le sujet d'une si grande mélancolie; mais elle ne put en rien savoir, et il prit le parti de s'aller coucher plutôt que de donner à sa mère la moindre satisfaction sur cela.

Sans examiner comment Aladdin, épris de la beauté et des charmes de la princesse Badroulboudour, passa la nuit, nous remarquerons seulement que le lendemain, comme il était assis sur le sofa vis-à-vis de sa mère qui filait du coton à son ordinaire, il lui parla en ces termes : « Ma mère, dit-il, je romps le silence que j'ai gardé depuis hier à mon retour de la ville; il vous a fait de la peine, et je m'en suis bien aperçu. Je n'étais pas malade, comme il m'a paru que vous l'avez cru, et je ne le suis pas encore; mais je ne puis vous dire ce que je sentais; et ce que je ne cesse encore de sentir est quelque chose de pire qu'une maladie. Je ne sais pas bien quel est ce mal; mais je ne doute pas que ce que vous allez entendre ne vous le fasse connaître. On n'a pas su dans ce quartier, continua Aladdin, et ainsi vous n'avez pu le savoir, qu'hier la princesse Badroulboudour, fille du sultan, alla au bain l'après-dîner. J'appris cette nouvelle en me promenant par la ville. On publia un ordre de fermer les boutiques et de se retirer chacun chez soi, pour rendre à cette princesse l'honneur qui lui est dû, et lui laisser le chemin libre dans les rues par où elle devait passer. Comme je n'étais pas éloigné du bain, la curiosité de la voir le visage découvert me fit naître la pensée d'aller me placer derrière la porte du bain, en faisant réflexion qu'il pouvait arriver qu'elle ôterait son voile quand elle serait près d'y entrer. Vous savez la disposition de la porte, et vous pouvez juger vous-même que je devais la voir à mon aise, si ce que je m'étais imaginé arrivait. En effet, elle ôta son voile en entrant, et j'eus le bonheur de voir cette aimable princesse avec la plus grande satisfaction du monde. Voilà, ma mère, le grand motif de l'état où vous me vîtes hier quand je rentrai, et le sujet du silence que j'ai gardé jusqu'à présent. J'aime la princesse d'un amour dont la violence est telle que je ne saurais vous l'exprimer; et, comme ma passion vive et ardente augmente à tout moment, je sens qu'elle ne peut être satisfaite que par la possession de l'aimable princesse Badroulboudour; ce qui fait que j'ai pris la résolution de la faire demander en mariage au sultan. »

La mère d'Aladdin avait écouté le discours de son fils avec assez d'attention jusqu'à ces dernières paroles; mais, quand elle eut entendu que son dessein était de faire demander la princesse Badroulboudour en mariage, elle ne put s'empêcher de l'interrompre par un grand éclat de rire. Aladdin voulut poursuivre; mais, en l'interrompant encore : « Eh! mon fils, lui dit-elle, à quoi pensez-vous ? Il faut que vous ayez perdu l'esprit pour me tenir un pareil discours!

— Ma mère, reprit Aladdin, je puis vous assurer que je n'ai pas perdu l'esprit, je suis dans mon bon sens. J'ai prévu les reproches de folie et d'extravagance que vous me faites, et ceux que vous pourriez me faire; mais tout cela ne m'empêchera pas de vous dire encore une fois que ma résolution est prise de faire demander au sultan la princesse Badroulboudour en mariage.

— En vérité, mon fils, repartit la mère très sérieusement, je ne saurais m'empêcher de vous dire que vous vous oubliez entièrement; et, quand même vous voudriez exécuter cette résolution, je ne vois pas par qui vous oseriez faire cette demande au sultan. — Par vous-même, répliqua aussitôt le fils sans hésiter. — Par moi! s'écria la mère d'un air de surprise et d'étonnement; et au sultan! Ah! je me garderai bien de m'engager dans une pareille entreprise! Et qui êtes-vous, mon fils, continua-t-elle, pour avoir la hardiesse de penser à la fille de votre sultan ? Avez-vous oublié que vous êtes fils d'un tailleur des moindres de sa capitale, et d'une mère dont les ancêtres n'ont pas été d'une naissance plus relevée ? Savez-vous que les sultans ne daignent pas donner leurs filles en mariage, même à des fils de sultans qui n'ont pas l'espérance de régner un jour comme eux ?

— Ma mère, répliqua Aladdin, je vous ai déjà dit que j'ai prévu tout ce que vous venez de me dire, et je dis la même chose de tout ce que vous y pourrez ajouter : vos discours ni vos remontrances ne me feront pas changer de sentiment. Je vous ai dit que je ferais demander la princesse Badroulboudour en mariage par votre entremise : c'est une grâce que je vous demande avec tout le respect que je vous dois, et je vous supplie de ne me la pas refuser, à moins que vous n'aimiez mieux me voir mourir que de me donner la vie une seconde fois. »

La mère d'Aladdin se trouva fort embarrassée quand elle vit l'opiniâtreté avec laquelle Aladdin persistait dans un dessein si éloigné du bon sens. « Mon fils, lui dit-elle encore, je suis votre mère ; et, comme une bonne mère qui vous ai mis au monde, il n'y a rien de raisonnable à mon état et au vôtre que je ne fusse prête à faire pour l'amour de vous. S'il s'agissait de parler de mariage pour vous avec la fille de quelqu'un de nos voisins, d'une condition pareille ou approchante de la vôtre, je n'oublierais rien, et je m'emploierais de bon cœur en tout ce qui serait de mon pouvoir ; encore, pour y réussir, faudrait-il que vous eussiez quelques biens ou quelques revenus, ou que vous sussiez un métier. Quand de pauvres gens comme nous veulent se marier, la première chose à quoi ils doivent songer, c'est d'avoir de quoi vivre. Mais, sans faire réflexion sur la bassesse de votre naissance, sur le peu de mérite et de biens que vous avez, vous prenez votre vol jusqu'au plus haut degré de la fortune, et vos prétentions ne sont pas moindres que de vouloir demander en mariage et d'épouser la fille de votre souverain, qui n'a qu'à dire un mot pour vous précipiter et vous écraser. Je laisse à part ce qui vous regarde, c'est à vous à y faire les réflexions que vous devez pour peu que vous ayez de bon sens. Je viens à ce qui me touche. Comment une pensée aussi extraordinaire que celle de vouloir que j'aille faire la proposition au sultan de vous donner la princesse sa fille en mariage a-t-elle pu vous venir dans l'esprit ? Je suppose que j'aie, je ne dis pas la hardiesse, mais l'effronterie d'aller me présenter devant Sa Majesté pour lui faire une demande si extravagante, à qui m'adresserai-je pour m'introduire ? Croyez-vous que le premier à qui j'en parlerais ne me traitât pas de folle, et ne me chassât pas indignement, comme je le mériterais ? Je suppose encore qu'il n'y ait pas de difficulté à se présenter à l'audience du sultan ; je sais qu'il n'y en a pas quand on s'y présente pour lui demander justice, et qu'il la rend volontiers à ses sujets quand ils la lui demandent. Je sais aussi que, quand on se présente à lui pour lui demander une grâce, il l'accorde avec plaisir, quand il voit qu'on l'a méritée et qu'on en est digne. Mais êtes-vous dans ce cas-là, et croyez-vous avoir mérité la grâce que vous voulez que je demande pour vous ? En êtes-vous digne ? Qu'avez-vous fait pour votre prince ou pour votre patrie, et en quoi vous êtes-vous distingué ? Si vous n'avez rien fait pour mériter une si grande grâce, et que d'ailleurs vous n'en soyez pas digne, avec quel front pourrai-je la demander ? Comment pourrais-je seulement ouvrir la bouche pour la proposer au sultan ? Sa présence toute majestueuse et l'éclat de sa cour me fermeraient la bouche aussitôt, à moi qui tremblais devant feu mon mari, votre père, quand j'avais à lui demander la moindre chose. Il y a une autre raison, mon fils, à quoi vous ne pensez pas, qui est qu'on ne se présente pas devant nos sultans sans un présent à la main, quand on a quelque grâce à leur demander. Les présents ont au moins cet avantage que, s'ils refusent la grâce, pour les raisons qu'ils peuvent avoir, ils écoutent au moins la demande et celui qui la fait, sans aucune répugnance. Mais quel présent avez-vous à faire ? Et, quand vous auriez quelque chose qui fût digne de la moindre attention d'un si grand monarque, quelle proportion y aurait-il de votre présent avec la demande que vous voulez lui faire ? Rentrez en vous-même, et songez que vous aspirez à une chose qu'il vous est impossible d'obtenir. »

Aladdin écouta fort tranquillement tout ce que sa mère put lui dire pour tâcher de le détourner de son dessein ; et, après avoir fait réflexion sur tous les points de sa remontrance, il prit enfin la parole et il lui dit : « J'avoue, ma mère, que c'est une grande témérité à moi d'oser porter mes prétentions aussi loin que je fais, et une grande inconsidération d'avoir exigé de vous avec tant de chaleur et de promptitude d'aller faire la proposition de mon mariage au sultan, sans prendre auparavant les moyens propres à vous procurer une audience et un accueil favorables. Je vous en demande pardon ; mais, dans la violence de la passion qui me possède, ne vous étonnez pas si d'abord je n'ai pas envisagé tout ce qui peut servir à me procurer le repos que je cherche. J'aime la princesse Badroulboudour au-delà de ce que vous pouvez vous imaginer, ou plutôt je l'adore, et je persévère toujours dans le dessein de l'épouser : c'est une chose arrêtée et résolue dans mon esprit. Je vous suis obligé de l'ouverture que vous venez de me faire ; je la regarde comme la première démarche qui doit me procurer l'heureux succès que je me promets. Vous me dites que ce n'est pas la coutume de se présenter devant le sultan sans un présent à la main, et que je n'ai rien qui soit digne de lui. Je tombe d'accord du présent, et je vous avoue que je n'y avais pas pensé. Mais, quant à ce que vous me dites que je n'ai rien qui puisse lui être présenté, croyez-vous, ma mère, que ce que j'ai apporté le jour que je fus délivré d'une mort inévitable de la manière que vous savez ne soit pas de quoi faire un présent très agréable au sultan ? Je parle de ce que j'ai apporté dans les deux bourses et dans ma ceinture, et que nous avons pris, vous et moi, pour des verres colorés; mais à présent je suis détrompé, et je vous apprends, ma mère, que ce sont des pierreries d'un prix inestimable, qui ne conviennent qu'à de grands monarques. J'en ai connu le mérite en fréquentant les boutiques de joailliers, et vous pouvez m'en croire sur ma parole. Toutes celles que j'ai vues chez nos marchands joailliers ne sont pas comparables à celles que nous possédons, ni en grosseur, ni en beauté; et cependant ils les font monter à des prix excessifs. A la vérité, nous ignorons, vous et moi, le prix des nôtres; mais, quoi qu'il en puisse être, autant que je puis en juger par le peu d'expérience que j'en ai, je suis persuadé que le présent ne peut être que très agréable au sultan. Vous avez une porcelaine assez grande et d'une forme très propre pour les contenir; apportez-la, et voyons l'effet qu'elles feront quand nous les y aurons arrangées selon leurs différentes couleurs. »

La mère d'Aladdin apporta la porcelaine, et Aladdin tira les pierreries des deux bourses et les arrangea dans la porcelaine. L'effet qu'elles firent au grand jour par la variété de leurs couleurs, par leur éclat et par leur brillant, fut tel que la mère et le fils en demeurèrent presque éblouis : ils en furent dans un grand étonnement, car ils ne les avaient vues l'un et l'autre qu'à la lumière d'une lampe. Il est vrai qu'Aladdin les avait vues chacune sur leurs arbres, comme des fruits qui devaient faire un spectacle ravissant; mais, comme il était encore enfant, il n'avait regardé ces pierreries que comme des bijoux propres à s'en jouer, et il ne s'en était chargé que dans cette vue et sans autre connaissance.

Après avoir admiré quelque temps la beauté du présent, Aladdin reprit la parole. « Ma mère, dit-il, vous ne vous excuserez plus d'aller vous présenter au sultan, sous prétexte de n'avoir pas un présent à lui faire; en voilà un, ce me semble, qui fera que vous serez reçue avec un accueil des plus favorables. »

Quoique la mère d'Aladdin, nonobstant la beauté et l'éclat du présent, ne le crût pas d'un prix aussi grand que son fils l'estimait, elle jugea néanmoins qu'il pouvait être agréé, et elle sentait bien qu'elle n'avait rien à lui répliquer sur ce sujet; mais elle en revenait toujours à la demande qu'Aladdin voulait qu'elle fît au sultan à la faveur de ce présent; cela l'inquiétait toujours fortement. « Mon fils, lui disait-elle, je n'ai pas de peine à concevoir que le présent fera son effet, et que le sultan voudra bien me regarder de bon œil; mais, quand il faudra que je m'acquitte de la demande que vous voulez que je lui fasse, je sens bien que je n'en aurai pas la force et que je demeurerai muette. Ainsi, non seulement j'aurai perdu mes pas, mais même le présent, qui, selon vous, est d'une richesse si extraordinaire, et je reviendrai avec confusion vous annoncer que vous serez frustré de votre espérance. Je vous l'ai déjà dit, et vous devez croire que cela arrivera ainsi. Mais, ajouta-t-elle, je veux que je me fasse violence pour me soumettre à votre volonté, et que j'aie assez de force pour oser faire la demande que vous voulez que je fasse, il arrivera très certainement ou que le sultan se moquera de moi et me renverra comme une folle, ou qu'il se mettra dans une juste colère, dont immanquablement nous serons, vous et moi, les victimes. »

La mère d'Aladdin dit encore à son fils plusieurs autres raisons pour tâcher de le faire changer de sentiment; mais les charmes de la princesse Badroulboudour avaient fait une impression trop forte dans son cœur pour le détourner de son dessein. Aladdin persista à exiger de sa mère qu'elle exécutât ce qu'il avait résolu; et, autant par la tendresse qu'elle avait pour lui que par la crainte qu'il ne s'abandonnât à quelque extrémité fâcheuse, elle vainquit sa répugnance, et elle condescendit à la volonté de son fils.

Comme il était trop tard et que le temps d'aller au palais pour se présenter au sultan ce jour-là était passé, la chose fut remise au lendemain. La mère et le fils ne s'entretinrent d'autre chose le reste de la journée, et Aladdin prit un grand soin d'inspirer à sa mère tout ce qui lui vint dans la pensée pour la confirmer dans le parti qu'elle avait enfin accepté, d'aller se présenter au sultan. Malgré toutes les raisons du fils, la mère ne pouvait se persuader qu'elle pût jamais réussir dans cette affaire; et véritablement il faut avouer qu'elle avait tout lieu d'en douter. « Mon fils, dit-elle à Aladdin, si le sultan me reçoit aussi favorablement que je le souhaite pour l'amour de vous, s'il écoute tranquillement la proposition que vous voulez que je lui fasse, mais si après ce bon accueil il s'avise de me demander où sont vos biens, vos richesses et vos États, car c'est de quoi il s'informera avant toutes choses, plutôt que de votre personne; si, dis-je, il me fait cette demande, que voulez-vous que je lui réponde ?

— Ma mère, répondit Aladdin, ne nous inquiétons point par avance d'une chose qui peut-être n'arrivera pas. Voyons premièrement l'accueil que vous fera le sultan, et la réponse qu'il vous donnera. S'il arrive qu'il veuille être informé de tout ce que vous venez de me dire, je verrai alors la réponse que j'aurai à lui faire. J'ai confiance que la lampe par le moyen de laquelle nous subsistons depuis quelques années ne me manquera pas dans le besoin. »

La mère d'Aladdin n'eut rien à répliquer à ce que son fils venait de lui dire. Elle fit réflexion que la lampe dont il parlait pouvait bien servir à de plus grandes merveilles qu'à leur procurer simplement de quoi vivre. Cela la satisfit, et leva en même temps toutes les difficultés qui auraient pu encore la détourner du service qu'elle avait promis de rendre à son fils auprès du sultan. Aladdin, qui pénétra dans la pensée de sa mère, lui dit : « Ma mère, au moins souvenez-vous de garder le secret; c'est de là que dépend tout le bon succès que nous devons attendre, vous et moi, de cette affaire. » Aladdin et sa mère se séparèrent pour prendre quelque repos; mais l'amour violent et les grands projets d'une fortune immense dont le fils avait l'esprit tout rempli l'empêchèrent de passer la nuit aussi tranquillement qu'il aurait bien souhaité. Il se leva avant la petite pointe du jour, et alla aussitôt éveiller sa mère. Il la pressa de s'habiller le plus promptement qu'elle pourrait, afin d'aller se rendre à la porte du palais du sultan et d'y entrer à l'ouverture, en même temps que le grand vizir, les vizirs subalternes et tous les grands officiers de l'État y entraient pour la séance du divan, où le sultan assistait toujours en personne.

La mère d'Aladdin fit tout ce que son fils voulut.

Elle prit la porcelaine où était le présent de pierreries, l'enveloppa dans un double linge, l'un très fin et très propre, l'autre moins fin, qu'elle lia par les quatre coins pour le porter plus aisément. Elle partit enfin avec une grande satisfaction d'Aladdin, et elle prit le chemin du palais du sultan. Le grand-vizir, accompagné des autres vizirs, et les seigneurs de la cour les plus qualifiés, étaient déjà entrés quand elle arriva à la porte. La foule de tous ceux qui avaient des affaires au divan était grande. On ouvrit, et elle marcha avec eux jusqu'au divan. C'était un très beau salon, profond et spacieux, dont l'entrée était grande et magnifique. Elle s'arrêta, et se rangea de manière qu'elle avait en face le sultan, le grand-vizir et les seigneurs qui avaient séance au conseil à droite et à gauche. On appela les parties les unes après les autres selon l'ordre des requêtes qu'elles avaient présentées, et leurs affaires furent rapportées, plaidées et jugées jusqu'à l'heure ordinaire de la séance du divan. Alors le sultan se leva, congédia le conseil, et rentra dans son appartement, où il fut suivi par le grand-vizir. Les autres vizirs et les ministres du conseil se retirèrent. Tous ceux qui s'y étaient trouvés pour des affaires particulières firent la même chose, les uns contents du gain de leurs procès, les autres mal satisfaits du jugement rendu contre eux, et d'autres enfin avec l'espérance d'être jugés dans une autre séance.

La mère d'Aladdin, qui avait vu le sultan se lever et se retirer, jugea bien qu'il ne reparaîtrait pas davantage ce jour-là, en voyant tout le monde sortir; ainsi elle prit le parti de retourner chez elle. Aladdin, qui la vit rentrer avec le présent destiné au sultan, ne sut d'abord que penser du succès de son voyage. Dans la crainte où il était qu'elle n'eût quelque chose de sinistre à lui annoncer, il n'avait pas la force d'ouvrir la bouche pour lui demander quelle nouvelle elle lui apportait. La bonne mère, qui n'avait jamais mis le pied dans le palais du sultan, et qui n'avait pas la moindre connaissance de ce qui s'y pratiquait ordinairement, tira son fils de l'embarras où il était en lui disant avec une grande naïveté : « Mon fils, j'ai vu le sultan, et je suis bien persuadée qu'il m'a vue aussi. J'étais placée devant lui, et personne ne l'empêchait de me voir; mais il était si fort occupé par tous ceux qui parlaient à droite et à gauche qu'il me faisait compassion de voir la peine et la patience qu'il se donnait à les écouter. Cela a duré si longtemps qu'à la fin je crois qu'il s'est ennuyé : car il s'est levé sans qu'on s'y attendît, et il s'est retiré assez brusquement, sans vouloir entendre quantité d'autres personnes qui étaient en rang pour lui parler à leur tour. Cela m'a fait cependant un grand plaisir. En effet, je commençais à perdre patience, et j'étais extrêmement fatiguée de demeurer debout si longtemps; mais il n'y a rien de gâté : je ne manquerai pas d'y retourner demain; le sultan ne sera peut-être pas si occupé. »

Quelque amoureux que fût Aladdin, il fut contraint de se contenter de cette excuse et de s'armer de patience. Il eut au moins la satisfaction de voir que sa mère avait fait la démarche la plus difficile, qui était de soutenir la vue du sultan, et d'espérer qu'à l'exemple de ceux qui lui avaient parlé en sa présence, elle n'hésiterait pas aussi à s'acquitter de la commission dont elle était chargée, quand le moment favorable de lui parler se présenterait.

Le lendemain, d'aussi grand matin que le jour précédent, la mère d'Aladdin alla encore au palais du sultan avec le présent de pierreries; mais son voyage fut inutile : elle trouva la porte du divan fermée, et elle apprit qu'il n'y avait de conseil que de deux jours l'un, et ainsi qu'il fallait qu'elle revînt le jour suivant. Elle s'en alla porter cette nouvelle à son fils, qui fut obligé de renouveler sa patience. Elle y retourna six autres fois aux jours marqués, en se plaçant toujours devant le sultan, mais avec aussi peu de succès que la première; et peut-être qu'elle y serait retournée cent autres fois aussi inutilement, si le sultan, qui la voyait toujours vis-à-vis de lui à chaque séance, n'eût fait attention à elle. Cela est d'autant plus probable qu'il n'y avait que ceux qui avaient des requêtes à présenter qui approchaient du sultan, chacun à leur tour, pour plaider leur cause dans leur rang; et la mère d'Aladdin n'était point dans ce cas-là.

Ce jour-là enfin, après la levée du conseil, quand le sultan fut rentré dans son appartement, il dit à son grand-vizir : « Il y a déjà quelque temps que je remarque une certaine femme qui vient régulièrement chaque jour que je tiens mon conseil, et qui porte quelque chose d'enveloppé dans un linge; elle se tient debout depuis le commencement de l'audience jusqu'à la fin et affecte de se mettre toujours devant moi : savez-vous ce qu'elle demande? »

Le grand-vizir, qui n'en savait pas plus que le sultan, ne voulut pas néanmoins demeurer court. « Sire, répondit-il, Votre Majesté n'ignore pas que les femmes forment souvent des plaintes sur des sujets de rien : celle-ci apparemment vient porter sa plainte devant Votre Majesté sur ce qu'on lui a vendu de la méchante farine, ou sur quelque autre tort d'aussi peu de conséquence. » Le sultan ne se satisfit pas de cette réponse. « Au premier jour du conseil, reprit-il, si cette femme revient, ne manquez pas de la faire appeler, afin que je l'entende. » Le grand-vizir ne lui répondit qu'en baisant la main et en la portant au-dessus de sa tête, pour marquer qu'il était prêt à la perdre s'il y manquait.

La mère d'Aladdin s'était déjà fait une habitude si grande de paraître au conseil devant le sultan qu'elle comptait sa peine pour rien, pourvu qu'elle fît connaître à son fils qu'elle n'oubliait rien de tout ce qui dépendait d'elle pour lui complaire. Elle retourna donc au palais le jour du conseil, et elle se plaça à l'entrée du divan, vis-à-vis le sultan, à son ordinaire.

Le grand-vizir n'avait pas encore commencé à rapporter aucune affaire quand le sultan aperçut la mère d'Aladdin. Touché de compassion de la longue patience dont il avait été témoin : « Avant toutes choses, de crainte que vous ne l'oubliiez, dit-il au grand-vizir, voilà la femme dont je vous parlais dernièrement; faites-la venir, et commençons par l'entendre et par expédier l'affaire qui l'amène. » Aussitôt le grand-vizir montra cette femme au chef des huissiers qui était debout, prêt à recevoir ses ordres, et lui commanda d'aller la prendre et de la faire avancer.

Le chef des huissiers vint jusqu'à la mère d'Aladdin; et, au signe qu'il lui fit, elle le suivit jusqu'au pied du trône du sultan, où il la laissa pour aller se ranger à sa place près du grand-vizir.

La mère d'Aladdin, instruite par l'exemple de tant d'autres qu'elle avait vus aborder le sultan, se prosterna le front contre le tapis qui couvrait les marches du trône, et elle demeura en cet état jusqu'à ce que le sultan lui commandât de se relever. Elle se leva; et alors : « Bonne femme, lui dit le sultan, il y a longtemps que je vous vois venir à mon divan, et demeurer à l'entrée depuis le commencement jusqu'à la fin : quelle affaire vous amène ici ? »

La mère d'Aladdin se prosterna une seconde fois

après avoir entendu ces paroles; et, quand elle fut relevée : « Monarque au-dessus des monarques du monde, dit-elle, avant d'exposer à Votre Majesté le sujet extraordinaire, et même presque incroyable, qui me fait paraître devant son trône sublime, je la supplie de me pardonner la hardiesse, pour ne pas dire l'impudence de la demande que je viens lui faire : elle est si peu commune que je tremble, et que j'ai honte de la proposer à mon sultan. » Pour lui donner la liberté entière de s'expliquer, le sultan commanda que tout le monde sortît du divan, et qu'on le laissât seul avec son grand-vizir; et alors il lui dit qu'elle pouvait parler et s'expliquer sans crainte.

La mère d'Aladdin ne se contenta pas de la bonté du sultan, qui venait de lui épargner la peine qu'elle eût pu souffrir en parlant devant tant de monde; elle voulut encore se mettre à couvert de l'indignation qu'elle avait à craindre de la proposition qu'elle devait lui faire, et à laquelle il ne s'attendait pas. « Sire, dit-elle en reprenant la parole, j'ose encore supplier Votre Majesté, au cas qu'elle trouve la demande que j'ai à lui faire offensante ou injurieuse en la moindre chose, de m'assurer auparavant de son pardon, et de m'en accorder la grâce. — Quoi que ce puisse être, repartit le sultan, je vous le pardonne dès à présent, et il ne vous en arrivera pas le moindre mal : parlez hardiment. »

Quand la mère d'Aladdin eut pris toutes ses précautions, en femme qui redoutait la colère du sultan sur une proposition aussi délicate que celle qu'elle avait à lui faire, elle lui raconta fidèlement dans quelle occasion Aladdin avait vu la princesse Badroulboudour, l'amour violent que cette vue fatale lui avait inspiré, la déclaration qu'il lui en avait faite, tout ce qu'elle lui avait représenté pour le détourner d'une passion « non moins injurieuse à Votre Majesté, dit-elle au sultan, qu'à la princesse votre fille. Mais, continua-t-elle, mon fils, bien loin d'en profiter et de reconnaître sa hardiesse, s'est obstiné à y persévérer jusqu'au point de me menacer de quelque action de désespoir si je refusais de venir demander la princesse en mariage à Votre Majesté; et ce n'a été qu'après m'être fait une violence extrême que j'ai été contrainte d'avoir cette complaisance pour lui, de quoi je supplie encore une fois Votre Majesté de m'accorder le pardon, non seulement à moi, mais même à Aladdin mon fils, d'avoir eu la pensée téméraire d'aspirer à une si haute alliance. »

Le sultan écouta tout ce discours avec beaucoup de douceur et de bonté, sans donner aucune marque de colère ou d'indignation, et même sans prendre la demande en raillerie.

Mais, avant de donner réponse à cette bonne femme, il lui demanda ce que c'était que ce qu'elle avait apporté enveloppé dans un linge. Aussitôt elle prit le vase de porcelaine qu'elle avait mis au pied du trône avant de se prosterner; elle le découvrit et le présenta au sultan.

On ne saurait exprimer la surprise et l'étonnement du sultan lorsqu'il vit rassemblées dans ce vase tant de pierreries si considérables, si précieuses, si parfaites, si éclatantes, et d'une grosseur dont il n'en avait point encore vu de pareilles. Il resta quelque temps dans une si grande admiration qu'il en était immobile. Après être enfin revenu à lui, il reçut le présent des mains de la mère d'Aladdin, en s'écriant avec un transport de joie : « Ah! que cela est beau! que cela est riche! » Après avoir admiré et manié presque toutes les pierreries l'une après l'autre, en les prisant chacune par l'endroit qui les distinguait, il se tourna du côté de son grand-vizir, et, en lui montrant le vase : « Vois, dit-il, et conviens qu'on ne peut rien voir au monde de plus riche et de plus parfait. » Le vizir en fut charmé. « Hé bien, continua le sultan, que dis-tu d'un tel présent ? N'est-il pas digne de la princesse ma fille, et ne puis-je pas la donner à ce prix-là à celui qui me la fait demander ? »

Ces paroles mirent le grand-vizir dans une étrange agitation. Il y avait quelque temps que le sultan lui avait fait entendre que son intention était de donner la princesse sa fille en mariage à un fils qu'il avait. Il craignit, et ce n'était pas sans fondement, que le sultan, ébloui par un présent si riche et si extraordinaire, ne changeât de sentiment. Il s'approcha du sultan, et, en lui parlant à l'oreille : « Sire, dit-il, on ne peut disconvenir que le présent ne soit digne de la princesse; mais je supplie Votre Majesté de m'accorder trois mois avant de se déterminer : j'espère qu'avant ce temps-là, mon fils, sur qui elle a eu la bonté de me témoigner qu'elle avait jeté les yeux, aura de quoi lui en faire un d'un plus grand prix que celui d'Aladdin, que Votre Majesté ne connaît pas. » Le sultan, quoique bien persuadé qu'il n'était pas possible que son grand-vizir pût trouver à son fils de quoi faire un présent d'une aussi grande conséquence à la princesse sa fille, ne laissa pas néanmoins de l'écouter et de lui accorder cette grâce. Ainsi, en se retournant du côté de la mère d'Aladdin, il lui dit : « Allez, bonne femme, retournez chez vous, et dites à votre fils que j'agrée la proposition que vous m'avez faite de sa part, mais que je ne puis marier la princesse ma fille que je ne lui aie fait faire un ameublement qui ne sera prêt que dans trois mois. Ainsi, revenez en ce temps-là. »

La mère d'Aladdin retourna chez elle avec une joie d'autant plus grande que, par rapport à son état, elle avait d'abord regardé l'accès auprès du sultan comme impossible, et que d'ailleurs elle avait obtenu une réponse si favorable, au lieu qu'elle ne s'était attendue qu'à un rebut qui l'aurait couverte de confusion. Deux choses firent juger à Aladdin, quand il vit entrer sa mère, qu'elle lui apportait une bonne nouvelle : l'une, qu'elle revenait de meilleure heure qu'à l'ordinaire; et l'autre, qu'elle avait le visage gai et ouvert. « Hé bien, ma mère, lui dit-il, dois-je espérer ? dois-je mourir de désespoir ? » Quand elle eut quitté son voile et qu'elle se fut assise sur le sofa avec lui : « Mon fils, dit-elle, pour ne vous pas tenir trop longtemps dans l'incertitude, je commencerai par vous dire que, bien loin de songer à mourir, vous avez tout sujet d'être content. » En poursuivant son discours, elle lui raconta de quelle manière elle avait eu audience avant tout le monde, ce qui était cause qu'elle était revenue de si bonne heure; les précautions qu'elle avait prises pour faire au sultan, sans qu'il s'en offensât, la proposition de mariage de la princesse Badroulboudour avec lui, et la réponse toute favorable que le sultan lui avait faite de sa propre bouche. Elle ajouta que, autant qu'elle en pouvait juger par les marques que le sultan en avait données, le présent, sur toutes choses, avait fait un puissant effet sur son esprit pour le déterminer à la réponse favorable qu'elle rapportait. « Je m'y attendais d'autant moins, dit-elle encore, que le grand-vizir lui avait parlé à l'oreille avant qu'il me la fît, et que je craignais qu'il ne le détournât de la bonne volonté qu'il pouvait avoir pour vous. »

Aladdin s'estima le plus heureux des mortels en apprenant cette nouvelle. Il remercia sa mère de toutes les peines qu'elle s'était données dans la poursuite de cette affaire, dont l'heureux succès était si important pour son repos; et quoique, dans l'impatience où il était de jouir de l'objet de sa passion, trois mois lui parussent d'une longueur extrême, il se disposa néanmoins à attendre avec patience, fondé sur la parole du sultan, qu'il regardait comme irrévocable. Pendant qu'il comptait non seulement les heures, les jours et les semaines, mais même jusqu'aux moments, en attendant que le terme fût passé, environ deux mois s'étaient écoulés quand sa mère, un soir, en voulant allumer la lampe, s'aperçut qu'il n'y avait plus d'huile dans la maison. Elle sortit pour en aller acheter; et, en avançant dans la ville, elle vit que tout y était en fête. En effet, les boutiques, au lieu d'être fermées, étaient ouvertes; on les ornait de feuillage, on y préparait des illuminations, chacun s'efforçait à qui le ferait avec plus de pompe et de magnificence pour mieux marquer son zèle : tout le monde enfin donnait des démonstrations de joie et de réjouissance. Les rues étaient même embarrassées par des officiers en habits de cérémonie, montés sur des chevaux richement harnachés, et environnés d'un grand nombre de valets de pied qui allaient et venaient. Elle demanda au marchand chez qui elle achetait son huile ce que tout cela signifiait. « D'où venez-vous, ma bonne dame ? lui dit-il; ne savez-vous pas que le fils du grand-vizir épouse ce soir la princesse Badroulboudour, fille du sultan ? Elle va bientôt sortir du bain, et les officiers que vous voyez s'assemblent pour lui faire cortège jusqu'au palais où se doit faire la cérémonie. »

La mère d'Aladdin ne voulut pas en apprendre davantage. Elle revint en si grande diligence qu'elle rentra chez elle presque hors d'haleine. Elle trouva son fils qui ne s'attendait à rien moins qu'à la fâcheuse nouvelle qu'elle lui apportait. « Mon fils, s'écria-t-elle, tout est perdu pour vous! Vous comptiez sur la belle promesse du sultan, il n'en sera rien. » Aladdin, alarmé de ces paroles : « Ma mère, reprit-il, par quel endroit le sultan ne me tiendrait-il pas sa promesse ? Comment le savez-vous ? — Ce soir, repartit la mère, le fils du grand-vizir épouse la princesse Badroulboudour dans le palais. » Elle lui raconta de quelle manière elle venait de l'apprendre par tant de circonstances qu'il n'eut pas lieu d'en douter.

A cette nouvelle, Aladdin demeura immobile, comme s'il eût été frappé d'un coup de foudre. Tout autre que lui en eût été accablé; mais une jalousie secrète l'empêcha d'y demeurer longtemps. Dans le moment il se souvint de la lampe qui lui avait été si utile jusqu'alors, et, sans aucun emportement en vaines paroles contre le sultan, contre le grand-vizir, ou contre le fils de ce ministre, il dit seulement : « Ma mère, le fils du grand-vizir ne sera peut-être pas cette nuit aussi heureux qu'il se le promet. Pendant que je vais dans ma chambre pour un moment, préparez-nous à souper. »

La mère d'Aladdin comprit bien que son fils voulait faire usage de la lampe pour empêcher, s'il était possible, que le mariage du fils du grand-vizir avec la princesse ne vînt jusqu'à la consommation, et elle ne se trompait pas. En effet, quand Aladdin fut dans sa chambre, il prit la lampe merveilleuse qu'il y avait portée, en l'ôtant de devant les yeux de sa mère, après que l'apparition du génie lui eut fait une si grande peur; il prit, dis-je, la lampe, et il la frotta au même endroit que les autres fois. A l'instant, le génie parut devant lui : *Que veux-tu ?* dit-il à Aladdin; *me voici prêt à t'obéir comme ton esclave, et de tous ceux qui ont la lampe à la main, moi et les autres esclaves de la lampe.*

« Écoute, lui dit Aladdin, tu m'as apporté jusqu'à présent de quoi me nourrir quand j'en ai eu besoin, il s'agit présentement d'une affaire de tout autre importance. J'ai fait demander en mariage au sultan la princesse Badroulboudour, sa fille; il me l'a promise, et il m'a demandé un délai de trois mois. Au lieu de tenir sa promesse, ce soir, avant le terme échu, il la marie au fils du grand-vizir : je viens de l'apprendre, et la chose est certaine. Ce que je te demande, c'est que, dès que le nouvel époux et la nouvelle épouse seront couchés, tu les enlèves et que tu les apportes ici tous deux dans leur lit.

— *Mon maître*, reprit le génie, *je vais t'obéir. As-tu autre chose à me commander ?* — Rien autre chose pour le présent », repartit Aladdin. En même temps le génie disparut.

Aladdin revint trouver sa mère; il soupa avec elle avec la même tranquillité qu'il avait de coutume. Après le souper, il s'entretint quelque temps avec elle du mariage de la princesse, comme d'une chose qui ne l'embarrassait plus. Il retourna à sa chambre et il laissa sa mère en liberté de se coucher. Pour lui, il ne se coucha pas, mais il attendit le retour du génie et l'exécution du commandement qu'il lui avait fait.

Pendant ce temps-là, tout avait été préparé avec bien de la magnificence dans le palais du sultan pour la célébration des noces de la princesse, et la soirée se passa en cérémonies et en réjouissances jusque bien avant dans la nuit. Quand tout fut achevé, le fils du grand-vizir, au signal que lui fit le chef des eunuques de la princesse, s'échappa adroitement, et cet officier l'introduisit dans l'appartement de la princesse son épouse, jusqu'à la chambre où le lit nuptial était préparé. Il se coucha le premier. Peu de temps après, la sultane, accompagnée de ses femmes et de celles de la princesse sa fille, amena la nouvelle épouse. Elle faisait de grandes résistances, selon la coutume des nouvelles mariées. La sultane aida à la déshabiller, la mit dans le lit comme par force, et, après l'avoir embrassée en lui souhaitant la bonne nuit, elle se retira avec toutes les femmes; et la dernière qui sortit ferma la porte de la chambre.

A peine la porte de la chambre fut fermée que le génie, comme esclave fidèle de la lampe et exact à exécuter les ordres de ceux qui l'avaient à la main, sans donner le temps à l'époux de faire la moindre caresse à son épouse, enlève le lit avec l'époux et l'épouse, au grand étonnement de l'un et de l'autre, et en un instant le transporte dans la chambre d'Aladdin où il le pose.

Aladdin, qui attendait ce moment avec impatience, ne souffrit pas que le fils du grand-vizir demeurât couché avec la princesse. « Prends ce nouvel époux, dit-il au génie, enferme-le dans le privé, et reviens demain matin un peu après la pointe du jour. » Le génie enleva aussitôt le fils du grand-vizir hors du lit, en chemise, et le transporta dans le lieu qu'Aladdin lui avait dit, où il le laissa, après avoir jeté sur lui un souffle qu'il sentit depuis la tête jusqu'aux pieds, et qui l'empêcha de remuer de la place.

Quelque grande que fût la passion d'Aladdin pour la princesse Badroulboudour, il ne lui tint pas néanmoins un long discours lorsqu'il se vit seul avec elle. « Ne craignez rien, adorable princesse, lui dit-il d'un air tout passionné, vous êtes ici en sûreté; et, quelque violent que soit l'amour que je ressens pour votre beauté et pour vos charmes, il ne me fera jamais sortir des bornes du profond respect que je vous dois. Si j'ai été forcé, ajouta-t-il, d'en venir à cette extrémité, ce n'a pas été dans la vue de vous offenser, mais pour empêcher qu'un injuste rival ne vous possédât, contre la parole donnée par le sultan votre père en ma faveur. »

La princesse, qui ne savait rien de ces particularités, fit fort peu d'attention à tout ce qu'Aladdin lui put dire.

Elle n'était nullement en état de lui répondre. La frayeur et l'étonnement où elle était d'une aventure si surprenante et si peu attendue l'avaient mise dans un tel état qu'Aladdin n'en put tirer aucune parole. Aladdin n'en demeura pas là : il prit le parti de se déshabiller, et il se coucha à la place du fils du grand-vizir, le dos tourné du côté de la princesse, après avoir eu la précaution de mettre un sabre entre la princesse et lui, pour marquer qu'il mériterait d'en être puni s'il attentait à son honneur.

Aladdin, content d'avoir ainsi privé son rival du bonheur dont il s'était flatté de jouir cette nuit-là, dormit assez tranquillement. Il n'en fut pas de même de la princesse Badroulboudour : de sa vie il ne lui était arrivé de passer une nuit aussi fâcheuse et aussi désagréable que celle-là; et, si l'on veut bien faire réflexion au lieu et à l'état où le génie avait laissé le fils du grand-vizir, on jugera que ce nouvel époux la passa d'une manière beaucoup plus affligeante.

Le lendemain, Aladdin n'eut pas besoin de frotter la lampe pour appeler le génie. Il revint à l'heure qu'il lui avait marquée, et dans le temps qu'il achevait de s'habiller. *Me voici*, dit-il à Aladdin. *Qu'as-tu à me commander ?* — Va reprendre, lui dit Aladdin, le fils du grand-vizir où tu l'as mis; viens le remettre dans ce lit, et reporte-le où tu l'as pris dans le palais du sultan. » Le génie alla relever le fils du grand-vizir de sentinelle, et Aladdin reprenait son sabre quand il reparut. Il mit le nouvel époux près de la princesse, et en un instant il reporta le lit nuptial dans la même chambre du palais du sultan d'où il l'avait apporté.

Il faut remarquer qu'en tout ceci le génie ne fut aperçu ni de la princesse, ni du fils du grand-vizir. Sa forme hideuse eût été capable de les faire mourir de frayeur. Ils n'entendirent même rien des discours entre Aladdin et lui, et ils ne s'aperçurent que de l'ébranlement du lit et de leur transport d'un lieu à un autre : c'était bien assez pour leur donner la frayeur qu'il est aisé d'imaginer.

Le génie ne venait que de poser le lit nuptial en sa place, quand le sultan, curieux d'apprendre comment la princesse sa fille avait passé la première nuit de ses noces, entra dans la chambre pour lui souhaiter le bonjour. Le fils du grand-vizir, morfondu du froid qu'il avait souffert toute la nuit, et qui n'avait pas encore eu le temps de se réchauffer, n'eut pas sitôt entendu qu'on ouvrait la porte qu'il se leva et passa dans une garde-robe où il s'était déshabillé le soir.

Le sultan approcha du lit de la princesse, la baisa entre les deux yeux, selon la coutume, en lui souhaitant le bonjour, et lui demanda en souriant comment elle se trouvait de la nuit passée; mais, en relevant la tête et en la regardant avec plus d'attention, il fut extrêmement surpris de la voir dans une grande mélancolie, et de ce qu'elle ne lui marquait, ni par la rougeur qui eût pu lui monter au visage, ni par aucun autre signe, ce qui eût pu satisfaire sa curiosité. Elle lui jeta seulement un regard des plus tristes, d'une manière qui marquait une grande affliction ou un grand mécontentement. Il lui dit encore quelques paroles; mais, comme il vit qu'il n'en pouvait tirer d'elle, il s'imagina qu'elle le faisait par pudeur, et il se retira. Il ne laissa pas néanmoins de soupçonner qu'il y avait quelque chose d'extraordinaire dans son silence; ce qui l'obligea d'aller sur-le-champ à l'appartement de la sultane, à qui il fit le récit de l'état où il avait trouvé la princesse et de la réception qu'elle lui avait faite. « Sire, lui dit la sultane, cela ne doit pas surprendre Votre Majesté : il n'y a pas de nouvelle mariée qui n'ait la même retenue le lendemain de ses noces. Ce ne sera pas la même chose dans deux ou trois jours : alors, elle recevra le sultan son père comme elle le doit. Je vais la voir, ajouta-t-elle, et je suis bien trompée si elle me fait le même accueil. »

Quand la sultane fut habillée, elle se rendit à l'appartement de la princesse, qui n'était pas encore levée : elle s'approcha de son lit, et elle lui donna le bonjour en l'embrassant; mais sa surprise fut des plus grandes, non seulement de ce qu'elle ne lui répondit rien, mais même de ce qu'en la regardant elle s'aperçut qu'elle était dans un grand abattement, qui lui fit juger qu'il lui était arrivé quelque chose qu'elle ne pénétrait pas. « Ma fille, lui dit la sultane, d'où vient que vous répondez si mal aux caresses que je vous fais ? Est-ce avec votre mère que vous devez faire toutes ces façons ? Et doutez-vous que je ne sois pas instruite de ce qui peut arriver dans une pareille circonstance que celle où vous êtes ? Je veux bien croire que vous n'avez pas cette pensée; il faut donc qu'il vous soit arrivé quelque autre chose; avouez-le-moi franchement, et ne me laissez pas plus longtemps dans une inquiétude qui m'accable. »

La princesse Badroulboudour rompit enfin le silence

par un grand soupir. « Ah! Madame et très honorée mère, s'écria-t-elle, pardonnez-moi si j'ai manqué au respect que je vous dois! J'ai l'esprit si fortement occupé des choses extraordinaires qui me sont arrivées cette nuit que je ne suis pas encore bien revenue de mon étonnement ni de mes frayeurs, et que j'ai même de la peine à me reconnaître moi-même. » Alors elle lui raconta avec les couleurs les plus vives de quelle manière, un instant après qu'elle et son époux furent couchés, le lit avait été enlevé et transporté en un moment dans une chambre malpropre et obscure, où elle s'était vue seule et séparée de son époux, sans savoir ce qu'il était devenu, et où elle avait vu un jeune homme, lequel, après lui avoir dit quelques paroles que la frayeur l'avait empêchée d'entendre, s'était couché avec elle à la place de son époux, après avoir mis son sabre entre elle et lui, et que le matin son époux lui avait été rendu et le lit rapporté en sa place en aussi peu de temps. « Tout cela ne venait que d'être fait, ajouta-t-elle, quand le sultan mon père est entré dans ma chambre; j'étais si accablée de tristesse que je n'ai pas eu la force de lui répondre une seule parole: aussi je ne doute pas qu'il ne soit indigné de la manière dont j'ai reçu l'honneur qu'il m'a fait; mais j'espère qu'il me pardonnera quand il saura ma triste aventure et l'état pitoyable où je me trouve encore en ce moment. »

La sultane écouta fort tranquillement tout ce que la princesse voulut bien lui raconter; mais elle ne voulut pas y ajouter foi. « Ma fille, lui dit-elle, vous avez bien fait de ne point parler de cela au sultan votre père. Gardez-vous bien d'en rien dire à personne : on vous prendrait pour une folle, si on vous entendait parler de la sorte. — Madame, reprit la princesse, je puis vous assurer que je vous parle de bon sens; vous pourrez vous en informer à mon époux, il vous dira la même chose. — Je m'en informerai, repartit la sultane; mais, quand il m'en parlerait comme vous, je n'en serais pas plus persuadée que je le suis. Levez-vous cependant, et ôtez-vous cette imagination de l'esprit; il ferait beau voir que vous troublassiez par une pareille vision les fêtes ordonnées pour vos noces, et qui doivent se continuer plusieurs jours dans ce palais et dans tout le royaume! N'entendez-vous pas déjà les fanfares et les concerts de trompettes, de timbales et de tambours ? Tout cela vous doit inspirer la joie et le plaisir, et vous faire oublier toutes les fantaisies dont vous venez de me parler. » En même temps la sultane appela les femmes de la princesse; et, après qu'elle l'eut fait lever et qu'elle l'eut vue se mettre à sa toilette, elle alla à l'appartement du sultan; elle lui dit que quelque fantaisie avait passé véritablement par la tête de sa fille, mais que ce n'était rien. Elle fit appeler le fils du vizir, pour savoir de lui quelque chose de ce que la princesse lui avait dit; mais le fils du vizir, qui s'estimait infiniment honoré de l'alliance du sultan, avait pris le parti de dissimuler. « Mon gendre, lui dit la sultane, dites-moi, êtes-vous dans le même entêtement que votre épouse ? — Madame, reprit le fils du vizir, oserais-je vous demander à quel sujet vous me faites cette demande ? — Cela suffit, repartit la sultane; je n'en veux pas savoir davantage : vous êtes plus sage qu'elle. »

Les réjouissances continuèrent toute la journée dans le palais; et la sultane, qui n'abandonna pas la princesse, n'oublia rien pour lui inspirer la joie et pour lui faire prendre part aux divertissements qu'on lui donnait par différentes sortes de spectacles; mais elle était tellement frappée des idées de ce qui lui était arrivé la nuit qu'il était aisé de voir qu'elle en était tout occupée. Le fils du grand-vizir n'était pas moins accablé de la mauvaise nuit qu'il avait passée; mais son ambition le fit dissimuler, et, à le voir, personne ne douta qu'il ne fût un époux très heureux.

Aladdin, qui était bien informé de ce qui se passait au palais, ne douta pas que les nouveaux mariés ne dussent coucher encore ensemble, malgré la fâcheuse aventure qui leur était arrivée la nuit d'auparavant. Aladdin n'avait point envie de les laisser en repos. Ainsi, dès que la nuit fut un peu avancée, il eut recours à la lampe. Aussitôt le génie parut, et fit à Aladdin le même compliment que les autres fois, en lui offrant son service. « Le fils du grand-vizir et la princesse Badroulboudour, lui dit Aladdin, doivent coucher encore ensemble cette nuit; va, et, du moment qu'ils seront couchés, apporte-moi le lit ici, comme hier. »

Le génie servit Aladdin avec autant de fidélité et d'exactitude que le jour de devant. Le fils du grand-vizir passa la nuit aussi froidement et aussi désagréablement qu'il l'avait déjà fait, et la princesse eut la même mortification d'avoir Aladdin pour compagnon de sa couche, le sabre posé entre elle et lui. Le génie, suivant les ordres d'Aladdin, revint le lendemain, remit l'époux auprès de son épouse, enleva le lit avec les nouveaux mariés, et le reporta dans la chambre du palais où il l'avait pris.

Le sultan, après la réception que la princesse Badroulboudour lui avait faite le jour précédent, inquiet de savoir comment elle aurait passé la seconde nuit, et si elle lui ferait une réception pareille à celle qu'elle lui avait déjà faite, se rendit à sa chambre d'aussi bon matin pour en être éclairci. Le fils du grand-vizir, plus honteux et plus mortifié du mauvais succès de cette dernière nuit que de la première, à peine eut entendu venir le sultan qu'il se leva avec précipitation et se jeta dans la garde-robe.

Le sultan s'avança jusqu'au lit de la princesse en lui donnant le bonjour; et, après lui avoir fait les mêmes caresses que le jour de devant : « Hé bien, ma fille, lui dit-il, êtes-vous ce matin d'aussi mauvaise humeur que vous étiez hier ? Me direz-vous comment vous avez passé la nuit ? » La princesse garda le même silence, et le sultan s'aperçut qu'elle avait l'esprit beaucoup moins tranquille, et qu'elle était plus abattue que la première fois. Il ne douta pas que quelque chose d'extraordinaire ne lui fût arrivé. Alors, irrité du mystère qu'elle lui en faisait : « Ma fille, lui dit-il tout en colère et le sabre à la main, ou vous me direz ce que vous me cachez, ou je vais vous couper la tête tout à l'heure. »

La princesse, plus effrayée du ton et de la menace du sultan offensé que de la vue du sabre nu, rompit enfin le silence. « Mon cher père et mon sultan, s'écria-t-elle les larmes aux yeux, je demande pardon à Votre Majesté si je l'ai offensée. J'espère de sa bonté et de sa clémence qu'elle fera succéder la compassion à la colère quand je lui aurai fait le récit fidèle du triste et pitoyable état où je me suis trouvée toute cette nuit et toute la nuit passée. »

Après ce préambule qui apaisa et qui attendrit un peu le sultan, elle lui raconta fidèlement tout ce qui lui était arrivé pendant ces deux fâcheuses nuits, mais d'une manière si touchante qu'il en fut vivement pénétré de douleur, par l'amour et par la tendresse qu'il avait pour elle. Elle finit par ces paroles : « Si Votre Majesté a le moindre doute sur le récit que je viens de lui faire, elle peut s'en informer de l'époux qu'elle m'a donné. Je suis bien persuadée qu'il rendra à la vérité le même témoignage que je lui rends. »

Le sultan entra tout de bon dans la peine extrême qu'une aventure aussi surprenante devait avoir causée à la princesse. « Ma fille, lui dit-il, vous avez grand tort de ne vous être pas expliquée à moi dès hier sur une affaire aussi étrange que celle que vous venez de m'apprendre, dans laquelle je ne prends pas moins d'intérêt que vous-même. Je ne vous ai pas mariée dans l'intention de vous rendre malheureuse, mais plutôt dans la vue de vous rendre heureuse et contente, et de vous faire jouir de tout le bonheur que vous méritez et que vous pouviez espérer avec un époux qui m'avait paru vous convenir. Effacez de votre esprit les idées fâcheuses de tout ce que vous venez de me raconter. Je vais mettre ordre à ce qu'il ne vous arrive pas davantage des nuits aussi désagréables et aussi peu supportables que celles que vous avez passées. »

Dès que le sultan fut rentré dans son appartement, il envoya appeler son grand-vizir. « Vizir, lui dit-il, avez-vous vu votre fils, et ne vous a-t-il rien dit ? » Comme le grand-vizir lui eut répondu qu'il ne l'avait pas vu, le sultan lui fit le récit de tout ce que la princesse Badroulboudour venait de lui raconter. En achevant : « Je ne doute pas, ajouta-t-il, que ma fille ne m'ait dit la vérité; je serai bien aise néanmoins d'en avoir la confirmation par le témoignage de votre fils : allez, et demandez-lui ce qui en est. »

Le grand-vizir ne différa pas d'aller joindre son fils; il lui fit part de ce que le sultan venait de lui communiquer, et il lui enjoignit de ne lui point déguiser la vérité et de lui dire si tout cela était vrai. « Je ne vous la déguiserai pas, mon père, lui répondit le fils, tout ce que la princesse a dit au sultan est vrai; mais elle n'a pu lui dire les mauvais traitements qui m'ont été faits en mon particulier; les voici : depuis mon mariage, j'ai passé deux nuits les plus cruelles qu'on puisse imaginer, et je n'ai pas d'expressions pour vous décrire au juste et avec toutes leurs circonstances les maux que j'ai soufferts. Je ne vous parle pas de la frayeur que j'ai eue de me sentir enlever quatre fois dans mon lit, sans voir qui enlevait le lit et le transportait d'un lieu à un autre, et sans pouvoir imaginer comment cela s'est pu faire. Vous jugerez vous-même de l'état fâcheux où je me suis trouvé, lorsque je vous dirai que j'ai passé deux nuits debout et nu en chemise dans une espèce de privé étroit, sans avoir la liberté de remuer de la place où je fus posé, et sans pouvoir faire aucun mouvement, quoiqu'il ne parût devant moi aucun obstacle qui pût vraisemblablement m'en empêcher. Après cela, il n'est pas besoin de m'étendre plus au long pour vous faire le détail de mes souffrances. Je ne vous cacherai pas que cela ne m'a point empêché d'avoir pour la princesse mon épouse tous les sentiments d'amour, de respect et de reconnaissance qu'elle mérite; mais je vous avoue de bonne foi qu'avec tout l'honneur et tout l'éclat qui rejaillit sur moi d'avoir épousé la fille de mon souverain, j'aimerais mieux mourir que de vivre plus longtemps dans une si haute alliance, s'il faut essuyer des traitements aussi désagréables que ceux que j'ai déjà soufferts. Je ne doute point que la princesse ne soit dans les mêmes sentiments que moi; et elle conviendra aisément que notre séparation n'est pas moins nécessaire pour son repos que pour le mien. Ainsi, mon père, je vous supplie, par la même tendresse qui vous a porté à me procurer un si grand honneur, de faire agréer au sultan que notre mariage soit déclaré nul. »

Quelque grande que fût l'ambition du grand-vizir de voir son fils gendre du sultan, la ferme résolution néanmoins où il le vit de se séparer de la princesse fit qu'il ne jugea pas à propos de lui proposer d'avoir encore patience au moins quelques jours pour éprouver si cette traverse ne finirait point. Il le laissa, et il revint rendre réponse au sultan, à qui il avoua de bonne foi que la chose n'était que trop vraie après ce qu'il venait d'apprendre de son fils. Sans attendre même que le sultan lui parlât de rompre le mariage, à quoi il voyait bien qu'il n'était que trop disposé, il le supplia de permettre que son fils se retirât du palais, et qu'il retournât auprès de lui, en prenant pour prétexte qu'il n'était pas juste que la princesse fût exposée un moment davantage à une persécution si terrible pour l'amour de son fils.

Le grand-vizir n'eut pas de peine à obtenir ce qu'il demandait. Dès ce moment, le sultan, qui avait déjà résolu la chose, donna ses ordres pour faire cesser les réjouissances dans son palais et dans la ville, et même dans toute l'étendue de son royaume, où il fit expédier des ordres contraires aux premiers; et en très peu de temps toutes les marques de joie et de réjouissances publiques cessèrent dans toute la ville et dans le royaume.

Ce changement subit et si peu attendu donna occasion à bien des raisonnements différents : on se demandait les uns aux autres d'où pouvait venir ce contretemps, et l'on n'en disait autre chose, sinon qu'on avait vu le grand-vizir sortir du palais et se retirer chez lui accompagné de son fils, l'un et l'autre avec un air fort triste.

Il n'y avait qu'Aladdin qui en savait le secret, et qui se réjouissait en lui-même de l'heureux succès que l'usage de la lampe lui procurait. Ainsi, comme il eut appris avec certitude que son rival avait abandonné le palais et que le mariage entre la princesse et lui était rompu absolument, il n'eut pas besoin de frotter la lampe davantage et d'appeler le génie pour empêcher qu'il ne se consommât. Ce qu'il y a de particulier, c'est que ni le sultan, ni le grand-vizir, qui avaient oublié Aladdin et la demande qu'il avait fait faire, n'eurent pas la moindre pensée qu'il pût avoir part à l'enchantement qui venait de causer la dissolution du mariage de la princesse.

Aladdin cependant laissa écouler les trois mois que le sultan avait marqués pour le mariage d'entre la princesse Badroulboudour et lui; il en avait compté tous les jours avec grand soin; et, quand ils furent achevés, dès le lendemain il ne manqua pas d'envoyer sa mère au palais pour faire souvenir le sultan de sa parole.

La mère d'Aladdin alla au palais comme son fils lui avait dit, et elle se présenta à l'entrée du divan, au même endroit qu'auparavant. Le sultan n'eut pas plus tôt jeté la vue sur elle qu'il la reconnut et se souvint en même temps de la demande qu'elle lui avait faite, et du temps auquel il l'avait remise. Le grand-vizir lui faisait alors le rapport d'une affaire. « Vizir, lui dit le sultan en l'interrompant, j'aperçois la bonne femme qui nous fit un si beau présent il y a quelques mois; faites-la venir; vous reprendrez votre rapport quand je l'aurai écoutée. » Le grand-vizir, en jetant les yeux du côté de l'entrée du divan, aperçut aussi la mère d'Aladdin. Aussitôt il appela le chef des huissiers, et, en la lui montrant, il lui donna ordre de la faire avancer.

La mère d'Aladdin s'avança jusqu'au pied du trône, où elle se prosterna selon la coutume. Après qu'elle se fut relevée, le sultan lui demanda ce qu'elle souhaitait. « Sire, lui répondit-elle, je me présente encore devant le trône de Votre Majesté pour lui représenter, au nom d'Aladdin mon fils, que les trois mois après lesquels elle l'a remis sur la demande que j'ai eu l'honneur de lui faire sont expirés, et je la supplie de vouloir bien s'en souvenir. »

Le sultan, en prenant un délai de trois mois pour répondre à la demande de cette bonne femme la première fois qu'il l'avait vue, avait cru qu'il n'entendrait plus parler d'un mariage qu'il regardait comme peu convenable à la princesse sa fille, à regarder seulement la bassesse et la pauvreté de la mère d'Aladdin, qui paraissait devant lui dans un habillement fort commun. La sommation cependant qu'elle venait de lui faire de tenir sa parole lui parut embarrassante : il ne jugea pas à propos de lui répondre sur-le-champ; il consulta son grand-vizir, et lui marqua la répugnance qu'il avait à conclure le mariage de la princesse avec un inconnu, dont il supposait que la fortune devait être beaucoup au-dessous de la plus médiocre.

Le grand-vizir n'hésita pas à s'expliquer au sultan sur ce qu'il en pensait. « Sire, lui dit-il, il me semble qu'il y a un moyen immanquable pour éluder un mariage si disproportionné, sans qu'Aladdin, quand même il serait connu de Votre Majesté, puisse s'en plaindre : c'est de mettre la princesse à un si haut prix que ses richesses, quelles qu'elles puissent être, ne puissent y fournir. Ce sera le moyen de le faire désister d'une poursuite si hardie, pour ne pas dire si téméraire, à laquelle sans doute il n'a pas bien pensé avant de s'y engager. »

Le sultan approuva le conseil du grand-vizir. Il se tourna du côté de la mère d'Aladdin; et, après quelques moments de réflexion : « Ma bonne femme, lui dit-il, les sultans doivent tenir leur parole; je suis prêt de tenir la mienne, et de rendre votre fils heureux par le mariage de la princesse ma fille; mais, comme je ne puis la marier que je ne sache l'avantage qu'elle y trouvera, vous direz à votre fils que j'accomplirai ma parole dès qu'il m'aura envoyé quarante grands bassins d'or massif, pleins à comble des mêmes choses que vous m'avez déjà présentées de sa part, portés par un pareil nombre d'esclaves noirs, qui seront conduits par quarante autres esclaves blancs, jeunes, bien faits et de belle taille, et tous habillés très magnifiquement : voilà les conditions auxquelles je suis prêt de lui donner la princesse ma fille. Allez, bonne femme, j'attendrai que vous m'apportiez sa réponse. »

La mère d'Aladdin se prosterna encore devant le trône du sultan, et elle se retira. Dans le chemin, elle riait en elle-même de la folle imagination de son fils. « Vraiment, disait-elle, où trouvera-t-il tant de bassins d'or et une si grande quantité de ces verres colorés pour les remplir ? Retournera-t-il dans le souterrain dont l'entrée est bouchée, pour en cueillir aux arbres ? Et tous ces esclaves tournés comme le sultan les demande, où les prendra-t-il ? Le voilà bien éloigné de sa prétention; et je crois qu'il ne sera guère content de mon ambassade. » Quand elle fut rentrée chez elle, l'esprit rempli de toutes ces pensées, qui lui faisaient croire qu'Aladdin n'avait plus rien à espérer : « Mon fils, lui dit-elle, je vous conseille de ne plus penser au mariage de la princesse Badroulboudour. Le sultan, à la vérité, m'a reçue avec beaucoup de bonté, et je crois qu'il était bien intentionné pour vous; mais le grand-vizir, si je ne me trompe, lui a fait changer de sentiment, et vous pouvez le présumer comme moi sur ce que vous allez entendre. Après avoir représenté à Sa Majesté que les trois mois étaient expirés, et que je le priais de votre part de se souvenir de sa promesse, je remarquai qu'il ne me fit la réponse que je vais vous dire qu'après avoir parlé bas quelque temps avec le grand-vizir. » La mère d'Aladdin fit un récit très exact à son fils de tout ce que le sultan lui avait dit, et des conditions auxquelles il consentirait au mariage de la princesse sa fille avec lui. En finissant : « Mon fils, lui dit-elle, il attend votre réponse; mais, entre nous, continua-t-elle en souriant, je crois qu'il attendra longtemps.

— Pas si longtemps que vous croiriez bien, ma mère, reprit Aladdin; et le sultan se trompe lui-même s'il a cru, par ses demandes exorbitantes, me mettre hors d'état de songer à la princesse Badroulboudour. Je m'attendais à d'autres difficultés insurmontables, ou qu'il mettrait mon incomparable princesse à un prix beaucoup plus haut; mais à présent je suis content, et ce qu'il me demande est peu de chose en comparaison de ce que je serais en état de lui donner pour en obtenir la possession. Pendant que je vais songer à le satisfaire, allez nous chercher de quoi dîner et laissez-moi faire. »

Dès que la mère d'Aladdin fut sortie pour aller à la provision, Aladdin prit la lampe et il la frotta : dans l'instant le génie se présenta devant lui, et, dans les mêmes termes que nous avons déjà rapportés, il lui demanda ce qu'il avait à lui commander, en marquant qu'il était prêt à le servir. Aladdin lui dit : « Le sultan me donne la princesse sa fille en mariage; mais auparavant il me demande quarante grands bassins d'or massif et bien pesants, pleins à comble des fruits du jardin où j'ai pris la lampe dont tu es esclave. Il exige aussi de moi que ces quarante bassins d'or soient portés par autant d'esclaves noirs, précédés par quarante esclaves blancs, jeunes, bien faits, de belle taille et habillés très richement. Va, et amène-moi ce présent au plus tôt, afin que je l'envoie au sultan avant qu'il lève la séance du divan. » Le génie lui dit que son commandement allait être exécuté incessamment, et il disparut.

Très peu de temps après, le génie se fit revoir accompagné des quarante esclaves noirs, chacun chargé d'un bassin d'or massif du poids de vingt marcs sur la tête, pleins de perles, de diamants, de rubis et d'émeraudes mieux choisies, même pour la beauté et pour la grosseur, que celles qui avaient déjà été présentées au sultan; chaque bassin était couvert d'une toile d'argent à fleurons d'or. Tous ces esclaves, tant noirs que blancs, avec les plats d'or, occupaient presque toute la maison, qui était assez médiocre, avec une petite cour sur le devant et un petit jardin sur le derrière. Le génie demanda à Aladdin s'il était content, et s'il avait encore quelque autre commandement à lui faire. Aladdin lui dit qu'il ne lui demandait rien davantage, et il disparut aussitôt.

La mère d'Aladdin revint du marché; et en entrant elle fut dans une grande surprise de voir tant de monde et tant de richesses. Quand elle se fut déchargée des provisions qu'elle apportait, elle voulut ôter le voile qui lui couvrait le visage; mais Aladdin l'en empêcha. « Ma mère, dit-il, il n'y a pas de temps à perdre : avant que le sultan achève de tenir le divan, il est important que vous retourniez au palais, et que vous y conduisiez incessamment le présent et la dot de la princesse Badroulboudour qu'il m'a demandés, afin qu'il juge, par ma diligence et par mon exactitude, du zèle ardent et sincère que j'ai de me procurer l'honneur d'entrer dans son alliance. »

Sans attendre la réponse de sa mère, Aladdin ouvrit la porte sur la rue, et il fit défiler successivement tous ces esclaves, en faisant toujours marcher un esclave blanc suivi d'un esclave noir, chargé d'un bassin d'or sur la tête, et ainsi jusqu'au dernier, et, après que sa mère fut sortie en suivant le dernier esclave noir, il ferma la porte, et il demeura tranquillement dans sa chambre, avec l'espérance que le sultan, après ce présent tel qu'il l'avait demandé, voudrait bien le recevoir enfin pour son gendre.

Le premier esclave blanc qui était sorti de la maison d'Aladdin avait fait arrêter tous les passants qui l'aperçurent, et, avant que les quatre-vingts esclaves, entremêlés de blancs et de noirs, eussent achevé de sortir, la rue se trouva pleine d'une grande foule de peuple qui accourait de toutes parts pour voir un spectacle si magnifique et si extraordinaire. L'habillement de chaque esclave était si riche en étoffes et en pierreries que les meilleurs connaisseurs ne crurent pas se tromper en faisant monter chaque habit à plus d'un million. La grande propreté, l'ajustement bien entendu de chaque habillement, la bonne grâce, le bel air, la taille uniforme et avantageuse de chaque esclave, leur marche grave à une distance égale les uns des autres, avec l'éclat des pierreries d'une grosseur excessive enchâssées autour de leurs ceintures d'or massif dans une belle symétrie, et les enseignes aussi de pierreries attachées à leurs bonnets qui étaient d'un goût tout particulier, mirent toute cette foule de spectateurs dans une admiration si grande qu'ils ne pouvaient se lasser de les regarder et de les conduire des yeux aussi loin qu'il leur était possible. Mais les rues étaient tellement bordées de peuple que chacun était contraint de rester dans la place où il se trouvait.

Comme il fallait passer par plusieurs rues pour arriver au palais, cela fit qu'une bonne partie de la ville, gens de toutes sortes d'états et de conditions, furent témoins d'une pompe si ravissante. Le premier des quatre-vingts esclaves arriva à la porte de la première cour du palais; et les portiers, qui s'étaient mis en haie dès qu'ils s'étaient aperçus que cette file merveilleuse approchait, le prirent pour un roi, tant il était richement et magnifiquement habillé; ils s'avancèrent pour lui baiser le bas de la robe; mais l'esclave, instruit par le génie, les arrêta, et il leur dit gravement : « Nous ne sommes que des esclaves; notre maître paraîtra quand il en sera temps. »

Le premier esclave, suivi de tous les autres, avança jusqu'à la seconde cour, qui était très spacieuse, et où la maison du sultan était rangée pendant la séance du divan. Les officiers, à la tête de chaque troupe, étaient d'une grande magnificence; mais elle fut effacée à la présence des quatre-vingts esclaves porteurs du présent d'Aladdin et qui en faisaient eux-mêmes partie. Rien ne parut si beau ni si éclatant dans toute la maison du sultan; et tout le brillant des seigneurs de sa cour qui l'environnaient n'était rien en comparaison de ce qui se présentait alors à la vue.

Comme le sultan avait été averti de la marche et de

l'arrivée de ces esclaves, il avait donné ses ordres pour les faire entrer. Ainsi, dès qu'ils se présentèrent, ils trouvèrent l'entrée du divan libre, et ils y entrèrent dans un bel ordre, une partie à droite, et l'autre à gauche. Après qu'ils furent tous entrés et qu'ils eurent formé un grand demi-cercle devant le trône du sultan, les esclaves noirs posèrent chacun le bassin qu'ils portaient sur le tapis de pied. Ils se prosternèrent tous ensemble en frappant du front contre le tapis. Les esclaves blancs firent la même chose en même temps. Ils se relevèrent tous; et les noirs, en le faisant, découvrirent adroitement les bassins qui étaient devant eux, et tous demeurèrent debout, les mains croisées sur la poitrine, avec une grande modestie.

La mère d'Aladdin, qui cependant s'était avancée jusqu'au pied du trône, dit au sultan, après s'être prosternée : « Sire, Aladdin mon fils n'ignore pas que ce présent qu'il envoie à Votre Majesté ne soit beaucoup au-dessous de ce que mérite la princesse Badroulboudour; il espère néanmoins que Votre Majesté l'aura pour agréable, et qu'elle voudra bien le faire agréer aussi à la princesse, avec d'autant plus de confiance qu'il a tâché de se conformer à la condition qu'il lui a plu de lui imposer. »

Le sultan n'était pas en état de faire attention au compliment de la mère d'Aladdin. Le premier coup d'œil jeté sur les quarante bassins d'or, pleins à comble des joyaux les plus brillants, les plus éclatants, les plus précieux que l'on eût jamais vus au monde, et sur les quatre-vingts esclaves qui paraissaient autant de rois, tant par leur bonne mine que par la richesse et la magnificence surprenante de leur habillement, l'avait tellement frappé qu'il ne pouvait revenir de son admiration. Au lieu de répondre au compliment de la mère d'Aladdin, il s'adressa au grand-vizir, qui ne pouvait comprendre lui-même d'où une si grande profusion de richesses pouvait être venue. « Hé bien, vizir, dit-il publiquement, que pensez-vous de celui, quel qu'il puisse être, qui m'envoie un présent si riche et si extraordinaire, et que ni moi ni vous ne connaissons pas ? Le croyez-vous indigne d'épouser la princesse Badroulboudour, ma fille ? »

Quelque jalousie et quelque douleur qu'eût le grand-vizir de voir qu'un inconnu allait devenir le gendre du sultan préférablement à son fils, il n'osa néanmoins dissimuler son sentiment. Il était trop visible que le présent d'Aladdin était plus que suffisant pour mériter qu'il fût reçu dans une si haute alliance. Il répondit donc au sultan, et, en entrant dans son sentiment : « Sire, dit-il, bien loin d'avoir la pensée que celui qui fait à Votre Majesté un présent si digne d'elle soit indigne de l'honneur qu'elle veut lui faire, j'oserais dire qu'il mériterait davantage, si je n'étais persuadé qu'il n'y a pas de trésor au monde assez riche pour être mis dans la balance avec la princesse fille de Votre Majesté. » Les seigneurs de la cour qui étaient de la séance du conseil témoignèrent par leurs applaudissements que leurs avis n'étaient pas différents de celui du grand-vizir.

Le sultan ne différa plus; il ne pensa pas même à s'informer si Aladdin avait les autres qualités convenables à celui qui pouvait aspirer à devenir son gendre. La seule vue de tant de richesses immenses et la diligence avec laquelle Aladdin venait de satisfaire à sa demande, sans avoir formé la moindre difficulté sur des conditions aussi exorbitantes que celles qu'il lui avait imposées, lui persuadèrent aisément qu'il ne lui manquait rien de tout ce qui pouvait le rendre accompli et tel qu'il le désirait. Ainsi, pour renvoyer la mère d'Aladdin avec la satisfaction qu'elle pouvait désirer, il lui dit : « Bonne femme, allez dire à votre fils que je l'attends pour le recevoir à bras ouverts et pour l'embrasser, et que plus il fera de diligence pour venir recevoir de ma main le don que je lui fais de la princesse ma fille, plus il me fera de plaisir. »

Dès que la mère d'Aladdin se fut retirée avec la joie dont une femme de sa condition peut être capable en voyant son fils parvenu à une si haute élévation contre son attente, le sultan mit fin à l'audience de ce jour; et, en se levant de son trône, il ordonna que les eunuques attachés au service de la princesse vinssent enlever les bassins pour les porter à l'appartement de leur maîtresse, où il se rendit pour les examiner avec elle à loisir; et cet ordre fut exécuté sur-le-champ par les soins du chef des eunuques.

Les quatre-vingts esclaves blancs et noirs ne furent pas oubliés : on les fit entrer dans l'intérieur du palais; et, quelque temps après, le sultan, qui venait de parler de leur magnificence à la princesse Badroulboudour, commanda qu'on les fît venir devant l'appartement, afin qu'elle les considérât au travers des jalousies et qu'elle connût que, bien loin d'avoir rien exagéré dans le récit qu'il venait de lui faire, il lui en avait dit beaucoup moins que ce qui en était.

La mère d'Aladdin cependant arriva chez elle avec un air qui marquait par avance la bonne nouvelle qu'elle apportait à son fils. « Mon fils, lui dit-elle, vous avez tout sujet d'être content : vous êtes arrivé à l'accomplissement de vos souhaits contre mon attente, et vous savez ce que je vous en avais dit. Afin de ne vous pas tenir trop longtemps en suspens, le sultan, avec l'applaudissement de toute sa cour, a déclaré que vous êtes digne de posséder la princesse Badroulboudour. Il vous attend pour vous embrasser et pour conclure votre mariage. C'est à vous de songer aux préparatifs pour cette entrevue, afin qu'elle réponde à la haute opinion qu'il a conçue de votre personne; mais, après ce que j'ai vu des merveilles que vous savez faire, je suis persuadée que rien n'y manquera. Je ne dois pas oublier de vous dire encore que le sultan vous attend avec impatience; ainsi ne perdez pas de temps à vous rendre auprès de lui. »

Aladdin, charmé de cette nouvelle et tout plein de l'objet qui l'avait enchanté, dit peu de paroles à sa mère, et se retira dans sa chambre. Là, après avoir pris la lampe qui lui avait été si officieuse jusqu'alors en tous ses besoins et en tout ce qu'il avait souhaité, il ne l'eut pas plus tôt frottée que le génie continua de marquer son obéissance en paraissant d'abord sans se faire attendre. « Génie, lui dit Aladdin, je t'ai appelé pour me faire prendre le bain tout à l'heure; et, quand je l'aurai pris, je veux que tu me tiennes prêt un habillement le plus riche et le plus magnifique que jamais monarque ait porté. » Il eut à peine achevé de parler que le génie, en le rendant invisible comme lui, l'enleva et le transporta dans un bain tout du marbre le plus fin et de différentes couleurs les plus belles et les plus diversifiées. Sans voir qui le servait, il fut déshabillé dans un salon spacieux et d'une grande propreté. Du salon, on le fit entrer dans le bain, qui était d'une chaleur modérée; et là, il fut frotté et lavé avec plusieurs sortes d'eaux de senteur. Après l'avoir fait passer par tous les degrés de chaleur, selon les différentes pièces du bain, il en sortit, mais tout autre que quand il y était entré : son teint se trouva frais, blanc, vermeil, et son corps beaucoup plus léger et plus dispos. Il rentra dans le salon, et il ne trouva plus l'habit qu'il y avait laissé : le génie avait eu soin de mettre en sa place celui qu'il lui avait demandé. Aladdin fut surpris en voyant la magnificence de l'habit qu'on lui avait substitué. Il s'habilla avec l'aide du génie, en admirant chaque pièce à mesure qu'il la prenait, tant elles étaient toutes au-delà de ce qu'il aurait pu s'imaginer. Quand il eut achevé, le génie le reporta chez lui dans la même chambre où il l'avait pris. Alors il lui demanda s'il avait autre chose à lui commander. « Oui, répondit Aladdin; j'attends de toi que tu m'amènes au plus tôt un cheval qui surpasse en beauté et en bonté le cheval le plus estimé qui soit dans l'écurie du sultan, dont la housse, la selle, la bride et tout le harnois vaillent plus d'un million. Je demande aussi que tu me fasses venir en même temps vingt esclaves, habillés aussi richement et aussi lestement que ceux qui ont apporté le présent, pour marcher à mes côtés et à ma suite en troupe, et vingt autres semblables pour marcher devant moi en deux files. Fais venir aussi à ma mère six femmes esclaves pour la servir, chacune habillée aussi richement au moins que les femmes esclaves de la princesse Badroulboudour, et chargées chacune d'un habit complet aussi magnifique et aussi pompeux que pour la sultane. J'ai besoin aussi de dix mille pièces d'or en dix bourses. Voilà, ajouta-t-il, ce que j'avais à te commander. Va, et fais diligence. »

Dès qu'Aladdin eut achevé de donner ses ordres au génie, le génie disparut, et bientôt après il se fit revoir avec le cheval, avec les quarante esclaves, dont dix portaient chacun une bourse de mille pièces d'or, et avec six femmes esclaves, chargées sur la tête chacune d'un habit différent pour la mère d'Aladdin, enveloppé dans une toile d'argent, et le génie présenta le tout à Aladdin.

Des dix bourses, Aladdin n'en prit que quatre qu'il donna à sa mère, en lui disant que c'était pour s'en servir dans ses besoins. Il laissa les six autres entre les mains des esclaves qui les portaient, avec ordre de les garder, et de les jeter au peuple par poignées en passant par les rues, dans la marche qu'ils devaient faire pour se rendre au palais du sultan. Il ordonna aussi qu'ils marcheraient devant lui avec les autres, trois à droite et trois à gauche. Il présenta enfin à sa mère les six femmes esclaves, en lui disant qu'elles étaient à elle, et qu'elle pouvait s'en servir comme leur maîtresse, et que les habits qu'elles avaient apportés étaient pour son usage.

Quand Aladdin eut disposé toutes ses affaires, il dit au génie, en le congédiant, qu'il l'appellerait quand il aurait besoin de son service, et le génie disparut aussitôt. Alors Aladdin ne songea plus qu'à répondre au plus tôt au désir que le sultan avait témoigné de le voir. Il dépêcha au palais un des quarante esclaves, je ne dirai pas le mieux fait, ils l'étaient tous également, avec ordre de s'adresser au chef des huissiers, et de lui demander quand il pourrait avoir l'honneur d'aller se jeter aux pieds du sultan. L'esclave ne fut pas longtemps à s'acquitter de son message : il apporta pour réponse que le sultan l'attendait avec impatience.

Aladdin ne différa pas de monter à cheval et de se mettre en marche dans l'ordre que nous avons marqué. Quoique jamais il n'eût monté à cheval, il y parut néanmoins pour la première fois avec tant de bonne grâce que le cavalier le plus expérimenté ne l'eût pas pris pour un novice. Les rues par où il passa furent remplies presque en un moment d'une foule innombrable de peuple, qui faisait retentir l'air d'acclamations, de cris d'admiration et de bénédictions, chaque fois particulièrement que les six esclaves qui avaient les bourses faisaient voler des poignées de pièces d'or en l'air à droite et à gauche. Ces acclamations néanmoins ne venaient pas de la part de ceux qui se poussaient et qui se baissaient pour ramasser de ces pièces, mais de ceux qui, d'un rang au-dessus du menu peuple, ne pouvaient s'empêcher de donner publiquement à la libéralité d'Aladdin les louanges qu'elle méritait. Non seulement ceux qui se souvenaient de l'avoir vu jouer dans les rues dans un âge déjà avancé, comme vagabond, ne le reconnaissaient plus; ceux mêmes qui l'avaient vu il n'y avait pas longtemps avaient de la peine à le remettre, tant il avait les traits changés. Cela venait de ce que la lampe avait cette propriété de procurer par degrés à ceux qui la possédaient les perfections convenables à l'état auquel ils parvenaient par le bon usage qu'ils en faisaient. On fit alors beaucoup plus d'attention à la personne d'Aladdin qu'à la pompe qui l'accompagnait, que la plupart avaient déjà remarquée le même jour dans la marche des esclaves qui avaient porté ou accompagné le présent. Le cheval néanmoins fut admiré par les bons connaisseurs, qui surent en distinguer la beauté, sans se laisser éblouir ni par la richesse ni par le brillant des diamants et des autres pierreries dont il était couvert. Comme le bruit s'était répandu que le sultan lui donnait la princesse Badroulboudour en mariage, personne, sans avoir égard à sa naissance, ne porta envie à sa fortune ni à son élévation, tant il en parut digne.

Aladdin arriva au palais, où tout était disposé pour l'y recevoir. Quand il fut à la seconde porte, il voulut mettre pied à terre pour se conformer à l'usage observé par le grand-vizir, par les généraux d'armées et les gouverneurs de provinces du premier rang; mais le chef des huissiers, qui l'y attendait par ordre du sultan, l'en empêcha et l'accompagna jusque près de la salle du conseil ou de l'audience, où il l'aida à descendre de cheval, quoique Aladdin s'y opposât fortement et ne le voulût pas souffrir; mais il n'en fut pas le maître. Cependant les huissiers faisaient une double haie à l'entrée de la salle. Leur chef mit Aladdin à sa droite, et, après l'avoir fait passer au milieu, il le conduisit jusqu'au trône du sultan.

Dès que le sultan eut aperçu Aladdin, il ne fut pas moins étonné de le voir vêtu plus richement et plus magnifiquement qu'il ne l'avait jamais été lui-même que surpris de sa bonne mine, de sa belle taille, et d'un certain air de grandeur fort éloigné de l'état de bassesse dans lequel sa mère avait paru devant lui. Son étonnement et sa surprise néanmoins ne l'empêchèrent pas de se lever, et de descendre deux ou trois marches de son trône assez promptement pour empêcher Aladdin de se jeter à ses pieds et pour l'embrasser avec une démonstration pleine d'amitié. Après cette civilité, Aladdin voulut encore se jeter aux pieds du sultan, mais le sultan le retint par la main et l'obligea de monter et de s'asseoir entre le vizir et lui.

Alors Aladdin prit la parole. « Sire, dit-il, je reçois les honneurs que Votre Majesté me fait, parce qu'elle a la bonté et qu'il lui plaît de me les faire; mais elle me permettra de lui dire que je n'ai point oublié que je suis né son esclave, que je connais la grandeur de sa puissance, et que je n'ignore pas combien ma naissance me met au-dessous de la splendeur et de l'éclat du rang suprême où elle est élevée. S'il y a quelque endroit, continua-t-il, par où je puisse avoir mérité un accueil si favorable, j'avoue que je ne le dois qu'à la hardiesse, qu'un pur hasard m'a fait naître, d'élever mes yeux, mes pensées et mes désirs jusqu'à la divine princesse qui fait l'objet de mes souhaits. Je demande pardon à Votre Majesté de ma témérité; mais je ne puis dissimuler que je mourrais de douleur si je perdais l'espérance d'en voir l'accomplissement.

— Mon fils, répondit le sultan en l'embrassant une seconde fois, vous me feriez tort de douter un seul moment de la sincérité de ma parole. Votre vie m'est trop chère désormais pour ne vous la pas conserver en vous présentant le remède qui est en ma disposition. Je préfère le plaisir de vous voir et de vous entendre à tous mes trésors joints avec les vôtres. »

En achevant ces paroles, le sultan fit un signal, et aussitôt on entendit l'air retentir du son des trompettes, des hautbois et des timbales, et en même temps le sultan conduisit Aladdin dans un magnifique salon où l'on servit un superbe festin. Le sultan mangea seul avec Aladdin. Le grand-vizir et les seigneurs de la cour, chacun selon leur dignité et selon leur rang, les accompagnèrent pendant le repas. Le sultan, qui avait toujours les yeux sur Aladdin, tant il prenait plaisir à le voir, fit tomber le discours sur plusieurs sujets différents. Dans la conversation qu'ils eurent ensemble pendant le repas, et sur quelque matière qu'il le mît, il parla avec tant de connaissance et de sagesse qu'il acheva de confirmer le sultan dans la bonne opinion qu'il avait conçue de lui d'abord.

Le repas achevé, le sultan fit appeler le premier juge de sa capitale, et lui commanda de dresser et de mettre au net sur-le-champ le contrat de mariage de la princesse Badroulboudour sa fille et d'Aladdin. Pendant ce temps-là, le sultan s'entretint avec Aladdin de plusieurs choses indifférentes, en présence du grand-vizir et des seigneurs de sa cour, qui admirèrent la solidité de son esprit, la grande facilité qu'il avait de parler et de s'énoncer, et les pensées fines et délicates dont il assaisonnait son discours.

Quand le juge eut achevé le contrat dans toutes les formes requises, le sultan demanda à Aladdin s'il voulait rester dans le palais pour terminer les cérémonies du mariage le même jour. « Sire, répondit Aladdin, quelque impatience que j'aie de jouir pleinement des bontés de Votre Majesté, je la supplie de vouloir bien permettre que je les diffère jusqu'à ce que j'aie fait bâtir un palais pour y recevoir la princesse selon son mérite et sa dignité. Je la prie, pour cet effet, de m'accorder une place convenable devant le sien, afin que je sois plus à portée de lui faire ma cour. Je n'oublierai rien pour faire en sorte qu'il soit achevé avec toute la diligence possible. — Mon fils, lui dit le sultan, prenez tout le terrain que vous jugerez à propos; le vide est trop grand devant mon palais, et j'avais déjà songé moi-même à le remplir; mais souvenez-vous que je ne puis assez tôt vous voir uni avec ma fille, pour mettre le comble à ma joie. » En achevant ces paroles, il embrassa encore Aladdin, qui prit congé du sultan avec la même politesse que s'il eût été élevé et qu'il eût toujours vécu à la cour.

Aladdin remonta à cheval, et il retourna chez lui dans le même ordre qu'il était venu, au travers de la même foule, et aux acclamations du peuple qui lui souhaitait toute sorte de bonheur et de prospérité. Dès qu'il fut rentré et qu'il eut mis pied à terre, il se retira dans sa chambre en particulier; il prit la lampe, et il appela le génie comme il avait accoutumé. Le génie ne se fit pas attendre; il parut, et il lui fit offre de ses services. « Génie, lui dit Aladdin, j'ai tout sujet de me louer de ton exactitude à exécuter ponctuellement tout ce que j'ai exigé de toi jusqu'à présent par la puissance de cette lampe ta maîtresse. Il s'agit aujourd'hui que pour l'amour d'elle tu fasses paraître, s'il est possible, plus de zèle et plus de diligence que tu n'as encore fait. Je te demande donc qu'en aussi peu de temps que tu le pourras tu me fasses bâtir, vis-à-vis du palais du sultan, à une juste distance, un palais digne d'y recevoir la princesse Badroulboudour mon épouse. Je laisse à ta liberté le choix des matériaux, c'est-à-dire du porphyre, du jaspe, de l'agate, du lapis et du marbre le plus fin, le plus varié en couleurs, et du reste de l'édifice; mais j'entends qu'au plus haut de ce palais tu fasses élever un grand salon en dôme, à quatre faces égales, dont les assises ne soient d'autres matières que d'or et d'argent massif, posées alternativement, avec douze croisées, six à chaque face, et que les jalousies de chaque croisée, à la réserve d'une seule que je veux qu'on laisse imparfaite, soient enrichies, avec art et symétrie, de diamants, de rubis et d'émeraudes, de manière que rien de pareil en ce genre n'ait été vu dans le monde. Je veux aussi que ce palais soit accompagné d'une avant-cour, d'une cour, d'un jardin; mais, sur toutes choses, qu'il y ait, dans un endroit que tu me diras, un trésor bien rempli d'or et d'argent monnayé. Je veux aussi qu'il y ait dans ce palais des cuisines, des offices, des magasins, des garde-meubles garnis de meubles précieux pour toutes les saisons, et proportionnés à la magnificence du palais; des écuries remplies des plus beaux chevaux, avec leurs écuyers et leurs palefreniers, sans oublier un équipage de chasse. Il faut qu'il y ait aussi des officiers de cuisine et d'office, et des femmes esclaves, nécessaires pour le service de la princesse. Tu dois comprendre quelle est mon intention : va, et reviens quand cela sera fait. »

Le soleil venait de se coucher quand Aladdin acheva de charger le génie de la construction du palais qu'il avait imaginé. Le lendemain matin, à la petite pointe du jour, Aladdin, à qui l'amour de la princesse ne permettait point de dormir tranquillement, était à peine levé que le génie se présenta à lui. « Seigneur, dit-il, votre palais est achevé, venez voir si vous en êtes content. » Aladdin n'eut pas plus tôt témoigné qu'il le voulait bien que le génie l'y transporta en un instant. Aladdin le trouva si fort au-dessus de son attente qu'il ne pouvait assez l'admirer. Le génie le conduisit en tous les endroits; et partout il ne trouva que richesses, que propreté et que magnificence, avec des officiers et des esclaves, tous habillés selon leur rang et selon les services auxquels ils étaient destinés. Il ne manqua pas, comme une des choses principales, de lui faire voir le trésor, dont la porte fut ouverte par le trésorier, et Aladdin y vit des tas de bourses de différentes grandeurs, selon les sommes qu'elles contenaient, élevés jusqu'à la voûte, et disposés dans un arrangement qui faisait plaisir à voir. En sortant, le génie l'assura de la fidélité du trésorier. Il le mena ensuite aux écuries; et là, il lui fit remarquer les plus beaux chevaux qu'il y eût au monde, et les palefreniers dans un grand mouvement, occupés à les panser. Il le fit passer ensuite par des magasins remplis de toutes les provisions nécessaires, tant pour les ornements des chevaux que pour leur nourriture.

Quand Aladdin eut examiné tout le palais, d'appartement en appartement et de pièce en pièce, depuis le haut jusqu'au bas, et particulièrement le salon à vingt-quatre croisées, et qu'il y eut trouvé des richesses et de la magnificence avec toutes sortes de commodités au-delà de ce qu'il s'en était promis, il dit au génie : « Génie, on ne peut être plus content que je le suis, et j'aurais tort de me plaindre. Il reste une seule chose dont je ne t'ai rien dit parce que je ne m'en étais pas avisé : c'est d'étendre, depuis la porte du palais du sultan jusqu'à la porte de l'appartement destiné pour la princesse dans ce palais-ci, un tapis du plus beau velours, afin qu'elle marche dessus en venant du palais du sultan. — Je reviens dans un moment », dit le génie. Et, comme il eut disparu, peu de temps après Aladdin fut étonné de voir ce qu'il avait souhaité exécuté sans savoir comment cela s'était fait. Le génie reparut, et il porta Aladdin chez lui dans le temps qu'on ouvrait la porte du palais du sultan.

Les portiers du palais, qui venaient d'ouvrir la porte, et qui avaient toujours eu la vue libre du côté où était alors celui d'Aladdin, furent fort étonnés de la voir bornée, et de voir un tapis de velours qui venait de ce côté-là jusqu'à la porte de celui du sultan. Ils ne distinguèrent pas bien d'abord ce que c'était; mais leur surprise augmenta quand ils eurent aperçu distinctement le superbe palais d'Aladdin. La nouvelle d'une merveille si surprenante fut répandue dans tout le palais en très peu de temps. Le grand-vizir, qui était arrivé presque à l'ouverture de la porte du palais, n'avait pas été moins surpris de cette nouveauté que les autres; il en fit part au sultan le premier, mais il voulut lui faire passer la chose pour un enchantement. « Vizir, reprit le sultan, pourquoi voulez-vous que ce soit un enchantement ? Vous savez aussi bien que moi que c'est le palais qu'Aladdin a fait bâtir par la permission que je lui en ai donnée en votre présence, pour loger la princesse ma fille. Après l'échantillon de ses richesses que nous avons vu, pouvons-nous trouver étrange qu'il ait fait bâtir ce palais en si peu de temps ? Il a voulu nous surprendre et nous faire voir qu'avec de l'argent comptant on peut faire de ces miracles d'un jour à un autre. Avouez avec moi que l'enchantement dont vous avez voulu parler vient d'un peu de jalousie. » L'heure d'entrer au conseil l'empêcha de continuer ce discours plus longtemps.

Quand Aladdin eut été reporté chez lui et qu'il eut congédié le génie, il trouva que sa mère était levée et qu'elle commençait à se parer d'un des habits qu'il lui avait fait apporter. A peu près vers le temps que le sultan venait de sortir du conseil, Aladdin disposa sa mère à aller au palais avec les mêmes femmes esclaves qui lui étaient venues par le ministère du génie. Il la pria, si elle voyait le sultan, de lui marquer qu'elle venait pour avoir l'honneur d'accompagner la princesse vers le soir, quand elle serait en état de passer à son palais. Elle partit; mais, quoiqu'elle et ses femmes esclaves qui la suivaient fussent habillées en sultanes, la foule néanmoins fut d'autant moins grande à les voir passer qu'elles étaient voilées, et qu'un surtout convenable couvrait la richesse et la magnificence de leurs habillements. Pour ce qui est d'Aladdin, il monta à cheval; et, après être sorti de sa maison paternelle pour n'y plus revenir, sans avoir oublié la lampe merveilleuse, dont le secours lui avait été si avantageux pour parvenir au comble de son bonheur, il se rendit publiquement à son palais avec la même pompe qu'il était allé se présenter au sultan le jour de devant.

Dès que les portiers du palais du sultan eurent aperçu la mère d'Aladdin qui venait, ils en avertirent le sultan. Aussitôt l'ordre fut donné aux troupes de trompettes, de timbales, de tambours, de fifres et de hautbois, qui étaient déjà postées en différents endroits des terrasses du palais; et en un moment l'air retentit de fanfares et de concerts qui annoncèrent la joie à toute la ville. Les marchands commencèrent à parer leurs boutiques de beaux tapis, de coussins et de feuillages, et à préparer des illuminations pour la nuit. Les artisans quittèrent leur travail, et le peuple se rendit avec empressement à la grande place, qui se trouva alors entre le palais du sultan et celui d'Aladdin. Ce dernier attira d'abord leur admiration, non pas tant à cause qu'ils étaient accoutumés à voir celui du sultan que parce que celui du sultan ne pouvait entrer en comparaison avec celui d'Aladdin; mais le sujet de leur plus grand étonnement fut de ne pouvoir comprendre par quelle merveille inouïe ils voyaient un palais si magnifique dans un lieu où le jour d'auparavant il n'y avait ni matériaux ni fondements préparés.

La mère d'Aladdin fut reçue dans le palais avec honneur, et introduite dans l'appartement de la princesse Badroulboudour par le chef des eunuques. Aussitôt que la princesse l'aperçut, elle alla l'embrasser, et lui fit prendre place sur son sofa, et, pendant que ses femmes achevaient de l'habiller et de la parer des joyaux les plus précieux dont Aladdin lui avait fait présent, elle la fit régaler d'une collation magnifique. Le sultan, qui venait pour être auprès de la princesse sa fille le plus de temps qu'il pourrait, avant qu'elle se séparât d'avec lui pour passer au palais d'Aladdin, lui fit aussi de grands honneurs. La mère d'Aladdin avait parlé plusieurs fois au sultan en public; mais il ne l'avait point encore vue sans voile comme elle était alors. Quoiqu'elle fût dans un âge un peu avancé, on y observait encore des traits qui faisaient assez connaître qu'elle avait été du nombre des belles dans sa jeunesse. Le sultan, qui l'avait toujours vue habillée fort simplement, pour ne pas dire pauvrement, était dans l'admiration de la voir aussi richement et aussi magnifiquement vêtue que la princesse sa fille. Cela lui fit faire cette réflexion qu'Aladdin était également prudent, sage et entendu en toutes choses.

Quand la nuit fut venue, la princesse prit congé du sultan son père. Leurs adieux furent tendres et mêlés de larmes; ils s'embrassèrent plusieurs fois sans se rien dire, et enfin la princesse sortit de son appartement, et se mit en marche avec la mère d'Aladdin à sa gauche, suivie de cent femmes esclaves habillées d'une magnificence surprenante. Toutes les troupes d'instruments, qui n'avaient cessé de se faire entendre depuis l'arrivée de la mère d'Aladdin, s'étaient réunies et commençaient cette marche; elles étaient suivies par cent chiaoux, et par un pareil nombre d'eunuques noirs en deux files, avec leurs officiers à leur tête. Quatre cents jeunes pages du sultan, en deux bandes, qui marchaient sur les côtés en tenant chacun un flambeau à la main, faisaient une lumière qui, jointe aux illuminations, tant du palais du sultan que de celui d'Aladdin, suppléait merveilleusement au défaut du jour.

Dans cet ordre, la princesse marcha sur le tapis étendu depuis le palais du sultan jusqu'au palais d'Aladdin, et, à mesure qu'elle avançait, les instruments qui étaient à la tête de la marche, en s'approchant et en se mêlant avec ceux qui se faisaient entendre du haut des terrasses du palais d'Aladdin, formèrent un concert qui, tout extraordinaire et confus qu'il paraissait, ne laissait pas d'augmenter la joie, non seulement dans la place remplie d'un grand peuple, mais même dans les deux palais, dans toute la ville, et bien loin au-dehors.

La princesse arriva enfin au nouveau palais, et Aladdin courut avec toute la joie imaginable à l'entrée de l'appartement qui lui était destiné, pour la recevoir. La mère d'Aladdin avait eu soin de faire distinguer son fils à la princesse, au milieu des officiers qui l'environnaient; et la princesse, en l'apercevant, le trouva si bien fait qu'elle en fut charmée. « Adorable princesse, lui dit Aladdin en l'abordant et en la saluant très respectueusement, si j'avais le malheur de vous avoir déplu par la témérité que j'ai eue d'aspirer à la possession d'une si aimable princesse, fille de mon sultan, j'ose vous dire que ce serait à vos beaux yeux et à vos charmes que vous devriez vous en prendre, et non pas à moi. — Prince, que je suis en droit de traiter ainsi à présent, lui répondit la princesse, j'obéis à la volonté du sultan mon père ; et il me suffit de vous avoir vu pour vous dire que je lui obéis sans répugnance. »

Aladdin, charmé d'une réponse si agréable et si satisfaisante pour lui, ne laissa pas plus longtemps la princesse debout après le chemin qu'elle venait de faire, à quoi elle n'était point accoutumée ; il lui prit la main, qu'il baisa avec une grande démonstration de joie, et il la conduisit dans un grand salon éclairé d'une infinité de bougies, où, par les soins du génie, la table se trouva servie d'un superbe festin. Les plats étaient d'or massif, et remplis de viandes les plus délicieuses. Les vases, les bassins, les gobelets, dont le buffet était très bien garni, étaient aussi d'or et d'un travail exquis. Les autres ornements et tous les embellissements du salon répondaient parfaitement à cette grande richesse. La princesse, enchantée de voir tant de richesses rassemblées dans un même lieu, dit à Aladdin : « Prince, je croyais que rien au monde n'était plus beau que le palais du sultan mon père ; mais, à voir ce seul salon, je m'aperçois que je m'étais trompée. — Princesse, répondit Aladdin en la faisant mettre à table à la place qui lui était destinée, je reçois une si grande honnêteté comme je le dois ; mais je sais ce que je dois croire. »

La princesse Badroulboudour, Aladdin et la mère d'Aladdin se mirent à table ; et aussitôt un chœur d'instruments les plus harmonieux, touchés et accompagnés de très belles voix de femmes, toutes d'une grande beauté, commença un concert qui dura sans interruption jusqu'à la fin du repas. La princesse en fut si charmée qu'elle dit qu'elle n'avait rien entendu de pareil dans le palais du sultan son père. Mais elle ne savait pas que ces musiciennes étaient des fées choisies par le génie esclave de la lampe.

Quand le souper fut achevé et que l'on eut desservi en diligence, une troupe de danseurs et de danseuses succédèrent aux musiciennes. Ils dansèrent plusieurs sortes de danses figurées, selon la coutume du pays, et ils finirent par un danseur et une danseuse, qui dansèrent seuls avec une légèreté surprenante, et firent paraître chacun à leur tour toute la bonne grâce et l'adresse dont ils étaient capables. Il était près de minuit, quand, selon la coutume de la Chine de ce temps-là, Aladdin se leva et présenta la main à la princesse Badroulboudour pour danser ensemble, et terminer ainsi les cérémonies de leurs noces. Ils dansèrent d'un si bon air qu'ils firent l'admiration de toute la compagnie. En achevant, Aladdin ne quitta pas la main de la princesse, et ils passèrent ensemble dans l'appartement où le lit nuptial était préparé. Les femmes de la princesse servirent à la déshabiller et la mirent au lit, et les officiers d'Aladdin en firent autant, et chacun se retira. Ainsi furent terminées les cérémonies et les réjouissances des noces d'Aladdin et de la princesse Badroulboudour.

Le lendemain, quand Aladdin fut éveillé, ses valets de chambre se présentèrent pour l'habiller. Ils lui mirent un habit différent de celui du jour des noces, mais aussi riche et aussi magnifique. Ensuite il se fit amener un des chevaux destinés pour sa personne. Il le monta et se rendit au palais du sultan, au milieu d'une grosse troupe d'esclaves qui marchaient devant lui, à ses côtés et à sa suite. Le sultan le reçut avec les mêmes honneurs que la première fois; il l'embrassa; et, après l'avoir fait asseoir près de lui sur son trône, il commanda qu'on servît le déjeuner. « Sire, lui dit Aladdin, je supplie Votre Majesté de me dispenser aujourd'hui de cet honneur : je viens la prier de me faire celui de venir prendre un repas dans le palais de la princesse, avec son grand-vizir et les seigneurs de sa cour. » Le sultan lui accorda cette grâce avec plaisir. Il se leva à l'heure même, et comme le chemin n'était pas long, il voulut y aller à pied. Ainsi il sortit avec Aladdin à sa droite, le grand-vizir à sa gauche, et les seigneurs à sa suite, précédé par les chiaoux et par les principaux officiers de sa maison.

Plus le sultan approchait du palais d'Aladdin, plus il était frappé de sa beauté. Ce fut tout autre chose quand il y fut entré : ses exclamations ne cessaient pas à chaque pièce qu'il voyait. Mais, quand il fut arrivé au salon à vingt-quatre croisées, où Aladdin l'avait invité à monter, qu'il en eut vu les ornements, et surtout qu'il eut jeté les yeux sur les jalousies enrichies de diamants, de rubis et d'émeraudes, toutes pierres parfaites dans leur grosseur proportionnée, et qu'Aladdin lui eut fait remarquer que la richesse était pareille au dehors, il en fut tellement surpris qu'il demeura comme immobile. Après avoir resté quelque temps en cet état : « Vizir, dit-il à ce ministre qui était près de lui, est-il possible qu'il y ait en mon royaume, et si près de mon palais, un palais si superbe, et que je l'aie ignoré jusqu'à présent ? — Votre Majesté, reprit le grand-vizir, peut se souvenir qu'avant-hier elle accorda à Aladdin, qu'elle venait de reconnaître pour son gendre, la permission de bâtir un palais vis-à-vis du sien; le même jour, au coucher du soleil, il n'y avait pas encore de palais en cette place; et hier j'eus l'honneur de lui annoncer le premier que le palais était fait et achevé. — Je m'en souviens, repartit le sultan; mais jamais je ne me fusse imaginé que ce palais fût une des merveilles du monde. Où en trouve-t-on dans tout l'univers de bâtis d'assises d'or et d'argent massif, au lieu d'assises de pierre ou de marbre, dont les croisées aient des jalousies jonchées de diamants, de rubis et d'émeraudes ? Jamais au monde il n'a été fait mention de chose semblable! »

Le sultan voulut voir et admirer la beauté des vingt-quatre jalousies. En les comptant, il n'en trouva que vingt-trois qui fussent de la même richesse, et il fut dans un grand étonnement de ce que la vingt-quatrième était demeurée imparfaite. « Vizir, dit-il (car le grand-vizir se faisait un devoir de ne pas l'abandonner), je suis surpris qu'un salon de cette magnificence soit demeuré imparfait par cet endroit. — Sire, reprit le grand-vizir, Aladdin apparemment a été pressé, et le temps lui a manqué pour rendre cette croisée semblable aux autres; mais on peut croire qu'il a les pierreries nécessaires, et qu'au premier jour il y fera travailler. »

Aladdin, qui avait quitté le sultan pour donner quelques ordres, vint le rejoindre en ces entrefaites. « Mon fils, lui dit le sultan, voici le salon le plus digne d'être admiré de tous ceux qui sont au monde. Une seule chose me surprend : c'est de voir que cette jalousie soit demeurée imparfaite. Est-ce par oubli, ajouta-t-il, par négligence, ou parce que les ouvriers n'ont pas eu le temps de mettre la dernière main à un si beau morceau d'architecture ? — Sire, répondit Aladdin, ce n'est par aucune de ces raisons que la jalousie est restée dans l'état que Votre Majesté la voit. La chose a été faite à dessein, et c'est par mon ordre que les ouvriers n'y ont pas touché : je voulais que Votre Majesté eût la gloire de faire achever ce salon et le palais en même temps. Je la supplie de vouloir bien agréer ma bonne intention, afin que je puisse me souvenir de la faveur et de la grâce que j'aurai reçues d'elle. — Si vous l'avez fait dans cette intention, reprit le sultan, je vous en sais bon gré; je vais dès l'heure même donner les ordres pour cela. » En effet, il ordonna qu'on fît venir les joailliers les mieux fournis de pierreries et les orfèvres les plus habiles de sa capitale.

Le sultan cependant descendit du salon, et Aladdin le conduisit dans celui où il avait régalé la princesse Badroulboudour le jour des noces. La princesse arriva un moment après, qui reçut le sultan son père d'un air qui lui fit connaître avec plaisir combien elle était contente de son mariage. Deux tables se trouvèrent fournies des mets les plus délicieux et servies toutes en vaisselle d'or. Le sultan se mit à table à la première, et mangea avec la princesse sa fille, Aladdin et le grand-vizir. Tous les seigneurs de la cour furent régalés à la seconde, qui était fort longue. Le sultan trouva les mets de bon goût, et il avoua que jamais il n'avait rien mangé de plus excellent. Il dit la même chose du vin, qui était en effet très délicieux. Ce qu'il admira davantage furent quatre grands buffets garnis et chargés à profusion de flacons, de bassins et de coupes d'or massif, le tout enrichi de pierreries. Il fut charmé aussi des chœurs de musique qui étaient disposés dans le salon, pendant que les fanfares de trompettes accompagnées de timbales et de tambours retentissaient au dehors à une distance proportionnée, pour en avoir tout l'agrément.

Dans le temps que le sultan venait de sortir de table, on l'avertit que les joailliers et les orfèvres qui avaient été appelés par son ordre étaient arrivés. Il remonta au salon à vingt-quatre croisées; et, quand il y fut, il montra aux joailliers et aux orfèvres qui l'avaient suivi la croisée qui était imparfaite. « Je vous ai fait venir, leur dit-il, afin que vous m'accommodiez cette croisée, et que vous la mettiez dans la même perfection que les autres; examinez-les, et ne perdez pas de temps à me rendre celle-ci toute semblable. »

Les joailliers et les orfèvres examinèrent les vingt-trois autres jalousies avec une grande attention; et, après qu'ils eurent consulté ensemble, et qu'ils furent convenus de ce qu'ils pouvaient contribuer chacun de son côté, ils revinrent se présenter devant le sultan; et le joaillier ordinaire du palais, qui prit la parole, lui dit : « Sire, nous sommes prêts d'employer nos soins et notre industrie pour obéir à Votre Majesté; mais, entre tous tant que nous sommes de notre profession, nous n'avons pas de pierreries aussi précieuses ni en assez grand nombre pour fournir à un si grand travail. — J'en ai, dit le sultan, et au-delà de ce qu'il en faudra; venez à mon palais, je vous mettrai à même, et vous choisirez. »

Quand le sultan fut de retour à son palais, il fit apporter toutes ses pierreries, et les joailliers en prirent une très grande quantité, particulièrement de celles qui venaient du présent d'Aladdin. Ils les employèrent sans qu'il parût qu'ils eussent beaucoup avancé. Ils revinrent en prendre d'autres à plusieurs reprises, et en un mois ils n'avaient pas achevé la moitié de l'ouvrage. Ils employèrent toutes celles du sultan, avec ce que le grand-vizir lui prêta des siennes; et tout ce qu'ils purent faire avec tout cela fut au plus d'achever la moitié de la croisée.

Aladdin, qui connut que le sultan s'efforçait inutilement de rendre la jalousie semblable aux autres, et que jamais il n'en viendrait à son honneur, fit venir les orfèvres, et leur dit non seulement de cesser leur travail, mais même de défaire tout ce qu'ils avaient fait, et de reporter au sultan toutes ses pierreries avec celles qu'il avait empruntées du grand-vizir.

L'ouvrage que les joailliers et les orfèvres avaient mis plus de six semaines à faire fut détruit en peu d'heures. Ils se retirèrent, et laissèrent Aladdin seul dans le salon. Il tira la lampe qu'il avait sur lui, et il la frotta. Aussitôt le génie se présenta. « Génie, lui dit Aladdin, je t'avais ordonné de laisser une des vingt-quatre jalousies de ce salon imparfaite, et tu avais exécuté mon ordre; présentement je t'ai fait venir pour te dire que je souhaite que tu la rendes pareille aux autres. » Le génie disparut, et Aladdin descendit du salon. Peu de moments après, comme il y fut remonté, il trouva la jalousie dans l'état qu'il l'avait souhaitée et pareille aux autres.

Les joailliers et les orfèvres cependant arrivèrent au palais, et furent introduits et présentés au sultan dans son appartement. Le premier joaillier, en lui présentant les pierreries qu'ils lui rapportaient, dit au sultan au nom de tous : « Sire, Votre Majesté sait combien il y a de temps que nous travaillons de toute notre industrie à finir l'ouvrage dont elle nous a chargés. Il était déjà fort avancé, lorsque Aladdin nous a obligés non seulement de cesser, mais même de défaire tout ce que nous avions fait et de lui rapporter ses pierreries et celles du grand-vizir. » Le sultan leur demanda si Aladdin ne leur en avait pas dit la raison; et, comme ils lui eurent marqué qu'il ne leur en avait rien témoigné, il donna ordre sur-le-champ qu'on lui amenât un cheval. On le lui amène, il le monte, et part sans autre suite que de ses gens qui l'accompagnèrent à pied. Il arrive au palais d'Aladdin, et il va mettre pied à terre au bas de l'escalier qui conduisait au salon à vingt-quatre croisées. Il y monte sans faire avertir Aladdin; mais Aladdin s'y trouva fort à propos, et il n'eut que le temps de recevoir le sultan à la porte.

Le sultan, sans donner à Aladdin le temps de se plaindre obligeamment de ce que Sa Majesté ne l'avait pas fait avertir, et qu'elle l'avait mis dans la nécessité de manquer à son devoir, lui dit : « Mon fils, je viens moi-même vous demander quelle raison vous avez de vouloir laisser imparfait un salon aussi magnifique et aussi singulier que celui de votre palais. »

Aladdin dissimula la véritable raison, qui était que le sultan n'était pas assez riche en pierreries pour faire une dépense si grande. Mais, afin de lui faire connaître combien le palais, tel qu'il était, surpassait, non seulement le sien, mais même tout autre palais qui fût au monde, puisqu'il n'avait pu le parachever dans la moindre de ses parties, il lui répondit : « Sire, il est vrai que Votre Majesté a vu ce salon imparfait; mais je la supplie de voir présentement si quelque chose y manque. »

Le sultan alla droit à la fenêtre dont il avait vu la jalousie imparfaite, et, quand il eut remarqué qu'elle était semblable aux autres, il crut s'être trompé. Il examina non seulement les deux croisées qui étaient aux deux côtés, il les regarda même toutes l'une après l'autre; et, quand il fut convaincu que la jalousie à laquelle il avait fait employer tant de temps, et qui avait coûté tant de journées d'ouvriers, venait d'être achevée dans le peu de temps qui lui était connu, il embrassa Aladdin et le baisa au front entre les deux yeux. « Mon fils, lui dit-il, rempli d'étonnement, quel homme êtes-vous, qui faites des choses si surprenantes, et presque en un clin d'œil ? Vous n'avez pas votre semblable au monde; et plus je vous connais, plus je vous trouve admirable! »

Aladdin reçut les louanges du sultan avec beaucoup de modestie, et il lui répondit en ces termes : « Sire, c'est une grande gloire pour moi de mériter la bienveillance et l'approbation de Votre Majesté. Ce que je puis lui assurer, c'est que je n'oublierai rien pour mériter l'une et l'autre de plus en plus. »

Le sultan retourna à son palais de la manière qu'il y était venu, sans permettre à Aladdin de l'y accompagner.

En arrivant, il trouva le grand-vizir qui l'attendait. Le sultan, encore tout rempli d'admiration de la merveille dont il venait d'être témoin, lui en fit le récit en des termes qui ne firent pas douter à ce ministre que la chose ne fût comme le sultan la racontait, mais qui confirmèrent le vizir dans la croyance où il était déjà, que le palais d'Aladdin était l'effet d'un enchantement, dont il s'était ouvert au sultan presque dans le moment que ce palais venait de paraître. Il voulut lui répéter la même chose. « Vizir, lui dit le sultan en l'interrompant, vous m'avez déjà dit la même chose; mais je vois bien que vous n'avez pas encore mis en oubli le mariage de ma fille avec votre fils. »

Le grand-vizir vit bien que le sultan était prévenu : il ne voulut pas entrer en contestation avec lui, et il le laissa dans son opinion. Tous les jours, règlement dès que le sultan était levé, il ne manquait pas de se rendre dans un cabinet d'où l'on découvrait tout le palais d'Aladdin, et il y allait encore plusieurs fois pendant la journée pour le contempler et l'admirer.

Aladdin cependant ne demeurait pas renfermé dans son palais : il avait soin de se faire voir par la ville plus d'une fois chaque semaine, soit qu'il allât faire sa prière tantôt dans une mosquée, tantôt dans une autre, ou que de temps en temps il allât rendre visite au grand-vizir, qui affectait d'aller lui faire sa cour à certains jours réglés, ou qu'il fît l'honneur aux principaux seigneurs, qu'il régalait souvent dans son palais, d'aller les voir chez eux. Chaque fois qu'il sortait, il faisait jeter par deux de ses esclaves qui marchaient en troupe autour de son cheval des pièces d'or à poignées, dans les rues et dans les places par où il passait, et où le peuple se rendait toujours en grande foule.

D'ailleurs, pas un pauvre ne se présentait à la porte de son palais qu'il ne s'en retournât content de la libéralité qu'on y faisait par ses ordres.

Comme Aladdin avait partagé son temps de manière qu'il n'y avait pas de semaine qu'il n'allât à la chasse au moins une fois, tantôt aux environs de la ville, quelquefois plus loin, il exerçait la même libéralité par les chemins et par les villages. Cette inclination généreuse lui fit donner par tout le peuple mille bénédictions, et il était ordinaire de ne jurer que par sa tête. Enfin, sans donner aucun ombrage au sultan, à qui il faisait fort régulièrement sa cour, on peut dire qu'Aladdin s'était attiré par ses manières affables et libérales toute l'affection du peuple, et que, généralement parlant, il était plus aimé que le sultan même. Il joignit à toutes ces belles qualités une valeur et un zèle pour le bien de l'État qu'on ne saurait assez louer. Il en donna même des marques à l'occasion d'une révolte vers les confins du royaume. Il n'eut pas plus tôt appris que le sultan levait une armée pour la dissiper qu'il le supplia de lui en donner le commandement. Il n'eut pas de peine à l'obtenir. Sitôt qu'il fut à la tête de l'armée, il la fit marcher contre les révoltés ; et il se conduisit en toute cette expédition avec tant de diligence que le sultan apprit plus tôt que les révoltés avaient été défaits, châtiés ou dissipés, que son arrivée à l'armée. Cette action, qui rendit son nom célèbre dans toute l'étendue du royaume, ne changea point son cœur. Il revint victorieux, mais aussi doux et aussi affable qu'il avait toujours été.

Il y avait déjà plusieurs années qu'Aladdin se gouvernait comme nous venons de le dire, quand le magicien qui lui avait donné sans y penser le moyen de s'élever à une si haute fortune se souvint de lui en Afrique où il était retourné. Quoique jusqu'alors il se fût persuadé qu'Aladdin était mort misérablement dans le souterrain où il l'avait laissé, il lui vint néanmoins en pensée de savoir précisément quelle avait été sa fin. Comme il était grand géomancien, il tira d'une armoire un carré en forme de boîte couverte dont il se servait pour faire ses observations de géomance. Il s'assoit sur son sofa, met le carré devant lui, le découvre, et, après avoir préparé et égalé le sable, avec l'intention de savoir si Aladdin était mort dans le souterrain, il jette les points, il en tire les figures, et il en forme l'horoscope. En examinant l'horoscope pour en porter jugement, au lieu de trouver qu'Aladdin fût mort dans le souterrain, il découvre qu'il en était sorti et qu'il vivait sur terre dans une grande splendeur, puissamment riche, mari d'une princesse, honoré et respecté.

Le magicien africain n'eut pas plus tôt appris par les règles de son art diabolique qu'Aladdin était dans cette grande élévation que le feu lui en monta au visage. De rage il dit en lui-même : « Ce misérable fils de tailleur a découvert le secret et la vertu de la lampe ! J'avais cru sa mort certaine, et le voilà qui jouit du fruit de mes travaux et de mes veilles ! J'empêcherai qu'il n'en jouisse longtemps, ou je périrai. » Il ne fut pas longtemps à délibérer sur le parti qu'il avait à prendre. Dès le lendemain matin il monta un barbe qu'il avait dans son écurie, et il se mit en chemin. De ville en ville et de province en province, sans s'arrêter qu'autant qu'il en était besoin pour ne pas trop fatiguer son cheval, il arriva à la Chine, et bientôt dans la capitale du sultan dont Aladdin avait épousé la fille. Il mit pied à terre dans un khan ou hôtellerie publique où il prit une chambre à louage. Il y demeura le reste du jour et la nuit suivante pour se remettre de la fatigue de son voyage.

Le lendemain, avant toutes choses, le magicien africain voulut savoir ce que l'on disait d'Aladdin. En se promenant par la ville, il entra dans le lieu le plus fameux et le plus fréquenté par les personnes de grande distinction, où l'on s'assemblait pour boire d'une certaine boisson chaude qui lui était connue dès son premier voyage. Il n'y eut pas plus tôt pris place qu'on lui versa de cette boisson dans une tasse, et qu'on la lui présenta. En la prenant, comme il prêtait l'oreille à droite et à gauche, il entendit qu'on s'entretenait du palais d'Aladdin. Quand il eut achevé, il s'approcha d'un de ceux qui s'en entretenaient; et, en prenant son temps, il lui demanda en particulier ce que c'était que ce palais dont on parlait si avantageusement. « D'où venez-vous ? lui dit celui à qui il s'était adressé. Il faut que vous soyez bien nouveau venu si vous n'avez pas vu, ou plutôt si vous n'avez pas encore entendu parler du palais du prince Aladdin. » On n'appelait plus autrement Aladdin depuis qu'il avait épousé la princesse Badroulboudour. « Je ne vous dis pas, continua cet homme, que c'est une des merveilles du monde, mais que c'est la merveille unique qu'il y ait au monde : jamais on n'y a rien vu de si grand, de si riche, de si magnifique! Il faut que vous veniez de bien loin, puisque vous n'en avez pas encore entendu parler. En effet, on en doit parler par toute la terre, depuis qu'il est bâti. Voyez-le, et vous jugerez si je vous en aurai parlé contre la vérité. — Pardonnez à mon ignorance, reprit le magicien africain; je ne suis arrivé que d'hier, et je viens véritablement de si loin, je veux dire de l'extrémité de l'Afrique, que la renommée n'en était pas encore venue jusque-là quand je suis parti; et comme, par rapport à l'affaire pressante qui m'amène, je n'ai eu d'autre vue dans mon voyage que d'arriver au plus tôt sans m'arrêter et sans faire aucune connaissance, je n'en savais que ce que vous venez de m'apprendre. Mais je ne manquerai pas de l'aller voir : l'impatience que j'en ai est même si grande que je suis prêt de satisfaire ma curiosité dès à présent, si vous voulez bien me faire la grâce de m'en enseigner le chemin. »

Celui à qui le magicien africain s'était adressé se fit un plaisir de lui enseigner le chemin par où il fallait qu'il passât pour avoir la vue du palais d'Aladdin ; et le magicien africain se leva et partit dans le moment. Quand il fut arrivé et qu'il eut examiné le palais de près et de tous les côtés, il ne douta pas qu'Aladdin ne se fût servi de la lampe pour le faire bâtir. Sans s'arrêter à l'impuissance d'Aladdin, fils d'un simple tailleur, il savait bien qu'il n'appartenait de faire de semblables merveilles qu'à des génies esclaves de la lampe dont l'acquisition lui avait échappé. Piqué au vif du bonheur et de la grandeur d'Aladdin, dont il ne faisait presque pas de différence d'avec celle du sultan, il retourna au khan où il avait pris logement.

Il s'agissait de savoir où était la lampe, si Aladdin la portait avec lui, ou en quel lieu il la conservait, et c'est ce qu'il fallait que le magicien découvrît par une opération de géomance. Dès qu'il fut arrivé où il logeait, il prit son carré et son sable, qu'il portait en tous ses voyages. L'opération achevée, il connut que la lampe était dans le palais d'Aladdin ; et il eut une joie si grande de cette découverte qu'à peine il se sentait lui-même. « Je l'aurai cette lampe, dit-il, et je défie Aladdin de m'empêcher de la lui enlever et de le faire descendre jusqu'à la bassesse d'où il a pris un si haut vol. »

Le malheur pour Aladdin voulut qu'alors il était allé à une partie de chasse pour huit jours ; et qu'il n'y en avait que trois qu'il était parti ; et voici de quelle manière le magicien africain en fut informé. Quand il eut fait l'opération qui venait de lui donner tant de joie, il alla voir le concierge du khan, sous prétexte de s'entretenir avec lui ; et il en avait un fort naturel, qu'il n'était pas besoin d'amener de bien loin. Il lui dit qu'il venait de voir le palais d'Aladdin ; et, après lui avoir exagéré tout ce qu'il y avait remarqué de plus surprenant et tout ce qui l'avait frappé davantage, et qui frappait généralement tout le monde : « Ma curiosité, ajouta-t-il, va plus loin, et je ne serai pas satisfait que je n'aie vu le maître à qui appartient un édifice si merveilleux. — Il ne vous sera pas difficile de le voir, reprit le concierge; il n'y a presque pas de jour qu'il n'en donne occasion quand il est dans la ville; mais il y a trois jours qu'il est dehors pour une grande chasse qui en doit durer huit. »

Le magicien africain ne voulut pas en savoir davantage; il prit congé du concierge, et, en se retirant : « Voilà le temps d'agir, dit-il en lui-même; je ne dois pas le laisser échapper. » Il alla à la boutique d'un faiseur et vendeur de lampes. « Maître, dit-il, j'ai besoin d'une douzaine de lampes de cuivre; pouvez-vous me la fournir ? » Le vendeur lui dit qu'il en manquait quelques-unes, mais que, s'il voulait se donner patience jusqu'au lendemain, il la fournirait complète à l'heure qu'il voudrait. Le magicien le voulut bien; il lui recommanda qu'elles fussent propres et bien polies, et, après lui avoir promis qu'il le payerait bien, il se retira dans son khan.

Le lendemain, la douzaine de lampes fut livrée au magicien africain, qui les paya au prix qui lui fut demandé sans en rien diminuer. Il les mit dans un panier dont il s'était pourvu exprès; et avec ce panier au bras il alla vers le palais d'Aladdin, et, quand il s'en fut approché, il se mit à crier : *Qui veut changer de vieilles lampes pour des neuves?*

A mesure qu'il avançait, et d'aussi loin que les petits enfants qui jouaient dans la place l'entendirent, ils accoururent, et ils s'assemblèrent autour de lui avec de grandes huées, et le regardèrent comme un fou. Les passants riaient même de sa bêtise à ce qu'ils s'imaginaient. « Il faut, disaient-ils, qu'il ait perdu l'esprit pour offrir de changer des lampes neuves contre des vieilles. »

Le magicien africain ne s'étonna ni des huées des enfants, ni de tout ce qu'on pouvait dire de lui, et, pour débiter sa marchandise, il continua de crier : *Qui veut changer de vieilles lampes pour des neuves?*

Il répéta si souvent la même chose en allant et venant dans la place, devant le palais et à l'entour, que la princesse Badroulboudour, qui était alors dans le salon aux vingt-quatre croisées, entendit la voix d'un homme; mais, comme elle ne pouvait distinguer ce qu'il criait, à cause des huées des enfants qui le suivaient et dont le nombre augmentait de moment en moment, elle envoya une de ses femmes esclaves qui l'approchait de plus près pour voir ce que c'était que ce bruit.

La femme esclave ne fut pas longtemps à remonter; elle entra dans le salon avec de grands éclats de rire. Elle riait de si bonne grâce que la princesse ne put s'empêcher de rire elle-même en la regardant. « Hé bien, folle, dit la princesse, veux-tu me dire pourquoi tu ris ? — Princesse, répondit la femme esclave en riant toujours, qui pourrait s'empêcher de rire en voyant un fou avec un panier au bras, plein de belles lampes toutes neuves, qui ne demande pas à les vendre, mais à les changer contre des vieilles ? Ce sont les enfants, dont il est si fort environné qu'à peine peut-il avancer, qui font tout le bruit qu'on entend en se moquant de lui. »

Sur ce récit, une autre femme esclave, en prenant la parole : « A propos de vieilles lampes, dit-elle, je ne sais si la princesse a pris garde qu'en voilà une sur la corniche; celui à qui elle appartient ne sera pas fâché d'en trouver une neuve au lieu de cette vieille. Si la princesse le veut bien, elle peut avoir le plaisir d'éprouver si ce fou est véritablement assez fou pour donner une lampe neuve en échange d'une vieille sans en rien demander de retour. »

La lampe dont la femme esclave parlait était la lampe merveilleuse dont Aladdin s'était servi pour s'élever au point de grandeur où il était arrivé; il l'avait mise lui-même sur la corniche avant d'aller à la chasse, dans la crainte de la perdre, et il avait pris la même précaution toutes les autres fois qu'il y était allé. Mais ni les femmes esclaves, ni les eunuques, ni la princesse même, n'y avaient pas fait attention une seule fois jusqu'alors pendant son absence; hors du temps de la chasse, il la portait toujours sur lui. On dira que la précaution d'Aladdin était bonne, mais au moins qu'il aurait dû enfermer la lampe. Cela est vrai; mais on a fait de semblables fautes de tout temps, on en fait encore aujourd'hui, et l'on ne cessera d'en faire.

La princesse Badroulboudour, qui ignorait que la lampe fût aussi précieuse qu'elle l'était, et qu'Aladdin, sans parler d'elle-même, eût un intérêt aussi grand qu'il l'avait qu'on n'y touchât pas et qu'elle fût conservée, entra dans la plaisanterie, et elle commanda à un eunuque de la prendre et d'en aller faire l'échange. L'eunuque obéit. Il descendit du salon; et il ne fut pas plus tôt sorti de la porte du palais qu'il aperçut le magicien africain; il l'appela; et, quand il fut venu à lui, et en lui montrant la vieille lampe : « Donne-moi, dit-il, une lampe neuve pour celle-ci. »

Le magicien africain ne douta pas que ce ne fût la lampe qu'il cherchait; il ne pouvait pas y en avoir d'autres dans le palais d'Aladdin, où toute la vaisselle n'était que d'or ou d'argent; il la prit promptement de la main de l'eunuque; et, après l'avoir fourrée bien avant dans son sein, il lui présenta son panier, et lui dit de choisir celle qui lui plairait. L'eunuque choisit, et, après avoir laissé le magicien, il porta la lampe neuve à la princesse Badroulboudour; mais l'échange ne fut pas plus tôt fait que les enfants firent retentir la place de plus grands éclats qu'ils n'avaient encore fait, en se moquant, selon eux, de la bêtise du magicien.

Le magicien africain les laissa criailler tant qu'ils voulurent; mais, sans s'arrêter plus longtemps aux environs du palais d'Aladdin, il s'en éloigna insensiblement et sans bruit, c'est-à-dire sans crier, et sans parler davantage de changer des lampes neuves pour des vieilles. Il n'en voulait pas d'autres que celle qu'il emportait; et son silence enfin fit que les enfants s'écartèrent et qu'ils le laissèrent aller.

Dès qu'il fut hors de la place qui était entre les deux palais, il s'échappa par les rues les moins fréquentées, et, comme il n'avait plus besoin des autres lampes ni du panier, il posa le panier et les lampes au milieu d'une rue où il vit qu'il n'y avait personne. Alors, dès qu'il eut enfilé une autre rue, il pressa le pas jusqu'à ce qu'il arrivât à une des portes de la ville. En continuant son chemin par le faubourg, qui était fort long, il fit quelques provisions avant qu'il en sortît. Quand il fut dans la campagne, il se détourna du chemin dans un lieu à l'écart, hors de la vue du monde, où il resta jusqu'au moment qu'il jugea à propos, pour achever d'exécuter le dessein qui l'avait amené. Il ne regretta pas le barbe qu'il laissait dans le khan où il avait pris logement; il se crut bien dédommagé par le trésor qu'il venait d'acquérir.

Le magicien africain passa le reste de la journée dans ce lieu, jusqu'à une heure de nuit, que les ténèbres furent le plus obscures. Alors il tira la lampe de son sein, et il la frotta. A cet appel, le génie lui apparut. *Que veux-tu?* lui demanda le génie; *me voilà prêt à t'obéir comme ton esclave, et de tous ceux qui ont la lampe à la main, moi et ses autres esclaves.*

— Je te commande, reprit le magicien africain, qu'à

l'heure même tu enlèves le palais que toi ou les autres esclaves de la lampe ont bâti dans cette ville, tel qu'il est, avec tout ce qu'il y a de vivant, et que tu le transportes avec moi en même temps dans un tel endroit de l'Afrique. » Sans lui répondre, le génie, avec l'aide d'autres génies, esclaves de la lampe comme lui, le transportèrent en très peu de temps, lui et le palais en son entier, au propre lieu de l'Afrique qui lui avait été marqué. Nous laisserons le magicien africain et le palais avec la princesse Badroulboudour en Afrique, pour parler de la surprise du sultan.

Dès que le sultan fut levé, il ne manqua pas, selon sa coutume, de se rendre au cabinet ouvert, pour avoir le plaisir de contempler et d'admirer le palais d'Aladdin. Il jeta la vue du côté où il avait coutume de voir ce palais, et il ne vit qu'une place vide, telle qu'elle était avant qu'on l'y eût bâti. Il crut qu'il se trompait, et il se frotta les yeux; mais il ne vit rien de plus que la première fois, quoique le temps fût serein, le ciel net, et que l'aurore qui avait commencé de paraître rendît tous les objets fort distincts. Il regarda par les deux ouvertures à droite et à gauche, et il ne vit que ce qu'il avait coutume de voir par ces deux endroits. Son étonnement fut si grand qu'il demeura longtemps dans la même place, les yeux tournés du côté où le palais avait été, et où il ne le voyait plus, en cherchant ce qu'il ne pouvait comprendre, savoir : comment il se pouvait faire qu'un palais aussi grand et aussi apparent que celui d'Aladdin, qu'il avait vu presque chaque jour depuis qu'il avait été bâti avec sa permission, et tout récemment le jour de devant, se fût évanoui de manière qu'il n'en paraissait pas le moindre vestige. « Je ne me trompe pas, disait-il en lui-même : il était dans la place que voilà; s'il s'était écroulé, les matériaux paraîtraient en monceaux, et, si la terre l'avait englouti, on en verrait quelque marque, de quelque manière que cela fût arrivé. » Et, quoique convaincu que le palais n'y était plus, il ne laissa pas néanmoins d'attendre encore quelque temps, pour voir si en effet il ne se trompait pas. Il se retira enfin, et, après avoir regardé encore derrière lui avant de s'éloigner, il revint à son appartement; il commanda qu'on lui fît venir le grand-vizir en toute diligence; et cependant il s'assit, l'esprit agité de pensées si différentes qu'il ne savait quel parti prendre.

Le grand-vizir ne fit pas attendre le sultan : il vint

même avec une si grande précipitation que ni lui ni ses gens ne firent réflexion, en passant, que le palais d'Aladdin n'était plus à sa place; les portiers mêmes, en ouvrant la porte du palais, ne s'en étaient pas aperçus.

En abordant le sultan : « Sire, lui dit le grand-vizir, l'empressement avec lequel Votre Majesté m'a fait appeler m'a fait juger que quelque chose de bien extraordinaire était arrivé, puisqu'elle n'ignore pas qu'il est aujourd'hui jour de conseil, et que je ne devais pas manquer de me rendre à mon devoir dans peu de moments. — Ce qui est arrivé est véritablement extraordinaire, comme tu le dis, et tu vas en convenir. Dis-moi où est le palais d'Aladdin. — Le palais d'Aladdin, Sire! répondit le grand-vizir avec étonnement; je viens de passer devant, il m'a semblé qu'il était à sa place : des bâtiments aussi solides que celui-là ne changent pas de place si facilement. — Va voir au cabinet, répondit le sultan, et tu viendras me dire si tu l'auras vu. »

Le grand-vizir alla au cabinet ouvert, et il lui arriva la même chose qu'au sultan. Quand il se fut bien assuré que le palais d'Aladdin n'était plus où il avait été, et qu'il n'en paraissait pas le moindre vestige, il revint se présenter au sultan. « Hé bien, as-tu vu le palais d'Aladdin ? lui demanda le sultan. — Sire, répondit le grand-vizir, Votre Majesté peut se souvenir que j'ai eu l'honneur de lui dire que ce palais, qui faisait le sujet de son admiration avec ses richesses immenses, n'était qu'un ouvrage de magie et d'un magicien; mais Votre Majesté n'a pas voulu y faire attention. »

Le sultan, qui ne pouvait disconvenir de ce que le grand-vizir lui représentait, entra dans une colère d'autant plus grande qu'il ne pouvait désavouer son incrédulité. « Où est, dit-il, cet imposteur, ce scélérat, que je lui fasse couper la tête ? — Sire, reprit le grand-vizir, il y a quelques jours qu'il est venu prendre congé de Votre Majesté; il faut lui envoyer demander où est son palais : il ne doit pas l'ignorer. — Ce serait le traiter avec trop d'indulgence, repartit le sultan; va donner ordre à trente de mes cavaliers de me l'amener chargé de chaînes. » Le grand-vizir alla donner l'ordre du sultan aux cavaliers, et il instruisit leur officier de quelle manière ils devaient s'y prendre afin qu'il ne leur échappât point. Ils partirent, et ils rencontrèrent Aladdin à cinq ou six lieues de la ville, qui revenait en chassant. L'officier lui dit en l'abordant que le sultan, impatient de le revoir, les avait envoyés pour le lui témoigner, et revenir avec lui en l'accompagnant.

Aladdin n'eut pas le moindre soupçon du véritable sujet qui avait amené ce détachement de la garde du sultan ; il continua de revenir en chassant ; mais, quand il fut à une demi-lieue de la ville, ce détachement l'environna, et l'officier, en prenant la parole, lui dit : « Prince Aladdin, c'est avec grand regret que nous vous déclarons l'ordre que nous avons du sultan de vous arrêter et de vous mener à lui en criminel d'État ; nous vous supplions de ne pas trouver mauvais que nous nous acquittions de notre devoir et de nous le pardonner. »

Cette déclaration fut un sujet de grande surprise à Aladdin qui se sentait innocent ; il demanda à l'officier s'il savait de quel crime il était accusé. A quoi il répondit que ni lui ni ses gens n'en savaient rien.

Comme Aladdin vit que ses gens étaient de beaucoup inférieurs au détachement, et même qu'ils s'éloignaient, il mit pied à terre. « Me voilà, dit-il ; exécutez l'ordre que vous avez. Je puis dire néanmoins que je ne me sens coupable d'aucun crime, ni envers la personne du sultan ni envers l'État. » On lui passa aussitôt au cou une chaîne fort grosse et fort longue, dont on le lia aussi par le milieu du corps, de manière qu'il n'avait pas les bras libres. Quand l'officier se fut mis à la tête de sa troupe, un cavalier prit le bout de la chaîne ; et, en marchant après l'officier, il mena Aladdin, qui fut obligé de le suivre à pied ; et dans cet état il fut conduit vers la ville.

Quand les cavaliers furent entrés dans le faubourg, les premiers qui virent qu'on menait Aladdin en criminel d'État ne doutèrent pas que ce ne fût pour lui couper la tête. Comme il était aimé généralement, les uns prirent le sabre et d'autres armes, et ceux qui n'en avaient pas s'armèrent de pierres, et ils suivirent les cavaliers. Quelques-uns qui étaient à la queue firent volte-face, en faisant mine de vouloir les dissiper ; mais bientôt ils grossirent en si grand nombre que les cavaliers prirent le parti de dissimuler, trop heureux s'ils pouvaient arriver jusqu'au palais du sultan sans qu'on leur enlevât Aladdin. Pour y réussir selon que les rues étaient plus ou moins larges, ils eurent grand soin d'occuper toute la largeur du terrain, tantôt en s'étendant, tantôt en se resserrant ; de la sorte ils arrivèrent à la place du palais, où ils se mirent tous sur une ligne, en faisant face à la populace armée, jusqu'à ce que leur officier et le cavalier qui menait Aladdin fussent entrés dans le palais, et que les portiers eussent fermé la porte pour empêcher qu'elle n'entrât.

Aladdin fut conduit devant le sultan, qui l'attendait sur le balcon, accompagné du grand-vizir; et, sitôt qu'il le vit, il commanda au bourreau, qui avait eu ordre de se trouver là, de lui couper la tête, sans vouloir l'entendre ni tirer de lui aucun éclaircissement.

Quand le bourreau se fut saisi d'Aladdin, il lui ôta la chaîne qu'il avait au cou et autour du corps; et, après avoir étendu sur la terre un cuir teint du sang d'une infinité de criminels qu'il avait exécutés, il l'y fit mettre à genoux et lui banda les yeux. Alors il tira son sabre; il prit sa mesure pour donner le coup, en s'essayant et en faisant flamboyer le sabre en l'air par trois fois, et il attendit que le sultan lui donnât le signal pour trancher la tête d'Aladdin.

En ce moment, le grand-vizir aperçut que la populace qui avait forcé les cavaliers, et qui avait rempli la place, venait d'escalader les murs du palais en plusieurs endroits, et commençait à les démolir pour faire brèche. Avant que le sultan donnât le signal, il lui dit : « Sire, je supplie Votre Majesté de penser mûrement à ce qu'elle va faire. Elle va courir risque de voir son palais forcé; et, si ce malheur arrivait, l'événement pourrait en être funeste. — Mon palais forcé! reprit le sultan. Qui peut avoir cette audace ? — Sire, repartit le grand-vizir, que Votre Majesté jette les yeux sur les murs de son palais et sur la place, elle connaîtra la vérité de ce que je lui dis. »

L'épouvante du sultan fut si grande quand il eut vu une émotion si vive et si animée que dans le moment même il commanda au bourreau de remettre son sabre dans le fourreau, d'ôter le bandeau des yeux d'Aladdin et de le laisser libre. Il donna ordre aussi aux chiaoux de crier que le sultan lui faisait grâce, et que chacun eût à se retirer.

Alors tous ceux qui étaient déjà montés au haut des murs du palais, témoins de ce qui venait de se passer, abandonnèrent leur dessein. Ils descendirent en peu d'instants, et, pleins de joie d'avoir sauvé la vie à un homme qu'ils aimaient véritablement, ils publièrent cette nouvelle à tous ceux qui étaient autour d'eux; elle passa bientôt à toute la populace qui était dans la place du palais; et les cris des chiaoux, qui annonçaient la même chose du haut des terrasses où ils étaient montés, achevèrent de la rendre publique. La justice que le sultan venait de rendre à Aladdin en lui faisant grâce désarma la populace, fit cesser le tumulte, et insensiblement chacun se retira chez soi.

Quand Aladdin se vit libre, il leva la tête du côté du balcon; et, comme il eut aperçu le sultan : « Sire, dit-il en élevant sa voix d'une manière touchante, je supplie Votre Majesté d'ajouter une nouvelle grâce à celle qu'elle vient de me faire, c'est de vouloir bien me faire connaître quel est mon crime. — Quel est ton crime, perfide! répondit le sultan; ne le sais-tu pas ? Monte jusqu'ici, continua-t-il, je te le ferai connaître. »

Aladdin monta, et, quand il se fut présenté : « Suis-moi », lui dit le sultan en marchant devant lui sans le regarder. Il le mena jusqu'au cabinet ouvert, et, quand il fut arrivé à la porte : « Entre, lui dit le sultan; tu dois savoir où était ton palais; regarde de tous côtés, et dis-moi ce qu'il est devenu. »

Aladdin regarde, et ne voit rien; il s'aperçoit bien de tout le terrain que son palais occupait; mais, comme il ne pouvait deviner comment il avait pu disparaître, cet événement extraordinaire et surprenant le mit dans une confusion et dans un étonnement qui l'empêchèrent de pouvoir répondre un seul mot au sultan.

Le sultan impatient : « Dis-moi donc, répéta-t-il à Aladdin, où est ton palais et où est ma fille. » Alors Aladdin rompit le silence. « Sire, dit-il, je vois bien, et je l'avoue, que le palais que j'ai fait bâtir n'est plus à la place où il était; je vois qu'il a disparu, et je ne puis dire aussi à Votre Majesté où il peut être; mais je puis l'assurer que je n'ai aucune part à cet événement.

— Je ne me mets pas en peine de ce que ton palais est devenu, reprit le sultan, j'estime ma fille un million de fois davantage. Je veux que tu me la retrouves, autrement je te ferai couper la tête, et nulle considération ne m'en empêchera.

— Sire, repartit Aladdin, je supplie Votre Majesté de m'accorder quarante jours pour faire mes diligences; et, si dans cet intervalle je n'y réussis pas, je lui donne ma parole que j'apporterai ma tête au pied de son trône afin qu'elle en dispose à sa volonté. — Je t'accorde les quarante jours que tu me demandes, lui dit le sultan; mais ne crois pas abuser de la grâce que je te fais, en pensant échapper à mon ressentiment : en quelque endroit de la terre que tu puisses être, je saurai bien te retrouver. »

Aladdin s'éloigna de la présence du sultan dans une grande humiliation et dans un état à faire pitié; il passa au travers des cours du palais la tête baissée, sans oser lever les yeux dans la confusion où il était; et les principaux officiers de la cour, dont il n'avait pas désobligé un seul, quoique amis, au lieu de s'approcher de lui pour le consoler ou pour lui offrir une retraite chez eux, lui tournèrent le dos, autant pour ne le pas voir qu'afin qu'il ne pût pas les reconnaître. Mais, quand ils se fussent approchés de lui pour lui dire quelque chose de consolant, ou pour lui faire offre de service, ils n'eussent plus reconnu Aladdin; il ne se reconnaissait pas lui-même, et il n'avait plus la liberté de son esprit. Il le fit bien connaître quand il fut hors du palais : car, sans penser à ce qu'il faisait, il demandait de porte en porte, et à tous ceux qu'il rencontrait, si l'on n'avait pas vu son palais, ou si on ne pouvait pas lui en dire des nouvelles.

Ces demandes firent croire à tout le monde qu'Aladdin avait perdu l'esprit. Quelques-uns n'en firent que rire; mais les gens les plus raisonnables, et particulièrement ceux qui avaient eu quelque liaison d'amitié et de commerce avec lui, en furent véritablement touchés de compassion. Il demeura trois jours dans la ville, en allant tantôt d'un côté, tantôt d'un autre, et en ne mangeant que ce qu'on lui présentait par charité, et sans prendre aucune résolution.

Enfin, comme il ne pouvait plus, dans l'état malheureux où il se voyait, rester dans une ville où il avait fait une si belle figure, il en sortit, et il prit le chemin de la campagne. Il se détourna des grandes routes; et, après avoir traversé plusieurs campagnes dans une incertitude affreuse, il arriva enfin, à l'entrée de la nuit, au bord d'une rivière. Là, il lui prit une pensée de désespoir. « Où irai-je chercher mon palais ? dit-il en lui-même. En quelle province, en quel pays, en quelle partie du monde le trouverai-je, aussi bien que ma chère princesse que le sultan me demande ? Jamais je n'y réussirai; il vaut donc mieux que je me délivre de tant de fatigues qui n'aboutiraient à rien, et de tous les chagrins cuisants qui me rongent. » Il allait se jeter dans la rivière, selon la résolution qu'il venait de prendre; mais il crut, en bon musulman fidèle à sa religion, qu'il ne devait pas le faire sans avoir auparavant fait sa prière. En voulant s'y préparer, il s'approcha du bord de l'eau pour se laver les mains et le visage, suivant la coutume du pays;

mais, comme cet endroit était un peu en pente, et mouillé par l'eau qui y battait, il glissa; et il serait tombé dans la rivière, s'il ne se fût retenu à un petit roc élevé hors de terre environ de deux pieds. Heureusement pour lui il portait encore l'anneau que le magicien africain lui avait mis au doigt avant qu'il descendît dans le souterrain pour aller enlever la précieuse lampe qui venait de lui être enlevée. Il frotta cet anneau assez fortement contre le roc en se retenant; dans l'instant le même génie qui lui était apparu dans ce souterrain où le magicien africain l'avait enfermé lui apparut encore. *Que veux-tu ?* lui dit le génie; *me voici prêt à t'obéir comme ton esclave et de tous ceux qui ont l'anneau au doigt, moi et les autres esclaves de l'anneau.*

Aladdin, agréablement surpris par une apparition si peu attendue dans le désespoir où il était, répondit : « Génie, sauve-moi la vie une seconde fois, en m'enseignant où est le palais que j'ai fait bâtir, ou en faisant qu'il soit rapporté incessamment où il était. — Ce que tu me demandes, reprit le génie, n'est pas de mon ressort : je ne suis esclave que de l'anneau, adresse-toi à l'esclave de la lampe. — Si cela est, repartit Aladdin, je te commande donc par la puissance de l'anneau de me transporter jusqu'au lieu où est mon palais, en quelque endroit de la terre qu'il soit, et de me poser sous les fenêtres de la princesse Badroulboudour. » A peine eut-il achevé de parler que le génie le transporta en Afrique, au milieu d'une grande prairie où était le palais, peu éloigné d'une grande ville, et le posa précisément au-dessous des fenêtres de l'appartement de la princesse, où il le laissa. Tout cela se fit en un instant.

Nonobstant l'obscurité de la nuit, Aladdin reconnut fort bien son palais et l'appartement de la princesse Badroulboudour; mais, comme la nuit était avancée et que tout était tranquille dans le palais, il se retira un peu à l'écart, et il s'assit au pied d'un arbre. Là, rempli d'espérance, en faisant réflexion à son bonheur, dont il était redevable à un pur hasard, il se trouva dans une situation beaucoup plus paisible que depuis qu'il avait été arrêté, amené devant le sultan, et délivré du danger présent de perdre la vie. Il s'entretint quelque temps dans ces pensées agréables; mais enfin, comme il y avait cinq ou six jours qu'il ne dormait point, il ne put s'empêcher de se laisser aller au sommeil qui l'accablait, et il s'endormit au pied de l'arbre où il était.

Le lendemain, dès que l'aurore commença à paraître, Aladdin fut éveillé agréablement, non seulement par le ramage des oiseaux qui avaient passé la nuit sur l'arbre sous lequel il était couché, mais même sur les arbres touffus du jardin de son palais. Il jeta d'abord les yeux sur cet admirable édifice, et alors il se sentit une joie inexprimable d'être sur le point de s'en revoir bientôt le maître, et en même temps de posséder encore une fois sa chère princesse Badroulboudour. Il se leva, et se rapprocha de l'appartement de la princesse. Il se promena quelque temps sous ses fenêtres, en attendant qu'il fût jour chez elle et qu'on pût l'apercevoir. Dans cette attente, il cherchait en lui-même d'où pouvait être venue la cause de son malheur; et, après avoir bien rêvé, il ne douta plus que toute son infortune ne vînt d'avoir quitté sa lampe de vue. Il s'accusa lui-même de négligence et du peu de soin qu'il avait eu de ne s'en pas dessaisir un seul moment. Ce qui l'embarrassait davantage, c'est qu'il ne pouvait s'imaginer qui était le jaloux de son bonheur. Il l'eût compris d'abord, s'il eût su que lui et son palais se trouvaient alors en Afrique; mais le génie esclave de l'anneau ne lui en avait rien dit; il ne s'en était point informé lui-même. Le seul nom de l'Afrique lui eût rappelé dans sa mémoire le magicien africain, son ennemi déclaré.

La princesse Badroulboudour se levait plus matin qu'elle n'avait coutume depuis son enlèvement et son transport en Afrique par l'artifice du magicien africain, dont jusqu'alors elle avait été contrainte de supporter la vue une fois chaque jour, parce qu'il était maître du palais; mais elle l'avait traité si durement chaque fois qu'il n'avait encore osé prendre la hardiesse de s'y loger. Quand elle fut habillée, une de ses femmes, en regardant au travers d'une jalousie, aperçoit Aladdin. Elle court aussitôt en avertir sa maîtresse. La princesse, qui ne pouvait croire cette nouvelle, vient vite se présenter à la fenêtre, et aperçoit Aladdin. Elle ouvre la jalousie. Au bruit que la princesse fait en l'ouvrant, Aladdin lève la tête; il la reconnaît, et il la salue d'un air qui exprimait l'excès de sa joie. « Pour ne pas perdre de temps, lui dit la princesse, on est allé vous ouvrir la porte secrète; entrez et montez. » Et elle referma la jalousie.

La porte secrète était au-dessous de l'appartement de la princesse; elle se trouva ouverte, et Aladdin monta à l'appartement de la princesse. Il n'est pas possible d'exprimer la joie que ressentirent ces deux époux de se revoir après s'être crus séparés pour jamais. Ils s'embrassèrent plusieurs fois, et se donnèrent toutes les marques d'amour et de tendresse qu'on peut s'imaginer, après une séparation aussi triste et aussi peu attendue que la leur. Après ces embrassements mêlés de larmes de joie, ils s'assirent; et Aladdin, en prenant la parole : « Princesse, dit-il, avant de vous entretenir de toute autre chose, je vous supplie au nom de Dieu, autant pour votre propre intérêt et pour celui du sultan votre respectable père que pour le mien en particulier, de me dire ce qu'est devenue une vieille lampe que j'avais mise sur la corniche du salon à vingt-quatre croisées, avant d'aller à la chasse.

— Ah! cher époux! répondit la princesse, je m'étais bien doutée que notre malheur réciproque venait de cette lampe; et ce qui me désole, c'est que j'en suis la cause moi-même! — Princesse, reprit Aladdin, ne vous en attribuez pas la cause, elle est toute sur moi, et je devais avoir été plus soigneux de la conserver : ne songeons qu'à réparer cette perte, et pour cela faites-moi la grâce de me raconter comment la chose s'est passée, et en quelles mains elle est tombée. »

Alors la princesse Badroulboudour raconta à Aladdin ce qui s'était passé dans l'échange de la lampe vieille pour la neuve, qu'elle fit apporter afin qu'il la vît; et comme la nuit suivante, après s'être aperçue du transport du palais, elle s'était trouvée le matin dans le pays inconnu où elle lui parlait, et qui était l'Afrique : particularité qu'elle avait apprise de la bouche même du traître qui l'y avait fait transporter par son art magique.

« Princesse, dit Aladdin en l'interrompant, vous m'avez fait connaître le traître en me marquant que je suis en Afrique avec vous. Il est le plus perfide de tous les hommes. Mais ce n'est ni le temps ni le lieu de vous faire une peinture plus ample de ses méchancetés. Je vous prie seulement de me dire ce qu'il a fait de la lampe, et où il l'a mise.

— Il la porte dans son sein, enveloppée bien précieusement, reprit la princesse, et je puis en rendre témoignage, puisqu'il l'en a tirée et l'a développée en ma présence, pour m'en faire un trophée.

— Ma princesse, dit alors Aladdin, ne me sachez pas mauvais gré de tant de demandes dont je vous fatigue : elles sont également importantes pour vous et pour moi.

Pour venir à ce qui m'intéresse plus particulièrement, apprenez-moi, je vous en conjure, comment vous vous trouvez du traitement d'un homme aussi méchant et aussi perfide.

— Depuis que je suis en ce lieu, reprit la princesse, il ne s'est présenté devant moi qu'une fois chaque jour, et je suis bien persuadée que le peu de satisfaction qu'il tire de ses visites fait qu'il ne m'importune pas plus souvent. Tous les discours qu'il me tient chaque fois ne tendent qu'à me persuader de rompre la foi que je vous ai donnée, et de le prendre pour époux, en voulant me faire entendre que je ne dois pas espérer de vous revoir jamais, que vous ne vivez plus, et que le sultan mon père vous a fait couper la tête. Il ajoute, pour se justifier, que vous êtes un ingrat, que votre fortune n'est venue que de lui, et mille autres choses que je lui laisse dire. Et, comme il ne reçoit de moi pour réponse que mes plaintes douloureuses et mes larmes, il est contraint de se retirer aussi peu satisfait que quand il arrive. Je ne doute pas néanmoins que son intention ne soit de laisser passer mes plus vives douleurs, dans l'espérance que je changerai de sentiment, et à la fin d'user de violence si je persévère à lui faire résistance. Mais, cher époux, votre présence a déjà dissipé mes inquiétudes.

— Princesse, interrompit Aladdin, j'ai confiance que ce n'est pas en vain, puisqu'elles sont dissipées, et que je crois avoir trouvé le moyen de vous délivrer de votre ennemi et du mien. Mais pour cela il est nécessaire que j'aille à la ville. Je serai de retour vers le midi, et alors je vous communiquerai quel est mon dessein, et ce qu'il faudra que vous fassiez pour contribuer à le faire réussir. Mais, afin que vous en soyez avertie, ne vous étonnez pas de me voir revenir avec un autre habit, et donnez ordre qu'on ne me fasse pas attendre à la porte secrète au premier coup que je frapperai. »

La princesse lui promit qu'on l'attendrait à la porte, et que l'on serait prompt à lui ouvrir.

Quand Aladdin fut descendu de l'appartement de la princesse et qu'il fut sorti par la même porte, il regarda de côté et d'autre, et il aperçut un paysan qui prenait le chemin de la campagne.

Comme le paysan allait au-delà du palais, et qu'il était un peu éloigné, Aladdin pressa le pas; et quand il l'eut joint il lui proposa de changer d'habit, et il fit tant que le paysan y consentit. L'échange se fit à la faveur d'un buisson; et, quand ils se furent séparés, Aladdin prit le chemin de la ville. Dès qu'il y fut rentré, il enfila la rue qui aboutissait à la porte, et, se détournant par les rues les plus fréquentées, il arriva à l'endroit où chaque sorte de marchands et d'artisans avait sa rue particulière. Il entra dans celle des droguistes, et, en s'adressant à la boutique la plus grande et la mieux fournie, il demanda au marchand s'il avait une certaine poudre qu'il lui nomma.

Le marchand, qui s'imagina qu'Aladdin était pauvre, à le regarder par son habit, et qu'il n'avait pas assez d'argent pour la payer, lui dit qu'il en avait, mais qu'elle était chère. Aladdin pénétra dans la pensée du marchand; il tira sa bourse, et, en faisant voir de l'or, il demanda une demi-dragme de cette poudre. Le marchand la pesa, l'enveloppa, et en la présentant à Aladdin il en demanda une pièce d'or. Aladdin la lui mit entre les mains, et, sans s'arrêter dans la ville qu'autant de temps qu'il en fallut pour prendre un peu de nourriture, il revint à son palais. Il n'attendit pas à la porte secrète : elle lui fut ouverte d'abord, et il monta à l'appartement de la princesse Badroulboudour. « Princesse, lui dit-il, l'aversion que vous avez pour votre ravisseur, comme vous me l'avez témoigné, fera peut-être que vous aurez de la peine à suivre le conseil que j'ai à vous donner. Mais permettez-moi de vous dire qu'il est à propos que vous dissimuliez, et même que vous vous fassiez violence, si vous voulez vous délivrer de sa persécution, et donner au sultan votre père et mon seigneur la satisfaction de vous revoir. Si vous voulez donc suivre mon conseil, continua Aladdin, vous commencerez dès à présent à vous habiller d'un de vos plus beaux habits; et, quand le magicien africain viendra, ne faites pas difficulté de le recevoir avec tout le bon accueil possible, sans affectation et sans contrainte, avec un visage ouvert, de manière néanmoins que, s'il y reste quelque nuage d'affliction, il puisse apercevoir qu'il se dissipera avec le temps. Dans la conversation, donnez-lui à connaître que vous faites vos efforts pour m'oublier; et, afin qu'il soit persuadé davantage de votre sincérité, invitez-le à souper avec vous, et marquez-lui que vous seriez bien aise de goûter du meilleur vin de son pays : il ne manquera pas de vous quitter pour en aller chercher. Alors, en attendant qu'il revienne, quand le buffet sera mis, mettez dans un des gobelets pareils à celui dans lequel vous avez coutume de boire la poudre que voici; et, en le mettant à part, avertissez celle de vos femmes qui vous donne à boire de vous l'apporter plein de vin au signal que vous lui ferez, dont vous conviendrez avec elle, et de prendre bien garde de ne pas se tromper. Quand le magicien sera revenu et que vous serez à table, après avoir mangé et bu autant de coups que vous le jugerez à propos, faites-vous apporter le gobelet où sera la poudre et changez votre gobelet avec le sien; il trouvera la faveur que vous lui ferez si grande qu'il ne la refusera pas : il boira même sans rien laisser dans le gobelet; et à peine l'aura-t-il vidé que vous le verrez tomber à la renverse. Si vous avez de la répugnance à boire dans son gobelet, faites semblant de boire, vous le pouvez sans crainte : l'effet de la poudre sera si prompt qu'il n'aura pas le temps de faire réflexion si vous buvez ou si vous ne buvez pas. »

Quand Aladdin eut achevé : « Je vous avoue, lui dit la princesse, que je me fais une grande violence en consentant de faire au magicien les avances que je vois bien qu'il est nécessaire que je fasse; mais quelle résolution ne peut-on pas prendre contre un cruel ennemi! Je ferai donc ce que vous me conseillez, puisque de là mon repos ne dépend pas moins que le vôtre. » Ces mesures prises avec la princesse, Aladdin prit congé d'elle, et il alla passer le reste du jour aux environs du palais, en attendant la nuit pour se rapprocher de la porte secrète.

La princesse Badroulboudour, inconsolable non seulement de se voir séparée d'Aladdin, son cher époux, qu'elle avait aimé d'abord, et qu'elle continuait d'aimer encore, plus par inclination que par devoir, mais même d'avec le sultan son père qu'elle chérissait, et dont elle était tendrement aimée, était toujours demeurée dans une grande négligence de sa personne depuis le moment de cette douloureuse séparation. Elle avait même, pour ainsi dire, oublié la propreté qui sied si bien aux personnes de son sexe, particulièrement après que le magicien africain se fut présenté à elle la première fois, et qu'elle eut appris par ses femmes, qui l'avaient reconnu, que c'était lui qui avait pris la vieille lampe en échange de la neuve, et que par cette fourberie insigne il lui fut devenu en horreur. Mais l'occasion d'en prendre vengeance comme il le méritait, et plus tôt qu'elle n'avait osé l'espérer, fit qu'elle résolut de contenter Aladdin. Ainsi, dès qu'il se fut retiré, elle se mit à sa toilette, se fit coiffer par ses femmes de la manière qui lui était la plus avantageuse, et elle prit un habit le plus riche et le plus convenable à son dessein. La ceinture dont elle se ceignit n'était qu'or et que diamants enchâssés, les plus gros et les mieux assortis; et elle accompagna la ceinture d'un collier de perles seulement, dont les six de chaque côté étaient d'une telle proportion avec celle du milieu, qui était la plus grosse et la plus précieuse, que les plus grandes sultanes et les plus grandes reines se seraient estimées heureuses d'en avoir un complet de la grosseur des deux plus petites de celui de la princesse. Les bracelets, entremêlés de diamants et de rubis, répondaient merveilleusement bien à la richesse de la ceinture et du collier.

Quand la princesse Badroulboudour fut entièrement habillée, elle consulta son miroir, prit l'avis de ses femmes sur tout son ajustement; et, après qu'elle eut vu qu'il ne lui manquait aucun des charmes qui pouvaient flatter la folle passion du magicien africain, elle s'assit sur son sofa en attendant qu'il arrivât.

Le magicien ne manqua pas de venir à son heure ordinaire. Dès que la princesse le vit entrer dans son salon aux vingt-quatre croisées où elle l'attendait, elle se leva avec tout son appareil de beauté et de charmes, et elle lui montra de la main la place honorable où elle attendait qu'il se mît, pour s'asseoir en même temps que lui : civilité distinguée qu'elle ne lui avait pas encore faite.

Le magicien africain, plus ébloui de l'éclat des beaux yeux de la princesse que du brillant des pierreries dont elle était ornée, fut fort surpris. Son air majestueux, et un certain air gracieux dont elle l'accueillait, si opposé aux rebuts avec lesquels elle l'avait reçu jusqu'alors, le rendit confus. D'abord il voulut prendre place sur le bord du sofa; mais, comme il vit que la princesse ne voulait pas s'asseoir dans la sienne qu'il ne se fût assis où elle souhaitait, il obéit.

Quand le magicien africain fut placé, la princesse, pour le tirer de l'embarras où elle le voyait, prit la parole en le regardant d'une manière à lui faire croire qu'il ne lui était plus odieux comme elle l'avait fait paraître auparavant, et elle lui dit : « Vous vous étonnerez sans doute de me voir aujourd'hui tout autre que vous ne m'avez vue jusqu'à présent; mais vous n'en serez plus surpris quand je vous dirai que je suis d'un tempérament si opposé à la tristesse, à la mélancolie, aux chagrins et aux inquiétudes, que je cherche à les éloigner le plus tôt qu'il m'est possible, dès que je trouve que le sujet en est passé. J'ai fait réflexion sur ce que vous m'avez représenté du destin d'Aladdin; et, de l'humeur dont je connais le sultan mon père, je suis persuadée, comme vous, qu'il n'a pu éviter l'effet terrible de son courroux. Ainsi, quand je m'opiniâtrerais à le pleurer toute ma vie, je vois bien que mes larmes ne le feraient pas revivre. C'est pour cela qu'après lui avoir rendu, même jusque dans le tombeau, les devoirs que mon amour demandait que je lui rendisse, il m'a paru que je devais chercher tous les moyens de me consoler. Voilà les motifs du changement que vous voyez en moi. Pour commencer donc à éloigner tout sujet de tristesse, résolue à la bannir entièrement et persuadée que vous voudrez bien me tenir compagnie, j'ai commandé qu'on nous préparât à souper. Mais, comme je n'ai que du vin de la Chine, et que je me trouve en Afrique, il m'a pris une envie de goûter de celui qu'elle produit, et j'ai cru, s'il y en a, que vous en trouverez du meilleur. »

Le magicien africain, qui avait regardé comme une chose impossible le bonheur de parvenir si promptement et si facilement à entrer dans les bonnes grâces de la princesse Badroulboudour, lui marqua qu'il ne trouvait pas de termes assez forts pour lui témoigner combien il était sensible à ses bontés; et en effet, pour finir au plus tôt un entretien dont il eût eu peine à se tirer s'il s'y fût engagé plus avant, il se jeta sur le vin d'Afrique dont elle venait de lui parler, et il lui dit que, parmi les avantages dont l'Afrique pouvait se glorifier, celui de produire d'excellent vin était un des principaux, particulièrement dans la partie où elle se trouvait; qu'il en avait une pièce de sept ans qui n'était pas encore entamée, et que, sans le trop priser, c'était un vin qui surpassait en bonté les vins les plus excellents du monde. « Si ma princesse, ajouta-t-il, veut me le permettre, j'irai en prendre deux bouteilles, et je serai de retour incessamment. — Je serais fâchée de vous donner cette peine, lui dit la princesse; il vaudrait mieux que vous y envoyassiez quelqu'un. — Il est nécessaire que j'y aille moi-même, repartit le magicien africain : personne que moi ne sait où est la clef du magasin, et personne que moi aussi n'a le secret de l'ouvrir. — Si cela est ainsi, dit la princesse, allez donc et revenez promptement. Plus vous mettrez de temps, plus j'aurai d'impatience de vous revoir, et songez que nous nous mettrons à table dès que vous serez de retour. »

Le magicien africain, plein d'espérance de son prétendu bonheur, ne courut pas chercher son vin de sept ans, il y vola plutôt, et il revint fort promptement. La princesse, qui n'avait pas douté qu'il ne fît diligence, avait jeté elle-même la poudre qu'Aladdin lui avait apportée, dans un gobelet qu'elle avait mis à part, et elle venait de faire servir. Ils se mirent à table vis-à-vis l'un de l'autre, de manière que le magicien avait le dos tourné au buffet. En lui présentant ce qu'il y avait de meilleur, la princesse lui dit : « Si vous voulez, je vous donnerai le plaisir des instruments et des voix; mais, comme nous ne sommes que vous et moi, il me semble que la conversation nous donnera plus de plaisir. » Le magicien regarda ce choix de la princesse pour une nouvelle faveur.

Après qu'ils eurent mangé quelques morceaux, la princesse demanda à boire. Elle but à la santé du magicien, et, quand elle eut bu : « Vous aviez raison, dit-elle, de faire l'éloge de votre vin, jamais je n'en avais bu de si délicieux. — Charmante princesse, répondit-il en tenant à la main le gobelet qu'on venait de lui présenter, mon vin acquiert une nouvelle bonté par l'approbation que vous lui donnez. — Buvez à ma santé, reprit la princesse; vous trouverez vous-même que je m'y connais. » Il but à la santé de la princesse, et, en rendant le gobelet : « Princesse, dit-il, je me tiens heureux d'avoir réservé cette pièce pour une si bonne occasion; j'avoue moi-même que je n'en ai bu de ma vie de si excellent en plus d'une manière. »

Quand ils eurent continué de manger et de boire trois autres coups, la princesse, qui avait achevé de charmer le magicien africain par ses honnêtetés et par ses manières tout obligeantes, donna enfin le signal à la femme qui lui donnait à boire, en disant en même temps qu'on lui apportât son gobelet plein de vin, qu'on emplît de même celui du magicien africain, et qu'on le lui présentât. Quand ils eurent chacun le gobelet à la main : « Je ne sais, dit-elle au magicien africain, comment on en use chez vous quand on s'aime bien et qu'on boit ensemble comme nous le faisons. Chez nous, à la Chine, l'amant et l'amante se présentent réciproquement à chacun leur gobelet, et de la sorte ils boivent à la santé l'un de l'autre. » En même temps elle lui présenta le gobelet qu'elle tenait, en avançant l'autre main pour recevoir le sien. Le magicien africain se hâta de faire cet échange avec d'autant plus de plaisir qu'il regarda cette faveur comme la marque la plus certaine de la conquête entière du cœur de la princesse, ce qui le mit au comble de son bonheur. Avant qu'il bût : « Princesse, dit-il le gobelet à la main, il s'en faut beaucoup que nos Africains soient aussi raffinés dans l'art d'assaisonner l'amour de tous ses agréments que les Chinois, et, en m'instruisant d'une leçon que j'ignorais, j'apprends aussi à quel point je dois être sensible à la grâce que je reçois. Jamais je n'oublierai, aimable princesse, d'avoir retrouvé, en buvant dans votre gobelet, une vie dont votre cruauté m'eût fait perdre l'espérance, si elle eût continué. »

La princesse Badroulboudour, qui s'ennuyait du discours à perte de vue du magicien africain : « Buvons, dit-elle en l'interrompant; vous reprendrez après ce que vous voulez me dire. » En même temps elle porta à la bouche le gobelet qu'elle ne toucha que du bout des lèvres, pendant que le magicien africain se pressa si fort de la prévenir qu'il vida le sien sans en laisser une goutte. En achevant de le vider, comme il avait un peu penché la tête en arrière pour montrer sa diligence, il demeura quelque temps en cet état, jusqu'à ce que la princesse, qui avait toujours le bord du gobelet sur ses lèvres, vît que les yeux lui tournaient, et qu'il tombât sur le dos sans sentiment.

La princesse n'eut pas besoin de commander qu'on allât ouvrir la porte secrète à Aladdin. Ses femmes, qui avaient le mot, s'étaient disposées d'espace en espace depuis le salon jusqu'au bas de l'escalier, de manière que le magicien africain ne fut pas plus tôt tombé à la renverse que la porte lui fut ouverte presque dans le moment.

Aladdin monta, et il entra dans le salon. Dès qu'il eut vu le magicien africain étendu sur le sofa, il arrêta la princesse Badroulboudour qui s'était levée, et qui s'avançait pour lui témoigner sa joie en l'embrassant : « Princesse, dit-il, il n'est pas encore temps; obligez-moi de vous retirer à votre appartement, et faites qu'on me laisse seul, pendant que je vais travailler à vous faire retourner à la Chine avec la même diligence que vous en avez été éloignée. »

En effet, quand la princesse fut hors du salon avec ses femmes et ses eunuques, Aladdin ferma la porte;

et, après qu'il se fut approché du cadavre du magicien africain, qui était demeuré sans vie, il ouvrit sa veste, et il en tira la lampe enveloppée de la manière que la princesse lui avait marquée. Il la développa, et il la frotta. Aussitôt le génie se présenta avec son compliment ordinaire. « Génie, lui dit Aladdin, je t'ai appelé pour t'ordonner, de la part de la lampe ta bonne maîtresse que tu vois, de faire que ce palais soit reporté incessamment à la Chine, au même lieu et à la même place d'où il a été apporté ici. » Le génie, après avoir marqué par une inclination de tête qu'il allait obéir, disparut. En effet le transport se fit, et on ne le sentit que par deux agitations fort légères : l'une quand il fut enlevé du lieu où il était en Afrique, et l'autre, quand il fut posé dans la Chine vis-à-vis le palais du sultan; ce qui se fit dans un intervalle de très peu de durée.

Aladdin descendit à l'appartement de la princesse; et alors en l'embrassant : « Princesse, dit-il, je puis vous assurer que votre joie et la mienne seront complètes demain matin. » Comme la princesse n'avait pas achevé de souper et qu'Aladdin avait besoin de manger, la princesse fit apporter du salon aux vingt-quatre croisées les mets qu'on y avait servis, et auxquels on n'avait presque pas touché. La princesse et Aladdin mangèrent ensemble, et burent du bon vin vieux du magicien africain; après quoi, sans parler de leur entretien, qui ne pouvait être que très satisfaisant, ils se retirèrent dans leur appartement.

Depuis l'enlèvement du palais d'Aladdin et de la princesse Badroulboudour, le sultan père de cette princesse était inconsolable de l'avoir perdue, comme il se l'était imaginé. Il ne dormait presque ni nuit ni jour, et, au lieu d'éviter tout ce qui pouvait l'entretenir dans son affliction, c'était au contraire ce qu'il cherchait avec le plus de soin. Ainsi, au lieu qu'auparavant il n'allait que le matin au cabinet ouvert de son palais pour se satisfaire par l'agrément de cette vue dont il ne pouvait se rassasier, il y allait plusieurs fois le jour renouveler ses larmes, et se plonger de plus en plus dans ses profondes douleurs par l'idée de ne voir plus ce qui lui avait tant plu et d'avoir perdu ce qu'il avait de plus cher au monde. L'aurore ne faisait que de paraître, lorsque le sultan vint à ce cabinet, le même matin que le palais d'Aladdin venait d'être rapporté à sa place. En entrant, il était si recueilli en lui-même et si pénétré de sa douleur qu'il jeta les yeux d'une manière triste du côté de la place où il ne croyait voir que l'air vide sans apercevoir le palais. Mais, comme il vit que ce vide était rempli, il s'imagina d'abord que c'était l'effet d'un brouillard. Il regarde avec plus d'attention, et il connaît à n'en pas douter que c'était le palais d'Aladdin. Alors la joie et l'épanouissement du cœur succédèrent aux chagrins et à la tristesse. Il retourne à son appartement en pressant le pas, et il commande qu'on lui selle et qu'on lui amène un cheval. On le lui amène, il le monte, il part, et il lui semble qu'il n'arrivera pas assez tôt au palais d'Aladdin.

Aladdin qui avait prévu ce qui pouvait arriver, s'était levé dès la petite pointe du jour, et, dès qu'il eut pris un des habits les plus magnifiques de sa garde-robe, il était monté au salon aux vingt-quatre croisées, d'où il aperçut que le sultan venait. Il descendit, et il fut assez à temps pour le recevoir au bas du grand escalier et l'aider à mettre pied à terre. « Aladdin, lui dit le sultan, je ne puis vous parler que je n'aie vu et embrassé ma fille. »

Aladdin conduisit le sultan à l'appartement de la princesse Badroulboudour; et la princesse, qu'Aladdin, en se levant, avait avertie de se souvenir qu'elle n'était plus en Afrique, mais dans la Chine et dans la ville capitale du sultan son père, voisine de son palais, venait d'achever de s'habiller. Le sultan l'embrassa à plusieurs fois, le visage baigné de larmes de joie, et la princesse, de son côté, lui donna toutes les marques du plaisir extrême qu'elle avait de le revoir.

Le sultan fut quelque temps sans pouvoir ouvrir la bouche pour parler, tant il était attendri d'avoir retrouvé sa chère fille, après l'avoir pleurée sincèrement comme perdue; et la princesse, de son côté, était tout en larmes de la joie de revoir le sultan son père.

Le sultan prit enfin la parole. « Ma fille, dit-il, je veux croire que c'est la joie que vous avez de me revoir qui fait que vous me paraissez aussi peu changée que s'il ne vous était rien arrivé de fâcheux. Je suis persuadé néanmoins que vous avez beaucoup souffert. On n'est pas transporté dans un palais tout entier, aussi subitement que vous l'avez été, sans de grandes alarmes et de terribles angoisses. Je veux que vous me racontiez ce qui en est, et que vous ne me cachiez rien. »

La princesse se fit un plaisir de donner au sultan son père la satisfaction qu'il demandait. « Sire, dit la princesse, si je parais si peu changée, je supplie Votre Majesté de considérer que je commençai à respirer dès hier de grand matin par la présence d'Aladdin, mon cher époux et mon libérateur, que j'avais regardé et pleuré comme perdu pour moi, et que le bonheur que je viens d'avoir de l'embrasser me remet à peu près dans la même assiette qu'auparavant. Toute ma peine néanmoins, à proprement parler, n'a été que de me voir arrachée à Votre Majesté et à mon cher époux, non seulement par rapport à mon inclination à l'égard de mon époux, mais même par l'inquiétude où j'étais sur les tristes effets du courroux de Votre Majesté, auquel je ne doutais pas qu'il ne dût être exposé, tout innocent qu'il était. J'ai moins souffert de l'insolence de mon ravisseur qui m'a tenu des discours qui ne me plaisaient pas. Je les ai arrêtés par l'ascendant que j'ai su prendre sur lui. D'ailleurs j'étais aussi peu contrainte que je le suis présentement. Pour ce qui regarde le fait de mon enlèvement, Aladdin n'y a aucune part : j'en suis la cause moi seule, mais très innocente. »

Pour persuader au sultan qu'elle disait la vérité, elle lui fit le détail du déguisement du magicien africain en marchand de lampes neuves à changer contre des vieilles, et du divertissement qu'elle s'était donné en faisant l'échange de la lampe d'Aladdin dont elle ignorait le secret et l'importance; de l'enlèvement du palais et de sa personne après cet échange, et du transport de l'un et de l'autre en Afrique avec le magicien africain qui avait été reconnu par deux de ses femmes et par l'eunuque qui avait fait l'échange de la lampe, quand il avait pris la hardiesse de venir se présenter à elle la première fois après le succès de son audacieuse entreprise, et de lui faire la proposition de l'épouser; enfin, de la persécution qu'elle avait soufferte jusqu'à l'arrivée d'Aladdin; des mesures qu'ils avaient prises conjointement pour lui enlever la lampe qu'il portait sur lui; comment ils y avaient réussi, elle particulièrement, en prenant le parti de dissimuler avec lui, et enfin de l'inviter à souper avec elle, jusqu'au gobelet mixtionné qu'elle lui avait présenté. « Quant au reste, ajouta-t-elle, je laisse à Aladdin à vous en rendre compte. »

Aladdin eut peu de choses à dire au sultan. « Quand, dit-il, on m'eut ouvert la porte secrète, que j'eus monté au salon aux vingt-quatre croisées, et que j'eus vu le traître étendu mort sur le sofa par la violence de la poudre; comme il ne convenait pas que la princesse restât davantage, je la priai de descendre à son appartement avec ses femmes et ses eunuques. Je restai seul; et, après avoir tiré la lampe du sein du magicien, je me servis du même secret dont il s'était servi pour enlever ce palais en ravissant la princesse. J'ai fait en sorte que le palais se trouve en sa place, et j'ai eu le bonheur de ramener la princesse à Votre Majesté, comme elle me l'avait commandé. Je n'en impose pas à Votre Majesté; et, si elle veut se donner la peine de monter au salon, elle verra le magicien puni comme il le méritait. »

Pour s'assurer entièrement de la vérité, le sultan se leva et monta; et, quand il eut vu le magicien africain mort, le visage déjà livide par la violence du poison, il embrassa Aladdin avec beaucoup de tendresse, en lui disant : « Mon fils, ne me sachez pas mauvais gré du procédé dont j'ai usé contre vous; l'amour paternel m'y a forcé, et je mérite que vous me pardonniez l'excès où je me suis porté. — Sire, reprit Aladdin, je n'ai pas le moindre sujet de plainte contre la conduite de Votre Majesté, elle n'a fait que ce qu'elle devait faire. Ce magicien, cet infâme, ce dernier des hommes, est la cause unique de ma disgrâce. Quand Votre Majesté en aura le loisir, je lui ferai le récit d'une autre malice qu'il m'a faite, non moins noire que celle-ci, dont j'ai été préservé par une grâce de Dieu toute particulière. — Je prendrai ce loisir exprès, repartit le sultan, et bientôt. Mais songeons à nous réjouir, et faites ôter cet objet odieux. »

Aladdin fit enlever le cadavre du magicien africain, avec ordre de le jeter à la voirie pour servir de pâture aux animaux et aux oiseaux. Le sultan cependant, après avoir commandé que les tambours, les timbales, les trompettes et les autres instruments annonçassent la joie publique, fit proclamer une fête de dix jours en réjouissance du retour de la princesse Badroulboudour et d'Aladdin avec son palais.

C'est ainsi qu'Aladdin échappa pour la seconde fois du danger presque inévitable de perdre la vie; mais ce ne fut pas le dernier, il en courut un troisième dont nous allons rapporter les circonstances.

Le magicien africain avait un frère cadet qui n'était pas moins habile que lui dans l'art magique; on peut même dire qu'il le surpassait en méchanceté et en artifices pernicieux. Comme ils ne demeuraient pas toujours ensemble ou dans la même ville, et que souvent l'un se trouvait au levant pendant que l'autre était au couchant, chacun de son côté, ils ne manquaient pas chaque année de s'instruire, par la géomance, en quelle partie du monde ils étaient, en quel état ils se trouvaient, et s'ils n'avaient pas besoin du secours l'un de l'autre.

Quelque temps après que le magicien africain eut succombé dans son entreprise contre le bonheur d'Aladdin, son cadet, qui n'avait pas eu de ses nouvelles depuis un an, et qui n'était pas en Afrique, mais dans un pays très éloigné, voulut savoir en quel endroit de la terre il était, comment il se portait, et ce qu'il y faisait. En quelque lieu qu'il allât, il portait toujours avec lui son carré géomantique aussi bien que son frère. Il prend ce carré, il accommode le sable, il jette les points, il en tire les figures, et enfin il forme l'horoscope. En parcourant chaque maison, il trouve que son frère n'était plus au monde; dans une autre maison, qu'il avait été empoisonné, et qu'il était mort subitement; et dans une autre, que c'était dans une capitale de la Chine située en tel endroit; et enfin, que celui par qui il avait été empoisonné était un homme de basse naissance, qui avait épousé une princesse fille d'un sultan.

Quand le magicien eut appris de la sorte quelle avait été la triste destinée de son frère, il ne perdit pas de temps en des regrets qui ne lui eussent pas redonné la vie. La résolution prise sur-le-champ de venger sa mort, il monte à cheval, et il se met en chemin en prenant sa route vers la Chine. Il traverse plaines, rivières, montagnes, déserts; et, après une longue traite, sans s'arrêter en aucun endroit, avec des fatigues incroyables, il arriva enfin à la Chine, et peu de temps après à la capitale que la géomance lui avait enseignée. Certain qu'il ne s'était pas trompé, et qu'il n'avait pas pris un royaume pour un autre, il s'arrête dans cette capitale et il y prend logement.

Le lendemain de son arrivée, le magicien sort; et, en se promenant par la ville, non pas tant pour en remarquer les beautés, qui lui étaient fort indifférentes, que dans l'intention de commencer à prendre des mesures pour l'exécution de son dessein pernicieux, il s'introduit dans les lieux les plus fréquentés, et il prête l'oreille à ce que l'on disait. Dans un lieu où l'on passait le temps à jouer à plusieurs sortes de jeux, et où, pendant que les uns jouaient, d'autres s'entretenaient, les uns des nouvelles et des affaires du temps, d'autres de leurs propres affaires, il entendit qu'on s'entretenait et qu'on racontait des merveilles de la vertu et de la piété d'une femme retirée du monde, nommée Fatime, et même de ses miracles. Comme il crut que cette femme pouvait lui être utile à quelque chose dans ce qu'il méditait, il prit à part un de ceux de la compagnie, et il le pria de vouloir bien lui dire plus particulièrement quelle était cette sainte femme, et quelle sorte de miracles elle faisait.

« Quoi! lui dit cet homme, vous n'avez pas encore vu cette femme ni entendu parler d'elle ? Elle fait l'admiration de toute la ville par ses jeûnes, par ses austérités et par le bon exemple qu'elle donne. A la réserve du lundi et du vendredi, elle ne sort pas de son petit ermitage; et, les jours qu'elle se fait voir par la ville, elle fait des biens infinis, et il n'y a personne affligé du mal de tête qui ne reçoive la guérison par l'imposition de ses mains. »

Le magicien ne voulut pas en savoir davantage sur cet article; il demanda seulement au même homme en quel quartier de la ville était l'ermitage de cette sainte femme. Cet homme le lui enseigna; sur quoi, après avoir conçu et arrêté le dessein détestable dont nous allons parler bientôt, afin de le savoir plus sûrement, il observa toutes ses démarches le premier jour qu'elle sortit, après avoir fait cette enquête, sans la perdre de vue jusqu'au soir qu'il la vit rentrer dans son ermitage. Quand il eut bien remarqué l'endroit, il se retira dans un des lieux que nous avons dit, où l'on buvait d'une certaine boisson chaude, et où l'on pouvait passer la nuit si l'on voulait, particulièrement dans les grandes chaleurs, que l'on aime mieux en ces pays-là coucher sur la natte que dans un lit.

Le magicien, après avoir contenté le maître du lieu en lui payant le peu de dépense qu'il avait faite, sortit vers le minuit, et alla droit à l'ermitage de Fatime la sainte femme, nom sous lequel elle était connue dans toute la ville. Il n'eut pas de peine à ouvrir la porte : elle n'était fermée qu'avec un loquet; il la referma sans faire de bruit quand il fut entré, et il aperçut Fatime à la clarté de la lune, couchée à l'air, et qui dormait sur un sofa garni d'une méchante natte, et appuyée contre sa cellule. Il s'approcha d'elle, et, après avoir tiré un poignard qu'il portait au côté, il l'éveilla.

En ouvrant les yeux, la pauvre Fatime fut fort étonnée de voir un homme prêt à la poignarder. En lui appuyant le poignard contre le cœur, prêt à le lui enfoncer : « Si tu cries, dit-il, ou si tu fais le moindre bruit, je te tue; mais lève-toi, et fais ce que je te dirai. »

Fatime, qui était couchée dans son habit, se leva en tremblant de frayeur. « Ne crains pas, lui dit le magicien, je ne demande que ton habit, donne-le-moi et prends le mien. » Ils firent l'échange d'habit; et, quand le magicien se fut habillé de celui de Fatime, il lui dit : « Colore-moi le visage comme le tien, de manière que je te ressemble, et que la couleur ne s'efface pas. » Comme il vit qu'elle tremblait encore, pour la rassurer, et afin qu'elle fît ce qu'il souhaitait avec plus d'assurance, il lui dit : « Ne crains pas, te dis-je encore une fois, je te jure par le nom de Dieu que je te donne la vie. » Fatime le fit entrer dans sa cellule; elle alluma sa lampe; et, en prenant d'une certaine liqueur dans un vase avec un pinceau, elle lui en frotta le visage, et elle lui assura que la couleur ne changerait pas et qu'il avait le visage de la même couleur qu'elle, sans différence. Elle lui mit ensuite sa propre coiffure sur la tête, avec un voile, dont elle lui enseigna comment il fallait qu'il s'en cachât le visage en allant par la ville. Enfin, après qu'elle lui eut mis autour du cou un gros chapelet qui lui pendait par-devant jusqu'au milieu du corps, elle lui mit à la main le même bâton qu'elle avait coutume de porter; et, en lui présentant un miroir : « Regardez, dit-elle, vous verrez que vous me ressemblez on ne peut pas mieux. » Le magicien se trouva comme il l'avait souhaité; mais il ne tint pas à la bonne Fatime le serment qu'il lui avait fait si solennellement. Afin qu'on ne vit pas de sang en la perçant de son poignard, il l'étrangla; et, quand il vit qu'elle avait rendu l'âme, il traîna son cadavre par les pieds jusqu'à la citerne de l'ermitage, et il la jeta dedans.

Le magicien, déguisé ainsi en Fatime la sainte femme, passa le reste de la nuit dans l'ermitage, après s'être souillé d'un meurtre si détestable. Le lendemain matin, à une heure ou deux de jour, quoique dans un jour que la sainte femme n'avait pas coutume de sortir, il ne laissa pas de le faire, bien persuadé qu'on ne l'interrogerait pas là-dessus, et, au cas qu'on l'interrogeât, prêt à répondre. Comme une des premières choses qu'il avait faites en arrivant avait été d'aller reconnaître le palais d'Aladdin, et que c'était là qu'il avait projeté de jouer son rôle, il prit son chemin de ce côté-là.

Dès qu'on eut aperçu la sainte femme, comme tout le peuple se l'imagina, le magicien fut bientôt environné d'une grande affluence de monde. Les uns se recommandaient à ses prières, d'autres lui baisaient la main, d'autres, plus réservés, ne lui baisaient que le bas de sa robe; et d'autres, soit qu'ils eussent mal à la tête, ou que leur intention fût seulement d'en être préservés, s'inclinaient devant lui afin qu'il leur imposât les mains; ce qu'il faisait en marmottant quelques paroles en guise de prière; et il imitait si bien la sainte femme que tout le monde le prenait pour elle. Après s'être arrêté souvent pour satisfaire ces sortes de gens qui ne recevaient ni bien ni mal de cette sorte d'imposition de mains, il arriva enfin dans la place du palais d'Aladdin, où, comme l'affluence fut plus grande, l'empressement fut aussi plus grand à qui s'approcherait de lui. Les plus forts et les plus zélés fendaient la foule pour se faire place; et de là s'émurent des querelles dont le bruit se fit entendre du salon aux vingt-quatre croisées où était la princesse Badroulboudour.

La princesse demanda ce que c'était que ce bruit; et, comme personne ne put lui en rien dire, elle commanda qu'on allât voir et qu'on vînt lui en rendre compte. Sans sortir du salon, une de ses femmes regarda par une jalousie, et elle revint lui dire que le bruit venait de la foule du monde qui environnait la sainte femme pour se faire guérir du mal de tête par l'imposition de ses mains.

La princesse, qui depuis longtemps avait entendu dire beaucoup de bien de la sainte femme, mais qui ne l'avait pas encore vue, eut la curiosité de la voir et de s'entretenir avec elle. Comme elle en eut témoigné quelque chose, le chef de ses eunuques, qui était présent, lui dit que, si elle le souhaitait, il était aisé de la faire venir, et qu'elle n'avait qu'à commander. La princesse y consentit; et aussitôt il détache quatre eunuques, avec ordre d'amener la prétendue sainte femme.

Dès que les eunuques furent sortis de la porte du palais d'Aladdin, et qu'on eut vu qu'ils venaient du côté où était le magicien déguisé, la foule se dissipa; et, quand il fut libre, et qu'il eut vu qu'ils venaient à lui, il fit une partie du chemin avec d'autant plus de joie qu'il voyait que sa fourberie prenait un bon chemin. Celui des eunuques qui prit la parole lui dit : « Sainte femme, la princesse veut vous voir; venez, suivez-nous. — La princesse me fait bien de l'honneur, reprit la feinte Fatime, je suis prête à lui obéir. » Et en même temps elle suivit les eunuques, qui avaient déjà repris le chemin du palais.

Quand le magicien, qui sous un habit de sainteté cachait un cœur diabolique, eut été introduit dans le salon aux vingt-quatre croisées et qu'il eut aperçu la princesse, il débuta par une prière qui contenait une longue énumération de vœux et de souhaits pour sa santé, pour sa prospérité et pour l'accomplissement de tout ce qu'elle pouvait désirer. Il déploya ensuite toute sa rhétorique d'imposteur et d'hypocrite pour s'insinuer dans l'esprit de la princesse sous le manteau d'une grande piété; et il lui fut d'autant plus aisé de réussir que la princesse, qui était bonne naturellement, était persuadée que tout le monde était bon comme elle, ceux et celles particulièrement qui faisaient profession de servir Dieu dans la retraite.

Quand la fausse Fatime eut achevé sa longue harangue : « Ma bonne mère, lui dit la princesse, je vous remercie de vos bonnes prières; j'y ai grande confiance, et j'espère que Dieu les exaucera; approchez-vous et asseyez-vous près de moi. » La fausse Fatime s'assit avec une modestie affectée; et alors, en reprenant la parole : « Ma bonne mère, dit la princesse, je vous demande une chose qu'il faut que vous m'accordiez; ne me refusez pas, je vous en prie : c'est que vous demeuriez avec moi, afin que vous m'entreteniez de votre vie, et que j'apprenne de vous et par vos bons exemples comment je dois servir Dieu.

— Princesse, dit alors la feinte Fatime, je vous supplie de ne pas exiger de moi une chose à laquelle je ne puis consentir sans me détourner et me distraire de mes prières et de mes exercices de dévotion. — Que cela ne vous fasse pas de peine, reprit la princesse; j'ai plusieurs appartements qui ne sont pas occupés : vous choisirez celui qui vous conviendra le mieux, et vous y ferez tous vos exercices avec la même liberté que dans votre ermitage. »

Le magicien, qui n'avait d'autre but que de s'introduire dans le palais d'Aladdin, où il lui serait bien plus aisé d'exécuter la méchanceté qu'il méditait, en y demeurant sous les auspices et la protection de la princesse, que s'il eût été obligé d'aller et de venir de l'ermitage au palais et du palais à l'ermitage, ne fit pas de plus grandes instances pour s'excuser d'accepter l'offre obligeante de la princesse. « Princesse, dit-il, quelque résolution qu'une femme pauvre et misérable comme je le suis ait faite de renoncer au monde, à ses pompes et à ses grandeurs, je n'ose prendre la hardiesse de résister à la volonté et au commandement d'une princesse si pieuse et si charitable. »

Sur cette réponse du magicien, la princesse, en se levant elle-même, lui dit : « Levez-vous et venez avec moi, que je vous fasse voir les appartements vides que j'ai, afin que vous choisissiez. » Il suivit la princesse Badroulboudour ; et de tous les appartements qu'elle lui fit voir, et qui étaient très propres et très bien meublés, il choisit celui qui lui parut l'être moins que les autres, en disant par hypocrisie qu'il était trop bon pour lui, et qu'il ne le choisissait que pour complaire à la princesse.

La princesse voulut ramener le fourbe au salon aux vingt-quatre croisées, pour le faire dîner avec elle; mais, comme pour manger il eût fallu qu'il se fût découvert le visage qu'il avait toujours eu voilé jusqu'alors, et qu'il craignit que la princesse ne reconnût qu'il n'était pas Fatime la sainte femme, comme elle le croyait, il la pria avec tant d'instance de l'en dispenser, en lui représentant qu'il ne mangeait que du pain et quelques fruits secs, et de lui permettre de prendre son petit repas dans son appartement, qu'elle le lui accorda. « Ma bonne mère, lui dit-elle, vous êtes libre, faites comme si vous étiez dans votre ermitage ; je vais vous faire apporter à manger ; mais souvenez-vous que je vous attends dès que vous aurez pris votre repas. »

La princesse dîna, et la fausse Fatime ne manqua pas de venir la retrouver dès qu'elle eut appris par un eunuque qu'elle avait prié de l'en avertir, qu'elle était sortie de table. « Ma bonne mère, lui dit la princesse, je suis ravie de posséder une sainte femme comme vous, qui va faire la bénédiction de ce palais. A propos de ce palais, comment le trouvez-vous ? Mais, avant que je vous le fasse voir pièce par pièce, dites-moi premièrement ce que vous pensez de ce salon. »

Sur cette demande, la fausse Fatime, qui pour mieux jouer son rôle avait affecté jusqu'alors d'avoir la tête baissée, sans même la détourner pour regarder d'un côté ou de l'autre, la leva enfin, et parcourut le salon des yeux d'un bout jusqu'à l'autre, et, quand elle l'eut bien considéré : « Princesse, dit-elle, ce salon est véritablement admirable et d'une grande beauté. Autant néanmoins qu'en peut juger une solitaire qui ne s'entend pas à ce qu'on trouve beau dans le monde, il me semble qu'il y manque une chose. — Quelle chose, ma bonne mère ? reprit la princesse Badroulboudour. Apprenez-le moi, je vous en conjure. Pour moi, j'ai cru, et je l'avais entendu dire ainsi, qu'il n'y manquait rien. S'il y manque quelque chose, j'y ferai remédier.

— Princesse, repartit la fausse Fatime avec une grande dissimulation, pardonnez-moi la liberté que je prends; mon avis, s'il peut être de quelque importance, serait que, si au haut et au milieu de ce dôme il y avait un œuf de roc suspendu, ce salon n'aurait point de pareil dans les quatre parties du monde, et votre palais serait la merveille de l'univers.

— La bonne mère, demanda la princesse, quel oiseau est-ce que le roc, et où pourrait-on en trouver un œuf ? — Princesse, répondit la fausse Fatime, c'est un oiseau d'une grandeur prodigieuse, qui habite au plus haut du mont Caucase, et l'architecte de votre palais peut vous en trouver un. »

Après avoir remercié la fausse Fatime de son bon avis, à ce qu'elle croyait, la princesse Badroulboudour continua de s'entretenir avec elle sur d'autres sujets; mais elle n'oublia pas l'œuf de roc, qui fit qu'elle compta bien d'en parler à Aladdin dès qu'il serait revenu de la chasse. Il y avait six jours qu'il y était allé; et le magicien, qui ne l'avait pas ignoré, avait voulu profiter de son absence. Il revint le même jour sur le soir, dans le temps que la fausse Fatime venait de prendre congé de la princesse et de se retirer à son appartement. En arrivant, il monta à l'appartement de la princesse, qui venait d'y rentrer. Il la salua et il l'embrassa; mais il lui parut qu'elle le recevait avec un peu de froideur. « Ma princesse, dit-il, je ne retrouve pas en vous la même gaieté que j'ai coutume d'y trouver. Est-il arrivé quelque chose pendant mon absence qui vous ait déplu et causé du chagrin ou du mécontentement ? Au nom de Dieu, ne me le cachez pas; il n'y a rien que je ne fasse pour vous le faire dissiper, s'il est en mon pouvoir. — C'est peu de chose, reprit la princesse, et cela me donne si peu d'inquiétude que je n'ai pas cru qu'il eût rejailli rien sur mon visage pour vous en faire apercevoir. Mais, puisque, contre mon attente, vous y apercevez quelque altération, je ne vous en dissimulerai pas la cause, qui est de très peu de conséquence. J'avais cru avec vous, continua la princesse Badroulboudour, que notre palais était le plus superbe, le plus magnifique et le plus accompli qu'il y eût au monde. Je vous dirai néanmoins ce qui m'est venu dans la pensée après avoir bien examiné le salon aux vingt-quatre croisées. Ne trouvez-vous pas comme moi qu'il n'y aurait plus rien à y désirer si un œuf de roc était suspendu au milieu de l'enfoncement du dôme ? — Princesse, repartit Aladdin, il suffit que vous trouviez qu'il y manque un œuf de roc, pour y trouver le même défaut. Vous verrez par la diligence que je vais apporter à le réparer qu'il n'y a rien que je ne fasse pour l'amour de vous. »

Dans le moment, Aladdin quitta la princesse Badroulboudour; il monta au salon aux vingt-quatre croisées; et là, après avoir tiré de son sein la lampe qu'il portait toujours sur lui, en quelque lieu qu'il allât, depuis le danger qu'il avait couru pour avoir négligé de prendre cette précaution, il la frotta. Aussitôt le génie se présenta devant lui. « Génie, lui dit Aladdin, il manque à ce dôme un œuf de roc suspendu au milieu de l'enfoncement : je te demande, au nom de la lampe que je tiens, que tu fasses en sorte que ce défaut soit réparé. »

Aladdin n'eut pas achevé de prononcer ces paroles que le génie fit un cri si bruyant et si épouvantable que le salon en fut ébranlé, et qu'Aladdin en chancela prêt à tomber de son haut. « Quoi! misérable, lui dit le génie d'une voix à faire trembler l'homme le plus assuré, ne te suffit-il pas que mes compagnons et moi nous ayons fait toute chose en ta considération, pour me demander, par une ingratitude qui n'a pas de pareille, que je t'apporte mon maître et que je le pende au milieu de la voûte de ce dôme? Cet attentat mériterait que vous fussiez réduits en cendre sur-le-champ, toi, ta femme et ton palais. Mais tu es heureux de n'en être pas l'auteur, et que la demande ne vienne pas directement de ta part. Apprends quel en est le véritable auteur : c'est le frère du magicien africain, ton ennemi, que tu as exterminé comme il le méritait. Il est dans ton palais, déguisé sous l'habit de Fatime la sainte femme, qu'il a assassinée; et c'est lui qui a suggéré à ta femme de faire la demande pernicieuse que tu m'as faite. Son dessein est de te tuer; c'est à toi d'y prendre garde. » Et en achevant il disparut.

Aladdin ne perdit pas une des dernières paroles du génie; il avait entendu parler de Fatime la sainte femme, et il n'ignorait pas de quelle manière elle guérissait le mal de tête, à ce que l'on prétendait. Il revint à l'appartement de la princesse, et, sans parler de ce qui venait de lui arriver, il s'assit en disant qu'un grand mal de tête venait de le prendre tout à coup, et en s'appuyant la main contre le front. La princesse commanda aussitôt qu'on fît venir la sainte femme; et, pendant qu'on alla l'appeler, elle raconta à Aladdin à quelle occasion elle se trouvait dans le palais, où elle lui avait donné un appartement.

La fausse Fatime arriva; et, dès qu'elle fut entrée : « Venez, ma bonne mère, lui dit Aladdin, je suis bien aise de vous voir et de ce que mon bonheur veut que vous vous trouviez ici. Je suis tourmenté d'un furieux mal de tête qui vient de me saisir. Je demande votre secours par la confiance que j'ai en vos bonnes prières, et j'espère que vous ne me refuserez pas la grâce que vous faites à tant d'affligés de ce mal. » En achevant ces paroles, il se leva en baissant la tête; et la fausse Fatime s'avança de son côté, mais en portant la main sur un poignard qu'elle avait à sa ceinture sous sa robe. Aladdin, qui l'observait, lui saisit la main avant qu'elle l'eût tiré, et, en lui perçant le cœur du sien, il la jeta morte sur le plancher.

« Mon cher époux, qu'avez-vous fait ? s'écria la princesse dans sa surprise. Vous avez tué la sainte femme ! — Non, ma princesse, répondit Aladdin sans s'émouvoir, je n'ai pas tué Fatime, mais un scélérat qui m'allait assassiner, si je ne l'eusse prévenu. C'est ce méchant homme que vous voyez, ajouta-t-il en le dévoilant, qui a étranglé Fatime que vous avez cru regretter en m'accusant de sa mort, et qui s'était déguisé sous son habit pour me poignarder. Et, afin que vous le connaissiez mieux, il était frère du magicien africain votre ravisseur. » Aladdin lui raconta ensuite par quelle voie il avait appris ces particularités; après quoi il fit enlever le cadavre.

C'est ainsi qu'Aladdin fut délivré de la persécution des deux frères magiciens. Peu d'années après, le sultan mourut dans une grande vieillesse. Comme il ne laissa pas d'enfants mâles, la princesse Badroulboudour, en qualité de légitime héritière, lui succéda, et communiqua la puissance suprême à Aladdin. Ils régnèrent ensemble de longues années, et laissèrent une illustre postérité.

« Sire, dit la sultane Scheherazade en achevant l'histoire des aventures arrivées à l'occasion de la lampe merveilleuse, Votre Majesté, sans doute, aura remarqué dans la personne du magicien africain un homme abandonné à la passion démesurée de posséder des trésors par des voies condamnables, qui lui en découvrirent d'immenses dont il ne jouit point parce qu'il s'en rendit indigne. Dans Aladdin, elle voit au contraire un homme qui, d'une basse naissance, s'élève jusqu'à la royauté en se servant des mêmes trésors qui lui viennent sans les chercher, seulement à mesure qu'il en a besoin pour parvenir à la fin qu'il s'est proposée. Dans le sultan, elle aura appris combien un monarque bon, juste et équitable court de dangers et risque même d'être détrôné lorsque, par une injustice criante et contre toutes les règles de l'équité, il ose, par une promptitude déraisonnable, condamner à mort un innocent sans vouloir l'entendre dans sa justification. Enfin elle aura eu horreur des abominations de deux scélérats magiciens, dont l'un sacrifie sa vie pour posséder des trésors, et l'autre sa vie et sa religion à la vengeance d'un scélérat comme lui, et qui, comme lui aussi, reçoit le châtiment de sa méchanceté. »

Le sultan des Indes témoigna à la sultane Scheherazade, son épouse, qu'il était très satisfait des prodiges qu'il venait d'entendre de la lampe merveilleuse, et que les contes qu'elle lui faisait chaque nuit lui faisaient beaucoup de plaisir. En effet, ils étaient divertissants et presque toujours assaisonnés d'une bonne morale. Il voyait bien que la sultane les faisait adroitement succéder les uns aux autres, et il n'était pas fâché qu'elle lui donnât occasion, par ce moyen, de tenir en suspens, à son égard, l'exécution du serment qu'il avait fait si solennellement de ne garder une femme qu'une nuit et de la faire mourir le lendemain. Il n'avait même presque plus d'autre pensée que de voir s'il ne viendrait point à bout de lui en faire tarir le fond.

Dans cette intention, après avoir entendu la fin de l'histoire d'Aladdin et de Badroulboudour, toute différente de ce qui lui avait été raconté jusqu'alors, dès qu'il fut éveillé, il prévint Dinarzade, et il l'éveilla elle-même, en demandant à la sultane, qui venait de s'éveiller aussi, si elle était à la fin de ses contes.

« À la fin de mes contes, Sire! répondit la sultane en se récriant sur la demande; j'en suis bien éloignée : le nombre en est si grand qu'il ne me serait pas possible à moi-même d'en dire le compte précisément à Votre

Majesté. Ce que je crains, Sire, c'est qu'à la fin Votre Majesté ne s'ennuie et ne se lasse de m'entendre plutôt que je manque de quoi l'entretenir sur cette matière.

— Otez-vous cette crainte de l'esprit, reprit le sultan, et voyons ce que vous avez de nouveau à me raconter. »

La sultane Scheherazade, encouragée par ces paroles du sultan des Indes, commença de lui raconter une nouvelle histoire en ces termes : « Sire, dit-elle, j'ai entretenu plusieurs fois Votre Majesté de quelques aventures arrivées au fameux calife Haroun-al-Raschid; il lui en est arrivé un grand nombre d'autres, dont celle que voici n'est pas moins digne de votre curiosité. »

LES AVENTURES

DU

CALIFE HAROUN-AL-RASCHID

Quelquefois, comme Votre Majesté ne l'ignore pas, et comme elle peut l'avoir expérimenté par elle-même, nous sommes dans des transports de joie si extraordinaires que nous communiquons d'abord cette passion à ceux qui nous approchent, ou que nous participons aisément à la leur. Quelquefois aussi nous sommes dans une mélancolie si profonde que nous sommes insupportables à nous-mêmes, et que, bien loin d'en pouvoir dire la cause, si on nous la demandait, nous ne pourrions la trouver nous-mêmes si nous la cherchions.

Le calife était un jour dans cette situation d'esprit, quand Giafar, son grand-vizir fidèle et aimé, vint se présenter devant lui. Ce ministre le trouva seul, ce qui lui arrivait rarement; et, comme il s'aperçut, en s'avançant, qu'il était enseveli dans une humeur sombre, et même qu'il ne levait pas les yeux pour le regarder, il s'arrêta en attendant qu'il daignât les jeter sur lui.

Le calife enfin leva les yeux, et regarda Giafar; mais il les détourna aussitôt, en demeurant dans la même posture et aussi immobile qu'auparavant.

Comme le grand-vizir ne remarqua rien de fâcheux dans les yeux du calife qui le regardât personnellement, il prit la parole. « Commandeur des croyants, dit-il, Votre Majesté me permet-elle de lui demander d'où peut venir la mélancolie qu'elle fait paraître, et dont il m'a toujours paru qu'elle était si peu susceptible ?

— Il est vrai, vizir, répondit le calife en changeant de situation, que j'en suis peu susceptible, et sans toi je ne me serais pas aperçu de celle où tu me trouves et dans laquelle je ne veux pas demeurer davantage. S'il n'y a rien de nouveau qui t'ait obligé de venir, tu me feras plaisir d'inventer quelque chose pour me la faire dissiper.

— Commandeur des croyants, reprit le grand-vizir Giafar, mon devoir seul m'a obligé de me rendre ici, et je prends la liberté de faire souvenir à Votre Majesté qu'elle s'est imposé elle-même un devoir de s'éclaircir en personne de la bonne police qu'elle veut être observée dans sa capitale et aux environs. C'est aujourd'hui le jour qu'elle a bien voulu se prescrire pour s'en donner la peine; et c'est l'occasion la plus propre qui s'offre d'elle-même pour dissiper les nuages qui offusquent sa gaieté ordinaire.

— Je l'avais oublié, répliqua le calife, et tu m'en fais souvenir fort à propos : va donc changer d'habit pendant que je ferai la même chose de mon côté. »

Ils prirent chacun un habit de marchand étranger; et sous ce déguisement ils sortirent seuls par une porte secrète du jardin du palais qui donnait à la campagne. Ils firent une partie du circuit de la ville par les dehors, jusqu'aux bords de l'Euphrate, à une distance assez éloignée de la porte de la ville qui était de ce côté-là, sans avoir rien observé qui fût contre le bon ordre. Ils traversèrent ce fleuve sur le premier bateau qui se présenta; et, après avoir achevé le tour de l'autre partie de la ville, opposée à celle qu'ils venaient de quitter, ils reprirent le chemin du pont qui en faisait la communication.

Ils passèrent ce pont, au bout duquel ils rencontrèrent un aveugle assez âgé qui demandait l'aumône. Le calife se détourna et lui mit une pièce de monnaie d'or dans la main.

L'aveugle à l'instant lui prit la main et l'arrêta. « Charitable personne, dit-il, qui que vous soyez, que Dieu a inspiré de me faire l'aumône, ne me refusez pas la grâce que je vous demande de me donner un soufflet : je l'ai mérité, et même un plus grand châtiment. »

En achevant ces paroles, il quitta la main du calife pour lui laisser la liberté de lui donner le soufflet; mais, de crainte qu'il ne passât outre sans le faire, il le prit par son habit.

Le calife, surpris de la demande et de l'action de l'aveugle : « Bonhomme, dit-il, je ne puis t'accorder ce que tu me demandes : je me garderai bien d'effacer le mérite de mon aumône par le mauvais traitement que tu prétends que je te fasse. » Et, en achevant ces paroles, il fit un effort pour faire quitter prise à l'aveugle.

L'aveugle, qui s'était douté de la répugnance de son

bienfaiteur par l'expérience qu'il en avait depuis longtemps, fit un plus grand effort pour le retenir.

« Seigneur, reprit-il, pardonnez-moi ma hardiesse et mon importunité ; donnez-moi, je vous prie, un soufflet, ou reprenez votre aumône ; je ne puis la recevoir qu'à cette condition sans contrevenir à un serment solennel que j'en ai fait devant Dieu, et, si vous en saviez la raison, vous tomberiez d'accord avec moi que la peine en est très légère. »

Le calife, qui ne voulait pas être retardé plus longtemps, céda à l'importunité de l'aveugle, et lui donna un soufflet assez léger. L'aveugle quitta prise aussitôt en le remerciant et en le bénissant. Le calife continua son chemin avec le grand-vizir ; mais, à quelques pas de là, il dit au vizir : « Il faut que le sujet qui a porté cet aveugle à se conduire ainsi avec tous ceux qui lui font l'aumône soit un sujet grave. Je serais bien aise d'en être informé : ainsi, retourne, et dis-lui qui je suis, qu'il ne manque pas de se trouver demain au palais, au temps de la prière de l'après-dînée, et que je veux lui parler. »

Le grand-vizir retourna sur ses pas, fit son aumône à l'aveugle ; et, après lui avoir donné un soufflet, il lui donna l'ordre, et il revint rejoindre le calife.

Ils rentrèrent dans la ville, et, en passant par une place ils y trouvèrent grand nombre de spectateurs qui regardaient un homme jeune et bien mis, monté sur une cavale qu'il poussait à toute bride autour de la place, et qu'il maltraitait cruellement à coups de fouet et d'éperons, sans aucun relâche, de manière qu'elle était tout en écume et tout en sang.

Le calife, étonné de l'inhumanité du jeune homme, s'arrêta pour demander si l'on savait quel sujet il avait de maltraiter ainsi sa cavale, et il apprit qu'on l'ignorait, mais qu'il y avait déjà quelque temps que chaque jour, et à la même heure, il lui faisait faire ce pénible exercice.

Ils continuèrent de marcher ; et le calife dit au grand-vizir de bien remarquer cette place, et de ne pas manquer de lui faire venir demain ce jeune homme à la même heure que l'aveugle.

Avant que le calife arrivât au palais, dans une rue par où il y avait longtemps qu'il n'avait passé, il remarqua un édifice nouvellement bâti, qui lui parut être l'hôtel de quelque seigneur de sa cour. Il demanda au grand-vizir s'il savait à qui il appartenait. Le grand-vizir répondit qu'il l'ignorait, mais qu'il allait s'en informer.

En effet, il interrogea un voisin, qui lui dit que cette maison appartenait à Cogia Hassan, surnommé Alhabbal à cause de la profession de cordier qu'il lui avait vu lui-même exercer dans une grande pauvreté, et que, sans savoir par quel endroit la fortune l'avait favorisé, il avait acquis de si grands biens qu'il soutenait fort honorablement et splendidement la dépense qu'il avait faite à la faire bâtir.

Le grand-vizir alla rejoindre le calife, et lui rendit compte de ce qu'il venait d'apprendre. « Je veux voir ce Cogia Hassan Alhabbal, lui dit le calife : va lui dire qu'il se trouve aussi demain à mon palais, à la même heure que les deux autres. » Le grand-vizir ne manqua pas d'exécuter les ordres du calife.

Le lendemain, après la prière de l'après-dînée, le calife entra dans son appartement; et le grand-vizir y introduisit aussitôt les trois personnages dont nous avons parlé, et les présenta au calife.

Ils se prosternèrent tous trois devant le trône du sultan; et, quand ils furent relevés, le calife demanda à l'aveugle comment il s'appelait.

« Je me nomme Baba-Abdalla, répondit l'aveugle.

— Baba-Abdalla, reprit le calife, ta manière de demander l'aumône me parut hier si étrange que, si je n'eusse été retenu par de certaines considérations, je me fusse bien gardé d'avoir la complaisance que j'eus pour toi; je t'aurais empêché dès lors de donner davantage au public le scandale que tu lui donnes. Je t'ai donc fait venir ici pour savoir de toi quel est le motif qui t'a poussé à faire un serment aussi indiscret que le tien; et sur ce que tu vas me dire je jugerai si tu as bien fait, et si je dois te permettre de continuer une pratique qui me paraît d'un très mauvais exemple. Dis-moi donc, sans me rien déguiser, d'où t'est venue cette pensée extravagante : ne me cache rien, car je veux le savoir absolument. »

Baba-Abdalla, intimidé par cette réprimande, se prosterna une seconde fois le front contre terre devant le trône du calife; et, après s'être relevé : « Commandeur des croyants, dit-il aussitôt, je demande très humblement pardon à Votre Majesté de la hardiesse avec laquelle j'ai osé exiger d'elle et la forcer de faire une chose qui, à la vérité, paraît hors du bon sens. Je reconnais mon crime; mais, comme je ne connaissais pas alors Votre Majesté, j'implore sa clémence, et j'espère qu'elle aura égard à mon ignorance. Quant à ce qu'il lui plaît de traiter ce que je fais d'extravagance, j'avoue que c'en est une, et mon action doit paraître telle aux yeux des hommes; mais, à l'égard de Dieu, c'est une pénitence très modique d'un péché énorme dont je suis coupable, et que je n'expierais pas, quand tous les mortels m'accableraient de soufflets les uns après les autres. C'est de quoi Votre Majesté sera le juge elle-même quand, par le récit de mon histoire que je vais lui raconter, en obéissant à ses ordres, je lui aurai fait connaître quelle est cette faute énorme.

HISTOIRE

DE

L'AVEUGLE BABA-ABDALLA

Commandeur des croyants, continua Baba-Abdalla, je suis né à Bagdad, avec quelques biens dont je devais hériter de mon père et de ma mère, qui moururent tous deux à peu de jours près l'un de l'autre. Quoique je fusse dans un âge peu avancé, je n'en usai pas néanmoins en jeune homme, qui les eût dissipés en peu de temps par des dépenses inutiles et dans la débauche. Je n'oubliai rien au contraire pour les augmenter par mon industrie, par mes soins et par les peines que je me donnais. Enfin, j'étais devenu assez riche pour posséder à moi seul quatre-vingts chameaux, que je louais aux marchands des caravanes, et qui me valaient de grosses sommes chaque voyage que je faisais en différents endroits de l'étendue de l'empire de Votre Majesté, où je les accompagnais.

Au milieu de ce bonheur, et avec un puissant désir de devenir encore plus riche, un jour, comme je venais de Balsora à vide, avec mes chameaux que j'y avais conduits chargés de marchandises d'embarquement pour les Indes, et que je les faisais paître dans un lieu fort éloigné de toute habitation, et où le bon pâturage m'avait fait arrêter, un derviche, à pied, qui allait à Balsora, vint m'aborder, et s'assit auprès de moi pour se délasser. Je lui demandai d'où il venait, et où il allait. Il me fit les mêmes demandes ; et, après que nous eûmes satisfait notre curiosité de part et d'autre, nous mîmes nos provisions en commun, et nous mangeâmes ensemble.

En faisant notre repas, après nous être entretenus de plusieurs choses indifférentes, le derviche me dit que, dans un lieu peu éloigné de celui où nous étions, il avait connaissance d'un trésor plein de tant de richesses immenses que, quand mes quatre-vingts chameaux seraient chargés de l'or et des pierreries qu'on en pouvait tirer, il ne paraîtrait presque pas qu'on en eût rien enlevé.

Cette bonne nouvelle me surprit et me charma en même temps. La joie que je ressentis en moi-même faisait que je ne me possédais plus. Je ne croyais pas le derviche capable de m'en faire accroire; ainsi je me jetai à son cou en lui disant : « Bon derviche, je vois bien que vous vous souciez peu des biens du monde; ainsi à quoi peut vous servir la connaissance de ce trésor? Vous êtes seul, et vous ne pouvez en emporter que très peu de chose. Enseignez-moi où il est, j'en chargerai mes quatre-vingts chameaux, et je vous en ferai présent d'un, en reconnaissance du bien et du plaisir que vous m'aurez fait. »

J'offrais peu de chose, il est vrai, mais c'était beaucoup à ce qu'il me paraissait, par rapport à l'excès d'avarice qui s'était emparé tout à coup de mon cœur depuis qu'il m'avait fait cette confidence; et je regardais les soixante-dix-neuf charges qui devaient rester comme presque rien, en comparaison de celle dont je me priverais en la lui abandonnant.

Le derviche, qui vit ma passion étrange pour les richesses, ne se scandalisa pourtant pas de l'offre déraisonnable que je venais de lui faire. « Mon frère, me dit-il sans s'émouvoir, vous voyez bien vous-même que ce que vous m'offrez n'est pas proportionné au bienfait que vous demandez de moi. Je pouvais me dispenser de vous parler de ce trésor et garder mon secret; mais ce que j'ai bien voulu vous en dire peut vous faire connaître la bonne intention que j'avais, et que j'ai encore, de vous obliger et de vous donner lieu de vous souvenir de moi à jamais, en faisant votre fortune et la mienne. J'ai donc une autre proposition plus juste et plus équitable à vous faire; c'est à vous de voir si elle vous accommode. Vous dites, continua le derviche, que vous avez quatre-vingts chameaux; je suis prêt de vous mener où est le trésor : nous les chargerons, vous et moi, d'autant d'or et de pierreries qu'ils en pourront porter, à condition que, quand nous les aurons chargés, vous m'en céderez la moitié avec leur charge, et que vous retiendrez pour vous l'autre moitié; après quoi nous nous séparerons et les emmènerons où bon nous semblera, vous de votre côté, et moi du mien. Vous voyez que le partage n'a rien qui ne soit dans l'équité et que, si vous me faites grâce de quarante chameaux, vous aurez aussi, par mon moyen, de quoi en acheter un millier d'autres. »

Je ne pouvais disconvenir que la condition que le derviche me proposait ne fût très équitable. Sans avoir égard néanmoins aux grandes richesses qui pouvaient m'en revenir en l'acceptant, je regardais comme une grande perte la cession de la moitié de mes chameaux, particulièrement quand je considérais que le derviche ne serait pas moins riche que moi. Enfin je payais déjà d'ingratitude un bienfait purement gratuit que je n'avais pas encore reçu du derviche; mais il n'y avait pas à balancer : il fallait accepter la condition, ou me résoudre à me repentir toute ma vie d'avoir, par ma faute, perdu l'occasion de me faire une haute fortune.

Dans le moment même je rassemblai mes chameaux, et nous partîmes ensemble. Après avoir marché quelque temps, nous arrivâmes dans un vallon assez spacieux, mais dont l'entrée était fort étroite. Mes chameaux n'y purent passer qu'un à un; mais, comme le terrain s'élargissait, ils trouvèrent moyen d'y tenir tous ensemble sans s'embarrasser. Les deux montagnes qui formaient ce vallon, en se terminant en un demi-cercle à l'extrémité, étaient si élevées, si escarpées et si impraticables, qu'il n'y avait pas à craindre qu'aucun mortel nous pût jamais apercevoir.

Quand nous fûmes arrivés entre ces deux montagnes : « N'allons pas plus loin, me dit le derviche; arrêtez vos chameaux, et faites-les coucher sur le ventre dans l'espace que vous voyez, afin que nous n'ayons pas de peine à les charger, et, quand vous aurez fait, je procéderai à l'ouverture du trésor. »

Je fis ce que le derviche m'avait dit, et je l'allai rejoindre aussitôt. Je le trouvai un fusil à la main, qui amassait un peu de bois sec pour faire du feu. Sitôt qu'il en eut fait, il y jeta du parfum, en prononçant quelques paroles dont je ne compris pas bien le sens, et aussitôt une grosse fumée s'éleva en l'air. Il sépara cette fumée; et dans le moment, quoique le roc qui était entre les deux montagnes, et qui s'élevait fort haut en ligne perpendiculaire, parût n'avoir aucune apparence d'ouverture, il s'en fit néanmoins une, comme une espèce de porte à deux battants, pratiquée dans le même roc et de la même matière, avec un artifice admirable.

Cette ouverture exposa à nos yeux, dans un grand enfoncement creusé dans ce roc, un palais magnifique, pratiqué plutôt par le travail des génies que par celui des hommes : car il ne paraissait pas que des hommes eussent pu même s'aviser d'une entreprise si hardie et si surprenante.

Mais, Commandeur des croyants, c'est après coup que je fais cette observation à Votre Majesté : car je ne la fis pas dans le moment. Je n'admirai pas même les richesses infinies que je voyais de tous côtés; et, sans m'arrêter à observer l'économie qu'on avait gardée dans l'arrangement de tant de trésors, comme l'aigle fond sur sa proie, je me jetai sur le premier tas de monnaie d'or qui se présenta devant moi, et je commençai à en mettre dans un sac dont je m'étais déjà saisi, autant que je jugeai pouvoir en porter. Les sacs étaient grands, et je les eusse volontiers emplis tous; mais il fallait les proportionner aux forces de mes chameaux.

Le derviche fit la même chose que moi; mais je m'aperçus qu'il s'attachait plutôt aux pierreries; et, comme il m'en eut fait comprendre la raison, je suivis son exemple, et nous enlevâmes beaucoup plus de toute sorte de pierres précieuses que d'or monnayé. Nous achevâmes enfin d'emplir tous nos sacs, et nous en chargeâmes les chameaux. Il ne restait plus qu'à refermer le trésor et à nous en aller.

Avant que de partir, le derviche rentra dans le trésor; et, comme il y avait plusieurs grands vases d'orfèvrerie de toute sorte de façons, et d'autres matières précieuses, j'observai qu'il prit dans un de ces vases une petite boîte d'un certain bois qui m'était inconnu, et qu'il la mit dans son sein, après m'avoir fait voir qu'il n'y avait qu'une espèce de pommade.

Le derviche fit la même cérémonie pour fermer le trésor, qu'il avait faite pour l'ouvrir; et, après avoir prononcé certaines paroles, la porte du trésor se referma, et le rocher nous parut aussi entier qu'auparavant.

Alors nous partageâmes nos chameaux, que nous fîmes lever avec leurs charges. Je me mis à la tête des quarante que je m'étais réservés, et le derviche à la tête des autres que je lui avais cédés.

Nous défilâmes par où nous étions entrés dans le vallon, et nous marchâmes ensemble jusqu'au grand chemin, où nous devions nous séparer, le derviche pour continuer sa route vers Balsora, et moi pour revenir à Bagdad. Pour le remercier d'un si grand bienfait, j'employai les termes les plus forts, et ceux qui pouvaient lui marquer davantage ma reconnaissance de m'avoir préféré à tout autre mortel pour me faire part de tant de richesses. Nous nous embrassâmes tous deux avec bien de la joie; et, après nous être dit adieu, nous nous éloignâmes chacun de notre côté.

Je n'eus pas fait quelques pas pour rejoindre mes chameaux, qui marchaient toujours dans le chemin où je les avais mis, que le démon de l'ingratitude et de l'envie s'empara de mon cœur. Je déplorais la perte de mes quarante chameaux, et encore plus les richesses dont ils étaient chargés. « Le derviche n'a pas besoin de toutes ces richesses, disais-je en moi-même; il est le maître des trésors, et il en aura tant qu'il voudra. » Ainsi je me livrai à la plus noire ingratitude, et je me déterminai tout à coup à lui enlever ses chameaux avec leurs charges...

Pour exécuter mon dessein, je commençai par faire arrêter mes chameaux; ensuite je courus après le derviche, que j'appelais de toute ma force, pour lui faire comprendre que j'avais encore quelque chose à lui dire, et je lui fis signe de faire aussi arrêter les siens et de m'attendre. Il entendit ma voix, et il s'arrêta.

Quand je l'eus rejoint : « Mon frère, lui dis-je, je ne vous ai pas eu plus tôt quitté que j'ai considéré une chose à laquelle je n'avais pas pensé auparavant, et à laquelle peut-être n'avez-vous pas pensé vous-même. Vous êtes un bon derviche, accoutumé à vivre tranquillement, dégagé du soin des choses du monde, et sans autre embarras que celui de servir Dieu. Vous ne savez peut-être pas à quelle peine vous vous êtes engagé en vous chargeant d'un si grand nombre de chameaux. Si vous vouliez me croire, vous n'en emmèneriez que trente, et je crois que vous aurez encore bien de la difficulté à les gouverner. Vous pouvez vous en rapporter à moi, j'en ai l'expérience.

— Je crois que vous avez raison, reprit le derviche, qui ne se voyait pas en état de pouvoir me rien disputer; et j'avoue, ajouta-t-il, que je n'y avais pas fait réflexion. Je commençais déjà à être inquiet sur ce que vous me représentez. Choisissez donc les dix qu'il vous plaira, emmenez-les, et allez à la garde de Dieu. »

J'en mis à part dix; et, après les avoir détournés, je les mis en chemin pour aller se mettre à la suite des miens. Je ne croyais pas trouver dans le derviche une si grande facilité à se laisser persuader. Cela augmenta mon avidité, et je me flattai que je n'aurai pas plus de peine à en obtenir encore dix autres.

En effet, au lieu de le remercier du riche présent qu'il venait de me faire : « Mon frère, lui dis-je encore, par l'intérêt que je prends à votre repos, je ne puis me résoudre à me séparer d'avec vous sans vous prier de considérer encore une fois combien trente chameaux chargés sont difficiles à mener, à un homme comme vous particulièrement qui n'êtes pas accoutumé à ce travail. Vous vous trouveriez beaucoup mieux si vous me faisiez une pareille grâce que celle que vous venez de me faire. Ce que je vous en dis, comme vous le voyez, n'est pas tant pour l'amour de moi et pour mon intérêt que pour vous faire un plus grand plaisir. Soulagez-vous donc de ces dix autres chameaux sur un homme comme moi, à qui il ne coûte pas plus de prendre soin de cent que d'un seul. »

Mon discours fit l'effet que je souhaitais, et le derviche me céda sans aucune résistance les dix chameaux que je lui demandais, de manière qu'il ne lui en resta plus que vingt; et je me vis maître de soixante charges, dont la valeur surpassait les richesses de beaucoup de souverains. Il semble après cela que je devais être content.

Mais, Commandeur des croyants, semblable à un hydropique, qui, plus il boit, plus il a soif, je me sentais plus enflammé qu'auparavant de l'envie de me procurer les vingt autres qui restaient encore au derviche.

Je redoublai mes sollicitations, mes prières et mes importunités, pour faire condescendre le derviche à m'en accorder encore dix des vingt. Il se rendit de bonne grâce; et, quant aux dix autres qui lui restaient, je l'embrassai, je le baisai et je lui fis tant de caresses, en le conjurant de ne me les pas refuser, et de mettre par là le comble à l'obligation que je lui aurais éternellement, qu'il me combla de joie en m'annonçant qu'il y consentait.

« Faites-en un bon usage, mon frère, ajouta-t-il, et souvenez-vous que Dieu peut nous ôter les richesses comme il nous les donne, si nous ne nous en servons à secourir les pauvres qu'il se plaît à laisser dans l'indigence exprès pour donner lieu aux riches de mériter par leurs aumônes une plus grande récompense dans l'autre monde. »

Mon aveuglement était si grand que je n'étais pas en état de profiter d'un conseil si salutaire. Je ne me contentai pas de me revoir possesseur de mes quatre-vingts chameaux, et de savoir qu'ils étaient chargés d'un trésor inestimable qui devait me rendre le plus fortuné des hommes. Il me vint dans l'esprit que la petite boîte de pommade dont le derviche s'était saisi et qu'il m'avait montrée pouvait être quelque chose de plus précieux que toutes les richesses dont je lui étais redevable.

« L'endroit où le derviche l'a prise, disais-je en moi-même, et le soin qu'il a eu de s'en saisir, me font croire qu'elle enferme quelque chose de mystérieux. »

Cela me détermina à faire en sorte de l'obtenir. Je venais de l'embrasser en lui disant adieu. « A propos, lui dis-je en retournant à lui, que voulez-vous faire de cette petite boîte de pommade ? Elle me paraît si peu de chose, ajoutai-je, qu'elle ne vaut pas la peine que vous l'emportiez ; je vous prie de m'en faire présent. Aussi bien, un derviche comme vous, qui a renoncé aux vanités du monde, n'a pas besoin de pommade. »

Plût à Dieu qu'il me l'eût refusée cette boîte! Mais, quand il l'aurait voulu faire, je ne me possédais plus ; j'étais plus fort que lui, et bien résolu à la lui enlever par force, afin que, pour mon entière satisfaction, il ne fût pas dit qu'il eût emporté la moindre chose du trésor, quelque grande que fût l'obligation que je lui avais.

Loin de me la refuser, le derviche la tira d'abord de son sein ; et, en me la présentant de la meilleure grâce du monde : « Tenez, mon frère, me dit-il, la voilà ; qu'à cela ne tienne que vous ne soyez content. Si je puis faire davantage pour vous, vous n'avez qu'à demander, je suis prêt de vous satisfaire. »

Quand j'eus la boîte entre les mains, je l'ouvris ; et, en considérant la pommade : « Puisque vous êtes de si bonne volonté, lui dis-je, et que vous ne vous lassez pas de m'obliger, je vous prie de vouloir bien me dire quel est l'usage particulier de cette pommade.

— L'usage en est surprenant et merveilleux, repartit le derviche. Si vous appliquez un peu de cette pommade autour de l'œil gauche et sur la paupière, elle fera paraître devant vos yeux tous les trésors qui sont cachés dans le sein de la terre ; mais, si vous en appliquez de même à l'œil droit, elle vous rendra aveugle. »

Je voulais avoir moi-même l'expérience d'un effet si admirable. « Prenez la boîte, dis-je au derviche en la lui présentant, et appliquez-moi vous-même de cette pommade à l'œil gauche : vous entendez cela mieux que moi. Je suis dans l'impatience d'avoir l'expérience d'une chose qui me paraît incroyable. »

Le derviche voulut bien se donner cette peine ; il me

fit fermer l'œil gauche, et m'appliqua la pommade. Quand il eut fait, j'ouvris l'œil, ,et j'éprouvai qu'il m'avait dit la vérité. Je vis en effet un nombre infini de trésors remplis de richesses si prodigieuses et si diversifiées qu'il ne me serait pas possible d'en faire un détail au juste. Mais, comme j'étais obligé de tenir l'œil droit fermé avec la main et que cela me fatiguait, je priai le derviche de m'appliquer aussi de cette pommade autour de cet œil.

« Je suis prêt de le faire, me dit le derviche; mais vous devez vous souvenir, ajouta-t-il, que je vous ai averti que, si vous en mettez sur l'œil droit, vous deviendrez aveugle aussitôt. Telle est la vertu de cette pommade, il faut que vous vous y accommodiez. »

Loin de me persuader que le derviche me dît la vérité, je m'imaginai au contraire qu'il y avait encore quelque nouveau mystère qu'il voulait me cacher.

« Mon frère, repris-je en souriant, je vois bien que vous voulez m'en faire accroire; il n'est pas naturel que cette pommade fasse deux effets si opposés l'un à l'autre.

— La chose est pourtant comme je vous le dis, repartit le derviche en prenant le nom de Dieu à témoin, et vous devez m'en croire sur ma parole : car je ne sais point déguiser la vérité. »

Je ne voulus pas me fier à la parole du derviche, qui me parlait en homme d'honneur; l'envie insurmontable de contempler à mon aise tous les trésors de la terre, et peut-être d'en jouir toutes les fois que je voudrais m'en donner le plaisir, fit que je ne voulus pas écouter ses remontrances, ni me persuader d'une chose qui cependant n'était que trop vraie, comme je l'expérimentai bientôt après à mon grand malheur.

Dans la prévention où j'étais, j'allai m'imaginer que, si cette pommade avait la vertu de me faire voir tous les trésors de la terre en l'appliquant sur l'œil gauche, elle avait peut-être la vertu de les mettre à ma disposition en l'appliquant sur le droit. Dans cette pensée, je m'obstinai à presser le derviche de m'en appliquer lui-même autour de l'œil droit; mais il refusa constamment de le faire.

« Après vous avoir fait un si grand bien, mon frère, me dit-il, je ne puis me résoudre à vous faire un si grand mal. Considérez bien vous-même quel malheur est celui d'être privé de la vue, et ne me réduisez pas à la nécessité fâcheuse de vous complaire dans une chose dont vous aurez à vous repentir toute votre vie. »

Je poussai mon opiniâtreté jusqu'au bout. « Mon frère, lui dis-je assez fermement, je vous prie de passer par-dessus toutes les difficultés que vous me faites; vous m'avez accordé fort généreusement tout ce que je vous ai demandé jusqu'à présent; voulez-vous que je me sépare d'avec vous mal satisfait pour une chose de si peu de conséquence ? Au nom de Dieu, accordez-moi cette dernière faveur. Quoi qu'il en arrive, je ne m'en prendrai pas à vous, et la faute en sera sur moi seul. »

Le derviche fit toute la résistance possible; mais, comme il vit que j'étais en état de l'y forcer : « Puisque vous le voulez absolument, me dit-il, je vais vous contenter. »

Il prit un peu de cette pommade fatale et me l'appliqua donc sur l'œil droit, que je tenais fermé; mais, hélas! quand je vins à l'ouvrir, je ne vis que ténèbres épaisses de mes deux yeux, et je demeurai aveugle comme vous me voyez.

« Ah! malheureux derviche, m'écriai-je dans le moment, ce que vous m'avez prédit n'est que trop vrai! Fatale curiosité, ajoutai-je, désir insatiable des richesses, dans quel abîme de malheurs m'allez-vous jeter! Je sens bien à présent que je me les suis attirés; mais vous, cher frère, m'écriai-je encore en m'adressant au derviche, qui êtes si charitable et si bienfaisant, entre tant de secrets merveilleux dont vous avez la connaissance, n'en avez-vous pas quelqu'un pour me rendre la vue ?

— Malheureux, me répondit alors le derviche, il n'a pas tenu à moi que tu n'aies évité ce malheur; mais tu n'as que ce que tu mérites, et c'est l'aveuglement du cœur qui t'a attiré celui du corps. Il est vrai que j'ai des secrets : tu l'as pu connaître dans le peu de temps que j'ai été avec toi; mais je n'en ai pas pour te rendre la vue. Adresse-toi à Dieu, si tu crois qu'il y en ait un : il n'y a que lui qui puisse te la rendre. Il t'avait donné des richesses dont tu étais indigne; il te les a ôtées, et il va les donner par mes mains à des hommes qui n'en seront pas méconnaissants comme toi. »

Le derviche ne m'en dit pas davantage, et je n'avais rien à lui répliquer. Il me laissa seul, accablé de confusion, et plongé dans un excès de douleur qu'on ne peut exprimer; et, après avoir rassemblé mes quatre-vingts chameaux, il les emmena, et poursuivit son chemin jusqu'à Balsora.

Je le priai de ne me point abandonner en cet état malheureux, et de m'aider du moins à me conduire jusqu'à la première caravane; mais il fut sourd à mes prières et à mes cris. Ainsi privé de la vue et de tout ce que je possédais au monde, je serais mort d'affliction et de faim, si le lendemain une caravane qui revenait de Balsora ne m'eût bien voulu recevoir charitablement et me remener à Bagdad.

D'un état à m'égaler à des princes, sinon en forces et en puissance, au moins en richesses et en magificence, je me vis réduit à la mendicité sans aucune ressource. Il fallut donc me résoudre à demander l'aumône, et c'est ce que j'ai fait jusqu'à présent; mais, pour expier mon crime envers Dieu, je m'imposai en même temps la peine d'un soufflet de la part de chaque personne charitable qui aurait compassion de ma misère.

Voilà, Commandeur des croyants, le motif de ce qui parut hier si étrange à Votre Majesté, et de ce qui doit m'avoir fait encourir son indignation; je lui en demande pardon encore une fois comme son esclave, en me soumettant à recevoir le châtiment que j'ai mérité. Et, si elle daigne prononcer sur la pénitence que je me suis imposée, je suis persuadé qu'elle la trouvera trop légère, et beaucoup au-dessous de mon crime.

Quand l'aveugle eut achevé son histoire, le calife lui dit : « Baba-Abdalla, ton péché est grand; mais Dieu soit loué de ce que tu en as connu l'énormité, et de la pénitence publique que tu en as faite jusqu'à présent. C'est assez; il faut que dorénavant tu la continues dans le particulier, en ne cessant de demander pardon à Dieu dans chacune des prières auxquelles tu es obligé chaque jour par ta religion; et, afin que tu n'en sois pas détourné par le soin de demander ta vie, je te fais une aumône ta vie durant de quatre dragmes d'argent par jour de ma monnaie, que mon grand-vizir te fera donner. Ainsi, ne t'en retourne pas, et attends qu'il ait exécuté mon ordre. »

A ces paroles, Baba-Abdalla se prosterna devant le trône du calife, et en se relevant il lui fit son remerciement en lui souhaitant toute sorte de bonheur et de prospérité.

Le calife Haroun-al-Raschid, content de l'histoire de Baba-Abdalla et du derviche, s'adressa au jeune homme qu'il avait vu maltraiter sa cavale, et il lui demanda son nom comme il avait fait à l'aveugle. Le jeune homme lui dit qu'il s'appelait Sidi Nouman.

« Sidi Nouman, lui dit alors le calife, j'ai vu exercer des chevaux toute ma vie, et souvent j'en ai exercé moi-même; mais je n'en ai jamais vu pousser d'une manière aussi barbare que celle dont tu poussais hier ta cavale en pleine place, au grand scandale des spectateurs, qui en murmuraient hautement. Je n'en fus pas moins scandalisé qu'eux, et il s'en fallut peu que je ne me fisse connaître, contre mon intention, pour remédier à ce désordre. Ton air néanmoins ne me marque pas que tu sois un homme barbare et cruel. Je veux même croire que tu n'en uses pas ainsi sans sujet. Puisque je sais que ce n'est pas la première fois, et qu'il y a déjà bien du temps que chaque jour tu fais ce mauvais traitement à ta cavale, je veux savoir quel en est le sujet, et je t'ai fait venir ici afin que tu me l'apprennes. Surtout dis-moi la chose comme elle est, et ne me déguise rien. »

Sidi Nouman comprit aisément ce que le calife exigeait de lui. Ce récit lui faisait de la peine : il changea de couleur plusieurs fois et fit voir malgré lui combien était grand l'embarras où il se trouvait. Il fallut pourtant se résoudre à en dire le sujet. Ainsi, avant que de parler, il se prosterna devant le trône du calife, et, après s'être relevé, il essaya de commencer pour satisfaire le calife; mais il demeura comme interdit, moins frappé de la majesté du calife, devant lequel il paraissait, que par la nature du récit qu'il avait à lui faire.

Quelque impatience naturelle que le calife eût d'être obéi dans ses volontés, il ne témoigna néanmoins aucune aigreur du silence de Sidi Nouman : il vit bien qu'il fallait, ou qu'il manquât de hardiesse devant lui, ou qu'il fût intimidé du ton dont il lui avait parlé, ou enfin que dans ce qu'il avait à lui dire il pouvait y avoir des choses qu'il eût bien voulu cacher.

« Sidi Nouman, lui dit le calife pour le rassurer, reprends tes esprits, et fais état que ce n'est pas à moi que tu dois raconter ce que je te demande, mais à quelque ami qui t'en prie. S'il y a quelque chose dans ce récit qui te fasse de la peine et dont tu croies que je pourrais être offensé, je te le pardonne dès à présent. Défais-toi donc de toutes tes inquiétudes; parle-moi à cœur ouvert, et ne me dissimule rien, non plus qu'au meilleur de tes amis. »

Sidi Nouman, rassuré par les dernières paroles du

calife, prit enfin la parole. « Commandeur des croyants, dit-il, quelque saisissement dont tout mortel doive être frappé à la seule approche de Votre Majesté et de l'éclat de son trône, je me sens néanmoins assez de force pour croire que ce saisissement respectueux ne m'interdira pas la parole jusqu'au point de manquer à l'obéissance que je lui dois en lui donnant satisfaction sur toute autre chose que ce qu'elle exige de moi présentement. Je n'ose pas me dire le plus parfait des hommes; je ne suis pas aussi assez méchant pour avoir commis, ni même pour avoir eu la volonté de commettre rien contre les lois qui puisse me donner lieu d'en redouter la sévérité. Quelque bonne néanmoins que soit mon intention, je reconnais que je ne suis pas exempt de pécher par ignorance; cela m'est arrivé. En ce cas-là, je ne dis pas que j'aie confiance au pardon qu'il a plu à Votre Majesté de m'accorder sans m'avoir entendu; je me soumets au contraire à sa justice, et à être puni si je l'ai mérité. J'avoue que la manière dont je traite ma cavale depuis quelque temps, comme Votre Majesté en a été témoin, est étrange, cruelle, et de très mauvais exemple; mais j'espère qu'elle en trouvera le motif bien fondé, et qu'elle jugera que je suis plus digne de compassion que de châtiment. Mais je ne dois pas la tenir en suspens plus longtemps par un préambule ennuyeux. Voici ce qui m'est arrivé :

HISTOIRE DE SIDI NOUMAN

Commandeur des croyants, continua Sidi Nouman, je ne parle pas à Votre Majesté de ma naissance : elle n'est pas d'un assez grand éclat pour mériter qu'elle y fasse attention. Pour ce qui est des biens de la fortune, mes ancêtres, par leur bonne économie, m'en ont laissé autant que j'en pouvais souhaiter pour vivre en honnête homme, sans ambition, et sans être à charge à personne.

Avec ces avantages, la seule chose que je pouvais désirer, pour rendre mon bonheur accompli, était de trouver une femme aimable, qui eût toute ma tendresse, et qui, en m'aimant véritablement, voulût bien le partager avec moi; mais il n'a pas plu à Dieu de me l'accorder : au contraire, il m'en a donné une qui, dès le lendemain de mes noces, a commencé d'exercer ma patience d'une manière qui ne peut être concevable qu'à ceux qui auraient été exposés à une pareille épreuve.

Comme la coutume veut que nos mariages se fassent sans voir et sans connaître celles que nous devons épouser, Votre Majesté n'ignore pas qu'un mari n'a pas lieu de se plaindre quand il trouve que la femme qui lui est échue n'est pas laide à donner de l'horreur, qu'elle n'est pas contrefaite, et que les bonnes mœurs, le bon esprit et la bonne conduite corrigent quelque légère imperfection du corps qu'elle pourrait avoir.

La première fois que je vis ma femme le visage découvert, après qu'on l'eut amenée chez moi avec les cérémonies ordinaires, je me réjouis de voir qu'on ne m'avait pas trompé dans le rapport qu'on m'avait fait de sa beauté : je la trouvai à mon gré, et elle me plut.

Le lendemain de nos noces, on nous servit un dîner de plusieurs mets; je me rendis où la table était mise, et, comme je n'y vis pas ma femme, je la fis appeler.

Après m'avoir fait attendre longtemps, elle arriva. Je dissimulai mon impatience, et nous nous mîmes à table.

Je commençai par le riz, que je pris avec une cuillère comme à l'ordinaire. Ma femme, au contraire, au lieu de se servir d'une cuillère, comme tout le monde fait, tira d'un étui qu'elle avait dans sa poche une espèce de cure-oreille avec lequel elle commença à prendre le riz et à le porter à sa bouche grain à grain, car il ne pouvait pas en tenir davantage.

Surpris de cette manière de manger : « Amine, lui dis-je, car c'était son nom, avez-vous appris dans votre famille à manger le riz de la sorte ? Le faites-vous ainsi parce que vous êtes une petite mangeuse, ou bien voulez-vous en compter les grains afin de n'en pas manger plus une fois que l'autre ? Si vous en usez ainsi par épargne et pour m'apprendre à ne pas être prodigue, vous n'avez rien à craindre de ce côté-là, et je puis vous assurer que nous ne nous ruinerons jamais par cet endroit-là. Nous avons, par la grâce de Dieu, de quoi vivre aisément sans nous priver du nécessaire. Ne vous contraignez pas, ma chère Amine, et mangez comme vous me voyez manger. »

L'air affable avec lequel je lui faisais ces remontrances semblait devoir m'attirer quelque réponse obligeante; mais, sans me dire un seul mot, elle continua toujours à manger de la même manière, et, afin de me faire plus de peine, elle ne mangea plus de riz que de loin en loin; et, au lieu de manger des autres mets avec moi, elle se contenta de porter à sa bouche de temps en temps un peu de pain émietté, à peu près autant qu'un moineau en eût pu prendre.

Son opiniâtreté me scandalisa. Je m'imaginai néanmoins, pour lui faire plaisir et pour l'excuser, qu'elle n'était pas accoutumée à manger avec des hommes, encore moins avec un mari, devant qui on lui avait peut-être enseigné qu'elle devait avoir une retenue qu'elle poussait trop loin par simplicité. Je crus aussi qu'elle pouvait avoir déjeuné, ou, si elle ne l'avait pas fait, qu'elle se réservait à manger seule et en liberté. Ces considérations m'empêchèrent de lui rien dire davantage qui pût l'effaroucher ou lui donner aucune marque de mécontentement. Après le dîner, je la quittai avec le même air que si elle ne m'eût pas donné sujet d'être très mal satisfait de ses manières extraordinaires, et je la laissai seule.

Le soir au souper ce fut la même chose; le lendemain,

et toutes les fois que nous mangions ensemble, elle se comportait de la même manière. Je voyais bien qu'il n'était pas possible qu'une femme pût vivre du peu de nourriture qu'elle prenait, et qu'il y avait là-dessous quelque mystère qui m'était inconnu. Cela me fit prendre le parti de dissimuler. Je fis semblant de ne pas faire attention à ses actions, dans l'espérance qu'avec le temps elle s'accoutumerait à vivre avec moi comme je le souhaitais; mais mon espérance était vaine, et je ne fus pas longtemps à en être convaincu.

Une nuit qu'Amine me croyait fort endormi, elle se leva tout doucement, et je remarquai qu'elle s'habillait avec de grandes précautions pour ne pas faire de bruit, de crainte de m'éveiller. Je ne pouvais comprendre à quel dessein elle troublait ainsi son repos, et la curiosité de savoir ce qu'elle voulait devenir me fit feindre un profond sommeil. Elle acheva de s'habiller, et un moment après elle sortit de la chambre sans faire le moindre bruit.

Dans l'instant qu'elle fut sortie, je me levai en jetant ma robe sur mes épaules; j'eus le temps d'apercevoir, par une fenêtre qui donnait sur la cour, qu'elle ouvrit la porte de la rue et qu'elle sortit.

Je courus aussitôt à la porte, qu'elle avait laissée entrouverte, et, à la faveur du clair de la lune, je la suivis jusqu'à ce que je la visse entrer dans un cimetière qui était voisin de notre maison. Alors je gagnai le bout d'un mur qui se terminait au cimetière, et, après m'être précautionné pour ne pas être vu, j'aperçus Amine avec une goule.

Votre Majesté n'ignore pas que les goules de l'un et de l'autre sexe sont des démons errants dans les campagnes. Ils habitent d'ordinaire les bâtiments ruinés, d'où ils se jettent par surprise sur les passants, qu'ils tuent et dont ils mangent la chair. Au défaut des passants, ils vont la nuit dans les cimetières se repaître de celle des morts qu'ils déterrent.

Je fus dans une surprise épouvantable lorsque je vis ma femme avec cette goule. Elles déterrèrent un mort qu'on avait enterré le même jour, et la goule en coupa des morceaux de chair à plusieurs reprises, qu'elles mangèrent ensemble, assises sur le bord de la fosse. Elles s'entretenaient fort tranquillement en faisant un repas si cruel et si inhumain; mais j'étais trop éloigné, et il ne me fut pas possible de rien comprendre de leur entretien, qui devait être aussi étrange que leur repas, dont le souvenir me fait encore frémir.

Quand elles eurent fini cet horrible repas, elles jetèrent le reste du cadavre dans la fosse, qu'elles remplirent de la terre qu'elles en avaient ôtée. Je les laissai faire, et je regagnai en diligence notre maison. En entrant, je laissai la porte de la rue entrouverte, comme je l'avais trouvée; et, après être rentré dans ma chambre, je me recouchai, et je fis semblant de dormir.

Amine rentra peu de temps après sans faire de bruit; elle se déshabilla et elle se recoucha de même, avec la joie, comme je me l'imaginai, d'avoir si bien réussi sans que je m'en fusse aperçu.

L'esprit rempli de l'idée d'une action aussi barbare et aussi abominable que celle dont je venais d'être témoin, avec la répugnance que j'avais de me voir couché près de celle qui l'avait commise, je fus longtemps à pouvoir me rendormir. Je dormis pourtant, mais d'un sommeil si léger que la première voix qui se fit entendre pour appeler à la prière publique de la pointe du jour me réveilla. Je m'habillai, et je me rendis à la mosquée.

Après la prière, je sortis hors de la ville, et je passai la matinée à me promener dans les jardins et à songer au parti que je prendrais pour obliger ma femme à changer de manière de vivre. Je rejetai toutes les voies de violence qui se présentèrent à mon esprit, et je résolus de n'employer que celles de la douceur pour la retirer de la malheureuse inclination qu'elle avait. Ces pensées me conduisirent insensiblement jusque chez moi, où je rentrai justement à l'heure du dîner.

Dès qu'Amine me vit, elle fit servir, et nous nous mîmes à table. Comme je vis qu'elle persistait toujours à ne manger le riz que grain à grain : « Amine, lui dis-je avec toute la modération possible, vous savez combien j'eus lieu d'être surpris, le lendemain de nos noces, quand je vis que vous ne mangiez que du riz, en si petite quantité, et d'une manière dont tout autre mari que moi eût été offensé; vous savez aussi que je me contentai de vous faire connaître la peine que cela me faisait, en vous priant de manger aussi des autres viandes qui nous sont servies, et que l'on a soin d'accommoder de différentes manières, afin de tâcher à trouver votre goût. Depuis ce temps-là, vous avez vu notre table toujours servie de la même manière, en changeant pourtant quelques-uns des mets, afin de ne pas manger toujours des mêmes choses. Mes remontrances néanmoins ont été inutiles, et jusqu'à ce jour vous n'avez cessé d'en user de même et de me faire la même peine. J'ai gardé le silence, parce que je n'ai pas voulu vous contraindre, et je serais fâché que ce que je vous en dis présentement vous fît la moindre peine; mais, Amine, dites-moi, je vous en conjure, les viandes que l'on nous sert ici ne valent-elles pas mieux que de la chair de mort ? »

Je n'eus pas plus tôt prononcé ces dernières paroles qu'Amine, qui comprit fort bien que je l'avais observée la nuit, entra dans une fureur qui surpasse l'imagination : son visage s'enflamma, les yeux lui sortirent presque hors de la tête, et elle écuma de rage.

Cet état affreux où je la voyais me remplit d'épouvante : je devins comme immobile, et hors d'état de me défendre de l'horrible méchanceté qu'elle méditait contre moi et dont Votre Majesté va être surprise. Dans le fort de son emportement, elle prit un vase d'eau qu'elle trouva sous sa main; elle y plongea ses doigts en marmottant entre ses dents quelques paroles que je n'entendis pas, et, en me jetant de cette eau au visage, elle me dit d'un ton furieux : *Malheureux! reçois la punition de ta curiosité, et deviens chien.*

A peine Amine, que je n'avais pas encore connue pour magicienne, eut-elle vomi ces paroles diaboliques que tout à coup je me vis changé en chien. L'étonnement et la surprise où j'étais d'un changement si subit et si peu attendu m'empêchèrent de songer d'abord à me sauver, ce qui lui donna le temps de prendre un bâton pour me maltraiter. En effet, elle m'en appliqua de si grands coups que je ne sais comment je ne demeurai pas mort sur la place. Je crus échapper à sa rage en fuyant dans la cour, mais elle m'y poursuivit avec la même fureur, et, de quelque souplesse que je pusse me servir en courant de côté et d'autre pour les éviter, je ne fus pas assez adroit pour m'en défendre, et il fallut en essuyer beaucoup d'autres. Lassée enfin de me frapper et de me poursuivre, et au désespoir de ne m'avoir pas assommé comme elle en avait envie, elle imagina un nouveau moyen de le faire : elle entrouvrit la porte de la rue, afin de m'y écraser en la passant pour m'enfuir. Tout chien que j'étais, je me doutai de son pernicieux dessein; et, comme le danger présent donne souvent de l'esprit pour se conserver la vie, je pris si bien mon temps, en observant sa contenance et ses mouvements, que je trompai sa vigilance, et que je passai assez vite pour me sauver la vie et éluder sa méchanceté : j'en fus quitte pour avoir le bout de la queue un peu foulé.

La douleur que j'en ressentis ne laissa pas de me faire crier et aboyer en courant le long de la rue, ce qui fit sortir sur moi quelques chiens, dont je reçus des coups de dents. Pour éviter leurs poursuites, je me jetai dans la boutique d'un vendeur de têtes, de langues et de pieds de mouton cuits, où je me sauvai.

Mon hôte prit d'abord mon parti avec beaucoup de compassion, en chassant les chiens qui me poursuivaient et qui voulaient pénétrer jusque dans sa maison. Pour moi, mon premier soin fut de me fourrer dans un coin où je me dérobai à leur vue. Je ne trouvai pas néanmoins chez lui l'asile et la protection que j'avais espérés. C'était un de ces superstitieux à outrance qui, sous prétexte que les chiens sont immondes, ne trouvent pas assez d'eau ni de savon pour laver leur habit, quand par hasard un chien les a touchés en passant près d'eux. Après que les chiens qui m'avaient donné la chasse furent retirés, il fit tout ce qu'il put, à plusieurs fois, pour me chasser dès le même jour; mais j'étais caché et hors de ses atteintes. Ainsi je passai la nuit dans sa boutique malgré lui, et j'avais besoin de ce repos pour me remettre du mauvais traitement qu'Amine m'avait fait.

Afin de ne pas ennuyer Votre Majesté par des circonstances de peu de conséquence, je ne m'arrêterai pas à lui particulariser les tristes réflexions que je fis alors sur ma métamorphose; je lui ferai remarquer seulement que le lendemain, mon hôte étant sorti avant le jour pour faire emplette, il revint chargé de têtes, de langues et de pieds de mouton et qu'après avoir ouvert sa boutique, et pendant qu'il étalait sa marchandise, je sortis de mon coin, et je m'en allais, lorsque je vis plusieurs chiens du voisinage, attirés par l'odeur de ces viandes, assemblés autour de la boutique de mon hôte, en attendant qu'il leur jetât quelque chose; je me mêlai avec eux en posture de suppliant.

Mon hôte, autant qu'il me le parut, par la considération que je n'avais pas mangé depuis que je m'étais sauvé chez lui, me distingua en me jetant des morceaux plus gros et plus souvent qu'aux autres chiens. Quand il eut achevé ses libéralités, je voulus rentrer dans sa boutique, en le regardant et remuant la queue d'une manière qui pouvait lui marquer que je le suppliais de me faire encore cette faveur; mais il fut inflexible, et il s'opposa à mon dessein le bâton à la main, et d'un air si impitoyable que je fus contraint de m'éloigner.

A quelques maisons plus loin, je m'arrêtai devant la boutique d'un boulanger, qui, tout au contraire du vendeur de têtes de mouton que la mélancolie dévorait, me parut un homme gai et de bonne humeur, et qui l'était en effet. Il déjeunait alors; et, quoique je ne lui eusse donné aucune marque d'avoir besoin de manger, il ne laissa pas néanmoins de me jeter un morceau de pain. Avant que de me jeter dessus avec avidité, comme font les autres chiens, je le regardai avec un signe de tête et un mouvement de queue, pour lui témoigner ma reconnaissance. Il me sut bon gré de cette espèce de civilité, et il sourit. Je n'avais pas besoin de manger; cependant, pour lui faire plaisir, je pris le morceau de pain, et je le mangeai assez lentement pour lui faire connaître que je le faisais par honneur. Il remarqua tout cela, et voulut bien me souffrir près de sa boutique. J'y demeurai assis et tourné du côté de la rue, pour lui marquer que pour le présent je ne lui demandais autre chose que sa protection.

Il me l'accorda, et même il me fit des caresses qui me donnèrent l'assurance de m'introduire dans sa maison. Je le fis d'une manière à lui faire comprendre que ce n'était qu'avec sa permission. Il ne le trouva pas mauvais : au contraire, il me montra un endroit où je pouvais me placer sans lui être incommode, et je me mis en possession de la place que je conservai tout le temps que je demeurai chez lui.

J'y fus toujours fort bien traité, et il ne déjeunait, ne dînait et ne soupait pas que je n'eusse ma part à suffisance. De mon côté, j'avais pour lui toute l'attache et toute la fidélité qu'il pouvait exiger de ma reconnaissance.

Mes yeux étaient toujours attachés sur lui, et il ne faisait pas un pas dans la maison que je ne fusse derrière lui à le suivre. Je faisais la même chose quand le temps lui permettait de faire quelque voyage dans la ville pour ses affaires. J'y étais d'autant plus exact que je m'étais aperçu que mon attention lui plaisait, et que souvent, quand il avait dessein de sortir sans me donner lieu de m'en apercevoir, il m'appelait par le nom de Rougeau qu'il m'avait donné.

A ce nom, je m'élançais aussitôt de ma place dans la rue; je sautais, je faisais des gambades et des courses devant la porte. Je ne cessais toutes ces caresses que quand il était sorti; et alors je l'accompagnais fort exactement, en le suivant ou en courant devant, et en le regardant de temps en temps pour lui marquer ma joie.

Il y avait déjà du temps que j'étais dans cette maison, lorsqu'un jour une femme vint acheter du pain. En le payant à mon hôte, elle lui donna une pièce d'argent fausse avec d'autres bonnes. Le boulanger, qui s'aperçut de la pièce fausse, la rendit à la femme en lui en demandant une autre.

La femme refusa de la reprendre et prétendit qu'elle était bonne. Mon hôte soutint le contraire, et dans la contestation : « La pièce, dit-il à cette femme, est si visiblement fausse que je suis assuré que mon chien, qui n'est qu'une bête, ne s'y tromperait pas. Viens çà, Rougeau », dit-il aussitôt en m'appelant. A sa voix, je sautai légèrement sur le comptoir; et le boulanger, en jetant devant moi les pièces d'argent : « Vois, ajouta-t-il, n'y a-t-il pas là une pièce fausse ? » Je regarde toutes ces pièces, et, en mettant la patte dessus la fausse, je la séparai des autres en regardant mon maître, comme pour la lui montrer.

Le boulanger, qui ne s'en était rapporté à mon jugement que par manière d'acquit et pour se divertir, fut extrêmement surpris de voir que j'avais si bien rencontré sans hésiter. La femme, convaincue de la fausseté de sa pièce, n'eut rien à dire et fut obligée d'en donner une autre bonne à la place. Dès qu'elle fut partie, mon maître appela ses voisins, et leur exagéra fort ma capacité en leur racontant ce qui s'était passé.

Les voisins en voulurent avoir l'expérience, et, de toutes les pièces fausses qu'ils me montrèrent, mêlées avec d'autres de bon aloi, il n'y en eut pas une sur laquelle je ne misse la patte et que je ne séparasse d'avec les bonnes.

La femme, de son côté, ne manqua pas de raconter à toutes les personnes de sa connaissance qu'elle rencontra dans son chemin ce qui venait de lui arriver. Le bruit de mon habileté à distinguer la fausse monnaie se répandit en peu de temps, non seulement dans le voisinage, mais même dans tout le quartier, et insensiblement dans toute la ville.

Je ne manquais pas d'occupation toute la journée : il fallait contenter tous ceux qui venaient acheter du pain chez mon maître, et leur faire voir ce que je savais faire. C'était un attrait pour tout le monde, et l'on venait des quartiers les plus éloignés de la ville pour éprouver mon habileté. Ma réputation procura à mon maître tant de pratiques qu'à peine pouvait-il suffire à les contenter. Cela dura longtemps, et mon maître ne put s'empêcher d'avouer à ses voisins et à ses amis que je lui valais un trésor.

Mon petit savoir-faire ne manqua pas de lui attirer des jaloux. On dressa des embûches pour m'enlever, et il était obligé de me garder à vue. Un jour une femme, attirée par cette nouveauté, vint acheter du pain comme les autres. Ma place ordinaire était alors sur le comptoir; elle y jeta six pièces d'argent devant moi, parmi lesquelles il y en avait une fausse. Je la débrouillai d'avec les autres, et, en mettant la patte sur la pièce fausse, je la regardai comme pour lui demander si ce ne l'était pas là.

« Oui, me dit cette femme en me regardant de même, c'est la fausse, tu ne t'es pas trompé. »

Elle continua longtemps à me regarder et à me considérer avec admiration pendant que je la regardais de même. Elle paya le pain qu'elle était venue acheter, et, quand elle voulut se retirer, elle me fit signe de la suivre à l'insu du boulanger.

J'étais toujours attentif aux moyens de me délivrer d'une métamorphose aussi étrange que la mienne. J'avais remarqué l'attention avec laquelle cette femme m'avait examiné. Je m'imaginai qu'elle avait peut-être connu quelque chose de mon infortune et de l'état malheureux où j'étais réduit, et je ne me trompais pas. Je la laissai pourtant en aller, et je me contentai de la regarder. Après avoir fait deux ou trois pas, elle se retourna, et, voyant que je ne faisais que la regarder sans branler de ma place, elle me fit encore signe de la suivre.

Alors, sans délibérer davantage, comme je vis que le boulanger était occupé à nettoyer son four pour une cuisson et qu'il ne prenait pas garde à moi, je sautai à bas du comptoir, et je suivis cette femme, qui me parut en être fort joyeuse.

Après avoir fait quelque chemin, elle arriva à sa maison. Elle en ouvrit la porte, et, quand elle fut entrée, en tenant la porte ouverte : « Entre, entre, me dit-elle, tu ne te repentiras pas de m'avoir suivie. » Quand je fus entré et qu'elle eut refermé la porte, elle me mena à sa chambre, où je vis une jeune demoiselle d'une grande beauté qui brodait. C'était la fille de la femme charitable qui m'avait amené, habile et expérimentée dans l'art magique, comme je le connus bientôt.

« Ma fille, lui dit la mère, je vous amène le chien fameux du boulanger, qui sait si bien distinguer la fausse monnaie d'avec la bonne. Vous savez que je vous en ai dit ma pensée dès le premier bruit qui s'en est répandu, en vous témoignant que ce pouvait bien être un homme changé en chien par quelque méchanceté. Aujourd'hui je me suis avisée d'aller acheter du pain chez ce boulanger. J'ai été témoin de la vérité qu'on en a publiée, et j'ai eu l'adresse de me faire suivre par ce chien si rare qui fait la merveille de Bagdad. Qu'en dites-vous, ma fille ? me suis-je trompée dans ma conjecture ?

— Vous ne vous êtes pas trompée, ma mère, répondit la fille ; je vais vous le faire voir. »

La demoiselle se leva ; elle prit un vase plein d'eau, dans lequel elle plongea la main ; et, en me jetant de cette eau, elle dit : *Si tu es né chien, demeure chien ; mais si tu es né homme, reprends la forme d'homme par la vertu de cette eau.*

A l'instant l'enchantement fut rompu : je perdis la figure de chien, et je me vis homme comme auparavant.

Pénétré de la grandeur d'un si grand bienfait, je me jetai aux pieds de la demoiselle, et, après lui avoir baisé le bas de sa robe : « Ma chère libératrice, lui dis-je, je sens si vivement l'excès de votre bonté, qui n'a pas d'égale, envers un inconnu tel que je suis, que je vous supplie de m'apprendre vous-même ce que je puis faire pour vous en rendre dignement ma reconnaissance, ou plutôt disposez de moi comme d'un esclave qui vous appartient à juste titre : je ne suis plus à moi, je suis à vous ; et, afin que vous connaissiez celui qui vous est acquis, je vous dirai mon histoire en peu de mots. »

Alors, après lui avoir dit qui j'étais, je lui fis le récit de mon mariage avec Amine, de ma complaisance et de ma patience à supporter son humeur, de ses manières tout extraordinaires, et de l'indignité avec laquelle elle m'avait traité par une méchanceté inconcevable, et je finis en remerciant la mère du bonheur inexprimable qu'elle venait de me procurer.

« Sidi Nouman, me dit la fille, ne parlons pas de l'obligation que vous dites que vous m'avez : la seule connaissance d'avoir fait plaisir à un honnête homme comme vous me tient lieu de toute reconnaissance. Parlons d'Amine, votre femme : je l'ai connue avant votre mariage; et, comme je savais qu'elle était magicienne, elle n'ignorait pas aussi que j'avais quelque connaissance du même art, puisque nous avions pris des leçons de la même maîtresse. Nous nous rencontrions même souvent au bain. Mais, comme nos humeurs ne s'accordaient pas, j'avais un grand soin d'éviter toute occasion d'avoir aucune liaison avec elle; en quoi il m'a été d'autant moins difficile de réussir que, par la même raison, elle évitait de son côté d'en avoir avec moi. Je ne suis donc pas surprise de sa méchanceté. Pour revenir à ce qui vous regarde, ce que je viens de faire pour vous ne suffit pas : je veux achever ce que j'ai commencé. En effet, ce n'est pas assez d'avoir rompu l'enchantement par lequel elle vous avait exclu si méchamment de la société des hommes, il faut que vous l'en punissiez comme elle le mérite, en rentrant chez vous pour y reprendre l'autorité qui vous appartient, et je veux vous en donner le moyen. Entretenez-vous avec ma mère, je vais revenir. »

Ma libératrice entra dans un cabinet; et, pendant qu'elle y resta, j'eus le temps de témoigner encore une fois à la mère combien je lui étais obligé, aussi bien qu'à sa fille.

« Ma fille, me dit-elle, comme vous le voyez, n'est pas moins expérimentée dans l'art magique qu'Amine; mais elle en fait un si bon usage que vous seriez étonné d'apprendre tout le bien qu'elle a fait et qu'elle fait presque chaque jour par le moyen de la connaissance qu'elle en a. C'est pour cela que je l'ai laissée faire, et que je la laisse faire encore jusqu'à présent. Je ne le souffrirais pas si je m'apercevais qu'elle en abusât en la moindre chose. »

La mère avait commencé de me raconter quelques-unes des merveilles dont elle avait été témoin, quand sa fille rentra avec une petite bouteille à la main.

« Sidi Nouman, me dit-elle, mes livres que je viens de consulter m'apprennent qu'Amine n'est pas chez vous à l'heure qu'il est, mais qu'elle doit y revenir incessamment. Ils m'apprennent aussi que la dissimulée fait semblant, devant vos domestiques, d'être dans une grande inquiétude de votre absence; et elle leur a fait accroire qu'en dînant avec vous, vous vous étiez souvenu d'une affaire qui vous avait obligé de sortir sans différer; qu'en sortant vous aviez laissé la porte ouverte, et qu'un chien ait entré, et était venu jusque dans la salle où elle achevait de dîner, et qu'elle l'avait chassé à grands coups de bâton.

Retournez donc à votre maison sans perdre de temps avec la petite bouteille que voici, et que je vous mets entre les mains. Quand on vous aura ouvert, attendez dans votre chambre qu'Amine rentre : elle ne vous fera pas attendre longtemps. Dès qu'elle sera rentrée, descendez dans la cour, et présentez-vous à elle face à face. Dans la surprise où elle sera de vous revoir contre son attente, elle tournera le dos pour prendre la fuite; alors jetez-lui de l'eau de cette bouteille que vous tiendrez prête, et, en la jetant, prononcez hardiment ces paroles : *Reçois le châtiment de ta méchanceté.* Je ne vous en dis pas davantage : vous en verrez l'effet. »

Après ces paroles de ma bienfaitrice, que je n'oubliai pas, comme rien ne m'arrêtait plus, je pris congé d'elle et de sa mère avec tous les témoignages de la plus parfaite reconnaissance, et une protestation sincère que je me souviendrais éternellement de l'obligation que je leur avais, et je retournai chez moi.

Les choses se passèrent comme la jeune magicienne me l'avait prédit. Amine ne fut pas longtemps à rentrer. Comme elle s'avançait, je me présentai à elle, l'eau dans la main, prêt à la lui jeter. Elle fit un grand cri; et, comme elle se fut retournée pour regagner la porte, je lui jetai l'eau en prononçant les paroles que la jeune magicienne m'avait enseignées; et aussitôt elle fut changée en une cavale, et c'est celle que Votre Majesté vit hier.

A l'instant et dans la surprise où elle était, je la saisis au crin, et malgré sa résistance je la tirai dans mon écurie. Je lui passai un licou, et, après l'avoir attachée en lui reprochant son crime et sa méchanceté, je la châtiai à grands coups de fouet, si longtemps que la lassitude enfin m'obligea de cesser; mais je me réservai de lui faire chaque jour un pareil châtiment.

Commandeur des croyants, ajouta Sidi Nouman en achevant son histoire, j'ose espérer que Votre Majesté ne désapprouvera pas ma conduite, et qu'elle trouvera qu'une femme si méchante et si pernicieuse est traitée avec plus d'indulgence qu'elle ne mérite. »

Quand le calife vit que Sidi Nouman n'avait plus rien à dire : « Ton histoire est singulière, lui dit le sultan, et la méchanceté de ta femme n'est pas excusable. Aussi je ne condamne pas absolument le châtiment que tu lui as fait sentir jusqu'à présent. Mais je veux que tu considères combien son supplice est grand d'être réduite au rang des bêtes, et je souhaite que tu te contentes de la laisser faite pénitence en cet état. Je t'ordonnerais même d'aller t'adresser à la jeune magicienne qui l'a fait métamorphoser de la sorte, pour faire cesser l'enchantement, si l'opiniâtreté et la dureté incorrigible des magiciens et des magiciennes, qui abusent de leur art, ne m'étaient connues, et que je ne craignisse de sa part contre toi un effet de sa vengeance plus cruel que le premier. »

Le calife, naturellement doux et plein de compassion envers ceux qui souffrent, même selon leurs mérites, après avoir déclaré sa volonté à Sidi Nouman, s'adressa au troisième que le grand vizir Giafar avait fait venir.

« Cogia Hassan, lui dit-il, en passant hier devant ton hôtel il me parut si magnifique que j'eus la curiosité de savoir à qui il appartenait. J'appris que tu l'avais fait bâtir après avoir fait profession d'un métier qui te produisait à peine de quoi vivre. On me dit aussi que tu ne te méconnaissais pas, que tu faisais un bon usage des richesses que Dieu t'a données, et que tes voisins disaient mille biens de toi. Tout cela m'a fait plaisir, ajouta le calife, et je suis bien persuadé que les voies dont il a plu à la Providence de te gratifier de ses dons doivent être extraordinaires. Je suis curieux de les apprendre par toi-même, et c'est pour me donner cette satisfaction que je t'ai fait venir. Parle-moi donc avec sincérité, afin que je me réjouisse en prenant part à ton bonheur avec plus de connaissance. Et, afin que ma curiosité ne te soit point suspecte, et que tu ne croies pas que j'y prenne autre intérêt que celui que je viens de te dire, je te déclare que, loin d'y avoir aucune prétention, je te donne ma protection pour en jouir en toute sûreté. »

Sur ces assurances du calife, Cogia Hassan se prosterna devant son trône, frappa de son front le tapis dont il était couvert, et, après qu'il se fut relevé : « Commandeur des croyants, dit-il, tout autre que moi, qui ne se serait pas senti la conscience aussi pure et aussi nette que je me la sens, aurait pu être troublé en recevant l'ordre de venir paraître devant le trône de Votre Majesté; mais, comme je n'ai jamais eu pour elle que des sentiments de respect et de vénération, et que je n'ai rien fait contre l'obéissance que je lui dois, ni contre les lois, qui ait pu m'attirer son indignation, la seule chose qui m'ait fait de la peine est la juste crainte dont j'ai été saisi de n'en pouvoir soutenir l'éclat. Néanmoins, sur la bonté avec laquelle la renommée publie que Votre Majesté reçoit et écoute le moindre de ses sujets, je me suis rassuré, et je n'ai pas douté qu'elle ne me donnât elle-même le courage et la confiance de lui procurer la satisfaction qu'elle pourrait exiger de moi. C'est, Commandeur des croyants, ce que Votre Majesté vient de me faire expérimenter en m'accordant sa puissante protection sans savoir si je la mérite. J'espère néanmoins qu'elle demeurera dans un sentiment qui m'est si avantageux quand, pour satisfaire à son commandement, je lui aurai fait le récit de mes aventures. »

Après ce petit compliment pour se concilier la bienveillance et l'attention du calife, et après avoir, pendant quelques moments, rappelé dans sa mémoire ce qu'il avait à dire, Cogia Hassan reprit la parole en ces termes :

HISTOIRE

DE COGIA HASSAN ALHABBAL

Commandeur des croyants, dit-il, pour mieux faire entendre à Votre Majesté par quelles voies je suis parvenu au grand bonheur dont je jouis, je dois avant toute chose commencer par lui parler de deux amis intimes, citoyens de cette même ville de Bagdad, qui vivent encore et qui peuvent rendre témoignage de la vérité, auxquels j'en suis redevable après Dieu, le premier auteur de tout bien et de tout bonheur.

Ces deux amis s'appellent, l'un Saadi, et l'autre Saad. Saadi, qui est puissamment riche, a toujours été du sentiment qu'un homme ne peut être heureux en ce monde qu'autant qu'il a des biens et de grandes richesses pour vivre hors de la dépendance de qui que ce soit.

Saad est d'un autre sentiment : il convient qu'il faut véritablement avoir des richesses, autant qu'elles sont nécessaires à la vie; mais il soutient que la vertu doit faire le bonheur des hommes, sans d'autre attache aux biens du monde que par rapport aux besoins qu'ils peuvent en avoir, et pour en faire des libéralités selon leur pouvoir. Saad est de ce nombre, et il vit très heureux et très content dans l'état où il se trouve. Quoique Saadi, pour ainsi dire, soit infiniment plus riche que lui, leur amitié néanmoins est très sincère, et le plus riche ne s'estime pas plus que l'autre. Ils n'ont jamais eu de contestation que sur ce seul point; en toutes choses leur union a toujours été très uniforme.

Un jour, dans leur entretien, à peu près sur la même matière, comme je l'ai appris d'eux-mêmes, Saadi prétendait que les pauvres n'étaient pauvres que parce qu'ils étaient nés dans la pauvreté, ou que, nés avec des richesses, ils les avaient perdues ou par débauche, ou par quelqu'une des fatalités imprévues qui ne sont pas extraordinaires.

« Mon opinion, disait-il, est que ces pauvres ne le sont que parce qu'ils ne peuvent parvenir à amasser une somme d'argent assez grosse pour se tirer de la misère en employant leur industrie à la faire valoir; et mon sentiment est que, s'ils venaient à ce point, et qu'ils fissent un usage convenable de cette somme, ils ne deviendraient pas seulement riches, mais même très opulents avec le temps. »

Saad ne convint pas de la proposition de Saadi. « Le moyen que vous proposez, reprit-il, pour faire qu'un pauvre devienne riche, ne me paraît pas aussi certain que vous le croyez. Ce que vous en pensez est fort équivoque, et je pourrais appuyer mon sentiment contre le vôtre de plusieurs bonnes raisons, qui nous mèneraient trop loin. Je crois, au moins avec autant de probabilité, qu'un pauvre peut devenir riche par tout autre moyen qu'avec une somme d'argent : on fait souvent, par un hasard, une fortune plus grande et plus surprenante qu'avec une somme d'argent, telle que vous le prétendez, quelque ménagement et quelque économie que l'on apporte pour la faire multiplier par un négoce bien conduit.

— Saad, repartit Saadi, je vois bien que je ne gagnerais rien avec vous en persistant à soutenir mon opinion contre la vôtre; je veux en faire l'expérience pour vous en convaincre, en donnant, par exemple, en pur don, une somme telle que je me l'imagine à un de ces artisans, pauvre de père en fils, qui vivent au jour la journée et qui meurent aussi gueux que quand ils sont nés. Si je ne réussis pas, nous verrons si vous réussirez mieux de la manière que vous l'entendez. »

Quelques jours après cette contestation, il arriva que les deux amis, en se promenant, passèrent par le quartier où je travaillais de mon métier de cordier, que j'avais appris de mon père, et qu'il avait appris lui-même de mon aïeul, et ce dernier de nos ancêtres. A voir mon équipage et mon habillement, il n'eut pas de peine à juger de ma pauvreté.

Saad, qui se souvint de l'engagement de Saadi, lui dit : « Si vous n'avez pas oublié à quoi vous vous êtes engagé avec moi, voilà un homme, ajouta-t-il en me désignant, qu'il y a longtemps que je vois faisant le métier de cordier, et toujours dans le même état de pauvreté. C'est un sujet digne de votre libéralité et tout propre à faire l'expérience dont vous parliez l'autre jour.

— Je m'en souviens si bien, reprit Saadi, que je porte

sur moi de quoi faire l'expérience que vous dites, et je n'attendais que l'occasion que nous nous trouvassions ensemble et que vous en fussiez témoin. Abordons-le, et sachons si véritablement il en a besoin. »

Les deux amis vinrent à moi, et, comme je vis qu'ils voulaient me parler, je cessai mon travail. Ils me donnèrent l'un et l'autre le salut ordinaire du souhait de paix, et Saadi, en prenant la parole, me demanda comment je m'appelais.

Je leur rendis le même salut, et, pour répondre à la demande de Saadi : « Seigneur, lui dis-je, mon nom est Hassan, et, à cause de ma profession, je suis connu communément sous le nom de Hassan Alhabbal.

— Hassan, reprit Saadi, comme il n'y a pas de métier qui ne nourrisse son maître, je ne doute pas que le vôtre ne vous fasse gagner de quoi vivre à votre aise ; et même je m'étonne que, depuis le temps que vous l'exercez, vous n'ayez pas fait quelque épargne, et que vous n'ayez acheté une bonne provision de chanvre pour faire plus de travail, tant par vous-même que par des gens à gages que vous auriez pris pour vous aider et pour vous mettre insensiblement plus au large.

— Seigneur, lui repartis-je, vous cesserez de vous étonner que je ne fasse pas d'épargne, et que je ne prenne pas le chemin que vous dites pour devenir riche, quand vous saurez qu'avec tout le travail que je puis faire depuis le matin jusqu'au soir j'ai de la peine à gagner de quoi me nourrir, moi et ma famille, de pain et de quelques légumes. J'ai une femme et cinq enfants dont pas un n'est en âge de m'aider en la moindre chose ; il faut les entretenir et les habiller ; et dans un ménage, si petit qu'il soit, il y a toujours mille choses nécessaires, dont on ne peut se passer. Quoique le chanvre ne soit pas cher, il faut néanmoins de l'argent pour en acheter, et c'est le premier que je mets à part de la vente de mes ouvrages ; sans cela il ne me serait pas possible de fournir à la dépense de ma maison. Jugez, Seigneur, ajoutai-je, s'il est possible que je fasse des épargnes pour me mettre plus au large, moi et ma famille. Il nous suffit que nous soyons contents du peu que Dieu nous donne, et qu'il nous ôte la connaissance et le désir de ce qui nous manque ; mais nous ne trouvons pas que rien nous manque quand nous avons pour vivre ce que nous avons accoutumé d'avoir, et que nous ne sommes pas dans la nécessité d'en demander à personne. »

Quand j'eus fait tout ce détail à Saadi : « Hassan, me dit-il, je ne suis plus dans l'étonnement où j'étais, et je comprends toutes les raisons qui vous obligent à vous contenter de l'état où vous vous trouvez. Mais, si je vous faisais présent d'une bourse de deux cents pièces d'or, n'en feriez-vous pas un bon usage, et ne croyez-vous pas qu'avec cette somme vous deviendriez bientôt au moins aussi riche que les principaux de votre profession ?

— Seigneur, repris-je, vous me paraissez un si honnête homme que je suis persuadé que vous ne voudriez pas vous divertir de moi, et que l'offre que vous me faites est sérieuse. J'ose donc vous dire, sans trop présumer de moi, qu'une somme beaucoup moindre me suffirait, non seulement pour devenir aussi riche que les principaux de ma profession, mais même pour le devenir en peu de temps plus à moi seul qu'ils ne le sont tous ensemble dans cette ville de Bagdad aussi grande et aussi peuplée qu'elle l'est. »

Le généreux Saadi me fit voir sur-le-champ qu'il m'avait parlé sérieusement. Il tira la bourse de son sein, et, en me la mettant entre les mains : « Prenez, dit-il, voilà la bourse; vous y trouverez les deux cents pièces d'or bien comptées. Je prie Dieu qu'il y donne sa bénédiction, et qu'il vous fasse la grâce d'en faire le bon usage que je souhaite; et croyez que mon ami Saad que voici, et moi, nous aurons un très grand plaisir quand nous apprendrons qu'elles vous auront servi à vous rendre plus heureux que vous ne l'êtes. »

Commandeur des croyants, quand j'eus reçu la bourse, et que d'abord je l'eus mise dans mon sein, je fus dans un transport de joie si grand et je fus si fort pénétré de reconnaissance que la parole me manqua, et qu'il ne me fut pas possible d'en donner d'autre marque à mon bienfaiteur que d'avancer la main pour lui prendre le bord de sa robe et la baiser; mais il la retira en s'éloignant, et ils continuèrent leur chemin, lui et son ami.

En reprenant mon ouvrage après leur éloignement, la première pensée qui me vint fut d'aviser où je mettrais la bourse pour être en sûreté. Je n'avais dans ma petite et pauvre maison ni coffre, ni armoire qui fermât, ni aucun lieu où je pusse m'assurer qu'elle ne serait pas découverte si je l'y cachais.

Dans cette perplexité, comme j'avais coutume, avec les pauvres gens de ma sorte, de cacher le peu de monnaie que j'avais dans les plis de mon turban, je quittai mon ouvrage, et je rentrai chez moi sous prétexte de le raccommoder. Je pris si bien mes précautions que, sans que ma femme et mes enfants s'en aperçussent, je tirai dix pièces d'or de la bourse que je mis à part pour les dépenses les plus pressées, et j'enveloppai le reste dans les plis de la toile qui entourait mon bonnet.

La principale dépense que je fis dès le même jour fut d'acheter une bonne provision de chanvre. Ensuite, comme il y avait longtemps qu'on n'avait vu de viande dans ma famille, j'allai à la boucherie, et j'en achetai pour le souper.

En m'en revenant, je tenais ma viande à la main, lorsqu'un milan affamé, sans que je pusse me défendre, fondit dessus, et me l'eût arrachée de la main si je n'eusse tenu ferme contre lui. Mais, hélas! j'aurais bien mieux fait de la lui lâcher, pour ne pas perdre ma bourse. Plus il trouvait en moi de résistance, plus il s'opiniâtrait à vouloir me l'enlever. Il me traînait de côté et d'autre, pendant qu'il se soutenait en l'air sans quitter prise; mais il arriva malheureusement que, dans les efforts que je faisais, mon turban tomba par terre.

Aussitôt le milan lâcha prise, se jeta sur mon turban avant que j'eusse eu le temps de le ramasser, et l'enleva. Je poussai des cris si perçants que les hommes, femmes et enfants du voisinage en furent effrayés, et joignirent leurs cris aux miens pour tâcher de faire quitter prise au milan.

On réussit souvent, par ce moyen, à forcer ces sortes d'oiseaux voraces à lâcher ce qu'ils ont enlevé; mais les cris n'épouvantèrent pas le milan : il emporta mon turban si loin que nous le perdîmes tous de vue avant qu'il l'eût lâché. Ainsi il eût été inutile de me donner la peine et la fatigue de courir après pour le recouvrer.

Je retournai chez moi fort triste de la perte que je venais de faire de mon turban et de mon argent. Il fallut cependant en racheter un autre, ce qui fit une nouvelle diminution aux dix pièces d'or que j'avais tirées de la bourse. J'en avais déjà dépensé pour l'achat du chanvre, et ce qui me restait ne suffisait pas pour me donner lieu de remplir les belles espérances que j'avais conçues.

Ce qui me fit le plus de peine fut le peu de satisfaction que mon bienfaiteur aurait d'avoir si mal placé sa libéralité, quand il apprendrait le malheur qui m'était arrivé, qu'il regarderait peut-être comme incroyable, et par conséquent comme une vaine excuse.

Tant que dura le peu des dix pièces d'or qui me restaient, nous nous en ressentîmes, ma petite famille et moi; mais je retombai bientôt dans le même état et dans la même impuissance de me tirer hors de misère qu'auparavant. Je n'en murmurai pourtant pas. « Dieu, disais-je, a voulu m'éprouver en me donnant du bien dans le temps que je m'y attendais le moins : il me l'a ôté presque dans le même temps, parce qu'il lui a plu ainsi, et qu'il était à lui. Qu'il en soit loué, comme je l'avais loué jusqu'alors des bienfaits dont il m'avait favorisé, tels qu'il lui avait plu aussi! Je me soumets à sa volonté. »

J'étais dans ces sentiments pendant que ma femme, à qui je n'avais pu m'empêcher de faire part de la perte que j'avais faite, et par quel endroit elle m'était venue, était inconsolable. Il m'était échappé aussi, dans le trouble où j'étais, de dire à mes voisins qu'en perdant mon turban je perdais une bourse de cent quatre-vingt-dix pièces d'or. Mais, comme ma pauvreté leur était connue, et qu'ils ne pouvaient pas comprendre que j'eusse gagné une si grosse somme par mon travail, ils ne firent qu'en rire, et les enfants plus qu'eux.

Il y avait environ six mois que le milan m'avait causé le malheur que je viens de raconter à Votre Majesté, lorsque les deux amis passèrent peu loin du quartier où je demeurais. Le voisinage fit que Saad se souvint de moi. Il dit à Saadi : « Nous ne sommes pas loin de la rue où demeure Hassan Alhabbal; passons-y, et voyons si les deux cents pièces d'or que vous lui avez données ont contribué en quelque chose à le mettre en chemin de faire au moins une fortune meilleure que celle dans laquelle nous l'avons vu.

— Je le veux bien, reprit Saadi. Il y a quelques jours, ajouta-t-il, que je pensais à lui, en me faisant un grand plaisir de la satisfaction que j'aurais en vous rendant témoin de la preuve de ma proposition. Vous allez voir un grand changement en lui, et je m'attends que nous aurons de la peine à le reconnaître. »

Les deux amis s'étaient déjà détournés, et ils entraient dans la rue en même temps que Saadi parlait encore. Saad, qui m'aperçut de loin le premier, dit à son ami : « Il me semble que vous prenez gain de cause trop tôt. Je vois Hassan Alhabbal, mais il ne me paraît aucun changement en sa personne. Il est aussi mal habillé qu'il l'était quand nous lui avons parlé ensemble. La différence que j'y vois, c'est que son turban est un peu moins malpropre. Voyez vous-même si je me trompe. »

En approchant, Saadi, qui m'avait aperçu aussi, vit bien que Saad avait raison; et il ne savait sur quoi fonder le peu de changement qu'il voyait en ma personne. Il en fut même si fort étonné que ce ne fut pas lui qui me parla quand ils m'eurent abordé. Saad, après m'avoir donné le salut ordinaire : « Hé bien, Hassan, me dit-il, nous ne vous demandons pas comment vont vos petites affaires depuis que nous ne vous avons vu : elles ont pris sans doute un meilleur train; et les deux cents pièces d'or doivent y avoir contribué.

— Seigneurs, repris-je en m'adressant à tous les deux, j'ai une grande mortification d'avoir à vous apprendre que vos souhaits, vos vœux et vos espérances, aussi bien que les miennes, n'ont pas eu le succès que vous aviez lieu d'attendre, et que je m'étais promis à moi-même. Vous aurez de la peine à ajouter foi à l'aventure extraordinaire qui m'est arrivée. Je vous assure néanmoins en homme d'honneur, et vous devez me croire, que rien n'est plus véritable que ce que vous allez entendre. »

Alors je leur racontai mon aventure avec les mêmes circonstances que je viens d'avoir l'honneur d'exposer à Votre Majesté.

Saadi rejeta mon discours bien loin. « Hassan, dit-il, vous vous moquez de moi, et vous voulez me tromper. Ce que vous me dites est une chose incroyable. Les milans n'en veulent pas aux turbans, ils ne cherchent que de quoi contenter leur avidité. Vous avez fait comme tous les gens de votre sorte ont coutume de faire. S'ils font un gain extraordinaire, ou que quelque bonne fortune qu'ils n'attendaient pas leur arrive, ils abandonnent leur travail, ils se divertissent, ils se régalent, ils font bonne chère tant que l'argent dure; et, dès qu'ils ont tout mangé, ils se retrouvent dans la même nécessité et dans les mêmes besoins qu'auparavant. Vous ne croupissez dans votre misère que parce que vous le méritez, et que vous vous rendez vous-même indigne du bien que l'on vous fait.

— Seigneur, repris-je, je souffre tous ces reproches, et je suis prêt à en souffrir encore d'autres bien plus atroces que vous pourriez me faire; mais je les souffre avec d'autant plus de patience que je ne crois pas en avoir mérité aucun. La chose est si publique dans le quartier qu'il n'y a personne qui ne vous en rende témoignage. Informez-vous-en vous-mêmes, vous trouverez que je ne vous en impose pas. J'avoue que je n'avais pas entendu dire que des milans eussent enlevé des turbans ; mais la chose m'est arrivée, comme une infinité d'autres qui ne sont jamais arrivées, et qui cependant arrivent tous les jours. »

Saad prit mon parti, et il raconta à Saadi tant d'autres histoires de milans, non moins surprenantes, dont quelques-unes ne lui étaient pas inconnues, qu'à la fin il tira sa bourse de son sein. Il m'en compta deux cents pièces d'or dans la main, que je mis à mesure dans mon sein, faute de bourse. Quand Saadi eut achevé de me compter cette somme : « Hassan, me dit-il, je veux bien vous faire encore présent de ces deux cents pièces d'or ; mais prenez garde de les mettre dans un lieu si sûr qu'il ne vous arrive pas de les perdre aussi malheureusement que vous avez perdu les autres, et de faire en sorte qu'elles vous procurent l'avantage que les premières devraient vous avoir procuré. »

Je lui témoignai que l'obligation que je lui avais de cette seconde grâce était d'autant plus grande que je ne la méritais pas après ce qui m'était arrivé, et que je n'oublierais rien pour profiter de son bon conseil. Je voulais poursuivre, mais il ne m'en donna pas le temps. Il me quitta, et il continua sa promenade avec son ami.

Je ne repris pas mon travail après leur départ ; je rentrai chez moi, où ma femme ni mes enfants ne se trouvaient pas alors. Je mis à par dix pièces d'or des deux cents, et j'enveloppai les cent quatre-vingt-dix autres dans un linge que je nouai. Il s'agissait de cacher le linge dans un lieu de sûreté. Après y avoir bien songé, je m'avisai de le mettre au fond d'un grand vase de terre plein de son, qui était dans un coin où je m'imaginai bien que ma femme ni mes enfants n'iraient pas le chercher. Ma femme revint peu de temps après ; et, comme il ne me restait que très peu de chanvre, sans lui parler des deux amis, je lui dis que j'allais en acheter.

Je sortis ; mais, pendant que j'étais allé faire cette emplette, un vendeur de terre à décrasser dont les femmes se servent au bain vint à passer par la rue, et se fit entendre par son cri.

Ma femme, qui n'avait plus de cette terre, appelle

le vendeur; et, comme elle n'avait pas d'argent, elle lui demande s'il voulait lui donner de sa terre en échange pour du son. Le vendeur demande à voir le son; ma femme lui montre le vase; le marché se fait, il se conclut. Elle reçoit la terre à décrasser, et le vendeur emporte le vase avec le son.

Je revins chargé de chanvre autant que j'en pouvais porter, suivi de cinq porteurs, chargés comme moi de la même marchandise, dont j'emplis une soupente que j'avais ménagée dans ma maison. Je satisfis les porteurs de leur peine; et, après qu'ils furent partis, je pris quelques moments pour me remettre de ma lassitude. Alors je jetai les yeux du côté où j'avais laissé le vase de son, et je ne le vis plus.

Je ne puis exprimer à Votre Majesté quelle fut ma surprise, ni l'effet qu'elle produisit en moi dans ce moment. Je demandai à ma femme avec précipitation ce qu'il était devenu; et elle me raconta le marché qu'elle en avait fait comme une chose en quoi elle croyait avoir beaucoup gagné.

« Ah! femme infortunée! m'écriai-je, vous ignorez le mal que vous nous avez fait, à moi, à vous-même et à vos enfants, en faisant un marché qui nous perd sans ressource! Vous avez cru ne vendre que du son, et avec ce son vous avez enrichi votre vendeur de terre à décrasser de cent quatre-vingt-dix pièces d'or, dont Saadi, accompagné de son ami, venait de me faire présent pour la seconde fois. »

Il s'en fallut peu que ma femme ne se désespérât quand elle eut appris la grande faute qu'elle avait commise par ignorance. Elle se lamenta, se frappa la poitrine, et s'arracha les cheveux; et, déchirant l'habit dont elle était revêtue : « Malheureuse que je suis! s'écria-t-elle, suis-je digne de vivre après une méprise si cruelle ? Où chercherai-je ce vendeur de terre ? Je ne le connais pas; il n'a passé par notre rue que cette seule fois, et peut-être ne le reverrai-je jamais. Ah! mon mari, ajouta-t-elle, vous avez un grand tort : pourquoi avez-vous été si réservé à mon égard dans une affaire de cette importance ? Cela ne fût pas arrivé si vous m'eussiez fait part de votre secret. »

Je ne finirais pas si je rapportais à Votre Majesté tout ce que la douleur lui mit alors dans la bouche. Elle n'ignore pas combien les femmes sont éloquentes dans leurs afflictions.

« Ma femme, lui dis-je, modérez-vous; vous ne comprenez pas que vous nous allez attirer tout le voisinage par vos cris et par vos pleurs : il n'est pas besoin qu'il soit informé de nos disgrâces. Bien loin de prendre part à notre malheur, ou de nous donner de la consolation, il se ferait un plaisir de se railler de votre simplicité et de la mienne. Le parti le meilleur que nous ayons à prendre, c'est de dissimuler cette perte, de la supporter patiemment, de manière qu'il n'en paraisse pas la moindre chose, et de nous soumettre à la volonté de Dieu. Bénissons-le, au contraire, de ce que, de deux cents pièces d'or qu'il nous avait données, il n'en a retiré que cent quatre-vingt-dix, et qu'il nous en a laissé dix par sa libéralité, dont l'emploi que je viens de faire ne laisse pas de nous apporter quelque soulagement. »

Quelques bonnes que fussent mes raisons, ma femme eut bien de la peine à les goûter d'abord. Mais le temps, qui adoucit les maux les plus grands et qui paraissent les moins supportables, fit qu'à la fin elle s'y rendit.

« Nous vivons pauvrement, lui dis-je, il est vrai; mais qu'ont les riches que nous n'ayons pas ? Ne respirons-nous pas le même air ? Ne jouissons-nous pas de la même lumière et de la même chaleur du soleil ? Quelques commodités qu'ils ont plus que nous pourraient nous faire envier leur bonheur, s'ils ne mouraient pas comme nous mourons. A le bien prendre, munis de la crainte de Dieu, que nous devons avoir sur toutes choses, l'avantage qu'ils ont plus que nous est si peu considérable que nous ne devons pas nous y arrêter. »

Je n'ennuierai pas Votre Majesté plus longtemps par mes réflexions morales. Nous nous consolâmes, ma femme et moi, et je continuai mon travail, l'esprit aussi libre que si je n'eusse pas fait deux pertes si mortifiantes à peu de temps l'une de l'autre.

La seule chose qui me chagrinait, et cela arrivait souvent, c'était quand je me demandais à moi-même comment je pourrais soutenir la présence de Saadi, lorsqu'il viendrait me demander compte de l'emploi de ses deux cents pièces d'or et de l'avancement de ma fortune par le moyen de sa libéralité, et que je n'y voyais autre remède que de me résoudre à la confusion que j'en aurais quoique cette seconde fois, non plus que la première, je n'eusse en rien contribué à ce malheur par ma faute.

Les deux amis furent plus longtemps à revenir

apprendre des nouvelles de mon sort que la première fois. Saad en avait parlé souvent à Saadi ; mais Saadi avait toujours différé.

« Plus nous différerons, disait-il, plus Hassan se sera enrichi, et plus la satisfaction que j'en aurai sera grande. »

Saad n'avait pas la même opinion de l'effet de la libéralité de son ami.

« Vous croyez donc, reprenait-il, que votre présent aura été mieux employé par Hassan cette fois que la première ? Je ne vous conseille pas de vous en trop flatter, de crainte que votre mortification n'en fût plus sensible si vous trouviez que le contraire fût arrivé.

— Mais, répétait Saadi, il n'arrive pas tous les jours qu'un milan emporte un turban. Hassan y a été attrapé, il aura pris ses précautions pour ne pas l'être une seconde fois.

— Je n'en doute pas, répliqua Saad ; mais, ajouta-t-il, tout autre accident que nous ne pouvons imaginer, ni vous ni moi, pourra être arrivé. Je vous le dis encore une fois, modérez votre joie, et n'inclinez pas plus à vous prévenir sur le bonheur de Hassan que sur son malheur. Pour vous dire ce que j'en pense, et ce que j'en ai toujours pensé, quelque mauvais gré que vous puissiez me savoir de ma persuasion, j'ai un pressentiment que vous n'aurez pas réussi, et que je réussirai mieux que vous à prouver qu'un pauvre homme peut plutôt devenir riche de toute autre manière qu'avec de l'argent. »

Un jour enfin que Saad se trouvait chez Saadi, après une longue contestation semblable : « C'en est trop, dit Saadi, je veux être éclairci dès aujourd'hui de ce qui en est. Voilà le temps de la promenade, ne le perdons pas, et allons savoir lequel de nous deux aura perdu la gageure. »

Les deux amis partirent, et je les vis venir de loin. J'en fus tout ému, et je fus sur le point de quitter mon ouvrage et d'aller me cacher, pour ne point paraître devant eux. Attaché à mon travail, je fis semblant de ne les avoir pas aperçus, et je ne levai les yeux que pour les regarder que quand ils furent si près de moi et que m'ayant donné le salut de paix je ne pus honnêtement m'en dispenser. Je les baisai aussitôt ; et, en leur contant ma dernière disgrâce dans toutes ses circonstances, je leur fis connaître pourquoi ils me trouvaient aussi pauvre que la première fois qu'ils m'avaient vu.

Quand j'eus achevé : « Vous pouvez me dire, ajoutai-je,

que je devais cacher les cent quatre-vingt-dix pièces d'or ailleurs que dans un vase de son qui devait le même jour être emporté de ma maison. Mais il y avait plusieurs années que ce vase y était, qu'il servait à cet usage, et que, toutes les fois que ma femme avait vendu le son, à mesure qu'il en était plein, le vase était toujours resté. Pouvais-je deviner que ce jour-là même, en mon absence, un vendeur de terre à décrasser passerait à point nommé; que ma femme se trouverait sans argent, et qu'elle ferait avec lui l'échange qu'elle a fait? Vous pourriez me dire que je devais avertir ma femme; mais je ne croirai jamais que des personnes aussi sages que je suis persuadé que vous êtes m'eussent donné ce conseil. Pour ce qui est de ne les avoir pas cachées ailleurs, quelle certitude pouvais-je avoir qu'elles y eussent été en plus grande sûreté? Seigneur, dis-je en m'adressant à Saadi, il n'a pas plu à Dieu que votre libéralité servît à m'enrichir, par un de ses secrets impénétrables que nous ne devons pas approfondir. Il me veut pauvre, et non pas riche. Je ne laisse pas de vous en avoir la même obligation que si elle avait eu son effet entier, selon vos souhaits. »

Je me tus, et Saadi, qui prit la parole, me dit : « Hassan, quand je voudrais me persuader que tout ce que vous venez de nous dire est aussi vrai que vous prétendez nous le faire croire, et que ce ne serait pas pour cacher vos débauches ou votre mauvaise économie, comme cela pourrait être, je me garderais bien néanmoins de passer outre, et de m'opiniâtrer à faire une expérience capable de me ruiner. Je ne regrette pas les quatre cents pièces d'or dont je me suis privé pour essayer de vous tirer de la pauvreté; je l'ai fait par rapport à Dieu, sans attendre autre récompense de votre part que le plaisir de vous avoir fait du bien. Si quelque chose était capable de m'en faire repentir, ce serait de m'être adressé à vous plutôt qu'à un autre, qui peut-être en aurait mieux profité. » Et, en se tournant du côté de son ami : « Saad, continua-t-il, vous pouvez connaître par ce que je viens de dire que je ne vous donne pas entièrement gain de cause. Il vous est pourtant libre de faire l'expérience de ce que vous prétendez contre moi depuis si longtemps. Faites-moi voir qu'il y ait d'autres moyens que l'argent capables de faire la fortune d'un homme pauvre, de la manière que je l'entends et que vous l'entendez, et ne cherchez pas un autre sujet que Hassan. Quoi que vous puissiez lui donner, je ne puis me persuader qu'il devienne plus riche qu'il n'a pu faire avec quatre cents pièces d'or. »

Saad tenait un morceau de plomb dans la main, qu'il montrait à Saadi.

« Vous m'avez vu, reprit-il, ramasser à mes pieds ce morceau de plomb, je vais le donner à Hassan, vous verrez ce qu'il lui vaudra. »

Saadi fit un éclat de rire en se moquant de Saad.

« Un morceau de plomb ! s'écria-t-il. Hé ! que peut-il valoir à Hassan qu'une obole, et que fera-t-il avec une obole ? »

Saad, en me présentant le morceau de plomb, me dit : « Laissez rire Saadi, et ne laissez pas de le prendre. Vous nous direz un jour des nouvelles du bonheur qu'il vous aura porté. »

Je crus que Saad ne parlait pas sérieusement, et que ce qu'il en faisait n'était que pour se divertir. Je ne laissai pas de recevoir le morceau de plomb en le remerciant; et, pour le contenter, je le mis dans ma veste, comme par manière d'acquit. Les deux amis me quittèrent pour achever leur promenade, et je continuai mon travail.

Le soir, comme je me déshabillais pour me coucher et que j'eus ôté ma ceinture, le morceau de plomb que Saad m'avait donné, auquel je n'avais plus songé depuis, tomba par terre; je le ramassai et le mis dans le premier endroit que je trouvai.

La même nuit, il arriva qu'un pêcheur de mes voisins, en accommodant ses filets, trouva qu'il y manquait un morceau de plomb; il n'en avait pas d'autre pour le remplacer, et il n'était pas heure d'en envoyer acheter, les boutiques étaient fermées. Il fallait cependant, s'il voulait avoir pour vivre le lendemain, lui et sa famille, qu'il allât à la pêche deux heures avant le jour. Il témoigne son chagrin à sa femme, et il l'envoie en demander dans le voisinage pour y suppléer.

La femme obéit à son mari; elle va de porte en porte, des deux côtés de la rue, et ne trouve rien. Elle rapporte cette réponse à son mari, qui lui demande, en lui nommant plusieurs de ses voisins, si elle avait frappé à leur porte. Elle répondit qu'oui. « Et chez Hassan Alhabbal, ajouta-t-il, je gage que vous n'y avez pas été ?

— Il est vrai, reprit la femme, je n'ai pas été jusque-là, parce qu'il y a trop loin; et, quand j'en aurais pris la peine, croyez-vous que j'en eusse trouvé ? Quand on n'a besoin de rien, c'est justement chez lui qu'il faut aller : je le sais par expérience.

— Cela n'importe, reprit le pêcheur; vous êtes une paresseuse, je veux que vous y alliez. Vous avez été cent fois chez lui sans trouver ce que vous cherchiez; vous y trouverez peut-être aujourd'hui le plomb dont j'ai besoin; encore une fois, je veux que vous y alliez. »

La femme du pêcheur sortit en murmurant et en grondant, et vint frapper à ma porte. Il y avait déjà quelque temps que je dormais; je me réveillai en demandant ce qu'on voulait.

« Hassan Alhabbal, dit la femme en haussant la voix, mon mari a besoin d'un peu de plomb pour accommoder ses filets; si par hasard vous en avez, il vous prie de lui en donner. »

La mémoire du morceau de plomb que Saad m'avait donné m'était si récente, surtout après ce qui m'était arrivé en me déshabillant, que je ne pouvais pas l'avoir oublié. Je répondis à la voisine que j'en avais, qu'elle attendît un moment, et que ma femme allait lui en donner un morceau.

Ma femme, qui s'était aussi éveillée au bruit, se lève, trouve à tâtons le plomb où je lui avais enseigné qu'il était, entrouvre la porte et le donne à la voisine.

La femme du pêcheur, ravie de n'être pas venue en vain : « Voisine, dit-elle à ma femme, le plaisir que vous nous faites, à mon mari et à moi, est si grand que je vous promets tout le poisson que mon mari amènera du premier jet de ses filets, et je vous assure qu'il ne me dédira pas. »

Le pêcheur, ravi d'avoir trouvé, contre son espérance, le plomb qui lui manquait, approuva la promesse que sa femme nous avait faite.

« Je vous sais bon gré, dit-il, d'avoir suivi en cela mon intention. »

Il acheva d'accommoder ses filets, et il alla à la pêche deux heures avant le jour, selon sa coutume. Il n'amena qu'un seul poisson du premier jet de ses filets, mais long de plus d'une coudée, et gros à proportion. Il en fit ensuite plusieurs autres qui furent tous heureux; mais il s'en fallut de beaucoup que, de tout le poisson qu'il amena, il y en eût un seul qui approchât du premier.

Quand le pêcheur eut achevé sa pêche et qu'il fut revenu chez lui, le premier soin qu'il eut fut de songer à moi; et je fus extrêmement surpris, comme je travaillais, de le voir se présenter devant moi chargé de ce poisson.

« Voisin, me dit-il, ma femme vous a promis cette nuit le poisson que j'amènerais du premier jet de mes filets, en reconnaissance du plaisir que vous nous avez fait, et j'ai approuvé sa promesse. Dieu ne m'a envoyé pour vous que celui-ci, je vous prie de l'agréer. S'il m'en eût envoyé plein mes filets, ils eussent de même tous été pour vous. Acceptez-le, je vous prie, tel qu'il est, comme s'il était plus considérable.

— Voisin, repris-je, le morceau de plomb que je vous ai envoyé est si peu de chose qu'il ne méritait pas que vous le missiez à un si haut prix. Les voisins doivent se secourir les uns les autres dans leurs petits besoins; je n'ai fait pour vous que ce que je pouvais en attendre dans une occasion semblable. Ainsi je refuserais de recevoir votre présent si je n'étais persuadé que vous me le faites de bon cœur; je croirais même vous offenser si j'en usais de la sorte. Je le reçois donc puisque vous le voulez ainsi, et je vous en fais mon remerciement. »

Nos civilités en demeurèrent là, et je portai le poisson à ma femme.

« Prenez, lui dis-je, ce poisson que le pêcheur notre voisin vient de m'apporter en reconnaissance du morceau de plomb qu'il nous envoya demander la nuit dernière. C'est, je crois, tout ce que nous pouvons espérer de ce présent que Saad me fit hier en me promettant qu'il me porterait bonheur. »

Ce fut alors que je lui parlai du retour des deux amis, et de ce qui s'était passé entre eux et moi.

Ma femme fut embarrassée de voir un poisson si grand et si gros.

« Que voulez-vous, dit-elle, que nous en fassions ? Notre gril n'est propre qu'à rôtir de petits poissons; et nous n'avons pas de vase assez grand pour le faire cuire au court-bouillon.

— C'est votre affaire, lui dis-je, accommodez-le comme il vous plaira; rôti ou bouilli, j'en serai content. » En disant ces paroles je retournai à mon travail.

En accommodant le poisson, ma femme tira avec les entrailles un gros diamant, qu'elle prit pour du verre quand elle l'eut nettoyé. Elle avait bien entendu parler de diamants; et, si elle en avait vu ou manié, elle n'en avait pas assez de connaissance pour en faire la distinction. Elle le donna au plus petit de nos enfants pour en faire un jouet avec ses frères et ses sœurs qui voulaient le voir et le manier tour à tour, en se le donnant les uns aux autres pour en admirer la beauté, l'éclat et le brillant.

Le soir, quand la lampe fut allumée, nos enfants, qui continuaient leur jeu en se cédant le diamant pour le considérer l'un après l'autre, s'aperçurent qu'il rendait de la lumière à mesure que ma femme leur cachait la clarté de la lampe en se donnant du mouvement pour achever de préparer le souper; et cela engageait les enfants à se l'arracher pour en faire l'expérience. Mais les petits pleuraient quand les plus grands ne le leur laissaient pas autant de temps qu'ils voulaient, et ceux-ci étaient contraints de le leur rendre pour les apaiser.

Comme peu de chose est capable d'amuser les enfants et de causer de la dispute entre eux, et que cela leur arrive ordinairement, ni ma femme ni moi nous ne fîmes pas d'attention à ce qui faisait le sujet du bruit et du tintamarre dont ils nous étourdissaient. Ils cessèrent enfin quand les plus grands se furent mis à table pour souper avec nous, et que ma femme eut donné aux plus petits chacun leur part.

Après le souper, les enfants se rassemblèrent, et ils recommencèrent le même bruit qu'auparavant. Alors je voulus savoir quelle était la cause de leur dispute. J'appelai l'aîné, et je lui demandai quel sujet ils avaient de faire ainsi grand bruit. Il me dit : « Mon père, c'est un morceau de verre qui fait de la lumière quand nous le regardons le dos tourné à la lampe. » Je me le fis apporter, et j'en fis l'expérience.

Cela me parut extraordinaire, et me fit demander à ma femme ce que c'était que ce morceau de verre.

« Je ne sais, dit-elle, c'est un morceau de verre que j'ai tiré du ventre du poisson en le préparant. »

Je ne m'imaginai pas, non plus qu'elle, que ce fût autre chose que du verre. Je poussai néanmoins l'expérience plus loin. Je dis à ma femme de cacher la lampe dans la cheminée; elle le fit, et je vis que le prétendu morceau de verre faisait une lumière si grande que nous pouvions nous passer de la lampe pour nous coucher. Je la fis éteindre, et je mis moi-même le morceau de verre sur le bord de la cheminée pour nous éclairer.

« Voici, dis-je un autre avantage que le morceau de plomb que l'ami de Saadi m'a donné nous procure, en nous épargnant d'acheter de l'huile. »

Quand mes enfants virent que j'avais fait éteindre la lampe et que le morceau de verre y suppléait, sur cette merveille ils poussèrent des cris d'admiration si hauts et avec tant d'éclats qu'ils retentirent bien loin dans le voisinage.

Nous augmentâmes le bruit, ma femme et moi, à force de crier pour les faire taire, et nous ne pûmes le gagner entièrement sur eux que quand ils furent couchés et qu'ils se furent endormis après s'être entretenus un temps considérable, à leur manière, de la lumière merveilleuse du morceau de verre.

Nous nous couchâmes après eux, ma femme et moi; et le lendemain de grand matin, sans penser davantage au morceau de verre, j'allai travailler à mon ordinaire. Il ne doit pas être étrange que cela soit arrivé à un homme comme moi, qui étais accoutumé à voir du verre et qui n'avais jamais vu de diamants; et, si j'en avais vu, je n'avais pas fait d'attention à en connaître la valeur.

Je ferai remarquer à Votre Majesté, en cet endroit, qu'entre ma maison et celle de mon voisin la plus prochaine il n'y avait qu'une cloison de charpente et de maçonnerie fort légère pour toute séparation. Cette maison appartenait à un juif fort riche, joaillier de profession; et la chambre où lui et sa femme couchaient joignait à la cloison. Ils étaient déjà couchés et endormis quand mes enfants avaient fait le plus grand bruit. Cela les avait éveillés, et ils avaient été longtemps à se rendormir.

Le lendemain, la femme du juif, tant de la part de son mari qu'en son propre nom, vint porter ses plaintes à la mienne de l'interruption de leur sommeil dès le premier somme.

« Ma bonne Rachel (c'est ainsi que s'appelait la femme du juif), lui dit ma femme, je suis bien fâchée de ce qui est arrivé, et je vous en fais mes excuses. Vous savez ce que c'est que les enfants : un rien les fait rire, de même que peu de chose les fait pleurer. Entrez, et je vous montrerai le sujet qui fait celui de vos plaintes. »

La juive entra, et ma femme prit le diamant, puisque enfin c'en était un, et un d'une grande singularité. Il était encore sur la cheminée; et, en le lui présentant : « Voyez, dit-elle, c'est ce morceau de verre qui est cause de tout le bruit que vous avez entendu hier au soir. Pendant que la juive, qui avait connaissance de toutes sortes de pierreries, examinait ce diamant avec admiration, elle lui raconta comment elle l'avait trouvé dans le ventre du poisson, et tout ce qui en était arrivé.

Quand ma femme eut achevé, la juive, qui savait comment elle s'appelait : « Aishach, dit-elle en lui remettant le diamant entre les mains, je crois comme vous que ce n'est que du verre ; mais, comme il est plus beau que le verre ordinaire, et que j'ai un morceau de verre à peu près semblable dont je me pare quelquefois, et qu'il y ferait un accompagnement, je l'achèterais si vous vouliez me le vendre. »

Mes enfants, qui entendirent parler de vendre leur jouet, interrompirent la conversation en se récriant contre, en priant leur mère de le leur garder ; ce qu'elle fut contrainte de leur promettre pour les apaiser.

La juive, obligée de se retirer, sortit ; et, avant de quitter ma femme qui l'avait accompagnée jusqu'à la porte, elle la pria, en parlant bas, si elle avait dessein de vendre le morceau de verre, de ne le faire voir à personne qu'auparavant elle ne lui en eût donné avis.

Le juif était allé à sa boutique de grand matin dans le quartier des joailliers. La juive alla l'y trouver, et elle lui annonça la découverte qu'elle venait de faire ; elle lui rendit compte de la grosseur, du poids à peu près, de la beauté, de la belle eau et de l'éclat du diamant, et surtout de sa singularité, qui était de rendre de la lumière la nuit, sur le rapport de ma femme, d'autant plus croyable qu'il était naïf.

Le juif renvoya sa femme avec ordre d'en traiter avec la mienne, de lui en offrir d'abord peu de chose, autant qu'elle le jugerait à propos, et d'augmenter à proportion de la difficulté qu'elle trouverait, et enfin de conclure le marché à quelque prix que ce fût.

La juive, selon l'ordre de son mari, parla à ma femme en particulier, sans attendre qu'elle se fût déterminée à vendre le diamant, et elle lui demanda si elle en voulait vingt pièces d'or. Pour un morceau de verre, comme elle le pensait, ma femme trouva la somme considérable. Elle ne voulait répondre néanmoins ni oui ni non. Elle dit seulement à la juive qu'elle ne pouvait l'écouter qu'elle ne m'eût parlé auparavant.

Dans ces entrefaites, je venais de quitter mon travail et je voulais rentrer chez moi pour dîner, comme elles se parlaient à la porte. Ma femme m'arrête, et me demande si je consentais à vendre le morceau de verre qu'elle avait trouvé dans le ventre du poisson, pour vingt pièces d'or que la juive, notre voisine, en offrait.

Je ne répondis pas sur-le-champ : je fis réflexion à l'assurance avec laquelle Saad m'avait promis, en me donnant le morceau de plomb, qu'il ferait ma fortune; et la juive crut que c'était en méprisant la somme qu'elle avait offerte que je ne répondais rien.

« Voisin, me dit-elle, je vous en donnerai cinquante : en êtes-vous content ? »

Comme je vis que de vingt pièces d'or la juive augmentait si promptement jusqu'à cinquante, je tins ferme, et je lui dis qu'elle était bien éloignée du prix auquel je prétendais le vendre.

« Voisin, reprit-elle, prenez-en cent pièces d'or : c'est beaucoup. Je ne sais même si mon mari m'avouera. »

A cette nouvelle augmentation, je lui dis que je voulais en avoir cent mille pièces d'or; que je voyais bien que le diamant valait davantage; mais que, pour lui faire plaisir à elle et à son mari, comme voisins, je me bornais à cette somme que je voulais en avoir absolument, et que, s'ils le refusaient à ce prix-là, d'autres joailliers m'en donneraient davantage.

La juive me confirma elle-même dans ma résolution par l'empressement qu'elle témoigna de conclure le marché, en m'en offrant à plusieurs reprises jusqu'à cinquante mille pièces d'or, que je refusai.

« Je ne puis, dit-elle, en offrir davantage sans le consentement de mon mari. Il reviendra ce soir; la grâce que je vous demande, c'est d'avoir la patience qu'il vous ait parlé et qu'il ait vu le diamant. » Ce que je lui promis.

Le soir, quand le juif fut revenu chez lui, il apprit de sa femme qu'elle n'avait rien avancé avec la mienne ni avec moi, l'offre qu'elle m'avait faite de cinquante mille pièces d'or, et la grâce qu'elle m'avait demandée.

Le juif observa le temps que je quittai mon ouvrage et que je voulus rentrer chez moi. « Voisin Hassan, dit-il en m'abordant, je vous prie de me montrer le diamant que votre femme a montré à la mienne. » Je le fis entrer, et je lui montrai.

Comme il faisait fort sombre et que la lampe n'était pas encore allumée, il connut d'abord, par la lumière que le diamant rendait et par son grand éclat au milieu de ma main qui en était éclairée, que sa femme lui avait fait un rapport fidèle. Il le prit, et, après l'avoir examiné longtemps et en ne cessant de l'admirer : « Eh bien, voisin, dit-il, ma femme, à ce qu'elle m'a dit, vous en a offert cinquante mille pièces d'or; afin que vous soyez content, je vous en offre vingt mille davantage.

— Voisin, repris-je, votre femme a pu vous dire que je l'ai mis à cent mille : ou vous me les donnerez, ou le diamant me demeurera; il n'y a pas de milieu. »

Il marchanda longtemps dans l'espérance que je le lui donnerais à quelque chose de moins; mais il ne put rien obtenir, et la crainte qu'il eut que je ne le fisse voir à d'autres joailliers, comme je l'eusse fait, fit qu'il ne me quitta pas sans conclure le marché au prix que je demandais. Il me dit qu'il n'avait pas les cent mille pièces d'or chez lui; mais que le lendemain il me consignerait toute la somme avant qu'il fût la même heure, et il m'en apporta le même jour deux sacs, chacun de mille, pour que le marché fût conclu.

Le lendemain, je ne sais si le juif emprunta de ses amis, ou s'il fit société avec d'autres joailliers; quoi qu'il en soit, il me fit la somme de cent mille pièces d'or, qu'il m'apporta dans le temps qu'il m'en avait donné parole; et je lui mis le diamant entre les mains.

La vente du diamant ainsi terminée, et riche infiniment au-dessus de mes espérances, je remerciai Dieu de sa bonté et de sa libéralité, et je fusse allé me jeter aux pieds de Saad pour lui témoigner ma reconnaissance, si j'eusse su où il demeurait. J'en eusse usé de même à l'égard de Saadi, à qui j'avais la première obligation de mon bonheur, quoiqu'il n'eût pas réussi dans la bonne intention qu'il avait pour moi.

Je songeai ensuite au bon usage que je devais faire d'une somme aussi considérable. Ma femme, l'esprit déjà rempli de la vanité ordinaire à son sexe, me proposa d'abord de riches habillements pour elle et pour ses enfants, d'acheter une maison et de la meubler richement.

« Ma femme, lui dis-je, ce n'est point par ces sortes de dépenses que nous devons commencer. Remettez-vous-en à moi : ce que vous demandez viendra avec le temps. Quoique l'argent ne soit fait que pour le dépenser, il faut néanmoins y procéder de manière qu'il produise un fonds dont on puisse tirer sans qu'il tarisse. C'est à quoi je pense, et dès demain je commencerai à établir ce fonds. »

Le jour suivant, j'employai la journée à aller chez une bonne partie des gens de mon métier, qui n'étaient pas plus à leur aise que je l'avais été jusqu'alors; et, en leur donnant de l'argent d'avance, je les engageai à travailler pour moi à différentes sortes d'ouvrages de corderie, chacun selon son habileté et son pouvoir, avec promesse de ne pas les faire attendre, et d'être exact à les bien payer de leur travail, à mesure qu'ils m'apporteraient de leurs ouvrages. Le jour d'après, j'achevai d'engager de même les autres cordiers de ce rang à travailler pour moi; et, depuis ce temps-là, tout ce qu'il y en a dans Bagdad continuent ce travail, très contents de mon exactitude à leur tenir la parole que je leur ai donnée.

Comme ce grand nombre d'ouvriers devait produire des ouvrages à proportion, je louai des magasins en différents endroits, et dans chacun j'établis un commis, tant pour les recevoir que pour la vente en gros et en détail; et bientôt, par cette économie, je me fis un gain et un revenu considérables.

Ensuite, pour réunir en un seul endroit tant de magasins dispersés, j'achetai une grande maison, qui occupait un grand terrain, mais qui tombait en ruine. Je la fis mettre à bas; et, à la place, je fis bâtir celle que Votre Majesté vit hier. Mais, quelque apparence qu'elle ait, elle n'est composée que de magasins qui me sont nécessaires, et de logements qu'autant que j'en ai besoin pour moi et pour ma famille.

Il y avait déjà quelque temps que j'avais abandonné mon ancienne et petite maison pour venir m'établir dans cette nouvelle, quand Saadi et Saad, qui n'avaient plus pensé à moi jusqu'alors, s'en souvinrent. Ils convinrent d'un jour de promenade; et, en passant par la rue où ils m'avaient vu, ils furent dans un grand étonnement de ne m'y pas voir occupé à mon petit train de corderie, comme ils m'y avaient vu. Ils demandèrent ce que j'étais devenu, si j'étais mort ou vivant. Leur étonnement augmenta quand ils eurent appris que celui qu'ils demandaient était devenu un gros marchand, et qu'on ne l'appelait plus simplement Hassan, mais Cogia Hassan Alhabbal, c'est-à-dire le marchand Hassan le cordier, et qu'il s'était fait bâtir, dans une rue qu'on leur nomma, une maison qui avait l'apparence d'un palais.

Les deux amis vinrent me chercher dans cette rue; et dans le chemin, comme Saadi ne pouvait s'imaginer que le morceau de plomb que Saad m'avait donné fût la cause d'une si haute fortune :

« J'ai une joie parfaite, dit-il à Saad, d'avoir fait la fortune de Hassan Alhabbal; mais je ne puis approuver qu'il m'ait fait deux mensonges pour me tirer quatre cents pièces d'or au lieu de deux cents : car d'attribuer sa fortune au morceau de plomb que vous lui donnâtes, c'est ce que je ne puis, et personne non plus que moi ne l'y attribuerait.

— C'est votre pensée, reprit Saad, mais ce n'est pas la mienne, et je ne vois pas pourquoi vous voulez faire à Cogia Hassan l'injustice de le prendre pour un menteur. Vous me permettrez de croire qu'il nous a dit la vérité, qu'il n'a pensé à rien moins qu'à nous la déguiser, et que c'est le morceau de plomb que je lui donnai qui est la cause unique de son bonheur. C'est de quoi Cogia Hassan va bientôt nous éclaircir vous et moi. »

Ces deux amis arrivèrent dans la rue où est ma maison, en tenant de semblables discours. Ils demandèrent où elle était, on la leur montra; et, à en considérer la façade, ils eurent de la peine à croire que ce fût elle. Ils frappèrent à la porte, et mon portier ouvrit.

Saadi, qui craignait de commettre une incivilité s'il prenait la maison de quelque seigneur de marque pour celle qu'il cherchait, dit au portier : « On nous a enseigné cette maison pour celle de Cogia Hassan Alhabbal; dites-nous si nous ne nous trompons pas.

— Non, Seigneur, vous ne vous trompez pas, répondit le portier en ouvrant la porte plus grande, c'est elle-même. Entrez; il est dans la salle, et vous trouverez parmi ses esclaves quelqu'un qui vous annoncera. »

Les deux amis me furent annoncés, et je les reconnus. Dès que je les vis paraître, je me levai de ma place, je courus à eux, et voulus leur prendre le bord de la robe pour la baiser. Ils m'en empêchèrent, et il fallut que je souffrisse malgré moi qu'ils m'embrassassent. Je les invitai à monter sur un grand sofa, en leur en montrant un plus petit à quatre personnes qui avançait sur mon jardin. Je les priai de prendre place, et ils voulaient que je me misse à la place d'honneur.

« Seigneurs, leur dis-je, je n'ai pas oublié que je suis le pauvre Hassan Alhabbal; et, quand je serais tout autre que je ne suis, et que je ne vous aurais pas les obligations que je vous ai, je sais ce qui vous est dû : je vous supplie de ne me pas couvrir plus longtemps de confusion. »

Ils prirent la place qui leur était due, et je pris la mienne vis-à-vis d'eux.

Alors Saadi, en prenant la parole et en me l'adressant : « Cogia Hassan, dit-il, je ne puis exprimer combien j'ai de joie de vous voir à peu près dans l'état que je souhaitais quand je vous fis présent, sans vous en faire un reproche, des deux cents pièces d'or, tant la première que la seconde fois; et je suis persuadé que les quatre cents pièces ont fait en vous le changement merveilleux de votre fortune, que je vois avec plaisir. Une seule chose me fait de la peine, qui est que je ne comprends pas quelle raison vous pouvez avoir eue de me déguiser la vérité deux fois, en alléguant des pertes arrivées par des contretemps qui m'ont paru et qui me paraissent encore incroyables. Ne serait-ce pas que, quand nous vous vîmes la dernière fois, vous aviez encore si peu avancé vos petites affaires, tant avec les deux cents premières qu'avec les deux cents dernières pièces d'or, que vous eûtes honte d'en faire un aveu ? Je veux le croire ainsi par avance, et je m'attends que vous allez me confirmer dans mon opinion. »

Saad entendit ce discours de Saadi avec grande impatience, pour ne pas dire indignation, et il le témoigna les yeux baissés en branlant la tête. Il le laissa parler néanmoins jusqu'à la fin sans ouvrir la bouche. Quand il eut achevé : « Saadi, reprit-il, pardonnez si, avant que Cogia vous réponde, je le préviens pour vous dire que j'admire votre prévention contre sa sincérité, et que vous persistiez à ne vouloir pas ajouter foi aux assurances qu'il vous en a données ci-devant. Je vous ai déjà dit, et je vous le répète, que je l'ai cru d'abord, sur le simple récit des deux accidents qui lui sont arrivés; et, quoi que vous en puissiez dire, je suis persuadé qu'ils sont véritables. Mais laissons-le parler; nous allons être éclaircis par lui-même qui de nous deux lui rend justice. »

Après le discours de ces deux amis, je pris la parole, et, en la leur adressant également : « Seigneurs, leur dis-je, je me condamnerais à un silence perpétuel sur l'éclaircissement que vous me demandez, si je n'étais certain que la dispute que vous avez à mon occasion n'est pas capable de rompre le nœud d'amitié qui unit vos cœurs. Je vais donc m'expliquer, puisque vous l'exigez de moi; mais, auparavant, je vous proteste que c'est avec la même sincérité que je vous ai exposé ci-devant ce qui m'était arrivé. »

Alors je leur racontai la chose de point en point comme Votre Majesté l'a entendue, sans oublier la moindre circonstance.

Mes protestations ne firent pas d'impression sur l'esprit

de Saadi pour le guérir de sa prévention. Quand j'eus cessé de parler : « Cogia Hassan, reprit-il, l'aventure du poisson, et du diamant trouvé dans son ventre à point nommé, me paraît aussi peu croyable que l'enlèvement de votre turban par un milan et que le vase de son échangé pour de la terre à décrasser. Quoi qu'il en puisse être, je n'en suis pas moins convaincu que vous n'êtes plus pauvre, mais riche, comme mon intention était que vous le devinssiez par mon moyen, et je m'en réjouis très sincèrement. »

Comme il était tard, il se leva pour prendre congé, et Saad en même temps que lui. Je me levai de même, et, en les arrêtant : « Seigneurs, leur dis-je, trouvez bon que je vous demande une grâce, et que je vous supplie de ne me la pas refuser : c'est de souffrir que j'aie l'honneur de vous donner un souper frugal, et ensuite à chacun un lit, pour vous mener demain par eau à une petite maison de campagne que j'ai achetée pour y aller prendre l'air de temps en temps, d'où je vous ramènerai par terre le même jour, chacun sur un cheval de mon écurie.

— Si Saad n'a pas d'affaire qui l'appelle ailleurs, dit Saadi, j'y consens de bon cœur.

— Je n'en ai point, reprit Saad, dès qu'il s'agit de jouir de votre compagnie. Il faut donc, continua-t-il, envoyer chez vous et chez moi avertir qu'on ne nous attende pas. »

Je leur fis venir un esclave; et, pendant qu'ils le chargèrent de cette commission, je pris le temps de donner ordre pour le souper.

En attendant l'heure du souper, je fis voir ma maison et tout ce qui la compose à mes bienfaiteurs, qui la trouvèrent bien entendue par rapport à mon état. Je les appelai mes bienfaiteurs l'un et l'autre sans distinction, parce que sans Saadi Saad ne m'eût pas donné le morceau de plomb, et que sans Saad Saadi ne se fût pas adressé à moi pour me donner les quatre cents pièces d'or, à quoi je rapporte la source de mon bonheur. Je les ramenai dans la salle, où ils me firent plusieurs questions sur le détail de mon négoce, et je leur répondis de manière qu'ils parurent contents de ma conduite.

On vint enfin m'avertir que le souper était servi. Comme la table était mise dans une autre salle, je les y fis passer. Ils se récrièrent sur l'illumination dont elle était éclairée, sur la propreté du lieu, sur le buffet, et sur les mets qu'ils trouvèrent à leur goût. Je les régalai aussi d'un concert de voix et d'instruments pendant le repas, et, quand on eut desservi, d'une troupe de danseurs et de danseuses, et d'autres divertissements, en tâchant de leur faire connaître, autant qu'il m'était possible, combien j'étais pénétré de reconnaissance à leur égard.

Le lendemain, comme j'avais fait convenir Saadi et Saad de partir de grand matin afin de jouir de la fraîcheur, nous nous rendîmes sur le bord de la rivière, avant que le soleil fût levé. Nous nous embarquâmes sur un bateau très propre et garni de tapis, qu'on nous tenait prêt; et, à la faveur de six bons rameurs et du courant de l'eau, environ en une heure et demie de navigation nous abordâmes à ma maison de campagne.

En mettant pied à terre, les deux amis s'arrêtèrent, moins pour en considérer la beauté par le dehors que pour en admirer la situation avantageuse pour les belles vues, ni trop bornées, ni trop étendues, qui la rendaient agréable de tous les côtés. Je les menai dans tous les appartements, je leur en fis remarquer les accompagnements, les dépendances et les commodités, qui la leur firent trouver toute riante et très charmante.

Nous entrâmes ensuite dans le jardin, où ce qui leur plut davantage fut une forêt d'orangers et de citronniers de toute sorte d'espèces, chargés de fruits et de fleurs, dont l'air était embaumé, plantés par allées à distance égale, et arrosés par une rigole perpétuelle, d'arbre en arbre, d'une eau vive détournée de la rivière. L'ombrage, la fraîcheur dans la plus grande ardeur du soleil, le doux murmure de l'eau, le ramage harmonieux d'une infinité d'oiseaux, et plusieurs autres agréments les frappèrent, de manière qu'ils s'arrêtaient presque à chaque pas, tantôt pour me témoigner l'obligation qu'ils m'avaient de les avoir amenés dans un lieu si délicieux, tantôt pour me féliciter de l'acquisition que j'avais faite et pour me faire d'autres compliments obligeants.

Je les menai jusqu'au bout de cette forêt, qui est fort longue et fort large, où je leur fis remarquer un bois de grands arbres, qui termine mon jardin. Je les menai jusqu'à un cabinet ouvert de tous les côtés, mais ombragé par un bouquet de palmiers qui n'empêchaient pas qu'on n'y eût la vue libre, et je les invitai d'y entrer et de s'y reposer sur un sofa garni de tapis et de coussins.

Deux de mes fils, que nous avions trouvés dans la maison, et que j'y avais envoyés depuis quelque temps avec leur précepteur pour y prendre l'air, nous avaient quittés pour entrer dans le bois; et, comme ils cherchaient des nids d'oiseaux, ils en aperçurent un entre les branches d'un grand arbre. Ils tentèrent d'abord d'y monter; mais, comme ils n'avaient ni la force ni l'adresse pour l'entreprendre, ils le montrèrent à un esclave que je leur avais donné, qui ne les abandonnait pas, et ils lui dirent de leur dénicher les oiseaux.

L'esclave monta sur l'arbre; et, quand il fut arrivé jusqu'au nid, il fut fort étonné de voir qu'il était pratiqué dans un turban. Il enlève le nid tel qu'il était, descend de l'arbre et fait remarquer le turban à mes enfants; mais, comme il ne douta pas que ce ne fût une chose que je serais bien aise de voir, il le leur témoigna, et il le donna à l'aîné pour me l'apporter.

Je les vis venir de loin avec la joie ordinaire aux enfants qui ont trouvé un nid; et, en me le présentant : « Mon père, me dit l'aîné, voyez-vous ce nid dans un turban ? »

Saadi et Saad ne furent pas moins surpris que moi de la nouveauté; mais je le fus bien plus qu'eux en reconnaissant que le turban était celui que le milan m'avait enlevé. Dans mon étonnement, après l'avoir bien examiné et tourné de tous les côtés, je demandai aux deux amis : « Seigneurs, avez-vous la mémoire assez bonne pour vous souvenir que c'est là le turban que je portais le jour que vous me fîtes l'honneur de m'aborder la première fois ?

— Je ne pense pas, répondit Saad, que Saadi y ait fait attention non plus que moi; mais ni lui ni moi nous ne pourrons en douter si les cent quatre-vingt-dix pièces d'or s'y trouvent.

— Seigneur, repris-je, ne doutez pas que ce ne soit le même turban : outre que je le reconnais fort bien, je m'aperçois aussi à la pesanteur que ce n'en est pas un autre, et vous vous en apercevrez vous-même si vous prenez la peine de le manier. »

Je le lui présentai après en avoir ôté les oiseaux que je donnai à mes enfants; il le prit entre ses mains, et le présenta à Saadi pour juger du poids qu'il pouvait avoir.

« Je veux croire que c'est votre turban, me dit Saadi; j'en serai néanmoins mieux convaincu quand je verrai les cent quatre-vingt-dix pièces d'or en espèces.

— Au moins, Seigneur, ajoutai-je quand j'eus repris le turban, observez bien, je vous en supplie, avant que j'y touche, que ce n'est pas d'aujourd'hui qu'il s'est trouvé sur l'arbre, et que l'état où vous le voyez, et le nid qui y est si proprement accommodé, sans que main d'homme y ait touché, sont des marques certaines qu'il s'y trouvait depuis le jour que le milan me l'a emporté, et qu'il l'a laissé tomber ou posé sur cet arbre dont les branches ont empêché qu'il ne soit tombé jusqu'à terre. Et ne trouvez pas mauvais que je vous fasse faire cette remarque : j'ai un trop grand intérêt de vous ôter tout soupçon de fraude de ma part. »

Saad me seconda dans mon dessein. « Saadi, reprit-il, cela vous regarde, et non pas moi qui suis bien persuadé que Cogia Hassan ne nous en impose pas. »

Pendant que Saad parlait, j'ôtai la toile qui environnait en plusieurs tours le bonnet qui faisait partie du turban, et j'en tirai la bourse, que Saadi reconnut pour la même qu'il m'avait donnée. Je la vidai sur le tapis devant eux, et je leur dis : « Seigneurs, voilà les pièces d'or; comptez-les vous-mêmes, et voyez si le compte n'y est pas. »

Saadi les arrangea par dixaines, jusqu'au nombre de cent quatre-vingt-dix; et alors Saadi, qui ne pouvait nier une vérité si manifeste, prit la parole, et, en me l'adressant : « Cogia Hassan, dit-il, je conviens que ces cent quatre-vingt-dix pièces d'or n'ont pu servir à vous enrichir; mais les cent quatre-vingt-dix autres que vous avez cachées dans un vase de son, comme vous voulez me le faire accroire, ont pu y contribuer.

— Seigneur, repris-je, je vous ai dit la vérité aussi bien à l'égard de cette dernière somme qu'à l'égard de la première. Vous ne voudriez pas que je me rétractasse pour vous dire un mensonge.

— Cogia Hassan, me dit Saad, laissez Saadi dans son opinion. Je consens de bon cœur qu'il croie que vous lui êtes redevable de la moitié de votre bonne fortune par le moyen de la dernière somme, pourvu qu'il tombe d'accord que j'y ai contribué de l'autre moitié par le moyen du morceau de plomb que je vous ai donné, et qu'il ne révoque pas en doute le précieux diamant trouvé dans le ventre du poisson.

— Saad, reprit Saadi, je veux ce que vous voulez, pourvu que vous me laissiez la liberté de croire qu'on n'amasse de l'argent qu'avec de l'argent.

— Quoi! repartit Saad, si le hasard voulait que je trouvasse un diamant de cinquante mille pièces d'or, et qu'on m'en donnât la somme, aurais-je acquis cette somme avec de l'argent ? »

La contestation en demeura là. Nous nous levâmes, et, rentrant dans la maison, comme le dîner était servi, nous nous mîmes à table. Après le dîner, je laissai à mes hôtes la liberté de passer la grande chaleur du jour à se tranquilliser, pendant que j'allai donner des ordres à mon concierge et à mon jardinier. Je les rejoignis, et nous nous entretînmes de choses indifférentes jusqu'à ce que la plus grande chaleur fût passée, que nous retournâmes au jardin, où nous restâmes à la fraîcheur presque jusqu'au coucher du soleil. Alors les deux amis et moi nous montâmes à cheval, et, suivis d'un esclave, nous arrivâmes à Bagdad environ à deux heures de nuit, avec un beau clair de lune.

Je ne sais par quelle négligence de mes gens il était arrivé qu'il manquait d'orge chez moi pour les chevaux. Les magasins étaient fermés ; et ils étaient trop éloignés pour en aller faire provision si tard.

En cherchant dans le voisinage, un de mes esclaves trouva un vase de son dans une boutique ; il acheta le son, et l'apporta avec le vase, à la charge de rapporter et de rendre le vase le lendemain. L'esclave vida le son dans l'auge ; et, en l'étendant, afin que les chevaux en eussent chacun leur part, il sentit sous sa main un linge lié qui était pesant. Il m'apporta le linge sans y toucher et dans l'état qu'il l'avait trouvé, et il me le présenta en me disant que c'était peut-être le linge dont il m'avait entendu parler souvent en racontant mon histoire à mes amis.

Plein de joie, je dis à mes bienfaiteurs : « Seigneurs, Dieu ne veut pas que vous vous sépariez d'avec moi que vous ne soyez pleinement convaincus de la vérité dont je n'ai cessé de vous assurer. Voici, continuai-je en m'adressant à Saadi, les autres cent quatre-vingt-dix pièces d'or que j'ai reçues de votre main : je le connais au linge que vous voyez. »

Je déliai le linge, et je comptai la somme devant eux. Je me fis aussi apporter le vase, je le reconnus, et je l'envoyai à ma femme pour lui demander si elle le connaissait, avec ordre de ne lui rien dire de ce qui venait d'arriver. Elle le connut d'abord, et elle m'envoya dire que c'était le même vase qu'elle avait échangé plein de son, pour de la terre à décrasser.

Saadi se rendit de bonne foi, et, revenu de son incrédulité, il dit à Saad : « Je vous cède, et je reconnais avec vous que l'argent n'est pas toujours un moyen sûr pour en amasser d'autre et devenir riche. »

Quand Saadi eut achevé : « Seigneur, lui dis-je, je n'oserais vous proposer de reprendre les trois cent quatre-vingts pièces qu'il a plu à Dieu de faire reparaître aujourd'hui pour vous détromper de l'opinion de ma mauvaise foi. Je suis persuadé que vous ne m'en avez pas fait présent dans l'intention que je vous les rendisse. De mon côté, je ne prétends pas en profiter, aussi content que je le suis de ce qu'il m'a envoyé d'ailleurs; mais j'espère que vous approuverez que je les distribue demain aux pauvres, afin que Dieu nous en donne la récompense à vous et à moi. »

Les deux amis couchèrent encore chez moi cette nuit-là; et le lendemain, après m'avoir embrassé, ils retournèrent chacun chez soi, très contents de la réception que je leur avais faite, et d'avoir connu que je n'abusais pas du bonheur dont je leur étais redevable après Dieu. Je n'ai pas manqué d'aller les remercier chez eux chacun en particulier, et depuis ce temps-là je tiens à grand honneur la permission qu'ils m'ont donnée de cultiver leur amitié et de continuer de les voir.

Le calife Haroun-al-Raschid donnait à Cogia Hassan une attention si grande qu'il ne s'aperçut de la fin de son histoire que par son silence. Il lui dit : « Cogia Hassan, il y avait longtemps que je n'avais rien entendu qui m'ait fait un si grand plaisir que les voies toutes merveilleuses par lesquelles il a plu à Dieu de te rendre heureux dans ce monde. C'est à toi de continuer à lui rendre grâces par le bon usage que tu fais de ses bienfaits. Je suis bien aise que tu saches que le diamant qui a fait ta fortune est dans mon trésor; et, de mon côté, je suis ravi d'apprendre par quel moyen il y est entré. Mais, parce qu'il se peut faire qu'il reste encore quelque doute dans l'esprit de Saadi sur la singularité de ce diamant, que je regarde comme la chose la plus précieuse et la plus digne d'être admirée de tout ce que je possède, je veux que tu l'amènes avec Saad, afin que le garde de mon trésor le lui montre, et, pour peu qu'il soit encore incrédule, qu'il reconnaisse que l'argent n'est pas toujours un moyen certain à un pauvre homme pour acquérir de grandes richesses en peu de temps et sans beaucoup de peines. Je veux aussi que tu racontes ton histoire au garde de mon trésor, afin qu'il la fasse mettre par écrit, et qu'elle y soit conservée avec le diamant. »

En achevant ces paroles, comme le calife eut témoigné

par une inclination de tête à Cogia Hassan, à Sidi Nouman et à Baba-Abdalla, qu'il était content d'eux, ils prirent congé en se prosternant devant son trône; après quoi ils se retirèrent.

La sultane Scheherazade voulut commencer un autre conte; mais le sultan des Indes, qui s'aperçut que l'aurore commençait à paraître, remit à lui donner audience le jour suivant.

HISTOIRE D'ALI BABA
ET DE QUARANTE VOLEURS
EXTERMINÉS PAR UNE ESCLAVE

La sultane Scheherazade, éveillée par la vigilance de Dinarzade sa sœur, raconta au sultan des Indes, son époux, l'histoire à laquelle il s'attendait :

Puissant sultan, dit-elle, dans une ville de Perse, aux confins des États de Votre Majesté, il y avait deux frères, dont l'un se nommait Cassim, et l'autre Ali Baba. Comme leur père ne leur avait laissé que peu de biens et qu'ils les avaient partagés également, il semble que leur fortune devait être égale : le hasard néanmoins en disposa autrement.

Cassim épousa une femme qui, peu de temps après leur mariage, devint héritière d'une boutique bien garnie, d'un magasin rempli de bonnes marchandises, et de biens en fonds de terre, qui le mirent tout à coup à son aise et le rendirent un des marchands les plus riches de la ville.

Ali Baba, au contraire, qui avait épousé une femme aussi pauvre que lui, était logé fort pauvrement, et il n'avait d'autre industrie pour gagner sa vie, et de quoi s'entretenir lui et ses enfants, que d'aller couper du bois dans une forêt voisine, et de venir le vendre à la ville, chargé sur trois ânes qui faisaient toute sa possession.

Ali Baba était un jour dans la forêt, et il achevait d'avoir coupé à peu près assez de bois pour faire la charge de ses ânes, lorsqu'il aperçut une grosse poussière qui s'élevait en l'air et qui avançait droit du côté où il était. Il regarde attentivement, et il distingue une troupe nombreuse de gens à cheval qui venaient d'un bon train.

Quoiqu'on ne parlât pas de voleurs dans le pays, Ali Baba néanmoins eut la pensée que ces cavaliers pouvaient en être. Sans considérer ce que deviendraient ses ânes, il songea à sauver sa personne. Il monta sur un gros arbre, dont les branches à peu de hauteur se séparaient en rond, si près les unes des autres qu'elles n'étaient séparées que par un très petit espace. Il se posta au milieu avec d'autant plus d'assurance qu'il pouvait voir sans être vu; et l'arbre s'élevait au pied d'un rocher isolé de tous les côtés, beaucoup plus haut que l'arbre, et escarpé de manière qu'on ne pouvait monter au haut par aucun endroit.

Les cavaliers, grands, puissants, tous bien montés et bien armés, arrivèrent près du rocher, où ils mirent pied à terre; et Ali Baba, qui en compta quarante, à leur mine et à leur équipement, ne douta pas qu'ils ne fussent des voleurs. Il ne se trompait pas : en effet, c'étaient des voleurs qui, sans faire aucun tort aux environs, allaient exercer leurs brigandages bien loin, et avaient là leur rendez-vous; et ce qu'il les vit faire le confirma dans cette opinion.

Chaque cavalier débrida son cheval, l'attacha, lui passa au cou un sac plein d'orge qu'il avait apporté sur la croupe, et ils se chargèrent chacun de leur valise; et la plupart des valises parurent si pesantes à Ali Baba qu'il jugea qu'elles étaient pleines d'or et d'argent monnayé.

Le plus apparent, chargé de sa valise comme les autres, qu'Ali Baba prit pour le capitaine des voleurs, s'approcha du rocher, fort près du gros arbre où il s'était réfugié; et, après qu'il se fut fait chemin au travers de quelques arbrisseaux, il prononça ces paroles si distinctement : *Sésame, ouvre-toi*, qu'Ali Baba les entendit. Dès que le capitaine des voleurs les eut prononcées, une porte s'ouvrit; et, après qu'il eut fait passer tous ses gens devant lui et qu'ils furent tous entrés, il entra aussi, et la porte se ferma.

Les voleurs demeurèrent longtemps dans le rocher; et Ali Baba, qui craignait que quelqu'un d'eux, ou que tous ensemble ne sortissent s'il quittait son poste pour se sauver, fut contraint de rester sur l'arbre et d'attendre avec patience. Il fut tenté néanmoins de descendre pour se saisir de deux chevaux, en monter un et mener l'autre par la bride, et de gagner la ville en chassant ses trois ânes devant lui; mais l'incertitude de l'événement fit qu'il prit le parti le plus sûr.

La porte se rouvrit enfin; les quarante voleurs sortirent; et, au lieu que le capitaine était entré le dernier, il sortit le premier, et, après les avoir vus défiler devant lui, Ali Baba entendit qu'il fit refermer la porte en prononçant ces paroles : *Sésame, referme-toi*. Chacun retourna à son cheval, le rebrida, rattacha sa valise, et remonta dessus. Quand ce capitaine enfin vit qu'ils étaient tous prêts à partir, il se mit à la tête, et il reprit avec eux le chemin par où ils étaient venus.

Ali Baba ne descendit pas de l'arbre d'abord; il dit en lui-même : « Ils peuvent avoir oublié quelque chose à les obliger de revenir, et je me trouverais attrapé si cela arrivait. » Il les conduisit de l'œil jusqu'à ce qu'il les eût perdus de vue, et il ne descendit que longtemps après, pour plus grande sûreté. Comme il avait retenu les paroles par lesquelles le capitaine des voleurs avait fait ouvrir et refermer la porte, il eut la curiosité d'éprouver si en les prononçant elles feraient le même effet. Il passa au travers des arbrisseaux, et il aperçut la porte qu'ils cachaient. Il se présenta devant, et dit : *Sésame, ouvre-toi*, et dans l'instant la porte s'ouvrit toute grande.

Ali Baba s'était attendu de voir un lieu de ténèbres et d'obscurité; mais il fut surpris d'en voir un bien éclairé, vaste et spacieux, creusé en voûte fort élevée à main d'homme, qui recevait la lumière du haut du rocher par une ouverture pratiquée de même. Il vit de grandes provisions de bouche, des ballots de riches marchandises en piles, des étoffes de soie et de brocart, des tapis de grand prix, et surtout de l'or et de l'argent monnayé par tas, et dans des sacs ou grandes bourses de cuir les unes sur les autres; et, à voir toutes ces choses, il lui parut qu'il y avait non pas de longues années, mais des siècles que cette grotte servait de retraite à des voleurs qui avaient succédé les uns aux autres.

Ali Baba ne balança pas sur le parti qu'il devait prendre : il entra dans la grotte, et, dès qu'il y fut entré, la porte se referma; mais cela ne l'inquiéta pas : il savait le secret de la faire ouvrir. Il ne s'attacha pas à l'argent, mais à l'or monnayé, et particulièrement à celui qui était dans les sacs. Il en enleva à plusieurs fois autant qu'il pouvait en porter, et qu'ils purent suffire pour faire la charge de ses trois ânes. Il rassembla ses ânes qui étaient dispersés; et, quand il les eut fait approcher du rocher, il les chargea des sacs; et, pour les cacher, il accommoda du bois par-dessus, de manière qu'on ne pouvait les apercevoir. Quand il eut achevé, il se présenta devant la porte, et il n'eut pas prononcé ces paroles : *Sésame*, *referme-toi*, qu'elle se referma : car elle s'était fermée d'elle-même chaque fois qu'il y était entré, et était demeurée ouverte chaque fois qu'il en était sorti.

Cela fait, Ali Baba reprit le chemin de la ville; et, en arrivant chez lui, il fit entrer ses ânes dans une petite cour, et referma la porte avec grand soin. Il mit bas le peu de bois qui couvrait les sacs, et il porta les sacs dans sa maison, qu'il posa et arrangea devant sa femme qui était assise sur un sofa.

Sa femme mania les sacs, et, comme elle se fut aperçue qu'ils étaient pleins d'argent, elle soupçonna son mari de les avoir volés; de sorte que, quand il eut achevé de les apporter tous, elle ne put s'empêcher de lui dire : « Ali Baba, seriez-vous assez malheureux pour... » Ali Baba l'interrompit. « Paix, ma femme! dit-il, ne vous alarmez pas; je ne suis pas voleur, à moins que ce ne soit l'être que de prendre sur les voleurs. Vous cesserez d'avoir cette mauvaise opinion de moi quand je vous aurai raconté ma bonne fortune. »

Il vida les sacs, qui firent un gros tas d'or dont sa femme fut éblouie; et, quand il eut fait, il lui fit le récit de son aventure depuis le commencement jusqu'à la fin, et, en achevant, il lui recommanda sur toutes choses de garder le secret.

La femme, revenue et guérie de son épouvante, se réjouit avec son mari du bonheur qui leur était arrivé, et elle voulut compter pièce par pièce tout l'or qui était devant elle.

« Ma femme, lui dit Ali Baba, vous n'êtes pas sage : que prétendez-vous faire ? Quand auriez-vous achevé de compter ? Je vais creuser une fosse et l'enfouir dedans; nous n'avons pas de temps à perdre.

— Il est bon, reprit la femme, que nous sachions au moins à peu près la quantité qu'il y en a. Je vais chercher une petite mesure dans le voisinage, et je le mesurerai pendant que vous creuserez la fosse.

— Ma femme, reprit Ali Baba, ce que vous voulez faire n'est bon à rien; vous vous en abstiendriez si vous vouliez me croire. Faites néanmoins ce qu'il vous plaira; mais souvenez-vous de garder le secret. »

Pour se satisfaire, la femme d'Ali Baba sort, et elle va chez Cassim, son beau-frère, qui ne demeurait pas loin. Cassim n'était pas chez lui, et, à son défaut, elle s'adresse à sa femme, qu'elle prie de lui prêter une mesure pour quelques moments. La belle-sœur lui demanda si elle la voulait grande ou petite, et la femme d'Ali Baba lui en demanda une petite.

« Très volontiers, dit la belle-sœur; attendez un moment, je vais vous l'apporter. »

La belle-sœur va chercher la mesure, elle la trouve; mais, comme elle connaissait la pauvreté d'Ali Baba, curieuse de savoir quelle sorte de grain sa femme voulait mesurer, elle s'avisa d'appliquer adroitement du suif au-dessous de la mesure, et elle y en appliqua. Elle revint, et, en la présentant à la femme d'Ali Baba, elle s'excusa de l'avoir fait attendre sur ce qu'elle avait eu de la peine à la trouver.

La femme d'Ali Baba revint chez elle; elle pose la mesure sur le tas d'or, l'emplit, et la vide un peu plus loin sur le sofa, jusqu'à ce qu'elle eût achevé, et elle fut contente du bon nombre de mesures qu'elle en trouva, dont elle fit part à son mari qui venait d'achever de creuser la fosse.

Pendant qu'Ali Baba enfouit l'or, sa femme, pour marquer son exactitude et sa diligence à sa belle-sœur, lui reporte sa mesure, mais sans prendre garde qu'une pièce d'or s'était attachée au-dessous.

« Belle-sœur, dit-elle en la rendant, vous voyez que je n'ai pas gardé longtemps votre mesure; je vous en suis obligée, je vous la rends. »

La femme d'Ali Baba n'eut pas tourné le dos que la femme de Cassim regarda la mesure par le dessous; et elle fut dans un étonnement inexprimable d'y voir une pièce d'or attachée. L'envie s'empara de son cœur dans le moment.

« Quoi! dit-elle, Ali Baba a de l'or par mesure! Et où le misérable a-t-il pris cet or ? »

Cassim, son mari, n'était pas à la maison, comme nous l'avons dit; il était à sa boutique, d'où il ne devait revenir que le soir. Tout le temps qu'il se fit attendre fut un siècle pour elle, dans la grande impatience où elle était de lui apprendre une nouvelle dont il ne devait pas être moins surpris qu'elle.

A l'arrivée de Cassim chez lui : « Cassim, lui dit sa femme, vous croyez être riche, vous vous trompez : Ali Baba l'est infiniment plus que vous; il ne compte pas son or comme vous, il le mesure. »

Cassim demanda l'explication de cette énigme, et elle lui en donna l'éclaircissement en lui apprenant de quelle adresse elle s'était servie pour faire cette découverte, et elle lui montra la pièce de monnaie qu'elle avait trouvé attachée au-dessous de la mesure : pièce si ancienne que le nom du prince qui y était marqué lui était inconnu.

Loin d'être sensible au bonheur qui pouvait être arrivé à son frère pour se tirer de la misère, Cassim en conçut une jalousie mortelle. Il en passa presque la nuit sans dormir. Le lendemain il alla chez lui que le soleil n'était pas levé. Il ne le traita pas de frère : il avait oublié ce nom depuis qu'il avait épousé la riche veuve.

« Ali Baba, dit-il en l'abordant, vous êtes bien réservé dans vos affaires; vous faites le pauvre, le misérable, le gueux, et vous mesurez l'or!

— Mon frère, reprit Ali Baba, je ne sais de quoi vous voulez me parler. Expliquez-vous.

— Ne faites pas l'ignorant », repartit Cassim. Et, en lui montrant la pièce d'or que sa femme lui avait mise entre les mains : « Combien avez-vous de pièces, ajouta-t-il, semblables à celle-ci que ma femme a trouvée attachée au-dessous de la mesure que la vôtre vint lui emprunter hier ? »

A ce discours, Ali Baba connut que Cassim et la femme de Cassim (par un entêtement de sa propre femme) savaient déjà ce qu'il avait un si grand intérêt de tenir caché; mais la faute était faite, elle ne pouvait se réparer. Sans donner à son frère la moindre marque d'étonnement ni de chagrin, il lui avoua la chose, et il lui raconta par quel hasard il avait découvert la retraite des voleurs, et en quel endroit; et il lui offrit, s'il voulait garder le secret, de lui faire part du trésor.

« Je le prétends bien ainsi, reprit Cassim d'un air fier; mais, ajouta-t-il, je veux savoir aussi où est précisément ce trésor, les enseignes, les marques, et comment je pourrais y entrer moi-même, s'il m'en prenait envie; autrement je vais vous dénoncer à la justice. Si vous le refusez, non seulement vous n'aurez plus rien à en espérer, vous perdrez même ce que vous avez enlevé, au lieu que j'en aurai ma part pour vous avoir dénoncé. »

Ali Baba, plutôt par son bon naturel qu'intimidé par les menaces insolentes d'un frère barbare, l'instruisit pleinement de ce qu'il souhaitait, et même des paroles dont il fallait qu'il se servît, tant pour entrer dans la grotte que pour en sortir.

Cassim n'en demanda pas davantage à Ali Baba. Il le quitta, résolu de le prévenir; et, plein d'espérance de s'emparer du trésor lui seul, il part le lendemain de grand matin, avant la pointe du jour, avec dix mulets chargés de grands coffres qu'il se propose de remplir, en se réservant d'en mener un plus grand nombre dans un second voyage, à proportion des charges qu'il trouverait dans la grotte. Il prend le chemin qu'Ali Baba lui avait enseigné; il arrive près du rocher, et il reconnaît les enseignes et l'arbre sur lequel Ali Baba s'était caché. Il cherche la porte, il la trouve, et, pour la faire ouvrir, il prononce les paroles : *Sésame, ouvre-toi.* La porte s'ouvre, il entre, et aussitôt elle se referme. En examinant la grotte, il est dans une grande admiration de voir beaucoup plus de richesses qu'il ne l'avait compris par le récit d'Ali Baba; et son admiration augmente à mesure qu'il examine chaque chose en particulier. Avare et amateur des richesses comme il l'était, il eût passé la journée à se repaître les yeux de la vue de tant d'or, s'il n'eût songé qu'il était venu pour l'enlever et pour en charger ses dix mulets. Il en prend un nombre de sacs autant qu'il en peut porter; et, en venant à la porte pour la faire ouvrir, l'esprit rempli de toute autre idée que ce qui lui importait davantage, il se trouve qu'il oublie le mot nécessaire, et, au lieu de *Sésame,* il dit : *Orge, ouvre-toi ;* et il est bien étonné de voir que la porte, loin de s'ouvrir, demeure fermée. Il nomme plusieurs autres noms de grains autres que celui qu'il fallait, et la porte ne s'ouvre pas.

Cassim ne s'attendait pas à cet événement. Dans le grand danger où il se voit, la frayeur se saisit de sa personne, et plus il fait d'efforts pour se souvenir du mot de Sésame, plus il embrouille sa mémoire, et il en demeure exclu absolument comme si jamais il n'en avait entendu parler. Il jette par terre les sacs dont il était chargé, il se promène à grands pas dans la grotte, tantôt d'un côté, tantôt de l'autre, et toutes les richesses dont il se voit environné ne le touchent plus. Laissons Cassim déplorant son sort, il ne mérite pas de compassion.

Les voleurs revinrent à leur grotte vers le midi; et, quand ils furent à peu de distance et qu'ils eurent vu les mulets de Cassim autour du rocher, chargés de coffres, inquiets de cette nouveauté, ils avancèrent à toute bride, et firent prendre la fuite aux dix mulets que Cassim avait négligé d'attacher et qui paissaient librement; de manière qu'ils se dispersèrent deçà et delà dans la forêt, si loin qu'ils les eurent bientôt perdus de vue.

Les voleurs ne se donnèrent pas la peine de courir après les mulets : il leur importait davantage de trouver celui à qui ils appartenaient. Pendant que quelques-uns tournent autour du rocher pour le chercher, le capitaine, avec les autres, met pied à terre et va droit à la porte le sabre à la main, prononce les paroles, et la porte s'ouvre.

Cassim, qui entendit le bruit des chevaux du milieu de la grotte, ne douta pas de l'arrivée des voleurs, non plus que de sa perte prochaine. Résolu au moins à faire un effort pour échapper de leurs mains et se sauver, il s'était tenu prêt à se jeter dehors dès que la porte s'ouvrirait. Il ne la vit pas plus tôt ouverte, après avoir entendu prononcer le mot de Sésame, qui était échappé de sa mémoire, qu'il s'élança en sortant si brusquement qu'il renversa le capitaine par terre. Mais il n'échappa pas aux autres voleurs, qui avaient aussi le sabre à la main, et qui lui ôtèrent la vie sur-le-champ.

Le premier soin des voleurs, après cette exécution, fut d'entrer dans la grotte : ils trouvèrent près de la porte les sacs que Cassim avait commencé d'enlever pour les emporter et en charger ses mulets; et ils les remirent à leur place sans s'apercevoir de ceux qu'Ali Baba avait emportés auparavant. En tenant conseil et en délibérant ensemble sur cet événement, ils comprirent bien comment Cassim avait pu sortir de la grotte; mais qu'il y eût pu entrer, c'est ce qu'ils ne pouvaient s'imaginer. Il leur vint en pensée qu'il pouvait être descendu par le haut de la grotte; mais l'ouverture par où le jour y venait était si élevée, et le haut du rocher était si inaccessible par dehors, outre que rien ne leur manquait qu'il l'eût fait, qu'ils tombèrent d'accord que cela était hors de leur connaissance. Qu'il fût entré par la porte, c'est ce qu'ils ne pouvaient se persuader, à moins qu'il n'eût eu le secret de la faire ouvrir; mais ils tenaient pour certain qu'ils étaient les seuls qui l'avaient; en quoi ils se trompaient, en ignorant qu'ils avaient été épiés par Ali Baba qui le savait.

De quelque manière que la chose fût arrivée, comme il s'agissait que leurs richesses communes fussent en sûreté, ils convinrent de faire quatre quartiers du cadavre de Cassim, et de les mettre près de la porte en dedans de la grotte, deux d'un côté, deux de l'autre, pour épouvanter quiconque aurait la hardiesse de faire une pareille entreprise; sauf à ne revenir dans la grotte que dans quelque temps, après que la puanteur du cadavre serait exhalée.

Cette résolution prise, ils l'exécutèrent; et, quand ils n'eurent plus rien qui les arrêtât, ils laissèrent le lieu de leur retraite bien fermé, remontèrent à cheval, et allèrent battre la campagne sur les routes fréquentées par les caravanes, pour les attaquer et exercer leurs brigandages accoutumés.

La femme de Cassim cependant fut dans une grande inquiétude quand elle vit qu'il était nuit close et que son mari n'était pas revenu. Elle alla chez Ali Baba tout alarmée, et elle dit : « Beau-frère, vous n'ignorez pas, comme je le crois, que Cassim votre frère est allé à la forêt, et pour quel sujet. Il n'est pas encore revenu, et voilà la nuit avancée; je crains que quelque malheur ne lui soit arrivé. »

Ali Baba s'était douté de ce voyage de son frère, après le discours qu'il lui avait tenu; et c'est pour cela qu'il s'était abstenu d'aller à la forêt ce jour-là, afin de ne lui pas donner d'ombrage. Sans lui faire aucun reproche dont elle pût s'offenser, ni son mari, s'il eût été vivant, il lui dit qu'elle ne devait pas encore s'alarmer, et que Cassim apparemment avait jugé à propos de ne rentrer dans la ville que bien avant dans la nuit.

La femme de Cassim le crut ainsi, d'autant plus facilement qu'elle considéra combien il était important que son mari fît la chose secrètement. Elle retourna chez elle, et elle attendit patiemment jusqu'à minuit. Mais après cela ses alarmes redoublèrent avec une douleur d'autant plus sensible qu'elle ne pouvait la faire éclater, ni la soulager par des cris dont elle vit bien que la cause devait être cachée au voisinage. Alors, si sa faute était irréparable, elle se repentit de la folle curiosité qu'elle avait eue par une envie condamnable de pénétrer dans les affaires de son beau-frère et de sa belle-sœur. Elle passa la nuit dans les pleurs, et dès la pointe du jour elle courut chez eux, et elle leur annonça le sujet qui l'amenait plutôt par ses larmes que par ses paroles.

Ali Baba n'attendit pas que sa belle-sœur le priât de se donner la peine d'aller voir ce que Cassim était devenu. Il partit sur-le-champ avec ses trois ânes, après lui avoir recommandé de modérer son affliction, et il alla à la forêt. En approchant du rocher, après n'avoir vu dans le chemin ni son frère, ni les dix mulets, il fut étonné du sang répandu qu'il aperçut près de la porte, et il en prit un mauvais augure. Il se présenta devant la porte, il prononça les paroles, elle s'ouvrit; et il fut frappé du triste spectacle du corps de son frère mis en quatre quartiers. Il n'hésita pas sur le parti qu'il devait prendre pour rendre les derniers devoirs à son frère, en oubliant le peu d'amitié fraternelle qu'il avait eu pour lui. Il trouva dans la grotte de quoi faire deux paquets des quatre quartiers, dont il fit la charge d'un de ses ânes, avec du bois pour les cacher. Il chargea les deux autres ânes de sacs pleins d'or et de bois par-dessus, comme la première fois, sans perdre de temps; et, dès qu'il eut achevé et qu'il eut commandé à la porte de se refermer, il reprit le chemin de la ville; mais il eut la précaution de s'arrêter à la sortie de la forêt assez de temps pour n'y rentrer que de nuit. En arrivant chez lui, il ne fit entrer dans sa cour que les deux ânes chargés d'or, et, après avoir laissé à sa femme le soin de les décharger et lui avoir fait part en peu de mots de ce qui était arrivé à Cassim, il conduisit l'autre âne chez sa belle-sœur.

Ali Baba frappa à la porte, qui lui fut ouverte par Morgiane : cette Morgiane était une esclave adroite, entendue et féconde en inventions pour faire réussir les choses les plus difficiles; et Ali Baba la connaissait pour telle. Quand il fut entré dans la cour, il déchargea l'âne du bois et des deux paquets, et, en prenant Morgiane à part : « Morgiane, dit-il, la première chose que je te demande, c'est un secret inviolable : tu vas voir combien il nous est nécessaire autant à ta maîtresse qu'à moi. Voilà le corps de ton maître dans ces deux paquets : il s'agit de le faire enterrer comme s'il était mort de sa mort naturelle. Fais-moi parler à ta maîtresse, et sois attentive à ce que je lui dirai. »

Morgiane avertit sa maîtresse, et Ali Baba, qui la suivait, entra.

« Hé bien, beau-frère, demanda la belle-sœur à Ali Baba avec grande impatience, quelle nouvelle apportez-vous de mon mari ? Je n'aperçois rien sur votre visage qui doive me consoler.

— Belle-sœur, répondit Ali Baba, je ne puis vous rien dire qu'auparavant vous ne me promettiez de m'écouter depuis le commencement jusqu'à la fin sans ouvrir la bouche. Il ne vous est pas moins important qu'à moi, dans ce qui est arrivé, de garder un grand secret pour votre bien et pour votre repos.

— Ah! s'écria la belle-sœur sans élever la voix, ce préambule me fait connaître que mon mari n'est plus; mais en même temps je connais la nécessité du secret que vous me demandez. Il faut bien que je me fasse violence : dites, je vous écoute. »

Ali Baba raconta à sa belle-sœur tout le succès de son voyage jusqu'à son arrivée avec le corps de Cassim.

« Belle-sœur, ajouta-t-il, voilà un sujet d'affliction pour vous d'autant plus grand que vous vous y attendiez moins. Quoique le mal soit sans remède, si quelque chose néanmoins est capable de vous consoler, je vous offre de joindre le peu de bien que Dieu m'a envoyé au vôtre, en vous épousant, et en vous assurant que ma femme n'en sera pas jalouse et que vous vivrez bien ensemble. Si la proposition vous agrée, il faut songer à faire en sorte qu'il paraisse que mon frère est mort de sa mort naturelle; c'est un soin dont il me semble que vous pouvez vous reposer sur Morgiane, et j'y contribuerai de mon côté de tout ce qui sera en mon pouvoir. »

Quel meilleur parti pouvait prendre la veuve de Cassim que celui qu'Ali Baba lui proposait, elle qui, avec les biens qui lui demeuraient par la mort de son premier mari, en trouvait un autre plus riche qu'elle, et qui, par la découverte du trésor qu'il avait faite, pouvait le devenir davantage ? Elle ne refusa pas le parti, elle le regarda au contraire comme un motif raisonnable de consolation. En essuyant ses larmes qu'elle avait commencé de verser en abondance, en supprimant les cris perçants ordinaires aux femmes qui ont perdu leurs maris, elle témoigna suffisamment à Ali Baba qu'elle acceptait son offre.

Ali Baba laissa la veuve de Cassim dans cette disposition; et, après avoir recommandé à Morgiane de bien s'acquitter de son personnage, il retourna chez lui avec son âne.

Morgiane ne s'oublia pas; elle sortit en même temps qu'Ali Baba, et alla chez un apothicaire qui était dans le voisinage : elle frappe à la boutique, on ouvre, elle demande d'une sorte de tablette très salutaire dans les maladies les plus dangereuses. L'apothicaire lui en donna pour l'argent qu'elle avait présenté, en demandant qui était malade chez son maître.

« Ah! dit-elle avec un grand soupir, c'est Cassim lui-même, mon bon maître! On n'entend rien à sa maladie, il ne parle ni ne peut manger. »

Avec ces paroles, elle emporte les tablettes, dont véritablement Cassim n'était plus en état de faire usage.

Le lendemain, la même Morgiane vient chez le même apothicaire, et demande, les larmes aux yeux, d'une essence dont on avait coutume de ne faire prendre aux malades qu'à la dernière extrémité, et qu'on n'espérait rien de leur vie, si cette essence ne les faisait revivre.

« Hélas! dit-elle avec une grande affliction, en la recevant des mains de l'apothicaire, je crains fort que ce remède ne fasse pas plus d'effet que les tablettes! Ah! que je perds un bon maître! »

D'un autre côté, comme on vit toute la journée Ali Baba et sa femme d'un air triste faire plusieurs allées et venues chez Cassim, on ne fut pas étonné sur le soir d'entendre des cris lamentables de la femme de Cassim, et surtout de Morgiane, qui annonçaient que Cassim était mort.

Le jour suivant de grand matin, que le jour ne faisait que commencer à paraître, Morgiane, qui savait qu'il y avait sur la place un bonhomme de savetier fort vieux, qui ouvrait tous les jours sa boutique le premier, longtemps avant les autres, sort, et elle va le trouver. En l'abordant et en lui donnant le bonjour, elle lui mit une pièce d'or dans la main.

Baba Moustafa, connu de tout le monde sous ce nom, Baba Moustafa, dis-je, qui était naturellement gai, et qui avait toujours le mot pour rire, en regardant la pièce d'or, à cause qu'il n'était pas encore bien jour, et en voyant que c'était de l'or : « Bonne étrenne! dit-il; de quoi s'agit-il ? Me voilà prêt à bien faire.

— Baba Moustafa, lui dit Morgiane, prenez ce qui vous est nécessaire pour coudre, et venez avec moi promptement; mais à condition que je vous banderai les yeux quand nous serons dans un tel endroit. »

A ces paroles, Baba Moustafa fit le difficile.

« Oh! oh! reprit-il, vous voulez donc me faire faire quelque chose contre ma conscience ou contre mon honneur ? »

En lui mettant une autre pièce d'or dans la main : « Dieu garde, reprit Morgiane, que j'exige rien de vous que vous ne puissiez faire en tout honneur! Venez seulement, et ne craignez rien. »

Baba Moustafa se laissa mener; et Morgiane, après lui avoir bandé les yeux avec un mouchoir à l'endroit qu'elle avait marqué, le mena chez défunt son maître, et elle ne lui ôta le mouchoir que dans la chambre où elle avait mis le corps, chaque quartier à sa place. Quand elle le lui eut ôté : « Baba Moustafa, dit-elle, c'est pour vous faire coudre les pièces que voilà que je vous ai amené. Ne perdez pas de temps; et, quand vous aurez fait, je vous donnerai une autre pièce d'or. »

Quand Baba Moustafa eut achevé, Morgiane lui rebanda les yeux dans la même chambre; et, après lui avoir donné la troisième pièce d'or qu'elle lui avait promise et lui avoir recommandé le secret, elle le ramena jusqu'à l'endroit où elle lui avait bandé les yeux en l'amenant; et là, après lui avoir ôté encore le mouchoir, elle le laissa retourner chez lui, en le conduisant de vue jusqu'à ce qu'elle ne le vît plus, afin de lui ôter la curiosité de revenir sur ses pas pour l'observer elle-même.

Morgiane avait fait chauffer de l'eau pour laver le corps de Cassim : ainsi Ali Baba, qui arriva comme elle venait de rentrer, le lava, le parfuma d'encens, et l'ensevelit avec les cérémonies accoutumées. Le menuisier apporta aussi la bière qu'Ali Baba avait pris le soin de commander.

Afin que le menuisier ne pût s'apercevoir de rien, Morgiane reçut la bière à la porte; et, après l'avoir payé et renvoyé, elle aida à Ali Baba à mettre le corps dedans; et, quand Ali Baba eut bien cloué les planches par-dessus, elle alla à la mosquée avertir que tout était prêt pour l'enterrement. Les gens de la mosquée, destinés pour laver les corps des morts, s'offrirent pour venir s'acquitter de leur fonction; mais elle leur dit que la chose était faite.

Morgiane, de retour, ne faisait presque que de rentrer quand l'iman et d'autres ministres de la mosquée arrivèrent. Quatre des voisins assemblés chargèrent la bière sur leurs épaules; et, en suivant l'iman, qui récitait des prières, ils la portèrent au cimetière. Morgiane en pleurs, comme esclave du défunt, suivit la tête nue, en poussant des cris pitoyables, en se frappant la poitrine de grands coups et en s'arrachant les cheveux; et Ali Baba marchait après, accompagné des voisins qui se détachaient tour à tour, de temps en temps, pour relayer et soulager les autres voisins qui portaient la bière, jusqu'à ce qu'on arrivât au cimetière.

Pour ce qui est de la femme de Cassim, elle resta dans sa maison, en se désolant et en poussant des cris lamentables avec les femmes du voisinage, qui, selon la coutume, y accoururent pendant la cérémonie de l'enterrement, et qui, en joignant leurs lamentations aux siennes, remplirent tout le quartier de tristesse bien loin aux environs.

De la sorte, la mort funeste de Cassim fut cachée et dissimulée entre Ali Baba, sa femme, la veuve de Cassim et Morgiane, avec un ménagement si grand que personne de la ville, loin d'en avoir connaissance, n'en eut pas le moindre soupçon.

Trois ou quatre jours après l'enterrement de Cassim, Ali Baba transporta le peu de meubles qu'il avait, avec l'argent qu'il avait enlevé du trésor des voleurs, qu'il ne porta que de nuit dans la maison de la veuve de son frère, pour s'y établir; ce qui fit connaître son nouveau mariage avec sa belle-sœur. Et, comme ces sortes de mariages ne sont pas extraordinaires dans notre religion, personne n'en fut surpris.

Quant à la boutique de Cassim, Ali Baba avait un fils qui depuis quelque temps avait achevé son apprentissage chez un autre gros marchand, qui avait toujours rendu témoignage de sa bonne conduite; il la lui donna, avec promesse, s'il continuait de se gouverner sagement, qu'il ne serait pas longtemps à le marier avantageusement selon son état.

Laissons Ali Baba jouir des commencements de sa bonne fortune et parlons des quarante voleurs. Ils revinrent à leur retraite de la forêt dans le temps dont ils étaient convenus; mais ils furent dans un grand étonnement de ne pas trouver le corps de Cassim, et il augmenta quand ils se furent aperçus de la diminution de leurs sacs d'or.

« Nous sommes découverts et perdus, dit le capitaine, si nous n'y prenons garde; et, si nous ne cherchons promptement à y apporter le remède, insensiblement nous allons perdre tant de richesses, que nos ancêtres et nous avons amassées avec tant de peine et de fatigues. Tout ce que nous pouvons juger du dommage qu'on nous a fait, c'est que le voleur que nous avons surpris a eu le secret de faire ouvrir la porte, et que nous sommes arrivés heureusement à point nommé dans le temps qu'il en allait sortir. Mais il n'était pas le seul; un autre doit l'avoir comme lui. Son corps emporté et notre trésor diminué en sont des marques incontestables; et, comme il n'y a pas d'apparence que plus de deux personnes aient eu ce secret, après avoir fait périr l'un, il faut que nous fassions périr l'autre de même. Qu'en dites-vous, braves gens ? n'êtes-vous pas de même avis que moi ? »

La proposition du capitaine des voleurs fut trouvée si raisonnable par sa compagnie qu'ils l'approuvèrent tous, et qu'ils tombèrent d'accord qu'il fallait abandonner toute autre entreprise pour ne s'attacher uniquement qu'à celle-ci, et ne s'en départir qu'ils n'y eussent réussi.

« Je n'en attendais pas moins de votre courage et de votre bravoure, reprit le capitaine; mais avant toutes choses, il faut que quelqu'un de vous hardi, adroit et entreprenant, aille à la ville, sans armes et en habit de voyageur et d'étranger, et qu'il emploie tout son savoir-faire pour découvrir si on n'y parle pas de la mort étrange de celui que nous avons massacré comme il le méritait, qui il était, en quelle maison il demeurait. C'est ce qu'il nous est important que nous sachions d'abord, pour ne rien faire dont nous ayons lieu de nous repentir, en nous découvrant nous-mêmes dans un pays où nous sommes inconnus depuis si longtemps, et où nous avons un si grand intérêt de continuer de l'être. Mais, afin d'animer celui de vous qui s'offrira pour se charger de cette commission, et l'empêcher de se tromper en nous venant faire un rapport faux, au lieu d'un véritable, qui serait capable de causer notre ruine, je vous demande si vous ne jugez pas à propos qu'en ce cas-là il se soumette à la peine de mort. »

Sans attendre que les autres donnassent leurs suffrages : « Je m'y soumets, dit l'un des voleurs, et je fais gloire d'exposer ma vie en me chargeant de la commission. Si je n'y réussis pas, vous vous souviendrez au moins que je n'aurai manqué ni de bonne volonté ni de courage pour le bien commun de la troupe. »

Ce voleur, après avoir reçu de grandes louanges du capitaine et de ses camarades, se déguisa de manière que personne ne pouvait le prendre pour ce qu'il était. En se séparant de la troupe, il partit la nuit, et il prit si bien ses mesures qu'il entra dans la ville dans le temps que le jour ne faisait que commencer à paraître. Il avança jusqu'à la place, où il ne vit qu'une seule boutique ouverte et c'était celle de Baba Moustafa.

Baba Moustafa était assis sur son siège, l'alêne à la main, déjà prêt de travailler de son métier. Le voleur alla l'aborder, en lui souhaitant le bonjour; et, comme il se fut aperçu de son grand âge : « Bonhomme, dit-il, vous commencez à travailler de grand matin; il n'est pas possible que vous y voyiez encore clair, âgé comme vous l'êtes; et, quand il ferait plus clair, je doute que vous ayez d'assez bons yeux pour coudre.

— Qui que vous soyez, reprit Baba Moustafa, il faut

que vous ne me connaissiez pas. Si vieux que vous me voyez, je ne laisse pas d'avoir les yeux excellents ; et vous n'en douterez pas quand vous saurez qu'il n'y a pas longtemps que j'ai cousu un mort dans un lieu où il ne faisait guère plus clair qu'il fait présentement. »

Le voleur eut une grande joie de s'être adressé en arrivant à un homme qui d'abord, comme il n'en douta pas, lui donnait de lui-même la nouvelle de ce qui l'avait amené, sans le lui demander.

« Un mort ! » reprit-il avec étonnement. Et, pour le faire parler : « Pourquoi coudre un mort ? ajouta-t-il. Vous voulez dire apparemment que vous avez cousu le linceul dans lequel il a été enseveli ? — Non, non, repartit Baba Moustafa : je sais ce que je veux dire. Vous voudriez me faire parler, mais vous n'en saurez pas davantage. »

Le voleur n'avait pas besoin d'un éclaircissement plus ample pour être persuadé qu'il avait découvert ce qu'il était venu chercher. Il tira une pièce d'or, et, en la mettant dans la main de Baba Moustafa, il lui dit : « Je n'ai garde de vouloir entrer dans votre secret, quoique je puisse vous assurer que je ne le divulguerais pas si vous me l'aviez confié. La seule chose dont je vous prie, c'est de me faire la grâce de m'enseigner, ou de venir me montrer la maison où vous avez cousu ce mort. — Quand j'aurais la volonté de vous accorder la grâce que vous me demandez, reprit Baba Moustafa, en tenant la pièce d'or prêt à la rendre, je vous assure que je ne pourrais pas le faire, et vous devez m'en croire sur ma parole. En voici la raison : c'est qu'on m'a mené jusqu'à un certain endroit où l'on m'a bandé les yeux, et de là en me laissant conduire jusque dans la maison, d'où, après avoir fait ce que je devais faire, on me ramena de la même manière jusqu'au même endroit. Vous voyez l'impossibilité qu'il y a que je puisse vous rendre service.

— Au moins, repartit le voleur, vous devez vous souvenir à peu près du chemin qu'on vous a fait faire les yeux bandés. Venez, je vous prie, avec moi, je vous banderai les yeux en cet endroit-là, et nous marcherons ensemble par le même chemin et par les mêmes détours que vous pourrez vous remettre dans la mémoire d'avoir marché ; et, comme toute peine mérite récompense, voici une autre pièce d'or. Venez, faites-moi le plaisir que je vous demande. » Et, en disant ces paroles, il lui mit une autre pièce dans la main.

Les deux pièces d'or tentèrent Baba Moustafa; il les regarda quelque temps dans sa main sans dire mot, en se consultant savoir ce qu'il devait faire. Il tira enfin sa bourse de son sein, et, en les mettant dedans : « Je ne puis vous assurer, dit-il au voleur, que je me souvienne précisément du chemin qu'on me fit faire; mais, puisque vous le voulez ainsi, allons, je ferai ce que je pourrai pour m'en souvenir. »

Baba Moustafa se leva à la grande satisfaction du voleur; et, sans fermer sa boutique, où il n'y avait rien de conséquence à perdre, il mena le voleur avec lui jusqu'à l'endroit où Morgiane lui avait bandé les yeux. Quand ils y furent arrivés : « C'est ici, dit Baba Moustafa, qu'on m'a bandé, et j'étais tourné comme vous me voyez. » Le voleur, qui avait son mouchoir prêt, les lui banda, et il marcha à côté de lui, en partie en le conduisant, en partie en se laissant conduire par lui, jusqu'à ce qu'il s'arrêtât.

« Il me semble, dit Baba Moustafa, que je n'ai point passé plus loin. » Et il se trouva véritablement devant la maison de Cassim, où Ali Baba demeurait alors. Avant de lui ôter le mouchoir de devant les yeux, le voleur fit promptement une marque à la porte avec de la craie qu'il tenait prête; et, quand il le lui eut ôté, il lui demanda s'il savait à qui appartenait la maison. Baba Moustafa lui répondit qu'il n'était pas du quartier, et ainsi qu'il ne pouvait lui en rien dire.

Comme le voleur vit qu'il ne pouvait apprendre rien davantage de Baba Moustafa, il le remercia de la peine qu'il lui avait fait prendre; et, après qu'il l'eut quitté et laissé retourner à sa boutique, il reprit le chemin de la forêt, persuadé qu'il serait bien reçu.

Peu de temps après que le voleur et Baba Moustafa se furent séparés, Morgiane sortit de la maison d'Ali Baba pour quelque affaire; et, en revenant, elle remarqua la marque que le voleur y avait faite; elle s'arrêta pour y faire attention. « Que signifie cette marque ? dit-elle en elle-même; quelqu'un voudrait-il du mal à mon maître ou l'a-t-on faite pour se divertir ? A quelque intention qu'on l'ait pu faire, ajouta-t-elle, il est bon de se précautionner contre tout événement. » Elle prend aussitôt de la craie; et, comme les deux ou trois portes au-dessus et au-dessous étaient semblables, elle les marqua au même endroit, et elle rentra dans la maison sans parler de ce qu'elle venait de faire ni à son maître ni à sa maîtresse.

Le voleur cependant, qui continuait son chemin, arriva à la forêt et rejoignit sa troupe de bonne heure. En arrivant il fit rapport du succès de son voyage, en exagérant le bonheur qu'il avait eu d'avoir trouvé d'abord un homme par lequel il avait appris le fait dont il était venu s'informer, ce que personne que lui n'eût pu lui apprendre. Il fut écouté avec une grande satisfaction ; et le capitaine, en prenant la parole, après l'avoir loué de sa diligence : « Camarades, dit-il en s'adressant à tous, nous n'avons pas de temps à perdre ; partons bien armés, sans qu'il paraisse que nous le soyons ; et, quand nous serons entrés dans la ville séparément, les uns après les autres, pour ne pas donner de soupçon, que le rendez-vous soit dans la grande place, les uns d'un côté, les autres d'un autre, pendant que j'irai reconnaître la maison avec notre camarade, qui vient de nous apporter une si bonne nouvelle, afin que là-dessus je juge du parti qui nous conviendra le mieux.

Le discours du capitaine des voleurs fut applaudi, et ils furent bientôt en état de partir. Ils défilèrent deux à deux, trois à trois ; et, en marchant à une distance raisonnable les uns des autres, ils entrèrent dans la ville sans donner aucun soupçon. Le capitaine et celui qui était venu le matin y entrèrent les derniers. Celui-ci mena le capitaine dans la rue où il avait marqué la maison d'Ali Baba ; et, quand il fut devant une des portes qui avaient été marquées par Morgiane, il la lui fit remarquer en lui disant que c'était celle-là. Mais, en continuant leur chemin sans s'arrêter afin de ne pas se rendre suspects, comme le capitaine eut observé que la porte qui suivait était marquée de la même marque et au même endroit, il le fit remarquer à son conducteur, et il lui demanda si c'était celle-ci ou la première. Le conducteur demeura confus, et il ne sut que répondre, encore moins quand il eut vu avec le capitaine que les quatre ou cinq portes qui suivaient avaient aussi la même marque. Il assura au capitaine, avec serment, qu'il n'en avait marqué qu'une. « Je ne sais, ajouta-t-il, qui peut avoir marqué les autres avec tant de ressemblance mais, dans cette confusion, j'avoue que je ne peux distinguer laquelle est celle que j'ai marquée. »

Le capitaine, qui vit son dessein avorté, se rendit à la grande place, où il fit dire à ses gens, par le premier qu'il rencontra, qu'ils avaient perdu leur peine et fait un voyage inutile, et qu'ils n'avaient d'autre parti à prendre que de reprendre le chemin de leur retraite commune. Il en donna l'exemple, et ils le suivirent tous dans le même ordre qu'ils étaient venus.

Quand la troupe se fut rassemblée dans la forêt, le capitaine leur expliqua la raison pourquoi il les avait fait revenir. Aussitôt le conducteur fut déclaré digne de mort tout d'une voix, et il s'y condamna lui-même en reconnaissant qu'il aurait dû prendre mieux ses précautions, et il présenta le cou avec fermeté à celui qui se présenta pour lui couper la tête.

Comme il s'agissait, pour la conservation de la bande, de ne pas laisser sans vengeance le tort qui lui avait été fait, un autre voleur, qui se promit de mieux réussir que celui qui venait d'être châtié, se présenta, et demanda en grâce d'être préféré. Il est écouté. Il marche; il corrompt Baba Moustafa comme le premier l'avait corrompu, et Baba Moustafa lui fait connaître la maison d'Ali Baba, les yeux bandés. Il la marque de rouge dans un endroit moins apparent, en comptant que c'était un moyen sûr pour la distinguer d'avec celles qui étaient marquées de blanc.

Mais, peu de temps après, Morgiane sortit de la maison comme le jour précédent; et, quand elle revint, la marque rouge n'échappa pas à ses yeux clairvoyants. Elle fit le même raisonnement qu'elle avait fait, et elle ne manqua pas de faire la même marque de crayon rouge aux autres portes voisines et aux mêmes endroits.

Le voleur, à son retour vers sa troupe dans la forêt, ne manqua pas de faire valoir la précaution qu'il avait prise, comme infaillible, disait-il, pour ne pas confondre la maison d'Ali Baba avec les autres. Le capitaine et ses gens croient avec lui que la chose doit réussir. Ils se rendent à la ville dans le même ordre et avec les mêmes soins qu'auparavant, armés aussi de même, prêts à faire le coup qu'ils méditaient; et le capitaine et le voleur, en arrivant, vont à la rue d'Ali Baba; mais ils trouvent la même difficulté que la première fois. Le capitaine en est indigné, et le voleur dans une confusion aussi grande que celui qui l'avait précédé avec la même commission.

Ainsi, le capitaine fut contraint de se retirer encore ce jour-là avec ses gens, aussi peu satisfait que le jour d'auparavant. Le voleur, comme auteur de la méprise, subit pareillement le châtiment auquel il s'était soumis volontairement.

Le capitaine, qui vit sa troupe diminuée de deux

braves sujets, craignit de la voit diminuer davantage s'il continuait de s'en rapporter à d'autres pour être informé au vrai de la maison d'Ali Baba. Leur exemple lui fit connaître qu'ils n'étaient propres, tous, qu'à des coups de main, et nullement à agir de tête dans les occasions. Il se chargea de la chose lui-même ; il vint à la ville, et, avec l'aide de Baba Moustafa, qui lui rendit le même service qu'aux deux députés de sa troupe, il ne s'amusa pas à faire aucune marque pour connaître la maison d'Ali Baba ; mais il l'examina si bien, non seulement en la considérant attentivement, mais même en passant et en repassant à diverses fois par devant, qu'il n'était pas possible qu'il s'y méprît.

Le capitaine des voleurs, satisfait de son voyage et instruit de ce qu'il avait souhaité, retourna à la forêt ; et, quand il fut arrivé dans la grotte où sa troupe l'attendait : « Camarades, dit-il, rien enfin ne peut plus nous empêcher de prendre une pleine vengeance du dommage qui nous a été fait. Je connais avec certitude la maison du coupable sur qui elle doit tomber ; et dans le chemin j'ai songé aux moyens de la lui faire sentir si adroitement que personne ne pourra avoir connaissance du lieu de notre retraite, non plus que de notre trésor : car c'est le but que nous devons avoir dans notre entreprise ; autrement, au lieu de nous être utile, elle nous serait funeste. Pour parvenir à ce but, continua le capitaine, voici ce que j'ai imaginé. Quand je vous l'aurai exposé, si quelqu'un sait un expédient meilleur, il pourra le communiquer. » Alors il leur expliqua de quelle manière il prétendait s'y comporter ; et, comme ils lui eurent tous donné leur approbation, il les chargea, en se partageant dans les bourgs et dans les villages d'alentour, et même dans la ville, d'acheter des mulets, jusqu'au nombre de dix-neuf, et trente-huit grands vases de cuir à transporter de l'huile, l'un plein, et les autres vides.

En deux ou trois jours de temps, les voleurs eurent fait tout cet amas. Comme les vases vides étaient un peu étroits par la bouche pour l'exécution de son dessein, le capitaine les fit un peu élargir ; et, après avoir fait entrer un de ses gens dans chacun avec les armes qu'il avait jugées nécessaires, en laissant ouvert ce qu'il avait fait découdre, afin de leur laisser la respiration libre, il les ferma de manière qu'ils paraissaient pleins d'huile ; et, pour les mieux déguiser, il les frotta par le dehors d'huile, qu'il prit du vase qui en était plein.

Les choses ainsi disposées, quand les mulets furent chargés des trente-sept voleurs, sans y comprendre le capitaine, chacun caché dans un des vases, et du vase qui était plein d'huile, leur capitaine, comme conducteur, prit le chemin de la ville, dans le temps qu'il avait résolu, et y arriva à la brune, environ une heure après le coucher du soleil, comme il se l'était proposé. Il y entra, et il alla droit à la maison d'Ali Baba, dans le dessein de frapper à la porte et de demander à y passer la nuit avec ses mulets, sous le bon plaisir du maître. Il n'eut pas la peine de frapper : il trouva Ali Baba à la porte, qui prenait le frais après le souper. Il fit arrêter ses mulets, et, en s'adressant à Ali Baba : « Seigneur, dit-il, j'amène l'huile que vous voyez, de bien loin, pour la vendre demain au marché; et, à l'heure qu'il est, je ne sais où aller loger. Si cela ne vous incommode pas, faites-moi le plaisir de me recevoir chez vous pour y passer la nuit : je vous en aurai obligation. »

Quoique Ali Baba eût vu dans la forêt celui qui lui parlait, et même entendu sa voix, comment eût-il pu le reconnaître pour le capitaine des quarante voleurs, sous le déguisement d'un marchand d'huile ?

« Vous êtes le bien venu, lui dit-il, entrez. » Et, en disant ces paroles, il lui fit place pour le laisser entrer avec ses mulets, comme il le fit.

En même temps, Ali Baba appela un esclave qu'il avait, et lui commanda, quand les mulets seraient déchargés, de les mettre non seulement à couvert dans l'écurie, mais même de leur donner du foin et de l'orge. Il prit aussi la peine d'entrer dans la cuisine, et d'ordonner à Morgiane d'apprêter promptement à souper pour l'hôte qui venait d'arriver, et de lui préparer un lit dans une chambre.

Ali Baba fit plus : pour faire à son hôte tout l'accueil possible, quand il vit que le capitaine des voleurs avait déchargé ses mulets, que les mulets avaient été menés dans l'écurie comme il l'avait commandé, et qu'il cherchait une place pour passer la nuit à l'air, il alla le prendre pour le faire entrer dans la salle où il recevait son monde, en lui disant qu'il ne souffrirait pas qu'il couchât dans la cour. Le capitaine des voleurs s'en excusa fort, sous prétexte de ne vouloir pas être incommode, mais, dans le vrai, pour avoir lieu d'exécuter ce qu'il méditait avec plus de liberté; et il ne céda aux honnêtetés d'Ali Baba qu'après de fortes instances.

Ali Baba, non content de tenir compagnie à celui qui en voulait à sa vie, jusqu'à ce que Morgiane lui eût servi le souper, continua de l'entretenir de plusieurs choses qu'il crut pouvoir lui faire plaisir, et il ne le quitta que quand il eut achevé le repas dont il l'avait régalé.

« Je vous laisse le maître, lui dit-il : vous n'avez qu'à demander toutes les choses dont vous pouvez avoir besoin; il n'y a rien chez moi qui ne soit à votre service. »

Le capitaine des voleurs se leva en même temps qu'Ali Baba, et l'accompagna jusqu'à la porte; et, pendant qu'Ali Baba alla dans la cuisine pour parler à Morgiane, il entra dans la cour, sous prétexte d'aller à l'écurie voir si rien ne manquait à ses mulets.

Ali Baba, après avoir recommandé de nouveau à Morgiane de prendre un grand soin de son hôte et de ne le laisser manquer de rien : « Morgiane, ajouta-t-il, je t'avertis que demain je vais au bain avant le jour; prends soin que mon linge de bain soit prêt, et de le donner à Abdalla (c'était le nom de son esclave), et fais-moi un bon bouillon, pour le prendre à mon retour. » Après lui avoir donné ces ordres, il se retira pour se coucher.

Le capitaine des voleurs, cependant, à la sortie de l'écurie, alla donner à ses gens l'ordre de ce qu'ils devaient faire. En commençant depuis le premier vase jusqu'au dernier, il dit à chacun : « Quand je jetterai de petites pierres de la chambre où l'on me loge, ne manquez pas de vous faire ouverture en fendant le vase depuis le haut jusqu'en bas avec le couteau dont vous êtes muni, et d'en sortir : aussitôt je serai à vous. »

Le couteau dont il parlait était pointu et affilé pour cet usage.

Cela fait, il revint; et comme il se fut présenté à la porte de la cuisine, Morgiane prit de la lumière, et elle le conduisit à la chambre qu'elle lui avait préparée, où elle le laissa après lui avoir demandé s'il avait besoin de quelque autre chose. Pour ne pas donner de soupçon, il éteignit la lumière peu de temps après, et il se coucha tout habillé, prêt à se lever dès qu'il aurait fait son premier somme.

Morgiane n'oublia pas les ordres d'Ali Baba : elle prépare son linge de bain, elle en charge Abdalla qui n'était pas encore allé se coucher, elle met le pot au feu pour le bouillon, et, pendant qu'elle écume le pot, la lampe s'éteint. Il n'y avait plus d'huile dans la maison, et la chandelle y manquait aussi. Que faire ? Elle a besoin cependant de voir clair pour écumer son pot; elle en témoigne sa peine à Abdalla.

« Te voilà bien embarrassée, lui dit Abdalla. Va prendre de l'huile dans un des vases que voilà dans la cour. »

Morgiane remercia Abdalla de l'avis, et, pendant qu'il va se coucher près de la chambre d'Ali Baba, pour le suivre au bain, elle prend la cruche à l'huile et elle va dans la cour. Comme elle se fut approchée du premier vase qu'elle rencontra, le voleur qui était caché dedans demanda en parlant bas : « Est-il temps ? »

Quoique le voleur eût parlé bas, Morgiane néanmoins fut frappée de la voix d'autant plus facilement que le capitaine des voleurs, dès qu'il eut déchargé ses mulets, avait ouvert, non seulement ce vase, mais même tous les autres, pour donner de l'air à ses gens, qui d'ailleurs y étaient fort mal à leur aise, sans y être encore privés de la facilité de respirer.

Toute autre esclave que Morgiane, aussi surprise qu'elle le fut en trouvant un homme dans un vase, au lieu d'y trouver de l'huile qu'elle cherchait, eût fait un vacarme capable de causer de grands malheurs. Mais Morgiane était au-dessus de ses semblables : elle comprit en un instant l'importance de garder le secret, le danger pressant où se trouvaient Ali Baba et sa famille et où elle se trouvait elle-même, et la nécessité d'y apporter promptement le remède, sans faire d'éclat; et par sa capacité elle en pénétra d'abord les moyens. Elle rentra donc en elle-même dans le moment, et, sans faire paraître aucune émotion, en prenant la place du capitaine des voleurs, elle répondit à la demande, et elle dit : « Pas encore, mais bientôt. » Elle s'approcha du vase qui suivait, et la même demande lui fut faite, et ainsi de suite, jusqu'à ce qu'elle arriva au dernier qui était plein d'huile; et à la même demande elle donna la même réponse.

Morgiane connut par là que son maître Ali Baba, qui avait cru ne donner à loger chez lui qu'à un marchand d'huile, y avait donné entrée à trente-huit voleurs, en y comprenant le faux marchand, leur capitaine. Elle remplit en diligence sa cruche d'huile, qu'elle prit du dernier vase; elle revint dans sa cuisine, où, après avoir mis de l'huile dans la lampe et l'avoir rallumée, elle prend une grande chaudière, elle retourna à la cour où elle l'emplit de l'huile du vase. Elle la rapporte, la met sur le feu, et met dessous force bois, parce que plus tôt l'huile bouillira, plus tôt elle aura exécuté ce qui doit contribuer au salut commun de la maison, qui ne demande pas de retardement. L'huile bout enfin; elle prend la chaudière, et elle va verser dans chaque vase assez d'huile toute bouillante, depuis le premier jusqu'au dernier, pour les étouffer et leur ôter la vie, comme elle la leur ôta.

Cette action, digne du courage de Morgiane, exécutée sans bruit, comme elle l'avait projeté, elle revient dans la cuisine avec la chaudière vide, et ferme la porte. Elle éteint le grand feu qu'elle avait allumé, et elle n'en laisse qu'autant qu'il en faut pour achever de faire cuire le pot du bouillon d'Ali Baba. Ensuite elle souffle la lampe, et elle demeure dans un grand silence, résolue de ne pas se coucher qu'elle n'eût observé ce qui arriverait, par une fenêtre de la cuisine qui donnait sur la cour, autant que l'obscurité de la nuit pouvait le permettre.

Il n'y avait pas encore un quart d'heure que Morgiane attendait, quand le capitaine des voleurs s'éveilla. Il se lève; il regarde par la fenêtre qu'il ouvre; et, comme il n'aperçoit aucune lumière et qu'il voit régner un grand repos et un profond silence dans la maison, il donne le signal en jetant de petites pierres, dont plusieurs tombèrent sur les vases, comme il n'en douta point par le son qui lui en vint aux oreilles. Il prête l'oreille, et il n'entend ni n'aperçoit rien qui lui fasse connaître que ses gens se mettent en mouvement. Il en est inquiet : il jette de petites pierres une seconde et une troisième fois. Elles tombent sur les vases, et cependant pas un des voleurs ne donne le moindre signe de vie, et il n'en peut comprendre la raison. Il descend dans la cour tout alarmé, avec le moins de bruit qu'il lui est possible; il approche de même du premier vase, et, quand il veut demander au voleur, qu'il croit vivant, s'il dort, il sent une odeur d'huile chaude et de brûlé qui s'exhale du vase, par où il connaît que son entreprise contre Ali Baba, pour lui ôter la vie et pour piller sa maison, et pour emporter, s'il pouvait, l'or qu'il avait enlevé à sa communauté, était échouée. Il passe au vase qui suivait, et à tous les autres l'un après l'autre, et il trouve que tous ses gens avaient péri par le même sort; et, par la diminution de l'huile dans le vase qu'il avait apporté plein, il connut la manière dont on s'y était pris pour le priver du secours qu'il en attendait. Au désespoir d'avoir manqué son coup, il enfila la porte du jardin d'Ali Baba, qui donnait dans la cour, et de jardin en jardin, en passant par-dessus les murs, il se sauva.

Quand Morgiane n'entendit plus de bruit et qu'elle ne vit pas revenir le capitaine des voleurs, après avoir attendu quelque temps, elle ne douta pas du parti qu'il avait pris plutôt que de chercher à se sauver par la porte de la maison, qui était fermée à double tour. Satisfaite et dans une grande joie d'avoir si bien réussi à mettre toute la maison en sûreté, elle se coucha enfin, et elle s'endormit.

Ali Baba cependant sortit avant le jour, et alla au bain, suivi de son esclave, sans rien savoir de l'événement étonnant qui était arrivé chez lui pendant qu'il dormait, au sujet duquel Morgiane n'avait pas jugé à propos de l'éveiller, avec d'autant plus de raison qu'elle n'avait pas de temps à perdre dans le temps du danger, et qu'il était inutile de troubler son repos, après qu'elle l'eut détourné.

En revenant des bains, et en rentrant chez lui, que le soleil était levé, Ali Baba fut si surpris de voir encore les vases d'huile dans leur place, et que le marchand ne se fût pas rendu au marché avec ses mulets, qu'il en demanda la raison à Morgiane qui lui était venue ouvrir, et qui avait laissé toutes choses dans l'état où il les voyait, pour lui en donner le spectacle et lui expliquer plus sensiblement ce qu'elle avait fait pour sa conservation.

« Mon bon maître, dit Morgiane en répondant à Ali Baba, Dieu vous conserve, vous et toute votre maison! Vous apprendrez mieux ce que vous désirez savoir quand vous aurez vu ce que j'ai à vous faire voir : prenez la peine de venir avec moi. »

Ali Baba suivit Morgiane. Quand elle eut fermé la porte, elle le mena au premier vase. « Regardez dans le vase, lui dit-elle, et voyez s'il y a de l'huile. »

Ali Baba regarda; et, comme il eut vu un homme dans le vase, il se tira en arrière, tout effrayé, avec un grand cri.

« Ne craignez rien, lui dit Morgiane, l'homme que vous voyez ne vous fera pas de mal; il en a fait, mais il n'est plus en état d'en faire, ni à vous, ni à personne : il n'a plus de vie.

— Morgiane, s'écria Ali Baba, que veut dire ce que tu viens de me faire voir ? Explique-le-moi.

— Je vous l'expliquerai, dit Morgiane; mais modérez

votre étonnement, et n'éveillez pas la curiosité des voisins d'avoir connaissance d'une chose qu'il est très important que vous teniez cachée. Voyez auparavant tous les autres vases. »

Ali Baba regarda dans les autres vases l'un après l'autre, depuis le premier jusqu'au dernier où il y avait de l'huile, dont il remarqua que l'huile était notablement diminuée; et, quand il eut fait, il demeura comme immobile, tantôt en jetant les yeux sur les vases, tantôt en regardant Morgiane sans dire mot, tant la surprise où il était était grande. A la fin, comme si la parole lui fût revenue : « Et le marchand, demanda-t-il, qu'est-il devenu ?

— Le marchand, répondit Morgiane, est aussi peu marchand que je suis marchande. Je vous dirai aussi qui il est, et ce qu'il est devenu. Mais vous apprendrez toute l'histoire plus commodément dans votre chambre : car il est temps, pour le bien de votre santé, que vous preniez un bouillon après être sorti du bain. »

Pendant qu'Ali Baba se rendit dans sa chambre, Morgiane alla à la cuisine prendre le bouillon; elle le lui apporta, et, avant de le prendre, Ali Baba lui dit : « Commence toujours à satisfaire l'impatience où je suis, et raconte-moi une histoire si étrange, avec toutes ses circonstances. »

Morgiane, pour obéir à Ali Baba, lui dit : « Seigneur, hier au soir, quand vous vous fûtes retiré pour vous coucher, je préparai votre linge de bain comme vous veniez de me le commander, et j'en chargeai Abdalla. Ensuite je mis le pot au feu pour le bouillon; et, comme je l'écumais, la lampe, faute d'huile, s'éteignit tout à coup, et il n'y en avait pas une goutte dans la cruche. Je cherchai quelques bouts de chandelle, et je n'en trouvai pas un. Abdalla, qui me vit embarrassée, me fit souvenir des vases pleins d'huile qui étaient dans la cour, comme il n'en doutait pas non plus que moi, et comme vous l'avez cru vous-même. Je pris la cruche et je courus au vase le plus voisin. Mais, comme je fus près du vase, il en sortit une voix qui me demanda : « Est-il temps ? » Je ne m'effrayai pas; mais, en comprenant sur-le-champ la malice du faux marchand, je répondis sans hésiter : « Pas encore, mais bientôt. » Je passai au vase qui suivait; et une autre voix me fit la même demande, à laquelle je répondis de même. J'allai aux autres vases l'un après l'aute : à pareille demande pareille réponse, et je ne trouvai de l'huile que dans le dernier vase, dont j'emplis la cruche. Quand j'eus considéré qu'il y avait trente-sept voleurs au milieu de votre cour, qui n'attendaient que le signal ou que le commandement de leur chef, que vous aviez pris pour un marchand, et à qui vous aviez fait un si grand accueil, au point de mettre toute la maison en combustion, je ne perdis pas de temps : je rapportai la cruche, j'allumai la lampe; et, après avoir pris la chaudière la plus grande de la cuisine, j'allai l'emplir d'huile. Je la mis sur le feu, et, quand elle fut bien bouillante, j'en allai verser dans chaque vase où étaient les voleurs, autant qu'il en fallut pour les empêcher tous d'exécuter le pernicieux dessein qui les avait amenés. La chose ainsi terminée de la manière que je l'avais méditée, je revins dans la cuisine, j'éteignis la lampe; et, avant que je me couchasse, je me mis à examiner tranquillement, par la fenêtre, quel parti prendrait le faux marchand d'huile. Au bout de quelque temps, j'entendis que pour signal il jeta de sa fenêtre de petites pierres qui tombèrent sur les vases. Il en jeta une seconde et une troisième fois; et, comme il n'aperçut ou n'entendit aucun mouvement, il descendit, et je le vis aller de vase en vase jusqu'au dernier; après quoi l'obscurité de la nuit fit que je le perdis de vue. J'observai encore quelque temps; et, comme je vis qu'il ne revenait pas, je ne doutai pas qu'il ne se fût sauvé par le jardin, désespéré d'avoir si mal réussi. Ainsi, persuadée que la maison était en sûreté, je me couchai. »

En achevant, Morgiane ajouta : « Voilà quelle est l'histoire que vous m'avez demandée, et je suis convaincue que c'est la suite d'une observation que j'avais faite depuis deux ou trois jours, dont je n'avais pas cru devoir vous entretenir, qui est qu'une fois, en revenant de la ville de bon matin, j'aperçus que la porte de la rue était marquée de blanc, et le jour d'après de rouge, après la marque blanche, et que chaque fois, sans savoir à quel dessein cela pouvait avoir été fait, j'avais marqué de même, et au même endroit, deux ou trois portes de nos voisins, au-dessous et au-dessus. Si vous joignez cela avec ce qui vient d'arriver, vous trouverez que le tout a été machiné par les voleurs de la forêt, dont je ne sais pourquoi la troupe est diminuée de deux. Quoi qu'il en soit, la voilà réduite à trois au plus. Cela fait voir qu'ils avaient juré votre perte, et qu'il est bon que vous vous teniez sur vos gardes tant qu'il sera certain qu'il en restera quelqu'un au monde. Quant à moi, je n'oublierai rien pour veiller à votre conservation, comme j'y suis obligée. »

Quand Morgiane eut achevé, Ali Baba, pénétré de la grande obligation qu'il lui avait, lui dit : « Je ne mourrai pas que je ne t'aie récompensée comme tu le mérites. Je te dois la vie; et, pour commencer à t'en donner une marque de reconnaissance, je te donne la liberté dès à présent, en attendant que j'y mette le comble de la manière que je me le propose. Je suis persuadé avec toi que les quarante voleurs m'ont dressé ces embûches. Dieu m'a délivré par ton moyen. J'espère qu'il continuera de me préserver de leur méchanceté, et qu'en achevant de la détourner de desssus ma tête, il délivrera le monde de leur persécution et de leur engeance maudite. Ce que nous avons à faire, c'est d'enterrer incessamment les corps de cette peste du genre humain avec un si grand secret que personne ne puisse rien soupçonner de leur destinée; et c'est à quoi je vais travailler avec Abdalla.

Le jardin d'Ali Baba était d'une grande longueur, terminé par de grands arbres. Sans différer, il alla sous ces arbres, avec son esclave, creuser une fosse longue et large à proportion des corps qu'ils avaient à y enterrer. Le terrain était aisé à remuer, et ils ne mirent pas un long temps à l'achever. Ils tirèrent les corps hors des vases, et ils mirent à part les armes dont les voleurs s'étaient munis. Ils transportèrent ces corps au bout du jardin, et ils les arrangèrent dans la fosse; et, après les avoir couverts de la terre qu'ils en avaient tirée, ils dispersèrent ce qui en restait aux environs, de manière que le terrain parut égal comme auparavant. Ali Baba fit cacher soigneusement les vases à l'huile et les armes; et quant aux mulets, dont il n'avait pas besoin pour lors, il les envoya au marché à différentes fois, où il les fit vendre par son esclave.

Pendant qu'Ali Baba prenait toutes ces mesures pour ôter à la connaissance du public par quel moyen il était devenu si riche en peu de temps, le capitaine des quarante voleurs était retourné à la forêt avec une mortification inconcevable; et dans l'agitation, ou plutôt dans la confusion où il était d'un succès si malheureux et si contraire à ce qu'il s'était promis, il était rentré dans la grotte, sans avoir pu s'arrêter à aucune résolution, dans le chemin, sur ce qu'il devait faire ou ne pas faire à Ali Baba.

La solitude où il se trouva dans cette sombre demeure

lui parut affreuse. « Braves gens, s'écria-t-il, compagnons de mes veilles, de mes courses et de mes travaux, où êtes-vous ? que puis-je faire sans vous ? Vous avais-je assemblés et choisis pour vous voir périr tous à la fois par une destinée si fatale et si indigne de votre courage ? Je vous regretterais moins si vous étiez morts le sabre à la main en vaillants hommes. Quand aurai-je fait une autre troupe de gens de main comme vous ? Et, quand je le voudrais, pourrais-je l'entreprendre, et ne pas exposer tant d'or, tant d'argent, tant de richesses à la proie de celui qui s'est déjà enrichi d'une partie ? Je ne puis et je ne dois y songer qu'auparavant je ne lui aie ôté la vie. Ce que je n'ai pu faire avec un secours si puissant, je le ferai moi seul; et, quand j'aurai pourvu de la sorte à ce que ce trésor ne soit plus exposé au pillage, je travaillerai à faire en sorte qu'il ne demeure ni sans successeurs ni sans maître après moi, qu'il se conserve et qu'il s'augmente dans toute la postérité. »

Cette résolution prise, il ne fut pas embarrassé à chercher les moyens de l'exécuter; et alors, plein d'espérance et l'esprit tranquille, il s'endormit et passa la nuit assez paisiblement.

Le lendemain, le capitaine des voleurs, éveillé de grand matin, comme il se l'était proposé, prit un habit fort propre, conformément au dessein qu'il avait médité, et il vint à la ville, où il prit un logement dans un khan; et, comme il s'attendait que ce qui s'était passé chez Ali Baba pouvait avoir fait de l'éclat, il demanda au concierge, par manière d'entretien, s'il y avait quelque chose de nouveau dans la ville; sur quoi le concierge parla de tout autre chose que de ce qu'il lui importait de savoir. Il jugea de là que la raison pourquoi Ali Baba gardait un si grand secret venait de ce qu'il ne voulait pas que la connaissance qu'il avait du trésor, et du moyen d'y entrer, fût divulguée, et de ce qu'il n'ignorait pas que c'était pour ce sujet qu'on en voulait à sa vie. Cela l'anima davantage à ne rien négliger pour se défaire de lui par la même voie du secret.

Le capitaine des voleurs se pourvut d'un cheval, dont il se servit pour transporter à son logement plusieurs sortes de riches étoffes et de toiles fines, en faisant plusieurs voyages à la forêt avec les précautions nécessaires pour cacher le lieu où il les allait prendre. Pour débiter ces marchandises, quand il en eut amassé ce qu'il avait jugé à propos, il chercha une boutique. Il en trouva une;

et, après l'avoir prise à louage du propriétaire, il la garnit, et il s'y établit. La boutique qui se trouva vis-à-vis de la sienne était celle qui avait appartenu à Cassim, et qui était occupée par le fils d'Ali Baba il n'y avait pas longtemps.

Le capitaine des voleurs, qui avait pris le nom de Cogia Houssain, comme nouveau venu, ne manqua pas faire civilité aux marchands ses voisins, selon la coutume. Mais, comme le fils d'Ali Baba était jeune, bien fait, qu'il ne manquait pas d'esprit, et qu'il avait occasion plus souvent de lui parler et de s'entretenir avec lui qu'avec les autres, il eut bientôt fait amitié avec lui. Il s'attacha même à le cultiver plus fortement et plus assidûment quand, trois ou quatre jours après son établissement, il eut reconnu Ali Baba qui vint voir son fils, qui s'arrêta à s'entretenir avec lui, comme il avait coutume de le faire de temps en temps, et qu'il eut appris du fils, après qu'Ali Baba l'eut quitté, que c'était son père. Il augmenta ses empressements auprès de lui ; il le caressa, il lui fit de petits présents, il le régala même, et il lui donna plusieurs fois à manger.

Le fils d'Ali Baba ne voulut pas avoir tant d'obligation à Cogia Houssain sans lui rendre la pareille. Mais il était logé étroitement, et il n'avait pas la même commodité que lui pour le régaler comme il le souhaitait. Il parla de son dessein à Ali Baba son père, en lui faisant remarquer qu'il ne serait pas bienséant qu'il demeurât plus longtemps sans reconnaître les honnêtetés de Cogia Houssain.

Ali Baba se chargea du régal avec plaisir. « Mon fils, dit-il, il est demain vendredi ; comme c'est un jour que les gros marchands, comme Cogia Houssain et comme vous, tiennent leurs boutiques fermées, faites avec lui une partie de promenade pour l'après-dînée, et en revenant faites en sorte que vous le fassiez passer par chez moi et que vous le fassiez entrer. Il sera mieux que la chose se fasse de la sorte que si vous l'invitiez dans les formes. Je vais ordonner à Morgiane de faire le souper et de le tenir prêt. »

Le vendredi, le fils d'Ali Baba et Cogia Houssain se trouvèrent l'après-dînée au rendez-vous qu'ils s'étaient donné, et ils firent leur promenade. En revenant, comme le fils d'Ali Baba avait affecté de faire passer Cogia Houssain par la rue où demeurait son père, quand ils furent arrivés devant la porte de la maison, il l'arrêta, et, en frappant : « C'est, lui dit-il, la maison de mon père, lequel, sur le récit que je lui ai fait de l'amitié dont vous m'honorez, m'a chargé de lui procurer l'honneur de votre connaissance. Je vous prie d'ajouter ce plaisir à tous les autres dont je vous suis redevable. »

Quoique Cogia Houssain fût arrivé au but qu'il s'était proposé, qui était d'avoir entrée chez Ali Baba et de lui ôter la vie sans hasarder la sienne, en ne faisant pas d'éclat, il ne laissa pas néanmoins de s'excuser, et de faire semblant de prendre congé du fils; mais, comme l'esclave d'Ali Baba venait d'ouvrir, le fils le prit obligeamment par la main, et, en entrant le premier, il le tira et le força en quelque manière d'entrer comme malgré lui.

Ali Baba reçut Cogia Houssain avec un visage ouvert et avec le bon accueil qu'il pouvait souhaiter. Il le remercia des bontés qu'il avait pour son fils. « L'obligation qu'il vous en a, et que je vous en ai moi-même, ajouta-t-il, est d'autant plus grande que c'est un jeune homme qui n'a pas encore l'usage du monde, et que vous ne dédaignez pas de contribuer à le former. »

Cogia Houssain rendit compliment pour compliment à Ali Baba, en lui assurant que, si son fils n'avait pas encore acquis l'expérience de certains vieillards, il avait un bon sens qui lui tenait lieu de l'expérience d'une infinité d'autres.

Après un entretien de peu de durée sur d'autres sujets indifférents, Cogia Houssain voulut prendre congé. Ali Baba l'arrêta. « Seigneur, dit-il, où voulez-vous aller ? Je vous prie de me faire l'honneur de souper avec moi. Le repas que je veux vous donner est beaucoup au-dessous de ce que vous méritez; mais, tel qu'il est, j'espère que vous l'agréerez d'aussi bon cœur que j'ai intention de vous le donner.

— Seigneur Ali Baba, reprit Cogia Houssain, je suis très persuadé de votre bon cœur; et, si je vous demande en grâce de ne pas trouver mauvais que je me retire sans accepter l'offre obligeante que vous me faites, je vous supplie de croire que je ne le fais ni par mépris ni par incivilité, mais parce que j'en ai une raison que vous approuveriez si elle vous était connue.

— Et quelle peut être cette raison, Seigneur ? reprit Ali Baba. Peut-on vous la demander ? — Je puis la dire, répliqua Cogia Houssain : c'est que je ne mange ni viande ni ragoût où il y ait du sel; jugez vous-même de la contenance que je ferais à votre table. — Si vous n'avez que cette raison, insista Ali Baba, elle ne doit pas me priver de l'honneur de vous posséder à souper, à moins que vous ne le vouliez autrement. Premièrement, il n'y a pas de sel dans le pain que l'on mange chez moi; et, quant à la viande et aux ragoûts, je vous promets qu'il n'y en aura pas dans ce qui sera servi devant vous; je vais y donner ordre. Ainsi faites-moi la grâce de demeurer, je reviens à vous dans un moment. »

Ali Baba alla à la cuisine, et il ordonna à Morgiane de ne pas mettre de sel sur la viande qu'elle avait à servir, et de préparer promptement deux ou trois ragoûts, entre ceux qu'il lui avait commandés, où il n'y eût pas de sel.

Morgiane, qui était prête à servir, ne put s'empêcher de témoigner son mécontentement sur ce nouvel ordre, et de s'en expliquer à Ali Baba. « Qui est donc, dit-elle, cet homme si difficile, qui ne mange pas de sel ? Votre souper ne sera plus bon à manger si je le sers plus tard. — Ne te fâche pas, Morgiane, reprit Ali Baba, c'est un honnête homme. Fais ce que je te dis. »

Morgiane obéit, mais à contrecœur. Elle eut la curiosité de connaître cet homme qui ne mangeait pas de sel. Quand elle eut achevé et qu'Abdalla eut préparé la table, elle l'aida à porter les plats. En regardant Cogia Houssain, elle le reconnut d'abord pour le capitaine des voleurs, malgré son déguisement, et, en l'examinant avec attention, elle aperçut qu'il avait un poignard caché sous son habit. « Je ne m'étonne plus, dit-elle en elle-même, que le scélérat ne veuille pas manger de sel avec mon maître : c'est son plus fier ennemi, il veut l'assassiner; mais je l'en empêcherai. »

Quand Morgiane eut achevé de servir ou de faire servir par Abdalla, elle prit le temps pendant que l'on soupait, et fit les préparatifs nécessaires pour l'exécution d'un coup des plus hardis; et elle venait d'achever lorsque Abdalla vint l'avertir qu'il était temps de servir le fruit. Elle porta le fruit, et, dès qu'Abdalla eut levé ce qui était sur la table, elle le servit. Ensuite elle posa près d'Ali Baba une petite table sur laquelle elle mit le vin avec trois tasses, et en sortant elle emmena Abdalla avec elle, comme pour aller souper ensemble et donner à Ali Baba, selon la coutume, la liberté de s'entretenir et de se réjouir agréablement avec son hôte, et de le faire bien boire.

Alors le faux Cogia Houssain, ou plutôt le capitaine des quarante voleurs, crut que l'occasion favorable pour ôter la vie à Ali Baba était venue. « Je vais, dit-il, faire enivrer le père et le fils; et le fils, à qui je veux bien donner la vie, ne m'empêchera pas d'enfoncer le poignard dans le cœur du père, et je me sauverai par le jardin comme je l'ai déjà fait, pendant que la cuisinière et l'esclave n'auront pas encore achevé de souper ou seront endormis dans la cuisine. »

Au lieu de souper, Morgiane, qui avait pénétré dans l'intention du faux Cogia Houssain, ne lui donna pas le temps de venir à l'exécution de sa méchanceté. Elle s'habilla d'un habit de danseuse fort propre, prit une coiffure convenable, et se ceignit d'une ceinture d'argent doré, où elle attacha un poignard dont la gaine et la poignée étaient de même métal; et avec cela elle appliqua un fort beau masque sur son visage. Quand elle se fut déguisée de la sorte, elle dit à Abdalla : « Abdalla, prends ton tambour de basque, et allons donner à l'hôte de notre maître et ami de son fils le divertissement que nous lui donnons quelquefois le soir. »

Abdalla prend le tambour de basque : il commence à en jouer en marchant devant Morgiane, et il entre dans la salle. Morgiane, en entrant après lui, fait une profonde révérence d'un air délibéré et à se faire regarder, comme en demandant la permission de faire voir ce qu'elle savait faire.

Comme Abdalla vit qu'Ali Baba voulait parler, il cessa de toucher le tambour de basque.

« Entre, Morgiane, entre, dit Ali Baba : Cogia Houssain jugera de quoi tu es capable, et il nous dira ce qu'il en pensera. Au moins, Seigneur, dit-il à Cogia Houssain en se tournant de son côté, ne croyez pas que je me mette en dépense pour vous donner ce divertissement. Je le trouve chez moi, et vous voyez que ce sont mon esclave et ma cuisinière et dépensière en même temps qui me le donnent. J'espère que vous ne le trouverez pas désagréable. »

Cogia Houssain ne s'attendait pas qu'Ali Baba dût ajouter ce divertissement au souper qu'il lui donnait. Cela lui fit craindre de ne pouvoir pas profiter de l'occasion qu'il croyait avoir trouvée. Au cas que cela arrivât, il se consola par l'espérance de la retrouver en continuant de ménager l'amitié du père et du fils. Ainsi, quoiqu'il eût mieux aimé qu'Ali Baba eût bien voulu ne le lui pas donner, il fit semblant néanmoins de lui en avoir obligation, et il eut la complaisance de lui témoigner que ce qui lui faisait plaisir ne pourrait pas manquer de lui en faire aussi.

Quand Abdalla vit qu'Ali Baba et Cogia Houssain avaient cessé de parler, il recommença à toucher son tambour de basque et l'accompagna de sa voix sur un air à danser; et Morgiane, qui ne cédait pas à aucun danseur ou aucune danseuse de profession, dansa d'une manière à se faire admirer, même de toute autre compagnie que celle à laquelle elle donnait ce spectacle, dont il n'y avait peut-être que le faux Cogia Houssain qui y donnât le moins d'attention.

Après avoir dansé plusieurs danses avec le même agrément et de la même force, elle tira enfin le poignard; et, en le tenant à la main, elle en dansa une dans laquelle elle se surpassa par les figures différentes, par les mouvements légers, par les sauts surprenants et par les efforts merveilleux dont elle les accompagna, tantôt en présentant le poignard en avant, comme pour frapper, tantôt en faisant semblant de s'en frapper elle-même dans le sein.

Comme hors d'haleine enfin, elle arracha le tambour de basque des mains d'Abdalla de la main gauche, et, en tenant le poignard de la droite, elle alla présenter le tambour de basque par le creux à Ali Baba, à l'imitation des danseurs et des danseuses de profession, qui en usent ainsi pour solliciter la libéralité de leurs spectateurs.

Ali Baba jeta une pièce d'or dans le tambour de basque de Morgiane. Morgiane s'adressa ensuite au fils d'Ali Baba, qui suivit l'exemple de son père. Cogia Houssain, qui vit qu'elle allait venir aussi à lui, avait déjà tiré la bourse de son sein pour lui faire son présent, et il y mettait la main dans le moment que Morgiane, avec un courage digne de sa fermeté et de sa résolution, lui enfonça le poignard au milieu du cœur si avant qu'elle ne le retira qu'après lui avoir ôté la vie.

Ali Baba et son fils, épouvantés de cette action, poussèrent un grand cri. « Ah! malheureuse! s'écria Ali Baba, qu'as-tu fait ? Est-ce pour nous perdre, moi et ma famille ?

— Ce n'est pas vous perdre, répondit Morgiane : je l'ai fait pour votre conservation. »

Alors, en ouvrant la robe de Cogia Houssain et en montrant à Ali Baba le poignard dont il était armé : « Voyez, dit-elle, à quel fier ennemi vous aviez affaire, et regardez-le bien au visage : vous y reconnaîtrez le faux marchand d'huile et le capitaine des quarante voleurs. Ne considérez-vous pas aussi qu'il n'a pas voulu manger de sel avec vous ? En voulez-vous davantage pour vous persuader de son dessein pernicieux ? Avant que je l'eusse vu, le soupçon m'en était venu du moment que vous m'avez fait connaître que vous aviez un tel convive. Je l'ai vu, et vous voyez que mon soupçon n'était pas mal fondé. »

Ali Baba, qui connut la nouvelle obligation qu'il avait à Morgiane de lui avoir conservé la vie une seconde fois, l'embrassa. « Morgiane, dit-il, je t'ai donné la liberté, et alors je t'ai promis que ma reconnaissance n'en demeurerait pas là et que bientôt j'y mettrais le comble. Ce temps est venu, et je te fais ma belle-fille. » Et, en s'adressant à son fils : « Mon fils, ajouta Ali Baba, je vous crois assez bon fils pour ne pas trouver étrange que je vous donne Morgiane pour femme sans vous consulter. Vous ne lui avez pas moins d'obligation que moi. Vous voyez que Cogia Houssain n'avait recherché votre amitié que dans le dessein de mieux réussir à m'arracher la vie par sa trahison; et, s'il y eût réussi, vous ne devez pas douter qu'il ne vous eût sacrifié aussi à sa vengeance. Considérez de plus qu'en épousant Morgiane vous épousez le soutien de ma famille tant que je vivrai, et l'appui de la vôtre jusqu'à la fin de vos jours. »

Le fils, bien loin de témoigner aucun mécontentement, marqua qu'il consentait à ce mariage, non seulement parce qu'il ne voulait pas désobéir à son père, mais même parce qu'il y était porté par sa propre inclination.

On songea ensuite dans la maison d'Ali Baba à enterrer le corps du capitaine auprès de ceux des trente-sept voleurs; et cela se fit si secrètement qu'on n'en eut connaissance qu'après de longues années, lorsque personne ne se trouvait plus intéressé dans la publication de cette histoire mémorable.

Peu de jours après, Ali Baba célébra les noces de son fils et de Morgiane avec grande solennité, et par un festin somptueux, accompagné de danses, de spectacles et des divertissements accoutumés; et il eut la satisfaction de voir que ses amis et ses voisins, qu'il avait invités, sans avoir connaissance des vrais motifs du mariage, mais qui d'ailleurs n'ignoraient pas les belles et bonnes qualités de Morgiane, le louèrent hautement de sa générosité et de son bon cœur.

Après le mariage, Ali Baba, qui s'était abstenu de retourner à la grotte des voleurs depuis qu'il en avait tiré et rapporté le corps de son frère Cassim sur un de ses trois ânes, avec l'or dont il les avait chargés, par la crainte d'y trouver les voleurs ou d'y être surpris, s'en abstint encore après la mort des trente-huit voleurs, en y comprenant leur capitaine, parce qu'il supposa que les deux autres, dont le destin ne lui était pas connu, étaient encore vivants.

Mais au bout d'un an, comme il eut vu qu'il ne s'était fait aucune entreprise pour l'inquiéter, la curiosité le prit d'y faire un voyage, en prenant les précautions nécessaires pour sa sûreté. Il monta à cheval; et, quand il fut arrivé près de la grotte, il prit un bon augure de ce qu'il n'aperçut aucun vestige ni d'homme ni de chevaux. Il mit pied à terre, il attacha son cheval, et, en se présentant devant la porte, il prononça ces paroles : *Sésame, ouvre-toi*, qu'il n'avait pas oubliées. La porte s'ouvrit; il entra, et l'état où il trouva toutes choses dans la grotte lui fit juger que personne n'y était entré depuis environ le temps que le faux Cogia Houssain était venu lever boutique dans la ville, et ainsi, que la troupe des quarante voleurs était entièrement dissipée et exterminée depuis ce temps-là. Il ne douta plus qu'il ne fût le seul au monde qui eût le secret de faire ouvrir la grotte, et que le trésor qu'elle enfermait était à sa disposition. Il s'était muni d'une valise; il la remplit d'autant d'or que son cheval en put porter, et il revint à la ville.

Depuis ce temps-là, Ali Baba, son fils, qu'il mena à la grotte, et à qui il enseigna le secret pour y entrer, et après eux leur postérité, à laquelle ils firent passer le même secret, en profitant de leur fortune avec modération, vécurent dans une grande splendeur, et honorés des premières dignités de la ville.

Après avoir achevé de raconter cette histoire au sultan Schahriar, Scheherazade, qui vit qu'il n'était pas encore jour, commença de lui faire le récit de celle que nous allons voir.

HISTOIRE D'ALI COGIA

MARCHAND DE BAGDAD

Sous le règne du calife Haroun-al-Raschid, dit la sultane, il y avait à Bagdad un marchand nommé Ali Cogia, qui n'était ni des plus riches, ni aussi du dernier ordre, lequel demeurait dans sa maison paternelle, sans femme et sans enfants. Dans le temps que, libre de ses actions, il vivait content de ce que son négoce lui produisait, il eut trois jours de suite un songe dans lequel un vieillard vénérable lui apparut avec un regard sévère, qui le réprimandait de ce qu'il ne s'était pas encore acquitté du pèlerinage de la Mecque.

Ce songe troubla Ali Cogia et le mit dans un grand embarras. Comme bon musulman, il n'ignorait pas l'obligation où il était de faire ce pèlerinage; mais, comme il était chargé d'une maison, de meubles et d'une boutique, il avait toujours cru que c'était des motifs assez puissants pour s'en dispenser, en tâchant d'y suppléer par des aumônes et par d'autres bonnes œuvres. Mais, depuis le songe, sa conscience le pressait si vivement que la crainte qu'il ne lui arrivât quelque malheur le fit résoudre de ne pas différer davantage à s'en acquitter.

Pour se mettre en état d'y satisfaire dans l'année qui courait, Ali Cogia commença par la vente de ses meubles; il vendit ensuite sa boutique et la plus grande partie des marchandises dont elle était garnie, en réservant celles qui pouvaient être de débit à la Mecque, et, pour ce qui est de la maison, il trouva un locataire à qui il en fit un bail. Les choses ainsi disposées, il se trouva prêt à partir dans le temps que la caravane de Bagdad pour la Mecque se mettrait en chemin. La seule chose qui lui restait à faire était de mettre en sûreté une somme de mille pièces d'or qui l'eût embarrassé dans le pèlerinage, après avoir mis à part l'argent qu'il jugea à propos d'emporter avec lui pour sa dépense et pour d'autres besoins.

Ali Cogia choisit un vase d'une capacité convenable; il y mit les mille pièces d'or, et il acheva de le remplir d'olives. Après avoir bien bouché le vase, il le porte chez un marchand de ses amis. Il lui dit : « Mon frère, vous n'ignorez pas que dans peu de jours je pars comme pèlerin de la Mecque avec la caravane; je vous demande en grâce de vouloir bien vous charger d'un vase d'olives que voici et de me le conserver jusqu'à mon retour. »

Le marchand lui dit obligeamment : « Tenez, voilà la clef de mon magasin; portez-y vous-même votre vase, et mettez-le où il vous plaira; je vous promets que vous l'y retrouverez. »

Le jour du départ de la caravane de Bagdad arrivé, Ali Cogia, avec un chameau chargé des marchandises dont il avait fait choix et qui lui servit de monture dans le chemin, s'y joignit, et il arriva heureusement à la Mecque. Il y visita, avec tous les autres pèlerins, le temple si célèbre et si fréquenté chaque année par toutes les nations musulmanes qui y abordent de tous les endroits de la terre où elles sont répandues, en observant très religieusement les cérémonies qui leur sont prescrites. Quand il se fut acquitté des devoirs de son pèlerinage, il exposa les marchandises qu'il avait apportées, pour les vendre ou pour les échanger.

Deux marchands qui passaient et qui virent les marchandises d'Ali Cogia les trouvèrent si belles qu'ils s'arrêtèrent pour les considérer, quoiqu'ils n'en eussent pas besoin. Quand ils eurent satisfait leur curiosité, l'un dit à l'autre en se retirant : « Si ce marchand savait le gain qu'il ferait au Caire sur ses marchandises, il les y porterait plutôt que de les vendre ici, où elles sont à bon marché. »

Ali Cogia entendit ces paroles; et, comme il avait entendu parler mille fois des beautés de l'Égypte, il résolut sur-le-champ de profiter de l'occasion et d'en faire le voyage. Ainsi, après avoir rempaqueté et remballé ses marchandises, au lieu de retourner à Bagdad, il prit le chemin de l'Égypte en se joignant à la caravane du Caire. Quand il fut arrivé au Caire, il n'eut pas lieu de se repentir du parti qu'il avait pris : il y trouva si bien son compte qu'en très peu de jours il eut achevé de vendre toutes ses marchandises avec un avantage beaucoup plus grand qu'il n'avait espéré. Il en acheta d'autres dans le dessein de passer à Damas; et, en attendant la commodité d'une caravane qui devait partir dans six semaines, il ne se contenta pas de voir tout ce qui était digne de sa curiosité dans le Caire, il alla aussi admirer les pyramides; il remonta le Nil jusqu'à une certaine distance, et il vit les villes les plus célèbres situées sur l'un et l'autre bord.

Dans le voyage de Damas, comme le chemin de la caravane était de passer par Jérusalem, notre marchand de Bagdad profita de l'occasion de visiter le temple, regardé par tous les musulmans comme le plus saint, après celui de la Mecque, d'où cette ville prend le titre de noble sainteté.

Ali Cogia trouva la ville de Damas un lieu si délicieux par l'abondance de ses eaux, par ses prairies et par ses jardins enchantés, que tout ce qu'il avait lu de ses agréments dans nos histoires lui parut beaucoup au-dessous de la vérité, et qu'il y fit un long séjour. Comme néanmoins il n'oubliait pas qu'il était de Bagdad, il en partit enfin; il arriva à Alep, où il fit encore quelque séjour; et de là, après avoir passé l'Euphrate, il prit le chemin de Mossoul, dans l'intention d'abréger son retour en descendant le Tigre.

Mais, quand Ali Cogia fut arrivé à Mossoul, des marchands de Perse avec lesquels il était venu d'Alep, et avec qui il avait contracté une grande amitié, avaient pris un si grand ascendant sur son esprit, par leurs honnêtetés et par leurs entretiens agréables, qu'ils n'eurent pas de peine à lui persuader de ne pas abandonner leur compagnie jusqu'à Schiraz, d'où il lui serait aisé de retourner à Bagdad avec un gain considérable. Ils le menèrent par les villes de Sultanie, de Reï, de Coam, de Cachan, d'Ispahan, et de là à Schiraz, d'où il eut encore la complaisance de les accompagner aux Indes et de revenir à Schiraz avec eux.

De la sorte, en comptant le séjour qu'il avait fait dans chaque ville, il y avait bientôt sept ans qu'Ali Cogia était parti de Bagdad, quand enfin il résolut d'en prendre le chemin; et jusqu'alors l'ami auquel il avait confié le vase d'olives avant son départ, pour le lui garder, n'avait songé ni à lui ni au vase. Dans le temps qu'il était en chemin avec une caravane partie de Schiraz, un soir que ce marchand son ami soupait en famille, on vint à parler d'olives, et sa femme témoigna quelque désir d'en manger, en disant qu'il y avait longtemps qu'on n'en avait vu dans la maison.

« A propos d'olives, dit le mari, vous me faites souvenir qu'Ali Cogia m'en laissa un vase en allant à la Mecque il y a sept ans, qu'il mit lui-même dans mon magasin, pour le reprendre à son retour. Mais où est Ali Cogia depuis qu'il est parti ? Il est vrai qu'au retour de la caravane quelqu'un me dit qu'il avait passé en Égypte. Il faut qu'il y soit mort, puisqu'il n'est pas revenu depuis tant d'années : nous pouvons désormais manger les olives si elles sont bonnes. Qu'on me donne un plat et de la lumière, j'en irai prendre, et nous en goûterons.

— Mon mari, reprit la femme, gardez-vous bien, au nom de Dieu, de commettre une action si noire; vous savez que rien n'est plus sacré qu'un dépôt. Il y a sept ans, dites-vous, qu'Ali Cogia est allé à la Mecque, et qu'il n'est pas revenu; mais l'on vous a dit qu'il était allé en Égypte; et d'Égypte, que savez-vous s'il n'est pas allé plus loin ? Il suffit que vous n'ayez pas de nouvelles de sa mort : il peut revenir demain, après-demain. Quelle infamie ne serait-ce pas pour vous et pour votre famille, s'il revenait et que vous ne lui rendissiez pas son vase dans le même état et tel qu'il vous l'a confié! Je vous déclare que je n'ai pas envie de ses olives, et que je n'en mangerai pas. Si j'en ai parlé, je ne l'ai fait que par manière d'entretien. De plus, croyez-vous qu'après tant de temps les olives soient encore bonnes ? Elles sont pourries et gâtées. Et si Ali Cogia revient, comme un pressentiment me le dit, et qu'il s'aperçoive que vous y avez touché, quel jugement fera-t-il de votre amitié et de votre fidélité ? Abandonnez votre dessein, je vous en conjure. »

La femme ne tint un si long discours à son mari que parce qu'elle lisait son obstination sur son visage. En effet, il n'écouta pas de si bons conseils : il se leva, et il alla à son magasin avec de la lumière et un plat.

« Alors, souvenez-vous au moins, lui dit sa femme, que je ne prends pas de part à ce que vous allez faire, afin que vous ne m'en attribuiez pas la faute s'il vous arrive de vous en repentir. »

Le marchand eut encore les oreilles fermées, et il persista dans son dessein. Quand il fut dans son magasin, il prend le vase, il le découvre, et il voit les olives toutes pourries. Pour s'éclaircir si le dessous était aussi gâté que le dessus, il en verse dans le plat, et, de la secousse avec laquelle il les versa, quelques pièces d'or y tombèrent avec bruit.

A la vue de ces pièces, le marchand, naturellement avide et attentif, regarde dans le vase, et aperçoit qu'il avait presque toutes les olives dans le plat, et que le reste était tout or en belle monnaie. Il remet dans le vase ce qu'il avait versé d'olives, il le recouvre, et il revient.

« Ma femme, dit-il en rentrant, vous aviez raison : les olives sont pourries, et j'ai rebouché le vase de manière qu'Ali Cogia ne s'apercevra pas que j'y ai touché, si jamais il revient. — Vous eussiez mieux fait de me croire, reprit la femme, et de n'y pas toucher. Dieu veuille qu'il n'en arrivera pas de mal! »

Le marchand fut aussi peu touché de ces dernières paroles de sa femme que de la remontrance qu'elle lui avait faite. Il passa la nuit presque entière à songer au moyen de s'approprier l'or d'Ali Cogia, et à faire en sorte qu'il lui demeurât, au cas qu'il revînt et qu'il lui demandât le vase. Le lendemain de grand matin, il va acheter des olives de l'année; il revient, il jette les vieilles du vase d'Ali Cogia, il en prend l'or, il le met en sûreté; et, après l'avoir rempli des olives qu'il venait d'acheter, il le recouvre du même couvercle, et il le remet à la même place où Ali Cogia l'avait mis.

Environ un mois après que le marchand eut commis une action si lâche, et qui devait lui coûter cher, Ali Cogia arriva à Bagdad de son long voyage. Comme il avait loué sa maison avant son départ, il mit pied à terre dans un khan où il prit un logement en attendant qu'il eût signifié son arrivée à son locataire, et que le locataire se fût pourvu ailleurs d'un logement.

Le lendemain, Ali Cogia alla trouver le marchand son ami, qui le reçut en l'embrassant et en lui témoignant la joie qu'il avait de son retour, après une absence de tant d'années, qui, disait-il, avait commencé de lui faire perdre l'espérance de jamais le revoir.

Après les compliments de part et d'autre, accoutumés dans une semblable rencontre, Ali Cogia pria le marchand de vouloir bien lui rendre le vase d'olives qu'il avait confié à sa garde, et de l'excuser de la liberté qu'il avait prise de l'en embarrasser.

« Ali Cogia, mon cher ami, reprit le marchand, vous avez tort de me faire des excuses, je n'ai été nullement embarrassé de votre vase, et, dans une pareille occasion, j'en eusse usé avec vous de la même manière que vous en avez usé avec moi. Tenez, voilà la clef de mon magasin : allez le prendre, vous le trouverez à la même place où vous l'avez mis. »

Ali Cogia alla au magasin du marchand, il en apporta son vase; et, après lui avoir rendu la clef, l'avoir bien remercié du plaisir qu'il en avait reçu, il retourne au khan où il avait pris logement. Il découvre le vase; et, en y mettant la main à la hauteur où les mille pièces d'or qu'il y avait cachées devaient être, il est dans une grande surprise de ne les y pas trouver. Il crut se tromper; et, pour se tirer de peine promptement, il prend une partie des plats et autres vases de sa cuisine de voyage, et il verse tout le vase d'olives sans y trouver une seule pièce d'or. Il demeura immobile d'étonnement, et, en élevant les mains et les yeux au ciel : « Est-il possible, s'écria-t-il, qu'un homme que je regardais comme mon bon ami m'ait fait une infidélité si insigne! »

Ali Cogia, sensiblement alarmé par la crainte d'avoir fait une perte si considérable, revient chez le marchand. « Mon ami, lui dit-il, ne soyez pas surpris de ce que je reviens sur mes pas : j'avoue que j'ai reconnu le vase d'olives que j'ai repris dans votre magasin pour celui que j'y avais mis; mais, avec les olives, j'y avais mis mille pièces d'or que je n'y trouve pas. Peut-être en avez-vous eu besoin, et que vous vous en êtes servi pour votre négoce. Si cela est, elles sont à votre service. Je vous prie seulement de me tirer hors de peine et de m'en donner une reconnaissance, après quoi vous me les rendrez à votre commodité. »

Le marchand, qui s'était attendu qu'Ali Cogia viendrait lui faire ce compliment, avait médité aussi ce qu'il devait lui répondre. « Ali Cogia, mon ami, dit-il, quand vous m'avez apporté votre vase d'olives, y ai-je touché ? Ne vous ai-je pas donné la clef de mon magasin ? ne l'y avez-vous pas porté vous-même, et ne l'avez-vous pas retrouvé à la même place où vous l'aviez mis, dans le même état et couvert de même ? Si vous y aviez mis de l'or, vous devez l'y avoir trouvé. Vous m'avez dit qu'il y avait des olives, je l'ai cru. Voilà tout ce que j'en sais. Vous m'en croirez si vous voulez, mais je n'y ai pas touché. »

Ali Cogia prit toutes les voies de douceur pour faire en sorte que le marchand se rendît justice à lui-même. « Je n'aime, dit-il, que la paix, et je serais fâché d'en venir à des extrémités qui ne vous feraient pas honneur dans le monde, et dont je ne me servirais qu'avec un regret extrême. Songez que des marchands comme nous doivent abandonner tout intérêt pour conserver leur bonne réputation. Encore une fois, je serais au désespoir si votre opiniâtreté m'obligeait de prendre les voies de la justice, moi qui ai toujours mieux aimé perdre quelque chose de mon droit que d'y recourir.

— Ali Cogia, reprit le marchand, vous convenez que vous avez mis chez moi un vase d'olives en dépôt; vous l'avez repris, vous l'avez emporté, et vous venez me demander mille pièces d'or! M'avez-vous dit qu'elles fussent dans le vase ? J'ignore même qu'il y ait des olives : vous ne me les avez pas montrées. Je m'étonne que vous ne me demandiez des perles ou des diamants plutôt que de l'or. Croyez-moi, retirez-vous, et ne faites pas assembler le monde devant ma boutique. »

Quelques-uns s'y étaient déjà arrêtés; et ces dernières paroles du marchand, prononcées du ton d'un homme qui sortait hors des bornes de la modération, firent que non seulement il s'y en arrêta un plus grand nombre, mais même que les marchands voisins sortirent de leurs boutiques et vinrent pour prendre connaissance de la dispute qui était entre lui et Ali Cogia et tâcher de les mettre d'accord. Quand Ali Cogia leur eut exposé le sujet, les plus apparents demandèrent au marchand ce qu'il avait à répondre.

Le marchand avoua qu'il avait gardé le vase d'Ali Cogia dans son magasin; mais il nia qu'il y eût touché, et il fit serment qu'il ne savait qu'il y eût des olives que parce qu'Ali Cogia le lui avait dit, et qu'il les prenait tous à témoin de l'affront et de l'insulte qu'il venait lui faire jusque chez lui.

« Vous vous l'attirez vous-même l'affront, dit alors Ali Cogia en prenant le marchand par le bras; mais, puisque vous en usez si méchamment, je vous cite à la loi de Dieu : voyons si vous aurez le front de dire la même chose devant le cadi. »

A cette sommation, à laquelle tout bon musulman doit obéir, à moins de se rendre rebelle à la religion, le marchand n'eut pas la hardiesse de faire résistance. « Allons, dit-il, c'est ce que je demande : nous verrons qui a tort, vous ou moi. »

Ali Cogia amena le marchand devant le tribunal du cadi, où il l'accusa de lui avoir volé un dépôt de mille pièces d'or, en exposant le fait de la manière que nous le venons de voir. Le cadi lui demanda s'il avait des témoins. Il répondit que c'était une précaution qu'il n'avait pas prise, parce qu'il avait cru que celui à qui il confiait son dépôt était son ami, et que jusqu'alors il l'avait reconnu pour honnête homme.

Le marchand ne dit autre chose pour sa défense que ce qu'il avait déjà dit à Ali Cogia, et en présence de ses voisins; et il acheva en disant qu'il était prêt d'affirmer par serment non seulement qu'il était faux qu'il eût pris les mille pièces d'or, comme on l'en accusait, mais même qu'il n'en avait aucune connaissance. Le cadi exigea de lui le serment; après quoi il le renvoya absous.

Ali Cogia, extrêmement mortifié de se voir condamné à une perte si considérable, protesta contre le jugement, en déclarant au cadi qu'il en porterait sa plainte au calife Haroun-al-Raschid, qui lui ferait justice; mais le cadi ne s'étonna point de la protestation, il la regarda comme l'effet du ressentiment ordinaire à tous ceux qui perdent leur procès, et il crut avoir fait son devoir en renvoyant absous un accusé contre lequel on ne lui avait pas produit de témoins.

Pendant que le marchand retournait chez lui en triomphant d'Ali Cogia avec la joie d'avoir ses mille pièces d'or à si bon marché, Ali Cogia alla dresser un placet; et dès le lendemain, après avoir pris son temps que le calife devait retourner de la mosquée après la prière de midi, il se mit dans une rue sur le chemin, et, dans le temps qu'il passait, il éleva le bras en tenant le placet à la main; et un officier chargé de cette fonction, qui marchait devant le calife et qui se détacha de son rang, vint le prendre pour le lui donner.

Comme Ali Cogia savait que la coutume du calife Haroun-al-Raschid, en rentrant dans son palais, était de lire lui-même les placets qu'on lui présentait de la sorte, il suivit la marche, entra dans le palais, et attendit que l'officier qui avait pris le placet sortît de l'appartement du calife. En sortant, l'officier lui dit que le calife avait lu son placet, lui marqua l'heure qu'il lui donnerait audience le lendemain; et, après avoir appris de lui la demeure du marchand, il envoya lui signifier de se trouver aussi le lendemain à la même heure.

Le soir du même jour, le calife avec le grand-vizir Giafar et Mesrour, le chef des eunuques, l'un et l'autre déguisés comme lui, alla faire sa tournée dans la ville, comme j'ai déjà fait remarquer à Votre Majesté qu'il avait coutume de le faire de temps en temps.

En passant par une rue, le calife entendit du bruit; il pressa le pas, et il arriva à une porte qui donnait entrée dans une cour où dix ou douze enfants, qui n'étaient pas encore retirés, jouaient au clair de la lune; de quoi il s'aperçut en regardant par une fente.

Le calife, curieux de savoir à quel jeu ces enfants jouaient, s'assit sur un banc de pierre qui se trouva à propos à côté de la porte; et, comme il continuait à regarder par la fente, il entendit qu'un des enfants, le plus vif et le plus éveillé de tous, dit aux autres : « Jouons au cadi. Je suis le cadi : amenez-moi Ali Cogia et le marchand qui lui a volé mille pièces d'or. »

A ces paroles de l'enfant, le calife se souvint du placet qui lui avait été présenté le même jour, et qu'il avait lu; et cela lui fit redoubler son attention, pour voir quel serait le succès du jugement.

Comme l'affaire d'Ali Cogia et du marchand était nouvelle et qu'elle faisait grand bruit dans la ville de Bagdad, jusque parmi les enfants, les autres enfants acceptèrent la proposition avec joie, et convinrent du personnage que chacun devait jouer. Personne ne refusa à celui qui s'était offert de faire le cadi d'en représenter le rôle. Quand il eut pris séance avec le semblant et la gravité d'un cadi, un autre, comme officier compétent du tribunal, lui en présenta deux, dont il appela l'un Ali Cogia, et l'autre le marchand contre qui Ali Cogia portait sa plainte.

Alors le feint cadi prit la parole; et, en interrogeant gravement le feint Ali Cogia : « Ali Cogia, dit-il, que demandez-vous au marchand que voilà ? »

Le feint Ali Cogia, après une profonde révérence, informa le feint cadi du fait de point en point; et, en achevant, il conclut en le suppliant à ce qu'il lui plût interposer l'autorité de son jugement pour empêcher qu'il ne fît une perte aussi considérable.

Le feint cadi, après avoir écouté le feint Ali Cogia, se tourna du côté du feint marchand, et lui demanda pourquoi il ne rendait pas à Ali Cogia la somme qu'il lui demandait.

Le feint marchand apporta les mêmes raisons que le véritable avait alléguées devant le cadi de Bagdad; et il demanda de même à affirmer par serment que ce qu'il disait était vérité.

« N'allons pas si vite, reprit le feint cadi : avant que nous en venions à votre serment, je suis bien aise de voir le vase d'olives. Ali Cogia, ajouta-t-il en s'adressant au feint marchand de ce nom, avez-vous apporté le vase ? » Comme il eut répondu qu'il ne l'avait pas apporté : « Allez le prendre, reprit-il, et apportez-le-moi. »

Le feint Ali Cogia disparaît pour un moment; et, en revenant, il feint de poser un vase devant le feint cadi, en disant que c'était le même vase qu'il avait mis chez l'accusé, et qu'il avait retiré de chez lui. Pour ne rien omettre de la formalité, le feint cadi demanda au feint marchand s'il le reconnaissait aussi pour le même vase. Et, comme le feint marchand eut témoigné par son silence qu'il ne pouvait le nier, il commanda qu'on le découvrît. Le feint Ali Cogia fit semblant d'ôter le couvercle, et le feint cadi, en faisant semblant de regarder dans le vase : « Voilà de belles olives, dit-il, que j'en goûte. » Il fit semblant d'en prendre une et d'en goûter, et il ajouta : « Elles sont excellentes.

« Mais, continua le feint cadi, il me semble que les olives gardées pendant sept ans ne devraient pas être si bonnes. Qu'on fasse venir des marchands d'olives, et qu'ils voient ce qui en est. »

Deux enfants lui furent présentés en qualité de marchands d'olives. « Êtes-vous marchands d'olives ? » leur demanda le feint cadi. Comme ils eurent répondu que c'était leur profession : « Dites-moi, reprit-il, savez-vous combien de temps des olives accommodées par des gens qui s'y entendent peuvent se conserver bonnes à manger ? — Seigneur, répondirent les feints marchands, quelque peine que l'on prenne pour les garder, elles ne valent plus rien la troisième année : elles n'ont plus ni saveur, ni couleur; elles ne sont bonnes qu'à jeter. — Si cela est, reprit le feint cadi, voyez le vase que voilà, et dites-moi combien il y a de temps qu'on y a mis les olives qui y sont. »

Les marchands feints firent semblant d'examiner les olives et d'en goûter, et témoignèrent au cadi qu'elles étaient récentes et bonnes.

« Vous vous trompez, reprit le feint cadi : voilà Ali Cogia qui dit qu'il les a mises dans le vase il y a sept ans. — Seigneur, repartirent les marchands appelés comme experts, ce que nous pouvons assurer, c'est que les olives sont de cette année; et nous maintenons que, de tous les marchands de Bagdad, il n'y en a pas un seul qui ne rende le même témoignage que nous. »

Le feint marchand accusé par le feint Ali Cogia voulut ouvrir la bouche contre le témoignage des marchands experts; mais le feint cadi ne lui en donna pas le temps. « Tais-toi, dit-il, tu es un voleur. Qu'on le pende. » De la sorte, les enfants mirent fin à leur jeu avec une grande joie, en frappant des mains et en se jetant sur le feint criminel, comme pour le mener pendre.

On ne peut exprimer combien le calife Haroun-al-Raschid admira la sagesse et l'esprit de l'enfant qui venait de rendre un jugement si sage sur l'affaire qui devait être plaidée devant lui le lendemain. En cessant de regarder par la fente, et en se levant, il demanda à son grand vizir, qui avait été attentif aussi à ce qui venait de se passer, s'il avait entendu le jugement que l'enfant venait de rendre, et ce qu'il en pensait. « Commandeur des croyants, répondit le grand-vizir Giafar, on ne peut être plus surpris que je le suis d'une si grande sagesse dans un âge si peu avancé.

— Mais, reprit le calife, sais-tu une chose, qui est que j'ai à prononcer demain sur la même affaire, et que le véritable Ali Cogia m'en a présenté le placet aujourd'hui ? — Je l'apprends de Votre Majesté, répond le grand-vizir. — Crois-tu, reprit encore le calife, que je puisse en rendre un autre jugement que celui que nous venons d'entendre ? — Si l'affaire est la même, repartit le grand-vizir, il ne me paraît pas que Votre Majesté puisse y procéder d'une autre manière, ni prononcer autrement. — Remarque donc bien cette maison, lui dit le calife, et amène-moi demain l'enfant, afin qu'il juge la même affaire en ma présence. Mande aussi au cadi qui a renvoyé absous le marchand voleur de s'y trouver, afin qu'il apprenne son devoir de l'exemple d'un enfant, et qu'il se corrige. Je veux aussi que tu prennes le soin de faire avertir Ali Cogia d'apporter son vase d'olives, et que deux marchands d'olives se trouvent à mon audience. » Le calife lui donna cet ordre en continuant sa tournée, qu'il acheva sans rencontrer autre chose qui méritât son attention.

Le lendemain, le grand-vizir Giafar vint à la maison où le calife avait été témoin du jeu des enfants, et il demanda à parler au maître. Au défaut du maître, qui était sorti, on le fit parler à la maîtresse. Il lui demanda si elle avait des enfants. Elle répondit qu'elle en avait trois, et elle les fit venir devant lui. « Mes enfants, leur demanda le grand vizir, qui de vous faisait le cadi hier au soir que vous jouiez ensemble ? » Le plus grand, qui était l'aîné, répondit que c'était lui ; et, comme il ignorait pourquoi il lui faisait cette demande, il changea de couleur. « Mon fils, lui dit le grand-vizir, venez avec moi, le Commandeur des croyants veut vous voir. »

La mère fut dans une grande alarme quand elle vit que le grand-vizir voulait emmener son fils. Elle lui demanda : « Seigneur, est-ce pour enlever mon fils que le Commandeur des croyants le demande ? » Le grand-vizir la rassura en lui promettant que son fils lui serait renvoyé en moins d'une heure, et qu'elle apprendrait à son retour le sujet pourquoi il était appelé, dont elle serait contente. « Si cela est ainsi, Seigneur, reprit la mère, permettez-moi qu'auparavant je lui fasse prendre un habit plus propre, et qui le rende plus digne de paraître devant le Commandeur des croyants. » Et elle le lui fit prendre sans perdre de temps.

Le grand-vizir emmena l'enfant, et il le présenta au calife à l'heure qu'il avait donnée à Ali Cogia et au marchand pour les entendre.

Le calife, qui vit l'enfant un peu interdit, et qui voulut le préparer à ce qu'il attendait de lui : « Venez, mon fils, dit-il, approchez. Est-ce vous qui jugiez hier l'affaire d'Ali Cogia et du marchand qui lui a volé son or ? Je vous ai vu et je vous ai entendu : je suis bien content de vous. » L'enfant ne se décontenança pas ; il répondit modestement que c'était lui. « Mon fils, reprit le calife, je veux vous faire voir aujourd'hui le véritable Ali Cogia et le véritable marchand. Venez vous asseoir près de moi. »

Alors le calife prit l'enfant par la main, monta et s'assit sur son trône ; et, quand il l'eut fait asseoir près de lui, il demanda où étaient les parties. On les fit avancer, et on les lui nomma pendant qu'ils se prosternaient et qu'ils frappaient de leur front le tapis qui couvrait le trône. Quand ils se furent relevés, le calife leur dit : « Plaidez chacun votre cause : l'enfant que voici vous écoutera et vous fera justice, et, s'il manque en quelque chose, j'y suppléerai. »

Ali Cogia et le marchand parlèrent l'un après l'autre ; et, quand le marchand vint à demander à faire le même serment qu'il avait fait dans son premier jugement, l'enfant dit qu'il n'était pas encore temps, et qu'auparavant il était à propos de voir le vase d'olives.

A ces paroles, Ali Cogia présenta le vase, le posa aux pieds du calife, et le découvrit. Le calife regarda les olives, et il en prit une dont il goûta. Le vase fut donné à examiner aux marchands experts qui avaient été appelés; et leur rapport fut que les olives étaient bonnes, et de l'année. L'enfant leur dit qu'Ali Cogia assurait qu'elles y avaient été mises il y avait sept ans; à quoi ils firent la même réponse que les enfants feints marchands experts, comme nous l'avons vu.

Ici, quoique le marchand accusé vît bien que les deux marchands experts venaient de prononcer sa condamnation, il ne laissa pas néanmoins de vouloir alléguer quelque chose pour se justifier; mais l'enfant se garda bien de l'envoyer pendre; il regarda le calife. « Commandeur des croyants, dit-il, ceci n'est pas un jeu : c'est à Votre Majesté de condamner à mort sérieusement, et non pas à moi, qui ne le fis hier que pour rire. »

Le calife, instruit pleinement de la mauvaise foi du marchand, l'abandonna aux ministres de la justice pour le faire pendre; ce qui fut exécuté, après qu'il eut déclaré où il avait caché les mille pièces d'or, qui furent rendues à Ali Cogia. Ce monarque enfin, plein de justice et d'équité, après avoir averti le cadi qui avait rendu le premier jugement, lequel était présent, d'apprendre d'un enfant à être plus exact dans sa fonction, embrassa l'enfant, et le renvoya avec une bourse de cent pièces d'or, qu'il lui fit donner pour marque de sa libéralité.

HISTOIRE
DU CHEVAL ENCHANTÉ

Scheherazade, en continuant de raconter au sultan des Indes ses histoires si agréables, et auxquelles il prenait un si grand plaisir, l'entretint de celle du cheval enchanté.

Sire, dit-elle, comme Votre Majesté ne l'ignore pas, le Nevroux, c'est-à-dire le nouveau jour, qui est le premier de l'année et du printemps, ainsi nommé par excellence, est une fête si solennelle et si ancienne dans toute l'étendue de la Perse, dès les premiers temps mêmes de l'idolâtrie, que la religion de notre prophète, toute pure qu'elle est, et que nous tenons pour la véritable, en s'y introduisant, n'a pu jusqu'à nos jours venir à bout de l'abolir, quoique l'on puisse dire qu'elle est toute païenne, et que les cérémonies qu'on y observe sont superstitieuses. Sans parler des grandes villes, il n'y en a ni petite, ni bourg, ni village, ni hameau, où elle ne soit célébrée avec des réjouissances extraordinaires.

Mais les réjouissances qui se font à la cour les surpassent toutes infiniment par la variété des spectacles surprenants et nouveaux, et les étrangers des États voisins, et même des plus éloignés, y sont attirés par les récompenses et par la libéralité des rois envers ceux qui excellent par leurs inventions et par leur industrie; de manière qu'on ne voit rien dans les autres parties du monde qui approche de cette magnificence.

Dans une de ces fêtes, après que les plus habiles et les plus ingénieux du pays, avec les étrangers qui s'étaient rendus à Schiraz, où la cour était alors, eurent donné au roi et à toute sa cour le divertissement de leurs spectacles, et que le roi leur eut fait ses largesses, à chacun selon ce qu'il avait mérité et ce qu'il avait fait paraître de plus extraordinaire, de plus merveilleux et de plus satisfaisant, ménagées avec une égalité qu'il n'y en avait pas un qui ne s'estimât dignement récompensé; dans le temps qu'il se préparait à se retirer et à congédier la grande assemblée, un Indien parut au pied de son trône en faisant avancer un cheval sellé, bridé, et richement harnaché, représenté avec tant d'art qu'à le voir on l'eût pris d'abord pour un véritable cheval.

L'Indien se prosterna devant le trône; et, quand il se fut relevé, en montrant le cheval au roi : « Sire, dit-il, quoique je me présente le dernier devant Votre Majesté pour entrer en lice, je puis l'assurer néanmoins que dans ce jour de fête elle n'a rien vu d'aussi merveilleux et d'aussi surprenant que le cheval sur lequel je la supplie de jeter les yeux.

— Je ne vois dans ce cheval, lui dit le roi, autre chose que l'art et l'industrie de l'ouvrier à lui donner la ressemblance du naturel qui lui a été possible. Mais un autre ouvrier pourrait en faire un semblable, qui le surpasserait même en perfection.

— Sire, reprit l'Indien, ce n'est pas aussi par sa construction, ni par ce qu'il paraît à l'extérieur, que j'ai dessein de faire regarder mon cheval par Votre Majesté comme une merveille; c'est par l'usage que j'en sais faire, et que tout homme comme moi peut en faire, par le secret que je puis lui communiquer. Quand je le monte, en quelque endroit de la terre, si éloigné qu'il puisse être, que je veuille me transporter par la région de l'air, je puis l'exécuter en très peu de temps. En peu de mots, Sire, voilà en quoi consiste la merveille de mon cheval : merveille dont personne n'a jamais entendu parler, et dont je m'offre de faire voir l'expérience à Votre Majesté, si elle me le commande. »

Le roi de Perse, qui était curieux de tout ce qui tenait du merveilleux, et qui, après tant de choses de cette nature qu'il avait vues et qu'il avait cherché et désiré de voir, n'avait rien vu qui en approchât, ni entendu dire qu'on eût vu rien de semblable, dit à l'Indien qu'il n'y avait que l'expérience qu'il venait de lui proposer qui pouvait le convaincre de la prééminence de son cheval, et qu'il était prêt d'en voir la vérité.

L'Indien mit aussitôt le pied à l'étrier, se jeta sur le cheval avec une grande légèreté; et, quand il eut mis le pied dans l'autre étrier et qu'il se fut bien assuré sur la selle, il demanda au roi de Perse où il lui plaisait de l'envoyer.

Environ à trois lieues de Schiraz, il y avait une haute montagne qu'on découvrait à plein de la grande place où le roi de Perse était devant son palais, remplie de tout le peuple qui s'y était rendu. « Vois-tu cette montagne ? dit le roi en la montrant à l'Indien; c'est où je souhaite que tu ailles : la distance n'est pas longue, mais elle suffit pour faire juger de la diligence que tu feras pour aller et pour revenir. Et, parce qu'il n'est pas possible de te conduire des yeux jusque-là, pour marque certaine que tu y seras allé, j'entends que tu m'apportes une palme d'un palmier qui est au pied de la montagne. »

A peine le roi de Perse eut achevé de déclarer sa volonté par ces paroles que l'Indien ne fit que tourner une cheville qui s'élevait un peu au défaut du cou du cheval, en approchant du pommeau de la selle. Dans l'instant le cheval s'éleva de terre, et enleva le cavalier en l'air comme un éclair, si haut qu'en peu de moments ceux qui avaient les yeux les plus perçants le perdirent de vue; et cela se fit avec une grande admiration du roi et de ses courtisans, et de grands cris d'étonnement de la part de tous les spectateurs assemblés.

Il n'y avait presque pas un quart d'heure que l'Indien était parti, quand on l'aperçut au haut de l'air qui revenait la palme à la main. On le vit enfin arriver au-dessus de la place, où il fit plusieurs caracoles aux acclamations de joie du peuple qui lui applaudissait, jusqu'à ce qu'il vînt se poser devant le trône du roi, à la même place d'où il était parti, sans aucune secousse du cheval qui pût l'incommoder. Il mit pied à terre; et, en s'approchant du trône, il se prosterna, et il posa la palme aux pieds du roi.

Le roi de Perse, qui fut témoin, avec non moins d'admiration que d'étonnement, du spectacle inouï que l'Indien venait de lui donner, conçut en même temps une forte envie de posséder le cheval; et, comme il se persuadait qu'il ne trouverait pas de difficultés à en traiter avec l'Indien, quelque somme qu'il lui en demandât, résolu de la lui accorder, il le regardait déjà comme la pièce la plus précieuse qu'il aurait dans son trésor, dont il comptait de l'enrichir.

« A juger de ton cheval par son apparence extérieure, dit-il à l'Indien, je ne comprenais pas qu'il dût être considéré autant que tu viens de me faire voir qu'il le mérite. Je t'ai obligation de m'avoir désabusé; et, pour te marquer combien j'en fais d'estime, je suis prêt de l'acheter, s'il est à vendre.

— Sire, reprit l'Indien, je n'ai pas douté que Votre Majesté, qui passe, entre tous les rois qui règnent aujourd'hui sur la terre, pour celui qui sait juger le mieux de toutes choses, et les estimer selon leur juste valeur, rendrait à mon cheval la justice qu'elle lui rend, dès que je lui aurais fait connaître par où il était digne de son attention. J'avais même prévu qu'elle ne se contenterait pas de l'admirer et de le louer, mais même qu'elle désirerait d'abord d'en être possesseur, comme elle vient de me le témoigner. De mon côté, Sire, quoique j'en connaisse le prix autant qu'on peut le connaître, et que sa possession me donne un relief pour rendre mon nom immortel dans le monde, je n'y ai pas néanmoins une attache si forte que je ne veuille bien m'en priver pour satisfaire la noble passion de Votre Majesté. Mais, en lui faisant cette déclaration, j'en ai une autre à lui faire touchant la condition sans laquelle je ne puis me résoudre à le laisser passer en d'autres mains, qu'elle ne prendra peut-être pas en bonne part. Votre Majesté aura donc pour agréable, continua l'Indien, que je lui marque que je n'ai pas acheté ce cheval : je ne l'ai obtenu de l'inventeur et du fabricateur qu'en lui donnant en mariage ma fille unique qu'il me demanda; et en même temps il exigea de moi que je ne le vendrais pas, et que, si j'avais à lui donner un autre possesseur, ce serait par un échange tel que je le jugerais à propos. »

L'Indien voulait poursuivre; mais, au mot d'échange, le roi de Perse l'interrompit. « Je suis prêt, repartit-il, de t'accorder tel échange que tu me demanderas. Tu sais que mon royaume est grand, qu'il est rempli de grandes villes, puissantes, riches et peuplées. Je laisse à ton choix celle qu'il te plaira de choisir en pleine puissance et souveraineté pour le reste de tes jours. »

Cet échange parut véritablement royal à toute la cour de Perse; mais il était fort au-dessous de ce que l'Indien s'était proposé. Il avait porté ses vues à quelque chose de beaucoup plus élevé. Il répondit au roi : « Sire, je suis infiniment obligé à Votre Majesté de l'offre qu'elle me fait, et je ne puis assez la remercier de sa générosité. Je la supplie néanmoins de ne pas s'offenser si je prends la hardiesse de lui témoigner que je ne puis mettre mon cheval en sa possession qu'en recevant de sa main la princesse sa fille pour épouse. Je suis résolu de n'en perdre la propriété qu'à ce prix. »

Les courtisans qui environnaient le roi de Perse ne

purent s'empêcher de faire un grand éclat de rire à la demande extravagante de l'Indien. Mais le prince Firouz Schah, fils aîné du roi et héritier présomptif du royaume, ne l'entendit qu'avec indignation. Le roi pensa tout autrement, et il crut qu'il pouvait sacrifier la princesse de Perse à l'Indien pour satisfaire sa curiosité. Il balança néanmoins savoir s'il devait prendre ce parti.

Le prince Firouz Schah, qui vit que le roi son père hésitait sur la réponse qu'il devait faire à l'Indien, craignit qu'il ne lui accordât ce qu'il demandait : chose qu'il eût regardée comme également injurieuse à la dignité royale, à la princesse sa sœur et à sa propre personne. Il prit donc la parole, et, en le prévenant : « Sire, dit-il, que Votre Majesté me pardonne si j'ose lui demander s'il est possible qu'elle balance un moment sur le refus qu'elle doit faire à la demande insolente d'un homme de rien et d'un bateleur infâme, et qu'elle lui donne lieu de se flatter un moment qu'il va entrer dans l'alliance d'un des plus puissants monarques de la terre. Je la supplie de considérer ce qu'elle se doit, non seulement à soi-même, mais même à son sang et à la haute noblesse de ses aïeux.

— Mon fils, reprit le roi de Perse, je prends votre remontrance en bonne part, et je vous sais bon gré du zèle que vous témoignez pour conserver l'éclat de votre naissance dans le même état que vous l'avez reçu ; mais vous ne considérez pas assez l'excellence de ce cheval, ni que l'Indien qui me propose cette voie pour l'acquérir peut, si je le rebute, aller faire la même proposition ailleurs, où l'on passera par-dessus le point d'honneur, et que je serais au désespoir si un autre monarque pouvait se vanter de m'avoir surpassé en générosité, et de m'avoir privé de la gloire de posséder le cheval, que j'estime la chose la plus singulière et la plus digne d'admiration qu'il y ait au monde. Je ne veux pas dire néanmoins que je consente à lui accorder ce qu'il demande. Peut-être n'est-il pas bien d'accord avec lui-même sur l'exorbitance de sa prétention, et que, la princesse ma fille à part, je ferai telle autre convention avec lui qu'il en sera content. Mais, avant que je vienne à la dernière discussion du marché, je suis bien aise que vous examiniez le cheval, et que vous en fassiez l'essai vous-même, afin que vous m'en disiez votre sentiment. Je ne doute pas qu'il ne veuille bien le permettre. »

Comme il est naturel de se flatter dans ce que l'on

souhaite, l'Indien, qui crut entrevoir dans le discours qu'il venait d'entendre que le roi de Perse n'était pas absolument éloigné de le recevoir dans son alliance, en acceptant le cheval à ce prix, et que le prince, au lieu de lui être contraire, comme il venait de le faire paraître, pourrait lui devenir favorable, loin de s'opposer au désir du roi, en témoigna de la joie; et, pour marque qu'il y consentait avec plaisir, il prévint le prince en s'approchant du cheval, prêt à l'aider à le monter, et l'avertit ensuite de ce qu'il fallait qu'il fît pour le bien gouverner.

Le prince Firouz Schah, avec une adresse merveilleuse, monta le cheval sans le secours de l'Indien; et il n'eut pas plus tôt le pied assuré dans l'un et l'autre étrier que, sans attendre aucun avis de l'Indien, il tourna la cheville qu'il lui avait vu tourner peu de temps auparavant lorsqu'il l'avait monté. Du moment qu'il l'eut tournée, le cheval l'enleva avec la même vitesse qu'une flèche tirée par l'archer le plus fort et le plus adroit; et de la sorte, en peu de moments, le roi, toute la cour et toute la nombreuse assemblée le perdirent de vue.

Le cheval ni le prince Firouz Schah ne paraissaient plus dans l'air, et le roi de Perse faisait des efforts inutilement pour l'apercevoir, quand l'Indien, alarmé de ce qui venait d'arriver, se prosterna devant le trône, et obligea le roi de jeter les yeux sur lui et de faire attention au discours qu'il lui tint en ces termes : « Sire, dit-il, Votre Majesté elle-même a vu que le prince ne m'a pas permis, par sa promptitude, de lui donner l'instruction nécessaire pour gouverner mon cheval. Sur ce qu'il m'a vu faire, il a voulu marquer qu'il n'avait pas besoin de mon avis pour partir et s'élever en l'air; mais il ignore l'avis que j'avais à lui donner pour faire détourner le cheval en arrière, et pour le faire revenir au lieu d'où il est parti. Ainsi, Sire, la grâce que je demande à Votre Majesté, c'est de ne me pas rendre garant de ce qui pourra arriver de sa personne. Elle est trop équitable pour m'imputer le malheur qui peut en arriver. »

Le discours de l'Indien affligea fort le roi de Perse, qui comprit que le danger où était le prince son fils était inévitable, s'il était vrai, comme l'Indien le disait, qu'il y eût un secret pour faire revenir le cheval, différent de celui qui le faisait partir et élever en l'air. Il lui demanda en colère pourquoi il ne l'avait pas rappelé dans le moment qu'il l'avait vu partir.

« Sire, répondit l'Indien, Votre Majesté elle-même a été témoin de la rapidité avec laquelle le cheval et le prince ont été enlevés : la surprise où j'en ai été, et où j'en suis encore, m'a d'abord ôté la parole; et, quand j'ai été en état de m'en servir, il était déjà si éloigné qu'il n'eût pas entendu ma voix, et, quand il l'eût entendue, il n'eût pu gouverner le cheval pour le faire revenir, puisqu'il n'en savait pas le secret qu'il ne s'est pas donné la patience de l'apprendre de moi. Mais, Sire, ajouta-t-il, il y a lieu d'espérer néanmoins que le prince, dans l'embarras où il se trouvera, s'apercevra d'une autre cheville, et qu'en la tournant, le cheval aussitôt cessera de s'élever, et descendra du côté de la terre, où il pourra se poser en tel lieu convenable qu'il jugera à propos, en le gouvernant avec la bride. »

Nonobstant le raisonnement de l'Indien, qui avait toute l'apparence possible, le roi de Perse, alarmé du péril évident où était le prince son fils : « Je suppose, reprit-il, chose néanmoins très incertaine, que le prince mon fils s'aperçoive de l'autre cheville, et qu'il en fasse l'usage que tu dis, le cheval, au lieu de descendre jusqu'en terre, ne peut-il pas tomber sur des rochers, ou se précipiter avec lui jusqu'au fond de la mer ?

— Sire, repartit l'Indien, je puis délivrer Votre Majesté de cette crainte, en l'assurant que le cheval passe les mers sans jamais y tomber, et qu'il porte toujours le cavalier où il a intention de se rendre; et Votre Majesté peut s'assurer que, pour peu que le prince s'aperçoive de l'autre cheville que j'ai dit, le cheval ne le portera qu'où il voudra se rendre; et il n'est pas croyable qu'il se rende ailleurs que dans un lieu où il pourra trouver du secours et se faire connaître. »

A ces paroles de l'Indien : « Quoi qu'il en soit, répliqua le roi de Perse, comme je ne puis me fier à l'assurance que tu me donnes, ta tête me répondra de la vie de mon fils, si dans trois mois je ne le vois revenir sain et sauf, ou que je n'apprenne certainement qu'il soit vivant. »

Il commanda qu'on s'assurât de sa personne, et qu'on le resserrât dans une prison étroite; après quoi il se retira dans son palais, extrêmement affligé de ce que la fête du Nevroux, si solennelle dans toute la Perse, se fût terminée d'une manière si triste pour lui et pour sa cour.

Le prince Firouz Schah cependant fut enlevé dans l'air avec la rapidité que nous avons dit; et en moins d'une heure il se vit si haut qu'il ne distinguait plus rien sur la terre, où les montagnes et les vallées lui paraissaient confondues avec les plaines. Ce fut alors qu'il songea à revenir au lieu d'où il était parti. Pour y réussir, il s'imagina qu'à tourner la même cheville à contre-sens, et en tournant la bride en même temps, il réussirait; mais son étonnement fut extrême quand il vit que le cheval l'enlevait toujours avec la même rapidité. Il la tourna et retourna plusieurs fois, mais inutilement. Ce fut alors qu'il reconnut la grande faute qu'il avait commise, de ne pas prendre de l'Indien tous les renseignements nécessaires pour bien gouverner le cheval avant d'entreprendre de le monter. Il comprit dans le moment la grandeur du péril où il était; mais cette connaissance ne lui fit pas perdre le jugement : il se recueillit en lui-même avec tout le bon sens dont il était capable, et, en examinant la tête et le cou du cheval avec attention, il aperçut une autre cheville plus petite et moins apparente que la première, à côté de l'oreille droite du cheval. Il tourna la cheville, et dans le moment il remarqua qu'il descendait vers la terre par une ligne semblable à celle par où il avait monté, mais moins rapidement.

Il y avait une demi-heure que les ténèbres de la nuit couvraient la terre à l'endroit où le prince Firouz Schah se trouvait perpendiculairement, quand il tourna la cheville. Mais, comme le cheval continua de descendre, le soleil se coucha aussi pour lui en peu de temps, jusqu'à ce qu'il se trouva entièrement dans les ténèbres de la nuit. De la sorte, loin de choisir un lieu où aller mettre pied à terre à sa commodité, il fut contraint de lâcher la bride sur le col du cheval, en attendant avec patience qu'il achevât de descendre, non sans inquiétude du lieu où il s'arrêterait, savoir si ce serait un lieu habité, un désert, un fleuve ou la mer.

Le cheval enfin s'arrêta et se posa qu'il était plus de minuit; et le prince Firouz Schah mit pied à terre, mais avec une grande faiblesse, qui venait de ce qu'il n'avait rien pris depuis le matin du jour qui venait de finir, avant qu'il sortît du palais avec le roi son père pour assister aux spectacles de la fête. La première chose qu'il fit dans l'obscurité de la nuit fut de reconnaître le lieu où il était, et il se trouva sur le toit en terrasse d'un palais magnifique, couronné d'une balustrade de marbre à hauteur d'appui. En examinant la terrasse, il rencontra l'escalier par où l'on y montait du palais, dont la porte n'était pas fermée, mais entrouverte.

Tout autre que le prince Firouz Schah n'eût peut-être pas hasardé de descendre dans la grande obscurité qui régnait alors dans l'escalier, outre la difficulté qui se présentait s'il trouverait amis ou ennemis : considération qui ne fut pas capable de l'arrêter. « Je ne viens pas pour faire mal à personne, se dit-il à lui-même; et apparemment ceux qui me verront les premiers, et qui ne me verront pas les armes à la main, auront l'humanité de m'écouter avant qu'ils attentent à ma vie. » Il ouvrit la porte davantage sans faire de bruit, et il descendit de même avec grande précaution, pour s'empêcher de faire quelque faux pas, dont le bruit eût pu éveiller quelqu'un. Il réussit; et, dans un entrepôt de l'escalier, il trouva la porte ouverte d'une grande salle, où il y avait de la lumière.

Le prince Firouz Schah s'arrêta à la porte; et, en prêtant l'oreille, il n'entendit d'autre bruit que des gens qui dormaient profondément, et qui ronflaient en différentes manières. Il avança un peu dans la salle, et, à la lumière d'une lanterne, il vit que ceux qui dormaient étaient des eunuques noirs, chacun avec le sabre nu près de soi; et cela lui fit connaître que c'était la garde de l'appartement d'une reine ou d'une princesse, et il se trouva que c'était celui d'une princesse.

La chambre où couchait la princesse suivait après cette salle, et la porte qui était ouverte le faisait connaître à la grande lumière dont elle était éclairée, qui se laissait voir au travers d'une portière d'une étoffe de soie fort légère.

Le prince Firouz Schah s'avança jusqu'à la portière, le pied en l'air, sans éveiller les eunuques. Il l'ouvrit; et, quand il fut entré, sans s'arrêter à considérer la magnificence de la chambre, qui était toute royale, circonstance qui lui importait peu dans l'état où il était, il ne fit attention qu'à ce qui lui importait davantage. Il vit plusieurs lits, un seul sur le sofa, et les autres au bas. Des femmes de la princesse étaient couchées dans ceux-ci pour lui tenir compagnie et l'assister dans ses besoins, et la princesse dans le premier.

A cette distinction, le prince Firouz Schah ne se trompa pas dans le choix qu'il avait à faire pour s'adresser à la princesse elle-même. Il s'approcha de son lit sans l'éveiller, ni pas une de ses femmes. Quand il fut assez près, il vit une beauté si extraordinaire et si surprenante qu'il en fut charmé et enflammé d'amour dès la première vue. « Ciel! s'écria-t-il en lui-même, ma destinée m'a-t-elle amené en ce lieu pour me faire perdre ma liberté, que j'ai conservée entière jusqu'à présent ? Ne dois-je pas m'attendre à un esclavage certain dès qu'elle aura ouvert les yeux, si ces yeux, comme je dois m'y attendre, achèvent de donner le lustre et la perfection à un assemblage d'attraits et de charmes si merveilleux ? Il faut bien m'y résoudre, puisque je ne puis reculer sans me rendre homicide de moi-même, et que la nécessité l'ordonne ainsi. »

En achevant ces réflexions par rapport à l'état où il se trouvait et à la beauté de la princesse, le prince Firouz Schah se mit sur les deux genoux, et, en prenant l'extrémité de la manche pendante de la chemise de la princesse, d'où sortait un bras blanc comme la neige et fait au tour, il la tira fort légèrement.

La princesse ouvrit les yeux; et, dans la surprise où elle fut de voir devant elle un homme bien fait, bien mis et de bonne mine, elle demeura interdite, sans donner néanmoins aucun signe de frayeur ou d'épouvante.

Le prince profita de ce moment favorable; il baissa la tête presque jusque sur le tapis de pied, et, en la relevant : « Respectable princesse, dit-il, par une aventure la plus extraordinaire et la plus merveilleuse qu'on puisse imaginer, vous voyez à vos pieds un prince suppliant, fils du roi de Perse, qui se trouvait hier au matin près du roi son père, au milieu des réjouissances d'une fête solennelle, et qui se trouve à l'heure qu'il est dans un pays inconnu, où il est en danger de périr si vous n'avez la bonté et la générosité de l'assister de votre secours et de votre protection. Je l'implore cette protection, adorable princesse, avec la confiance que vous ne me la refuserez pas. J'ose me le persuader avec d'autant plus de fondement qu'il n'est pas possible que l'inhumanité se rencontre avec tant de beauté, tant de charmes et tant de majesté. »

La princesse à qui le prince Firouz Schah s'était adressé si heureusement était la princesse de Bengale, fille aînée du roi du royaume de ce nom, qui lui avait fait bâtir ce palais peu éloigné de la capitale, où elle venait souvent prendre le divertissement de la campagne. Après qu'elle l'eut écouté avec toute la bonté qu'il pouvait désirer, elle lui répondit avec la même bonté. « Prince, dit-elle, rassurez-vous; vous n'êtes pas dans un pays barbare : l'hospitalité, l'humanité et la politesse ne règnent pas moins dans le royaume de Bengale que dans le royaume de Perse. Ce n'est pas moi qui vous accorde la protection que vous me demandez; vous l'avez trouvée tout acquise non seulement dans mon palais, mais même dans tout le royaume : vous pouvez m'en croire et vous fier à ma parole. »

Le prince de Perse voulait remercier la princesse de Bengale de son honnêteté et de la grâce qu'elle venait de lui accorder si obligeamment, et il avait déjà baissé la tête fort bas pour lui en faire son compliment; mais elle ne lui donna pas le temps de parler. « Quelque forte envie, ajouta-t-elle, que j'aie d'apprendre de vous par quelle merveille vous avez mis si peu de temps à venir de la capitale de Perse, et par quel enchantement vous avez pu pénétrer jusqu'à vous présenter devant moi si secrètement que vous avez trompé la vigilance de ma garde, comme néanmoins il n'est pas possible que vous n'ayez besoin de nourriture, et en vous regardant en qualité d'un hôte qui est le bienvenu, j'aime mieux remettre ma curiosité à demain matin, et donner ordre à mes femmes de vous loger dans une de mes chambres, de vous y bien régaler, et de vous y laisser reposer et délasser jusqu'à ce que vous soyez en état de satisfaire ma curiosité, et moi de vous entendre. »

Les femmes de la princesse, qui s'étaient éveillées dès les premières paroles que le prince Firouz Schah avait adressées à la princesse leur maîtresse, avec un étonnement d'autant plus grand de le voir au chevet du lit de la princesse qu'elles ne concevaient pas comment il avait pu y arriver sans les éveiller, ni elles ni les eunuques; ces femmes, dis-je, n'eurent pas plus tôt compris l'intention de la princesse qu'elles s'habillèrent en diligence, et qu'elles furent prêtes d'exécuter ses ordres dans le moment qu'elle les leur eut donnés. Elles prirent chacune une des bougies en grand nombre qui éclairaient la chambre de la princesse; et, quand le prince eut pris congé en se retirant très respectueusement, elles marchèrent devant lui et le conduisirent dans une très belle chambre, où les unes lui préparèrent un lit, pendant que les autres allèrent à la cuisine et à l'office.

Quoiqu'à une heure indue, ces dernières femmes néanmoins de la princesse de Bengale ne firent pas attendre longtemps le prince Firouz Schah. Elles apportèrent plusieurs sortes de mets en grande affluence. Il choisit ce qui lui plut; et, quand il eut mangé suffisamment, selon le besoin qu'il en avait, elles desservirent, et le laissèrent en liberté de se coucher, après lui avoir montré plusieurs armoires où il trouverait toutes les choses qui pouvaient lui être nécessaires.

La princesse de Bengale, remplie des charmes, de l'esprit, de la politesse et de toutes les autres belles qualités du prince de Perse dont elle avait été frappée dans le peu d'entretien qu'elle venait d'avoir avec lui, n'avait encore pu se rendormir quand ses femmes rentrèrent dans sa chambre pour se coucher. Elle leur demanda si elles avaient eu bien soin de lui, si elles l'avaient laissé content, si rien ne lui manquait, et, sur toutes choses, ce qu'elles pensaient de ce prince.

Les femmes de la princesse, après l'avoir satisfaite sur les premiers articles, répondirent sur le dernier : « Princesse, nous ne savons pas ce que vous en pensez vous-même. Pour nous, nous vous estimerions très heureuse si le roi votre père vous donnait pour époux un prince si aimable. Il n'y en a pas un à la cour de Bengale qui puisse lui être comparé, et nous n'apprenons pas aussi qu'il y en ait dans les États voisins qui soient dignes de vous. »

Ce discours flatteur ne déplut pas à la princesse de Bengale; mais, comme elle ne voulait pas déclarer son sentiment, elle leur imposa silence. « Vous êtes des conteuses, dit-elle; recouchez-vous, et laissez-moi me rendormir. »

Le lendemain, la première chose que fit la princesse quand elle fut levée fut de se mettre à sa toilette. Jusqu'alors elle n'avait pas encore pris autant de peine qu'elle en prit ce jour-là pour se coiffer et s'ajuster, en consultant son miroir. Jamais ses femmes n'avaient eu besoin de plus de patience pour faire et défaire plusieurs fois la même chose, jusqu'à ce qu'elle fût contente.

« Je n'ai pas déplu au prince de Perse en déshabillé, je m'en suis bien aperçue, disait-elle en elle-même : il verra autre chose quand je serai dans mes atours. »

Elle s'orna la tête des diamants les plus gros et les plus brillants, avec un collier, des bracelets et une ceinture de pierreries semblables, le tout d'un prix inestimable; et l'habit qu'elle prit était d'une étoffe la plus riche de toutes les Indes, qu'on ne travaillait que pour les rois, les princes et les princesses, et d'une couleur qui achevait de la parer avec tous ses avantages. Après qu'elle eut encore consulté son miroir plusieurs fois, et qu'elle eut demandé à ses femmes, l'une après l'autre, s'il manquait quelque chose à son ajustement, elle envoya savoir si le prince de Perse était éveillé, et au cas qu'il le fût, et habillé, comme elle ne doutait pas qu'il ne demandât de venir se présenter devant elle, de lui marquer qu'elle allait venir elle-même et qu'elle avait ses raisons pour en user de la sorte.

Le prince de Perse, qui avait gagné sur le jour ce qu'il avait perdu de la nuit, et qui s'était remis parfaitement de son voyage pénible, venait d'achever de s'habiller quand il reçut le bonjour de la princesse de Bengale par une de ses femmes.

Le prince, sans donner à la femme de la princesse le temps de lui faire part de ce qu'elle avait à lui dire, lui demanda si la princesse était en état qu'il pût lui rendre son devoir et ses respects. Mais, quand la femme se fut acquittée auprès de lui de l'ordre qu'elle avait : « La princesse, dit-il, est la maîtresse, et je ne suis chez elle que pour exécuter ses commandements. »

La princesse de Bengale n'eut pas plus tôt appris que le prince de Perse l'attendait qu'elle vint le trouver. Après les compliments réciproques de la part du prince, sur ce qu'il avait éveillé la princesse au plus fort de son sommeil, dont il lui demanda mille pardons, et de la part de la princesse, qui lui demanda comment il avait passé la nuit et en quel état il se trouvait, la princesse s'assit sur le sofa, et le prince fit la même chose, en se plaçant à quelque distance par respect.

Alors la princesse, en prenant la parole : « Prince, dit-elle, j'eusse pu vous recevoir dans la chambre où vous m'avez trouvée couchée cette nuit; mais, comme le chef de mes eunuques a la liberté d'y entrer, et que jamais il ne pénètre jusqu'ici sans ma permission, dans l'impatience où je suis d'apprendre de vous l'aventure surprenante qui me procure le bonheur de vous voir, j'ai mieux aimé venir vous en sommer ici, comme dans un lieu où ni vous ni moi ne serons pas interrompus. Obligez-moi donc, je vous en conjure, de me donner la satisfaction que je vous demande. »

Pour satisfaire à la princesse de Bengale, le prince Firouz Schah commença son discours par la fête solennelle et annuelle du Nevroux dans tout le royaume de Perse, avec le récit de tous les spectacles dignes de sa curiosité qui avaient fait le divertissement de la cour de

Perse, et presque généralement de la ville de Schiraz. Il en vint ensuite au cheval enchanté, dont la description, avec le récit des merveilles que l'Indien monté dessus avait fait voir devant une assemblée si célèbre, convainquit la princesse qu'on ne pouvait rien imaginer au monde de plus surprenant en ce genre. « Princesse, continua le prince de Perse, vous jugez bien que le roi mon père, qui n'épargne aucune dépense pour augmenter ses trésors des choses les plus rares et les plus curieuses dont il peut avoir connaissance, doit avoir été enflammé d'un grand désir d'y ajouter un cheval de cette nature. Il le fut en effet, et il n'hésita pas à demander à l'Indien ce qu'il l'estimait.

« La réponse de l'Indien fut des plus extravagantes. Il dit qu'il n'avait pas acheté le cheval, mais qu'il l'avait acquis en échange d'une fille unique qu'il avait, et que, comme il ne pouvait s'engager à s'en priver que sous une condition semblable, il ne pouvait le lui céder qu'en épousant, avec son consentement, la princesse ma sœur.

« La foule des courtisans qui environnaient le trône du roi mon père, qui entendirent l'extravagance de cette proposition, s'en moquèrent hautement; et en mon particulier j'en conçus une indignation si grande qu'il ne me fut pas possible de la dissimuler, d'autant plus que je m'aperçus que le roi mon père balançait sur ce qu'il devait répondre. En effet, je crus voir le moment qu'il allait lui accorder ce qu'il demandait, si je ne lui eusse représenté vivement le tort qu'il allait faire à sa gloire. Ma remontrance néanmoins ne fut pas capable de lui faire abandonner entièrement le dessein de sacrifier la princesse ma sœur à un homme si méprisable. Il crut que je pourrais entrer dans son sentiment, si une fois je pouvais comprendre comme lui, à ce qu'il s'imaginait, combien ce cheval était estimable par sa singularité. Dans cette vue, il voulut que je l'examinasse, que je le montasse, et que j'en fisse l'essai moi-même.

« Pour complaire au roi mon père, je montai le cheval; et, dès que je fus dessus, comme j'avais vu l'Indien mettre la main à une cheville et la tourner pour se faire enlever avec le cheval, sans prendre d'autre renseignement de lui, je fis la même chose, et dans l'instant je fus enlevé en l'air d'une vitesse beaucoup plus grande que celle d'une flèche décochée par l'archer le plus robuste et le plus expérimenté.

« En peu de temps je fus si fort éloigné de la terre que

je ne distinguais plus aucun objet, et il me semblait que j'approchais si fort de la voûte du ciel que je craignais d'aller m'y briser la tête. Dans le mouvement rapide dont j'étais emporté, je fus longtemps comme hors de moi-même, et hors d'état de faire attention au danger présent auquel j'étais exposé en plusieurs manières. Je voulus tourner à contresens la cheville que j'avais tournée d'abord, mais je n'en expérimentai pas l'effet que je m'étais attendu. Le cheval continua de m'emporter vers le ciel, et ainsi de m'éloigner de la terre de plus en plus. Je m'aperçus anfin d'une autre cheville : je la tournai; et le cheval, au lieu de s'élever davantage, commença à décliner vers la terre; et, comme je me trouvai bientôt dans les ténèbres de la nuit, et qu'il n'était pas possible de gouverner le cheval pour me faire poser dans un lieu où je ne courusse pas de danger, je tins la bride en un même état, et je me remis à la volonté de Dieu sur ce qui pourrait arriver de mon sort.

« Le cheval enfin se posa; je mis pied à terre, et, en examinant le lieu, je me trouvai sur la terrasse de ce palais. Je trouvai la porte de l'escalier qui était entrouverte, je descendis sans bruit, et une porte ouverte, avec un peu de lumière, se présenta devant moi. J'avançai la tête; et, comme j'eus vu des eunuques endormis et une grande lumière au travers d'une portière, la nécessité pressante où j'étais, nonobstant le danger inévitable dont j'étais menacé si les eunuques se fussent éveillés, m'inspira la hardiesse, pour ne pas dire la témérité, d'avancer légèrement et d'ouvrir la portière.

« Il n'est pas besoin, Princesse, ajouta le prince, de vous dire le reste : vous le savez. Il ne me reste qu'à vous remercier de votre bonté et de votre générosité, et vous supplier de me marquer par quel endroit je puis vous témoigner ma reconnaissance d'un si grand bienfait, telle que vous en soyez satisfaite. Comme, selon le droit des gens, je suis déjà votre esclave et que je ne puis plus vous offrir ma personne, il ne me reste plus que mon cœur. Que dis-je, Princesse! il n'est plus à moi ce cœur, vous me l'avez ravi par vos charmes, et d'une manière que, bien loin de vous le redemander, je vous l'abandonne. Ainsi, permettez-moi de vous déclarer que je ne vous connais pas moins pour maîtresse de mon cœur que de mes volontés. »

Ces dernières paroles du prince Firouz Schah furent prononcées d'un ton et d'un air qui ne laissèrent pas douter la princesse de Bengale un seul moment de l'effet qu'elle avait attendu de ses attraits. Elle ne fut pas scandalisée de la déclaration du prince de Perse, comme trop précipitée. Le rouge qui lui en monta au visage ne servit qu'à la rendre plus belle et plus aimable aux yeux du prince.

Quand le prince Firouz Schah eut achevé de parler : « Prince, reprit la princesse de Bengale, si vous m'avez fait un plaisir des plus sensibles en me racontant les choses surprenantes et merveilleuses que je viens d'entendre, d'un autre côté, je n'ai pu vous regarder sans frayeur dans la plus haute région de l'air, et, quoique j'eusse le bien de vous voir devant moi sain et sauf, je n'ai cessé néanmoins de craindre que dans le moment que vous m'avez appris que le cheval de l'Indien était venu se poser si heureusement sur la terrasse de mon palais. La même chose pouvait arriver en mille autres endroits; mais je suis ravie de ce que le hasard m'a donné la préférence et l'occasion de vous faire connaître que le même hasard pouvait vous adresser ailleurs, mais non pas où vous puissiez être reçu plus agréablement et avec plus de plaisir.

« Ainsi, Prince, je me tiendrais offensée très sensiblement, si je voulais croire que la pensée que vous m'avez témoignée d'être mon esclave fût sérieuse, et que je ne l'attribuasse pas à votre honnêteté plutôt qu'à un sentiment sincère; et la réception que je vous fis hier doit vous faire connaître suffisamment que vous n'êtes pas moins libre qu'au milieu de la cour de Perse.

« Quant à votre cœur, ajouta la princesse de Bengale d'un ton qui ne marquait rien moins qu'un refus, comme je suis bien persuadée que vous n'avez pas attendu jusqu'à présent à en disposer, et que vous ne devez avoir fait choix que d'une princesse qui le mérite, je serais fort fâchée de vous donner lieu de lui faire une infidélité. »

Le prince Firouz Schah voulut protester à la princesse de Bengale qu'il était venu de Perse maître de son cœur; mais, dans le moment qu'il allait prendre la parole, une des femmes de la princesse, qui en avait l'ordre, vint avertir que le dîner était servi.

Cette interruption délivra le prince et la princesse d'une explication qui les eût embarrassés également, et dont ils n'avaient pas besoin. La princesse de Bengale demeura pleinement convaincue de la sincérité du prince de Perse; et quant au prince, quoique la princesse ne se fût pas expliquée, il jugea néanmoins par ses paroles, et à la manière favorable dont il avait été écouté, qu'il avait lieu d'être content de son bonheur.

Comme la femme de la princesse tenait la portière ouverte, la princesse de Bengale, en se levant, dit au prince de Perse, qui fit la même chose, qu'elle n'avait pas coutume de dîner de si bonne heure; mais, comme elle ne doutait pas qu'on ne lui eût fait faire un méchant souper, qu'elle avait donné ordre qu'on servît le dîner plus tôt qu'à l'ordinaire; et, en disant ces paroles, elle le conduisit dans un salon magnifique, où la table était préparée et chargée d'une grande abondance d'excellents mets. Ils se mirent à table; et, dès qu'ils eurent pris place, des femmes esclaves de la princesse, en grand nombre, belles et richement habillées, commencèrent un concert agréable d'instruments et de voix, qui dura pendant tout le repas.

Comme le concert était des plus doux et ménagé de manière qu'il n'empêchait pas le prince et la princesse de s'entretenir, ils passèrent une grande partie du repas, la princesse à servir le prince et à l'inviter de manger, et le prince, de son côté, à servir la princesse de ce qui lui paraissait le meilleur, afin de la prévenir, avec des manières et des paroles qui lui attiraient de nouvelles honnêtetés et de nouveaux compliments de la part de la princesse; et, dans ce commerce réciproque de civilités et d'attentions l'un pour l'autre, l'amour fit plus de progrès, de part et d'autre, qu'en un tête-à-tête prémédité.

Le prince et la princesse se levèrent enfin de table. La princesse mena le prince de Perse dans un cabinet grand et magnifique par sa structure et par l'or et l'azur qui l'embellissaient avec symétrie, et richement meublé. Ils s'assirent sur le sofa, qui avait une vue très agréable sur le jardin du palais, qui fut admiré par le prince Firouz Schah, par la variété des fleurs, des arbustes et des arbres, tous différents de ceux de Perse, auxquels ils ne cédaient pas en beauté. En prenant occasion de lier la conversation avec la princesse par cet endroit :

« Princesse, dit-il, j'avais cru qu'il n'y avait au monde que la Perse où il y eût des palais superbes et des jardins admirables, dignes de la majesté des rois; mais je vois bien que, partout où il y a de grands rois, les rois savent se faire bâtir des demeures convenables à leur grandeur et à leur puissance; et, s'il y a de la différence dans la manière de bâtir et dans les accompagnements, elles se ressemblent dans la grandeur et dans la magnificence.

— Prince, reprit la princesse de Bengale, comme je n'ai aucune idée des palais de Perse, je ne puis porter mon jugement sur la comparaison que vous en faites avec le mien, pour vous en dire mon sentiment; mais, quelque sincère que vous puissiez être, j'ai de la peine à me persuader qu'elle soit juste : vous voudrez bien que je croie que la complaisance y a beaucoup de part. Je ne veux pourtant pas mépriser mon palais devant vous : vous avez de trop bons yeux et vous êtes d'un trop bon goût pour n'en pas juger sainement; mais je vous assure que je le trouve très médiocre quand je le mets en parallèle avec celui du roi mon père, qui le surpasse infiniment en grandeur, en beauté et en richesses. Vous m'en direz vous-même ce que vous en penserez quand vous l'aurez vu. Puisque le hasard vous a amené jusqu'à la capitale de ce royaume, je ne doute pas que vous ne vouliez bien le voir, et y saluer le roi mon père, afin qu'il vous rende les honneurs dus à un prince de votre rang et de votre mérite. »

En faisant naître au prince de Perse la curiosité de voir le palais de Bengale et d'y saluer le roi son père, la princesse se flattait que, si elle pouvait y réussir, son père, en voyant un prince si bien fait, si sage et si accompli en toutes sortes de belles qualités, pourrait peut-être se résoudre à lui proposer une alliance, en offrant de la lui donner pour épouse; et par là, comme elle était bien persuadée qu'elle n'était pas indifférente au prince, et que le prince ne refuserait pas d'entrer dans cette alliance, elle espérait de parvenir à l'accomplissement de ses souhaits, en gardant la bienséance convenable à une princesse qui voulait paraître être soumise aux volontés du roi son père. Mais le prince de Perse ne lui répondit pas sur cet article conformément à ce qu'elle en avait pensé.

« Princesse, reprit le prince, le rapport que vous venez de me faire de la préférence que vous donnez au palais du roi de Bengale sur le vôtre me suffit pour ne pas faire difficulté de croire qu'il est sincère. Quant à la proposition que vous me faites de rendre mes respects au roi votre père, je me ferais non seulement un plaisir, mais même un grand honneur de m'en acquitter. Mais, Princesse, ajouta-t-il, je vous en fais juge vous-même : me conseilleriez-vous de me présenter devant la majesté d'un si grand monarque comme un aventurier, sans suite et sans un train convenable à mon rang ?

— Prince, repartit la princesse, que cela ne vous fasse pas de peine ; vous n'avez qu'à vouloir : l'argent ne vous manquera pas pour vous faire tel train qu'il vous plaira, je vous en fournirai. Nous avons ici des négociants de votre nation en grand nombre ; vous pouvez en choisir autant que vous le jugerez à propos pour vous faire une maison qui vous fera honneur. »

Le prince Firouz Schah pénétra l'intention de la princesse de Bengale ; et la marque sensible qu'elle lui donnait de son amour par cet endroit augmenta la passion qu'il avait conçue pour elle ; mais, quelque forte qu'elle fût, elle ne lui fit pas oublier son devoir. Il lui répliqua sans hésiter :

« Princesse, dit-il, j'accepterais de bon cœur l'offre obligeante que vous me faites, dont je ne puis assez vous marquer ma reconnaissance, si l'inquiétude où le roi mon père doit être de mon éloignement ne m'en empêchait absolument. Je serais indigne des bontés et de la tendresse qu'il a toujours eues pour moi, si je ne retournais au plus tôt, et ne me rendais auprès de lui pour les faire cesser. Je le connais ; et, pendant que j'ai le bonheur de jouir de l'entretien d'une princesse si aimable, je suis persuadé qu'il est plongé dans des douleurs mortelles, et qu'il a perdu l'espérance de me revoir. J'espère que vous me ferez la justice de comprendre que je ne puis sans ingratitude, et même sans crime, me dispenser d'aller lui rendre la vie, dont un retour différé trop longtemps pourrait lui causer la perte.

« Après cela, Princesse, continua le prince de Perse, si vous me le permettez et que vous me jugiez digne d'aspirer au bonheur de devenir votre époux, comme le roi mon père m'a toujours témoigné qu'il ne voulait pas me contraindre dans le choix d'une épouse, je n'aurais pas de peine à obtenir de lui de revenir, non pas en inconnu, mais en prince, demander de sa part au roi de Bengale de contracter alliance avec lui par notre mariage. Je suis persuadé qu'il s'y portera de lui-même dès que je l'aurai informé de la générosité avec laquelle vous m'avez accueilli dans ma disgrâce. »

De la manière que le prince de Perse venait de s'expliquer, la princesse de Bengale était trop raisonnable pour insister afin de lui persuader de se faire voir au roi de

Bengale, et d'exiger de lui de rien faire contre son devoir et contre son honneur; mais elle fut alarmée du prompt départ qu'il méditait, à ce qu'il lui parut, et elle craignit, s'il prenait congé d'elle sitôt, que, bien loin de lui tenir la promesse qu'il lui faisait, il ne l'oubliât dès qu'il aurait cessé de la voir. Pour l'en détourner, elle lui dit : « Prince, en vous faisant la proposition de contribuer à vous mettre en état de voir le roi mon père, mon intention n'a pas été de m'opposer à une excuse aussi légitime que celle que vous m'apportez, et que je n'avais pas prévue. Je me rendrais complice moi-même de la faute que vous commettriez si j'en avais la pensée; mais je ne puis approuver que vous songiez à partir aussi promptement que vous semblez vous le proposer. Accordez au moins à mes prières la grâce que je vous demande, de vous donner le temps de vous reconnaître, et, puisque mon bonheur a voulu que vous soyez arrivé dans le royaume de Bengale plutôt qu'au milieu d'un désert, ou que sur le sommet d'une montagne si escarpée qu'il vous eût été impossible d'en descendre, d'y faire un séjour suffisant pour en porter des nouvelles un peu détaillées à la cour de Perse. »

Ce discours de la princesse de Bengale avait pour but que le prince Firouz Schah, en faisant avec elle un séjour de quelque durée, devînt insensiblement plus passionné pour ses charmes, dans l'espérance que par ce moyen l'ardent désir qu'elle apercevait en lui de retourner en Perse se ralentirait, et qu'alors il pourrait se déterminer à paraître en public et à se faire voir au roi de Bengale. Le prince de Perse ne put honnêtement lui refuser la grâce qu'elle lui demandait, après la réception et l'accueil favorable qu'il en avait reçus. Il eut la complaisance d'y condescendre; et la princesse ne songea plus qu'à lui rendre son séjour agréable par tous les divertissements qu'elle put imaginer.

Pendant plusieurs jours, ce ne furent que fêtes, que bals, que concerts, que festins ou collations magnifiques, que promenades dans le jardin, et que chasses dans le parc du palais, où il y avait toutes sortes de bêtes fauves, de cerfs, biches, daims, chevreuils, et d'autres semblables, particulières au royaume de Bengale, dont la chasse, non dangereuse, pouvait convenir à la princesse.

A la fin de ces chasses, le prince et la princesse se rejoignaient dans quelque bel endroit du parc, où on leur étendait un grand tapis avec des coussins, afin qu'ils fussent assis plus commodément. Là, en reprenant leurs esprits et en se remettant de l'exercice violent qu'ils venaient de se donner, ils s'entretenaient sur divers sujets. Sur toutes choses, la princesse de Bengale prenait un grand soin de faire tomber la conversation sur la grandeur, la puissance, les richesses et le gouvernement de la Perse, afin que, du discours du prince Firouz Schah, elle pût à son tour prendre occasion de lui parler du royaume de Bengale et de ses avantages, et par là gagner sur son esprit de le faire résoudre à s'y arrêter; mais il arriva le contraire de ce qu'elle s'était proposé.

En effet, le prince de Perse, sans rien exagérer, lui fit un détail si avantageux de la grandeur du royaume de Perse, de la magnificence et de l'opulence qui y régnaient, de ses forces militaires, de son commerce par terre et par mer jusqu'aux pays les plus éloignés, dont quelques-uns lui étaient inconnus, et de la multitude de ses grandes villes, presque toutes aussi peuplées que celle qu'il avait choisie pour sa résidence, où il avait même des palais tout meublés, prêts à le recevoir, selon les différentes saisons, de manière qu'il était à son choix de jouir d'un printemps perpétuel, qu'avant qu'il eût achevé, la princesse regarda le royaume de Bengale comme de beaucoup inférieur à celui de Perse par plusieurs endroits. Il arriva même que, quand il eut fini son discours, et qu'il l'eut priée de l'entretenir à son tour des avantages du royaume de Bengale, elle ne put s'y résoudre qu'après plusieurs instances de la part du prince.

La princesse de Bengale donna donc cette satisfaction au prince Firouz Schah, mais en diminuant plusieurs avantages par où il était constant que le royaume de Bengale surpassait le royaume de Perse. Elle lui fit si bien connaître la disposition où elle était de l'y accompagner qu'il jugea qu'elle pourrait y consentir à la première proposition qu'il lui en ferait; mais il crut qu'il ne serait à propos de la lui faire que quand il aurait eu la complaisance de demeurer avec elle assez de temps pour la mettre dans son tort, au cas qu'elle voulût le retenir un peu plus longtemps et l'empêcher de satisfaire au devoir indispensable de se rendre auprès du roi son père.

Pendant deux mois entiers, le prince Firouz Schah s'abandonna entièrement aux volontés de la princesse de Bengale, en se présentant à tous les divertissements qu'elle put imaginer, et qu'elle voulut bien lui donner, comme si jamais il n'eût dû faire autre chose que de passer la vie avec elle de la sorte. Mais, dès que ce terme fut écoulé, il lui déclara sérieusement qu'il n'y avait que trop longtemps qu'il manquait à son devoir, et il la pria de lui accorder enfin la liberté de s'en acquitter, en lui répétant la promesse qu'il lui avait déjà faite de revenir incessamment, et dans un équipage digne d'elle et digne de lui, la demander en mariage dans les formes au roi de Bengale.

« Princesse, ajouta le prince, mes paroles peut-être vous seront suspectes, et que, sur la permission que je vous demande, vous m'avez déjà mis au rang de ces faux amants qui mettent l'objet de leur amour en oubli dès qu'ils en sont éloignés ; mais, pour marque de la passion non feinte et non dissimulée avec laquelle je suis persuadé que la vie ne me peut être agréable qu'avec une princesse aussi aimable que vous l'êtes, et qui m'aime, comme je ne veux pas en douter, j'oserais vous demander la grâce de vous emmener avec moi, si je ne craignais que vous ne prissiez ma demande pour une offense. »

Comme le prince Firouz Schah se fut aperçu que la princesse avait rougi à ces dernières paroles, et que, sans aucune marque de colère, elle hésitait sur le parti qu'elle devait prendre : « Princesse, continua-t-il, pour ce qui est du consentement du roi mon père, et de l'accueil avec lequel il vous recevra dans son alliance, je puis vous en assurer. Quant à ce qui regarde le roi de Bengale, après les marques de tendresse, d'amitié et de considération qu'il a toujours eues et qu'il conserve encore pour vous, il faudrait qu'il fût tout autre que vous ne me l'avez dépeint, c'est-à-dire ennemi de votre repos et de votre bonheur, s'il ne recevait avec bienveillance l'ambassade que le roi mon père lui enverrait pour obtenir de lui l'approbation de notre mariage. »

La princesse de Bengale ne répondit rien à ce discours du prince de Perse ; mais son silence et ses yeux baissés lui firent connaître mieux qu'aucune déclaration qu'elle n'avait pas de répugnance à l'accompagner en Perse, et qu'elle y consentait. La seule difficulté qu'elle parut y trouver fut que le prince de Perse ne fût pas assez expérimenté pour gouverner le cheval, et qu'elle craignait de se trouver avec lui dans le même embarras que quand il en avait fait l'essai. Mais le prince Firouz Schah la délivra si bien de cette crainte, en lui persuadant qu'elle pouvait s'en fier à lui, et qu'après ce qui lui était arrivé il pouvait défier l'Indien même de le gouverner avec plus d'adresse que lui, qu'elle ne songea plus qu'à prendre avec lui des mesures pour partir si secrètement que personne de son palais ne pût avoir le moindre soupçon de leur dessein.

Elle réussit; et, dès le lendemain matin, un peu avant la pointe du jour, que tout son palais était encore enseveli dans un profond sommeil, comme elle se fut rendue sur la terrasse avec le prince, le prince tourna le cheval du côté de la Perse, dans un endroit où la princesse pouvait elle-même s'asseoir en croupe aisément. Il monta le premier; et, quand la princesse se fut assise derrière lui à sa commodité, qu'elle l'eut embrassé de la main, pour plus grande sûreté, et qu'elle lui eut marqué qu'il pouvait partir, il tourna la même cheville qu'il avait tournée dans la capitale de Perse, et le cheval les enleva en l'air.

Le cheval fit sa diligence ordinaire; et le prince Firouz Schah le gouverna de manière qu'environ en deux heures et demie il découvrît la capitale de la Perse. Il n'alla pas descendre dans la grande place d'où il était parti, ni dans le palais du sultan, mais dans un palais de plaisance, peu éloigné de la ville. Il mena la princesse dans le plus bel appartement, où il lui dit que, pour lui faire rendre les honneurs qui lui étaient dus, il allait avertir le sultan son père de leur arrivée, et qu'elle le reverrait incessamment; que cependant il donnait ordre au concierge du palais, qui était présent, de ne lui laisser manquer de rien de toutes les choses dont elle pouvait avoir besoin.

Après avoir laissé la princesse dans l'appartement, le prince Firouz Schah commanda au concierge de lui faire seller un cheval. Le cheval lui fut amené, il le monta; et, après avoir renvoyé le concierge auprès de la princesse, avec ordre, sur toutes choses, de la faire déjeuner de ce qui pouvait lui être servi le plus promptement, il partit; et, dans le chemin et dans les rues de la ville par où il passa pour se rendre au palais, il fut reçu aux acclamations du peuple, qui changea sa tristesse en joie, après avoir désespéré de le revoir jamais depuis qu'il avait disparu. Le sultan son père donnait audience quand il se présenta devant lui au milieu de son conseil, qui était tout en habit de deuil, comme le sultan, depuis le jour que le cheval l'avait emporté. Il le reçut en l'embrassant avec des larmes de joie et de tendresse; il lui demanda avec empressement ce que le cheval de l'Indien était devenu.

Cette demande donna lieu au prince de prendre l'occasion de raconter au sultan son père l'embarras et le danger où il s'était trouvé, après que le cheval l'eut enlevé dans l'air, de quelle manière il s'en était tiré, et comment il était arrivé ensuite au palais de la princesse de Bengale; la bonne réception qu'elle lui avait faite; le motif qui l'avait obligé de faire avec elle un plus long séjour qu'il ne devait, et la complaisance qu'il avait eue de ne la pas désobliger, jusqu'à obtenir d'elle enfin de venir en Perse avec lui, après lui avoir promis de l'épouser. « Et, Sire, ajouta le prince en achevant, après lui avoir promis en même temps que vous ne me refuseriez pas votre consentement, je viens de l'amener avec moi sur le cheval de l'Indien. Elle attend dans un des palais de plaisance de Votre Majesté, où je l'ai laissée, que j'aille lui annoncer que je ne lui en ai pas fait la promesse en vain. »

A ces paroles, le prince se prosterna devant le sultan son père pour le fléchir; mais le sultan l'en empêcha, le retint, et, en l'embrassant une seconde fois : « Mon fils, dit-il, non seulement je consens à votre mariage avec la princesse de Bengale, je veux même aller au-devant d'elle en personne, la remercier de l'obligation que je lui ai en mon particulier, l'amener dans mon palais, et célébrer ses noces dès aujourd'hui. »

Ainsi le sultan, après avoir donné les ordres pour l'entrée qu'il voulait faire à la princesse de Bengale, ordonna que l'on quittât l'habit de deuil et que les réjouissances commençassent par le concert des timbales, des trompettes et des tambours, avec les autres instruments guerriers; il commanda qu'on allât faire sortir l'Indien de prison, et qu'on le lui amenât.

L'Indien lui fut amené; et, quand on le lui eut présenté : « Je m'étais assuré de ta personne, lui dit le sultan, afin que ta vie, qui cependant n'eût pas été une victime suffisante, ni à ma colère, ni à ma douleur, me répondît de celle du prince mon fils. Rends grâces à Dieu de ce que je l'ai retrouvé. Va, reprends ton cheval, et ne parais plus devant moi. »

Quand l'Indien fut hors de la présence du sultan de Perse, comme il avait appris de ceux qui étaient venus le délivrer de prison que le prince Firouz Schah était de retour avec la princesse qu'il avait amenée avec lui sur le cheval enchanté, le lieu où il avait mis pied à terre et où il l'avait laissée, et que le sultan se disposait à aller la prendre et l'amener à son palais, il n'hésita pas à le devancer, lui et le prince de Perse, et sans perdre de temps il se rendit en diligence au palais de plaisance; et, en s'adressant au concierge, il dit qu'il venait de la part du sultan et du prince de Perse pour prendre la princesse de Bengale en croupe sur le cheval et la mener en l'air au sultan qui l'attendait, disait-il, dans la place de son palais pour la recevoir et donner ce spectacle à sa cour et à la ville de Schiraz.

L'Indien était connu du concierge, qui savait que le sultan l'avait fait arrêter; et le concierge fit d'autant moins de difficulté d'ajouter foi à sa parole qu'il le voyait en liberté. Il se présenta à la princesse de Bengale, et la princesse n'eut pas plus tôt appris qu'il venait particulièrement de la part du prince de Perse qu'elle consentit à ce que le prince souhaitait, comme elle se le persuadait.

L'Indien, ravi en lui-même de la facilité qu'il trouvait à faire réussir sa méchanceté, monta le cheval, prit la princesse en croupe avec l'aide du concierge : il tourna la cheville, et aussitôt le cheval les enleva, lui et la princesse, au plus haut de l'air.

Dans le même moment, le sultan de Perse, suivi de sa cour, sortait de son palais pour se rendre au palais de plaisance, et le prince de Perse venait de prendre le devant pour préparer la princesse de Bengale à le recevoir, comme l'Indien affectait de passer au-dessus de la ville avec sa proie, pour braver le sultan et le prince, et pour se venger du traitement injuste qui lui avait été fait, comme il le prétendait.

Quand le sultan de Perse eut aperçu le ravisseur, qu'il ne méconnut pas, il s'arrêta avec un étonnement d'autant plus sensible et plus affligeant qu'il n'était pas possible de le faire repentir de l'affront insigne qu'il lui faisait avec un si grand éclat. Il le chargea de mille imprécations avec ses courtisans et avec tous ceux qui furent témoins d'une insolence si signalée et de cette méchanceté sans égale.

L'Indien, peu touché de ces malédictions dont le bruit arriva jusqu'à lui, continua sa route pendant que le sultan de Perse rentra dans son palais, extrêmement mortifié de recevoir une injure aussi atroce et de se voir dans l'impuissance d'en punir l'auteur.

Mais quelle fut la douleur du prince Firouz Schah,

quand il vit qu'à ses propres yeux, sans pouvoir y apporter empêchement, l'Indien lui enlevait la princesse de Bengale, qu'il aimait si passionnément qu'il ne pouvait plus vivre sans elle. A cet objet auquel il ne s'était pas attendu, il demeura comme immobile; et, avant qu'il eût délibéré s'il se déchaînerait en injures contre l'Indien, ou s'il plaindrait le sort déplorable de la princesse, et s'il lui demanderait pardon du peu de précaution qu'il avait pris pour se la conserver, elle qui s'était livrée à lui d'une manière qui marquait si bien combien il en était aimé, le cheval, qui emportait l'un et l'autre avec une rapidité incroyable, les avait dérobés à sa vue. Quel parti prendre ? Retournera-t-il au palais du sultan son père, se renfermer dans son appartement, pour se plonger dans l'affliction, sans se donner aucun mouvement à la poursuite du ravisseur pour délivrer sa princesse de ses mains et le punir comme il le méritait ? Sa générosité, son amour, son courage, ne le permettent pas. Il continue son chemin jusqu'au palais de plaisance.

A l'arrivée du prince, le concierge, qui s'était aperçu de sa crédulité et qu'il s'était laissé tromper par l'Indien, se présente devant lui les larmes aux yeux, se jette à ses pieds, s'accuse lui-même du crime qu'il croit avoir commis, et se condamne à la mort qu'il attend de sa main.

« Lève-toi, lui dit le prince; ce n'est pas à toi que j'impute l'enlèvement de ma princesse, je ne l'impute qu'à moi-même et qu'à ma simplicité. Sans perdre de temps, va-moi chercher un habillement de derviche, et prends garde de dire que c'est pour moi. »

Peu loin du palais de plaisance, il y avait un couvent de derviches, dont le scheik ou supérieur était ami du concierge. Le concierge alla le trouver; et, en lui faisant une fausse confidence de la disgrâce d'un officier de considération de la cour, auquel il avait de grandes obligations et qu'il était bien aise de favoriser pour lui donner lieu de se soustraire à la colère du sultan, il n'eut pas de peine à obtenir ce qu'il demandait; il apporta l'habillement complet de derviche au prince Firouz Schah. Le prince s'en revêtit, après s'être dépouillé du sien. Déguisé de la sorte, et, pour la dépense et pour le besoin du voyage qu'il allait entreprendre, muni d'une boîte de perles et de diamants qu'il avait apportée pour en faire présent à la princesse de Bengale, il sortit du palais de plaisance à l'entrée de la nuit, et incertain de la route qu'il devait prendre; mais, résolu de ne pas revenir qu'il n'eût retrouvé sa princesse et qu'il ne la ramenât, il se mit en chemin.

Revenons à l'Indien : il gouverna le cheval enchanté de manière que le même jour il arriva de bonne heure dans un bois près de la capitale du royaume de Cachemire. Comme il avait besoin de manger et qu'il jugea que la princesse de Bengale pouvait être dans le même besoin, il mit pied à terre dans ce bois, en un endroit où il laissa la princesse sur un gazon, près d'un ruisseau d'une eau très fraîche et très claire.

Pendant l'absence de l'Indien, la princesse de Bengale, qui se voyait sous la puissance d'un indigne ravisseur dont elle redoutait la violence, avait songé à se dérober et à chercher un lieu d'asile; mais, comme elle avait mangé fort légèrement le matin, à son arrivée au palais de plaisance, elle se trouva dans une faiblesse si grande, quand elle voulut exécuter son dessein, qu'elle fut contrainte de l'abandonner et de demeurer sans autre ressource que dans son courage, avec une ferme résolution de souffrir plutôt la mort que de manquer de fidélité au prince de Perse. Ainsi elle n'attendit pas que l'Indien l'invitât une seconde fois à manger; elle mangea, et elle reprit assez de force pour répondre courageusement aux discours insolents qu'il commença de lui tenir à la fin du repas. Après plusieurs menaces, comme elle vit que l'Indien se préparait à lui faire violence, elle se leva pour lui résister, en poussant de grands cris. Ces cris attirèrent en un moment une troupe de cavaliers qui les environnèrent, elle et l'Indien.

C'était le sultan du royaume de Cachemire, lequel, en revenant de la chasse avec sa suite, passait par cet endroit-là, heureusement pour la princesse de Bengale, et qui était accouru au bruit qu'il avait entendu. Il s'adressa à l'Indien, et il lui demanda qui il était, et ce qu'il prétendait de la dame qu'il voyait. L'Indien répondit avec impudence que c'était sa femme, et qu'il n'appartenait à personne d'entrer en connaissance du démêlé qu'il avait avec elle.

La princesse, qui ne connaissait ni la qualité ni la dignité de celui qui se présentait si à propos pour la délivrer, démentit l'Indien. « Seigneur, qui que vous soyez, reprit-elle, que le Ciel envoie à mon secours, ayez compassion d'une princesse, et n'ajoutez pas foi à un imposteur : Dieu me garde d'être la femme d'un Indien aussi vil et aussi méprisable! C'est un magicien abominable, qui m'a enlevée aujourd'hui au prince de Perse, auquel j'étais destinée pour épouse, et qui m'a amenée ici sur le cheval enchanté que vous voyez. »

La princesse de Bengale n'eut pas besoin d'un plus long discours pour persuader au sultan de Cachemire qu'elle disait la vérité. Sa beauté, son air de princesse et ses larmes parlaient pour elle ; elle voulut poursuivre ; mais, au lieu de l'écouter, le sultan de Cachemire, justement indigné de l'insolence de l'Indien, le fit environner sur-le-champ, et commanda qu'on lui coupât la tête. Cet ordre fut exécuté avec d'autant plus de facilité que l'Indien, qui avait commis ce rapt à la sortie de sa prison, n'avait aucune arme pour se défendre.

La princesse de Bengale, délivrée de la persécution de l'Indien, tomba dans une autre qui ne lui fut pas moins douloureuse. Le sultan, après lui avoir fait donner un cheval, l'emmena à son palais, où il la logea dans l'appartement le plus magnifique après le sien, et il lui donna un grand nombre de femmes esclaves pour être auprès d'elle et pour la servir, avec des eunuques pour sa garde. Il la mena lui-même jusque dans cet appartement, où, sans lui donner le temps de le remercier de la grande obligation qu'elle lui avait, de la manière qu'elle l'avait médité : « Princesse, lui dit-il, je ne doute pas que vous n'ayez besoin de repos ; je vous laisse en liberté de le prendre. Demain vous serez plus en état de m'entretenir des circonstances de l'étrange aventure qui vous est arrivée. » En achevant ces paroles, il se retira.

La princesse de Bengale était dans une joie inexprimable de se voir en si peu de temps délivrée de la persécution d'un homme qu'elle ne pouvait regarder qu'avec horreur ; et elle se flatta que le sultan de Cachemire voudrait bien mettre le comble à sa générosité en la renvoyant au prince de Perse, quand elle lui aurait appris de quelle manière elle était à lui, et qu'elle l'aurait supplié de lui faire cette grâce ; mais elle était bien éloignée de voir l'accomplissement de l'espérance qu'elle avait conçue.

En effet, le roi de Cachemire avait résolu de l'épouser le lendemain, et il en avait fait annoncer les réjouissances dès la pointe du jour par le son des timbales, des tambours, des trompettes et d'autres instruments propres à inspirer la joie, qui retentissaient non seulement dans le palais, mais même par toute la ville. La princesse de Bengale fut éveillée par le bruit de ces concerts tumultueux, et elle en attribua la cause à tout autre motif que celui pour lequel il se faisait entendre. Mais, quand le sultan de Cachemire, qui avait donné ordre qu'on l'avertît lorsqu'elle serait en état de recevoir visite, fut venu la lui rendre, et qu'après s'être informé de sa santé, il lui eut fait connaître que les fanfares qu'elle entendait étaient pour rendre leurs noces plus solennelles, et l'eut priée en même temps d'y prendre part, elle en fut dans une consternation si grande qu'elle tomba évanouie.

Les femmes de la princesse, qui étaient présentes, accoururent à son secours, et le sultan lui-même s'employa pour la faire revenir; mais elle demeura longtemps dans cet état avant qu'elle reprît ses esprits. Elle les reprit enfin; et alors, plutôt que de manquer à la foi qu'elle avait promise au prince Firouz Schah, en consentant aux noces que le sultan de Cachemire avait résolues sans la consulter, elle prit le parti de feindre que l'esprit venait de lui tourner dans l'évanouissement. Dès lors elle commença à dire des extravagances en présence du sultan; elle se leva même comme pour se jeter sur lui; de manière que le sultan fut fort surpris et fort affligé de ce contretemps fâcheux. Comme il vit qu'elle ne revenait pas en son bon sens, il la laissa avec ses femmes, auxquelles il recommanda de ne la pas abandonner et de prendre un grand soin de sa personne. Pendant la journée, il prit celui d'envoyer souvent s'informer de l'état où elle se trouvait, et chaque fois on lui rapporta, ou qu'elle était dans le même état, ou que le mal augmentait plutôt que de diminuer. Le mal parut même plus violent sur le soir que pendant le jour; et, de la sorte, le sultan de Cachemire ne fut pas cette nuit-là aussi heureux qu'il se l'était promis.

La princesse de Bengale ne continua pas seulement le lendemain ses discours extravagants et d'autres marques d'une grande aliénation d'esprit; ce fut la même chose les jours suivants, jusqu'à ce que le sultan de Cachemire fut contraint d'assembler les médecins de sa cour, de leur parler de cette maladie, et de leur demander s'ils ne savaient pas de remèdes pour la guérir.

Les médecins, après une consultation entre eux, répondirent d'un commun accord qu'il y avait plusieurs sortes et plusieurs degrés de cette maladie, dont les unes, selon leur nature, pouvaient se guérir, et les autres étaient incurables, et qu'ils ne pouvaient juger de quelle nature était celle de la princesse de Bengale qu'ils ne la vissent. Le sultan ordonna aux eunuques de les introduire dans la chambre de la princesse, l'un après l'autre, chacun selon son rang.

La princesse, qui avait prévu ce qui arrivait et qui craignit que, si elle laissait approcher des médecins de sa personne et qu'ils vinssent à lui tâter le pouls, le moins expérimenté ne vînt à connaître qu'elle était en bonne santé et que sa maladie n'était qu'une feinte, à mesure qu'il en paraissait, elle entrait dans des transports d'aversion si grands, prête à les dévisager s'ils approchaient, que pas un n'eut la hardiesse de s'y exposer.

Quelques-uns de ceux qui se prétendaient plus habiles que les autres, et qui se vantaient de juger des maladies à la seule vue des malades, lui ordonnèrent de certaines potions qu'elle faisait d'autant moins de difficulté de prendre qu'elle était sûre qu'il était en son pouvoir d'être malade autant qu'il lui plairait et qu'elle le jugerait à propos, et que ces potions ne pouvaient pas lui faire de mal.

Quand le sultan de Cachemire vit que les médecins de sa cour n'avaient rien opéré pour la guérison de la princesse, il appela ceux de sa capitale, dont la science, l'habileté et l'expérience n'eurent pas un meilleur succès. Ensuite il fit appeler les médecins des autres villes de son royaume, ceux particulièrement les plus renommés dans la pratique de leur profession. La princesse ne leur fit pas un meilleur accueil qu'aux premiers, et tout ce qu'ils ordonnèrent ne fit aucun effet. Il dépêcha enfin dans les États, dans les royaumes et dans les cours des princes voisins, des exprès avec des consultations en forme pour être distribuées aux médecins les plus fameux, avec promesse de bien payer le voyage de ceux qui viendraient se rendre à la capitale de Cachemire, et d'une récompense magnifique à celui qui guérirait la malade.

Plusieurs de ces médecins entreprirent le voyage; mais pas un ne put se vanter d'avoir été plus heureux que ceux de sa cour et de son royaume, et lui remettre l'esprit dans son assiette : chose qui ne dépendait ni d'eux, ni de leur art, mais de la volonté de la princesse elle-même.

Dans cet intervalle, le prince Firouz Schah, déguisé sous l'habit de derviche, avait parcouru plusieurs provinces et les principales villes de ces provinces avec d'autant plus de peine d'esprit, sans mettre les fatigues du chemin en compte, qu'il ignorait s'il ne tenait pas un chemin opposé à celui qu'il eût dû prendre pour avoir des nouvelles de ce qu'il cherchait.

Attentif aux nouvelles qu'on débitait dans chaque lieu par où il passait, il arriva enfin dans une grande ville des Indes, où l'on s'entretenait fort d'une princesse de Bengale à qui l'esprit avait tourné le même jour que le sultan de Cachemire avait destiné pour la célébration de ses noces avec elle. Au nom de princesse de Bengale, en supposant que c'était celle qui faisait le sujet de son voyage, avec d'autant plus de vraisemblance qu'il n'avait pas appris qu'il y eût à la cour de Bengale une autre princesse que la sienne, et sur la foi du bruit commun qui s'en était répandu, il prit la route du royaume et de la capitale de Cachemire. A son arrivée dans cette capitale, il se logea dans un khan, où il apprit dès le même jour l'histoire de la princesse de Bengale, et la malheureuse fin de l'Indien (telle qu'il la méritait) qui l'avait amenée sur le cheval enchanté : circonstance qui lui fit connaître, à ne pouvoir pas s'y tromper, que la princesse était celle qu'il venait chercher, et enfin la dépense inutile que le sultan avait faite en médecins qui n'avaient pu la guérir.

Le prince de Perse, bien informé de toutes ces particularités, se fit faire un habit de médecin dès le lendemain; et, avec cet habit et la longue barbe qu'il s'était laissée croître dans le voyage, il se fit connaître pour médecin en marchant par les rues. Dans l'impatience où il était de voir sa princesse, il ne différa pas d'aller au palais du sultan, où il demanda à parler à un officier. On l'adressa au chef des huissiers, auquel il marqua qu'on pourrait peut-être regarder en lui comme une témérité qu'en qualité de médecin il vînt se présenter pour tenter la guérison de la princesse après que tant d'autres avant lui n'avaient pu y réussir; mais qu'il espérait, par la vertu de quelques remèdes spécifiques qui lui étaient connus et dont il avait l'expérience, de lui procurer la guérison qu'ils n'avaient pu lui donner. Le chef des huissiers lui dit qu'il était bienvenu, que le sultan le verrait avec plaisir; et, s'il réussissait à lui donner la satisfaction de voir la princesse dans sa première santé, qu'il pouvait s'attendre à une récompense convenable à la libéralité du sultan son seigneur et maître. « Attendez-moi, ajouta-t-il, je serai à vous dans un moment. »

Il y avait du temps qu'aucun médecin ne s'était présenté; et le sultan de Cachemire, avec grande douleur, avait comme perdu l'espérance de revoir la princesse de Bengale dans l'état de santé où il l'avait vue, et en même temps dans celui de témoigner en l'épousant jusqu'à quel point il l'aimait. Cela fit qu'il commanda au chef des huissiers de lui amener promptement le médecin qu'il venait de lui annoncer.

Le prince de Perse fut présenté au sultan de Cachemire sous l'habit et le déguisement de médecin; et le sultan, sans perdre de temps en des discours superflus, après lui avoir marqué que la princesse de Bengale ne pouvait supporter la vue d'un médecin sans entrer dans des transports qui ne faisaient qu'augmenter son mal, le fit monter dans un cabinet en soupente, d'où il pouvait la voir par une jalousie sans être vu.

Le prince Firouz Schah monta, et il aperçut son aimable princesse assise négligemment, qui chantait, les larmes aux yeux, une chanson par laquelle elle déplorait sa malheureuse destinée, qui la privait, peut-être pour toujours, de l'objet qu'elle aimait si tendrement.

Le prince, attendri de la triste situation où il vit sa chère princesse, n'eut pas besoin d'autres marques pour comprendre que sa maladie était feinte, et que c'était pour l'amour de lui qu'elle se trouvait dans une contrainte si affligeante. Il descendit du cabinet, et, après avoir rapporté au sultan qu'il venait de découvrir de quelle nature était la maladie de la princesse et qu'elle n'était pas incurable, il lui dit que, pour parvenir à sa guérison, il était nécessaire qu'il lui parlât en particulier, et seul à seul; et, quant aux emportements où elle entrait à la vue des médecins, il espérait qu'elle le recevrait et l'écouterait favorablement.

Le sultan fit ouvrir la porte de la chambre de la princesse, et le prince Firouz Schah entra. Dès que la princesse le vit paraître, comme elle le prenait pour un médecin, dont il avait l'habit, elle se leva comme en furie, en le menaçant et en le chargeant d'injures. Cela ne l'empêcha pas d'approcher, et, quand il fut assez près pour se faire entendre, comme il ne voulait être entendu que d'elle seule, il lui dit d'un ton bas et d'un air respectueux à se rendre croyable : « Princesse, je ne suis pas médecin. Reconnaissez, je vous en supplie, le prince de Perse qui vient vous mettre en liberté. »

Au ton de voix et aux traits du haut du visage qu'elle reconnut en même temps, nonobstant la longue barbe que le prince s'était laissé croître, la princesse de Bengale se calma, et en un instant elle fit paraître sur son visage la joie que ce que l'on désire le plus et à quoi l'on s'attend le moins est capable de causer quand il arrive. La surprise agréable où elle se trouva lui ôta la parole pour un temps, et donna lieu au prince Firouz Schah de lui raconter le désespoir dans lequel il s'était trouvé plongé, dans le moment qu'il avait vu l'Indien la ravir et l'enlever à ses yeux; la résolution qu'il avait prise dès lors d'abandonner toute chose pour la chercher en quelque endroit de la terre qu'elle pût être, et de ne pas cesser qu'il ne l'eût trouvée et arrachée des mains du perfide; et par quel bonheur enfin, après un voyage ennuyeux et fatigant, il avait la satisfaction de la retrouver dans le palais du sultan de Cachemire. Quand il eut achevé, en moins de paroles qu'il lui fut possible, il pria la princesse de l'informer de ce qui lui était arrivé depuis son enlèvement jusqu'au moment où il avait le bonheur de lui parler, en lui marquant qu'il était important qu'il eût cette connaissance, afin de prendre des mesures juste pour ne la pas laisser plus longtemps sous la tyrannie du sultan de Cachemire.

La princesse de Bengale n'avait pas un long discours à tenir au prince de Perse, puisqu'elle n'avait qu'à lui raconter de quelle manière elle avait été délivrée de la violence de l'Indien par le sultan de Cachemire, en revenant de la chasse, mais traitée cruellement le lendemain par la déclaration qu'il était venu lui faire du dessein précipité qu'il avait pris de l'épouser le même jour, sans lui avoir fait la moindre honnêteté pour prendre son consentement : conduite violente et tyrannique, qui lui avait causé un évanouissement après lequel elle n'avait vu de parti à prendre que celui qu'elle avait pris, comme le meilleur pour se conserver au prince auquel elle avait donné son cœur et sa foi, de mourir plutôt que de se livrer à un sultan qu'elle n'aimait pas et qu'elle ne pouvait aimer.

Le prince de Perse, à qui la princesse n'avait en effet autre chose à dire, lui demanda si elle savait ce que le cheval enchanté était devenu après la mort de l'Indien. « J'ignore, répondit-elle, quel ordre le sultan peut avoir donné là-dessus; mais, après ce que je lui en ai dit, il est à croire qu'il ne l'a pas négligé. »

Comme le prince Firouz Schah ne douta pas que le sultan de Cachemire n'eût fait garder le cheval soigneusement, il communiqua à la princesse le dessein qu'il avait de s'en servir pour la ramener en Perse; après être convenu avec elle des moyens qu'ils devaient prendre pour y réussir, afin que rien n'empêchât l'exécution, et particulièrement, qu'au lieu d'être en déshabillé comme elle était alors, elle s'habillerait le lendemain pour recevoir le sultan avec civilité quand il le lui amènerait, sans l'obliger néanmoins de lui parler.

Le sultan de Cachemire fut dans une grande joie quand le prince de Perse lui eut appris ce qu'il avait opéré, dès la première visite, pour l'avancement de la guérison de la princesse de Bengale. Le lendemain il le regarda comme le premier médecin du monde quand la princesse l'eut reçu d'une manière qui lui persuada que véritablement sa guérison était bien avancée, comme il le lui avait fait entendre.

En la voyant en cet état, il se contenta de lui marquer combien il était ravi de la voir en disposition de recouvrer bientôt sa santé parfaite; et, après qu'il l'eut exhortée à concourir avec un médecin si habile pour achever ce qu'il avait si bien commencé, en lui donnant toute sa confiance, il se retira sans attendre d'elle aucune parole.

Le prince de Perse, qui avait accompagné le sultan de Cachemire, sortit avec lui de la chambre de la princesse, et, en l'accompagnant, il lui demanda si, sans manquer au respect qui lui était dû, il pouvait lui faire cette demande, par quelle aventure une princesse de Bengale se trouvait seule dans le royaume de Cachemire, si fort éloignée de son pays, comme s'il l'eût ignoré et que la princesse ne lui en eût rien dit; mais il le fit pour le faire tomber sur le discours du cheval enchanté, et apprendre de sa bouche ce qu'il en avait fait.

Le sultan de Cachemire, qui ne pouvait pénétrer par quel motif le prince de Perse lui faisait cette demande, ne lui en fit pas un mystère : il lui dit à peu près la même chose que ce qu'il avait appris de la princesse de Bengale; et, quant au cheval enchanté, qu'il l'avait fait porter dans son trésor, comme une grande rareté, quoiqu'il ignorât comment on pouvait s'en servir.

« Sire, reprit le feint médecin, la connaissance que Votre Majesté vient de me donner me fournit le moyen d'achever la guérison de la princesse. Comme elle a été portée sur ce cheval et que ce cheval est enchanté, elle a contracté quelque chose de l'enchantement, qui ne peut être dissipé que par de certains parfums qui me sont connus. Si Votre Majesté veut en avoir le plaisir, et donner un spectacle des plus surprenants à sa cour et au peuple de sa capitale, que demain elle fasse apporter le cheval au milieu de la place, devant son palais, et qu'elle s'en remette sur moi pour le reste : je promets de faire voir à ses yeux et à toute l'assemblée, en très peu de moments, la princesse de Bengale aussi saine d'esprit et de corps que jamais de sa vie; et, afin que la chose se fasse avec tout l'éclat qu'elle mérite, il est à propos que la princesse soit habillée le plus magnifiquement qu'il sera possible, avec les joyaux les plus précieux que Votre Majesté peut avoir. »

Le sultan de Cachemire eût fait des choses plus difficiles que celles que le prince de Perse lui proposait pour arriver à la jouissance de ses désirs qu'il regardait si prochaine.

Le lendemain, le cheval enchanté fut tiré du trésor par son ordre, et posé de grand matin dans la grande place du palais; et le bruit se répandit bientôt dans toute la ville que c'était un préparatif pour quelque chose d'extraordinaire qui devait s'y passer, et l'on y accourut en foule de tous les quartiers. Les gardes du sultan y furent disposés pour empêcher le désordre, et pour laisser un grand espace vide autour du cheval.

Le sultan de Cachemire parut; et, quand il eut pris place sur un échafaud, environné des principaux seigneurs et officiers de sa cour, la princesse de Bengale, accompagnée de toute la troupe des femmes que le sultan lui avait assignées, s'approcha du cheval enchanté, et ses femmes l'aidèrent à monter dessus. Quand elle fut sur la selle, les pieds dans l'un et dans l'autre étrier, avec la bride à la main, le feint médecin fit poser autour du cheval plusieurs grandes cassolettes pleines de feu, qu'il avait fait apporter; et en tournant à l'entour il jeta dans chacune un parfum composé de plusieurs sortes d'odeurs les plus exquises. Ensuite, recueilli en lui-même, les yeux baissés et les mains appliquées sur la poitrine, il tourna trois fois autour du cheval, en faisant semblant de prononcer certaines paroles; et, dans le moment que les cassolettes exhalaient à la fois une fumée la plus épaisse, d'une odeur très suave, et que la princesse en était environnée de manière qu'on avait de la peine à la voir, ainsi que le cheval, il prit son temps, il se jeta légèrement en croupe derrière la princesse, porta la main à la cheville du départ, qu'il tourna; et, dans le moment que le cheval les enlevait en l'air, lui et la princesse, il prononça ces paroles à haute voix, si distinctement que le sultan lui-même les entendit : *Sultan de Cachemire, quand tu voudras épouser des princesses qui imploreront ta protection, apprends auparavant à avoir leur consentement.*

Ce fut de la sorte que le prince de Perse recouvra et délivra la princesse de Bengale, et la ramena le même jour en peu de temps à la capitale de Perse, où il n'alla pas mettre pied à terre au palais de plaisance, mais au milieu du palais, devant l'appartement du roi son père ; et le roi de Perse ne différa la solennité de son mariage avec la princesse de Bengale qu'autant de temps qu'il en fallut pour les préparatifs, afin d'en rendre la cérémonie plus pompeuse et marquer davantage la part qu'il y prenait.

Dès que le nombre des jours arrêtés pour les réjouissances fut accompli, le premier soin que le roi de Perse se donna fut de nommer et d'envoyer une ambassade célèbre au roi de Bengale pour lui rendre compte de tout ce qui s'était passé, et pour lui demander l'approbation et la ratification de l'alliance qu'il venait de contracter avec lui par ce mariage, que le roi de Bengale, bien informé de toutes choses, se fit un honneur et un plaisir d'accorder.

HISTOIRE DU PRINCE AHMED

ET DE LA FÉE PARI-BANOU

La sultane Scheherazade fit suivre l'histoire du Cheval enchanté par celle du prince Ahmed et de la fée Pari-Banou *, et, en prenant la parole, elle dit :

Sire, un sultan, l'un des prédécesseurs de Votre Majesté, qui occupait paisiblement le trône des Indes depuis plusieurs années, avait dans sa vieillesse la satisfaction de voir que trois princes ses fils, dignes imitateurs de ses vertus, avec une princesse sa nièce, faisaient l'ornement de sa cour. L'aîné des princes se nommait Houssain, le second Ali, le plus jeune Ahmed, et la princesse sa nièce Nourounnihar **.

La princesse Nourounnihar était fille d'un prince, cadet du sultan, que le sultan avait partagé d'un apanage d'un grand revenu, mais qui était mort peu d'années après avoir été marié, en la laissant dans un fort bas âge. Le sultan, en considération de ce que le prince son frère avait toujours parfaitement correspondu à l'amitié fraternelle qui était entre eux, avec une grande attache à sa personne, s'était chargé de l'éducation de sa fille, et l'avait fait venir dans son palais pour être élevée avec les trois princes. Avec une beauté singulière et avec toutes les perfections du corps qui pouvaient la rendre accomplie, cette princesse avait aussi infiniment d'esprit, et sa vertu sans reproche la distinguait entre toutes les princesses de son temps.

Le sultan oncle de la princesse, qui s'était proposé de la marier dès qu'elle serait en âge et de faire alliance avec quelque prince de ses voisins en la lui donnant

* Ce sont deux mots persans, qui signifient la même chose, c'est-à-dire génie femelle, fée.

** Mot arabe, qui signifie : *lumière du jour*.

pour épouse, y songeait sérieusement, lorsqu'il s'aperçut que les trois princes ses fils l'aimaient passionnément. Il en eut une grande douleur, et cette douleur ne venait pas tant de ce que leur passion l'empêcherait de contracter l'alliance qu'il avait méditée que de la difficulté, comme il le prévoyait, d'obtenir d'eux qu'ils s'accordassent, et que les deux cadets au moins consentissent à la céder à leur aîné. Il leur parla à chacun en particulier, et, après leur avoir remontré l'impossibilité qu'il y avait qu'une seule princesse devînt l'épouse des trois, et les troubles qu'ils allaient causer s'ils persistaient dans leur passion, il n'oublia rien pour leur persuader ou de s'en rapporter à la déclaration que la princesse ferait en faveur de l'un des trois, ou de se désister de leurs prétentions et de songer à d'autres noces dont il leur laissait la liberté du choix, et de convenir entre eux de permettre qu'elle fût mariée à un prince étranger. Mais, quand il eut trouvé en eux une opiniâtreté insurmontable, il les fit venir tous trois devant lui, et il leur tint ce discours :

« Mes enfants, dit-il, puisque pour votre bien et pour votre repos je n'ai pu réussir à vous persuader de ne plus aspirer à épouser la princesse ma nièce et votre cousine, comme je ne veux pas user de mon autorité en la donnant à l'un de vous préférablement aux deux autres, il me semble que j'ai trouvé un moyen propre à vous rendre contents et à conserver l'union qui doit être entre vous, si vous voulez m'écouter et que vous exécutiez ce que vous allez entendre. Je trouve donc à propos que vous alliez voyager chacun séparément dans un pays différent, de manière que vous ne puissiez pas vous rencontrer; et, comme vous savez que je suis curieux, sur toutes choses, de tout ce qui peut passer pour rare et singulier, je promets la princesse ma nièce en mariage à celui de vous qui m'apportera la rareté la plus extraordinaire et la plus singulière. De la sorte, comme le hasard fera que vous jugerez vous-mêmes de la singularité des choses que vous aurez apportées, par la comparaison que vous en ferez, vous n'aurez pas de peine à vous faire justice en cédant la préférence à celui de vous qui l'aura méritée. Pour les frais du voyage et pour l'achat de la rareté dont vous aurez à faire l'acquisition, je vous donnerai la même somme à chacun, convenable à votre naissance, sans l'employer néanmoins en dépense de suite et d'équipage, qui, en vous faisant connaître pour ce que vous êtes, vous priverait de la liberté dont vous avez besoin non seulement pour vous bien acquitter du motif que vous avez à vous proposer, mais même pour mieux observer les choses qui mériteront votre attention, et enfin pour tirer une plus grande utilité de votre voyage. »

Comme les trois princes avaient toujours été très soumis aux volontés du sultan leur père, et que chacun, de son côté, se flattait que la fortune lui serait favorable et lui donnerait lieu de parvenir à la possession de Nourounnihar, ils lui marquèrent qu'ils étaient prêts d'obéir. Sans différer, le sultan leur fit compter la somme qu'il venait de leur promettre, et dès le même jour ils donnèrent les ordres pour les préparatifs de leur voyage; ils prirent même congé du sultan pour être en état de partir de grand matin dès le lendemain. Ils sortirent par la même porte de la ville, bien montés et bien équipés, habillés en marchands, chacun avec un seul officier de confiance déguisé en esclave, et ils se rendirent ensemble au premier gîte, où le chemin se partageait en trois, par l'un desquels ils devaient continuer leur voyage chacun de son côté. Le soir, en se régalant d'un souper qu'ils s'étaient fait préparer, ils convinrent que leur voyage serait d'un an, et se donnèrent rendez-vous au même gîte, à la charge que le premier qui arriverait attendrait les deux autres, et les deux le troisième, afin que, comme ils avaient pris congé du sultan leur père les trois ensemble, ils se présentassent de même devant lui à leur retour. Le lendemain à la pointe du jour, après s'être embrassés et souhaité réciproquement un heureux voyage, ils montèrent à cheval, et prirent chacun l'un des trois chemins, sans se rencontrer dans leur choix.

Le prince Houssain, l'aîné des trois frères, qui avait entendu dire des merveilles de la grandeur, des forces, des richesses et de la splendeur du royaume de Bisnagar, prit sa route du côté de la mer des Indes; et, après une marche d'environ trois mois, en se joignant à différentes caravanes, tantôt par des déserts et par des montagnes stériles, tantôt par des pays très peuplés, les mieux cultivés et les plus fertiles qu'il y eût en aucun autre endroit de la terre, il arriva à Bisnagar, ville qui donne le nom à tout le royaume dont elle est la capitale, et qui est la demeure ordinaire de ses rois. Il se logea dans un khan destiné pour les marchands étrangers; et, comme il avait appris qu'il y avait quatre quartiers principaux où les marchands de toutes les sortes de marchandises avaient leurs boutiques, au milieu desquels était situé le château, ou plutôt le palais des rois, lequel occupait un terrain très vaste, comme au centre de la ville, qui avait trois enceintes, et deux lieues en tous sens d'une porte à l'autre, dès le lendemain il se rendit à l'un de ces quartiers.

Le prince Houssain ne put voir le quartier où il se trouva sans admiration : il était vaste, coupé et traversé par plusieurs rues toutes voûtées contre l'ardeur du soleil, et néanmoins très bien éclairées. Les boutiques étaient d'une même grandeur et d'une même symétrie, et celles des marchands d'une même sorte de marchandises n'étaient pas dispersées, mais rassemblées dans une même rue, et il en était de même des boutiques des artisans.

La multitude des boutiques remplies d'une même sorte de marchandises, comme des toiles les plus fines de différents endroits des Indes, des toiles peintes des couleurs les plus vives qui représentaient au naturel des personnages, des paysages, des arbres, des fleurs, des étoffes de soie et de brocart, tant de la Perse que de la Chine et d'autres lieux, de porcelaines du Japon et de la Chine, de tapis de pied de toutes les grandeurs, le surprirent si extraordinairement qu'il ne savait s'il devait s'en rapporter à ses propres yeux. Mais, quand il fut arrivé aux boutiques des orfèvres et des joailliers, car les deux professions étaient exercées par les mêmes marchands, il fut comme ravi en extase à la vue de la quantité prodigieuse d'excellents ouvrages en or et en argent, et comme ébloui par l'éclat des perles, des diamants, des rubis, des émeraudes, des saphirs et d'autres pierreries qui y étaient en vente et en confusion. S'il fut étonné de tant de richesses réunies en un seul endroit, il le fut bien davantage quand il vint à juger de la richesse du royaume en général, en considérant qu'à la réserve des brahmines et des ministres des idoles, qui faisaient profession d'une vie éloignée de la vanité du monde, il n'y avait dans toute son étendue ni Indien ni Indienne qui n'eût des colliers, des bracelets et des ornements aux jambes et aux pieds, des perles ou des pierreries, qui paraissaient avec d'autant plus d'éclat qu'ils étaient tous noirs, d'un noir à en relever parfaitement le brillant.

Une autre particularité qui fut admirée par le prince Houssain fut le grand nombre de vendeurs de roses, qui faisaient la plus grande foule dans les rues par leur multitude. Il comprit qu'il fallait que les Indiens fussent grands amateurs de cette fleur, puisqu'il n'y en avait pas un qui n'en portât un bouquet à la main, ou à la tête en guirlande, ni de marchand qui n'en eût plusieurs vases garnis dans sa boutique, de manière que le quartier, si grand qu'il était, en était tout embaumé.

Le prince Houssain, enfin, après avoir parcouru le quartier de rue en rue, l'idée remplie de tant de richesses qui s'étaient présentées à ses yeux, eut besoin de se reposer. Il le témoigna à un marchand, et le marchand fort civilement l'invita à entrer et à s'asseoir dans sa boutique; ce qu'il accepta. Il n'y avait pas longtemps qu'il était assis dans la boutique, quand il vit passer un crieur avec un tapis sur le bras d'environ six pieds en carré, qui le criait à trente bourses à l'enchère. Il appela le crieur, et il demanda à voir le tapis, qui lui parut d'un prix exorbitant, non seulement pour sa petitesse, mais même pour sa qualité. Quand il eut bien examiné le tapis, il dit au crieur qu'il ne comprenait pas comment un tapis de pied si petit et de si peu d'apparence était mis à un prix si haut.

Le crieur, qui prenait le prince Houssain pour un marchand, lui dit pour réponse : « Seigneur, si ce prix vous paraît excessif, votre étonnement sera beaucoup plus grand quand vous saurez que j'ai ordre de le faire monter jusqu'à quarante bourses, et de ne le livrer qu'à celui qui en comptera la somme. — Il faut donc, reprit le prince Houssain, qu'il soit précieux par quelque endroit qui ne m'est pas connu. — Vous l'avez deviné, Seigneur, repartit le crieur, et vous en conviendrez quand vous saurez qu'en s'asseyant sur ce tapis, aussitôt on est transporté avec le tapis où l'on souhaite d'aller, et l'on s'y trouve presque dans le moment sans que l'on soit arrêté par aucun obstacle.

Ce discours du crieur fit que le prince des Indes, en considérant que le motif principal de son voyage était d'en rapporter au sultan son père quelque rareté singulière dont on n'eût pas entendu parler, jugea qu'il n'en pouvait acquérir aucune dont le sultan dût être plus satisfait.

« Si le tapis, dit-il au crieur, avait la vertu que tu lui donnes, non seulement je ne trouverais pas que ce serait l'acheter trop chèrement que d'en donner les quarante bourses qu'on en demande, je pourrais même me résoudre à m'en accommoder pour le prix, et, avec cela, je te ferais un présent dont tu aurais lieu d'être content.

— Seigneur, reprit le crieur, je vous ai dit la vérité, et il sera aisé de vous en convaincre dès que vous aurez arrêté le marché à quarante bourses, en y mettant la condition que je vous en ferai voir l'expérience. Alors, comme vous n'avez pas ici les quarante bourses, et qu'il faudrait que pour les recevoir je vous accompagnasse jusqu'au khan où vous devez être logé comme étranger, avec la permission du maître de la boutique, nous entrerons dans l'arrière-boutique, j'y étendrai le tapis; et, quand nous y serons assis, vous et moi, que vous aurez formé le souhait d'être transporté avec moi dans l'appartement que vous avez pris dans le khan, si nous n'y sommes pas transportés sur-le-champ, il n'y aura pas de marché fait, et vous ne serez tenu à rien. Quant au présent, comme c'est au vendeur à me récompenser de ma peine, je le recevrai comme une grâce que vous aurez bien voulu me faire, et dont je vous aurai l'obligation. »

Sur la bonne foi du crieur, le prince accepta le parti. Il conclut le marché sous la condition proposée, après quoi il entra dans l'arrière-boutique du marchand, après en avoir obtenu la permission. Le crieur étendit le tapis; ils s'assirent dessus l'un et l'autre, et, dès que le prince eut formé le désir d'être transporté au khan dans son appartement, il s'y trouva avec le crieur dans la même situation. Comme il n'avait pas besoin d'autre certitude de la vertu du tapis, il compta au crieur la somme des quarante bourses en or, et il y ajouta un présent de vingt pièces d'or, dont il gratifia le crieur.

De la sorte, le prince Houssain demeura possesseur du tapis avec une joie extrême d'avoir acquis à son arrivée à Bisnagar une pièce si rare, qui devait, comme il n'en doutait pas, lui valoir la possession de Nourounnihar. En effet, il tenait comme une chose impossible que les princes ses cadets rapportassent rien de leur voyage qui pût entrer en comparaison avec ce qu'il avait rencontré si heureusement. Sans faire un plus long séjour à Bisnagar, il pouvait, en s'asseyant sur le tapis, se rendre le même jour au rendez-vous dont il était convenu avec eux; mais il eût été obligé de les attendre trop longtemps : cela fit que, curieux de voir le roi de Bisnagar et sa cour, et de prendre connaissance des forces, des lois, des coutumes, de la religion et de l'état de tout le royaume, il résolut d'employer quelques mois à satisfaire sa curiosité.

La coutume du roi de Bisnagar était de donner accès

auprès de sa personne une fois la semaine aux marchands étrangers. Ce fut sous ce titre que le prince Houssain, qui ne voulait point passer pour ce qu'il était, le vit plusieurs fois; et, comme ce prince, qui d'ailleurs était très bien fait de sa personne, avait infiniment de l'esprit, et qu'il était d'une politesse achevée (c'était par où il se distinguait des marchands avec lesquels il paraissait devant le roi), c'était à lui, préférablement aux marchands, qu'il adressait la parole pour s'informer de la personne du sultan des Indes, des forces, des richesses et du gouvernement de son empire.

Les autres jours, le prince les employait à voir ce qu'il y avait de plus remarquable dans la ville et aux environs. Entre autres choses dignes d'être admirées, il vit un temple d'idoles dont la structure était particulière en ce qu'elle était toute de bronze; il avait dix coudées en carré dans son assiette, et quinze en hauteur; et ce qui en faisait la plus grande beauté était une idole d'or massif, de la hauteur d'un homme, dont les yeux étaient deux rubis, appliqués avec tant d'art qu'il semblait à ceux qui la regardaient qu'elle avait les yeux sur eux, de quelque côté qu'ils se tournassent pour la voir. Il en vit une autre qui n'était pas moins admirable. C'était dans un village, où il y avait une plaine d'environ dix arpents, laquelle n'était qu'un jardin délicieux, parsemé de roses et d'autres fleurs agréables à la vue, et tout cet espace était environné d'un petit mur environ à hauteur d'appui pour empêcher que les animaux n'en approchassent. Au milieu de la plaine, il s'élevait une terrasse à hauteur d'homme, revêtue de pierres jointes ensemble avec tant de soin et d'industrie qu'il semblait que ce ne fût qu'une seule pierre. Le temple, qui était en dôme, était posé au milieu de la terrasse, haut de cinquante coudées, ce qui faisait qu'on le découvrait de plusieurs lieues à l'entour. La longueur était de trente, et la largeur de vingt, et le marbre rouge dont il était bâti était extrêmement poli. La voûte du dôme était ornée de trois rangs de peintures fort vives et de bon goût; et tout le temple était généralement rempli de tant d'autres peintures, de bas-reliefs et d'idoles, qu'il n'y avait aucun endroit où il n'y en eût depuis le haut jusqu'au bas.

Le soir et le matin, on faisait des cérémonies superstitieuses dans ce temple, lesquelles étaient suivies de jeux, de concerts d'instruments, de danses, de chants et de festins; et les ministres du temple et les habitants du lieu ne subsistent que des offrandes que les pèlerins en foule y apportent continuellement des endroits les plus éloignés du royaume pour s'acquitter de leurs vœux.

Le prince Houssain fut encore spectateur d'une fête solennelle qui se célèbre tous les ans à la cour de Bisnagar, à laquelle les gouverneurs des provinces, les commandants des places fortifiées, les gouverneurs et les juges des villes, et les brahmines les plus célèbres par leur doctrine, sont obligés de se trouver : il y en a de si éloignés qu'ils ne mettent pas moins de quatre mois à s'y rendre. L'assemblée, composée d'une multitude innombrable d'Indiens, se tient dans une plaine d'une vaste étendue, où ils font un spectacle surprenant, tant que la vue peut s'étendre. Comme au centre de cette plaine il y avait une place d'une grande longueur et largeur, fermée d'un côté par un bâtiment superbe en forme d'échafaudage à neuf étages, soutenu par quarante colonnes, et destiné pour le roi, pour sa cour et pour les étrangers qu'il honorait de son audience une fois la semaine; en dedans, il était orné et meublé magnifiquement, et, au dehors, peint de paysages où l'on voyait toutes sortes d'animaux, d'oiseaux, d'insectes, et même de mouches et de moucherons, le tout au naturel; et d'autres échafauds, hauts au moins de quatre ou cinq étages, et peints à peu près les uns de même que les autres, formaient les trois autres côtés; et ces échafauds avaient cela de particulier qu'on les faisait tourner et changer de face et de décoration d'heure en heure.

De chaque côté de la place, à peu de distance les uns des autres, étaient rangés mille éléphants, avec des harnais d'une grande somptuosité, chargés chacun d'une tour carrée de bois doré, et des joueurs d'instruments ou des farceurs dans chaque tour. La trompe de ces éléphants, leurs oreilles et le reste du corps étaient peints de cinabre et d'autres couleurs qui représentaient des figures grotesques.

Dans tout ce spectacle, ce qui fit admirer davantage au prince Houssain l'industrie, l'adresse et le génie inventif des Indiens, fut de voir un des éléphants, le plus puissant et le plus gros, les quatre pieds posés sur l'extrémité d'un poteau enfoncé perpendiculairement, et hors de terre d'environ deux pieds, jouer, en battant l'air de sa trompe, à la cadence des instruments. Il n'admira pas moins un autre éléphant, non moins puissant, au bout d'une poutre posée en travers sur un poteau, à la hauteur de dix pieds, avec une pierre d'une grosseur prodigieuse attachée et suspendue à l'autre bout, qui lui servait de contrepoids, par le moyen duquel, tantôt haut, tantôt bas, en présence du roi et de sa cour, il marquait par les mouvements de son corps et de sa trompe, les cadences des instruments, de même que l'autre éléphant. Les Indiens, après avoir attaché la pierre de contrepoids, avaient attiré l'autre bout jusqu'en terre à force d'hommes, et y avaient fait monter l'éléphant.

Le prince Houssain eût pu faire un plus long séjour à la cour et dans le royaume de Bisnagar : une infinité d'autres merveilles eussent pu l'y arrêter agréablement jusqu'au dernier jour de l'année révolue dont les princes ses frères et lui étaient convenus pour se rejoindre; mais, pleinement satisfait de ce qu'il avait vu, comme il était continuellement occupé de l'objet de son amour, et que, depuis l'acquisition qu'il avait faite, la beauté et les charmes de la princesse Nourounnihar augmentaient de jour en jour la violence de sa passion, il lui sembla qu'il aurait l'esprit plus tranquille et qu'il serait plus près de son bonheur quand il se serait approché d'elle. Après avoir satisfait le concierge du khan pour le louage de l'appartement qu'il y avait occupé, et lui avoir marqué l'heure qu'il pourrait venir prendre la clef qu'il laisserait à la porte, sans lui avoir marqué de quelle manière il partirait, il y rentra en fermant la porte sur lui et en y laissant la clef. Il étendit le tapis, et s'y assit avec l'officier qu'il avait amené avec lui. Alors il se recueillit en lui-même; et, après avoir souhaité sérieusement d'être transporté au gîte où les princes ses frères devaient se rendre comme lui, il s'aperçut bientôt qu'il y était arrivé. Il s'y arrêta, et, sans se faire connaître que pour un marchand, il les attendit.

Le prince Ali, frère puîné du prince Houssain, qui avait projeté de voyager en Perse pour se conformer à l'intention du sultan des Indes, en avait pris la route avec une caravane, à laquelle il s'était joint à la troisième journée après sa séparation d'avec les deux princes ses frères. Après une marche de près de quatre mois, il arriva enfin à Schiraz, qui était alors la capitale du royaume de Perse. Comme il avait fait amitié et société en chemin avec un petit nombre de marchands, sans se faire connaître pour autre que pour marchand joaillier, il prit logement avec eux dans un même khan.

Le lendemain, pendant que les marchands ouvraient

leurs ballots de marchandises, le prince Ali, qui ne voyageait que pour son plaisir, et qui ne s'était embarrassé que des choses nécessaires pour le faire commodément, après avoir changé d'habit, se fit conduire au quartier où se vendaient les pierreries, les ouvrages en or et en argent, brocarts, étoffes de soie, toiles fines, et les autres marchandises les plus rares et les plus précieuses. Ce lieu, qui était spacieux et bâti solidement, était voûté, et la voûte était soutenue de gros piliers, autour desquels les boutiques étaient ménagées de même que le long des murs, tant en dedans qu'en dehors, et il était connu communément à Schiraz sous le nom de bezestein. D'abord le prince Ali parcourut le bezestein en long et en large de tous les côtés, et il jugea avec admiration des richesses qui y étaient renfermées par la quantité prodigieuse des marchandises les plus précieuses qu'il y vit étalées. Parmi tous les crieurs qui allaient et venaient, chargés de différentes pièces, en les criant à l'encan, il ne fut pas peu surpris d'en voir un qui tenait à la main un tuyau d'ivoire, long d'environ un pied et de la grosseur d'un peu plus d'un pouce, qu'il criait à trente bourses. Il s'imagina d'abord que le crieur n'était pas dans son bon sens. Pour s'en éclaircir, en s'approchant de la boutique d'un marchand : « Seigneur, dit-il au marchand en lui montrant le crieur, dites-moi, je vous prie, si je me trompe : cet homme qui crie un petit tuyau d'ivoire à trente bourses a-t-il l'esprit bien sain ? — Seigneur, répondit le marchand, à moins qu'il ne l'ait perdu depuis hier, je puis vous assurer que c'est le plus sage de tous nos crieurs, et le plus employé, comme celui en qui l'on a le plus de confiance, quand il s'agit de la vente de quelque chose de grand prix; et, quant au tuyau qu'il crie à trente bourses, il faut qu'il les vaille, et même davantage, par quelque endroit qu'il ne paraît. Il va repasser dans un moment; nous l'appellerons, et vous vous en informerez par vous-même; asseyez-vous cependant sur mon sofa, et reposez-vous. »

Le prince Ali ne refusa pas l'offre obligeante du marchand, et, peu de temps après qu'il se fut assis, le crieur repassa. Comme le marchand l'eut appelé par son nom, il s'approcha. Alors, en lui montrant le prince Ali, il lui dit : « Répondez à ce seigneur qui demande si vous êtes dans votre bon sens de crier à trente bourses un tuyau d'ivoire qui paraît de si peu de conséquence. J'en serais étonné moi-même, si je ne savais pas que vous êtes un homme sage. » Le crieur, en s'adressant au prince Ali, lui dit : « Seigneur, vous n'êtes pas le seul qui me traite de fou à l'occasion de ce tuyau; mais vous jugerez vous-même si je le suis quand je vous en aurai dit la propriété, et j'espère qu'alors vous y mettrez une enchère, comme ceux à qui je l'ai déjà montré, qui avaient une aussi mauvaise opinion de moi que vous.

« Premièrement, Seigneur, poursuivit le crieur en présentant le tuyau au prince, remarquez que ce tuyau est garni d'un verre à chaque extrémité, et considérez qu'en regardant par l'un des deux, quelque chose qu'on puisse souhaiter de voir, on la voit aussitôt. — Je suis prêt à vous faire réparation d'honneur, reprit le prince Ali, si vous me faites connaître la vérité de ce que vous avancez. » Et, comme il avait le tuyau à la main, après avoir observé les deux verres : « Montrez-moi, continua-t-il, par où il faut regarder, afin que je m'en éclaircisse. » Le crieur le lui montra. Le prince regarda, et, en souhaitant de voir le sultan des Indes son père, il le vit en parfaite santé, assis sur son trône au milieu de son conseil. Ensuite, comme après le sultan il n'avait rien de plus cher au monde que la princesse Nourounnihar, il souhaita de la voir, et il la vit assise à sa toilette, environnée de ses femmes, riante et de belle humeur. Le prince Ali n'eut pas besoin d'autre preuve pour se persuader que ce tuyau était la chose la plus précieuse qu'il y eût alors, non seulement dans la ville de Schiraz, mais même dans tout l'univers; et il crut que, s'il négligeait de l'acheter, jamais il ne rencontrerait une rareté pareille à remporter de son voyage, ni à Schiraz, quand il y demeurerait dix ans, ni ailleurs. Il dit au crieur : « Je me rétracte de la pensée déraisonnable que j'ai eue de votre peu de bon sens, mais je crois que vous serez pleinement satisfait de la réparation que je suis prêt de vous en faire en achetant le tuyau. Comme je serais fâché qu'un autre que moi le possédât, dites-moi au juste à quel prix le vendeur le fixe : sans vous donner la peine de le crier davantage et de vous fatiguer à aller et venir, vous n'aurez qu'à venir avec moi, je vous en compterai la somme. » Le crieur lui assura avec serment qu'il avait ordre de lui en porter quarante bourses, et, pour peu qu'il en doutât, qu'il était prêt de le mener à lui-même. Le prince indien ajouta foi à sa parole : il l'emmena avec lui; et, quand ils furent arrivés au khan où était son logement, il lui compta les quarante bourses en belle monnaie d'or, et de la sorte il demeura possesseur du tuyau d'ivoire.

Quand le prince Ali eut fait cette acquisition, la joie qu'il en eut fut d'autant plus grande que les princes ses frères, comme il se le persuada, n'auraient rencontré rien d'aussi rare et aussi digne d'admiration, et ainsi que la princesse Nourounnihar serait la récompense des fatigues de son voyage. Il ne songea plus qu'à prendre connaissance de la cour de Perse sans se faire connaître, et qu'à voir ce qu'il y avait de plus curieux à Schiraz et aux environs, en attendant que la caravane avec laquelle il était venu reprît la route des Indes. Il avait achevé de satisfaire sa curiosité quand la caravane fut en état de partir. Le prince ne manqua pas de s'y joindre, et elle se mit en chemin. Aucun accident ne troubla ni n'interrompit la marche, et, sans autre incommodité que la longueur des journées et la fatigue du voyage, il arriva heureusement au rendez-vous, où le prince Houssain était déjà arrivé. Le prince Ali l'y trouva, et il resta avec lui en attendant le prince Ahmed.

Le prince Ahmed avait pris le chemin de Samarcande; et, comme dès le lendemain de son arrivée il eut imité les deux princes ses frères, et qu'il se fut rendu au bezestein, à peine il y était entré qu'un crieur se présenta devant lui avec une pomme artificielle à la main, qu'il criait à trente-cinq bourses. Il arrêta le crieur en lui disant : « Montrez-moi cette pomme, et apprenez-moi quelle vertu ou quelle propriété si extraordinaire elle peut avoir pour être criée à un si haut prix. » En la lui mettant dans la main afin qu'il l'examinât : « Seigneur, lui dit le crieur, cette pomme, à ne la regarder que par l'extérieur, est véritablement peu de chose; mais, si l'on en considère les propriétés, les vertus et l'usage admirable qu'on en peut faire pour le bien des hommes, on peut dire qu'elle n'a pas de prix, et il est certain que qui la possède possède un trésor. En effet, il n'y a pas de malade affligé de quelque maladie mortelle que ce soit, comme de fièvre continue, de fièvre pourprée, de pleurésie, de peste et d'autres maladies de cette nature, même moribond, qu'elle ne guérisse, et auquel elle ne fasse sur-le-champ recouvrer la santé aussi parfaite que si jamais de sa vie il n'eût été malade; et cela se fait par le moyen du monde le plus facile, puisque c'est simplement en la faisant flairer par la personne.

— Si l'on vous en doit croire, reprit le prince Ahmed, voilà une pomme d'une vertu merveilleuse, et l'on peut dire qu'elle n'a pas de prix; mais sur quoi peut se fonder un honnête homme comme moi qui aurait envie de l'acheter pour se persuader qu'il n'y a ni déguisement ni exagération dans l'éloge que vous en faites ?

— Seigneur, repartit le crieur, la chose est connue et avérée dans toute la ville de Samarcande, et, sans aller plus loin, interrogez tous les marchands qui sont ici rassemblés, vous verrez ce qu'ils vous en diront, et vous en trouverez qui ne vivraient pas aujourd'hui, comme ils vous le témoigneront eux-mêmes, s'ils ne se fussent servis de cet excellent remède. Pour vous faire mieux comprendre ce qui en est, c'est le fruit de l'étude et des veilles d'un philosophe très célèbre de cette ville, qui s'était appliqué toute sa vie à la connaissance de la vertu des plantes et des minéraux, et qui enfin était parvenu à en faire la composition que vous voyez, par laquelle il a fait dans cette ville des cures si surprenantes que jamais sa mémoire n'y sera en oubli. Une mort si subite qu'elle ne lui donna pas le temps de faire lui-même son remède souverain l'enleva il y a peu de temps; et sa veuve, qu'il a laissée avec très peu de bien et chargée d'un grand nombre d'enfants en bas âge, s'est enfin résolue de la mettre en vente pour se mettre plus à l'aise, elle et sa famille. »

Pendant que le crieur informait le prince Ahmed des vertus de la pomme artificielle, plusieurs personnes s'arrêtèrent et les environnèrent, dont la plupart confirmèrent tout le bien qu'il en disait; et, comme l'un d'eux eut témoigné qu'il avait un ami malade si dangereusement qu'on n'espérait plus rien de sa vie, et que c'était une occasion présente et favorable pour en faire voir l'expérience au prince Ahmed, le prince Ahmed prit la parole et dit au crieur qu'il en donnerait quarante bourses si elle guérissait le malade en le lui faisant sentir.

Le crieur, qui avait ordre de la vendre ce prix-là : « Seigneur, dit-il au prince Ahmed, allons faire cette expérience, la pomme sera pour vous; et je le dis avec d'autant plus de confiance qu'il est indubitable qu'elle ne fera pas moins son effet que toutes les fois qu'elle a été employée pour faire revenir des portes de la mort tant de malades dont la vie était désespérée. »

L'expérience réussit; et le prince, après avoir compté les quarante bourses au crieur, qui lui consigna la pomme artificielle, attendit avec patience le départ de la première caravane pour retourner aux Indes. Il employa ce temps-là à voir à Samarcande et aux environs tout ce qui était digne de sa curiosité, et principalement la vallée de la Sogde, ainsi nommée de la rivière du même nom qui l'arrose, et que les Arabes reconnaissent pour l'un des quatre paradis de l'univers par la beauté de ses campagnes et de ses jardins accompagnés de palais, par sa fertilité en toutes sortes de fruits et par les délices dont on y jouit dans la belle saison.

Le prince Ahmed enfin ne perdit pas l'occasion de la première caravane qui prit la route des Indes. Il partit; et, nonobstant les incommodités inévitables dans un long voyage, il arriva en parfaite santé au gîte où les princes Houssain et Ali l'attendaient.

Le prince Ali, en arrivant quelque temps avant le prince Ahmed, demanda au prince Houssain, qui était venu le premier, combien il y avait de temps qu'il était arrivé. Comme il eut appris de lui qu'il y avait près de trois mois : « Il faut donc, reprit-il, que vous ne soyez pas allé bien loin ? — Je ne vous dirai rien présentement, repartit le prince Houssain, du lieu où je suis allé; mais je puis vous assurer que j'ai mis plus de trois mois à m'y rendre. — Si cela est, répliqua le prince Ali, il faut donc que vous y ayez fait fort peu de séjour ? — Mon frère, lui dit le prince Houssain, vous vous trompez : le séjour que j'y ai fait a été de quatre à cinq mois, et il n'a tenu qu'à moi de le faire plus long. — A moins que vous ne soyez revenu en volant, reprit encore le prince Ali, je ne comprends pas comment il peut y avoir trois mois que vous êtes de retour comme vous voulez me le faire accroire.

— Je vous ai dit la vérité, ajouta le prince Houssain; et c'est une énigme dont je ne vous donnerai l'explication qu'à l'arrivée du prince Ahmed, notre frère, en déclarant en même temps quelle est la rareté que j'ai rapportée de mon voyage. Pour vous, je ne sais pas ce que vous avez rapporté; il faut que ce soit peu de chose : en effet, je ne vois pas que vos charges soient augmentées. — Et vous, Prince, reprit le prince Ali, à la réserve d'un tapis d'assez peu de conséquence, dont votre sofa est garni et dont vous devez avoir fait acquisition, il me semble que je pourrais vous rendre raillerie pour raillerie. Mais, comme il paraît que vous voulez faire un mystère de la rareté que vous avez rapportée, vous trouverez bon que j'en use de même à l'égard de celle dont j'ai fait acquisition. »

Le prince Houssain repartit : « Je tiens la rareté que j'ai rapportée si fort au-dessus de toute autre, quelle qu'elle puisse être, que je ne ferais pas de difficulté de vous la montrer, et de vous en faire tomber d'accord en vous déclarant par quel endroit je la tiens telle, sans craindre que celle que vous apportez, comme je le suppose, puisse lui être préférée. Mais il est à propos que nous attendions que le prince Ahmed, notre frère, soit arrivé; alors nous pourrons nous faire part avec plus d'égard et de bienséance les uns pour les autres de la bonne fortune qui nous sera échue. »

Le prince Ali ne voulut pas entrer plus avant en contestation avec le prince Houssain sur la préférence qu'il donnait à la rareté qu'il avait apportée; il se contenta d'être bien persuadé que, si le tuyau qu'il avait à lui montrer n'était pas préférable, il n'était pas possible au moins qu'il fût inférieur, et il convint avec lui d'attendre à le produire que le prince Ahmed fût arrivé.

Quand le prince Ahmed eut rejoint les deux princes ses frères, qu'ils se furent embrassés avec beaucoup de tendresse et fait compliment sur le bonheur qu'ils avaient de se revoir dans le même lieu où ils s'étaient séparés, le prince Houssain, comme l'aîné, prit la parole et dit : « Mes frères, nous aurons du temps de reste à nous entretenir des particularités chacun de son voyage; parlons de ce qu'il nous est le plus important de savoir; et, comme je tiens pour certain que vous vous êtes souvenus comme moi du principal motif qui nous y a engagés, ne nous cachons pas ce que nous apportons; et nous le montrant, faisons-nous justice par avance, et voyons en faveur de qui le sultan notre père pourra juger de la préférence.

« Pour donner l'exemple, continua le prince Houssain, je vous dirai que la rareté que j'ai rapportée du voyage que j'ai fait au royaume de Bisnagar est le tapis sur lequel je suis assis : il est commun et sans apparence, comme vous le voyez; mais, quand je vous aurai déclaré quelle est sa vertu, vous serez dans une admiration d'autant plus grande que jamais vous n'avez rien entendu de pareil; et vous allez en convenir. En effet, tel qu'il vous paraît, si l'on est assis dessus comme nous y sommes, et que l'on désire d'être transporté en quelque lieu, si éloigné qu'il puisse être, on se trouve dans ce lieu presque dans le moment. J'en ai fait l'expérience avant de compter les quarante bourses qu'il m'a coûté, sans les regretter;

et, quand j'eus satisfait ma curiosité pleinement à la cour et dans le royaume de Bisnagar, et que je voulus revenir, je ne me suis pas servi d'autre voiture que de ce tapis merveilleux pour me ramener ici, moi et mon domestique, qui peut vous dire combien de temps j'ai mis à m'y rendre. Je vous en ferai voir l'expérience à l'un et à l'autre quand vous le jugerez à propos. J'attends que vous m'appreniez si ce que vous avez apporté peut entrer en comparaison avec mon tapis. »

Le prince Houssain acheva en cet endroit d'exalter l'excellence de son tapis; et le prince Ali, en prenant la parole, la lui adressa en ces termes : « Mon frère, dit-il, il faut avouer que votre tapis est une des choses les plus merveilleuses qu'on puisse imaginer, s'il a, comme je ne veux pas en douter, la propriété que vous venez de nous dire. Mais vous avouerez qu'il peut y avoir d'autres choses, je ne dis pas plus, mais au moins aussi merveilleuses dans un autre genre; et, pour vous en faire tomber d'accord, continua-t-il, le tuyau d'ivoire que voici, non plus que votre tapis, à le voir, ne paraît pas une rareté qui mérite une grande attention. Je n'en ai pas moins payé cependant que vous de votre tapis, et je ne suis pas moins content de mon marché que vous l'êtes du vôtre. Équitable même comme vous l'êtes, vous tomberez d'accord que je n'ai pas été trompé, quand vous saurez, et que vous en aurez vu l'expérience, qu'en regardant par un des bouts on voit tel objet que l'on souhaite de voir. Je ne veux pas que vous m'en croyiez à ma parole, ajouta le prince Ali en lui présentant le tuyau : voilà le tuyau, voyez si je vous en impose. »

Le prince Houssain prit le tuyau d'ivoire de la main du prince Ali; et, comme il eut approché l'œil du bout que le prince Ali lui avait marqué en le lui présentant, avec intention de voir la princesse Nourounnihar et d'apprendre comment elle se portait, le prince Ali et le prince Ahmed, qui avaient les yeux sur lui, furent extrêmement étonnés de le voir tout à coup changer de visage d'une manière qui marquait une surprise extraordinaire, jointe à une grande affliction. Le prince Houssain ne leur donna pas le temps de lui en demander le sujet. « Princes, s'écria-t-il, c'est inutilement que vous et moi nous avons entrepris un voyage si pénible dans l'espérance d'en être récompensés par la possession de la charmante Nourounnihar : dans peu de moments cette aimable princesse ne sera plus en vie; je viens de la voir dans son lit, environnée de ses femmes et de ses eunuques, qui sont en pleurs et qui paraissent n'attendre autre chose que de la voir rendre l'âme. Tenez, voyez-la vous-mêmes dans ce pitoyable état, et joignez vos larmes aux miennes. »

Le prince Ali reçut le tuyau d'ivoire de la main du prince Houssain; il regarda : après avoir vu le même objet avec un déplaisir très sensible, il le présenta au prince Ahmed, afin qu'il vît aussi un spectacle si triste et si affligeant, qui devait les intéresser tous également.

Quand le prince Ahmed eut pris le tuyau d'ivoire des mains du prince Ali, qu'il eut regardé, et qu'il eut vu la princesse Nourounnihar si peu éloignée de la fin de ses jours, il prit la parole, et, en l'adressant aux deux princes ses frères : « Princes, dit-il, la princesse Nourounnihar, qui fait également le sujet de nos vœux, est véritablement dans un état qui l'approche de la mort de bien près; mais, autant qu'il me le paraît, pourvu que nous ne perdions pas de temps, il y a encore lieu de la préserver de ce moment fatal. »

Alors le prince Ahmed tira de son sein la pomme artificielle qu'il avait acquise, et, en la montrant aux princes ses frères, il leur dit : « La pomme que vous voyez ne m'a pas moins coûté que le tapis et que le tuyau d'ivoire que vous avez apporté chacun de votre voyage. L'occasion qui se présente de vous en faire voir la vertu merveilleuse fait que je ne regrette pas les quarante bourses qu'elle m'a coûté. Pour ne vous pas tenir en suspens, elle a la vertu qu'un malade, en la sentant, même à l'agonie, recouvre la santé sur-le-champ : l'expérience que j'en ai faite m'empêche d'en douter; et je puis vous en faire voir l'effet à vous-mêmes en la personne de la princesse Nourounnihar, si nous faisons la diligence que nous devons pour la secourir.

— Si cela est ainsi, reprit le prince Houssain, nous ne pouvons faire une plus grande diligence qu'en nous transportant à l'instant jusque dans la chambre de la princesse par le moyen de mon tapis. Ne perdons pas de temps; approchez-vous, asseyez-vous-y comme moi, il est assez grand pour nous contenir tous trois sans nous presser; mais, avant toutes choses, donnons ordre chacun à notre domestique de partir ensemble incessamment, et de venir nous trouver au palais. »

Quand cet ordre eut été donné, le prince Ali et le prince Ahmed s'assirent sur le tapis avec le prince Houssain; et, comme ils avaient tous trois le même intérêt, ils formèrent aussi tous trois le même désir d'être transportés dans la chambre de la princesse Nourounnihar. Leur désir fut exécuté; et ils furent transportés si promptement qu'ils s'aperçurent d'être arrivés au lieu où ils avaient souhaité, et nullement d'être partis de celui qu'ils venaient de quitter.

La présence des trois princes, si peu attendue, effraya les femmes et les eunuques de la princesse, qui ne comprenaient pas par quel enchantement trois hommes se trouvaient au milieu d'eux. Ils les méconnurent même d'abord, et les eunuques étaient près de se jeter sur eux comme sur des gens qui avaient pénétré jusque dans un lieu dont il ne leur était pas même permis d'approcher; mais ils revinrent bientôt de leur erreur en les reconnaissant pour ce qu'ils étaient.

Le prince Ahmed ne se vit pas plus tôt dans la chambre de Nourounnihar, et il n'eut pas plus tôt aperçu cette princesse mourante, qu'il se leva de dessus le tapis, ce que firent aussi les deux autres princes, s'approcha du lit, et lui mit sa pomme merveilleuse sous les narines. Quelques moments après, la princesse ouvrit les yeux, tourna la tête de côté et d'autre en regardant les personnes qui l'environnaient, et elle se mit sur son séant en demandant à s'habiller, avec la même liberté et la même connaissance que si elle n'eût fait que de se réveiller après un long sommeil. Ses femmes lui eurent bientôt appris, d'une manière qui marquait leur joie, que c'était aux trois princes ses cousins, et particulièrement au prince Ahmed, qu'elle avait l'obligation du recouvrement si subit de sa santé. Aussitôt, en témoignant la joie qu'elle avait de les revoir, elle les remercia tous ensemble, et le prince Ahmed en particulier. Comme elle avait demandé à s'habiller, les princes se contentèrent de lui marquer combien était grand le plaisir qu'ils avaient d'être arrivés assez à temps pour contribuer chacun en quelque chose à la tirer du danger évident où ils l'avaient vue, et les vœux ardents qu'ils faisaient pour la longue durée de sa vie, après quoi ils se retirèrent.

Pendant que la princesse s'habillait, les princes, en sortant de son appartement, allèrent se jeter aux pieds du sultan leur père et lui rendre leurs respects; et, en paraissant devant lui, ils trouvèrent qu'ils avaient été prévenus par le principal eunuque de la princesse, qui l'informait de leur arrivée imprévue, et de quelle manière la princesse venait d'être guérie parfaitement par leur moyen. Le sultan les reçut et les embrassa avec une joie d'autant plus grande qu'en même temps qu'il les voyait de retour, il apprenait que la princesse sa nièce, qu'il aimait comme si elle eût été sa propre fille, après avoir été abandonnée par les médecins, venait de recouvrer la santé d'une manière toute merveilleuse. Après les compliments de part et d'autre, ordinaires dans une pareille occasion, les princes lui présentèrent chacun la rareté qu'ils avaient apportée : le prince Houssain, le tapis qu'il avait eu soin de reprendre en sortant de la chambre de la princesse; le prince Ali, le tuyau d'ivoire; et le prince Ahmed, la pomme artificielle; et, après en avoir fait l'éloge, chacun en la lui mettant entre les mains, à son rang, ils le supplièrent de prononcer sur celle à laquelle il donnait la préférence, et ainsi de déclarer auquel des trois il donnait la princesse Nourounnihar pour épouse, selon sa promesse.

Le sultan des Indes, après avoir écouté avec bienveillance tout ce que les princes voulurent lui représenter à l'avantage de ce qu'ils avaient apporté, sans les interrompre, et bien informé de ce qui venait de se passer dans la guérison de la princesse Nourounnihar, demeura quelque temps dans le silence, comme s'il eût pensé à ce qu'il avait à leur répondre. Il l'interrompit enfin, et il leur tint ce discours plein de sagesse : « Mes enfants, dit-il, je déclarerais l'un de vous avec un grand plaisir, si je pouvais le faire avec justice; mais considérez vous-mêmes si je le puis. Vous, prince Ahmed, il est vrai que la princesse ma nièce est redevable de sa guérison à votre pomme artificielle; mais, je vous le demande, la lui eussiez-vous procurée si auparavant le tuyau d'ivoire du prince Ali ne vous eût donné lieu de connaître le danger où elle était, et que le tapis du prince Houssain ne vous eût servi à venir la secourir promptement ? Vous, prince Ali, votre tuyau d'ivoire a servi à vous faire connaître, à vous et aux princes vos frères, que vous alliez perdre la princesse votre cousine, et en cela il faut convenir qu'elle vous a une très grande obligation. Il faut aussi que vous conveniez que cette connaissance serait demeurée inutile pour le bien qui lui en est arrivé sans la pomme artificielle et sans le tapis. Et vous enfin, prince Houssain, la princesse serait une ingrate si elle ne vous marquait sa reconnaissance en considération de votre tapis, qui s'est trouvé si nécessaire pour lui procurer la guérison. Mais considérez qu'il n'eût été d'aucun usage pour y contribuer, si vous n'eussiez eu connaissance de la maladie par le moyen du tuyau d'ivoire du prince Ali, et que le prince Ahmed n'eût employé sa pomme artificielle pour la guérir. Ainsi, comme ni le tapis, ni le tuyau d'ivoire, ni la pomme artificielle, ne donnent pas la moindre préférence à l'un plus qu'à l'autre, mais au contraire une parfaite égalité à chacun, et que je ne puis accorder la princesse Nourounnihar qu'à un seul, vous voyez vous-mêmes que le seul fruit que vous avez rapporté de votre voyage est la gloire d'avoir contribué également à lui rendre la santé.

« Si cela est vrai, ajouta le sultan, vous voyez aussi que c'est à moi à recourir à une autre voie pour me déterminer certainement au choix que je dois faire entre vous. Comme il y a encore du temps jusqu'à la nuit, c'est ce que je veux faire dès aujourd'hui. Allez donc, prenez chacun un arc et une flèche, et rendez-vous hors de la ville, à la grande plaine des exercices de chevaux; je vais me préparer pour m'y rendre, et je déclare que je donnerai la princesse Nourounnihar pour épouse à celui de vous qui aura tiré le plus loin.

« Au reste, je n'oublie pas que je dois vous remercier en général, et chacun en particulier, comme je le fais, du présent que vous m'avez apporté. J'ai bien des raretés dans mon cabinet, mais il n'y a rien qui approche de la singularité du tapis, du tuyau d'ivoire et de la pomme artificielle, dont je vais l'augmenter et l'enrichir. Ce sont trois pièces qui y vont tenir le premier lieu et que j'y conserverai précieusement, non pas par simple curiosité, mais pour en tirer dans les occasions l'usage avantageux que l'on en peut faire. »

Les trois princes n'eurent rien à répondre à la décision que le sultan venait de prononcer. Quand ils furent hors de sa présence, on leur fournit à chacun un arc et une flèche, qu'ils remirent à un de leurs officiers qui s'étaient assemblés dès qu'ils avaient appris la nouvelle de leur arrivée, et ils se rendirent à la plaine des exercices de chevaux, suivis d'une foule innombrable de peuple.

Le sultan ne se fit pas attendre; et, dès qu'il fut arrivé, le prince Houssain, comme l'aîné, prit son arc et la flèche, et tira le premier; le prince Ali tira ensuite, et l'on vit tomber la flèche plus loin que celle du prince Houssain; le prince Ahmed tira le dernier, mais on perdit la sienne de vue, et personne ne la vit tomber.

On courut, on chercha; mais, quelque diligence que l'on fît, et que le prince Ahmed fît lui-même, il ne fut pas possible de trouver la flèche, ni près, ni loin. Quoiqu'il fût croyable que c'était lui qui avait tiré le plus loin, et ainsi qu'il avait mérité que la princesse Nourounnihar lui fût accordée, comme néanmoins il était nécessaire que la flèche se trouvât pour rendre la chose évidente et certaine, quelque remontrance qu'il fît au sultan, le sultan ne laissa pas de juger en faveur du prince Ali. Ainsi il donna les ordres pour les préparatifs de la solennité des noces, et peu de jours après elles se célébrèrent avec une grande magnificence.

Le prince Houssain n'honora pas la fête de sa présence. Comme sa passion pour la princesse Nourounnihar était très sincère et très vive, il ne se sentit pas assez de force pour soutenir avec patience la mortification de la voir passer entre les bras du prince Ali, lequel, disait-il, ne la méritait pas mieux, ni ne l'aimait plus parfaitement que lui. Il en eut au contraire un déplaisir si sensible qu'il abandonna la cour, et qu'il renonça au droit qu'il avait de succéder à la couronne, pour aller se faire derviche et se mettre sous la discipline d'un scheik très fameux, lequel était dans une grande réputation de mener une vie exemplaire, et qui avait établi sa demeure et celle de ses disciples, qui étaient en grand nombre, dans une agréable solitude.

Le prince Ahmed, par le même motif que le prince Houssain, n'assista pas aussi aux noces du prince Ali et de la princesse Nourounnihar; mais il ne renonça pas au monde comme lui. Comme il ne pouvait comprendre comment la flèche qu'il avait tirée était pour ainsi dire devenue invisible, il se déroba à ses gens; et, résolu de la chercher de manière à n'avoir rien à se reprocher, il se rendit à l'endroit où celles des princes Houssain et Ali avaient été ramassées. De là, en marchant droit devant lui et en regardant à droite et à gauche, il alla si loin sans trouver ce qu'il cherchait, qu'il jugea que la peine qu'il se donnait était inutile. Attiré néanmoins comme malgré lui, il ne laissa pas de poursuivre son chemin jusqu'à des rochers fort élevés où il eût été obligé de se détourner quand il eût voulu passer outre, et ces rochers, extrêmement escarpés, étaient situés dans un lieu stérile, à quatre lieues loin d'où il était parti.

En approchant de ces rochers, le prince Ahmed aperçoit une flèche : il la ramasse, il la considère, et il fut dans un grand étonnement de voir que c'était la même qu'il avait tirée. « C'est elle, dit-il en lui-même; mais ni moi ni aucun mortel au monde nous n'avons la force de tirer une flèche si loin. » Comme il l'avait trouvée couchée par terre, et non pas enfoncée par la pointe, il jugea qu'elle avait donné contre le rocher, et qu'elle avait été renvoyée par sa résistance. « Il y a du mystère, dit-il encore, dans une chose si extraordinaire, et ce mystère ne peut être qu'avantageux pour moi. La fortune, après m'avoir affligé en me privant de la possession d'un bien qui devait, comme je l'espérais, faire le bonheur de ma vie, m'en réserve peut-être un autre pour ma consolation. »

Dans cette pensée, comme la face de ces rochers s'avançait en pointes et se reculait en plusieurs enfoncements, le prince entra dans un de ces enfoncements; et, comme il jetait les yeux de coin en coin, une porte de fer se présenta sans apparence de serrure. Il craignit qu'elle ne fût fermée; mais, en la poussant, elle s'ouvrit en dedans, et il vit une descente douce en pente, sans degrés, par où il descendit avec la flèche à la main. Il crut qu'il allait entrer dans des ténèbres; mais bientôt une autre lumière toute différente succéda à celle qu'il quittait; et, en entrant dans une place spacieuse, à cinquante ou soixante pas ou environ, il aperçut un palais magnifique, dont il n'eut pas le temps d'admirer la structure admirable. En effet, en même temps une dame d'un air et d'un port majestueux, et d'une beauté à laquelle la richesse des étoffes dont elle était habillée, et les pierreries dont elle était ornée, n'ajoutaient aucun avantage, s'avança jusque sur le vestibule, accompagnée d'une troupe de femmes dont il eut peu de peine à distinguer la maîtresse.

Dès que le prince Ahmed eut aperçu la dame, il pressa le pas pour aller lui rendre ses respects; et la dame, de son côté, qui le vit venir, le prévint par ces paroles, en élevant la voix : « Prince Ahmed, dit-elle, approchez, vous êtes le bienvenu. »

La surprise du prince ne fut pas médiocre quand il s'entendit nommer dans un pays dont il n'avait jamais entendu parler, quoique ce pays fût si voisin de la capitale du sultan son père; et il ne comprenait pas comment il pouvait être connu d'une dame qu'il ne connaissait pas. Il aborde enfin la dame en se jetant à ses pieds, et, en se relevant : « Madame, dit-il, à mon arrivée dans un lieu où j'avais à craindre que ma curiosité ne m'eût fait pénétrer imprudemment, je vous rends mille grâces de l'assurance que vous me donnez d'être le bienvenu; mais, Madame, sans commettre une incivilité, oserais-je vous demander par quelle aventure il arrive, comme vous me l'apprenez vous-même, que je ne vous sois pas inconnu, à vous, dis-je, qui êtes si fort dans notre voisinage sans que j'en aie eu connaissance qu'aujourd'hui ? — Prince, lui dit la dame, entrons dans le salon : j'y satisferai à votre demande plus commodément pour vous et pour moi. »

En achevant ces paroles, la dame, pour montrer le chemin au prince Ahmed, le mena dans un salon dont la structure merveilleuse, l'or et l'azur qui en embellissaient la voûte en dôme, et la richesse inestimable des meubles, lui parurent une nouveauté si grande qu'il en témoigna son admiration en s'écriant qu'il n'avait rien vu de semblable, et qu'il ne croyait pas qu'on pût rien voir qui en approchât. « Je vous assure néanmoins, reprit la dame, que c'est la moindre pièce de mon palais, et vous en tomberez d'accord quand je vous en aurai fait voir tous les appartements. » Elle monta et elle s'assit sur un sofa; et, quand le prince eut pris place auprès d'elle, à la prière qu'elle lui en fit : « Prince, dit-elle, vous êtes surpris, dites-vous, de ce que je vous connais sans que vous me connaissiez; votre surprise cessera quand vous saurez qui je suis. Vous n'ignorez pas, sans doute, une chose que votre religion vous enseigne, qui est que le monde est habité par des génies aussi bien que par des hommes. Je suis fille d'un de ces génies, des plus puissants et des plus distingués parmi eux, et mon nom est Pari-Banou. Ainsi vous devez cesser d'être surpris que je vous connaisse, vous, le sultan votre père, les princes vos frères et la princesse Nourounnihar. Je suis informée de même de votre amour et de votre voyage, dont je pourrais vous dire toutes les circonstances, puisque c'est moi qui ai fait mettre en vente à Samarcande la pomme artificielle que vous y avez achetée; à Bisnagar, le tapis que le prince Houssain y a trouvé, et à Schiraz, le tuyau d'ivoire que le prince Ali en a rapporté. Cela doit suffire pour vous faire comprendre que je n'ignore rien de ce qui vous touche. La seule chose que j'ajoute, c'est que vous m'avez paru digne d'un sort plus heureux que celui de posséder la princesse Nourounnihar, et que, pour vous y faire acheminer, comme je me trouvais présente dans le temps que vous tirâtes la flèche que je vois que vous tenez, et que je prévis qu'elle ne passerait pas même au-delà de celle du prince Houssain, je la pris en l'air, et lui donnai le mouvement nécessaire pour venir frapper les rochers près desquels vous venez de la trouver. Il ne tiendra qu'à vous de profiter de l'occasion qu'elle vous présente de devenir plus heureux. »

Comme la fée Pari-Banou prononça ces dernières paroles d'un ton différent, en regardant même le prince Ahmed d'un air tendre, et en baissant aussitôt les yeux par modestie, avec une rougeur qui lui monta au visage, le prince n'eut pas de peine à comprendre de quel bonheur elle entendait parler. Il considéra tout d'une vue que la princesse Nourounnihar ne pouvait plus être à lui, et que la fée Pari-Banou la surpassait infiniment en beauté, en appas, en agréments, de même que par un esprit transcendant et par des richesses immenses, autant qu'il pouvait le conjecturer par la magnificence du palais où il se trouvait, et il bénit le moment que la pensée lui était venue de chercher une seconde fois la flèche qu'il avait tirée; et, en cédant au penchant qui l'entraînait du côté du nouvel objet qui l'enflammait : « Madame, reprit-il, quand je n'aurais toute ma vie que le bonheur d'être votre esclave et l'admirateur de tant de charmes qui me ravissent à moi-même, je m'estimerais le plus heureux de tous les mortels. Pardonnez-moi la hardiesse qui m'inspire de vous demander cette grâce, et ne dédaignez pas, en me la refusant, d'admettre dans votre cour un prince qui se dévoue tout à vous.

— Prince, repartit la fée, comme il y a longtemps que je suis maîtresse de mes volontés, du consentement de mes parents, ce n'est pas comme esclave que je veux vous admettre à ma cour, mais comme maître de ma personne et de tout ce qui m'appartient et peut m'appartenir conjointement avec moi, en me donnant votre foi et en voulant bien m'agréer pour épouse. J'espère que vous ne prendrez pas en mauvaise part que je vous prévienne par cette offre. Je vous ai déjà dit que je suis maîtresse de mes volontés : j'ajouterai qu'il n'en est pas de même chez les fées que chez les dames envers les hommes, lesquelles n'ont pas coutume de faire de telles avances, et tiendraient à grand déshonneur d'en user ainsi. Pour nous, nous les faisons, et nous tenons qu'on doit nous en avoir obligation. »

Le prince Ahmed ne répondit rien à ce discours de la

fée; mais, pénétré de reconnaissance, il crut ne pouvoir mieux la lui marquer qu'en s'approchant pour lui baiser le bas de sa robe. Elle ne lui en donna pas le temps; elle lui présenta la main, qu'il baisa, et, en retenant et en serrant la sienne : « Prince Ahmed, dit-elle, ne me donnez-vous pas votre foi comme je vous donne la mienne ? — Eh! Madame! reprit le prince ravi de joie, que pourrais-je faire de mieux et qui me fît plus de plaisir ? Oui, ma sultane, ma reine, je vous la donne avec mon cœur, sans réserve. — Si cela est, repartit la fée, vous êtes mon époux, et je suis votre épouse. Les mariages ne se contractent pas parmi nous avec d'autres cérémonies : ils sont plus fermes et plus indissolubles que parmi les hommes, nonobstant les formalités qu'ils y apportent. Présentement, poursuivit-elle, pendant qu'on préparera le festin de nos noces pour ce soir, et comme apparemment vous n'avez rien pris d'aujourd'hui, on va vous apporter de quoi faire un léger repas, après quoi je vous ferai voir les appartements de mon palais, et vous jugerez s'il n'est pas vrai, comme je vous l'ai dit, que ce salon en est la moindre pièce. »

Quelques-unes des femmes de la fée, qui étaient entrées dans ce salon avec elle, et qui comprirent quelle était son intention, sortirent, et peu de temps après apportèrent quelques mets et d'excellent vin.

Quand le prince Ahmed eut mangé et bu autant qu'il voulut, la fée Pari-Banou le mena d'appartement en appartement, où il vit le diamant, le rubis, l'émeraude et toutes sortes de pierreries fines, employées avec les perles, l'agate, le jaspe, le porphyre, et toutes sortes de marbres les plus précieux, sans parler des ameublements qui étaient d'une richesse inestimable, le tout employé dans une profusion si étonnante que, bien loin d'avoir rien vu d'approchant, il avoua qu'il ne pouvait y avoir rien de pareil au monde. « Prince, lui dit la fée, si vous admirez si fort mon palais, qui, à la vérité, a de grandes beautés, que diriez-vous des palais des chefs de nos génies, qui sont tout autrement beaux, spacieux et magnifiques ? Je pourrais vous faire admirer aussi la beauté de mon jardin; mais, ajouta-t-elle, ce sera pour une autre fois : la nuit approche, et il est temps de nous mettre à table. »

La salle où la fée fit entrer le prince Ahmed, et où la table était servie, était la dernière pièce du palais qui restait à faire voir au prince; elle n'était pas inférieure à aucune de toutes celles qu'il venait de voir. En entrant, il admira l'illumination d'une infinité de bougies parfumées d'ambre, dont la multitude, loin de faire de la confusion, était dans une symétrie bien entendue, qui faisait plaisir à voir. Il admira de même un grand buffet chargé de vaisselle d'or, que l'art rendait plus précieuse que la matière, et plusieurs chœurs de femmes, toutes d'une beauté ravissante et richement habillées, qui commencèrent un concert de voix et de toutes sortes d'instruments les plus harmonieux qu'il eût jamais entendus. Ils se mirent à table; et, comme Pari-Banou prit un grand soin de servir au prince Ahmed des mets les plus délicats, qu'elle lui nommait à mesure en l'invitant à en gouter; et comme le prince n'en avait jamais entendu parler, et qu'il les trouvait exquis, il en faisait l'éloge, en s'écriant que la bonne chère qu'elle lui faisait surpassait toutes celles que l'on faisait parmi les hommes. Il se récria de même sur l'excellence du vin qui lui fut servi, dont ils ne commencèrent à boire, la fée et lui, qu'au dessert, qui n'était que de fruits, que de gâteaux et d'autres choses propres à le faire trouver meilleur.

Après le dessert enfin, la fée Pari-Banou et le prince Ahmed s'éloignèrent de la table, qui fut emportée sur-le-champ, et s'assirent sur le sofa à leur commodité, le dos appuyé de coussins d'étoffe de soie à grands fleurons de différentes couleurs, ouvrage à l'aiguille d'une grande délicatesse. Aussitôt un grand nombre de génies et de fées entrèrent dans la salle, et commencèrent un bal des plus surprenants, qu'ils continuèrent jusqu'à ce que la fée et le prince Ahmed se levèrent. Alors les génies et les fées, en continuant de danser, sortirent de la salle, et marchèrent devant les nouveaux mariés jusqu'à la porte de la chambre où le lit nuptial était préparé. Quand ils y furent arrivés, ils se rangèrent en haie pour les laisser entrer, après quoi ils se retirèrent, et les laissèrent dans la liberté de se coucher.

La fête des noces fut continuée le lendemain, ou plutôt les jours qui en suivirent la célébration furent une fête continuelle que la fée Pari-Banou, à qui la chose était aisée, sut diversifier par de nouveaux ragoûts et de nouveaux mets dans les festins, de nouveaux concerts, de nouvelles danses, de nouveaux spectacles et de nouveaux divertissements, tous si extraordinaires que le prince Ahmed n'eût pu se les imaginer en toute sa vie parmi les hommes, quand elle eût été de mille ans.

L'intention de la fée ne fut pas seulement de donner au prince des marques essentielles de la sincérité de son amour et de l'excès de sa passion par tant d'endroits; elle voulut aussi lui faire connaître par là que, comme il n'avait plus rien à prétendre à la cour du sultan son père et en aucun endroit du monde, sans parler de sa beauté ni des charmes qui l'accompagnaient, il ne trouverait rien de comparable au bonheur dont il jouissait auprès d'elle, afin qu'il s'attachât à elle entièrement, et que jamais il ne s'en séparât. Elle réussit parfaitement dans ce qu'elle s'était proposé : l'amour du prince Ahmed ne diminua pas par la possession; il augmenta à un point qu'il n'était plus en son pouvoir de cesser de l'aimer, quand elle-même eût pu se résoudre à ne plus l'aimer.

Au bout de six mois, le prince Ahmed, qui avait toujours aimé et honoré le sultan son père, conçut un grand désir d'apprendre de ses nouvelles; et, comme il ne pouvait le satisfaire qu'en s'absentant pour en aller apprendre lui-même, il en parla à Pari-Banou dans un entretien, et il la pria de vouloir bien le lui permettre. Ce discours alarma la fée, et elle craignit que ce ne fût un prétexte pour l'abandonner; elle lui dit : « En quoi puis-je vous avoir donné du mécontentement, pour vous obliger de me demander cette permission ? Serait-il possible que vous eussiez oublié que vous m'avez donné votre foi, et que vous ne m'aimassiez plus, moi qui vous aime si passionnément ? Vous devez en être bien persuadé par les marques que je ne cesse de vous en donner.

— Ma reine, reprit le prince Ahmed, je suis très convaincu de votre amour, et je m'en rendrais indigne si je ne vous en témoignais pas ma reconnaissance par un amour réciproque. Si vous êtes offensée de ma demande, je vous supplie de me le pardonner; il n'y a pas de réparation que je ne sois prêt de vous en faire. Je ne l'ai pas faite pour vous déplaire : je l'ai faite uniquement par un motif de respect envers le sultan mon père, que je souhaiterais délivrer de l'affliction où je dois l'avoir plongé par une absence si longue : affliction d'autant plus grande, comme j'ai lieu de le présumer, qu'il ne me croit plus en vie. Mais, puisque vous n'agréez pas que j'aille lui donner cette consolation, je veux ce que vous voulez, et il n'y a rien au monde que je ne sois prêt de faire pour vous complaire. »

Le prince Ahmed, qui ne dissimulait pas, et qui l'aimait en son cœur aussi parfaitement qu'il venait de l'en assurer par ces paroles, cessa d'insister davantage sur la permission qu'il lui avait demandée, et la fée lui témoigna combien elle était satisfaite de sa soumission. Comme néanmoins il ne pouvait pas abandonner absolument le dessein qu'il s'était formé, il affecta de l'entretenir de temps en temps des belles qualités du sultan des Indes, et surtout des marques de tendresse dont il lui était obligé en son particulier, avec espérance qu'à la fin elle se laisserait fléchir.

Comme le prince Ahmed l'avait jugé, il était vrai que le sultan des Indes, au milieu des réjouissances à l'occasion des noces du prince Ali et de la princesse Nourounnihar, avait été affligé sensiblement de l'éloignement des deux autres princes ses fils. Il ne fut pas longtemps à être informé du parti que le prince Houssain avait pris d'abandonner le monde, et du lieu qu'il avait choisi pour y faire sa retraite. Comme un bon père, qui fait consister une partie de son bonheur à voir les enfants qui sont sortis de ses reins, particulièrement quand ils se rendent dignes de sa tendresse, il eût mieux aimé qu'il fût demeuré à la cour, attaché à sa personne. Comme néanmoins il ne pouvait pas désapprouver qu'il eût fait le choix de l'état de perfection auquel il s'était engagé, il supporta son absence avec patience. Il fit toutes les diligences possibles pour avoir des nouvelles du prince Ahmed; il dépêcha des courriers dans toutes les provinces de ses États, avec ordre aux gouverneurs de l'arrêter et de l'obliger de revenir à la cour; mais les soins qu'il se donna n'eurent pas le succès qu'il avait espéré, et ses peines, au lieu de diminuer, ne firent qu'augmenter. Souvent il s'en expliquait avec son grand-vizir. « Vizir, disait-il, tu sais qu'Ahmed est celui des princes mes fils que j'ai toujours aimé le plus tendrement, et tu n'ignores pas les voies que j'ai prises pour parvenir à le retrouver, sans y réussir. La douleur que j'en sens est si vive que j'y succomberai à la fin, si tu n'as compassion de moi. Pour peu d'égards que tu aies pour ma conservation, je te conjure de m'aider de ton secours et de tes conseils. »

Le grand-vizir, non moins attaché à la personne du sultan que zélé à se bien acquitter de l'administration des affaires de l'État, en songeant aux moyens de lui apporter du soulagement, se souvint d'une magicienne dont on disait des merveilles : il lui proposa de la faire venir et de la consulter. Le sultan y consentit; le grand-vizir, après l'avoir envoyé chercher, la lui amena lui-même.

Le sultan dit à la magicienne : « L'affliction où je suis, depuis les noces du prince Ali, mon fils, et de la princesse Nourounnihar, ma nièce, de l'absence du prince Ahmed, est si connue et si publique que tu ne l'ignores pas sans doute. Par ton art et par ton habileté, ne pourrais-tu pas me dire ce qu'il est devenu ? Est-il encore en vie ? Où est-il ? Que fait-il ? Dois-je espérer de le revoir ? »

La magicienne, pour satisfaire à ce que le sultan lui demandait, répondit : « Sire, quelque habileté que je puisse avoir dans ma profession, il ne m'est pas possible néanmoins de satisfaire sur-le-champ à la demande que Votre Majesté me fait; mais, si elle veut bien me donner du temps jusqu'à demain, je lui en donnerai la réponse. » Le sultan, en lui accordant ce délai, la renvoya avec promesse de la bien récompenser si la réponse se trouvait conforme à son souhait.

La magicienne revint le lendemain, et le grand-vizir la présenta au sultan pour la seconde fois. Elle dit au sultan : « Sire, quelque diligence que j'aie apportée en me servant des règles de mon art, pour obéir à Votre Majesté sur ce qu'elle désire de savoir, je n'ai pu trouver autre chose, sinon que le prince Ahmed n'est pas mort; la chose est très certaine, et elle peut s'en assurer. Quant au lieu où il peut être, c'est ce que je n'ai pu découvrir. »

Le sultan des Indes fut obligé de se contenter de cette réponse, qui le laissa à peu près dans la même inquiétude qu'auparavant sur le sort du prince son fils.

Pour revenir au prince Ahmed, il entretint la fée Pari-Banou si souvent du sultan son père, sans parler davantage du désir qu'il avait de le voir, que cette affectation lui fit comprendre quel était son dessein. Ainsi, comme elle se fut aperçue de sa retenue et de la crainte qu'il avait de lui déplaire, après le refus qu'elle lui avait fait, elle en inféra premièrement que l'amour qu'il avait pour elle, dont il ne cessait de lui donner des marques en toutes rencontres, était sincère; ensuite, en jugeant par elle-même de l'injustice qu'il y aurait de faire violence à un fils sur sa tendresse pour un père en voulant le forcer à renoncer au penchant naturel qui l'y portait, elle résolut de lui accorder ce qu'elle voyait bien qu'il désirait toujours très ardemment. Elle lui dit un jour : « Prince, la permission que vous m'aviez demandée d'aller voir le sultan votre père m'avait donné une juste crainte que ce ne fût un prétexte pour me donner une marque de votre inconstance et pour m'abandonner : je n'ai pas eu d'autre motif que celui-là pour vous la refuser; mais aujourd'hui, aussi pleinement convaincue par vos actions que par vos paroles que je puis me reposer sur votre constance et sur la fermeté de votre amour, ainsi je change de sentiment, et je vous accorde cette permission, sous une condition néanmoins, qui est de me jurer auparavant que votre absence ne sera pas longue et que vous reviendrez bientôt. Cette condition ne doit pas vous faire de peine comme si je l'exigeais de vous par défiance; je ne le fais que parce que je sais qu'elle ne vous en fera pas, après la conviction où je suis, comme je viens de vous le témoigner, de la sincérité de votre amour. »

Le prince Ahmed voulut se jeter aux pieds de la fée pour lui mieux marquer combien il était pénétré de reconnaissance; mais elle l'en empêcha. « Ma sultane, dit-il, je connais tout le prix de la grâce que vous me faites; mais les paroles me manquent pour vous en remercier aussi dignement que je le souhaiterais. Suppléez à mon impuissance, je vous en conjure; et, quoi que vous puissiez vous en dire à vous-même, soyez persuadée que j'en pense encore davantage. Vous avez eu raison de croire que le serment que vous exigez de moi ne me ferait pas de peine. Je vous le fais d'autant plus volontiers qu'il n'est pas possible désormais que je vive sans vous. Je vais donc partir; et la diligence que j'apporterai à revenir vous fera connaître que je l'aurai fait, non pas par la crainte de me rendre parjure si j'y manquais, mais parce que j'aurai suivi mon inclination, qui est de vivre avec vous toute ma vie inséparablement; et, si je m'en éloigne quelquefois sous votre bon plaisir, j'éviterai le chagrin que me pourrait causer une trop longue absence. »

Pari-Banou fut d'autant plus charmée de ces sentiments du prince Ahmed qu'ils la délivrèrent des soupçons qu'elle s'était formés contre lui, par la crainte que son empressement à vouloir aller voir le sultan des Indes ne fût un prétexte spécieux pour renoncer à la foi qu'il avait promise. « Prince, lui dit-elle, partez quand il vous plaira; mais, auparavant, ne trouvez pas mauvais que je vous donne quelques avis sur la manière dont il est bon que vous vous comportiez dans votre voyage. Premièrement, je ne crois pas qu'il soit à propos que vous parliez de notre mariage au sultan votre père, ni de ma qualité, non plus du lieu où vous êtes établi, et où vous demeurez depuis que vous êtes éloigné de lui. Priez-le de se contenter d'apprendre que vous êtes heureux, que vous ne désirez rien davantage, et quc le seul motif qui vous aura amené est celui de faire cesser les inquiétudes où il pouvait être au sujet de votre destinée. » Pour l'accompagner, enfin, elle lui donna vingt cavaliers bien montés et bien équipés. Quand tout fut prêt, le prince Ahmed prit congé de la fée en l'embrassant et en renouvelant la promesse de revenir incessamment. On lui amena le cheval qu'elle lui avait fait tenir prêt : outre qu'il était richement harnaché, il était aussi plus beau et de plus grand prix qu'aucun qu'il y eût dans les écuries du sultan des Indes. Il le monta de bonne grâce, avec un grand plaisir de la fée ; et, après lui avoir donné le dernier adieu, il partit.

Comme le chemin qui conduisait à la capitale des Indes n'était pas long, le prince Ahmed mit peu de temps à y arriver. Dès qu'il y entra, le peuple, joyeux de le revoir, le reçut avec acclamation, et la plupart se détachèrent et l'accompagnèrent en foule jusqu'à l'appartement du sultan. Le sultan le reçut et l'embrassa avec une grande joie, en se plaignant néanmoins, d'une manière qui partait de sa tendresse paternelle, de l'affliction où une si longue absence l'avait jeté. « Cette absence, ajouta-t-il, m'a été d'autant plus douloureuse qu'après ce que le sort avait décidé à votre désavantage en faveur du prince Ali, votre frère, j'avais lieu de craindre que vous ne vous fussiez porté à quelque action de désespoir.

— Sire, reprit le prince Ahmed, je laisse à considérer à Votre Majesté si, après avoir perdu la princesse Nourounnihar, qui avait été l'unique objet de mes souhaits, je pouvais me résoudre à être témoin du bonheür du prince Ali. Si j'eusse été capable d'une indignité de cette nature, qu'eût-on pensé de mon amour à la cour et à la ville, et qu'en eût pensé Votre Majesté elle-même ? L'amour est une passion qu'on n'abandonne pas quand on le veut : elle domine, elle maîtrise, et ne donne pas le temps à un véritable amant de faire usage de sa raison. Votre Majesté sait qu'en tirant ma flèche il m'arriva une chose si extraordinaire que jamais elle n'est arrivée à personne : savoir, quoique dans une plaine aussi unie et aussi dégagée que celle des exercices de chevaux, qu'il ne fut pas possible de trouver la flèche que j'avais tirée, ce qui fit que je perdis une cause dont la justice n'était pas moins due à mon amour qu'elle l'était aux princes mes frères. Vaincu par le caprice du sort, je ne perdis pas le temps en des plaintes inutiles. Pour satisfaire mon esprit inquiet sur cette aventure que je ne comprenais pas, je m'éloignai de mes gens sans qu'ils s'en aperçussent, et je retournai seul sur le lieu pour chercher ma flèche. Je la cherchai en deçà, au-delà, à droite, à gauche de l'endroit où je savais que celles du prince Houssain et du prince Ali avaient été ramassées, et où il me semblait que la mienne devait être tombée; mais la peine que je pris fut inutile. Je ne me rebutai pas, je poursuivis ma recherche en continuant de marcher en avant sur le terrain, à peu près en droite ligne où je m'imaginais qu'elle pouvait être tombée. J'avais déjà fait plus d'une lieue, toujours en jetant les yeux de côté et d'autre, et même en me détournant de temps en temps pour aller reconnaître la moindre chose qui me donnait l'idée d'une flèche, quand je fis réflexion qu'il n'était pas possible que la mienne fût venue si loin : je m'arrêtai, et je me demandai à moi-même si j'avais perdu l'esprit, et si j'étais dépourvu de bon sens au point de me flatter d'avoir la force de pousser une flèche à une si longue distance qu'aucun de nos héros les plus anciens et les plus renommés par leur force n'avait jamais eue. Je fis ce raisonnement, et j'étais prêt d'abandonner mon entreprise; mais, quand je voulus exécuter ma résolution, je me sentis entraîné comme malgré moi, et, après avoir marché quatre lieues, jusqu'où la plaine est terminée par des rochers, j'aperçus une flèche; je courus, je la ramassai, et je reconnus que c'était celle que j'avais tirée, mais qui n'avait pas été trouvée ni dans le lieu ni dans le temps qu'il le fallait. Ainsi, bien loin de penser que Votre Majesté m'eût fait une injustice en prononçant pour le prince Ali, j'interprétai ce qui m'était arrivé tout autrement, et je ne doutai pas qu'en cela il n'y eût un mystère à mon avantage, sur lequel je ne devais rien oublier pour en avoir l'éclaircissement, et j'eus cet éclaircissement sans m'éloigner trop de l'endroit; mais c'est un autre mystère sur lequel je supplie Votre Majesté de ne pas trouver mauvais que je demeure dans le silence, et de se contenter d'apprendre par ma bouche que je suis heureux et content de mon bonheur. Au milieu de ce bonheur, comme la seule chose qui le troublait, et qui était capable de le troubler, était l'inquiétude dans laquelle je ne doutais pas que Votre Majesté ne fût au sujet de ce que je pouvais être devenu depuis que j'ai disparu et que je me suis éloigné de la cour, j'ai cru qu'il était de mon devoir de venir vous en délivrer, et je n'ai pas voulu y manquer. Voilà le motif unique qui m'amène. La seule grâce que je demande à Votre Majesté, c'est de me permettre de venir de temps en temps lui rendre mes respects et apprendre des nouvelles de l'état de sa santé.

— Mon fils, répondit le sultan des Indes, je ne puis vous refuser la permission que vous me demandez; j'aurais beaucoup mieux aimé néanmoins que vous eussiez pu vous résoudre à demeurer auprès de moi. Apprenez-moi au moins où je pourrais avoir de vos nouvelles toutes les fois que vous pourriez manquer à venir m'en apprendre vous-même, ou que votre présence serait nécessaire. — Sire, repartit le prince Ahmed, ce que Votre Majesté me demande fait partie du mystère dont je lui ai parlé; je la supplie de vouloir bien que je garde aussi le silence sur ce point : je me rendrai si fréquemment à mon devoir que je crains plutôt de me rendre importun que de lui donner lieu de m'accuser de négligence quand ma présence sera nécessaire. »

Le sultan des Indes ne pressa pas davantage le prince Ahmed sur cet article; il lui dit : « Mon fils, je ne veux pas pénétrer plus avant dans votre secret; je vous en laisse le maître entièrement, pour vous dire que vous ne pouviez me faire un plus grand plaisir que de venir me rendre, par votre présence, la joie dont je n'avais pas été susceptible depuis si longtemps, et que vous serez le bienvenu toutes les fois que vous pourrez venir sans préjudice de vos occupations ou de vos plaisirs. »

Le prince Ahmed ne demeura pas plus de trois jours à la cour du sultan son père, il en partit le quatrième de bon matin; et la fée Pari-Banou le revit avec d'autant plus de joie qu'elle ne s'attendait pas qu'il dût revenir si tôt; et sa diligence fit qu'elle se condamna elle-même de l'avoir soupçonné capable de manquer à la fidélité qu'il lui devait, et qu'il lui avait promise si solennellement. Elle ne dissimula pas au prince, elle lui avoua franchement sa faiblesse et lui en demanda pardon. Alors l'union des deux amants fut si parfaite que ce que l'un voulait, l'autre le voulait de même.

Un mois après le retour du prince Ahmed, comme la fée Pari-Banou eut remarqué que depuis ce temps-là ce prince, qui n'avait pas manqué de lui faire le récit de son voyage et de lui parler de l'entretien qu'il avait eu avec le sultan son père, dans lequel il lui avait demandé la permission de venir le voir de temps en temps; que ce prince, dis-je, ne lui avait parlé du sultan non plus que s'il n'eût pas été au monde, au lieu qu'auparavant il lui en parlait si souvent, elle jugea qu'il s'en abstenait par la considération qu'il avait pour elle. De là elle prit occasion un jour de lui tenir ce discours : « Prince, dites-moi, avez-vous mis le sultan votre père en oubli ? Ne vous souvenez-vous plus de la promesse que vous lui avez faite d'aller le voir de temps en temps ? Pour moi, je n'ai pas oublié ce que vous m'en avez dit à votre retour, et je vous en fais souvenir afin que vous n'attendiez pas plus longtemps à vous acquitter de votre promesse pour la première fois.

— Madame, reprit le prince Ahmed sur le même ton enjoué que la fée, comme je ne me sens pas coupable de l'oubli dont vous me parlez, j'aime mieux souffrir le reproche que vous me faites, sans l'avoir mérité, que de m'être exposé à un refus, en vous marquant à contre-temps de l'empressement pour obtenir une chose qui eût pu vous faire de la peine à me l'accorder. — Prince, lui dit la fée, je ne veux pas que vous ayez davantage de ces égards pour moi ; et, afin que semblable chose n'arrive plus, puisqu'il y a un mois que vous n'avez vu le sultan des Indes, votre père, il me semble que vous ne devez pas mettre entre les visites que vous aurez à lui rendre un plus long intervalle que d'un mois. Commencez donc dès demain, et continuez de même de mois en mois, sans qu'il soit besoin que vous m'en parliez ou que vous attendiez que je vous en parle ; j'y consens très volontiers. »

Le prince Ahmed partit le lendemain avec la même suite, mais plus leste, et lui-même monté, équipé et habillé plus magnifiquement que la première fois ; et il fut reçu par le sultan avec la même joie et avec la même satisfaction. Il continua plusieurs mois à lui rendre visite, et toujours dans un équipage plus riche et plus éclatant.

A la fin, quelques vizirs favoris du sultan, qui jugèrent de la grandeur et de la puissance du prince Ahmed par les échantillons qu'il en faisait paraître, abusèrent de la liberté que le sultan leur donnait de lui parler pour lui faire naître de l'ombrage contre lui. Ils lui représentèrent qu'il était de la bonne prudence qu'il sût où le prince son fils faisait sa retraite, d'où il prenait de quoi faire une si grande dépense, lui à qui il n'avait assigné ni apanage ni revenu fixe, qui semblait ne venir à la cour que pour le braver en affectant de faire voir qu'il n'avait pas besoin de ses libéralités pour vivre en prince, et qu'enfin il était à craindre qu'il ne fît soulever les peuples pour attenter à le détrôner.

Le sultan des Indes, qui était bien éloigné de penser que le prince Ahmed fût capable de former un dessein aussi pernicieux que celui que les favoris prétendaient lui faire accroire, leur dit : « Vous vous moquez : mon fils m'aime, et je suis d'autant plus sûr de sa tendresse et de sa fidélité que je ne me souviens pas de lui avoir donné le moindre sujet d'être mécontent de moi. »

Sur ces dernières paroles, un des favoris prit occasion de lui dire : « Sire, quoique Votre Majesté, au jugement général des plus sensés, n'ait pu prendre un meilleur parti que celui qu'elle a pris pour mettre d'accord les trois princes au sujet du mariage de la princesse Nourounnihar, qui sait si le prince Ahmed s'est soumis à la décision du sort avec la même résignation que le prince Houssain ? Ne peut-il pas s'être imaginé qu'il la méritait seul, et que Votre Majesté, au lieu de la lui accorder préférablement à ses aînés, lui a fait une injustice en remettant la chose à ce qui en serait décidé par le sort ?

« Votre Majesté peut dire, ajouta le malicieux favori, que le prince Ahmed ne donne aucune marque de mécontentement, que nos frayeurs sont vaines, que nous nous alarmons trop facilement, et que nous avons tort de lui suggérer des soupçons de cette nature contre un prince de son sang, qui peut-être n'ont pas de fondement ; mais, Sire, poursuivit le favori, peut-être aussi que ces soupçons sont bien fondés. Votre Majesté n'ignore pas que, dans une affaire aussi délicate et aussi importante, il faut s'attacher au parti le plus sûr ; qu'elle considère que la dissimulation de la part du prince peut l'amuser et la tromper, et que le danger est d'autant plus à craindre qu'il ne paraît pas que le prince Ahmed soit fort éloigné de sa capitale. En effet, si elle y a fait la même attention que nous, elle a pu observer que, toutes les fois qu'il arrive, lui et ses gens sont frais, leurs habillements et les housses des chevaux, avec leurs ornements, ont le même éclat que s'ils ne faisaient que de sortir de la main de l'ouvrier. Leurs chevaux mêmes ne sont pas plus harassés que s'ils ne venaient que d'une promenade. Ces marques du voisinage du prince Ahmed sont si évidentes que nous croirions manquer à notre devoir si nous ne lui en faisions notre humble remontrance, afin que pour sa propre conservation, et pour le bien de ses États, elle y ait tel égard qu'elle jugera à propos. »

Quand le favori eut achevé ce long discours, le sultan, en mettant fin à l'entretien, dit : « Quoi qu'il en soit, je ne crois pas que mon fils Ahmed soit aussi méchant que vous voulez me le persuader; je ne laisse pas néanmoins de vous être obligé de vos conseils, et je ne doute pas que vous ne me les donniez avec bonne intention. »

Le sultan des Indes parla de la sorte à ses favoris, sans leur faire connaître que leurs discours eussent fait impression sur son esprit. Il ne laissa pas néanmoins d'en être alarmé, et il résolut de faire observer les démarches du prince Ahmed, sans en donner connaissance à son grand-vizir. Il fit venir la magicienne, qui fut introduite par une porte secrète du palais, et amenée jusque dans son cabinet. Il lui dit : « Tu m'as dit la vérité quand tu m'as assuré que mon fils Ahmed n'était pas mort, et je t'en ai obligation; il faut que tu me fasses un autre plaisir. Depuis que je l'ai retrouvé et qu'il vient à ma cour de mois en mois, je n'ai pu obtenir de lui qu'il m'apprît en quel lieu il est établi, et je n'ai pas voulu le gêner pour lui tirer son secret malgré lui; mais je te crois assez habile pour faire en sorte que ma curiosité soit satisfaite sans que ni lui ni personne de ma cour en sache rien. Tu sais qu'il est ici; et, comme il a coutume de s'en retourner sans prendre congé de moi, non plus que d'aucun de ma cour, ne perds pas de temps, va dès aujourd'hui sur son chemin, et observe-le si bien que tu saches où il se retire, et que tu m'en apportes la réponse. »

En sortant du palais du sultan, comme la magicienne avait appris en quel endroit le prince Ahmed avait trouvé sa flèche, dès l'heure même elle y alla, et elle se cacha près des rochers, de manière qu'elle ne pouvait pas être aperçue.

Le lendemain, le prince Ahmed partit dès la pointe du jour, sans avoir pris congé ni du sultan ni d'aucun courtisan, selon sa coutume. La magicienne le vit venir : elle le conduisit des yeux jusqu'à ce qu'elle le perdît de vue, lui et sa suite.

Comme les rochers formaient une barrière insurmontable aux mortels, soit à pied, soit à cheval, tant ils étaient escarpés, là magicienne jugea de deux choses l'une, ou que le prince se retirait dans une caverne, ou dans quelque lieu souterrain où des génies et des fées faisaient leur demeure. Quand elle eut jugé que le prince et ses gens devaient avoir disparu et être rentrés dans la caverne ou dans le souterrain qu'elle s'était imaginé, elle sortit du lieu où elle s'était cachée, et alla droit à l'enfoncement où elle les avait vus entrer; elle y entra, et, en avançant jusqu'où il se terminait par plusieurs détours, elle regarda de tous les côtés, en allant et en revenant plusieurs fois sur ses pas. Mais, nonobstant sa diligence, elle n'aperçut aucune ouverture de caverne, non plus que la porte de fer qui n'avait pas échappé à la recherche du prince Ahmed; c'est que cette porte était apparente pour les hommes seulement, et particulièrement pour certains hommes dont la présence pouvait être agréable à la fée Pari-Banou, et nullement pour les femmes.

La magicienne, qui vit que la peine qu'elle se donnait était inutile, fut obligée de se contenter de la découverte qu'elle venait de faire. Elle revint en rendre compte au sultan; et, en achevant de lui faire le récit de ses démarches, elle ajouta : « Sire, comme Votre Majesté peut le comprendre après ce que je viens d'avoir l'honneur de lui marquer, il ne me sera pas difficile de lui donner toute la satisfaction qu'elle peut désirer touchant la conduite du prince Ahmed. Je ne lui dirai pas dès à présent ce que j'en pense : j'aime mieux le lui faire connaître d'une manière qu'elle ne puisse pas en douter. Pour y venir, je ne lui demande que du temps et de la patience, avec la permission de me laisser faire sans s'informer des moyens dont j'ai dessein de me servir. »

Le sultan prit en bonne part les mesures que la magicienne prenait avec lui. Il lui dit : « Tu es la maîtresse; va, et fais comme tu le jugeras à propos : j'attendrai avec patience l'effet de tes promesses. » Et, afin de l'encourager, il lui fit présent d'un diamant d'un très grand prix, en lui disant que c'était en attendant qu'il la récompensât pleinement quand elle aurait achevé de lui rendre le service important dont il se reposait sur son habileté.

Comme le prince Ahmed, depuis qu'il avait obtenu de la fée Pari-Banou la permission d'aller faire sa cour au sultan des Indes, n'avait pas manqué d'être régulier à s'en acquitter une fois le mois, la magicienne, qui ne l'ignorait pas, attendit que le mois qui courait fût achevé. Un jour ou deux avant qu'il finît, elle ne manqua pas de se rendre au pied des rochers, à l'endroit où elle avait perdu de vue le prince et ses gens, et elle attendit là, dans l'intention d'exécuter le projet qu'elle avait imaginé.

Dès le lendemain, le prince Ahmed sortit à son ordinaire par la porte de fer, avec la même suite qui avait coutume de l'accompagner, et il arriva près de la magicienne qu'il ne connaissait pas pour ce qu'elle était. Comme il eut aperçu qu'elle était couchée la tête appuyée sur le roc, et qu'elle se plaignait comme une personne qui souffrait beaucoup, la compassion fit qu'il se détourna pour s'approcher d'elle, et qu'il lui demanda quel était son mal, et ce qu'il pouvait faire pour la soulager.

La magicienne artificieuse, sans lever la tête, en regardant le prince d'une manière à augmenter la compassion dont il était déjà touché, répondit par des paroles entrecoupées, et comme par une grande difficulté de respirer, qu'elle était partie de chez elle pour aller à la ville, et que dans le chemin elle avait été attaquée d'une fièvre si violente que les forces à la fin lui avaient manqué, et qu'elle avait été contrainte de s'arrêter et de demeurer dans l'état où il la voyait, dans un lieu éloigné de toute habitation, et ainsi sans espérance d'être secourue.

« Bonne femme, reprit le prince Ahmed, vous n'êtes pas si éloignée du secours dont vous avez besoin que vous le croyez : je suis prêt de vous le faire éprouver, et de vous mettre fort près d'ici dans un lieu où l'on aura pour vous non seulement tout le soin possible, mais même où vous trouverez une prompte guérison. Pour cela, vous n'avez qu'à vous lever et qu'à souffrir qu'un de mes gens vous prenne en croupe. »

A ces paroles du prince Ahmed, la magicienne, qui ne feignait d'être malade que pour apprendre où il demeurait, ce qu'il faisait et quel était son sort, ne refusa pas le bienfait qu'il lui offrit de si bonne grâce; et, pour marquer qu'elle acceptait l'offre, plutôt par son action que par des paroles, en feignant que la violence de sa maladie prétendue l'en empêchait, elle fit des efforts pour se lever. En même temps deux cavaliers du prince mirent pied à terre, l'aidèrent à se lever sur ses pieds, et la mirent en croupe derrière un autre cavalier. Pendant qu'ils remontaient à cheval, le prince, qui rebroussa chemin, se mit à la tête, et arriva bientôt à la porte de fer, qui fut ouverte par un des cavaliers qui s'était avancé. Il entra, et, quand il fut arrivé dans la cour du palais de la fée, sans mettre pied à terre, il détacha un de ses cavaliers pour l'avertir qu'il voulait lui parler.

La fée Pari-Banou fit d'autant plus de diligence à venir qu'elle ne comprenait pas quel motif avait pu obliger le prince Ahmed à revenir si tôt sur ses pas. Sans lui donner le temps de lui demander quel était ce motif : « Ma princesse, lui dit le prince en lui montrant la magicienne que deux de ses gens venaient de mettre à terre et qui la soutenaient par-dessous les bras, je vous prie d'avoir pour cette bonne femme la même compassion que moi. Je viens de la trouver dans l'état où vous la voyez, et je lui ai promis l'assistance dont elle a besoin. Je vous la recommande, persuadé que vous ne l'abandonnerez pas, autant par votre propre inclination qu'en considération de ma prière. »

La fée Pari-Banou, qui avait eu les yeux attachés sur la prétendue malade pendant que le prince Ahmed lui parlait, commanda à deux de ses femmes qui l'avaient suivie de la prendre d'entre les mains des deux cavaliers, de la mener dans un appartement du palais, et de prendre pour elle le même soin qu'elles prendraient pour sa propre personne.

Pendant que les deux femmes exécutaient l'ordre qu'elles venaient de recevoir, Pari-Banou s'approcha du prince Ahmed, et, en baissant la voix : « Prince, dit-elle, je loue votre compassion; elle est digne de vous et de votre naissance, et je me fais un grand plaisir de correspondre à votre bonne intention; mais vous me permettrez de vous dire que je crains fort que cette bonne intention ne soit mal récompensée. Il ne me paraît pas que cette femme soit aussi malade qu'elle le fait paraître, et je suis fort trompée si elle n'est apostée exprès pour vous donner de grandes mortifications. Mais que cela ne vous afflige pas; et, quoi que l'on puisse machiner contre vous, persuadez-vous que je vous délivrerai de tous les pièges que l'on pourra vous tendre : allez, et poursuivez votre voyage. »

Ce discours de la fée n'alarma pas le prince Ahmed. « Ma princesse, reprit-il, comme je ne me souviens pas d'avoir fait mal à personne, et que je n'ai pas dessein d'en faire, je ne crois pas aussi que personne ait la pensée de m'en causer. Quoi qu'il en puisse être, je ne cesserai pas de faire le bien toutes les fois que l'occasion s'en présentera. » En achevant, il prit congé de la fée, et en se séparant il reprit son chemin, qu'il avait interrompu à l'occasion de la magicienne; et en peu de temps il arriva avec sa suite à la cour du sultan des Indes, qui le reçut à peu près à son ordinaire, en se contraignant, autant qu'il lui était possible, pour ne rien faire paraître du trouble causé par les soupçons que les discours de ses favoris lui avaient fait naître.

Les deux femmes cependant que la fée Pari-Banou avait chargées de ses ordres avaient mené la magicienne dans un très bel appartement et meublé richement. D'abord elles la firent asseoir sur un sofa, où, pendant qu'elle était appuyée contre un coussin de brocart à fond d'or, elles préparèrent devant elle, sur le même sofa, un lit dont les matelas de satin étaient relevés d'une broderie en soie, les draps d'une toile des plus fines, et la couverture de drap d'or. Quand elles l'eurent aidée à se coucher, car la magicienne continuait de feindre que l'accès de fièvre dont elle était attaquée la tourmentait de manière qu'elle ne pouvait s'aider elle-même; alors, dis-je, une des deux femmes sortit, et revint peu de temps après avec une porcelaine des plus fines à la main, pleine d'une liqueur. Elle la présenta à la magicienne, pendant que l'autre femme l'aidait à se mettre sur son séant. « Prenez cette liqueur, dit-elle, c'est de l'eau de la fontaine des Lions, remède souverain pour quelque fièvre que ce soit. Vous en verrez l'effet en moins d'une heure de temps. »

La magicienne, pour mieux feindre, se fit prier longtemps, comme si elle eût eu une répugnance insurmontable à prendre cette potion. Elle prit enfin la porcelaine, et elle avala la liqueur en secouant la tête comme si elle se fût fait une grande violence. Quand elle se fut recouchée, les deux femmes la couvrirent bien. « Demeurez en repos, lui dit celle qui avait apporté la potion, et même dormez si l'envie vous en prend. Nous allons vous laisser, et nous espérons de vous trouver parfaitement guérie quand nous reviendrons, environ dans une heure. »

La magicienne, qui n'était pas venue pour faire la malade longtemps, mais uniquement pour épier où était la retraite du prince Ahmed, et ce qui pouvait l'avoir obligé de renoncer à la cour du sultan son père, et qui en était déjà informée suffisamment, eût volontiers déclaré dès lors que la potion avait fait son effet, tant elle avait d'envie de retourner et d'informer le sultan du bon succès de la commission dont il l'avait chargée. Mais, comme on ne lui avait pas dit que la potion fît effet sur-le-champ, il fallut, malgré elle, qu'elle attendît le retour des deux femmes.

Les deux femmes vinrent dans le temps qu'elles avaient

dit, et elles trouvèrent la magicienne levée, habillée sur le sofa, qui se leva en les voyant entrer. « O l'admirable potion! s'écria-t-elle, elle a fait son effet bien plus tôt que vous ne me l'aviez dit, et je vous attendais avec impatience il y a déjà du temps, pour vous prier de me mener à votre charitable maîtresse, afin que je la remercie de sa bonté, dont je lui serai obligée éternellement, et que, guérie comme par un miracle, je ne perde pas de temps pour continuer mon voyage. »

Les deux femmes, fées comme leur maîtresse, après avoir marqué à la magicienne la part qu'elles prenaient à la joie qu'elle avait de sa prompte guérison, marchèrent devant elle pour lui montrer le chemin, et la menèrent, au travers de plusieurs appartements, tous plus superbes que celui d'où elle sortait, dans le salon le plus magnifique et le plus richement meublé de tout le palais.

Pari-Banou était dans ce salon assise sur un trône d'or massif, enrichi de diamants, de rubis et de perles d'une grosseur extraordinaire, et à droite et à gauche accompagnée d'un grand nombre de fées, toutes d'une beauté charmante et habillées très richement. A la vue de tant d'éclat et de majesté, la magicienne ne fut pas seulement éblouie, elle demeura même si fort interdite qu'après s'être prosternée devant le trône il ne lui fut pas possible d'ouvrir la bouche pour remercier la fée, comme elle se l'était proposé. Pari-Banou lui en épargna la peine. « Bonne femme, dit-elle, je suis bien aise que l'occasion de vous obliger se soit présentée, et de vous voir en état de poursuivre votre chemin. Je ne vous retiens pas; mais auparavant vous ne serez pas fâchée de voir mon palais. Allez avec mes femmes : elles vous accompagneront et vous le feront voir. »

La magicienne, toujours interdite, se prosterna une seconde fois le front sur le tapis qui couvrait le bas du trône, en prenant congé, sans avoir la force ni la hardiesse de proférer une seule parole, et elle se laissa conduire par les deux fées qui l'accompagnaient. Elle vit avec étonnement, et avec des exclamations continuelles, les mêmes appartements pièce à pièce, les mêmes richesses, la même magnificence que la fée Pari-Banou elle-même avait fait observer au prince Ahmed la première fois qu'il s'était présenté devant elle, comme nous l'avons vu; et ce qui lui donna le plus d'admiration fut qu'après avoir vu tout le contenu du palais, les deux fées lui dirent que tout ce qu'elle venait d'admirer n'était qu'un échantillon de la grandeur et de la puissance de leur maîtresse, et que, dans l'étendue de ses États, elle avait d'autres palais dont elles ne pouvaient dire le nombre, tous d'une architecture et d'un modèle différents, non moins superbes et non moins magnifiques. En l'entretenant de plusieurs autres particularités, elles la conduisirent jusqu'à la porte de fer par où le prince Ahmed l'avait amenée, l'ouvrirent, et lui dirent qu'elles lui souhaitaient un heureux voyage, après qu'elle eut pris congé d'elles et qu'elle les eut remerciées de la peine qu'elles s'étaient donnée.

Après avoir avancé quelques pas, la magicienne se retourna pour observer la porte et pour la reconnaître; mais elle la chercha en vain : elle était devenue invisible pour elle, de même que pour toute autre femme, comme nous l'avons remarqué. Ainsi, à la réserve de cette seule circonstance, elle se rendit auprès du sultan, assez contente d'elle-même de s'être si bien acquittée, de la manière qu'elle l'avait projeté, de la commission dont elle avait été chargée. Quand elle fut arrivée à la capitale, elle alla, par des rues détournées, se faire introduire par la même porte secrète du palais. Le sultan, averti de son arrivée, la fit venir; et, comme il la vit paraître avec un visage sombre, il jugea qu'elle n'avait pas réussi, et il lui dit : « A te voir, je juge que ton voyage a été inutile, et que tu ne m'apportes pas l'éclaircissement que j'attendais de ta diligence.

— Sire, reprit la magicienne, Votre Majesté me permettra de lui représenter que ce n'est pas à me voir qu'elle doit juger si je me suis bien comportée dans l'exécution de l'ordre dont elle m'a honorée, mais sur le rapport sincère de ce que j'ai fait et de tout ce qui m'est arrivé, en n'oubliant rien pour me rendre digne de son approbation. Ce qu'elle peut remarquer de sombre dans mon visage vient d'une autre cause que celle de n'avoir pas réussi, en quoi j'espère que Votre Majesté trouvera qu'elle a lieu d'être contente. Je ne lui dis pas quelle est cette cause : le récit que j'ai à lui faire, si elle a la patience de m'écouter, la lui fera connaître. »

Alors la magicienne raconta au sultan des Indes de quelle manière, en feignant d'être malade, elle avait fait en sorte que le prince Ahmed, touché de compassion, l'avait fait mener dans un lieu souterrain, présentée et recommandée lui-même à une fée d'une beauté à laquelle il n'y en avait pas de comparable dans l'univers, en la priant de vouloir bien contribuer de ses soins à lui rendre la santé. Elle lui marqua ensuite avec quelle complaisance la fée avait aussitôt donné ordre à deux des fées qui l'accompagnaient de se charger d'elle, et de ne la pas abandonner qu'elle n'eût recouvré la santé; ce qui lui avait fait connaître qu'une si grande condescendance ne pouvait venir que de la part d'une épouse pour un époux. La magicienne ne manqua pas de lui exagérer la surprise où elle avait été à la vue de la façade du palais de la fée, à laquelle elle ne croyait pas qu'il y eût rien d'égal au monde, pendant que les deux fées l'y menaient par-dessous les bras, l'une d'un côté, l'autre de l'autre, comme une malade, telle qu'elle feignait de l'être, qui n'eût pu se soutenir ni marcher sans leur secours. Elle lui fit le détail de leur empressement à la soulager quand elle fut dans l'appartement où elles l'avaient conduite, de la potion qu'on lui avait fait prendre, de la prompte guérison qui s'était ensuivie, mais feinte de même que la maladie, quoiqu'elle ne doutât pas de la vertu de la potion; de la majesté de la fée assise sur un trône tout brillant de pierreries, dont la valeur surpassait toutes les richesses du royaume des Indes; et enfin des autres richesses immenses et hors de toute supputation, tant en général qu'en particulier, qui étaient renfermées dans la vaste capacité du palais.

La magicienne acheva en cet endroit le récit du succès de sa commission, et, en continuant son discours : « Sire, poursuivit-elle, que pense Votre Majesté de ces richesses inouïes de la fée ? Peut-être dira-t-elle qu'elle en est dans l'admiration, et qu'elle se réjouit de la haute fortune du prince Ahmed son fils, qui en jouit en commun avec la fée. Pour moi, Sire, je supplie Votre Majesté de me pardonner si je prends la liberté de lui remontrer que j'en pense autrement, et même que j'en suis dans l'épouvante, quand je considère le malheur qui peut lui en arriver; et c'est ce qui fait le sujet de l'inquiétude où je suis, que je n'ai pu si bien dissimuler qu'elle ne s'en soit aperçue. Je veux croire que le prince Ahmed, par son bon naturel, n'est pas capable de lui-même de rien entreprendre contre Votre Majesté; mais qui peut répondre que la fée, par ses attraits, par ses caresses et par le pouvoir qu'elle a déjà acquis sur l'esprit de son époux, ne lui inspirera pas le pernicieux dessein de la supplanter, et de s'emparer de la couronne du royaume des Indes ? C'est à Votre Majesté à faire toute l'attention que mérite une affaire d'une aussi grande importance. »

Quelque persuadé que fût le sultan des Indes du bon naturel du prince Ahmed, il ne laissa pas d'être ému par le discours de la magicienne. Il lui dit en la congédiant : « Je te remercie de la peine que tu t'es donnée et de ton avis salutaire ; j'en connais toute l'importance, qui me paraît telle que je ne puis en délibérer sans prendre conseil. »

Quand on était venu annoncer au sultan l'arrivée de la magicienne, il s'entretenait avec les mêmes favoris qui lui avaient déjà inspiré contre le prince Ahmed les soupçons que nous avons dits. Il se fit suivre par la magicienne, et il vint retrouver ses favoris. Il leur fit part de ce qu'il venait d'apprendre ; et, après qu'il leur eut communiqué aussi le sujet qu'il y avait de craindre que la fée ne fît changer l'esprit du prince, il leur demanda de quels moyens ils croyaient qu'on pouvait se servir pour prévenir un si grand mal.

L'un des favoris, en prenant la parole pour tous, répondit : « Pour prévenir ce mal, Sire, puisque Votre Majesté connaît celui qui pourrait en devenir l'auteur, qu'il est au milieu de sa cour, et qu'il est en son pouvoir de le faire, elle ne devrait pas hésiter à le faire arrêter, et je ne dirai pas à lui faire ôter la vie, la chose ferait un trop grand éclat, mais au moins à le faire enfermer dans une prison étroite pour le reste de ses jours. » Les autres favoris applaudirent à ce sentiment tout d'une voix.

La magicienne, qui trouva le conseil trop violent, demanda au sultan la permission de parler ; et, quand il la lui eut accordée, elle dit : « Sire, je suis persuadée que c'est le bon zèle pour les intérêts de Votre Majesté qui fait que ses conseillers lui proposent de faire arrêter le prince Ahmed ; mais ils ne trouveront pas mauvais que je leur fasse considérer qu'en arrêtant ce prince il faudrait donc en même temps faire arrêter ceux qui l'accompagnent ; mais ceux qui l'accompagnent sont des génies. Croient-ils qu'il soit aisé de les surprendre, de mettre la main sur eux et de se saisir de leurs personnes ? Ne disparaîtraient-ils pas par la propriété qu'ils ont de se rendre invisibles ? Et dans le moment n'iraient-ils pas informer la fée de l'insulte qu'on aurait faite à son époux, et la fée laisserait-elle l'insulte sans vengeance ? Mais si, par quelque autre moyen moins éclatant, le sultan peut se mettre à couvert des mauvais desseins que le prince Ahmed pourrait avoir, sans que la gloire de Sa Majesté y fût intéressée, et que personne ne pût soupçonner qu'il y eût de la mauvaise intention de sa part, ne serait-il pas plus à propos qu'elle le mît en pratique ? Si Sa Majesté avait quelque confiance en mon conseil, comme les génies et les fées peuvent des choses qui sont au-dessus de la portée des hommes, elle piquerait le prince Ahmed d'honneur en l'engageant à lui procurer certains avantages par l'entremise de la fée, sous prétexte d'en tirer une grande utilité, dont il lui aurait obligation. Par exemple, toutes les fois que Votre Majesté veut se mettre en campagne, elle est obligée de faire une dépense prodigieuse, non seulement en pavillons et en tentes pour elle et pour son armée, mais même en chameaux, en mulets et autres bêtes de charge, seulement pour voiturer tout cet attirail; ne pourrait-elle pas l'engager, par le grand crédit qu'il doit avoir auprès de la fée, à lui procurer un pavillon qui puisse tenir dans la main, sous lequel cependant toute votre armée puisse demeurer à couvert ? Je n'en dis pas davantage à Votre Majesté. Si le prince apporte le pavillon, il y a tant d'autres demandes de cette nature qu'elle pourra lui faire qu'à la fin il faudra qu'il succombe dans les difficultés, ou dans l'impossibilité de l'exécution, quelque fertile en moyens et en inventions que puisse être la fée qui vous l'a enlevé par ses enchantements. De la sorte, la honte fera qu'il n'osera plus paraître, et qu'il sera contraint de passer ses jours avec la fée, exclu du commerce de ce monde; d'où il arrivera que Votre Majesté n'aura plus rien à craindre de ses entreprises, et qu'on ne pourra pas lui reprocher une action aussi odieuse que celle de l'effusion du sang d'un fils, ou de le confiner dans une prison perpétuelle. »

Quand la magicienne eut achevé de parler, le sultan demanda à ses favoris s'ils avaient quelque chose de meilleur à lui proposer; et, comme il vit qu'ils gardaient le silence, il se détermina à suivre le conseil de la magicienne comme celui qui lui paraissait le plus raisonnable, et qui d'ailleurs était conforme à la douceur qu'il avait toujours suivie dans sa manière de gouverner.

Le lendemain, comme le prince Ahmed se fut présenté devant le sultan son père, qui s'entretenait avec ses favoris, et qu'il eut pris place près de sa personne, sa présence n'empêcha pas que la conversation sur plusieurs choses indifférentes ne continuât encore quelque temps. Ensuite le sultan prit la parole, et, en l'adressant au prince Ahmed : « Mon fils, dit-il, quand vous vîntes me tirer de la profonde tristesse où la longueur de votre absence m'avait plongé, vous me fîtes un mystère du lieu que vous aviez choisi pour votre retraite; et que, satisfait de vous revoir et d'apprendre que vous étiez content de votre sort, je ne voulus pas pénétrer dans votre secret, dès que j'eus compris que vous ne le souhaitiez pas. Je ne sais quelle raison vous pouvez avoir eue pour en user de la sorte avec un père qui dès lors, comme je le fais aujourd'hui, vous eût témoigné la part qu'il prenait à votre bonheur. Je sais quel est ce bonheur; je m'en réjouis avec vous, et j'approuve le parti que vous avez pris d'épouser une fée si digne d'être aimée, si riche et si puissante, comme je l'ai appris de bonne part. Si puissant que je sois, il ne m'eût pas été possible de vous procurer un mariage semblable. Dans le haut rang où vous vous êtes élevé, lequel pourrait être envié par tout autre que par un père comme moi, je vous demande non seulement que vous continuiez de vivre avec moi en bonne intelligence comme vous avez toujours fait jusqu'à présent, mais même d'employer tout le crédit que vous pouvez avoir auprès de votre fée pour m'obtenir son assistance dans les besoins que je pourrais avoir, et dès aujourd'hui vous voudrez bien que je mette ce crédit à l'épreuve. Vous n'ignorez pas à quelle dépense excessive, sans parler de l'embarras, mes généraux, mes officiers subalternes et moi-même nous sommes obligés, toutes les fois que j'ai à me mettre en campagne en temps de guerre, pour nous pourvoir de pavillons et de tentes, de chameaux et d'autres bêtes de charge pour les transporter. Si vous faites bien attention au plaisir que vous me ferez, je suis persuadé que vous n'aurez pas de peine à faire en sorte qu'elle vous accorde un pavillon qui tienne dans la main, et sous lequel toute mon armée puisse être à couvert, surtout quand vous lui aurez fait connaître qu'il sera destiné pour moi. La difficulté de la chose ne vous attirera pas un refus : tout le monde sait le pouvoir qu'ont les fées d'en faire de plus extraordinaires. »

Le prince Ahmed ne s'était pas attendu que le sultan son père dût exiger de lui une chose pareille, qui lui parut d'abord très difficile, pour ne pas dire impossible. En effet, quoiqu'il n'ignorât pas absolument combien le pouvoir des génies et des fées était grand, il douta néanmoins qu'il s'étendît à pouvoir lui fournir un pavillon tel qu'il le demandait. D'ailleurs, jusqu'alors il n'avait rien demandé d'approchant à Pari-Banou : il se contentait des marques continuelles qu'elle lui donnait de sa passion, et il n'oubliait rien de tout ce qui pouvait lui persuader qu'il y correspondait de tout son cœur, sans autre intérêt que celui de se conserver dans ses bonnes grâces. Ainsi il fut dans un grand embarras sur la réponse qu'il avait à faire.

« Sire, reprit-il, si j'ai fait un mystère à Votre Majesté de ce qui m'était arrivé, et du parti que j'avais pris après avoir trouvé ma flèche, c'est qu'il ne me parut pas qu'il lui importât d'en être informée. J'ignore par quel endroit ce mystère lui a été révélé. Je ne puis néanmoins lui cacher que le rapport qu'on lui a fait est véritable. Je suis époux de la fée dont on lui a parlé; je l'aime, et je suis persuadé qu'elle m'aime de même; mais, pour ce qui est du crédit que j'ai auprès d'elle, comme Votre Majesté le croit, je ne puis en rien dire. C'est que non seulement je ne l'ai pas mis à l'épreuve, je n'en ai pas même eu la pensée, et j'eusse fort souhaité que Votre Majesté eût voulu me dispenser de l'entreprendre, et me laisser jouir du bonheur d'aimer et d'être aimé, avec le désintéressement pour toute autre chose que je m'étais proposé. Mais ce qu'un père demande est un commandement pour un fils qui, comme moi, se fait un devoir de lui obéir en toutes choses. Quoique malgré moi, et avec une répugnance que je ne puis exprimer, je ne laisserai pas de faire à mon épouse la demande que Votre Majesté souhaite que je lui fasse; mais je ne lui promets pas de l'obtenir; et, si je cesse d'avoir l'honneur de venir lui rendre mes respects, ce sera une marque que je ne l'aurai pas obtenue; et par avance je lui demande la grâce de me le pardonner et de considérer qu'elle-même m'aura réduit à cette extrémité. »

Le sultan des Indes repartit au prince Ahmed : « Mon fils, je serais bien fâché que ce que je vous demande pût vous donner lieu de me causer le déplaisir de ne plus vous voir; je vois bien que vous ne connaissez pas le pouvoir d'un mari sur une femme. La vôtre ferait voir qu'elle ne vous aimerait que très faiblement si, avec le pouvoir qu'elle a comme fée, elle vous refusait une chose d'aussi peu de conséquence que ce que je vous prie de lui demander pour l'amour de moi. Abandonnez votre timidité : elle ne vient que de ce que vous croyez n'être pas aimé autant que vous aimez. Allez, demandez seulement, vous verrez que la fée vous aime au-delà de ce que vous croyez, et souvenez-vous que, faute de ne pas demander, on se prive de grands avantages. Pensez que, de même que vous ne lui refuseriez pas ce qu'elle vous demanderait, parce que vous l'aimez, elle ne vous refusera pas aussi ce que vous lui demanderez, parce qu'elle vous aime. »

Le sultan des Indes ne persuada pas le prince Ahmed par son discours : le prince Ahmed eût mieux aimé qu'il lui eût demandé toute autre chose que de l'exposer à déplaire à sa chère Pari-Banou; et, dans le chagrin qu'il conçut, il partit de la cour deux jours plus tôt qu'il n'avait de coutume. Dès qu'il fut arrivé, la fée, qui jusqu'alors l'avait toujours vu se présenter devant elle avec un visage ouvert, lui demanda la cause du changement qu'elle y remarquait. Comme elle vit qu'au lieu de répondre, il lui demandait des nouvelles de sa santé d'un air qui faisait connaître qu'il évitait de la satisfaire : « Je répondrai, dit-elle, à votre demande quand vous aurez répondu à la mienne. » Le prince s'en défendit longtemps en lui protestant que ce n'était rien; mais plus il se défendait, plus elle le pressait. « Je ne puis, dit-elle, vous voir dans l'état où vous êtes que vous ne m'ayez déclaré ce qui vous fait de la peine, afin que j'en dissipe la cause, quelle qu'elle puisse être : il faudrait qu'elle fût bien extraordinaire si elle était hors de mon pouvoir, à moins que ce ne fût la mort du sultan votre père; en ce cas-là, avec ce que je tâcherais d'y contribuer de mon côté, le temps vous en apporterait la consolation. »

Le prince Ahmed ne put résister plus longtemps aux vives instances de la fée; il lui dit : « Madame, Dieu prolonge la vie du sultan mon père, et le bénisse jusqu'à la fin de ses jours! Je l'ai laissé plein de vie et en parfaite santé; ainsi ce n'est pas là ce qui cause le chagrin dont vous vous êtes aperçue. C'est le sultan lui-même qui en est la cause; et j'en suis d'autant plus affligé qu'il me met dans la nécessité fâcheuse de vous être importun. Premièrement, Madame, vous savez le soin que j'ai pris, avec votre approbation, de lui cacher le bonheur que j'ai eu de vous voir, de vous aimer, de mériter vos bonnes grâces et votre amour, et de recevoir votre foi en vous donnant la mienne; je ne sais néanmoins par quel endroit il en a été informé. »

La fée Pari-Banou interrompit le prince Ahmed en cet endroit. « Et moi, reprit-elle, je le sais : souvenez-vous de ce que je vous ai prédit de la femme qui vous a fait accroire qu'elle était malade, et dont vous avez eu compassion; c'est elle-même qui a rapporté au sultan votre père ce que vous lui aviez caché. Je vous avais dit qu'elle était aussi peu malade que vous et moi : elle en a fait voir la vérité. En effet, après que les deux femmes auxquelles je l'avais recommandée lui eurent fait prendre d'une eau souveraine pour toutes sortes de fièvres, dont cependant elle n'avait pas besoin, elle feignit que cette eau l'avait guérie, et se fit amener pour prendre congé de moi afin d'aller incessamment rendre compte du succès de son entreprise. Elle était même si pressée qu'elle serait partie sans voir mon palais, si, en commandant à mes deux femmes de la conduire, je ne lui eusse fait comprendre qu'il valait la peine d'être vu. Mais poursuivez, et voyons en quoi le sultan votre père vous a mis dans la nécessité de m'être importun; chose néanmoins qui n'arrivera pas, je vous prie d'en être persuadé.

— Madame, poursuivit le prince Ahmed, vous avez pu remarquer que jusqu'à présent, content que vous m'aimiez, je ne vous ai demandé aucune autre faveur. Après la possession d'une épouse si aimable, que pourrais-je désirer davantage ? Je n'ignore pas néanmoins quel est votre pouvoir; mais je m'étais fait un devoir de bien me garder de le mettre à l'épreuve. Considérez donc, je vous en conjure, que ce n'est pas moi, mais le sultan mon père qui vous fait la demande indiscrète, autant qu'il me le paraît, d'un pavillon qui le mette à couvert des injures du temps quand il est en campagne, lui, toute sa cour et toute son armée, et qui tienne dans la main. Encore une fois, ce n'est pas moi, c'est le sultan mon père qui vous demande cette grâce.

— Prince, reprit la fée en souriant, je suis fâchée que si peu de chose vous ait causé l'embarras et le tourment d'esprit que vous me faites paraître. Je vois bien que deux choses y ont contribué : l'une est la loi que vous vous êtes imposée de vous contenter de m'aimer et d'être aimé, et de vous abstenir de la liberté de me faire la moindre demande qui mît mon pouvoir à l'épreuve; l'autre, que je ne doute pas, quoi que vous en puissiez dire, que vous vous êtes imaginé que la demande que le sultan votre père a exigé que vous me fissiez était au-delà de ce pouvoir. Quant à la première, je vous en loue, et je vous en aimerais davantage s'il était possible. Quant à la seconde, je n'aurai pas de peine à vous faire connaître que ce que le sultan me demande est une bagatelle, et, dans l'occasion, que je puis toute autre chose plus difficile. Mettez-vous donc l'esprit en repos, et soyez persuadé que, bien loin de m'importuner, je me ferai toujours un très grand plaisir de vous accorder tout ce que vous pourrez souhaiter que je fasse pour l'amour de vous. »

En achevant, la fée commanda qu'on lui fît venir sa trésorière. La trésorière vint. « Nourgihan, lui dit la fée (c'était le nom de la trésorière), apporte-moi le pavillon le plus grand qui soit dans mon trésor. » Nourgihan revint peu de moments après, et elle apporta un pavillon, lequel tenait non seulement dans la main, mais même que la main pouvait cacher en la fermant, et elle le présenta à la fée sa maîtresse, qui le prit et le mit entre les mains du prince Ahmed, afin qu'il le considérât.

Quand le prince Ahmed vit ce que la fée Pari-Banou appelait un pavillon, le pavillon le plus grand, disait-elle, qu'il y eût dans son trésor, il crut qu'elle voulait se moquer de lui, et les marques de sa surprise parurent sur son visage et dans sa contenance. Pari-Banou, qui s'en aperçut, fit un grand éclat de rire. « Quoi! Prince, s'écria-t-elle, vous croyez donc que je veux me moquer de vous ? Vous verrez tout à l'heure que je ne suis pas une moqueuse. Nourgihan, dit-elle à sa trésorière en reprenant le pavillon des mains du prince Ahmed et en le lui remettant, va, dresse-le, que le prince juge si le sultan son père le trouvera moins grand que celui qu'il lui a demandé. »

La trésorière sortit du palais, et s'en éloigna assez loin pour faire en sorte que, quand elle l'aurait dressé, l'extrémité vînt d'un côté jusqu'au palais. Quand elle eut fait, le prince Ahmed le trouva, non pas plus petit, mais si grand que deux armées aussi nombreuses que celle du sultan des Indes eussent pu y être à couvert. « Alors, ma princesse, dit-il à Pari-Banou, je vous demande mille pardons de mon incrédulité : après ce que je vois, je ne crois pas qu'il y ait rien de tout ce que vous voudrez entreprendre dont vous ne puissiez venir à bout. — Vous voyez, lui dit la fée, que le pavillon est plus grand qu'il n'est besoin; mais vous remarquerez une chose, qu'il a cette propriété qu'il s'agrandit ou se rapetisse à proportion de ce qui doit y être à couvert, sans qu'il soit besoin qu'on y mette la main. »

La trésorière mit bas le pavillon, le réduisit dans son premier état, l'apporta, et le mit entre les mains du prince. Le prince Ahmed le prit; et le lendemain, sans différer plus longtemps, il monta à cheval, et, accompagné de sa suite ordinaire, il alla le présenter au sultan son père.

Le sultan, qui s'était persuadé qu'un pavillon tel qu'il l'avait demandé était hors de toute possibilité, fut dans une grande surprise de la diligence du prince son fils. Il reçut le pavillon; et, après en avoir admiré la petitesse, il fut dans un étonnement dont il eut de la peine à revenir quand il l'eut fait dresser dans la grande plaine que nous avons dite, et qu'il eut connu que deux autres armées aussi grandes que la sienne pouvaient y être à couvert fort au large. Comme il eût pu regarder cette circonstance comme une superfluité, qui pouvait même être incommode dans l'usage, le prince Ahmed n'oublia pas de l'avertir que cette grandeur se trouverait toujours proportionnée à celle de son armée.

En apparence, le sultan des Indes témoigna au prince l'obligation qu'il lui avait d'un présent si magnifique, en le priant d'en bien remercier la fée Pari-Banou de sa part; et, pour lui marquer davantage l'état qu'il en faisait, il commanda qu'on le gardât soigneusement dans son trésor. Mais en lui-même il en conçut une jalousie plus outrée que celle que ses flatteurs et la magicienne lui avaient inspirée, en considérant qu'à la faveur de la fée le prince son fils pouvait exécuter des choses qui étaient infiniment au-dessus de sa propre puissance, nonobstant sa grandeur et ses richesses. Ainsi, plus animé qu'auparavant, à ne rien oublier pour faire en sorte qu'il pérît, il consulta la magicienne, et la magicienne lui conseilla d'engager le prince à lui apporter de l'eau de la fontaine des Lions.

Sur le soir, comme le sultan tenait l'assemblée ordinaire de ses courtisans, et que le prince Ahmed s'y trouvait, il lui adressa la parole en ces termes : « Mon fils, dit-il, je vous ai déjà témoigné combien je me sens obligé par le présent du pavillon que vous m'avez procuré, que je regarde comme la pièce la plus précieuse de mon trésor; il faut que pour l'amour de moi vous fassiez une autre chose qui ne me sera pas moins agréable. J'apprends que la fée votre épouse se sert d'une certaine eau de la fontaine des Lions, qui guérit toutes sortes de fièvres les plus dangereuses; comme je suis parfaitement persuadé que ma santé vous est très chère, je ne doute pas aussi que vous ne veuillez bien lui en demander un vase et me l'apporter, comme un remède souverain dont je puis avoir besoin à chaque moment. Rendez-moi donc cet autre service important, et mettez par là le comble aux tendresses d'un bon fils envers un bon père. »

Le prince Ahmed, qui avait cru que le sultan son père se contenterait d'avoir à sa disposition un pavillon aussi singulier et aussi utile que celui qu'il venait de lui apporter, et qu'il ne lui imposerait pas une nouvelle charge capable de le mettre mal avec la fée Pari-Banou, demeura comme interdit à cette autre demande qu'il venait de lui faire, nonobstant l'assurance qu'elle lui avait donnée de lui accorder tout ce qui dépendrait de son pouvoir. Après un silence de quelques moments : « Sire, dit-il, je supplie Votre Majesté de tenir pour certain qu'il n'y a rien que je ne sois prêt de faire ou d'entreprendre pour contribuer à procurer tout ce qui sera capable de prolonger ses jours; mais je souhaiterais que ce fût sans l'intervention de mon épouse : c'est pour cela que je n'ose promettre à Votre Majesté d'apporter de cette eau. Tout ce que je puis faire, c'est de l'assurer que j'en ferai la demande, mais en me faisant la même violence que je me suis faite au sujet du pavillon. »

Le lendemain, le prince Ahmed, de retour auprès de la fée Pari-Banou, lui fit le récit sincère et fidèle de ce qu'il avait fait et de ce qui s'était passé à la cour du sultan son père à la présentation du pavillon, qu'il avait reçu avec un grand sentiment de reconnaissance pour elle, et il ne manqua pas de lui marquer la nouvelle demande qu'il était chargé de lui faire de sa part; et, en achevant, il ajouta : « Ma princesse, je ne vous expose ceci que comme un simple récit de ce qui s'est passé entre le sultan mon père et moi. Quant au reste, vous êtes la maîtresse de satisfaire à ce qu'il souhaite, ou de le rejeter, sans que j'y prenne aucun intérêt : je ne veux que ce que vous voudrez.

— Non, non, reprit la fée Pari-Banou, je suis bien aise que le sultan des Indes sache que vous ne m'êtes pas indifférent. Je veux le contenter; et, quelques conseils que la magicienne puisse lui donner (car je vois bien que c'est elle qu'il écoute), qu'il ne nous trouvera pas en défaut, ni vous ni moi. Il y a de la méchanceté dans ce qu'il demande, et vous allez le comprendre dans le récit que vous allez entendre. La fontaine des Lions est au milieu de la cour d'un grand château, dont l'entrée est gardée par quatre lions des plus puissants, dont deux dorment alternativement pendant que les deux autres veillent; mais que cela ne vous épouvante pas, je vous donnerai le moyen de passer au milieu d'eux sans aucun danger. »

La fée Pari-Banou s'occupait alors à coudre; et, comme elle avait près d'elle plusieurs pelotons de fil, elle en prit un, et, en le présentant au prince Ahmed : « Premièrement, dit-elle, prenez ce peloton; je vous dirai bientôt l'usage que vous en ferez. En second lieu, faites-vous préparer deux chevaux, un que vous monterez, et l'autre que vous mènerez en main, chargé d'un mouton coupé en quatre quartiers, qu'il faut faire tuer dès aujourd'hui. En troisième lieu, vous vous munirez d'un vase que je vous ferai donner pour puiser de l'eau. Entre ci et demain de bon matin, montez à cheval, avec l'autre cheval en main; et, quand vous serez sorti par la porte de fer, vous jetterez devant vous le peloton de fil : le peloton roulera, et ne cessera de rouler qu'à la porte du château. Suivez-le jusque-là; et, quand il sera arrêté, comme la porte sera ouverte, vous verrez les quatre lions, dont les deux qui veilleront éveilleront les deux autres qui dormiront, par leur rugissement. Ne vous effrayez pas; mais jetez-leur à chacun un quartier de mouton, sans mettre pied à terre. Cela fait, sans perdre de temps, piquez votre cheval; et, d'une course légère, rendez-vous promptement à la fontaine; emplissez votre vase, sans mettre encore pied à terre, et revenez avec la même légèreté : les lions, encore occupés à manger, vous laisseront la sortie libre. »

Le prince Ahmed partit le lendemain à l'heure que la fée Pari-Banou lui avait marquée, et il exécuta de point en point ce qu'elle lui avait prescrit. Il arriva à la porte du château; il distribua les quartiers de mouton aux quatre lions; et, après avoir passé au milieu d'eux avec intrépidité, il pénétra jusqu'à la fontaine; il puisa de l'eau. Le vase plein, il revint, et sortit du château sain et sauf comme il y était entré. Quand il fut un peu éloigné, en se retournant il aperçut deux des lions qui accouraient en venant à lui; sans s'effrayer il tira le sabre et se mit en défense. Mais, comme il eut vu, en chemin faisant, que l'un s'était détourné à quelque distance en marquant de la tête et de la queue qu'il ne venait pas pour lui faire mal, mais pour marcher devant lui, et que l'autre restait derrière pour le suivre, il rengaina son sabre, et, de la sorte, il poursuivit son chemin jusqu'à la capitale des Indes, où il entra accompagné des deux lions, qui ne le quittèrent qu'à la porte du palais du sultan. Ils l'y laissèrent entrer, après quoi ils reprirent le même chemin par où ils étaient venus, non sans une grande frayeur de la part du menu peuple et de ceux qui les virent, lesquels se cachaient ou fuyaient, qui d'un côté, qui d'un autre, pour éviter leur rencontre, quoiqu'ils marchassent d'un pas égal, sans donner aucune marque de férocité.

Plusieurs officiers qui se présentèrent pour aider le prince Ahmed à descendre de cheval l'accompagnèrent jusqu'à l'appartement du sultan, où il s'entretenait avec ses favoris. Là, il s'approcha du trône, posa le vase aux pieds du sultan, et baisa le riche tapis qui couvrait le marchepied; et, en se relevant : « Sire, lui dit-il, voilà l'eau salutaire que Votre Majesté a souhaité de mettre au rang des choses précieuses et curieuses qui enrichissent et ornent son trésor. Je lui souhaite une santé toujours si parfaite que jamais elle n'ait besoin d'en faire usage. »

Quand le prince eut achevé son compliment, le sultan lui fit prendre place à sa droite, et alors : « Mon fils, dit-il, je vous ai une obligation de votre présent aussi grande que le péril auquel vous vous êtes exposé pour l'amour de moi. (Il en avait été informé par la magicienne, qui avait connaissance de la fontaine des Lions, et du danger auquel on s'exposait pour en aller puiser de l'eau.) Faites-moi le plaisir, continua-t-il, de m'apprendre par quelle adresse, ou plutôt par quelle force incroyable vous vous en êtes garanti.

— Sire, reprit le prince Ahmed, je ne prends aucune part au compliment de Votre Majesté; il est dû tout entier à la fée mon épouse, et je ne m'en attribue d'autre gloire que celle d'avoir suivi ses bons conseils. » Alors il lui fit connaître quels avaient été ces bons conseils par le récit du voyage qu'il avait fait, et de quelle manière il s'y était comporté. Quand il eut achevé, le sultan, après l'avoir écouté avec de grandes démonstrations de joie, mais en secret avec la même jalousie qui augmenta au lieu de diminuer, se leva et se retira seul dans l'intérieur du palais, où la magicienne, qu'il envoya chercher d'abord lui fut amenée.

La magicienne, à son arrivée, épargna au sultan la peine de lui parler de celle du prince Ahmed et du succès de son voyage; elle en avait été informée d'abord par le bruit qui s'en était répandu, et elle s'était déjà préparée sur le moyen immanquable, à ce qu'elle prétendait. Elle communiqua ce moyen au sultan; et le lendemain, dans l'assemblée de ses courtisans, le sultan le déclara au prince Ahmed qui s'y trouvait en ces termes : « Mon fils, dit-il, je n'ai plus qu'une prière à vous faire après laquelle je n'ai plus rien à exiger de votre obéissance, ni de votre crédit auprès de la fée votre épouse : c'est de m'amener un homme qui n'ait pas, de hauteur, plus d'un pied et demi, avec la barbe longue de trente pieds, qui porte sur l'épaule une barre de fer du poids de cinq cents livres, dont il se serve comme d'un bâton à deux bouts, et qui sache parler. »

Le prince Ahmed, qui ne croyait pas qu'il y eût au monde un homme fait comme le sultan son père le demandait, voulut s'excuser; mais le sultan persista dans sa demande, en lui répétant que la fée pouvait des choses encore plus incroyables.

Le jour suivant, comme le prince fut revenu au royaume souterrain de Pari-Banou, à laquelle il marqua la nouvelle demande du sultan son père, qu'il regardait, disait-il, comme une chose qu'il croyait encore moins possible qu'il n'avait cru d'abord les deux premières : « Pour moi, ajouta-t-il, je ne puis imaginer que dans tout l'univers il y ait ou qu'il puisse y avoir de cette sorte d'hommes. Il veut, sans doute, éprouver si j'aurai la simplicité de me donner du mouvement pour lui en trouver; ou, s'il y en a, il faut que son dessein soit de me perdre. En effet, comment peut-il prétendre que je me saisisse d'un homme si petit, qui soit armé de la manière qu'il l'entend ? De quelles armes pourrais-je me servir pour le réduire à se soumettre à mes volontés ? S'il y en a, j'attends que vous me suggériez un moyen pour me tirer de ce pas avec honneur.

— Mon prince, reprit la fée, ne vous alarmez pas : il y avait du risque à courir pour apporter de l'eau de la fontaine des Lions au sultan votre père, il n'y en a aucun pour trouver l'homme qu'il demande. Cet homme est mon frère Schaïbar, lequel, bien loin de me ressembler, quoique nous soyons enfants d'un même père, est d'un naturel si violent que rien n'est capable de l'empêcher de donner des marques sanglantes de son ressentiment, pour peu qu'on lui déplaise ou qu'on l'offense. D'ailleurs, il est le meilleur du monde, et il est toujours prêt à obliger en tout ce que l'on souhaite. Il est fait justement comme le sultan votre père l'a décrit, et il n'a pas d'autres armes que la barre de fer de cinq cents livres pesant, sans laquelle jamais il ne marche, et qui lui sert à se faire porter respect. Je vais le faire venir, et vous jugerez si je dis la vérité; mais, sur toutes choses, préparez-vous à ne vous pas effrayer de sa figure extraordinaire quand vous le verrez paraître. — Ma reine, reprit le prince Ahmed, Schaïbar, dites-vous, est votre frère ? De quelque laideur et si contrefait qu'il puisse être, bien loin de m'effrayer en le voyant, cela suffit pour me le faire aimer, honorer et regarder comme mon allié le plus proche. »

La fée se fit apporter sous le vestibule de son palais une cassolette d'or pleine de feu, et une boîte de même métal, qui lui fut présentée. Elle tira de la boîte d'un parfum qui y était conservé; et, comme elle l'eut jeté dans la cassolette, il s'en éleva une fumée épaisse.

Quelques moments après cette cérémonie, la fée dit au prince Ahmed : « Mon prince, voilà mon frère qui vient; le voyez-vous ? » Le prince regarda, et il aperçut Schaïbar, qui n'était pas plus haut que d'un pied et demi, et qui venait gravement avec la barre de fer de cinq cents livres pesant sur l'épaule, et la barbe bien fournie, longue de trente pieds, qui se soutenait en avant, la moustache épaisse à proportion, retroussée jusqu'aux oreilles, et qui lui couvrait presque le visage; ses yeux de cochon enfoncés dans la tête, qu'il avait d'une grosseur énorme, et couverte d'un bonnet en pointe; avec cela enfin il était bossu par-devant et par-derrière.

Si le prince Ahmed n'eût été prévenu que Schaïbar était frère de Pari-Banou, il n'eût pu le voir sans un grand effroi; mais, rassuré par cette connaissance, il l'attendit de pied ferme avec la fée, et il le reçut sans aucune marque de faiblesse.

Schaïbar, qui, à mesure qu'il avançait, avait regardé le prince Ahmed d'un œil qui eût dû lui glacer l'âme dans le corps, demanda à Pari-Banou, en l'abordant, qui était cet homme. « Mon frère, répondit-elle, c'est mon époux; son nom est Ahmed, et il est le fils du sultan des Indes. La raison pourquoi je ne vous ai pas invité à mes noces, c'est que je n'ai pas voulu vous détourner de l'expédition où vous étiez engagé, d'où j'ai appris avec bien du plaisir que vous êtes revenu victorieux; c'est à sa considération que j'ai pris la liberté de vous appeler. »

A ces paroles, Schaïbar, en regardant le prince Ahmed d'un œil gracieux, qui ne diminuait rien néanmoins de sa fierté ni de son air farouche : « Ma sœur, dit-il, y a-t-il quelque chose en quoi je puisse lui rendre service ? Il n'a qu'à parler. Il suffit qu'il soit votre époux pour m'obliger à lui faire plaisir en tout ce qu'il peut souhaiter. — Le sultan son père, reprit Pari-Banou, a la curiosité de vous voir; je vous prie de vouloir bien qu'il soit votre conducteur. — Il n'a qu'à marcher devant, repartit Schaïbar, je suis prêt de le suivre. — Mon frère, reprit Pari-Banou, il est trop tard pour entreprendre ce voyage aujourd'hui; ainsi vous voudrez bien le remettre à demain matin. Cependant, comme il est bon que vous soyez instruit de ce qui s'est passé entre le sultan des Indes et le prince Ahmed depuis notre mariage, je vous en entretiendrai ce soir. »

Le lendemain, Schaïbar, informé de ce qu'il était à propos qu'il n'ignorât pas, partit de bonne heure, accompagné du prince Ahmed, qui devait le présenter au sultan. Ils arrivèrent à la capitale; et, comme Schaïbar eut paru à la porte, tous ceux qui l'aperçurent, saisis de frayeur à la vue d'un objet si hideux, se cachèrent, les uns dans les boutiques ou dans les maisons, dont ils fermèrent les portes, et les autres, en prenant la fuite, communiquèrent la même frayeur à ceux qu'ils rencontrèrent, lesquels rebroussèrent chemin sans regarder derrière eux. De la sorte, à mesure que Schaïbar et le prince Ahmed avançaient à pas mesurés, ils trouvèrent une grande solitude dans toutes les rues et dans toutes les places publiques jusqu'au palais. Là, les portiers, au lieu de se mettre en état d'empêcher au moins que Schaïbar n'entrât, se sauvèrent, qui d'un côté, qui d'un autre, et laissèrent l'entrée de la porte libre. Le prince et Schaïbar avancèrent sans obstacle jusqu'à la salle du conseil, où le sultan, assis sur son trône, donnait audience; et, comme les huissiers avaient abandonné leur poste dès qu'ils avaient vu paraître Schaïbar, ils entrèrent sans empêchement.

Schaïbar, la tête haute, s'approcha du trône fièrement, et, sans attendre que le prince Ahmed le présentât, il apostropha le sultan des Indes en ces termes : « Tu m'as demandé, dit-il; me voici. Que veux-tu de moi ? »

Le sultan, au lieu de répondre, s'était mis les mains devant les yeux, et détournait la tête pour ne pas voir un objet si effroyable. Schaïbar, indigné de cet accueil incivil et offensant, après lui avoir donné la peine de venir, leva sa barre de fer, et, en lui disant : « Parle donc », il la lui déchargea sur la tête et l'assomma; et il eut plus tôt fait que le prince n'eut pensé à lui demander grâce. Tout ce qu'il put faire fut d'empêcher qu'il n'assommât aussi le grand vizir, qui n'était pas loin de la droite du sultan, en lui représentant qu'il n'avait qu'à se louer des bons conseils qu'il avait donnés au sultan son père. « Ce sont donc ceux-ci, dit Schaïbar, qui lui en ont donné de mauvais ? » En prononçant ces paroles, il assomma les autres vizirs à droite et à gauche, tous favoris et flatteurs du sultan, et ennemis du prince Ahmed. Autant de coups, autant de morts, et il n'en échappa que ceux dont l'épouvante ne s'était pas emparée assez fortement pour les rendre immobiles et les empêcher de se procurer la vie sauve par la fuite.

Cette exécution terrible achevée, Schaïbar sortit de la salle du conseil; et, au milieu de la cour, la barre de fer sur l'épaule, en regardant le grand vizir qui accompagnait le prince Ahmed, auquel il devait la vie : « Je sais, dit-il, qu'il y a ici une certaine magicienne, plus ennemie du prince mon beau-frère que les favoris indignes que je viens de châtier; je veux qu'on m'amène cette magicienne. » Le grand vizir l'envoya chercher, on l'amena; et Schaïbar, en l'assommant avec sa barre de fer : « Apprends, dit-il, à donner des conseils pernicieux et à faire la malade. » La magicienne demeura morte sur la place.

« Alors, ce n'est pas assez, ajouta Schaïbar, je vais assommer de même toute la ville si dans le moment elle ne reconnaît le prince Ahmed, mon beau-frère, pour son sultan et pour sultan des Indes. » Aussitôt ceux qui étaient présents, et qui entendirent cet arrêt, firent retentir l'air en criant à haute voix : « Vive le sultan Ahmed! » En peu de moments toute la ville retentit de la même acclamation et proclamation en même temps. Schaïbar le fit revêtir de l'habillement de sultan des Indes, l'installa sur le trône, et, après lui avoir fait rendre l'hommage et le serment de fidélité qui lui était dû, il alla prendre sa sœur Pari-Banou, la mena en grande pompe, et la fit reconnaître de même pour sultane des Indes.

Quant au prince Ali et à la princesse Nourounnihar, comme ils n'avaient pris aucune part dans la conspiration contre le prince Ahmed, qui venait d'être vengé, et dont même ils n'avaient pas eu connaissance, le prince Ahmed leur assigna pour apanage une province très considérable, avec sa capitale, où ils allèrent passer le reste de leurs jours. Il envoya aussi un officier au prince Houssain, son frère aîné, pour lui annoncer le changement qui venait d'arriver, et pour lui offrir de choisir dans tout le royaume telle province qu'il lui plairait, pour en jouir en propriété. Mais le prince Houssain se trouvait si heureux dans sa solitude qu'il chargea l'officier de bien remercier le sultan, son cadet, de sa part, de l'honnêteté qu'il avait bien voulu lui faire, de l'assurer de sa soumission, et de lui marquer que la seule grâce qu'il lui demandait était de permettre qu'il continuât de vivre dans la retraite qu'il avait choisie.

HISTOIRE DES DEUX SŒURS

JALOUSES DE LEUR CADETTE

La sultane Scheherazade, en continuant de tenir en suspens le sultan des Indes par le récit de ses contes, savoir, s'il la ferait mourir ou s'il la laisserait vivre, lui en raconta un nouveau en ces termes :

Sire, dit-elle, il y avait un prince de Perse nommé Khosrouschah, lequel, en commençant de prendre connaissance du monde, se plaisait fort aux aventures de nuit : il se déguisait souvent, accompagné d'un de ses officiers de confiance, déguisé comme lui ; et, en parcourant les quartiers de la ville, il lui en arrivait alors d'assez particulières, dont je n'entreprendrai pas d'entretenir aujourd'hui Votre Majesté ; mais j'espère qu'elle écoutera avec plaisir celle qui lui arriva dès la première sortie qu'il fit peu de jours après qu'il eut monté sur le trône à la place du sultan son père, lequel, en mourant dans une grande vieillesse, lui avait laissé le royaume de Perse pour héritage.

Après les cérémonies accoutumées au sujet de son avènement à la couronne, et après celles des funérailles du sultan son père, le nouveau sultan Khosrouschah, autant par inclination que par devoir, pour prendre connaissance lui-même de ce qui se passait, sortit un soir de son palais environ à deux heures de nuit, accompagné de son grand-vizir déguisé comme lui. Comme il se trouvait dans un quartier où il n'y avait que du menu peuple, en passant par une rue il entendit qu'on parlait assez haut : il s'approcha de la maison d'où venait le bruit ; et, en regardant par une fente de la porte, il aperçut de la lumière, et trois sœurs assises sur un sofa, qui s'entretenaient après le souper. Par le discours de la plus âgée, il eut bientôt appris que les souhaits faisaient le sujet de leur entretien. « Puisque nous sommes sur les souhaits disait-elle, le mien serait d'avoir le boulanger du sultan pour mari : je mangerais tout mon soûl de ce pain si délicat qu'on appelle par excellence pain du sultan. Voyons si votre goût est aussi bon que le mien. — Et moi, reprit la seconde sœur, mon souhait serait d'être femme du chef de cuisine du sultan : je mangerais d'excellents ragoûts ; et, comme je suis bien persuadée que le pain du sultan est commun dans le palais, je n'en manquerais pas. Vous voyez, ma sœur, ajouta-t-elle en s'adressant à son aînée, que mon goût vaut bien le vôtre. »

La sœur cadette, qui était d'une très grande beauté, et qui avait beaucoup plus d'agrément et plus d'esprit que ses aînées, parla à son tour. « Pour moi, mes sœurs, dit-elle, je ne borne pas mes désirs à si peu de chose, je prends un vol plus haut, et, puisqu'il s'agit de souhaiter, je souhaiterais d'être l'épouse du sultan : je lui donnerais un prince dont les cheveux seraient d'or d'un côté et d'argent de l'autre ; quand il pleurerait, les larmes qui lui tomberaient des yeux seraient des perles ; et, autant de fois qu'il sourirait, ses lèvres vermeilles paraîtraient un bouton de rose quand il éclôt. »

Les souhaits des trois sœurs, et particulièrement celui de la cadette, parurent si singulier au sultan Khosrouschah qu'il résolut de les contenter ; et, sans rien communiquer de ce dessein à son grand vizir, il le chargea de bien remarquer la maison pour venir les prendre le lendemain, et les lui amener toutes trois.

Le grand-vizir, en exécutant l'ordre du sultan le lendemain, ne donna aux trois sœurs que le temps de s'habiller promptement pour paraître en sa présence, sans leur dire autre chose, sinon que Sa Majesté voulait les voir. Il les amena au palais ; et, quand il les eut présentées au sultan, le sultan leur demanda : « Dites-moi, vous souvenez-vous des souhaits que vous faisiez hier au soir, que vous étiez de si bonne humeur ? Ne dissimulez pas, je veux le savoir. »

A ces paroles du sultan, les trois sœurs, qui ne s'y attendaient pas, furent dans une grande confusion. Elles baissèrent les yeux, et le rouge qui leur monta au visage donna un agrément à la cadette, lequel acheva de gagner le cœur du sultan. Comme la pudeur et la crainte d'avoir offensé le sultan par leur entretien leur faisaient garder le silence, le sultan, qui s'en aperçut, leur dit pour les rassurer : « Ne craignez rien, je ne vous ai pas fait venir pour vous faire de la peine; et, comme je vois que la demande que je vous ai faite vous en fait contre mon intention, et que je sais quel est chacune votre souhait, je veux bien la faire cesser. Vous, ajouta-t-il, qui souhaitiez de m'avoir pour époux, vous serez satisfaite aujourd'hui; et vous, continua-t-il, en s'adressant de même à la première et à la seconde sœur, je fais aussi votre mariage avec le boulanger de ma bouche et avec le chef de ma cuisine. »

Dès que le sultan eut déclaré sa volonté, la cadette, en donnant l'exemple à ses aînées, se jeta aux pieds du sultan pour lui marquer sa reconnaissance. « Sire, dit-elle, mon souhait, puisqu'il est connu de Votre Majesté, n'a été que par manière d'entretien et de divertissement : je ne suis pas digne de l'honneur qu'elle me fait, et je lui demande pardon de ma hardiesse. » Les deux sœurs aînées voulurent s'excuser de même; mais le sultan, en les interrompant : « Non, non, dit-il, il n'en sera pas autre chose : le souhait de chacune sera accompli. »

Les noces furent célébrées le même jour de la manière que le sultan Khosrouschah l'avait résolu, mais avec une grande différence. Celles de la cadette furent accompagnées de la pompe et de toutes les marques de réjouissances qui convenaient à l'union conjugale d'un sultan et d'une sultane de Perse, pendant que celles des deux autres sœurs ne furent célébrées qu'avec l'éclat que l'on pouvait attendre de la qualité de leurs époux, c'est-à-dire du premier boulanger et du chef de cuisine du sultan.

Les deux sœurs aînées sentirent puissamment la disproportion infinie qu'il y avait entre leurs mariages et celui de leur cadette. Aussi cette considération fit que, loin d'être contentes du bonheur qui leur était arrivé, même selon chacune son souhait, quoique beaucoup au-delà de leurs espérances, elles se livrèrent à un excès de jalousie qui ne troubla pas seulement leur joie, mais même qui causa de grands malheurs, des humiliations et des afflictions les plus mortifiantes à la sultane leur cadette. Elles n'avaient pas eu le temps de se communiquer l'une à l'autre ce qu'elles avaient pensé d'abord de la préférence que le sultan lui avait donnée à leur préjudice, à ce qu'elles prétendaient; elles n'en avaient eu que pour se préparer à la célébration du mariage. Mais, dès qu'elles purent se revoir quelques jours après dans un bain public où elles s'étaient donné rendez-vous : « Hé bien, ma sœur, dit l'aînée à l'autre sœur, que dites-vous de notre cadette ?

N'est-ce pas un beau sujet pour être sultane ? — Je vous avoue, dit l'autre sœur, que je n'y comprends rien; je ne conçois pas quels attraits le sultan a trouvés en elle pour se laisser fasciner les yeux comme il a fait. Ce n'est qu'une marmotte, et vous savez en quel état nous l'avons vue vous et moi. Était-ce une raison au sultan pour ne pas jeter les yeux sur vous, qu'un air de jeunesse qu'elle a un peu plus que nous ? Vous étiez digne de sa couche, et il devait vous faire la justice de vous préférer à elle.

— Ma sœur, reprit la plus âgée, ne parlons pas de moi : je n'aurais rien à dire si le sultan vous eût choisie; mais qu'il ait choisi une malpropre, c'est ce qui me désole; je m'en vengerai, ou je ne pourrai, et vous y êtes intéressée comme moi. C'est pour cela que je vous prie de vous joindre à moi, afin que nous agissions de concert dans une cause comme celle-ci qui nous intéresse également, et de me communiquer les moyens que vous imaginerez propres à la mortifier, en vous promettant de vous faire part de ceux que l'envie que j'ai de la mortifier de mon côté me suggérera. »

Après ce complot pernicieux, les deux sœurs se virent souvent, et chaque fois elles ne s'entretenaient que des voies qu'elles pourraient prendre pour traverser et même détruire le bonheur de la sultane leur cadette. Elles s'en proposèrent plusieurs; mais, en délibérant sur l'exécution, elles y trouvèrent des difficultés si grandes qu'elles n'osèrent hasarder de s'en servir. De temps en temps cependant elles lui rendaient visite ensemble, et, avec une dissimulation condamnable, elles lui donnaient toutes les marques d'amitié qu'elles pouvaient imaginer pour lui persuader combien elles étaient ravies d'avoir une sœur dans une si haute élévation. De son côté, la sultane les recevait toujours avec toutes les démonstrations d'estime et de considération qu'elles pouvaient attendre d'une sœur qui n'était pas entêtée de sa dignité, et qui ne cessait de les aimer avec la même cordialité qu'auparavant.

Quelques mois après son mariage, la sultane se trouva enceinte; le sultan en témoigna une grande joie; et cette joie, après s'être communiquée dans le palais et à la cour, se répandit encore dans tous les quartiers de la capitale de Perse. Les deux sœurs vinrent lui en faire leurs compliments; et dès lors, en la prévenant sur la sage-femme dont elle aurait besoin pour l'assister dans ses couches, elles la prièrent de n'en pas choisir d'autres qu'elles.

La sultane leur dit obligeamment : « Mes sœurs, je ne demanderais pas mieux, comme vous pouvez le croire, si le choix dépendait de moi absolument; je vous suis cependant infiniment obligée de votre bonne volonté; je ne puis me dispenser de me soumettre à ce que le sultan en ordonnera. Ne laissez pas néanmoins de faire en sorte chacune que vos maris emploient leurs amis pour faire demander cette grâce au sultan; et, si le sultan m'en parle, soyez persuadées que non seulement je lui marquerai le plaisir qu'il m'aura fait, mais même que je le remercierai du choix qu'il aura fait de vous. »

Les deux maris, chacun de son côté, sollicitèrent les courtisans leurs protecteurs, et les supplièrent de leur faire la grâce d'employer leur crédit pour procurer à leurs femmes l'honneur auquel elles aspiraient; et ces protecteurs agirent si puissamment et si efficacement que le sultan leur promit d'y penser. Le sultan leur tint sa promesse, et, dans un entretien avec la sultane, il lui dit qu'il lui paraissait que ses sœurs seraient plus propres à la secourir dans ses couches que toute autre sage-femme étrangère; mais qu'il ne voulait pas les nommer sans avoir auparavant son consentement. La sultane, sensible à la déférence dont le sultan lui donnait une marque si obligeante, lui dit : « Sire, j'étais disposée à ne faire que ce que Votre Majesté me commandera; mais, puisqu'elle a eu la bonté de jeter les yeux sur mes sœurs, je la remercie de la considération qu'elle a pour elles pour l'amour de moi, et je ne dissimulerai pas que je les recevrai de sa part avec plus de plaisir que des étrangères. »

Le sultan Khosrouschah nomma donc les deux sœurs de la sultane pour lui servir de sages-femmes; et dès lors l'une et l'autre passèrent au palais avec une grande joie d'avoir trouvé l'occasion telle qu'elles pouvaient la souhaiter d'exécuter la méchanceté détestable qu'elles avaient médité contre la sultane leur sœur.

Le temps des couches arriva, et la sultane se délivra heureusement d'un prince beau comme le jour. Ni sa beauté ni sa délicatesse ne furent pas capables de toucher ni d'attendrir le cœur des sœurs impitoyables. Elles l'enveloppèrent de langes assez négligemment, le mirent dans une petite corbeille, et abandonnèrent la corbeille au courant de l'eau d'un canal qui passait au pied de l'appartement de la sultane; et elles produisirent un petit chien mort, en publiant que la sultane en était accouchée. Cette nouvelle désagréable fut annoncée au sultan ; et le sultan en conçut une indignation qui eût pu être funeste à la sultane, si son grand vizir ne lui eût représenté que Sa Majesté ne pouvait pas, sans injustice, la regarder comme responsable des bizarreries de la nature.

La corbeille cependant, dans laquelle le petit prince était exposé, fut emportée sur le canal jusque hors de l'enceinte d'un mur qui bornait la vue de l'appartement de la sultane par le bas, d'où il continuait en passant au travers du jardin du palais. Par hasard l'intendant des jardins du sultan, l'un des officiers principaux et des plus considérés du royaume, se promenait dans le jardin le long du canal ; comme il eut aperçu la corbeille qui flottait, il appela un jardinier qui n'était pas loin. « Va promptement, dit-il en la lui montrant, et apporte-moi cette corbeille, que je voie ce qui est dedans. » Le jardinier part ; et du bord du canal il attire la corbeille à soi adroitement avec la bêche qu'il tenait, l'enlève et l'apporte.

L'intendant des jardins fut extrêmement surpris de voir un enfant enveloppé dans la corbeille, et un enfant, lequel, quoiqu'il ne fît que de naître, comme il était aisé de le voir, ne laissait pas d'avoir des traits d'une grande beauté. Il y avait longtemps que l'intendant des jardins était marié ; mais, quelque envie qu'il eût d'avoir lignée, le Ciel n'avait pas encore secondé ses vœux jusqu'alors. Il interrompt sa promenade, se fait suivre par le jardinier chargé de la corbeille et de l'enfant ; et, quand il fut arrivé à son hôtel qui avait entrée dans le jardin du palais, il entra dans l'appartement de sa femme. « Ma femme, dit-il, nous n'avions point d'enfants, en voici un que Dieu nous envoie. Je vous le recommande ; faites-lui chercher une nourrice promptement, et prenez-en soin comme de notre fils ; je le reconnais pour tel dès à présent. » La femme prit l'enfant avec joie, et elle se fit un grand plaisir de s'en charger. L'intendant des jardins ne voulut pas approfondir d'où pouvait venir l'enfant. « Je vois bien, se disait-il, qu'il est venu du côté de l'appartement de la sultane ; mais il ne m'appartient pas de contrôler ce qui s'y passe, ni de causer du trouble dans un lieu où la paix est si nécessaire. »

L'année suivante, la sultane accoucha d'un autre prince. Les sœurs dénaturées n'eurent pas plus de compassion de lui que de son aîné : elles l'exposèrent de même dans une corbeille sur le canal, et elles supposèrent que la sultane était accouchée d'un chat. Heureusement pour l'enfant, l'intendant des jardins, étant près du canal, le fit enlever et porter à sa femme, en la chargeant d'en prendre le même soin que du premier : ce qu'elle fit, non moins par sa propre inclination que pour se conformer à la bonne intention de son mari.

Le sultan de Perse fut plus indigné de cet accouchement contre la sultane que du premier. Il en eût fait éclater son ressentiment si les remontrances du grand-vizir n'eussent encore été assez persuasives pour l'apaiser.

La sultane enfin accoucha une troisième fois, non pas d'un prince, mais d'une princesse : l'innocente eut le même sort que les princes ses frères. Les deux sœurs, qui avaient résolu de ne pas mettre fin à leurs entreprises détestables qu'elles ne vissent la sultane leur cadette au moins rejetée, chassée et humiliée, lui firent le même traitement en l'exposant sur le canal. La princesse fut secourue et arrachée à une mort certaine par la compassion et la charité de l'intendant des jardins, comme les deux princes ses frères, avec lesquels elle fut nourrie et élevée.

A cette inhumanité les deux sœurs ajoutèrent le mensonge et l'imposture comme auparavant : elles montrèrent un morceau de bois, en assurant faussement que c'était une môle dont la sultane était accouchée.

Le sultan Khosrouschah ne put se contenir quand il eut appris ce nouvel accouchement extraordinaire. « Quoi! dit-il, cette femme indigne de ma couche remplirait donc mon palais de monstres, si je la laissais vivre davantage ? Non, cela n'arrivera pas, ajouta-t-il; elle est un monstre elle-même, je veux en purger le monde. » Il prononça cet arrêt de mort, et il commanda à son grand-vizir de le faire exécuter.

Le grand-vizir et les courtisans qui étaient présents se jetèrent aux pieds du sultan pour le supplier de révoquer l'arrêt. Le grand-vizir prit la parole. « Sire, dit-il, que Votre Majesté me permette de lui représenter que les lois qui condamnent à mort n'ont été établies que pour punir les crimes. Les trois couches de la sultane, si peu attendues, ne sont pas des crimes. En quoi peut-on dire qu'elle y a contribué ? Une infinité d'autres femmes en ont fait et en font tous les jours autant : elles sont à plaindre, mais elles ne sont pas punissables. Votre Majesté peut s'abstenir de la voir, et la laisser vivre.

L'affliction dans laquelle elle passera le reste de ses jours, après la perte de ses bonnes grâces, lui sera un assez grand supplice. »

Le sultan de Perse rentra en lui-même; et, comme il vit bien l'injustice qu'il y avait de condamner la sultane à mort pour de fausses couches, quand même elles eussent été véritables, comme il le croyait faussement : « Qu'elle vive donc, dit-il, puisque cela est ainsi. Je lui donne la vie, mais à une condition qui lui fera désirer la mort plus d'une fois chaque jour. Qu'on lui fasse un réduit de charpente à la porte de la principale mosquée, avec une fenêtre toujours ouverte; qu'on l'y renferme avec un habit des plus grossiers, et que chaque musulman qui ira à la mosquée faire sa prière lui crache au nez en passant. Si quelqu'un y manque, je veux qu'il soit exposé au même châtiment; et, afin que je sois obéi, vous, vizir, je vous commande d'y mettre des surveillants. »

Le ton dont le sultan prononça ce dernier arrêt ferma la bouche au grand-vizir. Il fut exécuté avec un grand contentement des deux sœurs jalouses. Le réduit fut bâti et achevé; et la sultane, véritablement digne de compassion, y fut renfermée dès qu'elle fut relevée de sa couche, de la manière que le sultan l'avait commandé, et exposée ignominieusement à la risée et au mépris de tout un peuple : traitement néanmoins qu'elle n'avait pas mérité, et qu'elle souffrit avec une constance qui lui attira l'admiration et en même temps la compassion de tous ceux qui jugeaient des choses plus sainement que le vulgaire.

Les deux princes et la princesse furent nourris et élevés par l'intendant des jardins et par sa femme avec la tendresse de père et de mère, et cette tendresse augmenta à mesure qu'ils avancèrent en âge, par les marques de grandeur qui parurent autant dans la princesse que dans les princes, et surtout par les grands traits de beauté de la princesse qui se développaient de jour en jour, par leur docilité, par leurs bonnes inclinations au-dessus de la bagatelle, et tout autres que celles des enfants ordinaires, et par un certain air qui ne pouvait convenir qu'à des princes et qu'à des princesses. Pour distinguer les deux princes selon l'ordre de leur naissance, ils appelèrent le premier Bahman, et le second Perviz, noms que d'anciens rois de Perse avaient portés. A la princesse, ils donnèrent celui de Parizade, que plusieurs reines et princesses du royaume avaient aussi porté.

Dès que les deux princes furent en âge, l'intendant des jardins leur donna un maître pour leur apprendre à lire et à écrire; et la princesse leur sœur, qui se trouvait aux leçons qu'on leur donnait, montra une envie si grande d'apprendre à lire et à écrire, quoique plus jeune qu'eux, que l'intendant des jardins, ravi de cette disposition, lui donna le même maître. Piquée d'émulation par sa vivacité et par son esprit pénétrant, elle devint en peu de temps aussi habile que les princes ses frères.

Depuis ce temps-là, les frères et la sœur n'eurent plus que les mêmes maîtres dans les autres beaux-arts, dans la géographie, dans la poésie, dans l'histoire et dans les sciences, même dans les sciences secrètes; et, comme ils n'y trouvaient rien de difficile, ils y firent un progrès si merveilleux que les maîtres en étaient étonnés, et que bientôt ils avouèrent sans déguisement qu'ils iraient plus loin qu'ils n'étaient allés eux-mêmes, pour peu qu'ils continuassent. Dans les heures de récréation, la princesse apprit aussi la musique, à chanter et à jouer de plusieurs sortes d'instruments. Quand les princes apprirent à monter à cheval, elle ne voulut pas qu'ils eussent cet avantage sur elle : elle fit ses exercices avec eux, de manière qu'elle savait monter à cheval, le mener, tirer de l'arc, jeter la canne ou le javelot avec la même adresse, et souvent même elle les devançait à la course.

L'intendant des jardins, qui était au comble de la joie de voir ses nourrissons si accomplis dans toutes les perfections du corps et de l'esprit, et qu'ils avaient correspondu aux dépenses qu'il avait faites pour leur éducation, beaucoup au-delà de ce qu'il s'en était promis, en fit une autre plus considérable à leur considération. Jusqu'alors, content du logement qu'il avait dans l'enceinte du palais, il avait vécu sans maison de campagne; il en acheta une à peu de distance de la ville, qui avait de grandes dépendances en terres labourables, en prairies et en bois; et, comme la maison ne lui parut pas assez belle ni assez commode, il la fit mettre bas, et il n'épargna rien pour la rendre la plus magnifique des environs. Il y allait tous les jours pour faire hâter par sa présence le grand nombre d'ouvriers qu'il y mit en œuvre; et, dès qu'il y eut un appartement achevé, propre à le recevoir, il y alla passer plusieurs jours de suite, autant que les fonctions et le devoir de sa charge le lui permettaient. Par son assiduité enfin, la maison fut achevée; et, pendant qu'on la meublait avec la même diligence des meubles les plus riches, et qui correspondaient à la magnificence de l'édifice, il fit travailler au jardin, sur le dessin qu'il avait tracé lui-même, et à la manière qui était ordinaire en Perse parmi les grands seigneurs. Il y ajouta un parc d'une vaste étendue, qu'il fit enclore de bonnes murailles et remplir de toutes sortes de bêtes fauves, afin que les princes et la princesse y prissent le divertissement de la chasse quand il leur plairait.

Quand la maison de campagne fut entièrement achevée et en état d'être habitée, l'intendant des jardins alla se jeter aux pieds du sultan; et, après avoir représenté combien il y avait longtemps qu'il était dans le service, et les infirmités de la vieillesse où il se trouvait, il le supplia d'avoir pour agréable la démission de sa charge, qu'il faisait entre les mains de Sa Majesté, et qu'il se retirât. Le sultan lui accorda cette grâce avec d'autant plus de plaisir qu'il était très satisfait de ses longs services, tant sous le règne du sultan son père que depuis qu'il était monté lui-même sur le trône; et, en la lui accordant, il demanda ce qu'il pouvait faire pour le récompenser. « Sire, répondit l'intendant des jardins, je suis comblé des bienfaits de Votre Majesté et de ceux du sultan son père, d'heureuse mémoire, à un point qu'il ne me reste plus à désirer que de mourir dans l'honneur de ses bonnes grâces. » Il prit congé du sultan Khosrouschah, après quoi il passa à la maison de campagne qu'il venait de faire bâtir, avec les deux princes Bahman et Perviz et la princesse Parizade. Pour ce qui est de sa femme, il y avait quelques années qu'elle était morte. Il n'eut pas vécu cinq ou six mois avec eux qu'il fut surpris par une mort si subite qu'elle ne lui donna pas le temps de leur dire un mot de la vérité de leur naissance : chose néanmoins qu'il avait résolu de faire, comme nécessaire pour les obliger de continuer de vivre comme ils avaient fait jusqu'alors, selon leur état et leur condition, conformément à l'éducation qu'il leur avait donnée et au penchant qui les y portait.

Les princes Bahman et Perviz et la princesse Parizade, qui ne connaissaient d'autre père que l'intendant des jardins, le regrettèrent comme tel, et ils lui rendirent tous les devoirs funéraires que l'amour et la reconnaissance filiale exigeaient d'eux. Contents des grands biens qu'il leur avait laissés, ils continuèrent de demeurer et de vivre ensemble dans la même union qu'ils avaient fait jusqu'alors, sans ambition de la part des princes de se produire à la cour, dans la vue des premières charges et des dignités auxquelles il leur eût été aisé de parvenir.

Un jour que les deux princes étaient à la chasse, et que la princesse Parizade était restée, une dévote musulmane, qui était fort âgée, se présenta à la porte, et pria qu'on lui permît d'entrer pour faire sa prière dont il était l'heure. On alla demander la permission à la princesse, et la princesse commanda qu'on la fît entrer et qu'on lui montrât l'oratoire dont l'intendant des jardins du sultan avait eu soin de faire accompagner la maison au défaut des mosquées dans le voisinage. Elle commanda aussi que, quand la dévote aurait fait sa prière, on lui fît voir la maison et le jardin, et qu'ensuite on la lui amenât.

La dévote musulmane entra, elle fit sa prière dans l'oratoire qu'on lui montra, et, quand elle eut fait, deux femmes de la princesse, qui attendaient qu'elle sortît, l'invitèrent à voir la maison et le jardin. Comme elle leur eut marqué qu'elle était prête de les suivre, elles la menèrent d'appartement en appartement, et dans chacun elle considéra toutes choses en femme qui s'entendait en ameublement et dans la belle disposition de chaque pièce. Elles la firent entrer aussi dans le jardin, dont elle trouva le dessin si nouveau et si bien entendu qu'elle l'admira, en disant qu'il fallait que celui qui l'avait fait tracer fût un excellent maître dans son art. Elle fut enfin amenée devant la princesse, qui l'attendait dans un grand salon, lequel surpassait en beauté, en propreté et en richesses tout ce qu'elle avait admiré dans les appartements.

Dès que la princesse vit entrer la dévote : « Ma bonne mère, lui dit-elle, approchez-vous et venez vous asseoir près de moi. Je suis ravie du bonheur que l'occasion me présente de profiter pendant quelques moments du bon exemple et du bon entretien d'une personne comme vous, qui a pris le bon chemin en se donnant tout à Dieu, et que tout le monde devrait imiter s'il était sage. »

La dévote, au lieu de monter sur le sofa, voulut s'asseoir sur le bord; mais la princesse ne le souffrit pas : elle se leva de sa place, et, en s'avançant, elle la prit par la main et l'obligea de venir s'asseoir près d'elle à la place d'honneur. La dévote fut sensible à cette civilité. « Madame, dit-elle, il ne m'appartient pas d'être traitée si honorablement, et je ne vous obéis que parce que vous le commandez et que vous êtes maîtresse chez vous. » Quand elle fut assise, avant d'entrer en conversation, une des femmes de la princesse servit devant elle et devant la princesse une petite table basse, marquetée de nacre de perle et d'ébène, avec un bassin de porcelaine dessus, garni de gâteaux et de plusieurs porcelaines de fruits de la saison et de confitures sèches et liquides.

La princesse prit un des gâteaux, et, en le présentant à la dévote : « Ma bonne mère, dit-elle, prenez, mangez et choisissez de ces fruits ceux qu'il vous plaira; vous avez besoin de manger après le chemin que vous avez fait pour venir jusqu'ici. — Madame, reprit la dévote, je ne suis pas accoutumée à manger des choses si délicates, et, si j'en mange, c'est pour ne pas refuser ce que Dieu m'envoie par une main libérale comme la vôtre. »

Pendant que la dévote mangeait, la princesse, qui mangea aussi quelque chose pour l'y exciter par son exemple, lui fit plusieurs questions sur les exercices de dévotion qu'elle pratiquait et sur la manière dont elle vivait, auxquelles elle répondit avec beaucoup de modestie; et, de discours en discours, elle lui demanda ce qu'il lui paraissait de la maison qu'elle voyait, et si elle la trouvait à son gré.

« Madame, répondit la dévote, il faudrait être d'un très mauvais goût pour y trouver à reprendre : elle est belle, riante, meublée magnifiquement, sans confusion, très bien entendue; et les ornements y sont ménagés on ne peut pas mieux. Quant à la situation, elle est dans un terrain agréable, et l'on ne peut imaginer un jardin qui fasse plus de plaisir à voir que celui dont elle est accompagnée. Si vous me permettez néanmoins de ne rien dissimuler, je prends la liberté de vous dire, Madame, que la maison serait incomparable si trois choses, qui y manquent, à mon avis, s'y rencontraient. — Ma bonne, reprit la princesse Parizade, quelles sont ces trois choses ? Enseignez-les-moi, je vous en conjure au nom de Dieu; je n'épargnerai rien pour les acquérir s'il est possible. — Madame, reprit la dévote, la première de ces trois choses est l'oiseau qui parle : c'est un oiseau singulier qu'on nomme Bulbulhezar, lequel a encore la propriété d'attirer des environs tous les oiseaux qui chantent, lesquels viennent accompagner son chant. La seconde est l'arbre qui chante, dont les feuilles sont autant de bouches qui font un concert harmonieux de voix différentes, lequel ne cesse jamais. La troisième chose enfin est l'eau jaune, couleur d'or, dont une seule goutte versée dans un bassin préparé exprès, en quelque endroit que ce soit d'un jardin, foisonne d'une manière qu'elle le remplit d'abord, et s'élève dans le milieu en gerbe, qui ne cesse jamais de s'élever et de retomber dans le bassin sans que le bassin déborde. — Ah! ma bonne mère! s'écria la princesse, que je vous ai d'obligation de la connaissance que vous me donnez de ces choses! Elles sont surprenantes, et je n'avais pas entendu dire qu'il y eût rien au monde de si curieux et d'aussi admirable. Mais, comme je suis bien persuadée que vous n'ignorez pas le lieu où elles se trouvent, j'attends que vous me fassiez la grâce de me l'enseigner. »

Pour donner satisfaction à la princesse, la bonne dévote lui dit : « Madame, je me rendrais indigne de l'hospitalité que vous venez d'exercer envers moi avec tant de bonté, si je refusais de satisfaire votre curiosité sur ce que vous souhaitez d'apprendre. J'ai donc l'honneur de vous dire que les trois choses dont je viens de vous parler se trouvent dans un même lieu, aux confins de ce royaume, du côté des Indes. Le chemin qui y conduit passe devant votre maison. Celui que vous y enverrez de votre part n'a qu'à le suivre pendant vingt jours, et, le vingtième jour, qu'il demande où sont l'oiseau qui parle, l'arbre qui chante et l'eau jaune; le premier auquel il s'adressera le lui enseignera. » En achevant ces paroles, elle se leva, et, après avoir pris congé, elle se retira et poursuivit son chemin.

La princesse Parizade avait l'esprit si fort occupé à retenir les renseignements que la dévote musulmane venait de lui donner de l'oiseau qui parlait, de l'arbre qui chantait et de l'eau jaune, qu'elle ne s'aperçut qu'elle était partie que quand elle voulut lui faire quelques demandes pour prendre d'elle un plus grand éclaircissement. Il lui semblait en effet que ce qu'elle venait d'entendre de sa bouche n'était pas suffisant pour ne pas s'exposer à entreprendre un voyage inutile. Elle ne voulut pas néanmoins envoyer après elle pour la faire revenir; mais elle fit un effort sur sa mémoire pour se rappeler tout ce qu'elle avait entendu et n'en rien oublier. Quand elle crut que rien ne lui était échappé, elle se fit un vrai plaisir de penser à la satisfaction qu'elle aurait si elle pouvait venir à bout de posséder des choses si merveilleuses; mais la difficulté qu'elle y trouvait et la crainte de ne pas y réussir la plongeaient dans une grande inquiétude.

La princesse Parizade était abîmée dans ces pensées

quand les princes ses frères arrivèrent de la chasse : ils entrèrent dans le salon, et, au lieu de la trouver le visage ouvert et l'esprit gai, selon sa coutume, ils furent étonnés de la voir recueillie en elle-même, et comme affligée, sans lever la tête pour marquer au moins qu'elle s'apercevait de leur présence.

Le prince Bahman prit la parole. « Ma sœur, dit-il, où sont la joie et la gaieté qui ont été inséparables d'avec vous jusqu'à présent ? Etes-vous incommodée ? vous est-il arrivé quelque malheur ? vous a-t-on donné quelque sujet de chagrin ? Apprenez-le-nous, afin que nous y prenions la part que nous devons, et que nous y apportions le remède, ou que nous vous vengions, si quelqu'un a eu la témérité d'offenser une personne comme vous, à laquelle tout respect est dû. »

La princesse Parizade demeura quelque temps sans rien répondre et dans la même situation; elle leva les yeux enfin, en regardant les princes ses frères, et les baissa presque aussitôt, après leur avoir dit que ce n'était rien.

« Ma sœur, reprit le prince Bahman, vous nous dissimulez la vérité : il faut bien que ce soit quelque chose, et même quelque chose de grave. Il n'est pas possible que, pendant le peu de temps que nous avons été éloignés de vous, un changement aussi grand et aussi peu attendu que celui que nous remarquons en vous vous soit arrivé pour rien. Vous voudrez bien que nous ne vous en tenions pas quitte pour une réponse qui ne nous satisfait pas. Ne nous cachez donc pas ce que c'est, à moins que vous ne vouliez nous faire croire que vous renoncez à l'amitié et à l'union ferme et constante qui ont subsisté entre nous jusqu'aujourd'hui dès notre plus tendre jeunesse. »

La princesse, qui était bien éloignée de rompre avec les princes ses frères, ne voulut pas les laisser dans cette pensée. « Quand je vous ai dit, reprit-elle, que ce qui me faisait de la peine n'était rien, je l'ai dit par rapport à vous, et non pas par rapport à moi, qui le trouve de quelque importance; et, puisque vous me pressez par le droit de notre amitié et de notre union qui me sont si chères, je vais vous dire ce que c'est. Vous avez cru, et je l'ai cru comme vous, continua-t-elle, que cette maison que feu notre père nous a fait bâtir était complète en toute manière et que rien n'y manquait; aujourd'hui cependant j'ai appris qu'il y manque trois choses qui la mettraient hors de comparaison avec toutes les maisons de campagne qui sont au monde. Ces trois choses sont : l'oiseau qui parle, l'arbre qui chante, et l'eau jaune de couleur d'or. »

Après leur avoir expliqué en quoi consistait l'excellence de ces choses : « C'est une dévote musulmane, ajouta-t-elle, qui m'a fait faire cette remarque, et qui m'a enseigné le lieu où elles sont et le chemin par où l'on peut s'y rendre. Vous trouverez peut-être que ce sont des choses de peu de conséquence pour faire que notre maison soit accomplie, et qu'elle peut toujours passer pour une très belle maison, indépendamment de cet accroissement à ce qu'elle contient, et ainsi que nous pouvons nous en passer. Vous en penserez ce qui vous plaira; mais je ne puis m'empêcher de vous témoigner qu'en mon particulier je suis persuadée qu'elles y sont nécessaires, et que je ne serai pas contente que je ne les y voie placées. Ainsi, que vous y preniez intérêt, que vous n'y en preniez pas, je vous prie de m'aider de vos conseils et de voir qui je pourrais envoyer à cette conquête. — Ma sœur, reprit le prince Bahman, rien ne peut vous intéresser qui ne nous intéresse également. Il suffit de votre empressement pour la conquête des choses que vous nous dites pour nous obliger d'y prendre le même intérêt; mais, indépendamment de ce qui vous regarde, nous nous y sentons portés de notre propre mouvement, et pour notre satisfaction particulière : car je suis bien persuadé que mon frère n'est pas d'un autre sentiment que moi, et nous devons tout entreprendre pour faire cette conquête, comme vous l'appelez : l'importance et la singularité dont il s'agit méritent bien ce nom. Je me charge de la faire. Dites-moi seulement le chemin que je dois tenir, et le lieu; je ne différerai pas le voyage plus longtemps que jusqu'à demain.

— Mon frère, reprit le prince Perviz, il ne convient pas que vous vous absentiez de la maison pour un si long temps, vous qui en êtes le chef et l'appui; et je prie ma sœur de se joindre avec moi pour vous obliger d'abandonner votre dessein, et de trouver bon que je fasse le voyage : je ne m'en acquitterai pas moins bien que vous, et la chose sera plus dans l'ordre. — Mon frère, repartit le prince Bahman, je suis bien persuadé de votre bonne volonté, et que vous ne vous acquitteriez pas du voyage moins bien que moi; mais c'est une chose résolue : je le veux faire, et je le ferai. Vous resterez avec notre sœur, qu'il n'est pas besoin que je vous recommande. » Il passa le reste de la journée à pourvoir aux préparatifs du voyage, et à se faire bien instruire par la princesse des renscignements que la dévote lui avait donnés pour pour ne pas s'écarter du chemin.

Le lendemain de grand matin, le prince Bahman monta à cheval, et le prince Perviz et la princesse Parizade, qui avaient voulu le voir partir, l'embrassèrent et lui souhaitèrent un heureux voyage. Mais, au milieu de ces adieux, la princesse se souvint d'une chose qui ne lui était pas venue dans l'esprit. « A propos, mon frère, dit-elle, je ne songeais pas aux accidents auxquels on est exposé dans les voyages : qui sait si je vous reverrai jamais ? Mettez pied à terre, je vous en conjure, et laissez là le voyage : j'aime mieux me priver de la vue et de la possession de l'oiseau qui parle, de l'arbre qui chante et de l'eau jaune, que de courir le risque de vous perdre pour jamais.

— Ma sœur, reprit le prince Bahman en souriant de la frayeur soudaine de la princesse Parizade, la résolution en est prise, et, quand cela ne serait pas, je la prendrais encore, et vous trouverez bon que je l'exécute. Les accidents dont vous me parlez n'arrivent qu'aux malheureux. Il est vrai que je puis être du nombre; mais aussi je puis être des heureux qui sont en beaucoup plus grand nombre que les malheureux. Comme néanmoins les événements sont incertains et que je puis succomber dans mon entreprise, tout ce que je puis faire, c'est de vous laisser un couteau que voici. »

Alors le prince Bahman tira un couteau; en le présentant dans la gaine à la princesse : « Prenez, dit-il, et donnez-vous de temps en temps la peine de tirer le couteau de sa gaine : tant que vous le verrez net comme vous le voyez, ce sera une marque que je serai vivant; mais, si vous voyez qu'il en dégoutte du sang, croyez que je ne serai plus en vie, et accompagnez ma mort de vos prières. »

La princesse Parizade ne put obtenir autre chose du prince Bahman. Ce prince lui dit adieu, à elle et au prince Perviz, pour la dernière fois; et il partit bien monté, bien armé et bien équipé. Il se mit dans le chemin, et, sans s'en écarter ni à droite ni à gauche, il continua en traversant la Perse, et le vingtième jour de sa marche il aperçut sur le bord du chemin un vieillard hideux à voir, lequel était assis sous un arbre à quelque distance d'une chaumière qui lui servait de retraite contre les injures du temps.

Les sourcils blancs comme de la neige, de même que les cheveux, la moustache et la barbe, lui venaient jusqu'au bout du nez; la moustache lui couvrait la bouche, et la barbe avec les cheveux lui tombaient presque jusqu'aux pieds. Il avait les ongles des mains et des pieds d'une longueur excessive, avec une espèce de chapeau plat et fort large qui lui couvrait la tête en forme de parasol, et, pour tout habit, une natte dans laquelle il était enveloppé.

Ce bon vieillard était un derviche qui s'était retiré du monde il y avait de longues années et s'était négligé pour s'attacher à Dieu uniquement, de manière qu'à la fin il était fait comme nous venons de voir.

Le prince Bahman, qui depuis le matin avait été attentif à observer s'il rencontrerait quelqu'un dont il pût s'informer du lieu où son dessein était de se rendre, s'arrêta quand il fut arrivé près du derviche, comme le premier qu'il rencontrait, et mit pied à terre pour se conformer à ce que la dévote avait marqué à la princesse Parizade. En tenant son cheval par la bride, il s'avança jusqu'au derviche, et, en le saluant : « Bon père, dit-il, Dieu prolonge vos jours, et vous accorde l'accomplissement de vos désirs! »

Le derviche répondit au salut du prince, mais si peu intelligiblement qu'il n'en comprit pas un mot. Comme le prince Bahman vit que l'empêchement venait de ce que la moustache couvrait la bouche du derviche, et qu'il ne voulait pas passer outre sans prendre de lui l'instruction dont il avait besoin, il prit des ciseaux dont il était muni, et, après avoir attaché son cheval à une branche de l'arbre, il lui dit : « Bon derviche, j'ai à vous parler, mais votre moustache empêche que je ne vous entende : vous voudrez bien, et je vous prie de me laisser faire, que je vous l'accommode avec vos sourcils qui vous défigurent et qui vous font ressembler plutôt à un ours qu'à un homme. »

Le derviche ne s'opposa pas au dessein du prince : il le laissa faire; et, comme le prince, quand il eut achevé, eut vu que le derviche avait le teint frais, et qu'il paraissait beaucoup moins âgé qu'il ne l'était en effet, il lui dit : « Bon derviche, si j'avais un miroir, je vous ferais voir combien vous êtes rajeuni. Vous êtes présentement un homme, et auparavant personne n'eût pu distinguer ce que vous étiez. »

Les caresses du prince Bahman lui attirèrent de la part du derviche un souris avec un compliment. « Seigneur, dit-il, qui que vous soyez, je vous suis infiniment obligé du bon office que vous avez bien voulu me rendre ; je suis prêt à vous en marquer ma reconnaissance en tout ce qui peut dépendre de moi. Vous n'avez pas mis pied à terre que quelque besoin ne vous y ait obligé. Dites-moi ce que c'est, je tâcherai de vous contenter, si je le puis.

— Bon derviche, reprit le prince Bahman, je viens de loin, et je cherche l'oiseau qui parle, l'arbre qui chante et l'eau jaune. Je sais que ces trois choses sont quelque part ici aux environs ; mais j'ignore l'endroit où elles sont précisément. Si vous le savez, je vous conjure de m'enseigner le chemin, afin que je ne prenne pas l'un pour l'autre et que je ne perde pas le fruit du long voyage que j'ai entrepris. »

Le prince, à mesure qu'il tenait ce discours, remarqua que le derviche changeait de visage, qu'il baissait les yeux, et qu'il prit un grand sérieux, jusque-là qu'au lieu de répondre il demeura dans le silence. Cela l'obligea de reprendre la parole. « Bon père, poursuivit-il, il me semble que vous m'avez entendu. Dites-moi si vous savez ce que je vous demande ou si vous ne le savez pas, afin que je ne perde pas de temps et que je m'en informe ailleurs.

Le derviche rompit enfin le silence. « Seigneur, dit-il au prince Bahman, le chemin que vous me demandez m'est connu ; mais l'amitié que j'ai conçue pour vous dès que je vous ai vu, et qui est devenue plus forte par le service que vous m'avez rendu, me tient encore en suspens de savoir si je dois vous accorder la satisfaction que vous souhaitez. — Quel motif peut vous en empêcher, reprit le prince, et quelle difficulté trouvez-vous à me la donner ? — Je vous le dirai, repartit le derviche : c'est que le danger auquel vous vous exposez est plus grand que vous ne le pouvez croire. D'autres seigneurs, en grand nombre, qui n'avaient ni moins de hardiesse, ni moins de courage que vous en pouvez avoir, ont passé par ici, et m'ont fait la même demande que vous m'avez faite. Après n'avoir rien oublié pour les détourner de passer outre, ils n'ont pas voulu me croire : je leur ai enseigné le chemin malgré moi, en me rendant à leurs instances; et je puis vous assurer qu'ils y ont tous échoué, et que je n'en ai pas vu revenir un seul. Pour peu donc que vous aimiez la vie et que vous vouliez suivre mon conseil, vous n'irez pas plus loin, et vous retournerez chez vous. »

Le prince Bahman persista dans sa résolution. « Je veux croire, dit-il au derviche, que votre conseil est sincère, et je vous suis obligé de la marque d'amitié que vous me donnez; mais, quelque danger que soit celui dont vous me parlez, rien n'est capable de me faire changer de dessein. Quiconque m'attaquera, j'ai de bonnes armes, et il ne sera ni plus vaillant ni plus brave que moi. — Et si ceux qui vous attaqueront, lui remontra le derviche, ne se font pas voir (car ils sont plusieurs), comment vous défendrez-vous contre des gens qui sont invisibles ? — Il n'importe, repartit le prince; quoi que vous puissiez dire, vous ne me persuaderez pas de rien faire contre mon devoir. Puisque vous savez le chemin que je vous demande, je vous conjure encore une fois de me l'enseigner et de ne pas me refuser cette grâce. »

Quand le derviche vit qu'il ne pouvait rien gagner sur l'esprit du prince Bahman, et qu'il était opiniâtre dans la résolution de continuer son voyage, nonobstant les avis salutaires qu'il lui donnait, il mit la main dans un sac qu'il avait près de lui, et il en tira une boule qu'il lui présenta. « Puisque je ne puis obtenir de vous, dit-il, que vous m'écoutiez et que vous profitiez de mes conseils, prenez cette boule, et, quand vous serez à cheval, jetez-la devant vous et suivez-la jusqu'au pied d'une montagne où elle s'arrêtera : quand elle sera arrêtée, vous mettrez pied à terre, et vous laisserez votre cheval la bride sur le cou, qui demeurera à la même place en attendant votre retour. En montant, vous verrez à droite et à gauche une grande quantité de grosses pierres noires, et vous entendrez une confusion de voix de tous les côtés, qui vous diront mille injures pour vous décourager et pour faire en sorte que vous ne montiez pas jusqu'au haut; mais gardez-vous bien de vous effrayer, et, sur toutes choses, de tourner la tête pour regarder derrière vous; en un instant vous seriez changé en une pierre noire semblable à celles que vous verrez, lesquelles sont autant de seigneurs comme vous, qui n'ont pas réussi dans leur entreprise, comme je vous le disais. Si vous évitez le danger que je ne vous dépeins que légèrement afin que vous y fassiez bien réflexion, et que vous arriviez au haut de la montagne, vous y trouverez une cage, et dans la cage l'oiseau que vous cherchez. Comme il parle, vous lui demanderez où sont l'arbre qui chante et l'eau jaune, et il vous l'enseignera. Je n'ai rien à vous dire davantage : voilà ce que vous avez à faire, et voilà ce que vous avez à éviter; mais, si vous vouliez me croire, vous suivriez le conseil que je vous ai donné, et vous ne vous exposeriez pas à la perte de votre vie. Encore une fois, pendant qu'il vous reste du temps à y penser, considérez que cette perte irréparable est attachée à une condition à laquelle on peut contrevenir, même par inadvertance, comme vous pouvez le comprendre.

— Pour ce qui est du conseil que vous venez de me répéter, et dont je ne laisse pas de vous avoir obligation, reprit le prince Bahman après avoir reçu la boule, je ne puis le suivre; mais je tâcherai de profiter de l'avis que vous me donnez de ne pas regarder derrière moi en montant, et j'espère que bientôt vous me verrez revenir et vous en remercier plus amplement, chargé de la dépouille que je cherche. » En achevant ces paroles, auxquelles le derviche ne répondit autre chose sinon qu'il le reverrait avec joie et qu'il souhaitait que cela arrivât, il remonta à cheval, prit congé du derviche par une profonde inclination de tête, et jeta la boule devant lui.

La boule roula et continua de rouler presque de la même vitesse que le prince Bahman lui avait imprimée en la jetant; ce qui fit qu'il fut obligé d'accommoder la course de son cheval à la même vitesse pour la suivre, afin de ne la pas perdre de vue; il la suivit, et, quand elle fut au pied de la montagne que le derviche avait dit, elle s'arrêta; alors il descendit de cheval, et le cheval ne branla pas de la place, quand même il lui eut mis la bride sur le cou. Après qu'il eut reconnu la montagne des yeux et qu'il eût remarqué les pierres noires, il commença à monter, et il n'eut pas fait quatre pas que les voix dont le derviche lui avait parlé se firent entendre sans qu'il vît personne. Les unes disaient : « Où va cet étourdi ? où va-t-il ? que veut-il ? ne le laissez pas passer. » D'autres : « Arrêtez-le, prenez-le, tuez-le. » D'autres criaient d'une voix de tonnerre : « Au voleur ! à l'assassin ! au meurtre ! » D'autres au contraire criaient d'un ton railleur : « Non, ne lui faites pas de mal, laissez passer le beau mignon; vraiment c'est pour lui qu'on garde la cage et l'oiseau ! »

Nonobstant ces voix importunes, le prince Bahman monta quelque temps avec constance et avec fermeté, en s'animant lui-même; mais les voix redoublèrent avec un tintamarre si grand et si près de lui, tant en avant qu'en arrière, que la frayeur le saisit. Les pieds et les jambes commencèrent à lui trembler, il chancela; et bientôt, comme il se fut aperçu que les forces commençaient à lui manquer, il oublia l'avis du derviche : il se tourna pour se sauver en descendant, et dans le moment il fut changé en une pierre noire; métamorphose qui était arrivée à tant d'autres avant lui, pour avoir tenté la même entreprise, et la même chose arriva à son cheval.

Depuis le départ du prince Bahman pour son voyage, la princesse Parizade, qui avait attaché à sa ceinture le couteau avec la gaine, qu'il lui avait laissé pour être informé s'il était mort ou vivant, n'avait pas manqué de le tirer et de le consulter, même plusieurs fois par jour. De la sorte elle avait eu la consolation d'apprendre qu'il était en parfaite santé et de s'entretenir souvent de lui avec le prince Perviz, qui la prévenait quelquefois en lui demandant des nouvelles.

Le jour fatal enfin que le prince Bahman venait d'être métamorphosé en pierre, comme le prince et la princesse s'entretenaient de lui sur le soir, selon leur coutume : « Ma sœur, dit le prince Perviz, tirez le couteau, je vous prie, et apprenons de ses nouvelles. » La princesse le tira, et, en le regardant, ils virent couler le sang de l'extrémité. La princesse, saisie d'horreur et de douleur, jeta le couteau. « Ah ! mon cher frère ! s'écria-t-elle, je vous ai donc perdu, et perdu par ma faute ! Je ne vous reverrai jamais ! Que je suis malheureuse ! Pourquoi vous ai-je parlé d'oiseau qui parle, d'arbre qui chante et d'eau jaune ? ou plutôt que m'importait-il de savoir si la dévote trouvait cette maison belle ou laide, accomplie ou non accomplie ? Plût à Dieu que jamais elle ne se fût avisée de s'y adresser ! Hypocrite, trompeuse, ajouta-t-elle, devais-tu reconnaître ainsi la réception que je t'ai faite ? Pourquoi m'as-tu parlé d'un oiseau, d'un arbre et d'une eau, qui, tout imaginaires qu'ils sont, comme je me le persuade par la fin malheureuse d'un frère si chéri, ne laissent pas de me troubler encore l'esprit par ton enchantement ? »

Le prince Perviz ne fut pas moins affligé de la mort du prince Bahman que la princesse Parizade; mais, sans perdre le temps en des regrets inutiles, comme il eut compris par les regrets de la princesse sa sœur qu'elle désirait toujours passionnément d'avoir en sa possession l'oiseau qui parle, l'arbre qui chante et l'eau jaune, il l'interrompit. « Ma sœur, dit-il, nous regretterions en vain notre frère Bahman; nos plaintes et notre douleur ne lui rendraient pas la vie; c'est la volonté de Dieu, nous devons nous y soumettre, et l'adorer dans ses décrets, sans vouloir les pénétrer. Pourquoi voulez-vous douter présentement des paroles de la dévote musulmane, après les avoir tenues si fermement pour certaines et pour vraies ? Croyez-vous qu'elle vous eût parlé de ces trois choses, si elles n'existaient pas, et qu'elle les eût inventées exprès pour vous tromper, vous qui, bien loin de lui en avoir donné sujet, l'avez si bien reçue et accueillie avec tant d'honnêteté et de bonté ? Croyons plutôt que la mort de notre frère vient de sa faute, ou par quelque accident que nous ne pouvons pas imaginer. Ainsi, ma sœur, que sa mort ne vous empêche pas de poursuivre notre recherche; je m'étais offert pour faire le voyage à sa place, je suis dans la même disposition; et, comme son exemple ne me fait pas changer de sentiment, dès demain je l'entreprendrai. »

La princesse fit tout ce qu'elle put pour dissuader le prince Perviz, en le conjurant de ne pas l'exposer au danger, au lieu d'un frère, d'en perdre deux; mais il demeura inébranlable, nonobstant les remontrances qu'elle lui fit; et, avant qu'il partît, afin qu'elle pût être informée du succès du voyage qu'il entreprenait, comme elle l'avait été de celui du prince Bahman par le moyen du couteau qu'il lui avait laissé, il lui donna aussi un chapelet de perles de cent grains pour le même usage; et, en le lui présentant : « Dites ce chapelet à mon intention pendant mon absence. En le disant, s'il arrive que les grains s'arrêtent de manière que vous ne puissiez plus les mouvoir ni les faire couler les uns après les autres, comme s'ils étaient collés, ce sera une marque que j'aurai eu le même sort que notre frère; mais espérons que cela n'arrivera pas, et que j'aurai le bonheur de vous revoir avec la satisfaction que nous attendons vous et moi. »

Le prince Perviz partit; et le vingtième jour de son voyage il rencontra le même derviche à l'endroit où le prince Bahman l'avait trouvé. Il s'approcha de lui; et, après l'avoir salué, il le pria, s'il le savait, de lui enseigner le lieu où étaient l'oiseau qui parlait, l'arbre qui chantait, et l'eau jaune. Le derviche lui fit les mêmes difficultés et les mêmes remontrances qu'il avait faites au prince Bahman, jusqu'à lui dire qu'il y avait très peu de temps qu'un jeune cavalier, dont il lui voyait beaucoup de ressemblance, lui avait demandé le chemin; que, vaincu par ses instances pressantes et par son importunité, il le lui avait enseigné, lui avait donné de quoi lui servir de guide, et prescrit ce qu'il devait observer pour réussir, mais qu'il ne l'avait pas vu revenir, d'où il n'y avait pas à douter qu'il n'eût eu le même sort que ceux qui l'avaient précédé.

« Bon derviche, reprit le prince Perviz, je sais qui est celui dont vous parlez : c'était mon frère aîné, et je suis informé avec certitude qu'il est mort. De quelle mort, c'est ce que j'ignore. — Je puis vous le dire, repartit le derviche : il a été changé en pierre noire, comme ceux de qui je viens de parler, et vous devez vous attendre à la même métamorphose, à moins que vous n'observiez plus exactement que lui les bons conseils que je lui avais donnés, au cas que vous persistiez à ne vouloir pas renoncer à votre résolution, à quoi je vous exhorte encore une fois. — Derviche, insista le prince Perviz, je ne puis assez vous marquer combien je vous suis redevable de la part que vous prenez à la conservation de ma vie, tout inconnu que je vous suis, et sans que j'aie rien fait pour mériter votre bienveillance; mais j'ai à vous dire qu'avant que je prisse mon parti, j'y ai bien songé, et que je ne puis l'abandonner. Ainsi, je vous supplie de me faire la même grâce que vous avez faite à mon frère. Peut-être réussirai-je mieux que lui à suivre les mêmes enseignements que j'attends de vous. — Puisque je ne puis réussir, dit le derviche, à vous persuader de vous relâcher de ce que vous avez résolu, si mon grand âge ne m'en empêchait et que je pusse me soutenir, je me lèverais pour vous donner la boule que j'ai ici, laquelle doit vous servir de guide. »

Sans donner au derviche la peine d'en dire davantage, le prince Perviz mit pied à terre; et, comme il se fut avancé jusqu'au derviche, le derviche, qui venait de tirer la boule de son sac, où il y en avait un bon nombre d'autres, la lui donna, et il lui dit l'usage qu'il en devait faire, comme ci-devant au prince Bahman; et, après l'avoir bien averti de ne pas s'effrayer des voix qu'il entendrait sans voir personne, quelque menaçantes qu'elles fussent, mais de ne pas laisser de monter jusqu'à ce qu'il eût aperçu la cage et l'oiseau, il le congédia.

Le prince Perviz remercia le derviche; et, quand il fut remonté à cheval, il jeta la boule devant le cheval, et, en piquant des deux en même temps, il la suivit. Il arriva enfin au bas de la montagne, et, quand il eut vu que la boule s'était arrêtée, il mit pied à terre. Avant qu'il fît le premier pas pour monter, il demeura un moment dans la même place, en rappelant dans sa mémoire les avis que le derviche lui avait donnés. Il s'encouragea, et il monta, bien résolu d'arriver jusqu'au haut de la montagne, et il avança cinq ou six pas ; alors il entendit derrière lui une voix qui lui parut fort proche, comme d'un homme qui le rappelait et l'insultait en criant : « Attends, téméraire, que je te punisse de ton audace ! »

A cet outrage, le prince Perviz oublia tous les avis du derviche ; il mit la main sur le sabre, il le tira, et il se tourna pour se venger ; mais à peine eut-il le temps de voir que personne ne le suivait qu'il fut changé en une pierre noire, lui et son cheval.

Depuis que le prince Perviz était parti, la princesse Parizade n'avait pas manqué chaque jour de porter à la main le chapelet qu'elle avait reçu de sa main le jour qu'il était parti, et, quand elle n'avait autre chose à faire, de le dire en faisant passer les grains par ses doigts l'un après l'autre. Elle ne l'avait pas même quitté la nuit tout ce temps-là : chaque soir en se couchant elle se l'était passé autour du col, et le matin, en s'éveillant, elle y avait porté la main pour éprouver si les grains venaient toujours l'un après l'autre. Le jour enfin, et au moment que le prince Perviz eut la même destinée que le prince Bahman, d'être changé en pierre noire, comme elle tenait le chapelet à son ordinaire et qu'elle le disait, tout à coup elle sentit que les grains n'obéissaient plus au mouvement qu'elle leur donnait, et elle ne douta pas que ce ne fût la marque de la mort certaine du prince son frère. Comme elle avait déjà pris sa résolution sur le parti qu'elle prendrait au cas que cela arrivât, elle ne perdit pas le temps en donnant des marques extérieures de sa douleur. Elle se fit un effort pour la retenir toute en elle-même ; et dès le lendemain, après s'être déguisée en homme, armée et équipée, et qu'elle eut marqué à ses gens qu'elle reviendrait dans peu de jours, elle monta à cheval et partit, en prenant le même chemin que les deux princes ses frères avaient tenu.

La princesse Parizade, qui était accoutumée à monter à cheval en prenant le divertissement de la chasse, supporta la fatigue du voyage mieux que d'autres dames n'auraient pu faire. Comme elle avait fait les mêmes journées que les princes ses frères, elle rencontra aussi le derviche dans la vingtième journée de marche comme eux. Quand elle fut près de lui, elle mit pied à terre, et, en tenant son cheval par la bride, elle alla s'asseoir près de lui; et, après qu'elle l'eut salué, elle lui dit : « Bon derviche, vous voudrez bien que je me repose quelques moments près de vous, et me faire la grâce de me dire si vous n'avez pas entendu dire que quelque part aux environs il y a dans ces cantons un lieu où l'on trouve l'oiseau qui parle, l'arbre qui chante et l'eau jaune. »

Le derviche répondit : « Madame, puisque votre voix me fait connaître quel est votre sexe, nonobstant votre déguisement en homme, et que c'est ainsi que je dois vous appeler, je vous remercie de votre compliment, et je reçois avec un très grand plaisir l'honneur que vous me faites. J'ai connaissance du lieu où se trouvent les choses dont vous me parlez; mais à quel dessein me faites-vous cette demande ? — Bon derviche, reprit la princesse Parizade, on m'en a fait un récit si avantageux que je brûle d'envie de les posséder. — Madame, repartit le derviche, on vous a dit la vérité : ces choses sont encore plus surprenantes et plus singulières qu'on ne vous les a représentées; mais on vous a caché les difficultés qu'il y a à surmonter pour parvenir à en jouir; vous ne vous seriez pas engagée dans une entreprise si pénible et si dangereuse si l'on vous en avait bien informée. Croyez-moi : ne passez pas plus avant, retournez sur vos pas, et ne vous attendez pas que je veuille contribuer à votre perte. — Bon père, repartit la princesse, je viens de loin, et il me fâcherait fort de retourner chez moi sans avoir exécuté mon dessein. Vous me parlez des difficultés et du danger de perdre la vie; mais vous ne me dites pas quelles sont ces difficultés et en quoi consistent ces dangers; c'est ce que je désirerais de savoir pour me consulter et voir si je pourrais prendre confiance sur ma résolution, sur mon courage et sur mes forces, ou ne la pas prendre. »

Alors le derviche répéta à la princesse Parizade le même discours qu'il avait tenu aux princes Bahman et Perviz, en lui exagérant les difficultés de monter jusqu'au haut de la montagne où était l'oiseau dans sa cage, dont il fallait se rendre maître, après quoi l'oiseau donnerait connaissance de l'arbre et de l'eau jaune; le bruit et le tintamarre des voix menaçantes et effroyables qu'on entendait de tous les côtés sans voir personne; et enfin la quantité de pierres noires, objet qui seul était capable de donner de l'effroi à elle et à tout autre, quand elle saurait que ces pierres étaient autant de braves cavaliers qui avaient été ainsi métamorphosés pour avoir manqué à observer la principale condition pour réussir dans cette entreprise, qui était de ne pas se tourner pour regarder derrière soi qu'auparavant on ne se fût saisi de la cage.

Quand le derviche eut achevé : « A ce que je comprends par votre discours, reprit la princesse, la grande difficulté pour réussir dans cette affaire est premièrement de monter jusqu'à la cage sans s'effrayer du tintamarre des voix qu'on entend sans voir personne, et, en second lieu, de ne pas regarder derrière soi. Pour ce qui est de cette dernière condition, j'espère que je serai assez maîtresse de moi-même pour la bien observer. Quant à la première, j'avoue que ces voix, telles que vous me les représentez, sont capables d'épouvanter les plus assurés; mais, comme dans toutes les entreprises de grande conséquence et périlleuses il n'est pas défendu d'user d'adresse, je vous demande si l'on pourrait s'en servir dans celle-ci, qui m'est d'une si grande importance ? — Et de quelle adresse voudriez-vous user ? demanda le derviche. — Il me semble, répondit la princesse, qu'en me bouchant les oreilles avec du coton, si fortes et si effroyables que les voix puissent être, elles en seraient frappées avec beaucoup moins d'impression; comme aussi elles feraient moins d'effet sur mon imagination, mon esprit demeurerait dans la liberté de ne se pas troubler jusqu'à perdre l'usage de la raison.

— Madame, reprit le derviche, de tous ceux qui jusqu'à présent se sont adressés à moi pour s'informer du chemin que vous me demandez, je ne sais si quelqu'un s'est servi de l'adresse que vous me proposez. Ce que je sais, c'est que pas un ne me l'a proposée, et que tous y ont péri. Si vous persistez dans votre dessein, vous pouvez en faire l'épreuve; à la bonne heure si elle vous réussit; mais je ne vous conseillerais pas de vous y exposer.

— Bon père, repartit la princesse, que je ne persiste pas dans mon dessein ? Le cœur me dit que l'adresse me réussira, et je suis résolue de m'en servir. Ainsi il ne me reste plus que d'apprendre de vous quel chemin je dois prendre. C'est la grâce que je vous conjure de ne me pas refuser. » Le derviche l'exhorta, pour la dernière fois, à se bien consulter; et, comme il vit qu'elle était inébranlable dans sa résolution, il tira une boule, et, en la lui présentant : « Prenez cette boule, dit-il, remontez à cheval, et, quand vous l'aurez jetée devant vous, suivez-la par tous les détours que vous lui verrez faire en roulant jusqu'à la montagne où est ce que vous cherchez, et où elle s'arrêtera; quand elle sera arrêtée, arrêtez-vous aussi, mettez pied à terre et montez. Allez, vous savez le reste, n'oubliez pas d'en profiter. »

La princesse Parizade, après avoir remercié le derviche et pris congé de lui, remonta à cheval; elle jeta la boule, et elle la suivit par le chemin qu'elle prit en roulant : la boule continua son roulement, et enfin elle s'arrêta au pied de la montagne.

La princesse mit pied à terre; elle se boucha les oreilles de coton; et, après qu'elle eut bien considéré le chemin qu'elle avait à tenir pour arriver au haut de la montagne, elle commença à monter d'un pas égal avec intrépidité. Elle entendit les voix, et elle s'aperçut d'abord que le coton lui était d'un grand secours. Plus elle avançait, plus les voix devenaient fortes et se multipliaient, mais non pas à lui faire une impression capable de la troubler. Elle entendit plusieurs sortes d'injures et de railleries piquantes par rapport à son sexe, qu'elle méprisa, et dont elle ne fit que rire. « Je ne m'offense ni de vos injures, ni de vos railleries, disait-elle en elle-même; dites encore pire, je m'en moque, et vous ne m'empêcherez pas de continuer mon chemin. » Elle monta enfin si haut qu'elle commença d'apercevoir la cage et l'oiseau, lequel, de complot avec les voix, tâchait de l'intimider en lui criant d'une voix tonnante, nonobstant la petitesse de son corps : « Folle, retire-toi, n'approche pas! »

La princesse, animée davantage par cet objet, doubla le pas. Quand elle se vit si près de la fin de sa carrière, elle gagna le haut de la montagne, où le terrain était égal; elle courut droit à la cage, et elle mit la main dessus en disant à l'oiseau : « Oiseau, je te tiens malgré toi, et tu ne m'échapperas pas. »

Pendant que Parizade ôtait le coton qui lui bouchait les oreilles : « Brave dame, lui dit l'oiseau, ne me veuillez pas de mal de ce que je me suis joint à ceux qui faisaient leurs efforts pour la conservation de ma liberté. Quoique enfermé dans une cage, je ne laissais pas d'être content de mon sort; mais, destiné à devenir esclave, j'aime mieux vous avoir pour maîtresse, vous qui m'avez acquis si courageusement et si dignement, que toute autre personne du monde; et dès à présent je vous jure une fidélité inviolable, avec une soumission entière à tous vos commandements. Je sais qui vous êtes, et je vous apprendrai que vous ne vous connaissez pas vous-même pour ce que vous êtes; mais un jour viendra que je vous rendrai un service dont j'espère que vous m'aurez quelque obligation. Pour commencer à vous donner des marques de ma sincérité, faites-moi connaître ce que vous souhaitez, je suis prêt de vous obéir. »

La princesse, pleine d'une joie d'autant plus inexprimable que la conquête qu'elle venait de faire lui coûtait la mort de deux frères chéris tendrement, et à elle-même tant de fatigues et un danger dont elle connaissait la grandeur, après en être sortie, mieux qu'avant qu'elle s'y engageât, nonobstant ce que le derviche lui en avait représenté, dit à l'oiseau, après qu'il eut cessé de parler : « Oiseau, c'était bien mon intention de te marquer que je souhaite plusieurs choses qui me sont de la dernière importance; je suis ravie que tu m'aies prévenue par le témoignage de ta bonne volonté. Premièrement, j'ai appris qu'il y a ici une eau jaune dont la propriété est merveilleuse : je te demande de m'enseigner où elle est avant toutes choses. » L'oiseau lui enseigna l'endroit, qui n'était pas beaucoup éloigné; elle y alla, et elle emplit un petit flacon d'argent qu'elle avait apporté avec elle. Elle revint à l'oiseau, et elle lui dit : « Oiseau, ce n'est pas assez, je cherche aussi l'arbre qui chante : dis-moi où il est. » L'oiseau lui dit : « Tournez-vous, et vous verrez derrière vous un bois où vous trouverez cet arbre. » Le bois n'était pas éloigné; la princesse alla jusque-là, et, entre plusieurs arbres, le concert harmonieux qu'elle entendit lui fit connaître celui qu'elle cherchait; mais il était fort gros et fort haut. Elle revint, et elle dit à l'oiseau : « Oiseau, j'ai trouvé l'arbre qui chante, mais je ne puis ni le déraciner ni l'emporter. — Il n'est pas nécessaire de le déraciner, reprit l'oiseau, il suffit que vous en preniez la moindre branche, et que vous l'emportiez pour la planter dans votre jardin : elle prendra racine dès qu'elle sera dans la terre, et en peu de temps vous la verrez devenir un aussi bel arbre que celui que vous venez de voir. »

Quand la princesse Parizade eut en main les trois choses dont la dévote musulmane lui avait fait concevoir un désir si ardent, elle dit encore à l'oiseau : « Oiseau, tout ce que tu viens de faire pour moi n'est pas suffisant; tu es cause de la mort de mes deux frères, qui doivent être parmi les pierres noires que j'ai vues en montant : je prétends les ramener avec moi. »

Il parut que l'oiseau eût bien voulu se dispenser de satisfaire la princesse sur cet article; en effet, il en fit difficulté. « Oiseau, insista la princesse, souviens-toi que tu viens de me dire que tu es mon esclave, que tu l'es en effet, et que ta vie est à ma disposition. — Je ne puis, reprit l'oiseau, contester cette vérité; mais, quoique ce que vous me demandez soit d'une plus grande difficulté que les autres, je ne laisserai pas d'y satisfaire comme aux autres. Jetez les yeux ici à l'entour, ajouta-t-il, et voyez si vous n'y verrez pas une cruche. — Je l'aperçois, dit la princesse. — Prenez-la, dit-il, et, en descendant la montagne, versez un peu de l'eau dont elle est pleine sur chaque pierre noire, ce sera le moyen de retrouver vos deux frères. »

La princesse Parizade prit la cruche, et, en emportant avec soi la cage avec l'oiseau, le flacon et la branche, à mesure qu'elle descendait, elle versait de l'eau de la cruche sur chaque pierre noire qu'elle rencontrait, et chacune se changeait en homme; et, comme elle n'en omit aucune, tous les chevaux, tant des princes ses frères que des autres seigneurs, reparurent. De la sorte, elle reconnut les princes Bahman et Perviz, qui la reconnurent aussi et qui vinrent l'embrasser. En les embrassant de même et leur témoignant son étonnement : « Mes chers frères, dit-elle, que faites-vous donc ici ? » Comme ils eurent répondu qu'ils venaient de dormir : « Oui; mais, reprit-elle, sans moi votre sommeil durerait encore, et il eût peut-être duré jusqu'au jour du jugement. Ne vous souvient-il pas que vous étiez venus chercher l'oiseau qui parle, l'arbre qui chante et l'eau jaune, et d'avoir vu en arrivant les pierres noires dont cet endroit était parsemé ? Regardez, et voyez s'il en reste une seule. Les seigneurs qui nous environnent et vous, vous étiez ces pierres, de même que vos chevaux qui vous attendent, comme vous pouvez le voir; et, si vous désirez de savoir comment cette merveille s'est faite, c'est, continua-t-elle en leur montrant la cruche dont elle n'avait plus besoin et qu'elle avait déjà posée au pied de la montagne, par la vertu de l'eau dont cette cruche était pleine, que j'ai versée sur chaque pierre. Comme après avoir rendu mon esclave l'oiseau qui parle, que voici dans cette cage, et trouvé par son moyen l'arbre qui chante, dont je tiens une branche, et l'eau jaune dont ce flacon est plein, je ne voulais pas retourner sans vous ramener avec moi, je l'ai contraint, par le pouvoir que j'ai acquis sur lui, de m'en donner le moyen, et il m'a enseigné où était cette cruche et l'usage que j'en devais faire. »

Les princes Bahman et Perviz connurent par ce discours l'obligation qu'ils avaient à la princesse leur sœur; et les seigneurs qui s'étaient tous assemblés autour d'eux, et qui avaient entendu le même discours, les imitèrent, en lui marquant que, bien loin de lui porter envie au sujet de la conquête qu'elle venait de faire et à laquelle ils avaient aspiré, ils ne pouvaient mieux lui témoigner leur reconnaissance de la vie qu'elle venait de leur redonner qu'en se déclarant ses esclaves et prêts à faire tout ce qu'elle leur ordonnerait.

« Seigneurs, reprit la princesse, si vous avez fait attention à mon discours, vous avez pu remarquer que je n'ai eu autre intention dans ce que j'ai fait que de recouvrer mes frères : ainsi, s'il vous en est arrivé le bienfait que vous dites, vous ne m'en avez nulle obligation. Je ne prends de part à votre compliment que l'honnêteté que vous voulez bien m'en faire, et je vous en remercie comme je le dois. D'ailleurs, je vous regarde chacun en particulier comme des personnes aussi libres que vous l'étiez avant votre disgrâce, et je me réjouis avec vous du bonheur qui vous en est arrivé à mon occasion. Mais ne demeurons pas davantage dans un lieu où il n'y a plus rien qui doive nous arrêter plus longtemps; remontons à cheval, et retournons chacun au pays d'où nous sommes venus. »

La princesse Parizade donna l'exemple la première en allant reprendre son cheval, qu'elle trouva où elle l'avait laissé. Avant qu'elle montât à cheval, le prince Bahman, qui voulait la soulager, la pria de lui donner la cage à porter. « Mon frère, reprit la princesse, l'oiseau est mon esclave, je veux le porter moi-même; mais, si vous voulez vous charger de la branche de l'arbre qui chante, la voilà. Tenez la cage néanmoins pour me la rendre quand je serai à cheval. » Quand elle fut remontée à cheval et que le prince Bahman lui eut rendu la cage et l'oiseau : « Et vous, mon frère Perviz, dit-elle en se tournant du côté où il était, voilà aussi le flacon d'eau jaune que je remets à votre garde, si cela ne vous incommode pas. » Le prince Perviz s'en chargea avec bien du plaisir.

Quand le prince Bahman et le prince Perviz et tous les seigneurs furent tous à cheval, la princesse Parizade attendait que quelqu'un d'eux se mît à la tête et commençât la marche; les deux princes voulurent en faire civilité aux seigneurs, et les seigneurs, de leur côté, voulaient la faire à la princesse. Comme la princesse vit que pas un des seigneurs ne voulait se donner cet avantage, et que c'était pour lui en laisser l'honneur, elle s'adressa à tous et elle leur dit : « Seigneurs, j'attends que vous marchiez. — Madame, reprit au nom de tous un de ceux qui étaient le plus près d'elle, quand nous ignorerions l'honneur qui est dû à votre sexe, il n'y a pas d'honneur que nous ne soyons prêts à vous rendre, après ce que vous venez de faire pour nous. Nonobstant votre modestie, nous la supplions de ne nous pas priver plus longtemps du bonheur de la suivre.

— Seigneurs, dit alors la princesse, je ne mérite pas l'honneur que vous me faites, et je ne l'accepte que parce que vous le souhaitez. » En même temps elle se mit en marche, et les deux princes et les seigneurs la suivirent en troupe sans distinction.

La troupe voulut voir le derviche en passant, le remercier de son bon accueil et de ses conseils salutaires qu'ils avaient trouvés sincères; mais il était mort, et l'on n'a pu savoir si c'était de vieillesse, ou parce qu'il n'était plus nécessaire pour enseigner le chemin qui conduisait à la conquête des trois choses dont la princesse Parizade venait de triompher.

Ainsi la troupe continua son chemin; mais elle commença à diminuer chaque jour. En effet, les seigneurs, qui étaient venus de différents pays, comme nous l'avons dit, après avoir, chacun en particulier, réitéré à la princesse l'obligation qu'ils lui avaient, prirent congé d'elle et des princes ses frères, l'un après l'autre, à mesure qu'ils rencontraient le chemin par où ils étaient venus. La princesse et les princes Bahman et Perviz continuèrent le leur jusqu'à ce qu'ils arrivèrent chez eux.

D'abord la princesse posa la cage dans le jardin dont nous avons parlé; et, comme le salon était du côté du jardin, dès que l'oiseau eut fait entendre son chant, les rossignols, les pinsons, les alouettes, les fauvettes, les chardonnerets et une infinité d'autres oiseaux du pays, vinrent l'accompagner de leur ramage. Pour ce qui est de la branche, elle la fit planter en sa présence dans un endroit du parterre, peu éloigné de la maison.

Elle prit racine, et en peu de temps elle devint un grand arbre dont les feuilles rendirent bientôt la même harmonie et le même concert que l'arbre d'où elle avait été cueillie. Quant au flacon d'eau jaune, elle fit préparer au milieu du parterre un grand bassin de beau marbre; et, quand il fut achevé, elle y versa toute l'eau jaune qui était contenue dans le flacon. Aussitôt elle commença à foisonner en se gonflant; et, quand elle fut venue à peu près jusqu'aux bords du bassin, elle s'éleva dans le milieu en grosse gerbe jusqu'à la hauteur de vingt pieds, en retombant et en continuant de même sans que l'eau débordât.

La nouvelle de ces merveilles se répandit dans le voisinage; et, comme la porte de la maison, non plus que celle du jardin, n'était fermée à personne, bientôt une grande affluence de peuple des environs vint les admirer.

Au bout de quelques jours, les princes Bahman et Perviz, bien remis de la fatigue de leur voyage, reprirent leur manière de vivre; et, comme la chasse était leur divertissement ordinaire, ils montèrent à cheval, et ils y allèrent pour la première fois depuis leur retour, non pas dans leur parc, mais à deux ou trois lieues de leur maison. Comme ils chassaient, le sultan de Perse survint en chassant au même endroit qu'ils avaient choisi. Dès qu'ils se furent aperçus qu'il allait arriver bientôt, par un grand nombre de cavaliers qu'ils virent paraître en plusieurs endroits, ils prirent le parti de cesser et de se retirer pour éviter sa rencontre; mais ce fut justement par le chemin qu'ils prirent qu'ils le rencontrèrent, dans un endroit si étroit qu'ils ne pouvaient se détourner ni reculer sans être vus. Dans leur surprise, ils n'eurent que le temps de mettre pied à terre et de se prosterner devant le sultan, le front contre terre, sans lever la tête pour le regarder. Mais le sultan, qui vit qu'ils étaient bien montés et habillés aussi proprement que s'ils eussent été de sa cour, eut la curiosité de les voir au visage; il s'arrêta, et il leur commanda de se lever.

Les princes se levèrent, et ils demeurèrent debout devant le sultan, avec un air libre et dégagé, accompagné néanmoins d'une contenance modeste et respectueuse. Le sultan les considéra quelque temps depuis la tête jusqu'aux pieds, sans parler; et, après avoir admiré leur bon air et leur bonne mine, il leur demanda qui ils étaient et où ils demeuraient.

Le prince Bahman prit la prole. « Sire, dit-il, nous

sommes fils de l'intendant des jardins de Votre Majesté, le dernier mort, et nous demeurons dans une maison qu'il fit bâtir peu de temps avant sa mort afin que nous y demeurassions, en attendant que nous fussions en âge de servir Votre Majesté, et de lui demander de l'emploi quand l'occasion se présenterait.

— A ce que je vois, reprit le sultan, vous aimez la chasse. — Sire, repartit le prince Bahman, c'est notre exercice le plus ordinaire, et qu'aucun des sujets de Votre Majesté qui se destine à porter les armes dans ses armées ne néglige, en se conformant à l'ancienne coutume de ce royaume. » Le sultan, charmé d'une réponse si sage, leur dit : « Puisque cela est, je serai bien aise de vous voir chasser : venez, choisissez telle chasse qu'il vous plaira. »

Les princes remontèrent à cheval, suivirent le sultan; et ils n'avaient pas avancé bien loin quand ils virent paraître plusieurs bêtes tout à la fois. Le prince Bahman choisit un lion, et le prince Perviz un ours. Ils partirent l'un et l'autre en même temps avec une intrépidité dont le sultan fut surpris. Ils joignirent leur chasse presque aussitôt l'un que l'autre, et ils lancèrent leur javelot avec tant d'adresse qu'ils percèrent, le prince Bahman le lion, et le prince Perviz l'ours, d'outre en outre, et que le sultan les vit tomber en peu de temps l'un après l'autre. Sans s'arrêter, le prince Bahman poursuivit un autre ours, et le prince Perviz un autre lion, et en peu de moments ils les percèrent et les renversèrent sans vie. Ils voulaient continuer, mais le sultan ne le permit pas; il les fit rappeler, et, quand ils furent venus se ranger près de lui : « Si je vous laissais faire, dit-il, vous auriez bientôt détruit toute ma chasse. Ce n'est pas tant ma chasse néanmoins que je veux épargner que vos personnes dont la vie me sera désormais très chère, persuadé que votre bravoure, dans un temps, me sera beaucoup plus utile qu'elle ne vient de m'être agréable. »

Le sultan Khosrouschah enfin se sentit une inclination pour les deux princes si forte qu'il les invita à venir le voir et à le suivre sur l'heure. « Sire, reprit le prince Bahman, Votre Majesté nous fait un honneur que nous ne méritons pas, et nous la supplions de vouloir bien nous en dispenser. »

Le sultan, qui ne comprenait pas quelles raisons les princes pouvaient avoir pour ne pas accepter la marque de considération qu'il leur témoignait, le leur demanda, et les pressa de l'en éclaircir. « Sire, dit le prince Bahman, nous avons une sœur, notre cadette, avec laquelle nous vivons dans une union si grande que nous n'entreprenons ni ne faisons rien qu'auparavant nous n'ayons pris son avis, de même que de son côté elle ne fait rien qu'elle ne nous ait demandé le nôtre. — Je loue fort votre union fraternelle, reprit le sultan; consultez donc votre sœur, et demain, en revenant chasser avec moi, vous me rendrez réponse. »

Les deux princes retournèrent chez eux, mais ils ne se souvinrent ni l'un ni l'autre, non seulement de l'aventure qui leur était arrivée de rencontrer le sultan et d'avoir eu l'honneur de chasser avec lui, mais même de parler à la princesse de celui qu'il leur avait fait de vouloir les emmener avec lui. Le lendemain, comme ils se furent rendus auprès du sultan au lieu de la chasse : « Hé bien, leur demanda le sultan, avez-vous parlé à votre sœur ? A-t-elle bien voulu consentir au plaisir que j'attends de vous voir plus particulièrement ? » Les princes se regardèrent, et la rougeur leur monta au visage. « Sire, répondit le prince Bahman, nous supplions Votre Majesté de nous excuser; ni mon frère ni moi nous ne nous en sommes pas souvenus. — Souvenez-vous-en donc aujourd'hui, reprit le sultan, et demain n'oubliez pas de m'en rendre la réponse. »

Les princes tombèrent une seconde fois dans le même oubli, et le sultan ne se scandalisa pas de leur négligence; au contraire, il tira trois petites boules d'or qu'il avait dans une bourse. En les mettant dans le sein du prince Bahman : « Ces boules, dit-il avec un souris, empêcheront que vous n'oubliiez une troisième fois ce que je souhaite que vous fassiez pour l'amour de moi; le bruit qu'elles feront ce soir en tombant de votre ceinture vous en fera souvenir, au cas que vous ne vous en soyez pas souvenu auparavant. »

La chose arriva comme le sultan l'avait prévu : sans les trois boules d'or, les princes eussent encore oublié de parler à la princesse Parizade, leur sœur. Elles tombèrent du sein du prince Bahman quand il eut ôté sa ceinture en se préparant à se mettre au lit. Aussitôt il alla trouver le prince Perviz, et ils allèrent ensemble à l'appartement de la princesse, qui n'était pas encore couchée; ils lui demandèrent pardon de ce qu'ils venaient l'importuner à une heure indue, et ils lui en exposèrent le sujet avec toutes les circonstances de leur rencontre avec le sultan.

La princesse Parizade fut alarmée de cette nouvelle. « Votre rencontre avec le sultan, dit-elle, vous est heureuse et honorable, et dans la suite elle peut vous l'être davantage; mais elle est fâcheuse et bien triste pour moi. C'est à ma considération, je le vois bien, que vous avez résisté à ce que le sultan souhaitait; je vous en suis infiniment obligée : je connais en cela que votre amitié correspond parfaitement à la mienne. Vous avez mieux aimé, pour ainsi dire, commettre une incivilité envers le sultan, en lui faisant un refus honnête, à ce que vous avez cru, que de préjudicier à l'union fraternelle que nous nous sommes jurée; et vous avez bien jugé que, si vous aviez commencé à le voir, vous seriez obligés insensiblement à m'abandonner pour vous donner tout à lui. Mais croyez-vous qu'il soit aisé de refuser absolument au sultan ce qu'il souhaite avec tant d'empressement, comme il le paraît ? Ce que les sultans souhaitent sont des volontés auxquelles il est dangereux de résister. Ainsi, quand, en suivant mon inclination, je vous dissuaderais d'avoir pour lui la complaisance qu'il exige de vous, je ne ferais que vous exposer à son ressentiment et qu'à me rendre malheureuse avec vous. Vous voyez quel est mon sentiment. Avant néanmoins de rien conclure, consultons l'oiseau qui parle, et voyons ce qu'il nous conseillera : il est pénétrant et prévoyant, et il nous a promis son secours dans les difficultés qui nous embarrasseraient. »

La princesse Parizade se fit apporter la cage; et, après qu'elle eut proposé la difficulté à l'oiseau, en présence des princes, elle lui demanda ce qu'il était à propos qu'ils fissent dans cette perplexité. L'oiseau répondit : « Il faut que les princes vos frères correspondent à la volonté du sultan, et même qu'à leur tour ils l'invitent à venir voir votre maison.

— Mais, oiseau, reprit la princesse, nous nous aimons, mes frères et moi, d'une amitié sans égale; cette amitié ne souffrira-t-elle pas de dommage par cette démarche ? — Point du tout, repartit l'oiseau, elle en deviendra plus forte. — De la sorte, répliqua la princesse, le sultan me verra. » L'oiseau lui dit qu'il était nécessaire qu'il la vît, et que le tout n'en irait que mieux.

Le lendemain, les princes Bahman et Perviz retournèrent à la chasse, et le sultan, d'aussi loin qu'il se put faire entendre, leur demanda s'ils s'étaient souvenus de parler à leur sœur. Le prince Bahman s'approcha, et lui dit : « Sire, Votre Majesté peut disposer de nous, et nous sommes prêts de lui obéir; non seulement nous n'avons pas eu de peine à obtenir le consentement de notre sœur, elle a même trouvé mauvais que nous ayons eu cette déférence pour elle dans une chose qui était de notre devoir à l'égard de Votre Majesté. Mais, Sire, elle s'en est rendue si digne que, si nous avons péché, nous espérons que Votre Majesté nous le pardonnera. — Que cela ne vous inquiète pas, reprit le sultan; bien loin de trouver mauvais ce que vous avez fait, je l'approuve si fort que j'espère que vous aurez pour ma personne la même déférence et la même attache, pour peu que j'aie de part dans votre amitié. » Les princes, confus de l'excès de bonté du sultan, ne répondirent que par une profonde inclination, pour lui marquer le grand respect avec lequel ils le recevaient.

Le sultan, contre son ordinaire, ne chassa pas longtemps ce jour-là. Comme il avait jugé que les princes n'avaient pas moins d'esprit que de valeur et de bravoure, l'impatience de s'entretenir avec plus de liberté fit qu'il avança son retour. Il voulut qu'ils fussent à ses côtés dans la marche : honneur qui, sans parler des principaux courtisans qui l'accompagnaient, donna de la jalousie, même au grand-vizir, qui fut mortifié de les voir marcher avant lui.

Quand le sultan fut entré dans sa capitale, le peuple, dont les rues étaient bordées, n'eut les yeux attachés que sur les deux princes Bahman et Perviz, en cherchant qui ils pouvaient être, s'ils étaient étrangers ou du royaume. « Quoi qu'il en soit, disaient la plupart, plût à Dieu que le sultan nous eût donné deux princes aussi bien faits et d'aussi bonne mine! Il pourrait en avoir à peu près de même âge, si les couches de la sultane, qui en souffre la peine depuis si longtemps, eussent été heureuses. »

La première chose que fit le sultan en arrivant dans son palais fut de mener les princes dans les principaux appartements, dont ils louèrent la beauté, les richesses, les meubles, les ornements et la symétrie, sans affectation, et en gens qui s'y entendaient. On servit enfin un repas magnifique, et le sultan les fit mettre à table avec lui; ils voulurent s'en excuser, mais ils obéirent dès que le sultan leur eut dit que c'était sa volonté.

Le sultan, qui avait infiniment de l'esprit et avait

fait de grands progrès dans les sciences, et particulièrement dans l'histoire, avait bien prévu que, par modestie et par respect, les princes ne se donneraient pas la liberté de commencer la conversation. Pour leur donner lieu de parler, il la commença, et y fournit pendant tout le repas; mais, sur quelque matière qu'il pût les mettre, ils y satisfirent avec tant de connaissance, d'esprit, de jugement et de discernement, qu'il en fut dans l'admiration. « Quand ils seraient mes enfants, disait-il en lui-même, et qu'avec l'esprit qu'ils ont je leur eusse donné l'éducation, ils n'en sauraient pas davantage, et ne seraient ni plus habiles ni mieux instruits. » Il prit enfin un si grand plaisir dans leur entretien qu'après avoir demeuré à table plus que de coutume il passa dans son cabinet, après être sorti, où il s'entretint encore avec eux très longtemps. Le sultan enfin leur dit : « Jamais je n'eusse cru qu'il y eût à la campagne des jeunes seigneurs, mes sujets, si bien élevés, si spirituels et si capables. De ma vie je n'ai eu entretien qui m'ait fait plus de plaisir que le vôtre; mais en voilà assez : il est temps que vous vous délassiez l'esprit par quelque divertissement de ma cour, et, comme aucun n'est plus capable d'en dissiper les nuages que la musique, vous allez entendre un concert de voix et d'instruments qui ne sera pas désagréable. »

Comme le sultan eut achevé de parler, les musiciens, qui avaient eu l'ordre, entrèrent et répondirent fort bien à l'attente qu'on avait de leur habileté. Des farceurs excellents succédèrent au concert, et des danseurs et des danseuses terminèrent le divertissement.

Les deux princes, qui virent que la fin du jour approchait, se prosternèrent aux pieds du sultan et lui demandèrent la permission de se retirer, après l'avoir remercié de ses bontés et des honneurs dont il les avait comblés; et le sultan, en les congédiant, leur dit : « Je vous laisse aller, et souvenez-vous que je ne vous ai amenés à mon palais moi-même que pour vous en montrer le chemin, afin que vous y veniez de vous-mêmes. Vous serez les bienvenus, et plus souvent vous y viendrez, plus vous me ferez de plaisir. »

Avant de s'éloigner de la présence du sultan, le prince Bahman lui dit : « Sire, oserions-nous prendre la liberté de supplier Votre Majesté de nous faire la grâce, à nous et à notre sœur, de passer par notre maison, et de s'y reposer quelques moments; la première fois que le divertissement de la chasse l'amènera aux environs ? Elle n'est pas digne de votre présence; mais des monarques quelquefois ne dédaignent pas de se mettre à couvert sous une chaumière. » Le sultan reprit : « Une maison de seigneurs comme vous l'êtes ne peut être que belle et digne de vous. Je la verrai avec un grand plaisir, et avec un plus grand de vous y avoir pour hôtes, vous et votre sœur, qui m'est déjà chère, sans l'avoir vue, par le seul récit de ses belles qualités, et je ne différerai pas de me donner cette satisfaction plus longtemps que jusqu'après-demain. Je me trouverai de grand matin au même lieu où je n'ai pas oublié que je vous ai rencontrés la première fois; trouvez-vous-y, vous me servirez de guides. »

Les princes Bahman et Perviz retournèrent chez eux le même jour; et, quand ils furent arrivés, après avoir raconté à la princesse Parizade l'accueil honorable que le sultan leur avait fait, ils lui annoncèrent qu'ils n'avaient pas oublié de l'inviter à leur faire l'honneur de voir leur maison en passant, et qu'il leur en avait marqué le jour, qui serait celui d'après le jour qui devait suivre.

« Si cela est ainsi, reprit la princesse, il faut donc dès à présent songer à préparer un repas digne de Sa Majesté, et pour cela il est bon que nous consultions l'oiseau qui parle : il nous enseignera peut-être quelque mets qui sera plus du goût de Sa Majesté que d'autres. » Comme les princes se furent rapportés à ce qu'elle jugerait à propos, elle consulta l'oiseau en son particulier après qu'ils se furent retirés. « Oiseau, dit-elle, le sultan nous fera l'honneur de venir voir notre maison, et nous devons le régaler; enseigne-nous comment nous pourrons nous en acquitter, de manière qu'il en soit content.

— Ma bonne maîtresse, reprit l'oiseau, vous avez d'excellents cuisiniers; qu'ils fassent de leur mieux, et, sur toutes choses, qu'ils lui fassent un plat de concombres avec une farce de perles, que vous ferez servir devant le sultan, préférablement à tout autre mets, dès le premier service.

— Des concombres avec une farce de perles! se récria la princesse Parizade avec étonnement. Oiseau, tu n'y penses pas, c'est un ragoût inouï. Le sultan pourra bien l'admirer comme une grande magnificence, mais il sera à table pour manger, et non pas pour admirer des perles. De plus, quand j'y emploierais tout ce que je puis avoir de perles, elles ne suffiraient pas pour la farce.

— Ma maîtresse, repartit l'oiseau, faites ce que je dis,

et ne vous inquiétez pas de ce qui en arrivera : il n'en arrivera que du bien. Quant aux perles, allez demain de bon matin au pied du premier arbre de votre parc, à main droite, et faites-y fouir, vous en trouverez plus que vous n'en aurez besoin. »

Dès le même soir, la princesse Parizade fit avertir un jardinier de se tenir prêt; et le lendemain, de grand matin, elle le prit avec elle, et le mena à l'arbre que l'oiseau lui avait enseigné, et lui commanda de creuser au pied. En creusant, quand le jardinier fut arrivé à une certaine profondeur, il sentit de la résistance, et bientôt il découvrit un coffret d'or d'environ un pied en carré qu'il montra à la princesse. « C'est pour cela que je t'ai amené, lui dit-elle : continue, et prends garde de le gâter avec la bêche. »

Le jardinier enfin tira le coffret, et le mit entre les mains de la princesse. Comme le coffret n'était fermé qu'avec de petits crochets fort propres, la princesse l'ouvrit, et elle vit qu'il était plein de perles, toutes d'une grosseur médiocre, mais égales et propres à l'usage qui devait en être fait. Très contente d'avoir trouvé ce petit trésor, après avoir refermé le coffret, elle le mit sous son bras, et reprit le chemin de la maison, pendant que le jardinier remettait la terre du pied de l'arbre au même état qu'auparavant.

Les princes Bahman et Perviz, qui avaient vu chacun de son appartement la princesse leur sœur dans le jardin, plus matin qu'elle n'avait de coutume, dans le temps qu'ils s'habillaient, se joignirent dès qu'ils furent en état de sortir, et allèrent au-devant d'elle; ils la rencontrèrent au milieu du jardin, et, comme ils avaient aperçu de loin qu'elle portait quelque chose sous le bras, et qu'en approchant ils virent que c'était un coffret d'or, ils en furent surpris. « Ma sœur, lui dit le prince Bahman en l'abordant, vous ne portiez rien quand nous vous avons vue suivie d'un jardinier, et nous vous voyons revenir chargée d'un coffret d'or. Est-ce un trésor que le jardinier a trouvé, et qu'il était venu vous annoncer ?

— Mes frères, reprit la princesse, c'est tout le contraire : c'est moi qui ai amené le jardinier où était le coffret, qui lui ai montré l'endroit, et qui l'ai fait déterrer. Vous serez plus étonnés de ma trouvaille quand vous verrez ce qu'il contient. »

La princesse ouvrit le coffret; et les princes, émerveillés quand ils virent qu'il était rempli de perles, peu considérables par leur grosseur, à les regarder chacune en particulier, mais d'un très grand prix par rapport à leur perfection et à leur quantité, lui demandèrent par quelle aventure elle avait eu connaissance de ce trésor. « Mes frères, répondit-elle, à moins qu'une affaire plus pressante ne vous appelle ailleurs, venez avec moi, je vous le dirai. » Le prince Perviz reprit : « Quelle affaire plus pressante pourrions-nous avoir que d'être informés de celle-ci qui nous intéresse si fort ? Nous n'en avions pas d'autre que de venir à votre rencontre. »

Alors la princesse Parizade, au milieu des deux princes, en reprenant son chemin vers la maison, leur fit le récit de la consultation qu'elle avait faite avec l'oiseau, comme ils en étaient convenus avec elle, de la demande, de la réponse, et de ce qu'elle lui avait opposé au sujet du mets de concombres farcis de perles, et du moyen qu'il lui avait donné d'en avoir, en lui enseignant et lui indiquant le lieu où elle venait de trouver le coffret. Les princes et la princesse firent plusieurs raisonnements pour pénétrer à quel dessein l'oiseau voulait qu'on préparât un mets de la sorte pour le sultan, jusqu'à faire trouver le moyen d'y réussir. Mais enfin, après avoir bien discouru pour et contre sur cette matière, ils conclurent qu'ils n'y comprenaient rien, et cependant qu'il fallait exécuter le conseil de point en point, et n'y pas manquer.

En rentrant dans la maison, la princesse fit appeler le chef de cuisine, qui vint la trouver dans son appartement. Après qu'elle lui eut ordonné le repas pour régaler le sultan de la manière qu'elle l'entendait : « Outre ce que je viens de dire, ajouta-t-elle, il faut que vous me fassiez un mets exprès pour la bouche du sultan, et ainsi que personne que vous n'y mette la main. Ce mets est un plat de concombres farcis, dont vous ferez la farce des perles que voici. » Et en même temps elle ouvrit le coffret, et lui montra les perles.

Le chef de cuisine, qui jamais n'avait entendu parler d'une farce pareille, recula deux pas en arrière, avec un visage qui marquait assez sa pensée. La princesse pénétra cette pensée. « Je vois bien, dit-elle, que tu me prends pour une folle, de t'ordonner un ragoût dont tu n'as jamais entendu parler, et dont on peut dire certainement que jamais il n'a été fait. Cela est vrai, je le sais comme toi ; mais je ne suis pas folle, et c'est avec tout mon bon sens que je t'ordonne de le faire. Va, invente, fais de ton mieux, et emporte le coffret : tu me le rapporteras avec les perles qui resteront, s'il y en a plus qu'il n'en est besoin. » Le chef de cuisine n'eut rien à répliquer; il prit le coffret et l'emporta. Le même jour enfin, la princesse Parizade donna ses ordres pour faire en sorte que tout fût net, propre et arrangé, tant dans la maison que dans le jardin, pour recevoir le sultan plus dignement.

Le lendemain les deux princes étaient sur le lieu de la chasse, lorsque le sultan de Perse y arriva. Le sultan commença la chasse; et il la continua jusqu'à ce que la vive ardeur du soleil, qui s'approchait du plus haut de l'horizon, l'obligeât de la finir. Alors, pendant que le prince Bahman demeura auprès du sultan pour l'accompagner, le prince Perviz se mit à la tête de la marche, pour montrer le chemin; et, quand il fut à la vue de la maison, il donna un coup d'éperon pour aller avertir la princesse Parizade que le sultan arrivait; mais des gens de la princesse, qui s'étaient mis sur les avenues par son ordre, l'avaient déjà avertie; et le prince la trouva qui attendait, prête à le recevoir.

Le sultan arriva, et, comme il fut entré dans la cour et qu'il eut mis pied à terre devant le vestibule, la princesse Parizade se présenta et se jeta à ses pieds; et les princes Bahman et Perviz, qui étaient présents, avertirent le sultan que c'était leur sœur, et le supplièrent d'agréer les respects qu'elle rendait à Sa Majesté.

Le sultan se baissa pour aider la princesse à se relever; et, après l'avoir considérée et admiré quelque temps l'éclat de sa beauté, dont il fut ébloui, sa bonne grâce, son bon air, et un je ne sais quoi qui ne ressentait pas la campagne où elle demeurait : « Les frères, dit-il, sont dignes de la sœur, et la sœur est digne des frères; et, à juger de l'intérieur par l'extérieur, je ne m'étonne plus que les frères ne veuillent rien faire sans le consentement de la sœur; mais j'espère bien la connaître mieux par cet endroit-là que par ce qui m'en paraît à la première vue, quand j'aurai vu la maison. »

Alors la princesse prit la parole. « Sire, dit-elle, ce n'est qu'une maison de campagne, qui convient à des gens comme nous qui menons une vie retirée du grand monde; elle n'a rien de comparable aux maisons des grandes villes, encore moins aux palais magnifiques qui n'appartiennent qu'à des sultans. — Je ne m'en rapporte pas entièrement à votre sentiment, dit très obligeamment le sultan; ce que j'en vois d'abord fait que je vous tiens un peu pour suspecte. Je me réserve à en porter mon jugement quand vous me l'aurez fait voir; passez donc devant, et montrez-moi le chemin. »

La princesse, en laissant le salon à part, mena le sultan d'appartement en appartement; et le sultan, après avoir considéré chaque pièce avec attention, et les avoir admirées par leur diversité : « Ma belle, dit-il à la princesse Parizade, appelez-vous ceci une maison de campagne ? Les villes les plus belles et les plus grandes seraient bientôt désertes, si toutes les maisons de campagne ressemblaient à la vôtre. Je ne m'étonne plus que vous vous y plaisiez si fort, et que vous méprisiez la ville. Faites-moi voir aussi le jardin, je m'attends bien qu'il correspond à la maison. »

La princesse ouvrit une porte qui donnait sur le jardin; et ce qui frappa d'abord les yeux du sultan fut la gerbe d'eau jaune couleur d'or. Surpris par un spectacle si nouveau pour lui, et après l'avoir regardée un temps avec admiration : « D'où vient cette eau merveilleuse, dit-il, qui fait tant de plaisir à voir ? Où en est la source ? et par quel art en a-t-on fait un jet si extraordinaire, et auquel je ne crois pas qu'il y ait rien de pareil au monde ? Je veux voir cette merveille de près. » En disant ces paroles, il avança. La princesse continua de le conduire, et elle le mena par l'endroit où l'arbre harmonieux était planté.

En approchant, le sultan, qui entendit un concert tout différent de ceux qu'il avait jamais entendus, s'arrêta, cherchant des yeux où étaient les musiciens; et, comme il n'en vit aucun ni près ni loin, et que cependant il entendait le concert assez distinctement dont il était charmé : « Ma belle, dit-il en s'adressant à la princesse Parizade, où sont les musiciens que j'entends ? Sont-ils sous terre ? sont-ils invisibles dans l'air ? Avec des voix si excellentes et si charmantes, ils ne hasarderaient rien de se laisser voir : au contraire, ils feraient plaisir.

— Sire, répondit la princesse en souriant, ce ne sont pas des musiciens qui forment le concert qu'elle entend, c'est l'arbre que Votre Majesté voit devant elle qui le rend; et, si elle veut se donner la peine d'avancer quatre pas, elle n'en doutera pas, et les voix seront plus distinctes. »

Le sultan s'avança, et il fut si charmé de la douce harmonie du concert qu'il ne se lassait pas de l'entendre. A la fin il se souvint qu'il avait à voir l'eau jaune de près; ainsi, en rompant son silence : « Ma belle, demanda-t-il à la princesse, dites-moi, je vous prie, cet arbre admirable se trouve-t-il par hasard dans votre jardin ? Est-ce un présent que l'on vous a fait, ou l'avez-vous fait venir de quelque pays éloigné ? Il faut qu'il vienne de bien loin : autrement, curieux des raretés de la nature comme je le suis, j'en aurais entendu parler. De quel nom l'appelez-vous ?

— Sire, répondit la princesse, cet arbre n'a pas d'autre nom que celui d'arbre qui chante, et il n'en croît pas dans le pays ; il serait trop long de raconter par quelle aventure il se trouve ici. C'est une histoire qui a rapport avec l'eau jaune et avec l'oiseau qui parle, qui nous est venu en même temps, et que Votre Majesté pourra voir après qu'elle aura vu l'eau jaune d'aussi près qu'elle le souhaite. Si elle l'a pour agréable, j'aurai l'honneur de la lui raconter quand elle se sera reposée et remise de la fatigue de la chasse, à laquelle elle en ajoute une nouvelle, par la peine qu'elle se donne à la grande ardeur du soleil.

— Ma belle, reprit le sultan, je ne m'aperçois pas de la peine que vous dites, tant elle est bien récompensée par les choses merveilleuses que vous me faites voir ; dites plutôt que je ne songe pas à celle que je vous donne. Achevons donc, et voyons l'eau jaune ; je meurs déjà d'envie de voir et d'admirer l'oiseau qui parle. »

Quand le sultan fut arrivé au jet d'eau jaune, il eut longtemps les yeux attachés sur la gerbe, qui ne cessait de faire un effet merveilleux en s'élevant en l'air et en retombant dans le bassin. « Selon vous, ma belle, dit-il en s'adressant toujours à la princesse, cette eau n'a pas de source, et elle ne vient d'aucun endroit aux environs par un conduit amené sous terre ; au moins je comprends qu'elle est étrangère, de même que l'arbre qui chante.

— Sire, reprit la princesse, la chose est comme Votre Majesté le dit ; et, pour marque que l'eau ne vient pas d'ailleurs, c'est que le bassin est d'une seule pièce, et qu'ainsi elle ne peut venir ni par les côtés, ni par-dessous ; et ce qui doit rendre l'eau plus admirable à Votre Majesté, c'est que je n'en ai jeté qu'un flacon dans le bassin, et qu'elle a foisonné comme elle le voit, par une propriété qui lui est particulière. » Le sultan enfin s'éloignant du bassin : « En voilà, dit-il, assez pour la première fois, car je me promets bien de revenir souvent. Menez-moi, que je voie l'oiseau qui parle. »

En approchant du salon, le sultan aperçut sur les arbres

un nombre prodigieux d'oiseaux qui remplissaient l'air chacun de son chant et de son ramage. Il demanda pourquoi ils étaient là assemblés plutôt que sur les autres arbres du jardin, où il n'en avait ni vu ni entendu chanter. « Sire, répondit la princesse, c'est qu'ils viennent tous des environs pour accompagner le chant de l'oiseau qui parle. Votre Majesté peut l'apercevoir dans la cage qui est posée sur une des fenêtres du salon où elle va entrer; et, si elle y fait attention, elle s'apercevra qu'il a le chant éclatant au-dessus de celui de tous les autres oiseaux, même du rossignol, qui n'en approche que de bien loin. »

Le sultan entra dans le salon; et, comme l'oiseau continuait son chant : « Mon esclave, dit la princesse en élevant la voix, voilà le sultan, faites-lui votre compliment. » L'oiseau cessa de chanter dans le moment, et tous les autres oiseaux cessèrent de même. « Que le sultan, dit-il, soit le très bienvenu! que Dieu le comble de prospérités et prolonge le nombre de ses années! »

Comme le repas était servi sur le sofa près de la fenêtre où était l'oiseau, le sultan, en se mettant à table : « Oiseau, dit-il, je te remercie de ton compliment, et je suis ravi de voir en toi le sultan et le roi des oiseaux. »

Le sultan, qui vit devant lui le plat de concombres qu'il croyait farcis à l'ordinaire, y porta d'abord la main, et son étonnement fut extrême de les voir farcis de perles. « Quelle nouveauté! dit-il; à quel dessein une farce de perles ? Les perles ne se mangent pas. » Il regardait déjà les deux princes et la princesse pour leur demander ce que cela signifiait; mais l'oiseau l'interrompit : « Sire, Votre Majesté peut-elle être dans un étonnement si grand d'une farce de perles qu'elle voit de ses yeux, elle qui a cru si facilement que la sultane son épouse était accouchée d'un chien, d'un chat, d'un morceau de bois ? — Je l'ai cru, repartit le sultan, parce que les sages-femmes me l'ont assuré. — Ces sages-femmes, Sire, repartit l'oiseau, étaient sœurs de la sultane, mais sœurs jalouses du bonheur dont vous l'aviez honorée préférablement à elles; et, pour satisfaire leur rage, elles ont abusé de la facilité de Votre Majesté. Elles avoueront leur crime, si vous les faites interroger. Les deux frères et leur sœur que vous voyez sont vos enfants qu'elles ont exposés, mais qui ont été recueillis par l'intendant de vos jardins, et nourris et élevés par ses soins. »

Le discours de l'oiseau éclaira l'entendement du sultan en un instant. « Oiseau, s'écria-t-il, je n'ai pas de peine à ajouter foi à la vérité que tu me découvres et que tu m'annonces. L'inclination qui m'entraînait de leur côté et la tendresse que je sentais déjà pour eux ne me disaient que trop qu'ils étaient de mon sang. Venez donc, mes enfants, venez, ma fille, que je vous embrasse, et que je vous donne les premières marques de mon amour et de ma tendresse de père. » Il se leva, et, après avoir embrassé les deux princes et la princesse l'un après l'autre, en mêlant ses larmes avec les leurs : « Ce n'est pas assez, mes enfants, dit-il, il faut aussi que vous vous embrassiez les uns les autres, non comme enfants de l'intendant de mes jardins, auquel j'aurai l'obligation éternelle de vous avoir conservé la vie, mais comme les miens, sortis du sang des rois de Perse, dont je suis persuadé que vous soutiendrez bien la gloire. »

Après que les deux princes et la princesse se furent embrassés mutuellement avec une satisfaction toute nouvelle, comme le sultan le souhaitait, le sultan se remit à table avec eux; il se pressa de manger. Quand il eut achevé : « Mes enfants, dit-il, vous connaissez votre père en ma personne; demain je vous amènerai la sultane votre mère, préparez-vous à la recevoir. »

Le sultan monta à cheval, et retourna à sa capitale en toute diligence. La première chose qu'il fit, dès qu'il eut mis pied à terre, en entrant dans son palais, fut de commander à son grand-vizir d'apporter toute la diligence possible à faire faire le procès aux deux sœurs de la sultane. Les deux sœurs furent enlevées de chez elles, interrogées séparément, appliquées à la question, confrontées, convaincues et condamnées à être écartelées, et le tout fut exécuté en moins d'une heure de temps.

Le sultan Khosrouschah cependant, suivi de tous les seigneurs de la cour qui se trouvèrent présents, alla à pied jusqu'à la porte de la grande mosquée, et, après avoir lui-même tiré la sultane hors de la prison étroite où elle languissait et souffrait depuis tant d'années : « Madame, dit-il en l'embrassant les larmes aux yeux, dans l'état pitoyable où elle était, je viens vous demander pardon de l'injustice que je vous ai faite, et vous en faire la réparation que je vous dois. Je l'ai déjà commencée par la punition de celles qui m'avaient séduit par une imposture abominable, et j'espère que vous la regarderez comme entière quand je vous aurai fait présent de deux princes accomplis et d'une princesse aimable et toute charmante, vos enfants et les miens. Venez, et reprenez le rang qui vous appartient, avec tous les honneurs qui vous sont dus. »

Cette réparation se fit devant une multitude de peuple innombrable, qui était accouru en foule de toutes parts dès la première nouvelle de ce qui se passait, laquelle fut répandue dans toute la ville en peu de moments.

Le lendemain de grand matin, le sultan et la sultane, qui avait changé l'habit d'humiliation et d'affliction qu'elle portait le jour de devant en un habit magnifique, tel qu'il lui convenait, suivis de toute leur cour qui en avait eu l'ordre, se transportèrent à la maison des deux princes et de la princesse. Ils arrivèrent, et, dès qu'ils eurent mis pied à terre, le sultan présenta à la sultane les deux princes Bahman et Perviz et la princesse Parizade, et lui dit : « Madame, voilà les deux princes vos fils, et voici la princesse votre fille; embrassez-les avec la même tendresse que je les ai déjà embrassés, ils sont dignes de moi et dignes de vous. » Les larmes furent répandues en abondance dans ces embrassements si touchants, et particulièrement de la part de la sultane, par la consolation et par la joie d'embrasser deux princes ses fils et une princesse sa fille, qui lui en avaient causé de si affligeantes, et si longtemps.

Les deux princes et la princesse avaient fait préparer un repas magnifique pour le sultan, pour la sultane et pour toute la cour. On se mit à table; et, après le repas, le sultan mena la sultane dans le jardin, où il lui fit observer l'arbre harmonieux et le bel effet de l'eau jaune. Pour ce qui est de l'oiseau, elle l'avait vu dans sa cage, et le sultan lui en avait fait l'éloge pendant le repas.

Quand il n'y eut plus rien qui obligeât le sultan de rester davantage, il remonta à cheval; le prince Bahman l'accompagna à la droite, et le prince Perviz à la gauche; la sultane, avec la princesse à sa gauche, marcha après le sultan. Dans cet ordre, précédés et suivis des officiers de la cour chacun selon leur rang, ils reprirent le chemin de la capitale. Comme ils approchaient, le peuple se présenta en foule, bien loin hors des portes, qui était venu au-devant, et ils n'avaient pas moins les yeux sur la sultane, en prenant part à sa joie, après une si longue souffrance, que sur les deux princes et sur la princesse, qu'ils accompagnaient de leurs acclamations. Leur attention était attirée aussi par l'oiseau dans sa cage, que la princesse Parizade portait devant elle, dont ils admirèrent le chant, qui attirait tous les autres oiseaux : ils suivaient en se posant sur les arbres dans la campagne, et sur les toits des maisons dans les rues de la ville.

Les princes Bahman et Perviz, avec la princesse Parizade, furent enfin amenés au palais avec cette pompe; et le soir la pompe fut suivie de grandes illuminations et de grandes réjouissances, tant au palais que dans toute la ville, lesquelles furent continuées plusieurs jours.

Le sultan des Indes ne pouvait s'empêcher d'admirer la mémoire prodigieuse de la sultane son épouse, qui ne s'épuisait point et qui lui fournissait toutes les nuits de nouveaux divertissements par tant d'histoires différentes.

Mille et une nuits s'étaient écoulées dans ces innocents amusements; ils avaient même beaucoup aidé à diminuer les préventions fâcheuses du sultan contre la fidélité des femmes; son esprit était adouci; il était convaincu du mérite et de la grande sagesse de Scheherazade; il se souvenait du courage avec lequel elle s'était exposée volontairement à devenir son épouse, sans appréhender la mort à laquelle elle savait qu'elle était destinée le lendemain, comme les autres qui l'avaient précédée.

Ces considérations et les autres qualités qu'il connaissait en elle le portèrent enfin à lui faire grâce. « Je vois bien, lui dit-il, aimable Scheherazade, que vous êtes inépuisable dans vos petits contes : il y a assez longtemps que vous m'en divertissez; vous avez apaisé ma colère, et je renonce volontiers, en votre faveur, à la loi cruelle que je m'étais imposée; je vous remets entièrement dans mes bonnes grâces, et je veux que vous soyez regardée comme la libératrice de toutes les filles qui devaient être immolées à mon juste ressentiment. » La princesse se jeta à ses pieds, les embrassa tendrement, en lui donnant toutes les marques de la reconnaissance la plus vive et la plus parfaite.

Le grand-vizir apprit le premier cette agréable nouvelle de la bouche même du sultan; elle se répandit bientôt dans la ville et dans les provinces, ce qui attira au sultan et à l'aimable Scheherazade, son épouse, mille louanges et mille bénédictions de tous les peuples de l'empire des Indes.

ANNEXE I

Histoire du prince Zeyn Alasnam et *Histoire de Codadad* (trad. François Pétis de la Croix)

Zayn Alasnam et *Codadad* (ainsi que l'*Histoire de la princesse de Deryabar*, incluse dans *Codadad*) possèdent un statut très particulier. Elles ont été traduites du turc par Pétis de la Croix, vraisemblablement à partir de l'un des deux manuscrits, n° 377 ou n° 382 du fonds turc, conservés à la Bibliothèque nationale de France, afin d'être publiées initialement dans *Les Mille et Un Jours* !

Les Mille et Un Jours (1710-1712) sont un recueil au récit cadre factice, fabriqué par Pétis de la Croix pour faire concurrence aux *Nuits*, et dont l'essentiel de la matière narrative, en dépit de ce qu'affirme leur traducteur, ne provient pas du persan, mais a été adapté très librement d'un recueil turc, relativement ancien (attesté dès le XIVe siècle), le *Faraj ba'd al-shidda*, que l'on peut traduire par *Après la difficulté la délivrance*, ainsi que du recueil des *Quarante Vizirs* (voir l'excellente réédition de Paul Sebag, *Les Mille et Un Jours*, Christian Bourgois éd., Paris, 1980, p. 7 et p. 491-492).

Ces deux contes, *Zayn Alasnam* et *Codadad*, ont donc été donnés par Pétis de la Croix à son éditeur pour être ajoutés aux *Mille et Un Jours*, mais ce dernier, à l'insu de Galland comme de Pétis, préféra les publier dans le tome VIII des *Mille et Une Nuits*… Depuis, ils ont été régulièrement repris dans diverses rééditions (Caussin, Destains, Gauttier…) et traductions (Habicht, Weil, Burton…), étudiés et traités de la même manière que les autres contes de Galland. Si bien qu'ils ont acquis la réputation d'appartenir aux *Mille et Une Nuits*, avec cependant cette réserve : ils ne relèvent pas de la plume d'Antoine Galland mais de celle de l'un de ses collègues orientalistes, François Pétis de la Croix.

HISTOIRE
DU PRINCE ZEYN ALASNAM

ET DU ROI DES GÉNIES

Un roi de Balsora possédait de grandes richesses. Il était aimé de ses sujets ; mais il n'avait point d'enfants, et cela l'affligeait fort. Cependant il engagea par des présents considérables tous les saints personnages de ses États à demander au ciel un fils pour lui ; et leurs prières ne furent pas inutiles : la reine devint grosse et accoucha très heureusement d'un fils qui fut nommé Zeyn Alasnam, c'est-à-dire l'*ornement des statues*.

Le roi fit assembler tous les astrologues de son royaume et leur ordonna de tirer l'horoscope de l'enfant. Ils découvrirent par leurs observations qu'il vivrait longtemps, qu'il serait courageux, mais qu'il aurait besoin de courage pour soutenir avec fermeté les malheurs qui le menaçaient. Le roi ne fut point épouvanté de cette prédiction. « Mon fils, dit-il, n'est pas à plaindre, puisqu'il doit être courageux : il est bon que les princes éprouvent des disgrâces ; l'adversité purifie leur vertu ; ils en savent mieux régner. »

Il récompensa les astrologues et les renvoya. Il fit élever Zeyn avec tout le soin imaginable. Il lui donna des maîtres, dès qu'il le vit en âge de profiter de leurs instructions. Enfin, il se proposait d'en faire un prince accompli, quand tout à coup ce bon roi tomba malade d'une maladie que ses médecins ne purent guérir. Se voyant au lit de la mort, il appela son fils et lui recommanda, entre autres choses, de s'attacher à se faire aimer plutôt qu'à se faire craindre de son peuple ; de ne point prêter l'oreille aux flatteurs et d'être aussi lent à récompenser qu'à punir, parce qu'il arrivait souvent que les rois, séduits par de fausses apparences, accablaient de bienfaits les méchants et opprimaient l'innocence.

Aussitôt que le roi fut mort, le prince Zeyn prit le

deuil, qu'il porta durant sept jours. Le huitième, il monta sur le trône, ôta du trésor royal le sceau de son père pour y mettre le sien, et commença à goûter la douceur de régner. Le plaisir de voir ses courtisans fléchir devant lui et se faire leur unique étude de lui prouver leur obéissance et leur zèle; en un mot, le pouvoir souverain eut trop de charmes pour lui. Il ne regarda que ce que ses sujets lui devaient, sans penser à ce qu'il devait à ses sujets. Il se mit peu en peine de les bien gouverner. Il se plongea dans toutes sortes de débauches avec de jeunes voluptueux, qu'il revêtit des premières charges de l'État. Il n'eut plus de règle. Comme il était naturellement prodigue, il ne mit aucun frein à ses largesses, et insensiblement ses femmes et ses favoris épuisèrent ses trésors.

La reine sa mère vivait encore. C'était une princesse sage et prudente. Elle avait essayé plusieurs fois inutilement d'arrêter le cours des prodigalités et des débauches du roi son fils, en lui représentant que, s'il ne changeait bientôt de conduite, non seulement il dissiperait ses richesses, mais qu'il s'aliénerait même l'esprit de ses peuples et causerait une révolution qui lui coûterait peut-être la couronne et la vie. Peu s'en fallut que ce qu'elle avait prédit n'arrivât : les peuples commencèrent à murmurer contre le gouvernement; et leurs murmures auraient infailliblement été suivis d'une révolte générale, si la reine n'avait eu l'adresse de la prévenir; mais cette princesse, informée de la disposition des choses, en avertit le roi, qui se laissa persuader enfin. Il confia le ministère à de sages vieillards, qui surent bien retenir ses sujets dans le devoir.

Cependant Zeyn, voyant toutes ses richesses consumées, se repentit de n'en avoir pas fait un meilleur usage. Il tomba dans une mélancolie mortelle et rien ne pouvait le consoler. Une nuit, il vit en songe un vénérable vieillard qui s'avança vers lui et lui dit, d'un air riant : « O Zeyn! sache qu'il n'y a pas de chagrin qui ne soit suivi de joie; point de malheur qui ne traîne à sa suite quelque bonheur. Si tu veux voir la fin de ton affliction, lève-toi, pars pour l'Égypte, va-t'en au Caire : une grande fortune t'y attend. »

Le prince, à son réveil, fut frappé de ce songe. Il en parla fort sérieusement à la reine sa mère, qui n'en fit que rire. « Ne voudriez-vous point, mon fils, lui dit-elle, aller en Égypte sur la foi de ce beau songe ? — Pourquoi non, madame? répondit Zeyn; pensez-vous que tous les songes soient chimériques? Non, non, il y en a de mystérieux. Mes précepteurs m'ont raconté mille histoires qui ne me permettent pas d'en douter. D'ailleurs, quand je n'en serais pas persuadé, je ne pourrais me défendre d'écouter mon songe. Le vieillard qui m'est apparu avait quelque chose de surnaturel. Ce n'est point un de ces hommes que la seule vieillesse rend respectables: je ne sais quel air divin était répandu dans sa personne. Il était tel enfin qu'on nous représente notre grand prophète; et si vous voulez que je vous découvre ma pensée, je crois que c'est lui qui, touché de mes peines, veut les soulager. Je m'en fie à la confiance qu'il m'a inspirée, je suis plein de ses promesses et j'ai résolu de suivre sa voix. » La reine essaya de l'en détourner, mais elle n'en put venir à bout. Le prince lui laissa la conduite du royaume, sortit une nuit du palais fort secrètement et prit la route du Caire, sans vouloir être accompagné de personne.

Après beaucoup de fatigue et de peine, il arriva dans cette fameuse ville, qui en a peu de semblables au monde, soit pour la grandeur, soit pour la beauté. Il alla descendre à la porte d'une mosquée, où, se sentant accablé de lassitude, il se coucha. A peine fut-il endormi qu'il vit le même vieillard, qui lui dit :

« O mon fils! je suis content de toi; tu as ajouté foi à mes paroles. Tu es venu ici sans que la longueur et les difficultés des chemins t'aient rebuté; mais apprends que je ne t'ai fait faire un si long voyage que pour t'éprouver. Je vois que tu as du courage et de la fermeté : tu mérites que je te rende le plus riche et le plus heureux de tous les princes de la terre. Retourne à Balsora; tu trouveras dans ton palais des richesses immenses. Jamais roi n'en a tant possédé qu'il y en a. »

Le prince ne fut pas satisfait de ce songe. « Hélas! dit-il en lui-même après s'être réveillé, quelle était mon erreur! Ce vieillard, que je croyais notre grand prophète, n'est qu'un pur ouvrage de ma fantaisie agitée. J'en avais l'imagination si remplie, qu'il n'est pas surprenant que j'y aie rêvé une seconde fois. Retournons à Balsora. Que ferais-je ici plus longtemps? Je suis bien heureux de n'avoir dit à personne qu'à ma mère le motif de mon voyage; je deviendrais la fable de mes peuples s'ils le savaient. »

Il reprit donc le chemin de son royaume; et, dès qu'il

y fut arrivé, la reine lui demanda s'il revenait content. Il lui conta tout ce qui s'était passé et parut si mortifié d'avoir été trop crédule, que cette princesse, au lieu d'augmenter son ennui par des reproches ou par des railleries, le consola. « Cessez de vous affliger, mon fils, lui dit-elle : si Dieu vous destine des richesses, vous les acquerrez sans peine. Demeurez en repos; tout ce que j'ai à vous recommander, c'est d'être vertueux. Renoncez aux délices de la danse, des orgues et du vin couleur de pourpre; fuyez tous ces plaisirs; ils vous ont déjà pensé perdre. Appliquez-vous à rendre vos sujets heureux; en faisant leur bonheur, vous assurerez le vôtre. »

Le prince Zeyn jura qu'il suivrait désormais tous les conseils de sa mère et ceux des sages vizirs dont elle avait fait choix pour l'aider à soutenir le poids du gouvernement. Mais, dès la première nuit qu'il fut de retour en son palais, il vit en songe, pour la troisième fois, le vieillard qui lui dit :

« O courageux Zeyn! le temps de ta prospérité est enfin venu. Demain matin, d'abord que tu seras levé, prends une pioche et va fouiller dans le cabinet du feu roi : tu y trouveras un grand trésor. »

Le prince ne fut pas plus tôt réveillé qu'il se leva. Il courut à l'appartement de la reine et lui raconta avec beaucoup de vivacité le nouveau songe qu'il venait de faire. « En vérité, mon fils, dit la reine en souriant, voilà un vieillard bien obstiné : il n'est pas content de vous avoir trompé deux fois; êtes-vous d'humeur à vous y fier encore ? — Non, madame, répondit Zeyn; je ne crois nullement ce qu'il m'a dit; mais je veux par plaisir visiter le cabinet de mon père. — Oh! je m'en doutais bien, s'écria la reine en éclatant de rire; allez, mon fils, contentez-vous. Ce qui me console, c'est que la chose n'est pas si fatigante que le voyage d'Égypte.

— Eh bien! madame, reprit le roi, il faut vous l'avouer : ce troisième songe m'a rendu ma confiance; il est lié aux deux autres. Car enfin, examinons toutes les paroles du vieillard : il m'a d'abord ordonné d'aller en Égypte; là, il m'a dit qu'il ne m'avait fait faire ce voyage que pour m'éprouver.

« Retourne à Balsora, m'a-t-il dit ensuite; c'est là que tu dois trouver des trésors. »

Cette nuit, il m'a marqué précisément l'endroit où ils sont. Ces trois songes, ce me semble, sont suivis;

ils n'ont rien d'équivoque; pas une circonstance qui embarrasse. Après tout, ils peuvent être chimériques; mais j'aime mieux faire une recherche vaine que de me reprocher toute ma vie d'avoir manqué peut-être de grandes richesses, en faisant mal à propos l'esprit fort. »

En achevant ces paroles, il sortit de l'appartement de la reine, se fit donner une pioche et entra seul dans le cabinet du feu roi. Il se mit à piocher, et il leva plus de la moitié des carreaux du pavé sans apercevoir la moindre apparence de trésor. Il quitta l'ouvrage pour se reposer, disant en lui-même : « J'ai bien peur que ma mère n'ait eu raison de se moquer de moi. » Néanmoins il reprit courage et continua son travail. Il n'eut pas sujet de s'en repentir : il découvrit tout à coup une pierre blanche qu'il leva, et dessous il trouva une porte sur laquelle était attaché un cadenas d'acier. Il le rompit à coups de pioche et ouvrit la porte, qui couvrait un escalier de marbre blanc. Il alluma aussitôt une bougie et descendit, par cet escalier, dans une chambre parquetée de porcelaines de la Chine et dont les lambris et le plafond étaient de cristal. Mais il s'attacha particulièrement à regarder quatre estrades, sur chacune desquelles il y avait dix urnes de porphyre. Il s'imagina qu'elles étaient pleines de vin. « Bon, dit-il, ce vin doit être bien vieux; je ne doute pas qu'il ne soit excellent. » Il s'approcha de l'une de ces urnes, il en ôta le couvercle et vit avec autant de surprise que de joie qu'elle était remplie de pièces d'or. Il visita les autres, et les trouva pleines de sequins. Il en prit une poignée qu'il porta à la reine.

Cette princesse fut dans l'étonnement que l'on peut s'imaginer, quand elle entendit le rapport que le roi lui fit de tout ce qu'il avait vu. « O mon fils! s'écria-t-elle, gardez-vous de dissiper follement tous ces biens, comme vous avez déjà fait de ceux du trésor royal! Que vos ennemis n'aient pas un si grand sujet de se réjouir! — Non, madame, répondit Zeyn, je vivrai désormais d'une manière qui ne vous donnera que de la satisfaction. »

La reine pria le roi son fils de la mener dans cet admirable souterrain, que le feu roi son mari avait fait faire si secrètement qu'elle n'en avait jamais ouï parler. Zeyn la conduisit au cabinet, l'aida à descendre l'escalier de marbre et la fit entrer dans la chambre où étaient les urnes. Elle regarda toutes choses d'un œil curieux et remarqua, dans un coin, une petite urne de la même matière que les autres. Le prince ne l'avait point encore aperçue. Il la prit et, l'ayant ouverte, il trouva dedans une clef d'or. « Mon fils, dit alors la reine, cette clef enferme sans doute quelque nouveau trésor. Cherchons partout; voyons si nous ne découvririons point à quel usage elle est destinée. »

Ils examinèrent la chambre avec une extrême attention et trouvèrent enfin une serrure au milieu d'un lambris. Ils jugèrent que c'était celle dont ils avaient la clef. Le roi en fit l'essai sur-le-champ. Aussitôt une porte s'ouvrit et leur laissa voir une autre chambre, au milieu de laquelle étaient neuf piédestaux d'or massif, dont huit soutenaient chacun une statue faite d'un seul diamant; et ces statues jetaient tant d'éclat que la chambre en était tout éclairée.

« O ciel! s'écria Zeyn tout surpris, où est-ce que mon père a pu trouver de si belles choses ? » Le neuvième piédestal redoubla son étonnement; car il y avait dessus une pièce de satin blanc sur laquelle étaient écrits ces mots :

« O mon cher fils! ces huit statues m'ont coûté beaucoup de peine à acquérir. Mais, quoiqu'elles soient d'une grande beauté, sache qu'il y en a une neuvième au monde qui les surpasse : elle vaut mieux toute seule que mille comme celles que tu vois. Si tu souhaites de t'en rendre possesseur, va dans la ville du Caire, en Égypte. Il y a là un de mes anciens esclaves, appelé Mobarec; tu n'auras nulle peine à le découvrir : la première personne que tu rencontreras t'enseignera sa demeure. Va le trouver; dis-lui tout ce qui t'est arrivé. Il te connaîtra pour mon fils et il te conduira jusqu'au lieu où est cette merveilleuse statue, que tu acquerras avec le salut. »

Le prince, après avoir lu ces paroles, dit à la reine : « Je ne veux point manquer cette neuvième statue. Il faut que ce soit une pièce bien rare, puisque celles-ci toutes ensemble ne la valent pas. Je vais partir pour le grand Caire. Je ne crois pas, madame, que vous combattiez ma résolution. — Non, mon fils, répondit la reine, je ne m'y oppose point. Vous êtes sans doute sous la protection de notre grand prophète; il ne permettra pas que vous périssiez dans ce voyage. Partez quand il vous plaira. Vos vizirs et moi, nous gouvernerons bien l'État pendant votre absence. » Le prince fit préparer son équipage; mais il ne voulut mener avec lui qu'un petit nombre d'esclaves seulement.

Il ne lui arriva nul accident sur la route. Il se rendit au Caire, où il demanda des nouvelles de Mobarec. On lui dit que c'était un des plus riches citoyens de la ville; qu'il vivait en grand seigneur et que sa maison était ouverte particulièrement aux étrangers. Zeyn s'y fit conduire. Il frappa à la porte. Un esclave ouvre et lui dit : « Que souhaitez-vous et qui êtes-vous ? — Je suis étranger, répondit le prince. J'ai ouï parler de la générosité du seigneur Mobarec, et je viens loger chez lui. » L'esclave pria Zeyn d'attendre un moment; puis il alla dire cela à son maître, qui lui ordonna de faire entrer l'étranger. L'esclave revint à la porte et dit au prince qu'il était le bienvenu.

Alors Zeyn entra, traversa une grande cour et passa dans une salle magnifiquement ornée, où Mobarec, qui l'attendait, le reçut fort civilement et le remercia de l'honneur qu'il lui faisait de vouloir bien prendre un logement chez lui. Le prince, après avoir répondu à ce compliment, dit à Mobarec : « Je suis fils du feu roi de Balsora et je m'appelle Zeyn Alasnam. — Ce roi, dit Mobarec, a été autrefois mon maître; mais, seigneur, je ne lui ai point connu de fils. Quel âge avez-vous ? — J'ai vingt ans, répondit le prince. Combien y en a-t-il que vous avez quitté la cour de mon père ? — Il y en a près de vingt-deux, dit Mobarec. Mais comment me persuaderez-vous que vous êtes son fils ? — Mon père, repartit Zeyn, avait sous son cabinet un souterrain dans lequel j'ai trouvé quarante urnes de porphyre toutes pleines d'or. — Et quelle autre chose y a-t-il encore ? répliqua Mobarec. — Il y a, dit le prince, neuf piédestaux d'or massif, sur huit desquels sont huit statues de diamant; et il y a sur le neuvième une pièce de satin blanc sur laquelle mon père a écrit ce qu'il faut que je fasse pour acquérir une nouvelle statue, plus précieuse que les autres ensemble. Vous savez le lieu où est cette statue, parce qu'il est marqué sur le satin que vous m'y conduirez. »

Il n'eut pas plus tôt achevé ces paroles, que Mobarec se jeta à ses genoux; et, lui baisant une de ses mains à plusieurs reprises : « Je rends grâces à Dieu, s'écria-t-il, de vous avoir fait venir ici. Je vous connais pour le fils du roi de Balsora. Si vous voulez aller au lieu où est la statue merveilleuse, je vous y mènerai. Mais il faut auparavant vous reposer ici quelques jours. Je donne aujourd'hui un festin aux grands du Caire. Nous étions à table lorsqu'on m'est venu avertir de votre arrivée. Dédaignerez-vous, seigneur, de venir vous réjouir avec nous ? — Non, répondit Zeyn ; je serai ravi d'être de votre festin. » Aussitôt Mobarec le conduisit sous un dôme où était la compagnie. Il le fit mettre à table et commença de le servir à genoux. Les grands du Caire en furent surpris. Ils se disaient tout bas les uns aux autres : « Hé ! qui est donc cet étranger que Mobarec sert avec tant de respect ? »

Après qu'ils eurent mangé, Mobarec prit la parole : « Grands du Caire, dit-il, ne soyez pas étonnés de m'avoir vu servir de cette sorte ce jeune étranger. Sachez que c'est le fils du roi de Balsora, mon maître. Son père m'acheta de ses propres deniers. Il est mort sans m'avoir donné la liberté. Ainsi je suis encore esclave ; et, par conséquent, tous mes biens appartiennent de droit à ce jeune prince, son unique héritier. » Zeyn l'interrompit en cet endroit : « O Mobarec ! lui dit-il, je déclare devant tous ces seigneurs que je vous affranchis dès ce moment et que je retranche de mes biens votre personne avec tout ce que vous possédez ; voyez, outre cela, ce que vous souhaitez que je vous donne. » Mobarec, à ce discours, baisa la terre et fit de grands remerciements au prince. Ensuite on apporta le vin : ils en burent toute la journée ; et, sur le soir, les présents furent distribués aux convives, qui se retirèrent.

Le lendemain, Zeyn dit à Mobarec : « J'ai pris assez de repos. Je ne suis point venu au Caire pour vivre dans les plaisirs. J'ai dessein d'avoir la neuvième statue. Il est temps que nous partions pour l'aller conquérir. — Seigneur, répondit Mobarec, je suis prêt à céder à votre envie ; mais vous ne savez pas tous les dangers qu'il faut courir pour faire cette précieuse conquête. — Quelque péril qu'il y ait, répliqua le prince, j'ai résolu de l'entreprendre. J'y périrai ou j'en viendrai à bout. Tout ce qui arrive, c'est Dieu qui le fait arriver. Accompagnez-moi seulement et que votre fermeté soit égale à la mienne. »

Mobarec, le voyant déterminé à partir, appela ses domestiques et leur ordonna d'apprêter les équipages. Ensuite le prince et lui firent l'ablution et la prière de précepte appelée Farz *, après quoi ils se mirent en chemin. Ils remarquèrent sur leur route une infinité de choses

* Il n'y a pas de prière proprement appelée Farz. Les mahométans comprennent sous ce nom les devoirs de droit divin et qui sont d'une nécessité absolue pour être agréable à Dieu et à son prophète, tels que la prière, l'aumône, le jeûne, etc.

rares et merveilleuses. Ils marchèrent pendant plusieurs jours, au bout desquels, étant arrivés dans un séjour délicieux, ils descendirent de cheval. Alors Mobarec dit à tous les domestiques qui les suivaient : « Demeurez en cet endroit et gardez soigneusement les équipages jusqu'à notre retour. » Puis il dit à Zeyn : « Allons, seigneur, avançons-nous seuls ; nous sommes proche du lieu terrible où l'on garde la neuvième statue : vous allez avoir besoin de votre courage. »

Ils arrivèrent bientôt au bord d'un grand lac. Mobarec s'assit sur le rivage, en disant au prince : « Il faut que nous passions cette mer. — Eh! comment la pourrions-nous passer ? répondit Zeyn ; nous n'avons point de bateau. — Vous en verrez paraître un dans le moment, reprit Mobarec ; le bateau enchanté du roi des génies va venir nous prendre ; mais n'oubliez pas ce que je vais vous dire : il faut garder un profond silence ; ne parlez point au batelier ; quelque singulière que vous paraisse sa figure, quelque chose extraordinaire que vous puissiez remarquer, ne dites rien ; car je vous avertis que, si vous prononcez un seul mot quand nous serons embarqués, la barque fondra sous les eaux. — Je saurai bien me taire, dit le prince. Vous n'avez qu'à me prescrire tout ce que je dois faire, et je le ferai fort exactement. »

En parlant ainsi, il aperçut tout à coup sur le lac un bateau fait de bois de sandal rouge. Il avait un mât d'ambre fin avec une banderole de satin bleu. Il n'y avait dedans qu'un batelier dont la tête ressemblait à celle d'un éléphant, et son corps avait la forme de celui d'un tigre. Le bateau s'étant approché du prince et de Mobarec, le batelier les prit avec sa trompe, l'un après l'autre et les mit dans son bateau. Ensuite il les passa de l'autre côté du lac, en un instant. Il les reprit avec sa trompe, les posa sur le rivage et disparut aussitôt avec sa barque.

« Nous pouvons présentement parler, dit Mobarec. L'île où nous sommes est celle du roi des génies ; il n'y en a point de semblable dans le reste du monde. Regardez de tous côtés, prince : est-il un plus charmant séjour ? c'est sans doute une véritable image de ce lieu ravissant que Dieu destine aux fidèles observateurs de notre loi. Voyez les champs parés de fleurs et de toutes sortes d'herbes odorantes. Admirez ces beaux arbres, dont les fruits délicieux font plier les branches jusqu'à terre. Goûtez le plaisir que doivent causer ces chants harmonieux que forment dans les airs mille oiseaux de mille espèces inconnues dans les autres pays. » Zeyn ne pouvait se lasser de considérer la beauté des choses qui l'environnaient, et il en remarquait de nouvelles à mesure qu'il s'avançait dans l'île.

Enfin ils arrivèrent devant un palais de fines émeraudes, entouré d'un large fossé, sur les bords duquel, d'espace en espace, étaient plantés des arbres si hauts qu'ils couvraient de leur ombrage tout le palais. Vis-à-vis de la porte, qui était d'or massif, il y avait un pont fait d'une seule écaille de poisson, quoiqu'il eût pour le moins six toises de long et trois de large. On voyait à la tête du pont une troupe de génies d'une hauteur démesurée, qui défendaient l'entrée du château avec de grosses massues d'acier de Chine.

« N'allons pas plus avant, dit Mobarec, ces génies nous assommeraient; et, si nous voulons les empêcher de venir à nous, il faut faire une cérémonie magique. » En même temps il tira d'une bourse, qu'il avait sous sa robe, quatre bandes de taffetas jaune. De l'une il entoura sa ceinture et mit une autre sur son dos; il donna les deux autres au prince, qui en fit le même usage. Après cela, Mobarec étendit sur la terre deux grandes nappes, au bord desquelles il répandit quelques pierreries avec du musc et de l'ambre. Il s'assit ensuite sur une de ces nappes, et Zeyn s'assit sur l'autre. Puis Mobarec parla dans ces termes au prince : « Seigneur, je vais présentement conjurer le roi des génies, qui habite ce palais qui s'offre à nos yeux : puisse-t-il venir à nous sans colère! Je vous avoue que je ne suis pas sans inquiétude sur la réception qu'il nous fera. Si notre arrivée dans son île lui déplaît, il paraîtra sous la figure d'un monstre effroyable; mais, s'il approuve votre dessein, il se montrera sous la forme d'un homme de bonne mine. Dès qu'il sera devant nous, il faudra nous lever et le saluer sans sortir de votre nappe, parce que vous péririez infailliblement si vous en sortiez. Vous lui direz :

« Souverain maître des génies, mon père, qui était votre serviteur, a été emporté par l'ange de la mort : puisse Votre Majesté me protéger comme elle a toujours protégé mon père! »

— Et si le roi des génies, ajouta Mobarec, vous demande quelle grâce vous voulez qu'il vous accorde, vous lui répondrez :

« Sire, c'est la neuvième statue que je vous supplie très humblement de me donner. »

Mobarec, après avoir instruit de la sorte le prince Zeyn, commença de faire des conjurations. Aussitôt leurs yeux furent frappés d'un long éclair qui fut suivi d'un coup de tonnerre. Toute l'île se couvrit d'épaisses ténèbres; il s'éleva un vent furieux; l'on entendit ensuite un cri épouvantable : la terre en fut ébranlée, et l'on sentit un tremblement pareil à celui qu'Asrafyel * doit causer le jour du jugement.

Zeyn sentit quelque émotion et commençait à tirer de ce bruit un fort mauvais présage, lorsque Mobarec, qui savait mieux que lui ce qu'il en fallait penser, se prit à sourire et lui dit : « Rassurez-vous, mon prince, tout va bien. » En effet, dans le moment, le roi des génies se fit voir sous la forme d'un bel homme. Il ne laissait pas toutefois d'avoir dans son air quelque chose de farouche.

D'abord que le prince Zeyn l'aperçut, il lui fit le compliment que Mobarec lui avait dicté. Le roi des génies en sourit et répondit : « Oh! mon fils, j'aimais ton père; et toutes les fois qu'il me venait rendre ses respects, je lui faisais présent d'une statue qu'il emportait. Je n'ai pas moins d'amitié pour toi. J'obligeai ton père, quelques jours avant sa mort, à écrire ce que tu as lu sur la pièce de satin blanc. Je lui promis de te prendre sous ma protection et de te donner la neuvième statue, qui surpasse en beauté celles que tu as. J'ai commencé à lui tenir parole. C'est moi que tu as vu en songe sous la forme d'un vieillard. Je t'ai fait découvrir le souterrain où sont les urnes et les statues. J'ai beaucoup de part à tout ce qui t'est arrivé, ou plutôt j'en suis la cause. Je sais ce qui t'a fait venir ici. Tu obtiendras ce que tu désires. Quand je n'aurais pas promis à ton père de te le donner, je te l'accorderais volontiers; mais il faut auparavant que tu me jures, par tout ce qui rend un serment inviolable, que tu reviendras dans cette île et que tu m'amèneras une fille qui sera dans sa quinzième année, qui n'aura jamais connu d'homme ni souhaité d'en connaître. Il faut de plus que sa beauté soit parfaite et que tu sois si bien maître de toi que tu ne formes même aucun désir de la posséder en la conduisant ici. »

Zeyn fit le serment téméraire qu'on exigeait de lui.

* Asrafyel ou Arsafil : c'est l'ange qui, suivant les mahométans, doit sonner de la trompette au son de laquelle tous les morts doivent ressusciter pour paraître au jugement dernier.

« Mais, seigneur, dit-il ensuite, je suppose que je sois assez heureux pour rencontrer une fille telle que vous la demandez; comment pourrai-je savoir que je l'aurai trouvée ? — J'avoue, répondit le roi des génies en souriant, que tu t'y pourrais tromper à la mine : cette connaissance passe les enfants d'Adam; aussi n'ai-je pas dessein de m'en rapporter à toi là-dessus. Je te donnerai un miroir qui sera plus sûr que tes conjectures. Dès que tu auras vu une fille de quinze ans parfaitement belle, tu n'auras qu'à regarder dans ton miroir : tu y verras l'image de cette fille. La glace se conservera pure et nette, si la fille est chaste; et si, au contraire, la glace se ternit, ce sera une marque assurée que la fille n'aura pas toujours été sage, ou, du moins, qu'elle aura souhaité de cesser de l'être. N'oublie donc pas le serment que tu m'as fait; garde-le en homme d'honneur; autrement je t'ôterai ta vie, quelque amitié que je me sente pour toi. » Le prince Zeyn Alasnam protesta de nouveau qu'il tiendrait exactement sa parole.

Alors le roi des génies lui mit entre les mains un miroir, en disant : « O mon fils! tu peux t'en retourner quand tu voudras; voilà le miroir dont tu dois te servir. » Zeyn et Mobarec prirent congé du roi des génies et marchèrent vers le lac. Le batelier à tête d'éléphant vint à eux avec sa barque, et les repassa de la même manière qu'il les avait passés. Ils rejoignirent les personnes de leur suite, avec lesquelles ils retournèrent au Caire.

Le prince Alasnam se reposa quelques jours chez Mobarec. Ensuite il lui dit : « Partons pour Bagdad, allons-y chercher une fille pour le roi des génies. — Hé! ne sommes-nous pas au grand Caire ? répondit Mobarec; n'y trouverons-nous pas bien de belles filles ? — Vous avez raison, reprit le prince; mais comment ferons-nous pour découvrir les endroits où elles sont ? — Ne vous mettez point en peine de cela, seigneur, répliqua Mobarec; je connais une vieille femme fort adroite, je la veux charger de cet emploi : elle s'en acquittera bien. »

Effectivement, la vieille eut l'adresse de faire voir au prince un grand nombre de très belles filles de quinze ans; mais lorsque, après les avoir regardées, il venait à consulter son miroir, la fatale pierre de touche de leur vertu, la glace se ternissait toujours. Toutes les filles de la cour et de la ville qui se trouvèrent dans leur quinzième année subirent l'examen l'une après l'autre; et jamais la glace ne se conserva pure et nette.

Quand ils virent qu'ils ne pouvaient rencontrer de filles chastes au Caire, ils allèrent à Bagdad. Ils louèrent un palais magnifique dans un des plus beaux quartiers de la ville. Ils commencèrent à faire bonne chère. Ils tenaient table ouverte; et, après que tout le monde avait mangé dans le palais, on portait le reste aux derviches, qui, par là, subsistaient commodément.

Or, il y avait dans le quartier un iman appelé Boubekir Muezin. C'était un homme vain, fier et envieux. Il haïssait les gens riches, seulement parce qu'il était pauvre. Sa misère l'aigrissait contre la prospérité de son prochain. Il entendit parler de Zeyn Alasnam et de l'abondance qui régnait chez lui. Il ne lui en fallait pas davantage pour prendre ce prince en aversion. Il poussa même la chose si loin, qu'un jour, dans sa mosquée, il dit au peuple, après la prière du soir : « O mes frères! j'ai ouï dire qu'il est venu loger dans notre quartier un étranger qui dépense tous les jours des sommes immenses. Que sait-on ? Cet inconnu est peut-être un scélérat qui aura volé dans son pays des biens considérables, et il vient dans cette grande ville se donner du bon temps. Prenons-y garde, mes frères; si le calife apprend qu'il y a un homme de cette sorte dans notre quartier, il est à craindre qu'il ne nous punisse de ne l'en avoir pas averti. Pour moi, je vous déclare que je m'en lave les mains, et que, s'il en arrive quelque accident, ce ne sera pas ma faute. » Le peuple, qui se laisse aisément persuader, cria tout d'une voix à Boubekir : « C'est votre affaire, docteur; faites savoir cela au conseil. » Alors l'iman, satisfait, se retira chez lui et se mit à composer un mémoire résolu de le présenter le lendemain au calife.

Mais Mobarec, qui avait été à la prière et qui avait entendu comme les autres le discours du docteur, mit cinq cents sequins d'or dans un mouchoir, fit un paquet de plusieurs étoffes de soie et s'en alla chez Boubekir. Le docteur lui demanda d'un ton brusque ce qu'il souhaitait. « O docteur! lui répondit Mobarec, d'un air doux, en lui mettant entre les mains l'or et les étoffes, je suis votre voisin et votre serviteur : je viens de la part du prince Zeyn, qui demeure en ce quartier. Il a entendu parler de votre mérite, et il m'a chargé de venir vous dire qu'il souhaitait de faire connaissance avec vous. En attendant, il vous prie de recevoir ce petit présent. » Boubekir fut transporté de joie et répondit à Mobarec : « De grâce, seigneur, demandez bien pardon au prince pour moi. Je suis tout honteux de ne l'avoir point encore été voir; mais je réparerai ma faute, et dès demain j'irai lui rendre mes devoirs. »

En effet, le jour suivant, après la prière du matin, il dit au peuple : « Sachez, mes frères, qu'il n'y a personne qui n'ait ses ennemis. L'envie attaque principalement ceux qui ont de grands biens. L'étranger dont je vous parlais hier au soir n'est point un méchant homme, comme quelques gens malintentionnés me l'ont voulu faire accroire; c'est un jeune prince qui a mille vertus. Gardons-nous bien d'en aller faire quelque mauvais rapport au calife. »

Boubekir, par ce discours, ayant effacé de l'esprit du peuple l'opinion qu'il avait donnée de Zeyn le soir précédent, s'en retourna chez lui. Il prit ses habits de cérémonie et alla voir ce jeune prince, qui le reçut très agréablement. Après plusieurs compliments de part et d'autre, Boubekir dit au prince : « Seigneur, vous proposez-vous d'être longtemps à Bagdad ? — J'y demeurerai, lui répondit Zeyn, jusqu'à ce que j'aie trouvé une fille qui soit dans sa quinzième année, qui soit parfaitement belle, et si chaste qu'elle n'ait jamais connu d'homme ni souhaité d'en connaître. — Vous cherchez une chose assez rare, répliqua l'iman, et je craindrais fort que votre recherche ne fût inutile, si je ne savais pas où il y a une fille de ce caractère-là. Son père a été vizir autrefois; mais il a quitté la cour, et vit depuis longtemps dans une maison écartée, où il se donne tout entier à l'éducation de sa fille. Je vais, seigneur, si vous voulez, la lui demander pour vous : je ne doute pas qu'il ne soit ravi d'avoir un gendre de votre naissance. — N'allons pas si vite, repartit le prince; je n'épouserai point cette fille, que je ne sache auparavant si elle me convient. Pour sa beauté, je puis m'en fier à vous; mais, à l'égard de sa vertu, quelles assurances m'en pouvez-vous donner ? — Hé! quelles assurances en voulez-vous avoir ? dit Boubekir. — Il faut que je la voie en face, répondit Zeyn; je n'en veux pas davantage pour me déterminer. — Vous vous connaissez donc bien en physionomie ? reprit l'iman en souriant. Hé bien! venez avec moi chez son père; je le prierai de vous la laisser voir un moment, en sa présence. »

Muezin conduisit le prince chez le vizir, qui ne fut pas plus tôt instruit de la naissance et du dessein de Zeyn, qu'il fit venir sa fille et lui ordonna d'ôter son voile.

Jamais une beauté si parfaite ni si piquante ne s'était présentée aux yeux du jeune roi de Balsora, il en demeura surpris. Dès qu'il put éprouver si cette fille était aussi chaste que belle, il tira son miroir, et la glace se conserva pure et nette.

Quand il vit qu'il avait enfin trouvé une personne telle qu'il la souhaitait, il pria le vizir de la lui accorder. Aussitôt on envoya chercher le cadi, qui vint. On fit le contrat et la prière du mariage. Après cette cérémonie, Zeyn mena le vizir en sa maison, où il le régala magnifiquement et lui fit des présents considérables. Ensuite il envoya une infinité de joyaux à la mariée par Mobarec, qui la lui amena chez lui, où les noces furent célébrées avec toute la pompe qui convenait au rang de Zeyn. Quand tout le monde se fut retiré, Mobarec dit à son maître : « Allons, seigneur, ne demeurons pas plus longtemps à Bagdad; reprenons le chemin du Caire. Souvenez-vous de la promesse que vous avez faite au roi des génies. — Partons, répondit le prince; il faut que je m'en acquitte avec fidélité. Je vous avouerai pourtant, mon cher Mobarec, que, si j'obéis au roi des génies, ce n'est pas sans violence. La personne que je viens d'épouser est charmante, et je suis tenté de l'emmener à Balsora, pour la placer sur le trône. — Ah! seigneur, répliqua Mobarec, gardez-vous de céder à votre envie! Rendez-vous maître de vos passions; et, quelque chose qu'il vous en puisse coûter, tenez parole au roi des génies. — Eh bien! Mobarec, dit le prince, ayez donc soin de me cacher cette aimable fille. Que jamais elle ne s'offre à mes yeux; peut-être même ne l'ai-je que trop vue! »

Mobarec fit faire les préparatifs du départ. Ils retournèrent au Caire, et de là, prirent la route de l'île du roi des génies. Lorsqu'ils y furent, la fille, qui avait fait le voyage en litière et que le prince n'avait point vue depuis le jour des noces, dit à Mobarec : « En quels lieux sommes-nous ? Serons-nous bientôt dans les Etats du prince mon mari ? — Madame, répondit Mobarec, il est temps de vous détromper. Le prince Zeyn ne vous a épousée que pour vous tirer du sein de votre père. Ce n'est point pour vous rendre souveraine de Balsora qu'il vous a donné sa foi; c'est pour vous livrer au roi des génies, qui lui a demandé une fille de votre caractère. » A ces mots, elle se mit à pleurer amèrement, ce qui attendrit fort le prince et Mobarec. « Ayez pitié de moi, leur disait-elle : je suis une étrangère; vous répondrez devant Dieu de la trahison que vous m'avez faite. »

Ses larmes et ses plaintes furent inutiles. On la présenta au roi des génies, qui, après l'avoir regardée avec attention, dit à Zeyn : « Prince, je suis content de vous. La fille que vous m'avez amenée est charmante et chaste et l'effort que vous avez fait pour me tenir parole m'est agréable. Retournez dans vos États. Quand vous entrerez dans la chambre souterraine où sont les huit statues, vous y trouverez la neuvième, que je vous ai promise : je vais l'y faire transporter par mes génies. » Zeyn remercia le roi et reprit la route du Caire avec Mobarec; mais il ne demeura pas longtemps dans cette ville : l'impatience de revoir la neuvième statue lui fit précipiter son départ. Cependant il ne laissait pas de penser souvent à la fille qu'il avait épousée; et se reprochant la tromperie qu'il lui avait faite, il se regardait comme la cause et l'instrument de son malheur. « Hélas! disait-il en lui-même, je l'ai enlevée aux tendresses de son père pour la sacrifier à un génie! O beauté sans pareille, vous méritiez un meilleur sort! »

Le prince Zeyn, occupé de ces pensées, arriva enfin à Balsora, où ses sujets, charmés de son retour, firent de grandes réjouissances. Il alla d'abord rendre compte de son voyage à la reine sa mère, qui fut ravie d'apprendre qu'il avait obtenu la neuvième statue. « Allons, mon fils, dit-elle, allons la voir, car elle est sans doute dans le souterrain, puisque le roi des génies vous a dit que vous l'y trouveriez. » Le jeune roi et sa mère, tous deux pleins d'impatience de voir cette statue merveilleuse, descendirent dans le souterrain et entrèrent dans la chambre des statues. Mais quelle fut leur surprise, lorsque, au lieu d'une statue de diamant, ils aperçurent sur le neuvième piédestal une fille parfaitement belle, que le prince reconnut pour celle qu'il avait conduite dans l'île des Génies! « Prince, lui dit la jeune fille, vous êtes fort étonné de me voir ici : vous vous attendiez à trouver quelque chose de plus précieux que moi, et je ne doute point qu'en ce moment vous ne vous repentiez d'avoir pris tant de peine. Vous vous proposiez une plus belle récompense. — Non, madame, répondit Zeyn, le ciel m'est témoin que j'ai plus d'une fois pensé manquer de foi au roi des génies pour vous conserver à moi. De quelque prix que puisse être une statue de diamant, vaut-elle le plaisir de vous posséder ? Je vous aime mieux que tous les diamants et toutes les richesses du monde. »

Dans le temps qu'il achevait de parler, on entendit un coup de tonnerre qui fit trembler le souterrain. La mère de Zeyn en fut épouvantée; mais le roi des génies, qui parut aussitôt, dissipa sa frayeur. « Madame, lui dit-il, je protège et j'aime votre fils. J'ai voulu voir si, à son âge, il serait capable de dompter ses passions. Je sais bien que les charmes de cette jeune personne l'ont frappé et qu'il n'a pas exactement tenu la promesse qu'il m'avait faite de ne point souhaiter sa possession; mais je connais trop la fragilité de la nature humaine pour m'en offenser, et je suis charmé de sa retenue. Voilà cette neuvième statue que je lui destinais : elle est plus rare et plus précieuse que les autres. Vivez, Zeyn, poursuivit-il en s'adressant au prince; vivez heureux avec cette jeune dame; c'est votre épouse; et si vous voulez qu'elle vous garde une foi pure et constante, aimez-la toujours, mais aimez-la uniquement. Ne lui donnez point de rivale, et je réponds de sa fidélité. » Le roi des génies disparut à ces paroles; et Zeyn, enchanté de la jeune dame, consomma son mariage dès le jour même, la fit proclamer reine de Balsora; et ces deux époux, toujours fidèles, toujours amoureux, passèrent ensemble un grand nombre d'années.

La sultane des Indes n'eut pas plus tôt fini l'histoire du prince Zeyn Alasnam qu'elle demanda la permission d'en commencer une autre; ce que Schahriar lui ayant accordé pour la prochaine nuit, parce que le jour allait bientôt paraître, cette princesse en fit le récit en ces termes :

HISTOIRE DE CODADAD

ET DE SES FRÈRES

Ceux qui ont écrit l'histoire du royaume de Dyarbekir rapportent que, dans la ville de Harran, régnait autrefois un roi très magnifique et très puissant. Il n'aimait pas moins ses sujets qu'il n'en était aimé. Il avait mille vertus et il ne lui manquait, pour être parfaitement heureux, que d'avoir un héritier. Quoiqu'il eût dans son sérail les plus belles femmes du monde, il ne pouvait avoir d'enfants. Il en demandait sans cesse au ciel; et, une nuit, pendant qu'il goûtait la douceur du sommeil, un homme de bonne mine, ou plutôt un prophète, lui apparut et lui dit :

« Tes prières sont exaucées; tu as enfin obtenu ce que tu désirais. Lève-toi aussitôt que tu seras réveillé, mets-toi en prières et fais deux génuflexions; après cela, va dans les jardins de ton palais, appelle ton jardinier et lui ordonne de t'apporter une grenade; manges-en autant de grains qu'il te plaira, et tes souhaits seront comblés. »

Le roi, se rappelant ce songe, à son réveil, en rendit grâces au ciel. Il se leva, se mit en prières, fit deux génuflexions; puis il alla dans les jardins, où il prit cinquante grains de grenade, qu'il compta l'un après l'autre et qu'il mangea. Il avait cinquante femmes qui partageaient son lit; elle devinrent toutes grosses; mais il y en eut une, nommée Pirouzé, dont la grossesse ne parut point. Il conçut de l'aversion pour cette dame et il voulait la faire mourir. « Sa stérilité, disait-il, est une marque certaine que le ciel ne trouve pas Pirouzé digne d'être mère d'un prince. Il faut que je purge le monde d'un objet odieux au Seigneur. » Il formait cette cruelle résolution; mais son vizir l'en détourna, en lui représentant que toutes les femmes n'étaient pas du même tempérament et qu'il n'était pas impossible que Pirouzé fût grosse, quoique sa grossesse ne se déclarât point encore. » Eh bien! reprit le roi, qu'elle vive; mais qu'elle sorte de ma cour, car je ne puis la souffrir. — Que Votre Majesté, répliqua le vizir, l'envoie chez le prince Samer, votre cousin. » Le roi goûta cet avis; il envoya Pirouzé à Samarie, avec une lettre par laquelle il mandait à son cousin de la bien traiter, et, si elle était grosse, de lui donner avis de son accouchement.

Pirouzé ne fut pas arrivée dans ce pays-là qu'on s'aperçut qu'elle était enceinte, et enfin elle accoucha d'un prince plus beau que le jour. Le prince de Samarie écrivit aussitôt au roi de Harran pour lui faire part de l'heureuse naissance de ce fils et l'en féliciter. Le roi en eut beaucoup de joie et fit une réponse au prince Samer conçue dans ces termes :

« Mon cousin, toutes mes autres femmes ont mis aussi au monde chacune un prince; de sorte que nous avons ici un grand nombre d'enfants. Je vous prie d'élever celui de Pirouzé, de lui donner le nom de Codadad *, et vous me l'enverrez quand je vous le manderai. »

Le prince de Samarie n'épargna rien pour l'éducation de son neveu. Il lui fit apprendre à monter à cheval, à tirer de l'arc et toutes les autres choses qui conviennent aux fils des rois; si bien que Codadad, à dix-huit ans, pouvait passer pour un prodige. Ce jeune prince, se sentant un courage digne de sa naissance, dit un jour à sa mère : « Madame, je commence à m'ennuyer à Samarie; je sens que j'aime la gloire; permettez-moi d'aller chercher les occasions d'en acquérir dans les périls de la guerre. Le roi de Harran, mon père, a des ennemis. Quelques princes ses voisins veulent troubler son repos. Que ne m'appelle-t-il à son secours ? Pourquoi me laisse-t-il dans l'enfance si longtemps ? Ne devrais-je pas être déjà dans sa cour ? Pendant que tous mes frères ont le bonheur de combattre à ses côtés, faut-il que je passe ici ma vie dans l'oisiveté ? — Mon fils, lui répondit Pirouzé, je n'ai pas moins d'impatience que vous de voir votre nom fameux. Je voudrais que vous vous fussiez déjà signalé contre les ennemis du roi votre père; mais il faut attendre qu'il vous demande. — Non, madame, répliqua Codadad, je n'ai que trop attendu. Je meurs d'envie de voir le roi, et je suis tenté de lui aller offrir mes services comme un jeune inconnu. Il les acceptera

* Dieudonné.

sans doute, et je ne me découvrirai qu'après avoir fait mille actions glorieuses : je veux mériter son estime avant qu'il me reconnaisse. » Pirouzé approuva cette généreuse résolution; et, de peur que le prince Samer ne s'y opposât, Codadad, sans la lui communiquer, sortit un jour de Samarie, comme pour aller à la chasse.

Il était monté sur un cheval blanc qui avait une bride et des fers d'or, une selle avec une housse de satin bleu, toute parsemée de perles. Il avait un sabre dont la poignée était d'un seul diamant et le fourreau de bois de sandal, tout garni d'émeraudes et de rubis. Il portait sur ses épaules son carquois et son arc; et, dans cet équipage, qui relevait merveilleusement sa bonne mine, il arriva dans la ville de Harran. Il trouva bientôt le moyen de se faire présenter au roi, qui, charmé de sa beauté, de sa taille avantageuse, ou peut-être entraîné par la force du sang, lui fit un accueil favorable et lui demanda son nom et sa qualité. « Sire, répondit Codadad, je suis fils d'un émir du Caire. Le désir de voyager m'a fait quitter ma patrie; et comme j'ai appris, en passant par vos États, que vous étiez en guerre avec quelques-uns de vos voisins, je suis venu dans votre cour, pour offrir mon bras à Votre Majesté. » Le roi l'accabla de caresses et lui donna de l'emploi dans ses troupes.

Ce jeune prince ne tarda guère à faire remarquer sa valeur. Il s'attira l'estime des officiers, excita l'admiration des soldats, et, comme il n'avait pas moins d'esprit que de courage, il gagna si bien les hommages du roi, qu'il devint bientôt son favori. Tous les jours, les ministres et les autres courtisans ne manquaient pas d'aller voir Codadad; et ils recherchaient avec autant d'empressement son amitié qu'ils négligeaient celle des autres fils du roi. Ces jeunes princes ne purent s'en apercevoir sans chagrin; et, s'en prenant à l'étranger, ils conçurent tous pour lui une extrême haine. Cependant le roi, l'aimant de plus en plus tous les jours, ne se lassait point de lui donner des marques de son affection. Il le voulait avoir sans cesse auprès de lui. Il admirait ses discours pleins d'esprit et de sagesse; et, pour faire voir jusqu'à quel point il le croyait sage et prudent, il lui confia la conduite des autres princes, quoiqu'il fût de leur âge, de manière que voilà Codadad gouverneur de ses frères.

Cela ne fit qu'irriter leur haine. « Comment donc! dirent-ils, le roi ne se contente pas d'aimer un étranger plus que nous, il veut qu'il soit encore notre gouverneur et que nous ne fassions rien sans sa permission! C'est ce que nous ne devons point souffrir. Il faut nous défaire de cet étranger. — Nous n'avons, disait l'un, qu'à l'aller chercher tous ensemble et le faire tomber sous nos coups. — Non, non, disait l'autre, gardons-nous bien de nous l'immoler nous-mêmes; sa mort nous rendrait odieux au roi, qui, pour nous en punir, nous déclarerait tous indignes de régner. Perdons l'étranger adroitement. Demandons-lui permission d'aller à la chasse; et, quand nous serons loin de ce palais, nous prendrons le chemin d'une autre ville, où nous irons passer quelque temps. Notre absence étonnera le roi qui, ne nous voyant pas revenir, perdra patience et fera peut-être mourir l'étranger, il le chassera du moins de sa cour, pour nous avoir permis de sortir du palais. »

Tous les princes applaudirent à cet artifice. Ils vont trouver Codadad et le prient de leur permettre d'aller prendre le divertissement de la chasse, en lui promettant de revenir le même jour. Le fils de Pirouzé donna dans le piège; il accorda la permission que ses frères lui demandaient. Ils partirent et ne revinrent point. Il y avait déjà trois jours qu'ils étaient absents, lorsque le roi dit à Codadad : « Où sont les princes ? Il y a longtemps que je ne les ai vus. — Sire, répondit-il après avoir fait une profonde révérence, ils sont à la chasse depuis trois jours; ils m'avaient pourtant promis qu'ils reviendraient plus tôt. » Le roi devint inquiet, et son inquiétude augmenta lorsqu'il vit que, le lendemain, les princes ne paraissaient point encore. Il ne put retenir sa colère : « Imprudent étranger, dit-il à Codadad, devais-tu laisser partir mes fils sans les accompagner ? Est-ce ainsi que tu t'acquittes de l'emploi dont je t'ai chargé ? Va les chercher tout à l'heure et me les amène; autrement, ta perte est assurée. »

Ces paroles glacèrent d'effroi le malheureux fils de Pirouzé. Il se revêtit de ses armes, monta promptement à cheval. Il sort de la ville; comme un berger qui a perdu son troupeau, il cherche partout ses frères dans la campagne, il s'informe dans tous les villages si on ne les a point vus; et, n'en apprenant aucune nouvelle, il s'abandonne à la plus vive douleur. « Ah! mes frères! s'écria-t-il, qu'êtes-vous devenus ? Seriez-vous au pouvoir de nos ennemis ? Ne serais-je venu à la cour de Harran que pour causer au roi un déplaisir si sensible ? » Il était inconsolable d'avoir permis aux princes d'aller à la chasse ou de ne les avoir pas accompagnés.

Après quelques jours employés à une recherche vaine, il arriva dans une plaine d'une étendue prodigieuse, au milieu de laquelle il y avait un palais bâti de marbre noir. Il s'en approche et voit, à une fenêtre, une dame parfaitement belle, mais parée de sa seule beauté; car elle avait les cheveux épars, des habits déchirés, et l'on remarquait sur son visage toutes les marques d'une profonde affliction. Sitôt qu'elle aperçut Codadad et qu'elle jugea qu'il pouvait l'entendre, elle lui adressa ces paroles : « O jeune homme! éloigne-toi de ce palais funeste, ou bien tu te verras bientôt en la puissance du monstre qui l'habite. Un nègre, qui se repaît de sang humain, fait ici sa demeure; il arrête toutes les personnes que leur mauvaise fortune fait passer par cette plaine et il les enferme dans de sombres cachots, d'où il ne les tire que pour les dévorer.

— Madame, lui répondit Codadad, apprenez-moi qui vous êtes et ne vous mettez point en peine du reste. — Je suis une fille de qualité du Caire, repartit la dame; je passais hier près de ce château, pour aller à Bagdad; je rencontrai le nègre qui tua tous mes domestiques et m'amena ici. Je voudrais n'avoir rien à craindre que la mort; mais, pour comble d'infortune, ce monstre veut que j'aie de la complaisance pour lui; et si, demain, je ne me rends pas sans effort à sa brutalité, je dois m'attendre à la dernière violence. Encore une fois, poursuivit-elle, sauve-toi, le nègre va bientôt revenir; il est sorti pour poursuivre quelques voyageurs qu'il a remarqués de loin dans la plaine. Tu n'as pas de temps à perdre; et je ne sais pas même si, par une prompte fuite, tu pourras lui échapper. »

Elle n'eut pas achevé ces mots que le nègre parut. C'était un homme d'une grandeur démesurée et d'une mine effroyable. Il montait un puissant cheval de Tartarie et portait un cimeterre si large et si pesant, que lui seul pouvait s'en servir. Le prince, l'ayant aperçu, fut étonné de sa taille monstrueuse. Il s'adressa au ciel pour le prier de lui être favorable; ensuite il tira son sabre et attendit de pied ferme le nègre, qui méprisant un faible ennemi, le somma de se rendre sans combattre; mais Codadad fit connaître par sa contenance qu'il voulait défendre sa vie, car il s'approcha de lui et le frappa rudement au genou. Le nègre, se sentant blessé, poussa un cri si effroyable que toute la plaine en retentit. Il devient furieux, il écume de rage, il se lève sur ses étriers et veut frapper à son tour Codadad de son redoutable cimeterre. Le coup fut porté avec tant de raideur que c'était fait du jeune prince, s'il n'eût pas eu l'adresse de l'éviter en faisant faire un mouvement à son cheval. Le cimeterre fit dans l'air un horrible sifflement. Alors, avant que le nègre eût le temps de porter un second coup, Codadad lui en déchargea un sur le bras droit avec tant de force, qu'il le lui coupa. Le terrible cimeterre tomba avec la main qui le soutenait, et le nègre, cédant à la violence du coup, vida les étriers et fit retentir la terre du bruit de sa chute. En même temps, le prince descendit de son cheval, se jeta sur son ennemi et lui coupa la tête. En ce moment, la dame, dont les yeux avaient été témoins de ce combat, et qui faisait encore au ciel des vœux pour ce jeune héros qu'elle admirait, fit un cri de joie et dit à Codadad : « Prince (car la pénible victoire que vous venez de remporter me persuade, aussi bien que votre air noble, que vous ne devez pas être d'une condition commune), achevez votre ouvrage; le nègre a les clefs de ce château; prenez-les et venez me tirer de prison. » Le prince fouilla dans les poches du misérable qui était étendu sur la poussière et y trouva plusieurs clefs.

Il ouvrit la première porte et entra dans une grande cour où il rencontra la dame, qui venait au-devant de lui. Elle voulut se jeter à ses pieds pour mieux lui marquer sa reconnaissance; mais il l'en empêcha. Elle loua sa valeur et l'éleva au-dessus de tous les héros du monde. Il répondit à ses compliments; et, comme elle lui parut encore plus aimable de près que de loin, je ne sais si elle sentait plus de joie de se voir délivrée de l'affreux péril où elle avait été, que lui, d'avoir rendu cet important service à une si belle personne.

Leurs discours furent interrompus par des cris et des gémissements. « Qu'entends-je ? s'écria Codadad; d'où partent ces voix pitoyables qui frappent nos oreilles ? — Seigneur, dit la dame, en lui montrant du doigt une porte basse qui était dans la cour, elles viennent de cet endroit : il y a là je ne sais combien de malheureux que leur étoile a fait tomber entre les mains du nègre; ils sont tous enchaînés, et, chaque jour, ce monstre en tirait un pour le manger.

— C'est un surcroît de joie pour moi, reprit le jeune prince, d'apprendre que ma victoire sauve la vie à ces infortunés. Venez, madame, venez partager avec moi le plaisir de les mettre en liberté; vous pouvez juger par vous-même de la satisfaction que nous allons leur causer. » A ces mots, ils s'avancèrent vers la porte du cachot. A mesure qu'ils en approchaient, ils entendaient plus distinctement les plaintes des prisonniers. Codadad en était pénétré. Impatient de terminer leurs peines, il met promptement une de ses clefs dans la serrure. D'abord il ne mit pas celle qu'il fallait; il en prend une autre, et au bruit qu'il fait, tous ces malheureux, persuadés que c'est le nègre qui vient, selon sa coutume, leur apporter à manger et, en même temps, se saisir d'un de leurs compagnons, redoublent leurs cris et leurs gémissements. On entendait des voix lamentables qui semblaient sortir du centre de la terre.

Cependant le prince ouvrit la porte et trouva un escalier assez raide, par où il descendit dans une vaste et profonde cave, qui recevait un faible jour par un soupirail, et où il y avait plus de cent personnes attachées à des pieux, les mains liées. « Infortunés voyageurs, leur dit-il, misérables victimes, qui n'attendez que le moment d'une mort cruelle, rendez grâces au ciel, qui vous délivre aujourd'hui par le secours de mon bras. J'ai tué l'horrible nègre dont vous deviez être la proie, et je viens briser vos fers. » Les prisonniers n'eurent pas sitôt entendu ces paroles, qu'ils poussèrent tous ensemble un cri mêlé de surprise et de joie. Codadad et la dame commencèrent à les délier; et, à mesure qu'ils les déliaient, ceux qui se voyaient débarrassés de leurs chaînes aidaient à défaire celles des autres; de manière qu'en peu de temps ils furent tous en liberté.

Alors ils se mirent à genoux, et, après avoir remercié Codadad de ce qu'il venait de faire pour eux, ils sortirent de la cave; et quand ils furent dans la cour, de quel étonnement fut frappé le prince, de voir, parmi ces prisonniers, ses frères qu'il cherchait et qu'il n'espérait plus rencontrer! « Ah! princes, s'écria-t-il en les apercevant, ne me trompé-je point ? Est-ce vous en effet que je vois ? Puis-je me flatter que je pourrai vous rendre au roi votre père, qui est inconsolable de vous avoir perdus ? Mais n'en aura-t-il pas quelqu'un à pleurer ? Êtes-vous tous en vie ? Hélas! la mort d'un seul d'entre vous suffit pour empoisonner la joie que je sens de vous avoir sauvés! »

Les quarante-neuf princes se firent tous reconnaître à Codadad, qui les embrassa l'un après l'autre et leur apprit l'inquiétude que leur absence causait au roi. Ils donnèrent à leur libérateur toutes les louanges qu'il méritait, aussi bien que les autres prisonniers, qui ne pouvaient trouver de termes assez forts à leur gré pour lui témoigner toute la reconnaissance dont ils se sentaient pénétrés. Codadad fit ensuite avec eux la visite du château, où il y avait des richesses immenses, des toiles fines, des brocarts d'or, des tapis de Perse, des satins de la Chine et une infinité d'autres marchandises que le nègre avait prises aux caravanes qu'il avait pillées, et dont la plus grande partie appartenait aux prisonniers que Codadad venait de délivrer. Chacun reconnut son bien et le réclama. Le prince leur fit prendre leurs ballots et partagea même entre eux le reste des marchandises. Puis il leur dit : « Comment ferez-vous pour porter vos étoffes ? Nous sommes ici dans un désert; il n'y a pas d'apparence que vous trouviez des chevaux. — Seigneur, répondit un des prisonniers, le nègre nous a volé nos chameaux avec nos marchandises; peut-être sont-ils dans les écuries de ce château. — Cela n'est pas impossible, repartit Codadad; il faut nous en éclaircir. » En même temps, ils allèrent aux écuries, où non seulement ils aperçurent les chameaux des marchands, mais même les chevaux des fils du roi de Harran, ce qui les combla tous de joie. Il y avait dans les écuries quelques esclaves noirs, qui, voyant tous les prisonniers délivrés, et jugeant, par là, que le nègre avait été tué, prirent l'épouvante et la fuite par des détours qui leur étaient connus. On ne songea point à les poursuivre. Tous les marchands, ravis d'avoir recouvré leurs chameaux et leurs marchandises, avec leur liberté, se disposèrent à partir; mais, avant leur départ, ils firent de nouveaux remerciements à leur libérateur.

Quand ils furent partis, Codadad, s'adressant à la dame, lui dit : « En quels lieux, madame, souhaitez-vous d'aller ? Où tendaient vos pas lorsque vous avez été surprise par le nègre ? Je prétends vous conduire jusqu'à l'endroit que vous avez choisi pour retraite, et je ne doute point que ces princes ne soient tous dans la même résolution. » Les fils du roi de Harran protestèrent à la dame qu'ils ne la quitteraient point qu'ils ne l'eussent rendue à ses parents.

« Princes, leur dit-elle, je suis d'un pays trop éloigné d'ici; et, outre que ce serait abuser de votre générosité que de vous faire faire tant de chemin, je vous avouerai que je suis pour jamais éloignée de ma patrie. Je vous ai dit tantôt que j'étais une dame du Caire; mais, après les bontés que vous me témoignez et l'obligation que je vous ai, seigneur, ajouta-t-elle en regardant Codadad, j'aurais mauvaise grâce de vous déguiser la vérité. Je suis fille de roi. Un usurpateur s'est emparé du trône de mon père, après lui avoir ôté la vie; et, pour conserver la mienne, j'ai été obligée d'avoir recours à la fuite. » A cet aveu, Codadad et ses frères prièrent la princesse de leur conter son histoire, en l'assurant qu'ils prenaient toute la part possible à ses malheurs et qu'ils étaient disposés à ne rien épargner pour la rendre plus heureuse. Après les avoir remerciés des nouvelles protestations de service qu'ils lui faisaient, elle ne put se dispenser de satisfaire leur curiosité, et elle commença de cette sorte le récit de ses aventures :

HISTOIRE DE LA PRINCESSE DE DERYABAR

Il y a dans une île une grande ville appelée Deryabar. Elle a été longtemps gouvernée par un roi puissant, magnifique et vertueux. Ce prince n'avait point d'enfants, et cela seul manquait à son bonheur. Il adressait sans cesse des prières au ciel; mais le ciel ne les exauça qu'à demi; car la reine sa femme, après une longue attente, ne mit au monde qu'une fille.

Je suis cette malheureuse princesse. Mon père eut plus de chagrin que de joie de ma naissance; mais il se soumit à la volonté de Dieu. Il me fit élever avec tout le soin imaginable, résolu, puisqu'il n'avait point de fils, de m'apprendre l'art de régner et de me faire occuper sa place après lui.

Un jour qu'il prenait le divertissement de la chasse, il aperçut un âne sauvage. Il le poursuit; il se sépare du gros de la chasse; et son ardeur l'emporta si loin, que, sans songer qu'il s'égarait, il courut jusqu'à la nuit. Alors il descendit de cheval et s'assit à l'entrée d'un bois dans lequel il avait remarqué que l'âne s'était jeté. A peine le jour venait de se fermer, qu'il aperçut entre les arbres une lumière qui lui fit juger qu'il n'était pas loin de quelque village. Il s'en réjouit, dans l'espérance d'y aller passer la nuit et d'y trouver quelqu'un qu'il pût envoyer aux gens de sa suite, pour leur apprendre où il était. Il se leva et marcha vers la lumière qui lui servait de fanal pour se conduire.

Il connut bientôt qu'il s'était trompé : cette lumière n'était autre chose qu'un feu allumé dans une cabane. Il s'en approche et voit avec étonnement un grand homme noir, ou plutôt un géant épouvantable, qui était assis sur un sofa. Le monstre avait devant lui une grosse cruche de vin et faisait rôtir sur des charbons un bœuf qu'il venait d'écorcher. Tantôt il portait la cruche à sa bouche, et tantôt il dépeçait ce bœuf et en mangeait des morceaux. Mais ce qui attira le plus l'attention du roi mon père fut une très belle femme, qu'il aperçut dans la cabane. Elle paraissait plongée dans une profonde tristesse; elle avait les mains liées; et l'on voyait à ses pieds un petit enfant de deux ou trois ans, qui, comme s'il eût déjà senti les malheurs de sa mère, pleurait sans relâche et faisait retentir l'air de ses cris.

Mon père, frappé de cet objet pitoyable, fut d'abord tenté d'entrer dans la cabane et d'attaquer le géant; mais, faisant réflexion que ce combat serait inégal, il s'arrêta et résolut, puisque ses forces ne suffisaient pas, de s'en défaire par surprise. Cependant le géant, après avoir vidé la cruche et mangé plus de la moitié du bœuf, se tourna vers la femme et lui dit : « Belle princesse, pourquoi m'obligez-vous par votre opiniâtreté à vous traiter avec rigueur ? Il ne tient qu'à vous d'être heureuse : vous n'avez qu'à prendre la résolution de m'aimer et de m'être fidèle, et j'aurai pour vous des manières plus douces. — O satyre affreux, répondit la dame, n'espère pas que le temps diminue l'horreur que j'ai pour toi! tu seras toujours un monstre à mes yeux! » Ces mots furent suivis de tant d'injures, que le géant en fut irrité. « C'en est trop, s'écria-t-il d'un ton furieux, mon amour méprisé se convertit en rage; ta haine excite enfin la mienne; je sens qu'elle triomphe de mes désirs et que je souhaite ta mort avec plus d'ardeur que je n'ai souhaité ta possession. » En achevant ces paroles, il prend cette malheureuse femme par les cheveux, il la tient, d'une main, en l'air, et, de l'autre, tirant son sabre, il s'apprête à lui couper la tête, lorsque mon père décoche une flèche et perce l'estomac du géant, qui chancelle et tombe aussitôt sans vie.

Mon père entra dans la cabane; il délia les mains de la femme, lui demanda qui elle était et par quelle aventure elle se trouvait là. « Seigneur, lui répondit-elle, il y a sur le rivage de la mer quelques familles sarrasines qui ont pour chef un prince qui est mon mari. Ce géant que vous venez de tuer était un de ses principaux officiers. Ce misérable conçut pour moi une passion violente, qu'il prit grand soin de cacher jusqu'à ce qu'il pût trouver une occasion favorable d'exécuter le dessein qu'il forma de m'enlever. La fortune favorise plus souvent les entreprises injustes que les bonnes résolutions. Un jour, le géant me surprit, avec mon enfant, dans un lieu écarté; il nous enleva tous deux; et, pour rendre inutiles toutes les perquisitions qu'il jugeait bien que mon mari ferait de ce rapt, il s'éloigna du pays qu'habitent les Sarrasins et nous amena jusque dans ce bois, où il me retient depuis quelques jours. Quelque déplorable pourtant que soit ma destinée, je ne laisse point de sentir une secrète consolation, quand je pense que ce géant, tout brutal et tout amoureux qu'il ait été, n'a point employé la violence pour obtenir ce que j'ai toujours refusé à ses prières. Ce n'est pas qu'il ne m'ait cent fois menacée qu'il en viendrait aux plus fâcheuses extrémités, s'il ne pouvait vaincre autrement ma résistance; et je vous avoue que tout à l'heure, quand j'ai excité sa colère par mes discours, j'ai moins craint pour ma vie que pour mon honneur. Voilà, seigneur, continua la femme du prince des Sarrasins, voilà mon histoire; et je ne doute point que vous ne me trouviez assez digne de pitié pour ne vous pas repentir de m'avoir si généreusement secourue.

— Oui, madame, lui dit mon père, vos malheurs m'ont attendri; j'en suis vivement touché; mais il ne tiendra pas à moi que votre sort ne devienne meilleur. Demain, dès que le jour aura dissipé les ombres de la nuit, nous sortirons de ce bois, nous chercherons le chemin de la grande ville de Deryabar, dont je suis le souverain; et, si vous l'avez pour agréable, vous logerez dans mon palais, jusqu'à ce que le prince votre époux vous vienne réclamer. »

La dame sarrasine accepta la proposition; et, suivit le jour suivant, le roi mon père, qui trouva, à la sortie du bois, tous ses officiers, qui avaient passé la nuit à le chercher et qui étaient fort en peine de lui. Ils furent aussi ravis de le retrouver qu'étonnés de le voir avec une dame dont la beauté les surprit. Il leur conta de quelle manière il l'avait rencontrée et le péril qu'il avait couru en s'approchant de la cabane, où sans doute il aurait perdu la vie si le géant l'eût aperçu. Un des officiers prit la dame en croupe et un autre porta l'enfant.

Ils arrivèrent dans cet équipage au palais du roi mon père, qui donna un logement à la belle Sarrasine et fit élever son enfant avec beaucoup de soin. La dame ne fut pas insensible aux bontés du roi : elle eut pour lui toute la reconnaissance qu'il pouvait souhaiter. Elle avait paru d'abord assez inquiète et impatiente de ce que son mari ne la réclamait point; mais peu à peu elle perdit son inquiétude : les déférences que mon père avait pour elle charmèrent son impatience; et je crois qu'elle eût enfin su plus mauvais gré à la fortune de la rapprocher de ses parents que de l'en avoir éloignée.

Cependant le fils de cette dame devint grand; il était fort bien fait; et, comme il ne manquait pas d'esprit, il trouva moyen de plaire au roi mon père, qui prit pour lui beaucoup d'amitié. Tous les courtisans s'en aperçurent et jugèrent que ce jeune homme pourrait m'épouser. Dans cette pensée, et le regardant déjà comme l'héritier de la couronne, ils s'attachaient à lui, et chacun s'efforçait de gagner sa confiance. Il pénétra le motif de leur attachement; il s'en applaudit; et, oubliant la distance qui était entre nos conditions, il se flatta de l'espérance qu'en effet mon père l'aimait assez pour préférer son alliance à celle de tous les princes du monde. Il fit plus : le roi tardant trop, à son gré, à lui offrir ma main, il eut la hardiesse de la lui demander. Quelque châtiment que méritât son audace, mon père se contenta de lui dire qu'il avait d'autres vues sur moi, et ne lui en fit pas plus mauvais visage. Le jeune homme fut irrité de ce refus : cet orgueilleux se sentit aussi choqué du mépris qu'on faisait de sa recherche que s'il eût demandé une fille du commun ou qu'il eût été d'une naissance égale à la mienne. Il n'en demeura pas là : il résolut de se venger du roi; et, par une ingratitude dont il est peu d'exemples, il conspira contre lui, il le poignarda et se fit proclamer roi de Deryabar par un grand nombre de personnes mécontentes dont il sut ménager le chagrin. Son premier soin, dès qu'il se vit défait de mon père, fut de venir lui-même dans mon appartement, à la tête d'une partie des conjurés. Son dessein était de m'ôter la vie ou de m'obliger par force à l'épouser. Mais j'eus le temps de lui échapper : tandis qu'il était occupé à égorger mon père, le grand-vizir, qui avait toujours été fidèle à son maître, vint m'arracher du palais et me mit en sûreté dans la maison d'un de ses amis, où il me retint jusqu'à ce qu'un vaisseau, secrètement préparé par ses soins, fût en état de faire voile. Alors je sortis de l'île, accompagnée seulement d'une gouvernante et de ce généreux ministre, qui aima mieux suivre la fille de son maître et s'associer à ses malheurs que d'obéir au tyran.

Le grand-vizir se proposait de me conduire dans les cours des rois voisins, d'implorer pour moi leur assistance et de les exciter à venger la mort de mon père; mais le ciel n'approuva pas une résolution qui nous paraissait si raisonnable. Après quelques jours de navigation, il s'éleva une tempête si furieuse que, malgré l'art de nos matelots, notre vaisseau, emporté par la violence des vents et des flots, se brisa contre un rocher. Je ne m'arrêterai point à vous faire la description de notre naufrage; je vous peindrais mal de quelle manière ma gouvernante, le grand vizir et tous ceux qui m'accompagnaient furent engloutis dans les abîmes de la mer : la frayeur dont j'étais saisie ne me permit pas de remarquer toute l'horreur de notre sort. Je perdis le sentiment; et, soit que j'eusse été portée par quelques débris du vaisseau sur la côte, soit que le ciel, qui me réservait à d'autres malheurs, eût fait un miracle pour me sauver, quand j'eus repris mes esprits, je me trouvai sur le rivage.

Souvent les malheurs nous rendent injustes : au lieu de remercier Dieu de la grâce particulière que j'en recevais, je ne levai les yeux au ciel que pour lui faire des reproches de m'avoir sauvée. Loin de pleurer le vizir et ma gouvernante, j'enviais leur destinée; et peu à peu, ma raison cédant aux affreuses images qui la troublaient, je pris la résolution de me jeter dans la mer. J'étais prête à m'y lancer, lorsque j'entendis derrière moi un grand bruit d'hommes et de chevaux. Je tournai aussitôt la tête pour voir ce que c'était, et je vis plusieurs cavaliers armés, parmi lesquels il y en avait un monté sur un cheval arabe; celui-là portait une robe brodée d'argent avec une ceinture de pierreries, et il avait une couronne d'or sur la tête. Quand je n'aurais pas jugé, à son habillement, que c'était le maître des autres, je m'en serais aperçue à l'air de grandeur qui était répandu dans toute sa personne. C'était un jeune homme parfaitement bien fait et plus beau que le jour. Surpris de voir en cet endroit une jeune dame seule, il détacha quelques-uns de ses officiers pour me venir demander qui j'étais. Je ne leur répondis que par des pleurs. Comme le rivage était couvert des débris de notre vaisseau, ils jugèrent qu'un navire venait de se briser sur la côte et que j'étais sans doute une personne échappée du naufrage. Cette conjecture et la vive douleur que je faisais paraître irritèrent la curiosité des officiers, qui commencèrent à me faire mille questions, en m'assurant que leur roi était un prince généreux et que je trouverais dans sa cour de la consolation.

Leur roi, impatient d'apprendre qui je pouvais être, s'ennuya d'attendre le retour de ses officiers; il s'approcha de moi; il me regarda avec beaucoup d'attention, et, comme je ne cessais pas de pleurer et de m'affliger, sans pouvoir répondre à ceux qui m'interrogeaient, il leur défendit de me fatiguer davantage par leurs questions; et s'adressant à moi : « Madame, me dit-il, je vous conjure de modérer l'excès de votre affliction. Si le ciel en colère vous fait éprouver sa rigueur, faut-il, pour cela, vous abandonner au désespoir ? Ayez, je vous prie, plus de fermeté : la fortune, qui vous persécute, est inconstante; votre sort peut changer. J'ose même vous assurer que, si vos malheurs peuvent être soulagés, ils le seront dans mes États. Je vous offre mon palais; vous demeurerez auprès de la reine ma mère, qui s'efforcera, par ses bons traitements, d'adoucir vos peines. Je ne sais point encore qui vous êtes, mais je sens que je m'intéresse déjà pour vous. »

Je remerciai ce jeune roi de ses bontés; j'acceptai les offres obligeantes qu'il me faisait, et, pour lui montrer que je n'en étais pas indigne, je lui découvris ma condition. Je lui peignis l'audace du jeune Sarrasin, et je n'eus besoin que de raconter simplement mes malheurs pour exciter sa compassion et celle de tous ses officiers qui m'écoutaient. Le prince, après que j'eus cessé de parler, reprit la parole et m'assura de nouveau qu'il prenait beaucoup de part à mon infortune. Il me conduisit ensuite à son palais, où il me présenta à la reine sa mère. Il fallut, là, recommencer le récit de mes aventures et renouveler mes larmes. La reine se montra très sensible à mes chagrins et conçut pour moi une tendresse extrême. Le roi son fils, de son côté, devint éperdument amoureux de moi et m'offrit bientôt sa couronne et sa main. J'étais encore si occupée de mes disgrâces que le prince, tout aimable qu'il était, ne fit pas sur moi l'impression qu'il aurait pu faire dans un autre temps. Cependant, pénétrée de reconnaissance, je ne refusai point de faire son bonheur : notre mariage se fit avec toute la pompe imaginable.

Pendant que tout le peuple était occupé à célébrer les noces de son souverain, un prince voisin et ennemi vint, une nuit, faire une descente dans l'île, avec un grand nombre de combattants : ce redoutable ennemi était le roi de Zanguebar; il surprit tout le monde et tailla en pièces tous les sujets du prince mon mari. Peu s'en fallut qu'il ne nous prît tous deux; car il était déjà dans le palais avec une partie de ses gens; mais nous trouvâmes moyen de nous sauver et de gagner le bord de la mer, où nous nous jetâmes dans une barque de pêcheur, que nous eûmes le bonheur de rencontrer. Nous voguâmes au gré des vents pendant deux jours, sans savoir ce que nous deviendrions; le troisième, nous aperçûmes un vaisseau qui venait à nous à toutes voiles. Nous nous en réjouîmes d'abord, parce que nous imaginâmes que c'était un vaisseau marchand qui pourrait nous recevoir; mais nous fûmes dans un étonnement que je ne puis vous exprimer, lorsque, s'étant approché de nous, dix ou douze corsaires armés parurent sur le tillac. Ils vinrent à l'abordage; cinq ou six d'entre eux se jetèrent dans notre barque, se saisirent de nous deux, lièrent le prince mon mari et nous firent passer dans leur vaisseau, où d'abord ils m'ôtèrent mon voile. Ma jeunesse et mes traits les frappèrent. Tous ces pirates témoignent qu'ils sont charmés de ma vue; au lieu de tirer au sort, chacun prétend avoir la préférence et que je devienne sa proie. Ils s'échauffent, ils en viennent aux mains, ils combattent comme des furieux. Le tillac, en un moment, est couvert de corps morts. Enfin, ils se tuèrent tous, à la réserve d'un seul, qui, se voyant maître de ma personne, me dit : « Vous êtes à moi : je vais vous conduire au Caire pour vous livrer à un de mes amis à qui j'ai promis une belle esclave. Mais, ajouta-t-il en regardant le roi mon époux, qui est cet homme-là ? Quels liens l'attachent à vous ? sont-ce ceux du sang ou ceux de l'amour ? — Seigneur, lui répondis-je, c'est mon mari. — Cela étant, reprit le corsaire, il faut que je m'en défasse par pitié; il souffrirait trop de vous voir entre les bras de mon ami. » A ces mots, il prit ce malheureux prince, qui était lié, et le jeta dans la mer, malgré tous les efforts que je pus faire pour l'en empêcher.

Je poussai des cris effroyables, à cette cruelle action, et je me serais indubitablement précipitée dans les flots, si le pirate ne m'eût retenue. Il vit bien que je n'avais point d'autre envie; c'est pourquoi il me lia avec des cordes au grand mât; et puis, mettant à la voile, il cingla vers la terre, où il alla descendre. Il me détacha, me mena jusqu'à une petite ville, où il acheta des chameaux, des tentes et des esclaves, et prit ensuite la route du Caire, dans le dessein, disait-il toujours, de m'aller présenter à son ami et dégager sa parole.

Il y avait déjà plusieurs jours que nous étions en marche lorsqu'en passant, hier, par cette plaine, nous aperçûmes le nègre qui habitait ce château. Nous le prîmes, de loin, pour une tour; et, lorsqu'il fut près de nous, à peine pouvions-nous croire que ce fût un homme. Il tira son large cimeterre et somma le pirate de se rendre prisonnier, avec tous ses esclaves et la dame qu'il conduisait. Le corsaire avait du courage; et, secondé de tous ses esclaves, qui promirent de lui être fidèles, il attaqua le nègre. Le combat dura longtemps; mais le pirate tomba sous les coups de son ennemi, aussi bien que tous ses esclaves, qui aimèrent mieux mourir que de l'abandonner. Après cela, le nègre m'emmena dans ce château, où il apporta le corps du pirate, qu'il mangea à son souper. Sur la fin de cet horrible repas, il me dit, voyant que je ne faisais que pleurer : « Jeune dame, dispose-toi à combler mes désirs, au lieu de t'affliger ainsi. Cède de bonne grâce à la nécessité : je te donne jusqu'à demain à faire tes réflexions. Que je te revoie toute consolée de tes malheurs et ravie d'être réservée à mon lit. » En achevant ces paroles, il me conduisit lui-même dans une chambre et se coucha dans la sienne, après avoir fermé lui-même les portes du château. Il les a ouvertes ce matin et refermées aussitôt, pour courir après quelques voyageurs qu'il a remarqués de loin; mais il faut qu'ils lui soient échappés, puisqu'il revenait seul et sans leurs dépouilles, lorsque vous l'avez attaqué.

La princesse n'eut pas plus tôt achevé le récit de ses aventures que Codadad lui témoigna qu'il était vivement touché de ses malheurs : « Mais, madame, ajouta-t-il, il ne tiendra qu'à vous de vivre désormais tranquillement. Les fils du roi de Harran vous offrent un asile dans la cour de leur père; acceptez-le, de grâce. Vous y serez chérie de ce prince et respectée de tout le monde; et, si vous ne dédaignez pas la foi de votre libérateur, souffrez que je vous la présente et que je vous épouse devant tous ces princes; qu'ils soient témoins de notre engagement. » La princesse y consentit; et, dès le jour même, ce mariage se fit dans le château, où ils trouvèrent toutes sortes de provisions : les cuisines étaient pleines de viande et d'autres mets, dont le nègre avait coutume de se nourrir lorsqu'il était rassasié de chair humaine. Il y avait aussi beaucoup de fruits, tous excellents dans leurs espèces et, pour comble de délices, une grande quantité de liqueurs et de vins exquis.

Ils se mirent tous à table; et, après avoir bien mangé et bien bu, ils emportèrent tout le reste des provisions et sortirent du château, dans le dessein de se rendre à la cour du roi de Harran. Ils marchèrent plusieurs jours, campant dans les endroits les plus agréables qu'ils pouvaient trouver; et ils n'étaient plus qu'à une journée de Harran, lorsque, s'étant arrêtés et achevant de boire leur vin, comme gens qui ne se souciaient plus de le ménager, Codadad prit la parole : « Princes, dit-il, c'est trop longtemps vous cacher qui je suis; vous voyez votre frère Codadad : je dois le jour, aussi bien que vous, au roi de Harran. Le prince de Samarie m'a élevé, et la princesse Pirouzé est ma mère. Madame, ajouta-t-il, en s'adressant à la princesse de Deryabar, pardon si je vous ai fait aussi un mystère de ma naissance. Peut-être qu'en vous la découvrant plus tôt, j'aurais prévenu quelques réflexions désagréables, qu'un mariage que vous avez cru inégal vous a pu faire faire. — Non, seigneur, lui répondit la princesse; les sentiments que vous m'avez d'abord inspirés se sont fortifiés de moment en moment; et, pour faire mon bonheur, vous n'aviez pas besoin de cette origine que vous me découvrez ».

Les princes félicitèrent Codadad sur sa naissance et lui en témoignèrent beaucoup de joie; mais, dans le fond de leur cœur, au lieu d'en être bien aises, leur haine pour un si aimable frère ne fit que s'augmenter. Ils s'assemblèrent, la nuit, et se retirèrent dans un lieu écarté, pendant que Codadad et la princesse sa femme goûtaient sous leur tente la douceur du sommeil. Ces ingrats, ces envieux frères, oubliant que sans le courageux fils de Pirouzé ils seraient tous devenus la proie du nègre, résolurent entre eux de l'assassiner. « Nous n'avons point d'autre parti à prendre, dit l'un de ces méchants : dès que le roi saura que cet étranger, qu'il aime tant, est son fils et qu'il a eu assez de force pour terrasser, lui seul, un géant que nous n'avons pu vaincre tous ensemble, il l'accablera de caresses, il lui donnera mille louanges et le déclarera son héritier, au mépris de tous ses autres fils, qui seront obligés de se prosterner devant leur frère et de lui obéir. »

A ces paroles il en ajouta d'autres qui firent tant d'impression sur tous ces esprits jaloux, qu'ils allèrent sur-le-champ trouver Codadad endormi. Ils le percèrent de mille coups de poignard; et, le laissant sans sentiment dans les bras de la princesse, ils partirent pour se rendre à la ville de Harran, où ils arrivèrent le lendemain.

Leur arrivée causa d'autant plus de joie au roi leur père qu'il désespérait de les revoir. Il leur demanda la cause de leur retardement; mais ils se gardèrent bien de la lui dire; ils ne firent aucune mention du nègre ni de Codadad, et dirent seulement que, n'ayant pu résister à la curiosité de voir le pays, ils s'étaient arrêtés dans quelques villes voisines.

Cependant Codadad, noyé dans son sang et peu différent d'un homme mort, était sous sa tente avec la princesse sa femme, qui ne paraissait guère moins à plaindre que lui. Elle remplissait l'air de cris pitoyables; elle s'arrachait les cheveux et, mouillant de ses pleurs le corps de son mari : « Ah! Codadad, s'écriait-elle à tous moments, mon cher Codadad, est-ce toi que je vois près à passer chez les morts ? Quelles cruelles mains t'ont réduit en l'état où tu es ? Croirai-je que ce sont tes propres frères qui t'ont si impitoyablement déchiré, tes frères que ta valeur a sauvés ? Non, ce sont plutôt des démons, qui, sous des traits si chers, sont venus t'arracher la vie. Ah! barbares, qui que vous soyez, avez-vous bien pu payer d'une si noire ingratitude le service qu'il vous a rendu ? Mais pourquoi m'en prendre à tes frères, malheureux Codadad ? C'est à moi seule que je dois imputer ta mort : tu as voulu joindre ta destinée à la mienne; et toute l'infortune que je traîne avec moi, depuis que je suis sortie du palais de mon père, s'est répandue sur toi. O ciel qui m'avez condamnée à mener une vie errante et pleine de disgrâce, si vous ne voulez pas que j'aie d'époux, pourquoi souffrez-vous que j'en trouve ? En voilà deux que vous m'ôtez dans le temps que je commence à m'attacher à eux. »

C'était par de semblables discours et de plus touchants encore que la déplorable princesse de Deryabar exprimait sa douleur en regardant l'infortuné Codadad, qui ne pouvait l'entendre. Il n'était pourtant pas mort; et sa femme, ayant pris garde qu'il respirait encore, courut vers un gros bourg, qu'elle aperçut dans la plaine, pour y chercher un chirurgien. On lui en enseigna un, qui partit sur-le-champ avec elle; mais quand ils furent sous la tente, ils n'y trouvèrent point Codadad; ce qui leur fit juger que quelque bête sauvage l'avait emporté pour le dévorer. La princesse recommença ses plaintes et ses lamentations de la manière du monde la plus pitoyable. Le chirurgien en fut attendri; et, ne voulant pas l'abandonner dans l'état affreux où il la voyait, il lui proposa de retourner dans le bourg et lui offrit sa maison et ses services.

Elle se laissa entraîner : le chirurgien l'emmena chez lui et sans savoir encore qui elle était, la traita avec toute la considération et tout le respect imaginables. Il tâchait par ses discours de la consoler; mais il avait beau combattre sa douleur, il ne faisait que l'aigrir au lieu de la soulager. « Madame, lui dit-il un jour, apprenez-moi, de grâce, tous vos malheurs; dites-moi de quel pays et de quelle condition vous êtes : peut-être que je vous donnerai de bons conseils, quand je serai instruit de toutes les circonstances de votre infortune. Vous ne faites que vous affliger, sans songer que l'on peut trouver des remèdes aux maux les plus désespérés. »

Le chirurgien parla avec tant d'éloquence qu'il persuada la princesse; elle lui raconta toutes ses aventures; et, lorsqu'elle en eut achevé le récit, le chirurgien reprit la parole : « Madame, dit-il, puisque les choses sont ainsi, permettez-moi de vous représenter que vous ne devez point vous abandonner à votre affliction; vous devez plutôt vous armer de constance et faire ce que le nom et le devoir d'une épouse exigent de vous; vous devez venger votre mari. Je vais, si vous le souhaitez, vous servir d'écuyer. Allons à la cour du roi de Harran; ce prince est bon et très équitable; vous n'avez qu'à lui peindre avec de vives couleurs le traitement que le prince Codadad a reçu de ses frères, je suis persuadé qu'il vous fera justice. — Je cède à ces raisons, répondit la princesse : oui, je dois entreprendre la vengeance de Codadad; et, puisque vous êtes assez obligeant et assez généreux pour vouloir m'accompagner, je suis prête à partir. » Elle n'eut pas sitôt pris cette résolution que le chirurgien fit préparer deux chameaux, sur lesquels la princesse et lui se mirent en chemin et se rendirent à la ville de Harran.

Ils allèrent descendre au premier caravansérail qu'ils rencontrèrent; ils demandèrent à l'hôte des nouvelles de la cour. « Elle est, leur dit-il, dans une assez grande inquiétude. Le roi avait un fils qui, comme un inconnu, a demeuré près de lui fort longtemps, et l'on ne sait ce qu'est devenu ce jeune prince. Une femme du roi, nommée Pirouzé, en est la mère; elle a fait faire mille perquisitions qui ont été inutiles. Tout le monde est touché de la perte de ce prince, car il avait beaucoup de mérite.

Le roi a quarante-neuf autres fils, tous sortis de mères différentes; mais il n'y en a pas un qui ait assez de vertu pour consoler le roi de la mort de Codadad. Je dis de sa mort, parce qu'il n'est pas possible qu'il vive encore, puisqu'on ne l'a pu trouver, malgré toutes les recherches qu'on en a faites. »

Sur le rapport de l'hôte, le chirurgien jugea que la princesse de Deryabar n'avait point d'autre parti à prendre que d'aller se présenter à Pirouzé; mais cette démarche n'était pas sans péril et demandait beaucoup de précautions. Il était à craindre que, si les fils du roi de Harran apprenaient l'arrivée et le dessein de leur belle-sœur, ils ne la fissent enlever avant qu'elle pût parler à la mère de Codadad. Le chirurgien fit toutes ces réflexions et se représenta ce qu'il risquait lui-même; c'est pourquoi, voulant se conduire prudemment dans cette conjoncture, il pria la princesse de demeurer au caravansérail, pendant qu'il irait au palais reconnaître les chemins par où il pourrait sûrement la faire parvenir jusqu'à Pirouzé.

Il alla donc dans la ville et marchait vers le palais, comme un homme attiré seulement par la curiosité de voir la cour, lorsqu'il aperçut une dame montée sur une mule richement enharnachée; elle était suivie de plusieurs demoiselles aussi montées sur des mules et d'un très grand nombre de gardes et d'esclaves noirs. Tout le peuple se rangeait en haie pour la voir passer et la saluait, en se prosternant la face contre terre. Le chirurgien la salua de la même manière et demanda ensuite à un calender qui se trouva près de lui si cette dame était femme du roi. « Oui, frère, lui dit le calender, c'est une de ses femmes, et celle qui est la plus honorée et la plus chérie du peuple, parce qu'elle est mère du prince Codadad, dont vous devez avoir ouï parler. »

Le chirurgien n'en voulut pas savoir davantage : il suivit Pirouzé jusqu'à une mosquée, où elle entra pour distribuer des aumônes et assister aux prières publiques que le roi avait ordonnées pour demander à Dieu le retour de Codadad. Le peuple, qui s'intéressait extrêmement à la destinée de ce jeune prince, courait en foule joindre ses vœux aux prières des prêtres; de sorte que la mosquée était remplie de monde. Le chirurgien fendit la presse et s'avança jusqu'aux gardes de Pirouzé. Il entendit toutes les prières; et, lorsque cette princesse sortit, il aborda un des esclaves et lui dit à l'oreille : « Frère, j'ai un secret important à révéler à la princesse Pirouzé;

ne pourrais-je point, par votre moyen, être introduit dans son appartement ? — Si ce secret, répondit l'esclave, regarde le prince Codadad, j'ose vous promettre que dès aujourd'hui vous aurez d'elle l'audience que vous souhaitez; mais, si ce secret ne le regarde point, il est inutile que vous cherchiez à vous faire présenter à la princesse, car elle n'est occupée que de son fils et elle ne veut point entendre parler d'autre chose. — Ce n'est que de ce cher fils que je veux l'entretenir, reprit le chirurgien. — Cela étant, dit l'esclave, vous n'avez qu'à nous suivre jusqu'au palais, et vous lui parlerez bientôt. »

Effectivement, lorsque Pirouzé fut retournée dans son appartement, cet esclave lui dit qu'un homme inconnu avait quelque chose d'important à lui communiquer et que le prince Codadad y était intéressé. Il n'eut pas plus tôt prononcé ces paroles que Pirouzé témoigna une vive impatience de voir cet homme inconnu. L'esclave le fit aussitôt entrer dans le cabinet de la princesse, qui écarta toutes ses femmes, à la réserve de deux, pour qui elle n'avait rien de caché. Dès qu'elle aperçut le chirurgien, elle lui demanda avec précipitation quelles nouvelles de Codadad il avait à lui annoncer. « Madame, répondit le chirurgien, après s'être prosterné la face contre terre, j'ai une longue histoire à vous raconter et des choses sans doute qui vous surprendront. » Alors il lui fit un détail de tout ce qui s'était passé entre Codadad et ses frères, ce qu'elle écouta avec une attention avide; mais quand il vint à parler de l'assassinat, cette tendre mère, comme si elle se fût senti frapper des mêmes coups que son fils, tomba évanouie sur un sofa. Ses deux femmes la secoururent promptement et lui firent reprendre ses esprits. Le chirurgien continua son récit. Lorsqu'il eut achevé, cette princesse lui dit : « Allez retrouver la princesse de Deryabar et l'assurez de ma part que le roi la reconnaîtra bientôt pour sa belle-fille, et, à votre égard, soyez persuadé que vos services seront bien récompensés. »

Après que le chirurgien fut sorti, Pirouzé demeura sur le sofa, dans l'accablement qu'on peut s'imaginer; et, s'attendrissant au souvenir de Codadad : « O mon fils! disait-elle, me voilà donc pour jamais privée de ta vue! Lorsque je te laissai partir de Samarie, pour venir dans cette cour, et que je reçus tes adieux, hélas! je ne croyais pas qu'une mort funeste t'attendît loin de moi! O malheureux Codadad! pourquoi m'as-tu quittée ? Tu n'aurais pas, à la vérité, acquis tant de gloire; mais tu vivrais encore et tu ne coûterais pas tant de pleurs à ta mère. » En disant ces paroles, elle pleurait amèrement, et ses deux confidentes, touchées de sa douleur, mêlaient leurs larmes avec les siennes. Pendant qu'elles s'affligeaient comme à l'envi toutes trois, le roi entra dans le cabinet ; et, les voyant en cet état, il demanda à Pirouzé si elle avait reçu de tristes nouvelles de Codadad. « Ah ! seigneur, lui dit-elle, c'en est fait ; mon fils a perdu la vie ! et, pour comble d'affliction, je ne puis lui rendre les honneurs de la sépulture ; car selon toutes les apparences, des bêtes sauvages l'ont dévoré. » En même temps elle raconta tout ce que le chirurgien lui avait appris ; et elle ne manqua pas de s'étendre sur la manière cruelle dont Codadad avait été assassiné par ses frères.

Le roi ne donne pas le temps à Pirouzé d'achever son récit : il se sent enflammé de colère ; et, cédant à son transport : « Madame, dit-il à la princesse, les perfides qui font couler vos larmes et qui causent à leur père une douleur mortelle vont éprouver un juste châtiment. » En parlant ainsi, ce prince, la fureur peinte en ses yeux, se rend dans la salle d'audience, où étaient tous ses courtisans et ceux d'entre le peuple qui avaient quelque prière à lui faire. Ils sont tous étonnés de le voir paraître d'un air furieux : ils jugent qu'il est en colère contre son peuple, leurs cœurs sont glacés d'effroi. Il monte sur son trône ; et, faisant approcher son grand-vizir : « Hassan, lui dit-il, j'ai un ordre à te donner : va tout à l'heure prendre mille soldats de ma garde et arrête tous les princes mes fils ; enferme-les dans la tour destinée à servir de prison aux assassins, et que cela soit fait dans un moment. » A cet ordre extraordinaire, tous ceux qui étaient présents frémirent ; et le grand-vizir, sans répondre un seul mot, mit la main sur sa tête, pour montrer qu'il était prêt d'obéir, et sortit de la salle pour aller s'acquitter d'un emploi dont il était fort surpris. Cependant le roi renvoya les personnes qui venaient lui demander audience et déclara que, d'un mois, il ne voulait entendre parler d'aucune affaire. Il était encore dans la salle quand le vizir revint. « Eh bien ! vizir, lui dit ce prince, tous mes fils sont-ils dans la tour ? — Oui, sire, répondit le ministre, vous êtes obéi. — Ce n'est pas tout, reprit le roi, j'ai encore un autre ordre à te donner. » En disant cela, il sortit de la salle d'audience et retourna dans l'appartement de Pirouzé avec le vizir, qui le suivait. Il demanda à cette princesse où était logée la veuve de Codadad. Les femmes de Pirouzé le dirent; car le chirurgien ne l'avait pas oublié dans son récit. Alors le roi, se tournant vers son ministre : « Va, lui dit-il, dans ce caravansérail, et amène ici une jeune princesse qui y loge; mais traite-la avec tout le respect dû à une personne de son rang. »

Le vizir ne fut pas longtemps à faire ce qu'on lui ordonnait : il monta à cheval, avec tous les émirs et les autres courtisans, et se rendit au caravansérail où était la princesse de Deryabar, à laquelle il exposa son ordre et lui présenta, de la part du roi, une belle mule blanche qui avait une selle et une bride d'or parsemée de rubis et d'émeraudes. Elle monta dessus, et, au milieu de tous ces seigneurs, elle prit le chemin du palais. Le chirurgien l'accompagnait aussi, monté sur un beau cheval tartare que le vizir lui avait fait donner. Tout le peuple était aux fenêtres ou dans les rues, pour voir passer une si magnifique cavalcade; et, comme on répandait que cette princesse, que l'on conduisait si pompeusement à la cour, était femme de Codadad, ce ne fut qu'acclamations. L'air retentit de mille cris de joie, qui se seraient sans doute tournés en gémissements, si l'on avait su la fatale aventure de ce jeune prince, tant il était aimé de tout le monde!

La princesse de Deryabar trouva le roi qui l'attendait à la porte du palais pour la recevoir. Il la prit par la main et la conduisit à l'appartement de Pirouzé, où il se passa une scène fort touchante. La femme de Codadad sentit renouveler son affliction à la vue du père et de la mère de son mari, comme le père et la mère ne purent voir l'épouse de leur fils sans en être fort agités. Elle se jeta aux pieds du roi; et, après les avoir baignés de larmes, elle fut saisie d'une si vive douleur qu'elle n'eut pas la force de parler. Pirouzé n'était pas dans un état moins déplorable; elle paraissait pénétrée de ses déplaisirs; et le roi, frappé de ces objets touchants, s'abandonna à sa propre faiblesse. Ces trois personnes, confondant leurs soupirs et leurs pleurs, gardèrent quelque temps un silence aussi tendre que pitoyable. Enfin la princesse Deryabar, étant revenue de son accablement, raconta l'aventure du château et le malheur de Codadad; ensuite elle demanda justice de la trahison des princes. « Oui, madame, lui dit le roi, ces ingrats périront; mais il faut auparavant faire publier la mort de Codadad, afin que le supplice de ses frères ne révolte point mes sujets. D'ailleurs, quoique nous n'ayons pas le corps de mon fils, ne laissons pas de lui rendre les derniers devoirs. » A ces mots, il s'adressa à son vizir et lui ordonna de faire bâtir un dôme de marbre blanc dans une belle plaine, au milieu de laquelle la ville de Harran est bâtie; et cependant il donna, dans son palais, un très bel appartement à la princesse de Deryabar, qu'il reconnut pour sa belle-fille.

Hassan fit travailler avec tant de diligence et employa tant d'ouvriers, qu'en peu de jours le dôme fut bâti. On éleva dessous un tombeau sur lequel était une figure qui représentait Codadad. Aussitôt que l'ouvrage fut achevé, le roi ordonna des prières et marqua un jour pour les obsèques de son fils.

Ce jour étant venu, tous les habitants de la ville se répandirent dans la plaine, pour voir la cérémonie, qui se fit de cette manière :

Le roi, suivi de son vizir, et des principaux seigneurs de sa cour, marcha vers le dôme; et, quand il y fut arrivé, il entra et s'assit avec eux sur des tapis de satin noir à fleurs d'or; ensuite une grosse troupe de gardes à cheval, la tête basse et les yeux à demi fermés, s'approcha du dôme. Ils en firent le tour deux fois, gardant un profond silence; mais, à la troisième, ils s'arrêtèrent devant la porte et dirent tous, l'un après l'autre, ces paroles à haute voix :

« O prince, fils du roi! si nous pouvions apporter « quelque soulagement à ton mal par le tranchant de « nos cimeterres et par la valeur humaine, nous te ferions « revoir la lumière; mais le roi des rois a commandé, « et l'ange de la mort a obéi! »

A ces mots, ils se retirèrent pour faire place à cent vieillards, qui étaient tous montés sur des mules noires, et qui portaient de longues barbes blanches.

C'étaient des solitaires qui, pendant le cours de leur vie, se tenaient cachés dans des grottes : ils ne se montraient jamais aux yeux des hommes que pour assister aux obsèques des rois de Harran et des princes de sa maison. Ces vénérables personnages portaient sur leurs têtes chacun un gros livre qu'ils tenaient d'une main; ils firent tous trois fois le tour du dôme sans rien dire; ensuite, s'étant arrêtés à la porte, l'un d'entre eux prononça ces mots :

« O prince! que pouvons-nous faire pour toi? Si, « par la prière ou par la science, on pouvait te rendre la « vie, nous frotterions nos barbes blanches à tes pieds

« et nous réciterions des oraisons; mais le roi de l'univers « t'a enlevé pour jamais! »

Ces vieillards, après avoir ainsi parlé, s'éloignèrent du dôme; et aussitôt cinquante jeunes filles, parfaitement belles, s'en approchèrent; elles montaient chacune un petit cheval blanc; elles étaient sans voiles et portaient des corbeilles d'or pleines de pierres précieuses; elles tournèrent aussi trois fois autour du dôme, et s'étant arrêtées au même endroit que les autres, la plus jeune porta la parole et dit :

« O prince, autrefois si beau! quels secours peux-tu « attendre de nous ? Si nous pouvions te ranimer par « nos attraits, nous nous rendrions tes esclaves; mais tu « n'es plus sensible à la beauté et n'as plus besoin de « nous! »

Les jeunes filles s'étant retirées, le roi et les courtisans se levèrent et firent trois fois le tour de la représentation; puis le roi prenant la parole, dit :

« O mon cher fils! lumière de mes yeux, je t'ai donc perdu pour toujours. »

Il accompagna ces mots de soupirs et arrosa le tombeau de ses larmes. Ses courtisans pleurèrent à son exemple; ensuite on ferma la porte du dôme et tout le monde retourna dans la ville. Le lendemain, on fit des prières publiques dans les mosquées et on les continua huit jours de suite.

Le neuvième, le roi résolut de faire couper la tête aux princes ses fils. Tout le peuple, indigné du traitement qu'ils avaient fait à Codadad, semblait attendre impatiemment leur supplice. On commença à dresser des échafauds; mais on fut obligé de remettre l'exécution à un autre temps, parce que tout à coup on apprit que les princes voisins, qui avaient déjà fait la guerre au roi de Harran, s'avançaient avec des troupes plus nombreuses que la première fois et qu'ils n'étaient pas même fort éloignés de la ville. Il y avait déjà longtemps qu'on savait qu'ils se préparaient à faire la guerre, mais on ne s'était point alarmé de leurs préparatifs. Cette nouvelle causa une consternation générale et fournit une occasion de regretter de nouveau Codadad, parce que ce prince s'était signalé dans la guerre précédente contre ces mêmes ennemis. Ah! disaient-ils, si le généreux Codadad vivait encore nous nous mettrions peu en peine de ces princes qui viennent nous surprendre. Cependant le roi, au lieu de s'abandonner à la crainte, lève du monde à la hâte, forme une armée assez considérable; et, trop courageux pour attendre dans ses murs que ses ennemis l'y viennent chercher, il sort et marche au-devant d'eux. Les ennemis, de leur côté, ayant appris, par leurs coureurs, que le roi de Harran s'avançait pour les combattre, s'arrêtent dans une plaine et mettent leur armée en bataille.

Le roi ne les eut pas plus tôt aperçus qu'il range aussi et dispose ses troupes au combat; il fait sonner la charge et attaque avec une extrême vigueur : on lui résiste de même. Il se répand de part et d'autre beaucoup de sang, et la victoire demeure longtemps incertaine. Mais enfin elle allait se déclarer pour les ennemis du roi de Harran, lesquels, étant en plus grand nombre, allaient l'envelopper, lorsqu'on vit paraître dans la plaine une grosse troupe de cavaliers qui s'approcha des combattants en bon ordre. La vue de ces nouveaux soldats étonna les deux partis, qui ne savaient ce qu'ils en devaient penser. Mais ils ne demeurèrent pas longtemps dans l'incertitude : ces cavaliers vinrent prendre en flanc les ennemis du roi de Harran et les chargèrent avec tant de furie qu'ils les mirent d'abord en désordre et bientôt en déroute. Ils n'en demeurèrent pas là : ils les poursuivirent vivement et les taillèrent en pièces presque tous.

Le roi de Harran, qui avait observé avec beaucoup d'attention tout ce qui s'était passé, avait admiré l'audace de ces cavaliers dont le secours inopiné venait de déterminer la victoire en sa faveur. Il avait surtout été charmé de leur chef, qu'il avait vu combattre avec une valeur extrême; il souhaitait de savoir le nom de ce héros généreux. Impatient de le voir et de le remercier, il cherche à le joindre; il l'aperçoit qui s'avance pour le prévenir. Ces deux princes s'approchent, et le roi de Harran, reconnaisssant Codadad dans ce brave guerrier qui venait de le secourir ou plutôt de battre ses ennemis, demeura immobile de surprise et de joie. « Seigneur, lui dit Codadad, vous avez sujet, sans doute, d'être étonné de voir paraître tout à coup devant votre Majesté un homme que vous croyiez peut-être sans vie. Je le serais si le ciel ne m'avait pas conservé pour vous servir contre vos ennemis. — Ah! mon fils, s'écria le roi, est-il bien possible que vous me soyez rendu ? Hélas! je désespérais de vous revoir. » En disant cela, il tendit les bras au jeune prince, qui se livra à un embrassement si doux.

« Je sais tout, mon fils, reprit le roi après l'avoir tenu

longtemps embrassé; je sais de quel prix vos frères ont payé le service que vous leur avez rendu en les délivrant des mains du nègre; mais vous serez vengé dès demain. Cependant allons au palais, votre mère, à qui vous avez coûté bien des pleurs, m'attend pour se réjouir avec moi de la défaite de nos ennemis. Quelle joie nous lui causerons en lui apprenant que ma victoire est votre ouvrage! — Seigneur, dit Codadad, permettez-moi de vous demander comment vous avez pu être instruit de l'aventure du château. Quelqu'un de mes frères, poussé par ses remords, vous l'aurait-il avouée ? — Non, répondit le roi; c'est la princesse de Deryabar qui nous a informés de toutes choses; car elle est dans mon palais et elle n'y est venue que pour me demander justice du crime de vos frères. » Codadad fut transporté de joie en apprenant que la princesse sa femme était à la cour. « Allons, seigneur, s'écria-t-il avec transport, allons trouver ma mère qui nous attend; je brûle d'impatience d'essuyer ses larmes, aussi bien que celles de la princesse de Deryabar. »

Le roi reprit aussitôt le chemin de la ville avec son armée, qu'il congédia; il rentra victorieux dans son palais aux acclamations du peuple qui le suivait en foule, en priant le ciel de prolonger ses années et en portant jusqu'au ciel le nom de Codadad. Ces deux princes trouvèrent Pirouzé et sa belle-fille qui attendaient le roi pour le féliciter; mais on ne peut exprimer tous les transports de joie dont elles furent agitées lorsqu'elles virent le jeune prince qui l'accompagnait. Ce furent des embrassements mêlés de larmes bien différentes de celles qu'elles avaient déjà répandues pour lui. Après que ces quatre personnes eurent cédé à tous les mouvements que le sang et l'amour leur inspiraient, on demanda au fils de Pirouzé par quel miracle il était encore vivant.

Il répondit qu'un paysan, monté sur une mule, étant entré par hasard dans la tente où il était évanoui, le voyant seul et percé de coups, l'avait attaché sur la mule et conduit à sa maison; et que, là, il avait appliqué sur ses blessures certaines herbes mâchées qui l'avaient rétabli en peu de jours. « Lorsque je me sentis guéri, ajouta-t-il, je remerciai le paysan et lui donnai tous les diamants que j'avais. Je m'approchai ensuite de la ville de Harran; mais ayant appris, sur la route, que quelques princes voisins avaient assemblé des troupes et venaient fondre sur les sujets du roi, je me fis connaître dans les villages et j'excitai le zèle de ses peuples à prendre sa défense. J'armai un grand nombre de ces jeunes gens; et, me mettant à leur tête, je suis arrivé dans le temps que les deux armées étaient aux mains. »

Quand il eut achevé de parler, le roi dit : « Rendons grâces à Dieu de ce qu'il a conservé Codadad; mais il faut que les traîtres qui l'ont voulu tuer périssent aujourd'hui. — Seigneur, reprit le généreux fils de Pirouzé, tout ingrats, tout méchants qu'ils sont, songez qu'ils sont formés de votre sang : ce sont mes frères; je leur pardonne leur crime et je vous demande grâce pour eux. »

Ces nobles sentiments arrachèrent des larmes au roi, qui fit assembler le peuple et déclara Codadad son héritier. Il ordonna ensuite qu'on fît venir les princes prisonniers, qui étaient tous chargés de fers. Le fils de Pirouzé leur ôta leurs chaînes et les embrassa tous les uns après les autres, d'aussi bon cœur qu'il avait fait dans la cour du château du nègre. Le peuple fut charmé du naturel de Codadad et lui donna mille applaudissements. Ensuite on combla de biens le chirurgien, pour reconnaître les services qu'il avait rendus à la princesse de Deryabar.

ANNEXE II
VARIANTES ET CONTES COMPLÉMENTAIRES DU NOYAU COMMUN

Il existe dans *Les Mille et Une Nuits* ce que l'on appelle « le noyau commun ». Il s'agit d'un ensemble d'histoires partagées par la majorité des manuscrits des éditions et des traductions des *Mille et Une Nuits*, et qui en forment la partie la plus ancienne et la plus stable. Ces histoires sont : le récit cadre naturellement, avec Scheherazade ; *Le Marchand et le Génie* ; *Le Pêcheur et le Génie* ; *Les Trois Calenders* ; *Les Trois Pommes* ; *Le Petit Bossu* ; etc. Pour ce noyau commun, il n'y a presque pas de différences d'une version des *Mille et Une Nuits* à une autre, à trois exceptions près : (1) certaines versions omettent l'*Histoire du troisième vieillard*, qui doit être insérée dans *Le Marchand et le Génie* ; (2) d'autres fournissent à la place de l'*Histoire du mari et du perroquet* une autre histoire, celle du *Roi Sindbâd et de son faucon* ; (3) d'autres encore omettent l'*Histoire de l'envieux et de l'envié* que l'on trouve insérée dans l'*Histoire du deuxième calender*.

La traduction d'Antoine Galland donne bien l'*Histoire de l'envieux et de l'envié*, mais elle omet en revanche l'*Histoire du troisième vieillard*, qui est proposée ici, en tant que conte complémentaire. Son ancienneté ne fait pas de doute : elle est déjà attestée, sous une forme très proche, au début du Xe siècle, avec une fonction similaire (racheter la vie d'un homme menacé de mort par des génies). Elle sera suivie, ici, par une variante de l'*Histoire du mari et du perroquet*, c'est-à-dire par l'*Histoire du roi Sindbâd et de son faucon*, que l'on trouve également dans le noyau commun. Ces deux derniers contes (*Le mari et le perroquet* ; *Sindbâd et le faucon*) sont effet interchangeables. Comme le lecteur pourra s'en rendre compte facilement, ils se déroulent sur le même thème : « un oiseau qui rend service à son maître et qui, au lieu d'en être récompensé, en est puni ! », avec une même morale : « il ne faut pas agir dans la précipitation ».

Histoire du troisième vieillard

(absente de Galland,
d'après l'édition égyptienne de Bûlâq, 1835,
traduite ici par Aboubakr Chraïbi)

Scheherazade dit : « Il m'est parvenu que le troisième vieillard, qui était accompagné par une mule, dit au génie : "Si je vous raconte une histoire plus étonnante encore que les deux précédentes, me remettrez-vous la dernière part de la faute de ce marchand et le gracierez-vous ? – Oui, répondit le génie.

– Sachez, ô sultan et roi des génies, que cette mule était ma femme. Je partis en voyage, mon absence dura une année entière, puis je terminai mes affaires et revins, de nuit, à la maison. Je trouvai ma femme, dans le lit, avec un esclave noir, à badiner, rire, folâtrer, se frotter à lui et l'embrasser… Lorsqu'elle me vit, elle se leva précipitamment, prit une bassine d'eau sur laquelle elle prononça quelques mots, m'en aspergea et dit : 'Sors de cette apparence et prend l'apparence d'un chien !' Je fus transformé à l'instant en chien, et elle me chassa de la maison.

Je pris la porte et errai dans les rues jusqu'à l'échoppe d'un boucher ; je m'avançai et me mis à manger les os que l'on jetait. Lorsque le propriétaire de l'échoppe me vit, il m'emmena avec lui, et me fit entrer dans sa maison. Mais, dès qu'elle m'eut aperçu, sa fille se couvrit le visage et s'écria : 'Tu viens avec un homme et tu le fais ainsi entrer chez nous !' 'Où est l'homme dont tu parles ?' lui répondit son père. 'Ce chien est un homme ! C'est sa femme qui l'a métamorphosé… Je peux le délivrer !' Quand son père entendit ses paroles, il lui dit : 'Par Dieu, ma fille, délivre-le.'

La jeune fille prit une bassine d'eau, prononça quelques mots, m'en aspergea un peu et dit : 'Sors de cette apparence et prend ton apparence première.' Et je repris mon apparence première ! Je lui baisai les mains et lui demandai de transformer ma femme comme elle m'avait transformé. La fille du boucher me donna un peu d'eau et me dit : 'Quand tu verras ta femme endormie, asperge-la de cette eau, elle se transformera alors selon ton souhait.'

Je rentrai chez moi et trouvai ma femme endormie. Je l'aspergeai d'eau et dis : 'Sors de cette apparence et prend l'apparence d'une mule !' Elle fut transformée à l'instant en mule. Et c'est cette mule, ô sultan et roi des rois des génies, que vous pouvez voir, là, de vos yeux." Le vieillard se tourna vers la mule qui l'accompagnait et lui dit : "N'est-ce point vrai tout cela ?" Et la mule de remuer la tête et de dire, par signes : "Cela est vrai !"

Lorsque le troisième vieillard eut terminé son histoire, le génie s'agita, marqua vivement son plaisir, puis il lui offrit le dernier tiers de la vie du marchand. »

HISTOIRE DU ROI SINDBÂD ET DE SON FAUCON

(d'après l'édition égyptienne de Bûlâq, 1835 ;
cette histoire est absente de Galland, où elle est remplacée
*par l'*Histoire du mari et du perroquet,
elle est traduite ici par Aboubakr Chraïbi)

On raconte qu'un roi de Perse, qui appréciait les sorties, les promenades, les grandes courses dans la nature et la chasse, avait un faucon qu'il avait lui-même élevé et dont il ne se séparait ni de jour ni de nuit, le gardant la nuit durant perché sur son bras, l'emportant avec lui chaque fois qu'il se rendait à l'une de ses parties de chasse. Il lui avait suspendu au cou un gobelet en or qu'il utilisait pour lui donner à boire.

Un jour, le préposé aux oiseaux de chasse se présenta devant le monarque et lui dit : « Ô roi de ce monde, c'est la bonne période pour la chasse. » Le roi fit ses préparatifs, prit le faucon sur son bras et, accompagné de sa suite, se rendit à une vallée où un filet fut installé. Et voilà qu'une gazelle tomba dans le filet. Le roi annonça que quiconque laisserait échapper la gazelle de son côté serait exécuté, puis ils serrèrent tous les rangs autour d'elle. La gazelle se dirigea du côté du roi, s'agenouilla sur ses pattes arrière, mis ses pattes de devant tout contre sa poitrine, comme si elle voulait baiser le sol devant le roi. Celui-ci baissa la tête devant la gazelle, qui en profita pour bondir par-dessus le roi, et s'enfuir dans le désert. Le roi jeta un regard à ses soldats et les vit en train de se gausser. « Que disent donc les soldats ? demanda le roi à son vizir. – Ils répètent que ce vous avez dit : "Quiconque laissera échapper la gazelle de son côté sera exécuté !", répondit le vizir. – Par ma vie, dit le roi, je la poursuivrai jusqu'à ce que je la reprenne ! » Le roi partit sur les traces de la gazelle et ne cessa de la pourchasser, alors que le faucon, lui, de son côté, la harcelait et lui griffait les yeux ; le faucon parvint ainsi à l'aveugler et à l'étourdir, si bien que le roi put la rattraper et, d'un coup de sa masse d'armes, la jeter à terre. Il descendit de sa monture, égorgea la gazelle, l'écorcha et la suspendit au pommeau de sa selle. C'était une heure de grande chaleur et l'endroit était aride, dépourvu d'eau. Le roi eut soif, ainsi que son cheval. Il se retourna et vit un arbre d'où coulait une eau épaisse, comme du beurre clarifié. Le roi avait les mains gantées de cuir. Il prit donc le gobelet que le faucon avait au cou, le remplit de cette eau et le posa devant lui pour en boire, mais voilà que le faucon, d'un coup d'aile, renversa le gobelet. Le roi le remplit une deuxième fois et, pensant que le faucon avait soif, posa le gobelet devant lui. Le faucon frappa une deuxième fois le gobelet et le renversa. Le roi se mit en colère contre le faucon, prit le gobelet, le remplit une troisième fois et le présenta au cheval, et le faucon de le renverser encore d'un coup d'aile. « Que Dieu t'apporte la déception, ô le pire des oiseaux de malheur ! s'écria le roi, tu m'as privé d'eau, tu t'en es privé et tu en as privé le cheval ! » Le roi donna un coup d'épée au faucon et lui coupa les ailes. L'oiseau se mit alors à agiter la tête et à dire par signes : « Regarde ce qu'il y a sur l'arbre. » Le roi leva les yeux et vit, en haut de l'arbre, un serpent : l'eau qui coulait était son venin. Il regretta d'avoir coupé les ailes du faucon. Puis il se leva, remonta sur sa monture et retourna avec la gazelle d'où il venait. Il donna la gazelle au cuisinier et lui demanda de la préparer. Puis il s'en alla s'asseoir sur son trône. Le faucon, qui était toujours sur son bras, eut un râle et mourut. Le roi poussa à son tour un cri de désolation et de regret pour avoir tué le faucon, alors que celui-ci lui avait sauvé la vie. Ainsi se termina l'histoire du roi Sindbâd et de son faucon.

DOSSIER : LES CHOIX DE GALLAND

Les traductions des XVIIe et XVIIIe siècles passent pour de « belles infidèles » visant non à rendre exactement le texte mais l'effet qu'il produit dans son pays d'origine. Galland a été sensible à cette exigence. Il déclare ne pas « s'attacher » aux termes arabes et veut écrire les contes en « bon français ». Son texte évoque à deux reprises des passages écartés au nom de la pudeur ou du bon goût : il se soumettrait ainsi aux « bienséances » du modèle classique. Le statut obscur de son manuscrit, le genre des contes pouvaient aussi autoriser une certaine liberté, dont ne se sont pas privés les rédacteurs et compilateurs arabes. Ce qui importait d'abord à Galland, c'était de rendre sensible la qualité des contes qu'il traduisait et de faire partager son goût de l'Orient. Son succès montre qu'il est assez familier avec la littérature de son temps, dans ses aspects multiples, pour avoir su opérer le transfert des *Nuits* d'un monde dans un autre. Walter Scott, au début du XIXe siècle, cherchant à recréer le passé médiéval, invoque la réussite de Galland pour justifier ses choix :

« Il est vrai que je ne peux ni ne veux prétendre être d'une exactitude parfaite en ce qui concerne non seulement les mœurs mais aussi, ce qui est plus important, le langage et les manières. Mais le même motif qui m'empêche d'écrire les dialogues de l'œuvre en anglo-saxon ou en franco-normand, et qui m'empêche d'offrir au public cet essai imprimé en caractères de Caxton ou de Wynken de Worde, m'empêche d'essayer de me confiner dans les limites de la période où se situe mon histoire. Il est nécessaire, pour éveiller un intérêt quelconque, que le sujet soit traduit, pour ainsi dire, selon les manières et dans la langue de l'époque où nous vivons. La littérature orientale n'a jamais suscité de plus grande fascination que celle produite par la première traduction par M. Galland des *Mille et Une Nuits* ; dans lesquelles, préservant d'un côté la splendeur des mœurs orientales et de l'autre l'exubérance de la fiction orientale, il les a associées à un mode d'expression et de sentiment juste assez communs pour les rendre intéressantes et intelligibles, tout en abrégeant les récits sinueux, en coupant des réflexions monotones, et en rejetant les répétitions sans fin de l'original arabe. De cette manière, les contes, quoique moins purement orientaux que dans leur première mouture, étaient éminemment adaptés pour le marché européen, et ont obtenu la faveur du public à un degré qu'ils n'auraient jamais atteint si les manières et le style n'avaient dans une certaine mesure été rendus plus proches des sentiments et des coutumes du lecteur occidental [1]. »

Par-delà ces principes éloignés des pratiques contemporaines, il est possible de juger le travail de traduction de Galland sur environ la moitié de son texte : s'il a utilisé dans la seconde partie de son travail un volume manuscrit aujourd'hui perdu puis les récits faits par le Syrien Hanna, il a, dans un premier temps, suivi avec soin le manuscrit arrivé à Paris fin 1701, qu'il a ensuite légué à la Bibliothèque royale et qui porte désormais son nom. Mushin Mahdi l'a édité selon des normes scientifiques en 1984 et l'a accompagné en 1994 d'un long essai (réédité séparément en 1995) qui établit l'histoire éditoriale des *Nuits* et examine attentivement le rôle de Galland. Il soutient qu'il a suivi ce seul manuscrit pour les contes concernés [2]. Il reproche à Galland de n'avoir pas pris la mesure de l'ambition et de la qualité littéraire de son texte, d'avoir été souvent négligent, par exemple pour combler les lacunes matérielles du texte ou pour comprendre les passages difficiles, ou désinvolte dans son élimination des poèmes qui font partie des contes. Ayant dressé les listes d'erreurs, il conclut : « Si l'on ajoute à cela une compréhension souvent limitée, ses fautes de compréhension et de lecture de l'original et ses lacunes inexplicables, cela ne fait pas honneur à sa maîtrise du langage qu'il tentait de traduire, à sa connaissance des habitudes et des coutumes des Orientaux qu'il veut expliquer et à son art de conteur. » Galland ne

1. Walter Scott, *Ivanhoé*, épître dédicatoire datée du 17 novembre 1717 à M. Dryasdust (littéralement : Secdepoussière). (Notre traduction.)

2. L'idée fut longtemps dominante que le volume perdu lui aurait aussi fourni une autre leçon pour les contes contenus dans les trois tomes du manuscrit Galland.

disposait pas de dictionnaires, grammaires ou éditions lui permettant d'éviter des erreurs qui ont nourri ses inventions. La question principale posée par Mahdi est celle de la valeur propre de son texte : « Les *Nuits* de Galland n'ont jamais été étudiées comme un tout, à ma connaissance, par les spécialistes en littérature française, en considérant leur style, la structure, la forme. Sa qualité littéraire n'a jamais été évaluée du point de vue de sa structure interne, de façon à montrer si, oui ou non, Galland a préservé les qualités littéraires de l'œuvre quand il a dû abandonner son manuscrit et utiliser d'autres sources, écrites et orales [1]. » Il est sûr que l'œuvre de Galland n'a pu procéder d'un projet préalable et qu'elle a trouvé progressivement son unité dans ses choix de traducteur, de conteur, de moraliste et d'ami de l'Orient.

Peu de temps après, Sylvette Larzul, en se servant de l'édition Mahdi des *Mille et Une Nuits*, a examiné avec beaucoup de soin et de précision la traduction de Galland et exposé de façon convaincante ses résultats. Elle conclut que Galland ne s'éloigne jamais de la teneur et de l'esprit du conte, mais qu'il s'étend volontiers sur les aspects qui peuvent valoriser le monde oriental, au besoin en l'explicitant ou en trouvant un équivalent, mais aussi en gommant ce qui pourrait le dégrader aux yeux du lecteur français :

« Au bout du compte, l'œuvre de Galland, qui n'a rien à voir avec une traduction au sens moderne du terme, se fonde sur la réduction de la distance culturelle séparant l'univers des *Alf layla wa-layla* [titre arabe des *Nuits*] de l'horizon d'attente des lecteurs du XVIIIe siècle français. Sur la matière étrangère que constitue l'original, Galland opère les manipulations nécessaires à la lisibilité et procède à une véritable opération d'acclimatation. » Elle reconnaît la réussite de ce projet : « Œuvre d'un humaniste, *Les Mille et Une Nuits* de Galland s'attachent à ce qui a trait à la vie sociale et spirituelle. Si le traducteur use parfois de l'adaptation, tait quelque usage, ou croyance et escamote certaines occurrences d'un phénomène par ailleurs manifesté, il n'en rend pas moins, au bout du compte, une bonne partie de son original pour tout ce qui touche au culturel, sans compter qu'il s'applique, par le biais de paraphrases, à expliquer un univers encore peu familier à son lecteur. »

1. Muhsin Mahdi, *The Thousand and One Nights*, Leyde-New York-Cologne, J. Brill, 1995, p. 45 et p. 38.

S. Larzul termine donc sur une note très positive : « Œuvre d'un orientaliste érudit, soucieux d'une déperdition minimale, *Les Mille et Une Nuits* de Galland sont aussi celle d'un écrivain doté d'un solide talent de conteur, qui ne se conforma aux règles qu'avec circonspection. »

La principale réserve de Sylvette Larzul porte sur le traitement de l'univers concret, écarté par Galland sauf s'il a valeur de luxe : « De fait, l'Orient se trouve sous-représenté dans la version Galland : la couleur locale se réduit à quelques clichés et l'exotisme reste au total assez peu prononcé. [...] La version française s'avère tout à fait réductrice dans la représentation du monde matériel, en majeure partie occulté, alors que les quelques éléments retenus prennent valeur emblématique : maison avec patio, fontaines et sofas, cuisine où l'ambre et les épices s'imposent, personnages chaussés de babouches [1]. »

Cet évitement n'est pas tant lié à un idéal de politesse et d'élégance qu'à la perception littéraire, à l'époque de Galland, des éléments concrets, triviaux ou dégoûtants. Ils auraient immédiatement tiré le texte vers le grotesque, le burlesque, le parodique, confirmant ainsi la vision négative alors dominante d'un Empire ottoman hérétique et despotique. Or Galland veut qu'on prenne au sérieux la civilisation et la littérature orientales. Cet estompement des réalités matérielles doit être considéré dans le cadre plus large du problème posé par l'hétérogénéité du texte des *Mille et Une Nuits* qui joue d'une histoire à l'autre, mais aussi dans une même histoire, où les disputes de marché, les poèmes d'amour et la mention d'étreintes rapides, les strophes morales et les bons tours s'enchaînent sans transitions (ce rythme saccadé est sensible dans les traductions de l'équipe Miquel-Bencheikh, ou dans celle de Haddawy du manuscrit Galland). Ce phénomène s'explique en partie par la formation composite des récits et leurs origines multiples, et il a pour corollaire l'écriture mélangée du texte – qui fait voisiner l'arabe classique et sa prose rythmée, sinon des formes poétiques, avec des passages de dialecte – conforme à la situation intermédiaire de l'œuvre entre littérature savante et pratiques folkloriques, bien décrite par Aboubakr Chraïbi. Galland introduit des transitions narratives entre les épisodes et renforce la cohérence psychologique des personnages, il atténue les ruptures internes au

1. Sylvette Larzul, *Les Traductions françaises des Mille et Une Nuits*, Paris, L'Harmattan, 1998, p. 115-116.

texte arabe entre le trivial et le poétique, entre l'absolu romanesque et le gaillard des épisodes libertins, entre le noble et le comique, sinon le bas. À cet effet, il ôte de sa traduction deux types de passages : les références au physique de l'amour et les poésies (se contentant d'intégrer ce qu'elles apportent au récit).

La poésie constitue le plus souvent une pause narrative et exprime les motivations psychologiques des personnages ou les enjeux moraux de leurs actions. Elle est souvent empruntée à des textes ou à des auteurs connus. L'éclairage de l'intériorité est ainsi confié à une langue fortement codifiée et déjà familière. Le récit se projette dans une autre dimension, comme pris en charge par une instance supérieure riche de mémoire et de sagesse : la poésie fonctionne comme une citation d'un grand discours où l'aventure du héros perd sa particularité au profit d'un sens général. Elle a son équivalent dans le roman avec les analyses psychologiques et les maximes, auxquelles Galland recourt parfois en compensation de ce qu'il supprime. La poésie admissible dans le conte de son temps (par exemple dans la *Psyché* de La Fontaine) est tout à fait différente : elle relève du badinage, où le conteur invite le lecteur à s'amuser avec lui des personnages ou de l'histoire – enjouement présent aussi dans les contes en vers ou dans cette imbrication de récits qu'offre l'*Orlando furioso* de l'Arioste. Aussi contraire aux habitudes européennes, la poésie arabe a sans doute été perçue par Galland comme déplacée, elle aurait conduit à rapporter *Les Mille et Une Nuits* au modèle du style oriental, défini par une hypertrophie des figures et des comparaisons, par une sorte de dédoublement du propos par les images, ce qu'ont retenu au contraire les pasticheurs ironiques des *Nuits* en France comme Hamilton ou Bignon. La suppression de la poésie a altéré le texte arabe et a modifié son équilibre, mais, pour un lecteur occidental, elle a renforcé l'identité générique des contes et assuré leur appréciation.

C'est la même raison qui a conduit Galland à supprimer, avec certaines notations matérielles, des précisions ou des épisodes sexuels. Dans le récit cadre il omet la description des gestes de l'amant noir de la reine ou de la femme du génie. Au début de l'*Histoire des trois calenders* il supprime un épisode entier : son manuscrit rapporte comment, dans la première partie de la soirée, le portefaix et les dames se baignent nus et nouent un dialogue, ponctué de tapettes, sur les désignations multiples des organes génitaux – sans aller au-delà. Ce moment du conte caractérise les dames de Bagdad par un libertinage infantile (la découverte du corps et des noms obscènes). Ces jeux licencieux orientent la perception de la seconde partie de la soirée où s'invitent les calenders, le calife et son ministre. Ce premier goût des dames n'est pas sans évoquer la pulsion jalouse de deux des sœurs, mais efface la distinction fondamentale entre celles-ci et la troisième, généreuse et adulte. En supprimant l'épisode, Galland écarte cette contradiction et il unifie l'atmosphère générale de la soirée, qui doit accueillir des personnages aux origines très différentes (les dames sont chez elle, le portefaix court la ville en quête de travail, les trois calenders se retrouvent là par hasard au terme d'errances aventureuses, le monarque du pays et son ministre viennent observer les habitants du royaume). Galland peut ainsi conférer à cette assemblée les vertus que la France de Louis XIV accorde au salon : chacun y oublie ses intérêts particuliers pour se retrouver dans un espace commun et pratiquer l'échange de la conversation. Cette vertu civile de l'entretien et du divertissement peut alors être mise par le conteur en opposition avec la violence qui fait bientôt irruption, liée au passé et qui va dominer dans le récit des aventures à venir. L'épisode initial de jeu avec les corps pratiqué par les dames et le portefaix aurait fait tomber l'ensemble dans le « gaillard » et le burlesque, en effaçant l'opposition de la brutalité des pulsions avec l'harmonie de la rencontre collective. La suppression du passage inscrit le récit de la première partie de la soirée dans la logique de l'idéal français et lui donne un tour original en réunissant des personnages aussi singuliers et aussi éloignés que le monarque, le plus humble de ses sujets, trois dames indépendantes et trois aventuriers douteux. L'originalité du récit arabe est encore renforcée par l'analogie qui s'établit entre l'opposition des deux moments de la fête – de l'enjouement aux déchaînements de la sauvagerie – et la double situation de Schariar, roi retenu de la barbarie par des contes.

Dans les récits où il dispose d'une liberté rédactionnelle complète, Galland se garde d'utiliser l'hétérogénéité pour créer un effet de disparate et de dérision, il en fait le principe même du récit. C'est en particulier le cas dans l'*Histoire d'Aladdin* qui transforme un schéma du conte traditionnel (le vaurien épouse la fille du roi) en construisant les étapes par lesquelles il faut passer pour aller du bas en haut. Galland évite de faire basculer l'ascension du héros dans le merveilleux et, en donnant aux personnages d'Aladdin et de sa mère leur épaisseur, il oblige à prendre au sérieux la jonction du bas et du haut et il la rend légitime. La lampe fonctionne comme le symbole de cette continuité : c'est parce qu'elle a gardé son caractère matériel initial que l'épouse croit utile de la remplacer par une neuve plus rutilante et provoque le retour au point de départ de la pauvreté. Galland fait ainsi de la liaison des univers et des registres (du familier au sublime) le moteur du récit, mais aussi de sa psychologie et de sa morale, sous le double visage de la transformation de soi et de la réparation des injustices. Le choix littéraire de Galland n'est pas simple adhésion aux conventions de l'époque : il s'en sert pour mettre en place un univers littéraire et pour défendre une vision du monde profondément en accord avec ce que suggère le récit cadre des *Nuits*.

Cinq traductions des Mille et Une Nuits

La traduction de Galland s'est imposée en France et à l'Europe pendant plus de cent ans. Au cours du XIXe siècle, et surtout à partir de 1880 environ, sont apparues de nouvelles traductions prenant en compte le développement des *Nuits* arabes et apportant des contes nouveaux souvent excellents (encore qu'en France aucun d'eux ne soit devenu populaire). Les traducteurs ont désormais devant eux non seulement des antécédents, mais surtout des textes publiés et un accès à des manuscrits assez nombreux (environ une quarantaine, la moitié étant vraiment utile) ; sauf à suivre l'édition scientifique du manuscrit Galland comme Haddawy, il leur faut d'abord choisir le texte qu'ils traduisent et, même s'ils l'établissent soigneusement, cette étape de leur travail n'est pas expliquée au public. Ils justifient leur entreprise par ce qui fait défaut aux contes antérieurs : être plus complet, plus exact, moins censeur que Galland. C'est ce qu'a affirmé Mardrus, le deuxième grand traducteur en français des *Nuits* à la fin du XIXe siècle : acclamé par l'avant-garde littéraire de l'époque, son texte a été immédiatement contesté par les arabisants (comme Gaudefroy-Demombynes) [1], et la preuve a été depuis faite que Mardrus n'a suivi ni manuscrit ni tradition orale et qu'il a progressivement truffé ses *Nuits* de contes venus de

1. Voir les références à ses articles dans le livre de Sylvette Larzul cité dans la bibliographie.

toutes parts (la liste en est donnée dans le livre de Sylvette Larzul). Il cherche avant tout à répondre au besoin d'exotisme de son public, par de pseudo-calques de la langue arabe, qui conduisent à des passages vides de sens en français, par des affèteries poétiques et par une complaisance sensuelle. Il ne se prive ni de suppressions ni surtout d'ajouts obscènes ou grotesques. Là où Proust utilise les *Nuits* comme une sorte d'auxiliaire de l'imagination pour métamorphoser la réalité, son contemporain Mardrus se sert du texte même pour créer des atmosphères symbolistes, telle cette description de la ville d'airain (conte inconnu de Galland) :

« Ils dominaient une ville de songe. Sous la nappe blanche qui tombait de haut, aussi loin que pouvait s'étendre le regard vers des horizons noyés dans la nuit, des dômes de palais, des terrasses de maisons, de calmes jardins s'étageaient dans l'enceinte d'airain, et des canaux illuminés par l'astre se promenaient en mille circuits clairs dans le sombre des massifs, tandis que, tout au bout, une mer de métal contenait dans son sein froid les feux du ciel réfléchi : ce qui faisait que l'airain des murailles, les pierreries allumées des dômes, les terrasses candides, les canaux et toute la mer, ainsi que les ombres projetées vers l'Occident se mariaient sous la brise nocturne et la lune magique. Cependant cette vastitude était ensevelie dans le silence universel comme dans un tombeau [1]. »

La traduction de Mardrus suit de près celle que fait Burton, en Angleterre. Celle-ci est la seule à donner l'ensemble des contes en seize volumes. Elle vise également à inventer une langue qui rendrait sensible la double distance géographique et historique qui nous sépare des *Nuits*. Burton crée cet effet d'étrangeté essentiellement par de constants archaïsmes tirés d'époques variées. J. Irwin la trouve peu lisible : « Le style propre à Burton peut être décrit comme une sorte de faux gothique composite, fait d'emprunts au moyen anglais, à la version autorisée de la Bible et au théâtre jacobéen [2]. » Jorge Luis Borges, hostile à Galland, voit au contraire dans ces choix de quoi s'enthousiasmer [3] : Burton

1. *Les Mille et Une Nuits* [1899-1904], Paris, Robert Laffont, coll. « Bouquins », 2002, t. I, p. 789.

2. Robert Irwin, *The Arabian Nights, A Companion*, Londres, Allen Lane, 1994, p. 31.

3. Dans son article « Les traducteurs des *Mille et Une Nuits* », dans *Histoire universelle de l'infamie, histoire de l'éternité*, trad. Roger Caillois et Laure Bataillon, Paris, Christian Bourgois, 1999, p. 231-268.

« veut mettre en évidence le caractère barbare des *Nuits* », Galland « l'oublie et l'atténue ». « En général, Mardrus ne traduit pas les mots mais les spectacles du livre. » Chez Burton, « la falsification réside dans l'emploi gigantesque d'un anglais baroque, chargé d'archaïsmes et de barbarismes ».

Notre époque a vu se succéder en France trois traductions, dont celle d'Armand Guerne est restée confidentielle. Celle de René Khawam brise le cadre et l'ordre des nuits, est allusive sur les textes utilisés et se caractérise par une langue un peu gourmée. La dernière traduction encore en cours, celle de Jamel Eddine Bencheikh et d'André Miquel, a d'emblée introduit de nombreux contes inédits (mais, à ce jour, nous n'avons rien d'équivalent à la somme offerte par Burton). Elle donne ses sources en gros en signalant qu'elle a dû procéder à diverses manipulations sans les décrire. Elle comporte les poèmes et les passages supprimés par Galland. Elle utilise une langue plus familière que celle de Galland tout en veillant, au contraire de Khawam, à son expressivité. Elle s'appuie sur ce que sont devenues les *Nuits* au XIXe siècle : un ensemble démesuré de récits de tous ordres. Les quatre versions de Galland, Mardrus, Khawam et Miquel-Bencheikh sont souvent très éloignées, ne serait-ce que parce qu'elles ne s'appuient pas sur le même texte. Un passage de l'*Histoire de Noureddin Ali et de Bedreddin Hassan* (ultérieurement *Histoire des deux vizirs*) permet de mesurer les choix stylistiques des traducteurs et ce que Galland a mis du sien (on donne également une version en français faite par nos soins, de la traduction anglaise par Haddawy de l'édition Matdé). La fée rapporte au génie la réponse du vizir qui refuse d'accorder sa fille à son maître, puis la colère de celui-ci qui décide d'imposer pour époux le bossu (l'épisode précède le voyage aérien du héros, l'enfermement du bossu promis à l'héroïne et son remplacement dans le lit conjugal) :

GALLAND : « Il y a dans cette cour beaucoup d'autres seigneurs qui ont des filles comme moi, et que vous pouvez honorer de votre alliance. [...] Le sultan d'Égypte, choqué du refus et de la hardiesse de Schemseddin Mohammed, lui dit avec un transport de colère qu'il ne put retenir : “Est-ce donc ainsi que vous répondez à la bonté que j'ai de vouloir bien m'abaisser jusqu'à faire alliance avec vous ? Je saurai me venger de la préférence que vous osez donner sur moi à un autre ; et je jure que votre fille n'aura pas d'autre mari que le plus vil et le plus mal fait de tous mes esclaves.” En achevant ces mots, il renvoya brusquement le vizir, qui se retira chez lui plein de confusion et cruellement mortifié. Aujourd'hui le sultan a fait venir un de ses palefreniers qui est bossu par-devant et par-derrière, et laid à faire peur ; et, après avoir ordonné à Schemseddin Mohammed de consentir au mariage de sa fille avec cet affreux esclave, il a fait dresser et signer le contrat par des témoins en sa présence. Les préparatifs de ces bizarres noces sont achevés [1]. »

HADDAWY : « Et en outre, il y a beaucoup d'autres femmes ou filles pour notre seigneur le roi. [...] Le roi, furieux de la réponse de son vizir Shasm al-Din, lui dit : "Allez au diable ! Quelqu'un comme moi demande sa fille en mariage à quelqu'un comme vous, et vous me rebutez d'un prétexte maladroit", et il jura de ne la marier qu'au plus vil de ses valets. Il se trouvait que le roi avait un valet bossu avec deux bosses, l'une derrière, l'autre devant, et il fit venir le bossu, et, convoquant des témoins, il ordonna au vizir de dresser le contrat de mariage entre sa fille et le bossu le jour même, jurant qu'il ferait mener le bossu en procession et qu'il le ferait rejoindre sa fiancée cette nuit même [2]. »

MARDRUS : « Quant à toi, ô mon seigneur et suzerain, tu peux avoir n'importe quelle jeune fille ! L'Égypte en est remplie ! Et il y en a qui sont des morceaux dignes des rois ! » « Mais, à ces paroles, le sultan fut dans une grande fureur, et s'écria : "Comment, misérable vizir ! Je voulais te faire l'honneur d'épouser ta fille, et de descendre jusqu'à toi, et toi, tu oses, sous un prétexte bien stupide et bien froid, me la refuser ! Soit ! Mais, par ma tête ! je vais te forcer à la donner en mariage, en dépit de ton nez, au plus misérable de mes gens !" Or, le sultan avait un petit palefrenier contrefait et bossu, avec une bosse par-devant et une bosse par-derrière. Le sultan le fit venir sur l'heure, fit écrire son contrat de mariage avec la fille du vizir Chamseddine, malgré les supplications du père ; puis il ordonna au petit bossu de coucher la nuit même avec la jeune fille [3]. »

KHAWAM : « "Au reste, les femmes et même les pucelles ne sauraient être un embarras pour toi, ô sultan notre maître, tant le monde en est plein !" Ce refus de son vizir Chams al-Dine mit le sultan en fureur et il s'écria : "Mal-

1. Galland, *Les Mille et Une Nuits*, t. I, p. 317.
2. H. Haddawy, *The Arabian Nights*, Londres, Everyman's Library, 1992, p. 171.
3. Mardrus, *Les Mille et Une Nuits*, *op. cit.*, t. I, p. 117.

heur à toi ! Imagines-tu qu'un homme tel que moi s'abaisse à demander en mariage la fille d'un homme tel que toi et se contente du premier argument qui lui passe par la tête pour s'entendre opposer un refus ?" Le sultan jura qu'il s'occuperait personnellement de marier cette fille et lui choisirait pour époux le dernier et le plus misérable de ses serviteurs. Il pensa alors à un esclave qu'il avait dans ses écuries, un palefrenier contrefait qui avait deux bosses, l'une devant et l'autre derrière. Il l'envoya quérir sans tarder, fit venir les témoins et sans rien écouter des protestations de son vizir, obligea ce dernier à rédiger le jour même le contrat de mariage du bossu avec sa fille ; puis il intima au bossu d'entrer la nuit même chez son épouse [1]. »

MIQUEL et BENCHEIKH : « Notre maître le sultan a, lui, une foule de filles à sa disposition… Ces paroles ont rendu le sultan fou de colère. Il a crié : "Quelqu'un comme moi, qui demande sa fille à quelqu'un comme toi, lui fait une faveur, et toi, tu me viens discuter, à grands coups de prétextes réchauffés ! Sur ma vie, sur ma tête, je te vais la marier, cette fille, au plus humble de mes serviteurs, et puisses-tu en crever de dépit !" Or il se trouve, auprès du souverain, un palefrenier bossu, et doublement : bosse par-devant et bosse par-derrière. Le sultan l'a fait appeler ; on a, sur son ordre, rédigé le contrat qui l'unit à la fille du vizir, qu'elle le veuille ou non ; le bossu doit la prendre cette nuit même, la noce est prête [2]. »

En dehors du texte de Haddawy dont la sécheresse se veut fidèle à son original, les quatre traductions françaises animent la scène. Mardrus se remarque par ses grivoiseries et ses non-sens, mais seul Galland s'abstient d'un français bizarre ou archaïsant. Il confère à l'échange des deux hommes des traits conformes à leur fonction politique, il sait trouver lui aussi des termes forts (« le plus vil et le plus mal fait de mes esclaves »), il introduit surtout une expression qui résume pour le lecteur le sens de la scène : « de bizarres noces ». La traduction récente fait parler le roi dans une langue populaire, et par là oriente l'épisode dans un sens comique, tandis que Galland lui garde sa majesté, jouant ainsi davantage de l'opposition traditionnelle du haut et du bas (on sait qu'il est sensible à la manière dont le conte lève cette opposition donnée au départ). Les choix

1. Khawam, *Les Mille et Une Nuits*, Paris, Phébus, 1986, t. II, p. 82.
2. Miquel et Bencheikh, *Les Mille et Une Nuits*, Paris, Gallimard, coll. « Folio », 1991, t. III, p. 151.

stylistiques, dans le meilleur des cas, rendent sensibles un point de vue et une interprétation générale.

Un même exercice de comparaison sur d'autres épisodes permet de dégager les contributions originales de Galland, par exemple dans le récit concernant le quatrième frère du barbier, boucher accusé de vendre de la chair humaine (« il y a un homme égorgé et attaché au dehors de votre boutique, comme un mouton ; [...] mais, malgré ses protestations, la populace crédule, se laissant prévenir contre un homme accusé d'un fait si atroce, voulut en être éclaircie sur-le-champ. Elle obligea mon frère à lâcher le vieillard, s'assura de lui-même, et courut en fureur jusqu'à sa boutique, où elle vit l'homme égorgé et attaché, comme l'accusateur l'avait dit : car ce vieillard, qui était magicien, avait fasciné les yeux de tout le monde, comme il les avait fascinés à mon frère pour lui faire prendre pour de bon argent les feuilles qu'il lui avait données [1] »). Galland ici n'a pas peur de l'horrible, il explique la conduite du peuple en dénonçant sa superstition et y joint une description du mécanisme de l'enchantement conforme aux romans de chevalerie : il donne conjointement les deux faces du phénomène. De même, quand le père de Noureddin lui accorde en mariage la belle Persienne, Galland lui attribue cette intention qui revient à en faire la véritable héroïne du conte : « Comme elle est sage et qu'elle a de l'esprit et de la conduite infiniment plus que vous, je suis persuadé qu'elle modérera des emportements de jeunesse qui sont capables de vous perdre [2]. »

Deux recréations possibles

Dans leurs pays d'origine, la perception, l'appréciation ou la lecture des *Mille et Une Nuits* dépendent de la situation des histoires par rapport à la littérature et au folklore, et de la situation de leur langue par rapport à l'arabe classique et aux dialectes. Sur ces deux plans, les *Nuits* occupent une position moyenne, partageant un peu des traits de chacun des registres qui les bordent : en regard de la littérature et de la langue classique – séparée des usages locaux et essentielle pour l'identité arabo-musulmane –, elles sont marquées par un écart, dont on peut faire un mérite ou un

1. Galland, *Les Mille et Une Nuits*, t. II, p. 44.
2. *Ibid.*, p. 270.

défaut, parce qu'elles accueillent des traits de la langue parlée et des motifs ou des modes des récits populaires. Les traducteurs européens ne peuvent rien conserver de cet écart linguistique et littéraire (sans parler de l'écart historique), et ils en introduisent un autre pour leur public : celui d'un monde et d'un texte lointains, inconnus ou méconnus. L'idée de Mardrus et de Burton d'inventer une langue qui ne fut jamais veut répondre à la particularité linguistique des *Nuits*, mais d'une façon assez malheureuse puisqu'elle conduit à une préciosité par ailleurs en conformité avec le style littéraire de l'époque symboliste. Le choix de Galland est d'écrire la langue la plus en accord avec celle du conte et du roman de son époque : il fait donc reposer entièrement l'effet d'étrangeté sur les histoires, sur leur contenu, reflet à la fois des mœurs et d'une perméabilité du réel au merveilleux. Pour ses lecteurs, cette langue correspond exactement au registre moyen des *Nuits* : prose aisée et enjouée qui est aux antipodes du grand style poétique mais aussi de la langue du peuple ou des textes qui l'utilisent pour des effets parodiques ou grotesques. Cette langue permet à Galland de donner aux *Nuits* leur originalité littéraire, en particulier par l'intégration harmonique de la passion et du comique, du bas et du haut, non plus exclusifs mais portés par les mêmes personnages, traités avec bienveillance et sérieux : en ce sens, il a trouvé un équivalent de ce que réalisent les *Nuits* arabes dans leur langue et dans leur acclimatation de genres narratifs variés.

Galland a fait le pari de l'homogénéité, Mardrus et Burton aussi, par la création d'une langue étrange si l'on peut dire. A. Miquel et J.E. Bencheikh, dans leur nouvelle traduction, ne cherchent pas à qualifier leur langue en liaison avec les pratiques d'écriture contemporaines, ils entendent restituer les intentions multiples des textes arabes, en étant en particulier attentifs à la spécificité de chacun des contes. En choisissant de prendre pour matière première l'édition la plus complète en langue arabe dite Calcutta II (due en partie à MacNaghten), ils veulent rendre justice à la diversité prodigieuse des types d'histoires intégrées aux *Mille et Une Nuits*. Ils se situent ainsi dans le camp des arabisants qui se sont dressés contre M. Mahdi et ses choix. Celui-ci crédite le manuscrit Galland d'une qualité proprement littéraire et y voit s'exprimer un auteur porté par un projet cohérent et fort. À l'inverse, il reproche aux amples versions réalisées en Égypte à partir de la fin du XVIIIe siècle puis aux éditions arabes de n'être que des compilations aléatoires de contes venus de partout et choisis sans intention artistique. D. Pinault, F. Ghazoul, E. Sallis, A. Chraïbi, sans contester la valeur du travail de Mahdi et du manuscrit Galland, ont au contraire défendu la liberté des expansions égyptiennes et les effets d'échos produits par la mise en présence de textes narratifs aussi opposés que la fable, l'anecdote, le conte gaillard, l'épopée, le récit édifiant, l'histoire des gueux, les aventures mystiques et les évocations historiques. Les ajouts de Galland à son manuscrit ont préservé la cohérence des *Nuits* et laissé le lecteur avoir une image globale de l'œuvre et de ses grandes lignes. Ceux qui s'attachent aux amplifications du XVIIIe et du XIXe siècle perdent sur ce plan ce qu'ils gagnent par la variété, la répétition, la modulation. Autant dire que *Les Mille et Une Nuits* ne sont plus vraiment une œuvre mais une sorte de genre, où chaque conte mérite d'être examiné avec l'ensemble de ses variantes au sein de la littérature arabe ou mondiale.

CHRONOLOGIE

Vie d'Antoine Galland

1646 : *6 avril* : Naissance d'Antoine Galland à Rollot en Picardie dans une famille « pauvre sans tache et sans reproche » ; la famille s'installe à Noyon.

1650 : Mort du père, la mère en est « réduite à travailler de ses mains ».

Jusqu'en 1660 : Élève au collège de Noyon, il apprend le latin, le grec et l'hébreu.

1661 : Départ à Paris. Inscription au collège de Plessis (qui dépend de la Sorbonne).

1665 : Sort du collège, poursuit sa formation au Collège royal (Collège de France) : il préfère aux disciples de Descartes et d'Aristote ceux de Gassendi, suit des cours d'architecture, de grec, d'hébreu, d'arabe.

1670 : Sur les recommandations d'Arnaud et de Nicole, M. de Nointel, nommé ambassadeur à Constantinople, l'engage comme secrétaire. Il est chargé de consulter l'Église grecque sur la question de la Grâce. *22 août* : Départ de Toulon. *21 octobre* : Arrivée à Constantinople.

1672 : *1er janvier* : Première entrée du *Journal* des années 1672-1673. Galland effectue l'enquête demandée, aide l'ambassadeur comme interprète, fréquente érudits et voyageurs (comme Chardin ou d'Arvieux).

1673 : *20 septembre* : Début d'un voyage de dix-sept mois vers les îles grecques.

1674 : *20 janvier* : Arrivée à Chypre.
13 mars : Jérusalem.
30 mai : Tripoli en Syrie.
1er août : Alep en Syrie.
4 novembre : Athènes.

1675 : *8 janvier* : Smyrne, retour en France ; liens nombreux avec des savants amateurs de médailles, de manuscrits, d'antiquités, en particulier avec Vaillant et Jacob Spon.

1676 : Recueil des *Après-disnés de Paris* de 1676 (puis de 1677, l'un et l'autre perdus).

1677 : Giraud et Vaillant financent une expédition à Messine et à Smyrne.

1678 : *Histoire de Smyrne ancienne et moderne* (manuscrit revu après 1688, retrouvé et réédité récemment, avec la traduction du grec de Georgirènes, *État présent des îles de Samos, Nicarie, Patmos, Athos*) ; publication chez Barbin de *La Mort du sultan Osman* ou *Le Rétablissement de Mustapha sur le trône* (traduction d'un manuscrit de 1622).

1679 : Querelle savante avec Guillet dans trois lettres à Jacob Spon. Chargé par la Compagnie du Levant de rapporter médailles et manuscrits pour Colbert.
janvier-septembre : À Marseille en attente.
11 septembre : Départ de Toulon pour un voyage de neuf ans. *Voyage fait dans le Levant* sous forme de lettres à Cureau de la Chambre (trois subsistent, réédition prochaine). Membre de l'Académie des Ricovratis de Padoue.

1680 : *13 septembre* : Arrivée à Constantinople où il reste cinq ans.

1681 : La Compagnie du Levant est dissoute ; grâce à l'ambassadeur Guilleragues, Galland se met directement au service de Colbert.

1682 : Traduit en grec moderne l'historiette de Préchac, *Le Gris de lin*, pour « faciliter le dessein qu'a mademoiselle Guilleragues d'apprendre cette langue ».

1683 : À la mort de Colbert, entre au service de Louvois comme « Antiquaire du Roi » : il est chargé de rassembler manuscrits et médailles.

1680-1685 : Traduit une « chronologie mahométane », recueille les « pensées morales des Arabes », entame un « dictionnaire historique, géographique, oriental mahométan ».

1686 : *mars* : Départ pour un nouveau périple au Levant, qui le conduit à Smyrne et en Égypte.

1688 : *8 juillet* : De retour à Smyrne, Galland échappe miraculeusement au tremblement de terre qui détruit la ville et ses manuscrits.
décembre : Retour à Paris.

1689 : Entre au service de M. Thévenot, compilateur et traducteur de textes orientaux, il traduit des textes arabes et persans (*Histoire de Ginghiz Khan*).

1692 : *octobre* : Mort de Thévenot. Galland entre au service de Barthélemy d'Herbelot et l'aide à éditer sa *Bibliothèque orientale*.

1693 : Prépare, rédige en partie et édite les *Menagiana*, recueil des propos du savant Gilles Ménage dont il a fréquenté l'« académie » depuis son retour à Paris.

1694 : Publie *Les Paroles remarquables, les bons mots et les maximes des Orientaux*.
25 novembre : Est emprisonné une semaine, soupçonné d'avoir participé à un libelle injurieux contre l'État.

1695 : *décembre* : Est admis dans la célèbre « académie » des frères Dupuy. Mort de d'Herbelot. Candidat malheureux au Collège royal.

1696 : Supervise l'impression de la *Bibliothèque orientale*, rédige une préface importante. Galland entre au service du magistrat Thierry Bignon pour établir le catalogue de ses livres et médailles.

1697 : *16 janvier* : Mort de Thierry Bignon qui lui lègue une petite pension ; parution de la *Bibliothèque orientale* de d'Herbelot. Galland est engagé par N.J. Foucault, intendant de Basse-Normandie, il travaille pour lui à Caen pendant douze ans, chargé d'immenses collections (livres, médailles, antiquités). Il entretient des correspondances savantes, écrit de nombreuses lettres au *Journal des Savants* et aux *Mémoires de Trévoux*. Fréquente les érudits de la ville, est reçu aux assemblées de Renaud de Segrais, dont il recueille les propos qui nourriront les *Segraisiana* (parus seulement en 1721).

1699 : Publie *De l'origine et du progrès du café, sur un manuscrit arabe de la Bibliothèque du Roy*.
20 septembre, dans une lettre au P. Roudil, il se décrit ainsi : « aimant la vérité, et la soutenant lorsque je puis la connaître, scepticien (je mets la religion à part) dans les choses où elle n'est pas apparente ».

1701 : Mort de Renaud de Segrais.
25 février : Lettre à Huet où Galland évoque sa traduction des *Voyages de Sindbad*.
13 octobre : Informe Huet que le manuscrit des *Mille Nuits* l'attend à Paris.

1702 : *Août* : annonce à Cuper son ouvrage, « Les mille et une nuits, contes des arabes, mis en français »

1703 : *27 décembre* : Fontenelle approuve le manuscrit du premier tome des *Nuits.*

1704 : Le beau-frère de Segrais ouvre une nouvelle académie à Caen, Galland participe à ses travaux.
23 janvier : Premier tome chez la veuve Barbin des *Mille et Une Nuits* ; paraissent la même année les tomes II, III et IV.
3 octobre : Lettre à Cuper : les contes des *Mille et Une Nuits* « bien reçus à la cour, à Paris et dans les provinces, aussi bien par les messieurs que par les dames » ; Galland a achevé la traduction du tome V, travaille au tome VI.
5 décembre : Selon une lettre à Cuper, l'impression du tome V des *Nuits* s'achève, le sixième est prêt, Galland travaille au tome VII.

1705 : Parution des tomes V et VI des *Nuits.*

1706 : Galland quitte Caen avec son employeur, Foucault ; parution du tome VII des *Nuits.*
Jean-Paul Bignon, le neveu de Thierry Bignon, directeur du *Journal des savants* en 1702, accueille Galland, le protège (il soutient ses candidatures au Collège royal et à l'Académie des inscriptions), le reçoit dans ses assemblées. Galland est nommé « pensionnaire » de l'Académie des inscriptions, il y sera toujours actif. Jusqu'à sa mort il fréquente à Paris de nombreux cercles savants, dîne régulièrement dans de grandes familles parisiennes, entretient des correspondances suivies avec des savants en Europe.

1707 : *29 juillet* : Académie des inscriptions, « Discours sur quelques anciens poètes français et quelques romans gaulois peu connus. »

1708 : Foucault vend sa bibliothèque et congédie Galland.
20 décembre : Galland achève de mettre au net le tome VIII des *Nuits.*

1709 : *25 mars* : Rencontre chez Paul Lucas le Syrien Hanna, qui lui raconte « quelques contes arabes, fort beaux ».
6 mai-3 juin : Galland note dans son journal treize sommaires des contes racontés par Hanna chez Paul Lucas.
7 juin : Lecteur du roi pour les langues orientales ; professeur d'arabe au Collège royal.

19 juillet : « harangue » inaugurale en latin au Collège royal.

27 novembre : Premier cours, sans aucun élève. Pour ses leçons soigneusement préparées, il utilise le Coran ou les *Voyages de Sindbad*.

1710 : *21 novembre* : s'entend avec le libraire Delaulne pour continuer la publication des *Nuits*.

1711 : *10 janvier* : Fin de la traduction du tome X des *Nuits*, « d'après le texte arabe » fourni par Hanna.

24 août : Relit dans son journal les sommaires des contes racontés par Hanna, et fait son choix.

26 août : Commence à travailler au tome XI des *Nuits*.

27 août : Mort d'Élisabeth Sophie Chéron (Galland était un intime du salon qu'elle animait avec son mari Le Hay).

23 septembre : Premières épreuves du tome IX des *Nuits*.

14 octobre : Fin de la révision du tome XI des *Nuits*.

1712 : *17 janvier* : Galland refuse l'emploi de garde du Cabinet des médailles du Roi, à Versailles ; il préfère y être « attaché » comme « Antiquaire du roi ».

10 mars : approbation par Danchet du tome XI des *Nuits*.

14 novembre : fin de la rédaction du tome XII des *Nuits*.

1713 : *8 juin* : Fin de la mise au net du tome XII des *Nuits*.

1715 : *17 février* : Mort d'Antoine Galland.

1717 : Publication des tomes IX et X des *Mille et Une Nuits*.

1721 : Publication des *Segraisiana*.

1724 : Le manuscrit de Galland, *Les Fables indiennes, politiques et morales de Bidpaï bramin ou philosophe indien. Traduction de la langue turque par A. Galland* devient *Les Contes et fables indiennes de Bidpaï et de Lokman, traduits d'Ali Tchélébi-Ben-Saleh, auteur turc, par M. Galland*, œuvre posthume, grâce à Gueulette qui réécrit l'ensemble du texte. La préface est de Galland.

1809 : *Relation de l'esclavage d'un marchand de la ville de Cassis à Tunis*, réédité en 1993 sous son titre authentique : *Histoire de l'esclavage d'un marchand de la ville de Cassis à Tunis*, éd. C. Guénot et N. Vasquez.

1881 : *Journal d'Antoine Galland pendant son séjour à Constantinople*, éd. C. Schefer.

1919 : *Journal parisien d'Antoine Galland*, éd. H. Omont.

1964 : *Correspondance*, éd. M. Abdel-Halim.

2000 : *Le Voyage à Smyrne*, éd. F. Bauden.

Les Mille et Une Nuits et les traditions du conte

660-750 : Dynastie des Umayyades à Damas.

Vers 750 : La version persane du *Pañcatantra* indien est traduite en arabe sous le titre *Kalia wa-Dimna* par Ibn al-Muqaffa', c'est une traduction turque d'une traduction persane que Galland traduira et attribuera à Bidpaï.

750-1258 : Dynastie des Abbassides à Bagdad.

766-809 : Règne à Bagdad du calife Haroun al-Rachid.

786-803 : L'exécution, en 803, de Giafar, vizir de Haroun al-Rachid, marque la chute de la puissante famille perse des Barmécides à laquelle il appartient.

IXe siècle : Sont écrites les quinze premières lignes du récit cadre des *Nuits* dans un manuscrit qui sera édité en 1947 par Nabia Abbott.

Xe siècle : Al-Mas'udi mentionne un recueil persan comme source du recueil « Mille contes ».

987 : Ibn al-Nadîm, dans son catalogue *Fihrist*, mentionne le recueil « Mille contes » avec un résumé de l'histoire cadre des *Nuits*.

Entre 1063 et 1081 : Somadeva rédige en sanscrit l'immense recueil *L'Océan des rivières de contes* qui intègre une partie du *Pañcatantra*.

Vers 1160 : Zahiri de Samarkand rédige en persan *Le Livre des sept vizirs*, traduit en espagnol en 1253.

1169-1250 : Saladin et ses successeurs règnent sur l'Égypte.

XIIe siècle : Première mention du titre *Mille et Une Nuits*.

1250-1517 : Règne des Mamelouks en Égypte.

1258 : Prise de Bagdad par les Mongols.

XIV-XVe siècle : Premier manuscrit conservé des *Mille et Une Nuits*, que l'époque moderne baptisera manuscrit Galland.

1348-1353 : Boccace, *Le Décaméron*.

1387-1400 : Chaucer, *Les Contes de Canterbury*.

1453 : Prise de Constantinople par les Turcs.

1517 : Les Turcs conquièrent l'Égypte.

1558 : Marguerite de Navarre, *L'Heptaméron* (publication posthume).

1634-1636 : Basile, *Le Pentaméron*, ou *Le Conte des Contes pour amuser les enfants.*

1646 : Chapelain, *De la lecture des vieux romans*, dialogue. Naissance d'Antoine Galland.

1664 : Jean de Thévenot, *Voyages de M. de Thévenot au Levant.*

1670 : Huet, *Lettre-traité sur l'origine des romans.*

1676 : Tavernier, *Les six voyages de Jean-Baptiste Tavernier qu'il a faits en Turquie, en Perse et en Inde.*

1683 : Échec du second siège turc de Vienne.

1686 : Jean Chardin, *Voyage du chevalier Chardin en Perse et aux Indes Orientales.*

1694 : Perrault, *Grisélidis, nouvelle avec le conte de Peau d'Âne et celui des Souhaits ridicules.*

1697 : Perrault, *Histoires ou Contes du temps passés.* Mme d'Aulnoy, *Les Contes des fées.*

1698 : Mme de Murat, *Contes de fées.*

1704 : *Les Mille et Une Nuits, contes arabes*, trad. Antoine Galland, t. I-IV. Paul Lucas, *Voyage du sieur Paul Lucas au Levant.*

1705 : *Les Mille et Une Nuits*, trad. A. Galland, t. V-VI. Lhéritier de Villandon, *La Tour ténébreuse et les Jours lumineux, contes anglais.*

1706 : *Les Mille et Une Nuits*, trad. A. Galland, t. VII.

1707 : Pétis de la Croix, *Histoire de la sultane de Perse et des vizirs.*

1709 : *Les Mille et Une Nuits*, trad. A. Galland, t. VIII.

1710-1712 : Pétis de la Croix, *Les Mille et Un Jours*, contes persans.

1712 : *Les Mille et Une Nuits*, trad. A. Galland, t. IX et X. Paul Lucas, *Voyage du sieur Paul Lucas dans la Grèce, l'Asie Mineure, la Macédoine et l'Afrique.*

1712-1714 : J.-P. Bignon, *Les Aventures d'Abdalla.*

1715 : Gueulette, *Les Mille et Un Quarts d'heure, contes tartares.* Mort d'Antoine Galland.

1717 : *Les Mille et Une Nuits*, trad. A. Galland, t. XI et XII.

1742 : Cazotte, *Les Mille et Une Fadaises.*

1743 : Caylus, *Contes orientaux.*

1748 : Diderot, *Les Bijoux indiscrets.* Voltaire, *Zadig.*

1772 : Cazotte, *Le Diable amoureux.*

Vers 1775 : Confection du manuscrit égyptien des *Nuits* utilisé par les copistes et éditeurs arabes du XIXe siècle puis par leurs traducteurs.

1787 : Beckford, version française de *Vathek* (paru l'année précédente en anglais).

1788-1789 : Charvis et Cazotte fabriquent la *Suite des Mille et Une Nuits.*

Fin XVIIIe siècle-début XIXe : Nombreux manuscrits des *Nuits*, formant la « branche égyptienne de l'œuvre ».

1806-1810 : Potocki, *Manuscrit trouvé à Saragosse.*

1814-1818 : Première édition arabe des *Nuits* dite *Calcutta I.*

1824-1843 : Édition arabe par Habicht des *Nuits* à Breslau.

1835 : Édition arabe des *Nuits* à Bûlâq.

1839-1842 : Édition arabe des *Nuits* par Macnaghten dite *Calcutta II.*

1882 : Stevenson, *New Arabian Nights.*

1885-1888 : Traduction en anglais des *Nuits* par Burton.

1899-1904 : Traduction en français des *Nuits* par Mardrus.

1900 : Chauvin, *Bibliographie des ouvrages arabes..., Les Mille et Une Nuits.*

1921-1928 : Traduction en allemand des *Nuits* par E. Littmann.

1984 : Édition scientifique du manuscrit Galland par M. Mahdi, *Alf Layla wa-layla.*

1990 : Traduction de l'édition Mahdi par H. Haddawy en anglais.

1991 : Premier volume de la traduction en français des *Nuits* par J.E. Bencheikh et A. Miquel.

BIBLIOGRAPHIE

Sur *Les Mille et Une Nuits*

Principales traductions et éditions modernes des Nuits

MAHDI, Muhsin, *The Thousand and One Nights (Alf layla wa-layla). From the earliest Known Sources.* Arabic Text edited with Introduction and Notes, Leyde, E.J. Brill, 1984, vol. 1 et 2 – *Ibid.*, vol. 3, 1994, *Introduction and Indexes.*

Les Mille et Une Nuits, trad. Joseph Charles MARDRUS (1899-1904), Paris, Robert Laffont, coll. « Bouquins », 2002, 2 vol.

Les Mille et Une Nuits, trad. René KHAWAM, Paris, Phébus, coll. « Libretto », 2001, 4 vol. parus.

Les Mille et Une Nuits, trad. de Jamel Eddine BENCHEIKH et André MIQUEL, Paris, Gallimard, coll. « Folio », 1991, 1996, 2001, 4 vol. parus.

BURTON, Richard, *A Plain and Literal Translation of the Arabian Nights Entertainments, Now Entitled the Book of the Thousand Nights and a Night*, Londres, 1885, 10 vol. – *Supplemental Nights to the Book of the Thousand Nights and a Night*, Londres, 6 vol.

MIQUEL André, BRÉMOND Claude *et al.*, *Les Dames de Bagdad, conte des Mille et Une Nuits suivi de la nébuleuse des contes,* Paris, Desjonquères, 1991.

Travaux et articles

ABOUL HUSSEIN, Hiam et PELLAT, Charles, *Cheherazade, personnage littéraire*, Alger, 1976.

BENCHEIKH, Jamel Eddine, *Les Mille et Une Nuits ou la Parole prisonnière*, Paris, Gallimard, 1988.

BENCHEIHK, Jamel Eddine, BRÉMOND, Claude, MIQUEL, André, « Mille et Une Nuits plus une. Dossier d'un conte des *Mille et Une Nuits* », *Critique* 394, mars 1980, p. 240-277 [le conte est l'*Histoire d'Abu Qir et d'Abu Cir*, le numéro de *Critique* porte sur la littérature orale] – *Mille et Un Contes de la nuit*, Paris, Gallimard, 1991.

BETTELHEIM, Bruno, *Psychanalyse des contes de fées (The Uses of Enchantment)*, Paris, Laffont, 1976.

CARACCIOLO, Peter L., éd., *The Arabian Nights in English Literature*, Londres, Macmillan, 1988.

CHAUVIN, Victor, *Bibliographie des ouvrages arabes ou relatifs aux Arabes publiés dans l'Europe chrétienne de 1810 à 1885, Les Mille et Une Nuits,* vol. 4, 5 et 6, Liège, 1900-1902.

CHRAÏBI, Aboubakr, « Notes et commentaires sur l'édition des *Mille et Une Nuits* de M. Mahdi, Leyde, 1984 », *Studia Islamica* 72, 1990, p. 172-187 – *Contes nouveaux des Mille et Une Nuits,* Paris, Jean Maisonneuve successeur, 1996 – « Les à-côtés du récit ou l'enchâssement à l'orientale », *Poétique* 117, 1999, p. 1-15 – (éd.) *Les Mille et Une Nuits en partage*, Sindbad-Actes Sud, 2004.

COSQUIN, Emmanuel, « Le prologue cadre des *Mille et Une Nuits.* Les légendes perses et le livre d'Esther », dans *Études folkloriques. Recherches sur les migrations des contes populaires*, Paris, Champion, 1922, p. 265-347.

ELISSÉEF, Nikita, *Thèmes et motifs des Mille et Une Nuits. Essai de classification*, Beyrouth, 1949.

GABRIELLI, Francesco, « Le Mille e Una Notte nella cultura europeana », dans *Storia et civiltà Musulmana*, Naples, 1947.

GERHARDT, Mia I., « La technique du récit à cadre dans *Les Mille et Une Nuits* », *Arabica* 8, 1961, p. 137-157 – *The Art of Story Telling : A Literary Study of the Thousand and One Nights*, Leyde, E.J. Brill, 1963.

GHAZOUL, Ferial, *Nocturnal Poetics. The Arabian Nights in Comparative Context,* The American University in Cairo Press, 1996.

GLOTZSFELD, H., « Neglected Conclusions of the Arabian Nights », *Journal of Arabic Literature*, XVI, 1985, p. 73-87.

GOURNAY, Richard-François, *L'Appel du Proche-Orient : Richard Francis Burton et son temps*, Lille, Atelier de reproduction des thèses, 1983.

HAMORI, Andras, « A Comic Romance from Thousand and One Nights : The Tale of Two Viziers », *Arabica* 30, 1983, p. 38-56.

IRWIN, Robert, *The Arabian Nights : A Companion*, Londres, Allen Lane, 1994.

JULLIEN, Dominique, *Proust et ses modèles, Les Mille et Une Nuits et les Mémoires de Saint-Simon*, Paris, J. Corti, 1989.

KILITO, Abdelfattah, *L'Œil et l'Aiguille, essai sur Les Mille et Une Nuits*, Paris, La Découverte, 1992.

LALY-HOLLEBECQUE, Marie, *Le Féminisme de Scheherazade. La révélation des Mille et Une Nuits*, Radot, 1927.

LITTMAN, Enno, « Alf layla wa-layla », dans *Encyclopédie de l'Islam*, 3e éd., 1991, vol. 1, p. 369-375.

MIQUEL, André, *Sept Contes des Mille et Une Nuits*, Paris, Sindbad, 1981.

NADDAFF, Sandra, *Arabesque : Narrative Structure and the Aesthetics of Repetition*, Evanston, Northwestern UP, 1991.

ONG, Walter, *Orality and Literacy, The Technologizing of the World*, New York, Methuen, 1982.

PINAULT, David, *Story-Telling Techniques in the Arabian Nigths*, Leyde-New York-Cologne, E.J. Brill, 1992.

SAID, Edward W., *L'Orientalisme : l'Orient créé par l'Occident*, Paris, Le Seuil, 1980.

SALLIS, Eva, *Through the Looking-Glass. The Metamorphosis of the Thousand and One Nights*, Richmond, Curzon Press, 1999.

SCHWAB, Raymond, *La Renaissance orientale*, Paris, Payot, 1950.

SIRONVAL, Margaret, « Histoire des princes Amgiad et Hassan », *Communications* 39, 1984, p. 125-140 – catalogue de l'exposition *Les Mille et Une Nuits. Les mots en voyage*, Musée de La Poste, décembre 1987-janvier 1988 – *Métamorphoses d'un conte. Aladdin français et anglais (XVIII*e *et XIX*e *siècles). Contribution à l'étude des Mille et Une Nuits*, thèse, Paris III, 1998.

The Thousand and One Nights in Arabic Literature and Society, éd. par HOVANISSIAN, R.G. et SABAGH, G., Cambridge UP, 1997.

TODOROV, Tzvetan, « Les hommes récits », dans *Poétique de la prose*, Paris, Le Seuil, 1971, p. 78-91.

TOELLE, Heidi et ZAKHARIA, Katia, *À la découverte de la littérature arabe, du VI*e *siècle à nos jours*, Paris, Flammarion, 2003.

WEBER, Edgar, *Le Secret des Mille et Une Nuits. L'interdit de Sheherazade*, Eché, 1987.

ZOTENBERG, Herman, « Notice sur quelques manuscrits des *Mille et Une Nuits* et la traduction de Galland », *Notices et extraits des manuscrits de la BN et autres bibliothèques*, 28, 1987, p. 167-233, reprise en notice d'ouverture à *Alâ al-Dîn ou la Lampe merveilleuse*, Paris, Imprimerie nationale, 1888, p. 1-52.

Sur Antoine Galland

Éditions de ses œuvres

Correspondance d'Antoine Galland, éd. ABDEL-HALIM, Mohamed, thèse complémentaire pour le doctorat d'État, Sorbonne, 1964.

Les Contes et fables indiennes de Bidpay et de Lokman, traduits d'Ali-Thélébi-ben-Saleh, auteur turc, éd. T.S. GUEULETTE, Paris, 1724, [*Les fables indiennes, politiques et morales de Bidpaï Bramin ou Philosophe indien, traduction de la langue turque*, manuscrit du fonds français de la BN, n° 6133].

De l'origine et du progrès du café, sur un manuscrit arabe de la Bibliothèque du roi (1699), Paris, La Bibliothèque, 1992.

Histoire de l'esclavage d'un marchand de la ville de Tunis, à Cassis, texte établi par Catherine GUÉNOT et Nadia VASQUEZ à partir du manuscrit original, Paris, La Bibliothèque, 1992.

Journal, extraits du 6 mai-2 juin 1709 présentant les résumés des contes rapportés par Hanna à Galland, dans ABDEL-HALIM, Mohamed, *Antoine Galland, sa vie, son œuvre*, Paris, Nizet, 1964, p. 427-474.

Journal d'Antoine Galland pendant son séjour à Constantinople (1672-1673), publié et annoté par Charles SCHEFER, Paris, Ernest Leroux, 1881, 2 vol., reprint sous le titre *Voyage à Constantinople*, Maisonneuve et Larose, 2002, préface de Frédéric BAUDEN.

Journal parisien d'Antoine Galland (1708-1715), précédé de son autobiographie, (1647-1715), éd. H. OMONT, Paris (Mémoires de la

Société de l'histoire de Paris et de l'île-de-France, vol. 46), 1919 [extraits].

Menagiana sive excerpta ex ore Aegidii Menagii, Paris, Delaulne, 1692.

Les Mille et Une Nuits, contes arabes traduits en français par Mr. Galland, Paris, Barbin (t. I-VIII) et Delaulne (t. IX-XII), 1704-1717.

La Mort du sultan Osman ou le Rétablissement de Mustapha sur le trône, Paris, Barbin, 1678.

Les Paroles remarquables, les Bons mots et les Maximes des Orientaux. Traduction de leurs ouvrages en arabe, en persan et en turc, avec des remarques (1694), préface d'Abdelwahab MEDDEB, Paris, Maisonneuve et Larose, 2001.

Préface à Bartélemi d'Herbelot, *Bibliothèque orientale, ou Dictionnaire universel, contant généralement tout ce qui regarde la connaissance de l'Orient*, Paris, Société des libraires, 1697.

Segraisiana ou mélange d'histoire et de littérature, Recueilli des entretiens de M. de Segrais, Amsterdam, 1722.

Le Voyage à Smyrne, un manuscrit d'Antoine Galland (1678), *contenant Smyrne ancienne et moderne et des extraits du Voyage fait au Levant*, avant-propos d'André MIQUEL, introduction, transcription et notes de Frédéric BAUDEN, Paris, Chandeigne, 2000.

Même texte dans : *Voyages inédits*. éd. critique établie par Manuel COUVREUR et Didier VIVIERS, vol. 1, *Smyrne ancienne et moderne*, Paris, Honoré Champion, 2001.

Études critiques

ABDEL-HALIM, Mohamed, *Antoine Galland, sa vie, son œuvre*, Paris, Nizet, 1964.

BORGES, Jorge Luis, « Les traducteurs des *Mille et Une Nuits* », dans *Histoire universelle de l'infamie, histoire de l'éternité*, trad. Roger Caillois et Laure Bataillon, Paris, Christian Bourgois, 1999, p. 231-268 [1935] – « Les *Mille et Une Nuits* », dans *Conférences*, trad. F. Rosset, Paris, Folio, 1985, p. 54-70 [1980].

CARY, Edmond, « Antoine Galland et les traducteurs des *Mille et Une Nuits* », dans *Les Grands Traducteurs français*, Genève, Librairie de l'université, 1963, p. 61-92.

COUVREUR, Manuel et VIVIERS, Didier, « Galland se relit, correction ou censure ? », *Revue belge de philologie et d'histoire*, LXXII, 1994, p. 585-593.

HADDAWY, Husain, *The Arabian Nights, Based on the Text of the Fourteenth-Century Syrian Manuscript edited by Muhsin Mahdi* [= manuscript Galland], Londres, Everyman's Library, 1992.

HAGÈGE, Claude, « Traitement du sens et fidélité dans l'adaptation classique : sur le texte arabe des *Mille et Une Nuits* et la traduction de Galland », *Arabica* 27, 1980, p. 114-139.

HAWARI, Rida, « Antoine Galland's Translation of the *Arabian Nights* », *Revue de littérature comparée*, avril-juin 1980, p. 150-164.

KNIPP, C., « *The Arabian Nights* in England : Galland's Translation and its Successors », *Journal of Arabic Literature*, 5, 1974, p. 44-54.

LARZUL, Sylvette, *Les Traductions françaises des Mille et Une Nuits. Étude des versions Galland, Trébutien et Mardrus, précédée de « Traditions, traductions, trahisons » par Claude Brémond*, Paris, L'Harmattan, 1996.

LAURENS, Henry, *Aux sources de l'orientalisme : La Bibliothèque orientale de Barthélemi d'Herbelot,* Paris, Maisonneuve et Larose, 1978.

LAVEILLE, Jean-Louis, *Le Thème du voyage dans Les Mille et Une Nuits. Du Maghreb à la Chine,* Paris, L'Harmattan, 1998.

MACDONALD, Duncan Black, « Lost Manuscripts of *The Arabian Nights* and a Projected Edition of Galland », *Journal of the Royal Asiatic Society*, 1911, p. 219-226 – « The Earlier History of *The Arabian Nights* », *Journal of the Royal Asiatic Society*, 1924, p. 355-397.

MAHDI, Muhsin, *The Thousand and One Nights*, Leyde-New York-Cologne, E.J. Brill, 1995 (en particulier c. 1 et les annexes).

MAY, Georges, *Les Mille et Une Nuits d'Antoine Galland ou le Chef-d'œuvre invisible*, Paris, PUF, 1986 – « D'où vient le tapis magique ? Fantaisie et érudition dans Les *Mille et Une Nuits* de Galland », dans *Studies in French Fiction in Honour of Vivienne Mylne*, Richmond, Grant and Cutler, 1988, p. 191-207 – « Scheherazade et la paralittérature », dans *Lettres et réalités, Mélanges Henri Coulet*, Université de Provence, Aix-en-Provence, 1988, p. 227-245 – « Sindbad le marin et les voyages à sens unique », dans *Voltaire, the Enlightenment and the Comic Mode. Essays in Honor of Jean Sareil*, New York-Berne-Francfort, Paris, 1990, p. 143-158 – « Style oral et style écrit dans *Les Mille et Une Nuits* de Galland », dans *Langue, littérature des XVIIe-XVIIIe siècles, Mélanges Deloffre*, 1990, p. 309-320.

MIQUEL-RAVENEL, Janine, « À la rencontre d'Antoine Galland, premier traducteur des *Mille et Une Nuits* », *Arabica* 41, 1994, p. 147-161.

PUCI, Suzanne R., « Invisibility and Galland's *Mille et Une Nuits* », dans *Sites of the Spectator. Emerging Literature and Cultural Practice in Eighteenth Century Fiction, SVEC* 2001-9, Oxford, p. 126-133.

SAOUB, Esther, « Der endlose Zyklus. *Tausendundeine Nacht*, Galland und eine misverstandene Zahl », *Poetica* 31, 1994, p. 125-147.

SCHWAB, Raymond, *L'Auteur des Mille et Une Nuits. Vie d'Antoine Galland*, Paris, Mercure de France, 1964.

SERMAIN, Jean-Paul, *Métafictions (1670-1730). La réflexivité dans la littérature d'imagination*, Paris, Champion, 2002 – « Les *Mille et Une Nuits* de Galland dans la culture française classique du conte et de la fiction », dans Les *Mille et Une Nuits : du mythe au texte*, colloque international de littérature comparée, Université Mohamed-V, Institut français, Rabat, oct-nov. 2002 – « Art de la transition et mélange des genres dans *Les Mille et Une Nuits* d'Antoine Galland : l'Histoire d'Aladdin », dans Aboubakr

CHRAÏBI (éd.), *Les Mille et Une Nuits en partage*, Sindbad-Actes Sud, 2004.

TRAPNELL, William, « Le coup de foudre dans *Les Mille et Une Nuits* », dans *Littérature et séduction, Mélanges en l'honneur de Laurent Versini*, Paris, Klincksieck, 1997, p. 473-482.

ZOTENBERG, Herman, « Notice sur quelques manuscrits des *Mille et Une Nuits* et la traduction de Galland », *Notices et extraits des manuscrits de la Bibliothèque nationale de Paris*, 28, 1887, p. 167-233 (repris en 1988 en préface à *Histoire d'Alâ al-Din ou la Lampe merveilleuse*, Paris, Imprimerie nationale).

Sur le conte

Les Cent et Une Nuits, trad. et présentation Maurice Gaudefroy-Demombynes, Paris, Sindbad, 1998.

CHAPELAIN, Jean, *Opuscules critiques*, éd. A.C. Hunter, Paris, Droz, 1936.

*Le Conte merveilleux au XVIII*e *siècle, Une poétique expérimentale,* éd. R. JOMAND-BAUDRY et J.-F. PERRIN, Paris, Kimé, 2002.

COSQUIN, Emmanuel, *Contes populaires de Lorraine*, éd. N. Belmont, Paris, Picquier, 2003.

DÉMORIS, René, *Le Roman à la première personne* (1975), rééd. Genève, Droz, coll. « Titre courant », 2002.

DOUAY, Françoise, « Le style oriental en France de 1675 à 1800 », dans *Polymnie ou la rhétorique comme théâtre du sens,* Villeneuve d'Ascq, Presses universitaires du Septentrion, 2002, p. 183-195.

DUFRESNOY, Marie-Louise, *L'Orient romanesque en France (1706-1789)*, Montréal, 1946-1947, Éditions Beauchemin, 2 vol., vol. 3, Amsterdam, Rodopi, 1975.

GAILLARD, Aurélia, *Fables, mythes, contes. L'esthétique de la fable et du fabuleux (1660-1724)*, Paris, Champion, 1996.

HARF-LANCNER, Laurence, *Les Fées au Moyen Âge. Morgane et Mélusine : la naissance des fées,* Paris, Champion, 1984 – *Le Monde des fées dans l'Occident médiéval*, Paris, Hachette, 2003.

JOLLES, André, *Formes simples* [1930], Paris, Le Seuil, 1970.

Pañcatantra, trad. E. Lorenceau, intro. Louis Renou, Gallimard/Unesco, 1965.

PERRAULT, Charles, *Contes* (1694 et 1697), éd. J.P. Collinet, Gallimard, « Folio », 1981.

PÉTIS DE LA CROIX, François, *Les Mille et Un Jours,* éd. P. Sebag, Paris, Phébus, 2003.

ROBERT, Raymonde, *Le Conte de fées littéraire en France de la fin du XVII*e *siècle à la fin du XVIII*e *siècle*, Presses universitaires de Nancy, 1981, reprint Champion 2002.

SEIFERT, Lewis, *Fairy Tales, Sexuality and Gender in France, 1690-1715 : Nostalgic Utopias*, Cambridge UP, 1996.

SERMAIN, Jean-Paul, *Le Conte de fées français de Perrault à Cazotte*, à paraître.

SOMADEVA, *Océan des rivières de contes*, éd. Nalini Balbir, Paris, Gallimard, « Bibliothèque de la Pléiade », 1997.

TENEZE, Marie-Louise, « Du conte merveilleux comme genre », dans *Approches de nos traditions orales*, Paris, Maisonneuve et Larose, 1970, p. 11-65.

TODOROV, Tzvetan, *Introduction à la littérature fantastique*, Paris, Le Seuil, 1970.

VELAY-VALLANTIN, Catherine, *L'Histoire des contes*, Paris, Fayard, 1993.

WARNER, Marina, *From the Beast to the Blonde, On Fairy Tales and their Tellers*, New York, The Noonday Press, 1996.

ZUBER, Roger, « Les contes de Perrault et leurs voix merveilleuses », dans *Les Enchantements de la raison*, Paris, Klincksieck, 1997, p. 261-295.

TABLE

LES MILLE ET UNE NUITS

DERNIÈRES PARUTIONS

ARISTOTE
Petits Traités d'histoire naturelle (979)
Physique (887)

AVERROÈS
L'Intelligence et la pensée (974)
L'Islam et la raison (1132)

BERKELEY
Trois Dialogues entre Hylas et Philonous (990)

CHÉNIER (Marie-Joseph)
Théâtre (1128)

COMMYNES
Mémoires sur Charles VIII et l'Italie, livres VII et VIII (bilingue) (1093)

DÉMOSTHÈNE
Philippiques, suivi de **ESCHINE,** Contre Ctésiphon (1061)

DESCARTES
Discours de la méthode (1091)

DIDEROT
Le Rêve de d'Alembert (1134)

DUJARDIN
Les lauriers sont coupés (1092)

ESCHYLE
L'Orestie (1125)

GOLDONI
Le Café. Les Amoureux (bilingue) (1109)

HEGEL
Principes de la philosophie du droit (664)

HÉRACLITE
Fragments (1097)

HIPPOCRATE
L'Art de la médecine (838)

HOFMANNSTHAL
Électre. Le Chevalier à la rose. Ariane à Naxos (bilingue) (868)

HUME
Essais esthétiques (1096)

IDRÎSÎ
La Première Géographie de l'Occident (1069)

JAMES
Daisy Miller (bilingue) (1146)
Les Papiers d'Aspern (bilingue) (1159)

KANT
Critique de la faculté de juger (1088)
Critique de la raison pure (1142)

LEIBNIZ
Discours de métaphysique (1028)

LONG & SEDLEY
Les Philosophes hellénistiques (641 à 643), 3 vol. sous coffret (1147)

LORRIS
Le Roman de la Rose (bilingue) (1003)

MEYRINK
Le Golem (1098)

NIETZSCHE
Par-delà bien et mal (1057)

L'ORIENT AU TEMPS DES CROISADES (1121)

PLATON
Alcibiade (988)
Apologie de Socrate. Criton (848)
Le Banquet (987)
Philèbe (705)
Politique (1156)
La République (653)

PLINE LE JEUNE
Lettres, livres I à X (1129)

PLOTIN
Traités I à VI (1155)
Traités VII à XXI (1164)

POUCHKINE
Boris Godounov. Théâtre complet (1055)

RAZI
La Médecine spirituelle (1136)

RIVAS
Don Alvaro ou la Force du destin (bilingue) (1130)

RODENBACH
Bruges-la-Morte (1011)

ROUSSEAU
Les Confessions (1019 et 1020)
Dialogues. Le Lévite d'Éphraïm (1021)
Du contrat social (1058)

SAND
Histoire de ma vie (1139 et 1140)

SENANCOUR
Oberman (1137)

SÉNÈQUE
De la providence (1089)

MME DE STAËL
Delphine (1099 et 1100)

THOMAS D'AQUIN
Somme contre les Gentils (1045 à 1048), 4 vol. sous coffret (1049)

TRAKL
Poèmes I et II (bilingue) (1104 et 1105)

WILDE
Le Portrait de Mr. W.H. (1007)

ALLAIS
À se tordre (1149)
BALZAC
Eugénie Grandet (1110)
BEAUMARCHAIS
Le Barbier de Séville (1138)
Le Mariage de Figaro (977)
CHATEAUBRIAND
Mémoires d'outre-tombe, livres I à V (906)
COLLODI
Les Aventures de Pinocchio (bilingue) (1087)
CORNEILLE
Le Cid (1079)
Horace (1117)
L'Illusion comique (951)
La Place Royale (1116)
Trois Discours sur le poème dramatique (1025)
DIDEROT
Jacques le Fataliste (904)
Lettre sur les aveugles. Lettre sur les sourds et muets (1081)
Paradoxe sur le comédien (1131)
ESCHYLE
Les Perses (1127)
FLAUBERT
Bouvard et Pécuchet (1063)
L'Éducation sentimentale (1103)
Salammbô (1112)
FONTENELLE
Entretiens sur la pluralité des mondes (1024)
FURETIÈRE
Le Roman bourgeois (1073)
GOGOL
Nouvelles de Pétersbourg (1018)
HUGO
Les Châtiments (1017)
Hernani (968)
Quatrevingt-treize (1160)
Ruy Blas (908)
JAMES
Le Tour d'écrou (bilingue) (1034)
LAFORGUE
Moralités légendaires (1108)
LERMONTOV
Un héros de notre temps (bilingue) (1077)
LESAGE
Turcaret (982)
LORRAIN
Monsieur de Phocas (1111)
MARIVAUX
La Double Inconstance (952)
Les Fausses Confidences (978)
L'Île des esclaves (1064)
Le Jeu de l'amour et du hasard (976)
MAUPASSANT
Bel-Ami (1071)
MOLIÈRE
Dom Juan (903)
Le Misanthrope (981)
Tartuffe (995)
MONTAIGNE
Sans commencement et sans fin. Extraits des *Essais* (980)
MUSSET
Les Caprices de Marianne (971)
Lorenzaccio (1026)
On ne badine pas avec l'amour (907)
PLAUTE
Amphitryon (bilingue) (1015)
PROUST
Un amour de Swann (1113)
RACINE
Bérénice (902)
Iphigénie (1022)
Phèdre (1027)
Les Plaideurs (999)
ROTROU
Le Véritable Saint Genest (1052)
ROUSSEAU
Les Rêveries du promeneur solitaire (905)
SAINT-SIMON
Mémoires (extraits) (1075)
SOPHOCLE
Antigone (1023)
STENDHAL
La Chartreuse de Parme (1119)
TRISTAN L'HERMITE
La Mariane (1144)
VALINCOUR
Lettres à Madame la marquise *** sur *La Princesse de Clèves* (1114)
WILDE
L'Importance d'être constant (bilingue) (1074)
ZOLA
L'Assommoir (1085)
Au Bonheur des Dames (1086)
Germinal (1072)
Nana (1106)

GF Flammarion

09/12/151877-XII-2009 – Impr. MAURY Imprimeur, 45330 Malesherbes.
N° d'édition L.01EHPNFG1202.C004. – Mai 2004. – Printed in France.